绣像私藏版

中国禁书文库

马松源◎主编

线装书局

图书在版编目(CIP)数据

中国禁书文库.3/马松源主编.—北京:线装书局,2010.3

ISBN 978-7-5120-0092-6

Ⅰ.①中… Ⅱ.①马… Ⅲ.①古典文学-作品综合集-中国 Ⅳ.①I212.01

中国版本图书馆 CIP 数据核字(2010)第 027199 号

中国禁书文库

主 编:马松源

责任编辑:崔建伟 赵 鹰

封面设计:博雅圣轩工作室

出版发行:线装书局

地 址:北京市鼓楼西大街41号(100009)

电话:010-64045283

网址:www.xzhbc.com

印 刷:北京彩虹伟业印刷有限公司

字 数:3600千字

开 本:787×1092毫米 1/16

印 张:336

彩 插:8

版 次:2010年3月第1版 2010年3月第1次印刷

印 数:1-1000套

书 号:ISBN 978-7-5120-0092-6

定 价:4680.00元(全十二卷)

ISBN 978-7-5120-0092-6

9 787512 000926 >

目　　录

名家藏禁书

第一篇　鲁迅藏书

《锦帐春风》

一

中
国
禁
书
文
库

名家藏禁书

二

《阴阳斗》

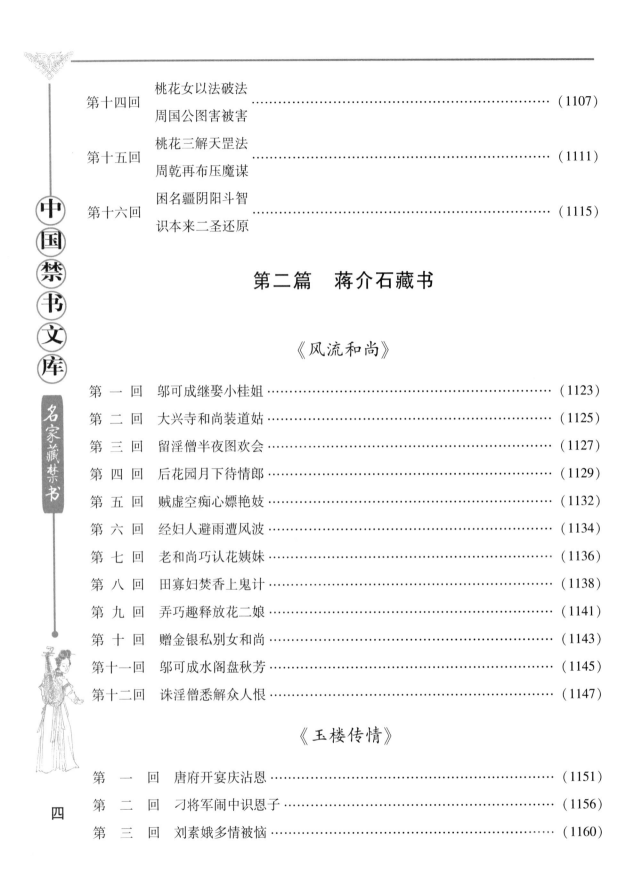

第二篇　蒋介石藏书

《风流和尚》

《玉楼传情》

中国禁书文库

目录

五

中国禁书文库

名家藏禁书

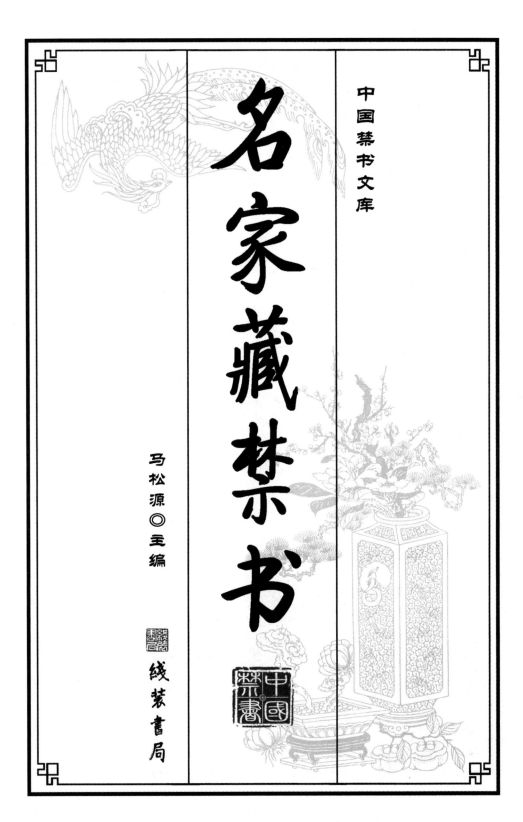

中国禁书文库

名家藏禁书

马松源◎主编

线装书局

鲁迅藏书

中国藏书

第一篇

锦帐春风

[明] 伏雌孝主 撰

第一回 限时刻焚香出去 怕违条忍饿归来

引首《满江红》（宋）儒作

须发男儿，率性处粲来凛冽。又何曾隐忍肤挠，含容目瞥。胜负场中逞后先，英雄队里争豪杰。怎归来见着俏浑家，汤浇雪！下虚心，犹未悦；任趋承，还磨折。总甘心忍耐，敢生流言。可侮浑如系颈羊，堪欺俨似藏头鳖。是何年，请得上方刀，把雌风灭。

评：

此公颇有疗妒之志，然欲请剑上方，第恐缓不及事，仍类寻常汉子。

这首《满江红》词，乃是宋时一个宿儒所制。单道着人生于天地之间，受父母之精血，秉天地之性灵，至清至明，至刚至劲。及其渐至壮年，又读了几多诗书，学了几多世务，添了几多侠肠傲骨，义胆雄心，一毫也不少屈于人，一些也不少弱于己，便是父母，也不肯让他分毫。不知怎么到了壮年以来，娶下一房妻室，便有了一个缄束，就似那蜗牛遇了盐醋，蚂蟥见了石灰一般，粲他飞天也似的好汉，只索缩了一大半，这也不知什么缘故？难道男子个个惧内，女人个个欺夫的？也是天生的古怪。

俗话道得好："干事时她却还在底下，除了这事，她便要爬到丈夫头上屙屎。"莫说别的，便是当时陈季常，是个大有意思的人，哪个不相钦敬？独有这点上边，有些调停不来，每受了夫人的呵谴，难为到十生九死。又有那不识进退的老苏，倚着通家好友，只道自己面皮怎么样大，思量劝那柳氏转来，走来道："嫂嫂，夫乃妇之天

……"一缘二故，说得不上三五句话，只见那柳氏霎时变下脸来，把个刀一似的言语复上几句，眼见那老苏真个也自酥了。这总是《狮吼记》的旧话，人人看过，个个晓得，却把来做一个引子、小子也不十分细道。

却说目今又有一户人家，丈夫赛过陈恪，老婆赛过了柳夫人，他的家门颠末，又赛过《狮吼记》。虽则世上常情，亦是目今趣事，待我慢慢说来。有诗为证：

> 堪叹男儿力不支，诸凡事业任妻为；
> 假饶片语相挠处，历尽熬煎真可悲。

说话的，你又差了！依你这等说来，为人娶了一房妻小，不要他帮扶家室，终然做个神阁儿，请他朝夕四拜，才是男儿力自支吗？哎呀，看官，不是这等讲，若说朝夕四拜，端又是怕老婆的了。有一诗又道得好：

> 妻主内分夫主外，夫耕妻织俱无怠。
> 丈夫一日身显荣，念及糟糠倍亲爱。
> 宋弘之妻不自夸，自有知心宋弘在。
> 怎知当世浇薄风，妻虽懒惰勤争功。
> 自言家业皆由我，恃己多才凌老公。
> 丈夫不幸无子息，自言有婿有内侄。
> 堪叹白发已蒙头，尚不容夫亲外色。
> 丈夫无奈假趋承，只恐贻笑遭人轻。
> 后生莫道不惧内，事到其间难后生。

闲话休题。且说宋朝年间，临安府中有一处士，姓成名珪，表字廷玉，祖居虎林人氏。幼年孤苦，无倚无依，辛勤积攒，做些经纪生理。到了二旬之外，娶下一个妻子，就是左近那都绢的女儿。那都家老员外，名唤都直，唤字公行，做人朴实，颇有财势，因开绸绢铺子，人人唤做都绢。

那都绢为何将这女儿倒嫁了一个小本经纪？也只是这都员外做人老实，不乐虚花；

是这女婿做人自小停当，一个铜钱当八个字用，以是把个女儿与他为妻。便是那都氏娘子，虽不是倾国倾城，却也如花似玉，一应做家，色色停当。只是一件，都氏从来娇养，况且成珪出身浅薄，家业皆得内助，"惧内"二字，自不必说了。

做亲后不多几年，夫唱妇随，做了千数家业。不期都老员外过世，舅舅都丽又小，绢铺没人管理，却是成珪寻了后街绸绢行中一个旧友，仍旧开张缎铺。这友人姓周名智，表字君达，年纪与成珪仿佛，不相上下。做人性格温和，公平交易，店面上一发来得，真个是不赴科甲的状元，不做文章的秀士。兼之出入银两，半毫不苟，开得十多个年头，颇颇有了利息。

一日，成珪道："贤弟，你我忠心赤胆，开店多年，有本有利，并无芥蒂。只是如今事体大了，两下日久，终有结局。古言道得好：'树大分枝'。我和你两人就此分枝，有何不可！"周智道："小弟得蒙提挈，凡事皆赖贤兄所赐，一任尊裁，但凭处分。"成珪道："说哪里话！本钱虽是我多，辛力却是你多，和你除原本外，均分余利就是。"当日就盘算了账目，点起货物，共有万金。两下各自分了明白。周智便移至大街，仍旧开张缎铺。成珪却懒于营生，因家下有了两个得力主管，竟移至后巷开了一所解库。

说话之间，不觉光阴似箭，日月如梭。又是十多年后，两家生理更又不同，日兴日旺。只是一件，那周家莫说别的，只儿女也添了两三个，将次要嫁娶了。独这成宅夫妇，少不得一个称了员外，都氏也称了院君。家里山场、田地、衣饰、金银，那件没有？偏偏的员外便像太监，院君就像个羯狗，两下结亲四十余年，屁也不曾放得一个，都氏也不着急，莫怪那成珪口中不说，心下思量道："我有偌大家私，年近六旬，并没一个承宗接祀的儿子，这事怎不教人着急！总是城隍庙、张仙祠、崔府君、定光佛，那处不立愿？那处不许经？一毫也不灵应。况且院君性格不凡。"看官们像也谅着七八分的光景，那些娶两头、大七大八、一妻一妾，莫说成员外，便是小子也开不得口了。

一日，成员外闲居无事，春景融合，节届清明，时当寒食。那时独坐书斋，别无思想。忽然记得起来："去年天竺进香，曾在白衣赐子观音殿前，许下灯油良愿。至今将及一载，未及完纳，想是因此越没个子嗣消息了。"即忙便请院君商议。不多时，那都氏轻移莲步，缓动湘裙，来见员外。看他怎生打扮。《临江仙》为证：

杏脸全凭脂共粉，乌云间着银丝。荆钗裙布俭撑持，不为雌石季，也算女陶朱。真率由来无笑影，和同时带参差。问渠天性更如何？要知无妒意，溺器也教除。

成珪迎接之际，虽不尽摩，而其容貌，亦有《临江仙》词为证：

年齿虽然当耳顺，襟期尤似充龄。吴霜缕缕鬓边生。不因五斗粟，惯作折腰迎。绮思每涎蝴蝶梦，幽期惟恐莺闻。问渠来将是何名？畏妻都总管，惧内老将军。

都氏见引成珪，便问道："你今独坐在此，请老娘为着何事？敢是早膳未进，还是库中账目要查么？"成珪见妻子来意严整，便又不敢开口。那都氏又问道："莫非夜来受了风寒，敢是那边吃了哑药，不做声为着什么？"成珪没奈何，只得把个笑堆在脸上，道："院君有所不知，拙夫那里为着这些来。只因去岁天竺进香，没要紧为着子嗣上，曾在白衣观音殿中，许下灯油幡袍良愿。适才记得起来，拙夫将欲告假一日，自往进香还愿，故此特请院君商议，别无他事。不知院君意下何如？"那都氏把个头低了一低，眉蹙了一蹙，便道："烧香好事，但凭你去，何须和我说得。"掇转身便向里边竟自去了。

成珪没奈何，只得舍着张风脸，上前一把拽住道："院君，这回肯不肯，分付一个明白，如何竟自去了？"都氏道："你自去便是了，难道我又来搅你？"成珪道："院君说那里话！拙夫若去，一定要请同行，如何擅自敢去！"那都氏被他趋承不过，却也回嗔作喜道："若要我去，何不一发请了周家叔、婶二人同去走遭？况且清明节近，往天竺就去祖坟上祭扫一回，却不一举两得？"成珪大喜道："还是院君到底有见识，有理，有理！院君，我看此刻天色清爽，明日一定晴朗，就是来日如何？"都氏道："便是明日。你可亲自周宅去来，我却在家备办合用酒食。"

成珪应了一声，向外便走。都氏道："转来。"成珪捉不住脚，倒退了二三步，道："院……院君，还有甚么分付？"都氏道："往常你出门去，亲自点香限刻，计路途远近，方敢出门。明日虽是烧香公务，料你不敢偷腥，只是有理不可缺，一遭误，二遭

故。"成珪转身把舌头伸了一伸，颈项缩一缩，轻轻走到香筒里，取了一枝线香，战兢兢的点在炉内，道："院君，拙夫去也。"都氏道："还不快走！"吓得那成珪抱头鼠窜，一溜去了。都氏却自嘻嘻的笑了一声，走到厨下，吩咐丫环小使道："来日我们天竺进香，俱要早起整备。四辆肩舆，一应酒食，俱可早些安排，不可临时无措。"众婢仆齐齐应诺，不在话下。

却说成珪出得门来，又早夕阳西下晚饭时光，只恐周宅往返归迟，有违香限，取责不便。恨不得两步挪做一步。转弯抹角，过东转西，却才来到周宅门首。只见外厢铺面俱已闭了，两个门神，你眼看着我眼，把个门儿关得铁桶相似。成珪捶了一会，里面深远，偏不见应。欲待转来，又恐误事；欲待等候，又恐违限。

正是两难之际，只见门缝里露出一线灯光来，成珪慌忙张看，只见一个小厮手中提个灯笼，正走出门，见成珪到来，便厮唤道："我道是谁扣门，原来是成员外。连晚到此，定有贵干，请里面坐。"成珪道："我来寻你员外，有事计议，可在家么？"小厮道："员外与两位小官人，俱去亲戚家饮酒未归，故此小人特地去请。员外进内略坐片时，便好相会。"成珪道："既不在家，那里等得？你只替我说，明日接员外、院君天竺进香，我自去也。"

那小厮那里知道成珪心上有事，一把的死命拽住道："员外又不是他人，为何这等作客？员外不在，院君也在家下，晚饭也用一箸去。"成珪再三不肯，小厮再四又留。正在喧嚷之际，周智的妻子何氏院君，踱将出来。这何氏从适周门，一般赤手成家，帮助殷实，全不似都院君性格。有《临江仙》为证：

　　淡扫蛾眉排远岫，低垂蝉鬓轻云。星星凤眼碧波清，莺声娇欲溜，燕体步来轻。

　　容貌可将秦、虢比，贤才不愧曹卿。顺承妇道德如坤，螽斯宜早振，麟趾尽堪征。

何氏闻得外厢聒絮之声，不知其事，出来一看。见是小厮留成员外，连忙相见，道个万福，把那世俗套话问候了一番，就留成珪进内敬坐。成珪见他殷勤相待，只得坐下。却才把个臀尖掭得一掭，好像椅上有块针毡相似，好生不安，总也为着家中线

香之故。圣人道得好："有诸中，形诸外。"

何氏因是通家，自己陪坐。说不多闲话，丫环献过茶来。成珪道："茶倒不必赐了。有件小事，特来致意：老夫奉拙荆之命，特着老夫亲自请君达阿弟与院君，明日一同往天竺进香，就去祭扫荒陇，又兼老拙还愿。万乞早临，幸勿见阻。"何氏道："荷蒙宠招，本当趋命，奈拙夫未回，未及详审，不敢擅专。少顷归家，即当转申美意，定须遵命。"

丫环报道："酒肴已备，请院君主席。"何氏便道："员外到来，无甚款待，聊备鲁酒，幸勿见嫌。"成珪见何氏这般调妥，兼之淳善，暗想道："我这些须之事，便道不曾对丈夫说知，不敢造次应允，别事俱各可知。偏我命中驳杂，娶着这个老乞婆，恁般顽劣，恁般泼悍！我今出来多时，线香已应完了，不知家下怎么一个结局，若再吃酒，岂不愈深其疑！"正是，不想也罢，想到这个田地，却便是顶门中走了三魂，脑背后失了七魄，两耳通红，五内火热，忙忙的回复："不消"，也不知向那一方壁角里唱个歪喏，望外便走。

何氏正留不住，已在作别之际，只见灯光之下，又早周智回也。二子随后亦来。且看周智怎生模样，《临江仙》为征：

布袜青袍多俭朴，衣冠楚楚堪钦，谦恭虚己颇温存，虽当酩酊后，到底有规箴。

二子多才骐与骥，一双白璧南金。联芳棠棣许趋庭，从来夸两仲，不负二难称。

成珪见周智到来，只得住脚。周智拜揖道："贤兄光顾，失迎莫罪。"便对何氏道："伯伯到来，不比外客，为何不见一些汤水？"倚着酒醉，兼着真情，一把拖了成珪，把个妻子、婢仆翻天搅地的骂个不了。倒叫成珪目瞪口呆，劝又劝不止，辞又辞不脱，被他拖来拽去，弄得头也生疼，却也顾不得周智埋怨妻子，只把进香之事，忙忙说了一遍。见周智满口应允，便要立誓辞回。

周智心里明白他的毛病，故意不放，正像打破砂锅，直问到底道："是为何这等执拗不肯，用些酒去？定要说个明白。"成珪被逼不过，没奈何回复道："老弟是个极聪明的人，定要区区细说？这时不回，今晚可是安睡得的?"周智原是个爽脆的人，便道："是了，是了，贤兄实欲回归，恭敬不如从命了。"就着个家僮，提了灯笼送成珪归家。仍从旧路飞奔上前，心中春熟了一石多凹谷。

不觉已到了自己门首，发付了小厮回去。众主管俱来迎接，问道："员外出去多时，毕竟不曾晚膳，敢是饿也？快办酒肴。"成珪道："这到犹可，院君可安静么?"那些主管也有嘻嘻笑的，也有骨嘟嘴的，不知为着何事？成珪见不是头，连忙又问了几声，那主管道："自从员外出去，院君里面不知为甚，吱喳了好一会，还未息哩!"

成珪听了这句风声，却似雪狮子向火，酥了一大半，慌得个手脚无措，口中虽是不言，心内好生着急，暗自忖道："今日迟归，原是自己不是，少问院君，若是有些出言吐语，到也还好承受；倘或求免不脱，动起向日家伙，免不得面门上带些青紫，明日进香甚么体面!"只得叹口气道："罢了，罢了，丑媳妇免不得见公婆!"只索硬了头皮过去见他。正是那：

　　　　青龙与白虎同行，喜鹊与乌鸦齐噪。

不知主何凶吉，且听下回分解。

总评：

　　　　成、何相对数语，心口已觉恍然。

　　　　以待窠妓之心体贴妻妾，便是天下第一美丈夫；若将待妻、妾之心体贴父母，便是千古第一孝顺子。试观成珪之惧公守法，即比之上古忠臣孝子，未之过也。惜甘用此不用彼，遂让古人独享美名。虽然，此样阿妈，不是妻子，应是前世娘转身，讨忤逆债尔。今人不孝父母者，曷其鉴诸!

第二回 桨先茔感怀致泣 泛湖舟直谏招尤

引首《玉楼春》无名氏作

> 六桥岁岁花如锦，多少风流堤上逞；
> 几番花落又重开，当日风流都老景。
> 南北两山多邃径，沿路荒坟失名姓；
> 可怜今日纸钱飘，他日有无犹未定。

评：

> 即壮年有嗣之人，读此一过，亦当周身汗下，何啻成珪。

却说成珪只恐线香限紧，连晚忍饿而归，又见众主管这段光景，好不害怕，没奈何，只按了胆，直头走将进去，却好都氏正是盼望之际。成珪陪个小心，深深唱个肥喏，竟不知妻子放出甚么椒料来。谁想成珪八字内不该磨折，不知那一些儿运限亨通，也是这一刻的星辰吉利，真正千载奇逢，破格造化，霎时乐师灯化作鬼火。

都氏见丈夫唱喏，便带个笑脸问道："接客的老奴怎么回复我？"成珪见这段光景，不知喜从何来，心头突地把泰山般一块疙瘩抛到东洋海里。你道为何那些主管也会吊谎来吓主家？原来有个缘故，成珪自从傍晚出门，都氏却在家中备办进香物料，丫环、小厮那里理会得来？故此呐喊摇旗了这一会。众主管不知其故，却泛出这段峦头，吓得成珪屁滚尿流，好利害也！有诗为证：

雌鸡声韵颇堪夸，路上人闻体遍麻；

膝下黄金何足惜，满恹谨具向浑家。

　　成珪得坐喘息已定，对都氏道："拙夫蒙院君命，去到周宅，将吩咐的言语，尽行致意与何院君得知。他已满口应允，明早即同周达君一齐到来，并无别说。"都氏道："那老周怎么也来？"成珪道："院君吩咐邀他，自然要他个到，难道怎好虚邀得的？"都氏道："这也罢了。你可用晚膳未？"成珪道："多承他家再三款留，只恐违了夫人严限，故此尚未吃来。"都氏道："偏你这样人，假小心，最胆大，猢狲君子，黑心公道，专会妆乔，惯能作巧。他家好意留你，你便领他意思才是。如何不吃他的？只道有些相怪，今后决不可如此了。"

　　成珪立起身，打个深躬道："谨依院君台命！恐下遭不似今日宽恕，只求线香多限寸儿，便是万代恩德！"丫环打点肴馔出来，夫妻二人相对而饮。成珪私自贺喜。正在饥渴之际，况兼酒落欢肠，举起大觥一连吃了一二十觥，酒量原不济事，不觉酩酊大醉。都氏见丈夫已醉，连慌将饭出来。成珪闭了双眼孔，胡乱吃了一盏，却便垂头睡熟，倒在桌上。丫环再三推扶，只是不动，口中喃喃呐呐的，不知说些甚么。正是醒脸看醉脸，其实有趣。惹得那些婢仆笑做一团，搅做一块，你又道没本事扛，我又道莫本事驮。三三两两，闹攘之际，正愁没个法儿弄员外进房。不想都氏拿了茶杯儿，来到丈夫跟前，见他呼呼的睡熟，你道好一个院君，不慌不忙，把那嘹亮的声儿向丈夫耳朵边叫声："不要老不尊！起来吃茶，上床睡去！"

　　成珪虽然酒醉，耳边到底惧怯，心里到底知事，一闻妻子声音，却像老鼠见了猫儿，"骨碌"跳将起来，双手擦擦眼孔，口中打个呵欠道："床在那里？拿来我睡。"都氏道："老乞丐，谁着你灌得恁醉！床在房中，可是移得来的？"成珪将醉眼白呆呆觑着妻子，道："床不肯移来么？罢，罢，罢！"又把双眼儿闭了。都氏将茶递来，成珪一连呷了几口，脚下又只不走好。院君看不过了，伸出三个尖尖的玉笋样的指儿，也不知甚么天师府里学来的符咒，只在丈夫脑骨上轻轻刮的一下，道："老奴，还不走动！"只见成珪叫声"领命"，便向房中一撞。都氏代脱衣服，放倒便睡。当晚各人就枕，一夜无话。

　　忽然金鸡唱晓，将已天明。都氏率众各各起来梳洗，又着小使去到周宅相邀。那

锦帐春风

中国禁书文库

八八一

周家却也装束齐备，听得相请，夫妻二人即便上轿，不则一步，已到成家。都氏连忙出迎，来到厅前，福了两福，成珪接着，两下俱各相揖已了。何氏把日常忆念彼此致谢的话头，对都氏叙了一回。丫环捧过茶来。各人吃罢，又吃了早饭，请上香烛等物，带了一行僮仆，俱各出门。四座肩舆，十六只快脚，一溜风出了涌金门外，来到柳洲亭畔，便有无穷光景。《满庭芳》为证：

　　日色融和，风光荡漾，红楼烟锁垂杨。画船箫鼓，士女竞芬芳。夹岸绿云红雨，绕长堤骢马腾骧。碍行云两峰高插，咫尺刺穹苍。莫论村与俏，携壶挈盒，逐队分行。羡逵仙才调，鄂武鹰扬。飘渺五云深处，三百寺、二六桥梁。最堪夸，汪汪千顷，一派碧波光。

一行人住得轿子，只见那大小船户，俱来兜揽，有的问岳坟，有的问昭庆。成茂道："我家员外也不往昭庆、岳坟，却往天竺进香。先要个轻快小船，渡过金沙滩，然后要只头号巨舫，转来游玩。你可准备。"艄子道："这都理会得。"便把船儿摇拢，众皆走上，艄公摇动，不一刻已到了金沙滩。依先乘轿，吩咐大船等候，不在话下。

不觉来到九里松，转过黑观音堂便是集庆禅院，两边庵、观、寺院，总也不计其数。烧香的男男女女，好似蝼蚁一般，东挨西擦，连个轿夫也没摆布。挤了好一会，才到得上天竺寺。但见：

　　栋宇嵯峨，檐楹高迥。金装就罗汉诸天，粉捏成善才龙女。真身犬士，法躯海外进来香；假相鹦哥，美态陇西传入妙。求签声，叫佛响，钟鼓齐鸣，不辨五音和六律，来烧香，去点烛，烟光缭绕，难分南北与东西。

正是：

　　皇图永固千年盛，佛日增辉万姓瞻。

众人下轿净手毕，安童点上香烛。值殿长老过来，问了居址姓名，写了两道文书。

行者击鼓，头陀打钟，齐齐合掌恭敬，各各瞻依顶礼，口中各各暗暗的祷祝些什么，再请签筒，各人祈签已了，送了长老宣疏衬钱，然后起身两廊观看。只见那些募缘僧人，手里捧本缘簿，一齐攒将拢来。你也道是修正殿，我又说是造钟楼，一连十多起和尚，声声口口念着弥陀，句句声声只要银子。把个现在功德，说得乱坠天花，眼灼灼就似活现一般，那些趋奉，不能尽述。

周、成二员外，虽是有些钱财，那和尚套子倒是不着道的，只不做声，只是走来走去。那些和尚也只跟来跟去，甜言蜜语说个不了。都氏有些焦躁起来，倒是何氏道："一来烧香，二来作福，叫安童拿五百钱散了与他，省得在此絮絮咕咕。"众和尚得了铜钱，好似苍蝇见血，也不顾香客在旁，好生趋趋跄跄的，你争我夺，多多少少得些，哄的一声，又到那一边，仍旧募化去了。

周智对成珪道："贤兄，可怪这些秃驴，狠化人的钱财，又没个儿女，何苦这等？明日与留他人受用，想他着甚要紧！"成珪道："老弟差矣！财乃养命之渊，人岂不要？但是随缘用度，自然消受得起。这班秃子拿去吃酒养婆娘，布施的功德自在，他却消受不得，后世变牛变马，俱是这一等人。"

都氏毕竟嘴快，便对丈夫道："依你讲来，僧俗一理，你每常私自瞒我走去吃酒，养婆娘也要变牛变马哩！"周智道："这报应之理，何待来世？只此生便有结局。比如吃酒、养婆娘，目下虽然快乐，到老没个儿女，设或三病四痛，没个贴体亲人，那时要茶无茶，要饭没饭，便是活受地狱，何须定要变得牛马！"

成珪不敢做声。何氏只好自笑，都氏不肯服输，便分解道："和尚岂得没有儿子？即便不是亲生，也只要身边有物。俗语说得好：'床头一箩谷，自有人来哭。'在家人、出家人，正是有货不愁贫。"周智道："不是亲生，到底没生。我若做了和尚，决乎明公正契娶个师父娘。再若大妻不生，索性早早讨个妾，也不枉了辛苦一世。若是端端替别人 [门争] [门坐]，我道没要紧。"都氏道："可笑，员外一发说坏了事！岂不闻和尚无儿孝子多？你见几个敢去娶了妻？几个娶了妾？世间若有了这般和尚，皇帝也不朝南坐了。莫说僧家，就是有规矩的人家，也不敢轻易娶个小老婆。叔叔一发说得儿戏哩！"成珪道："不要耽搁了，我们快去还了白衣殿愿心，还要到荒陇走遭，天色晚了不便。快打轿来！"

齐出寺门，早到白衣赐子殿，长老写疏宣扬，亦如前法。拜祷已完，仍旧许了来

年愿心，送了衬钱，领了些点心之类，即便辞了出来。

行不一箭之地，只见一簇人挨挨挤挤的，不知看些甚么故事。正是杭州风，专撮空，不论真和假，立立是一宗。那成珪也是个未免于俗的人，连忙下轿，钻在人丛里一看，原来是两个新到的老花子，在那边求钱，对人说苦。面前摆一张招头，写道：

> 具禀：老汉韦泽，禀为恳怜孤老事。念泽老年多病，耳聩眼盲。可怜无女无男，夫妻孤老，衣食何来？只得街头跪恳来往达官长者、进香善士，早发慈悲，或舍一文、二文、暂挨革命。料难报以今生，当来世为犬马。
>
> 谨禀　年　月　日　具

成珪立在人丛，把这招头细读一遍，不觉鼻子里好像喷了一碗酽醋的，一溜儿酸将下来。也只是兔死狐悲，物伤其类，心中暗想道："可怜这样一对老人家，若有得一男半女，决也不到这个地步！以我论将起来，比他只多得几分钱财，倘有风云不测，就是他的榜样！"禁不住扑簌簌眼下掉出泪来。便向袖里摸一二十文钱，递了与他，叹息几声，上轿随后才去。

只见前面三乘轿子，已进了飞来峰，转过灵隐寺侧，便是成氏祖茔。成珪赶到，便着安童去唤管坟的，李敬山带了香炉五事，笑哈哈走来具禀，转一气唱了七八个喏，道："成员外一向纳福！我侬多蒙照顾，常对我家老阿妈说员外好处。不知员外旧岁添得位公子未曾？"成珪道："恭喜添下一男一女。"李敬山欢喜道："妙得紧！不生罢了，一生便是两位，真个有趣！还是第几位夫人生的？"成珪带笑指着都氏道："这个便是小女，区区就是小儿。"都氏道："老柴根又来饶舌，莫要讨没趣吃！"吃惊得那李敬山背地里把舌头一伸，缩也缩不进去，道："好利害！要知这个老娘，如何肯容得娶妾？料来不济事哩。"

成茂把食盒摆开，点了香烛，铺了拜单。成珪先拜了几拜，通陈了一番，都氏也拜了，周智夫妇也相辑了。成珪又把酒来斟上，跪倒在地，又拜两拜，伏在地上，半晌走不起来。周智连慌相扶道："莫非脚筋吊了么？"谁知成珪祷祝到不知什么一句话上，喉咙头一咽，竟也呃不转来，扶起之时，只见泪流满面，两眼通红。周智道："这等年纪，何必如此痛苦！"成珪止不住泪眼道："唉！贤弟，你也有所不知，连我院君，何曾晓得！想我先父存日，生我兄弟四人。我先父那年四十九岁，不幸疫病流传，一家尽行死尽，单单剩了区区。可怜惟我最幼。"

自岳坟，会着众人，团团赏玩了一回。大船等候已久，成珪就请周智夫妻俱到船中。艄子撑出湖中，安童先备午饭吃过，又煮些茶吃了，然后摆开攒盒，烫起酒来，分宾主坐定，小使斟酒，大家痛饮。艄子撑了一会，问道："员外，还是往孤山、陆坟去，还是湖心亭、放生池去？"成珪道："这些总是武陵旧径，何必定要游遍？只是随波逐流，适兴而已，凭你们罢！"都氏道："我们下船得忙了，忘了一件正事，昨日成茂的儿子听见我进香，他要个耍孩儿，我便应许了他。如今倒不曾着你们买得几个，做做烧香人事也好。"何氏道："正是。我也忘了，我家小儿子也说要些摇鼓吹笙，如今一件也不买得。"成珪道："这个不难。我们回去，少不得打从净寺经过，里边要千得万，买些便是。"

周智脸上早有三分酒色，正是醉后发出醒中言，便立起身道："老嫂，没有泥孩儿，拿了银子买得出来；要个养老送终的孩儿，由你黄金堆垛，也买不出。小可有句不失进退的言语，不惧虎威，将欲奉告，不知老嫂可容说否？"何氏道："吃了几钟脓血，不要嘴儿、舌儿的。"都氏道："员外所言，定须有理，便请吩咐。"

周智道："在下多蒙错爱，实胜至亲；今日复蒙赐饮，虽则沉酣，尚还明白，必不把张姑、李妈的话儿将来扯拽，单单说着贤兄嫂一件急切之事。既蒙不厌絮烦，方敢斗胆。智闻岐伯所谓：男子二八而肾气盛，天癸至，精气充和，即能有子。三八肾气平均，筋力强劲。四八筋力隆盛，肌肉充满。五八肾气衰，筋力不能。六八阳气衰竭于上。七八肝气衰，精液少。八八齿发去，天癸竭，而不能有子矣。然而尚有七十年来养一娃的故事。女子二七而天癸至，任脉通，月事以时下，故能有子。三七肾气均平。四七筋骨隆盛。五七阳明脉衰，面始焦，发始堕。六七三阳脉衰于上，面皆焦，发始白。七七任脉虚，天癸竭，地道不通，故形坏而无子也，然而未闻年愈五十而能生子者。今贤兄年未八八，尊嫂年过七七有奇，兄欲博得一男，如千中尚可选一。尊嫂则缘木求鱼，料应无望。论兄嫂赤手成家，夫妻协力，历尽苦辛，到今日家给人足，自当并荷甘美。但人生于天地之间，不尽于忠，当完其孝。兄之百行固优，而不孝有三，无后最大！在兄嫂，以天命绝嗣，人力已难回挽。在弟，据武侯所谓'成事在天，谋事在人'，为兄之计，莫若尊先圣之遗言，如《易》云：'枯杨生梯，老夫得其女、

妻吉，无不利。'此圣人垂教于后世，正劝那无子老人，教他另逑侧室，自然吉无不利。何必拘于糟糠之说，以绝宗祖之大事乎？况胡阳觅婿，宋宏之妻室尚幼。而宋宏之子已生，如允之，是弃前妻也，则为万世消。消在宏矣。今吾兄娶妾，吾兄之尊嫂已苍，而吾兄之人子尚乏，即娶之，不为弃旧恋新，不娶亦为万世所消然，消不在兄，而在嫂也！惟兄嫂裁之。"

成珪听了这一席话，把头点了几点，心中十分用得这番话着，巴不得妻子口中说出"有理"二字，自己先道："难得贤弟爱我，委实感激，只恐年纪老了，总然生下一男半女，死后没人管顾，故此算计不通。"何氏道："员外说那里话！古人说得好：'只恐不养，不愁不长。'"

都氏半晌声也不做，又过一霎时辰，方对周智道："周员外，依你这许多通文达理，我道为些什么，不过要我替丈夫娶妾么！"周智道："正为这句说话。"都氏道："人人说员外聪明伶俐，谁想也只本等！不嫌絮烦，老身也要斗胆一斗胆。"周智道："嫂嫂只恐娶了进门，另有什么话说么，也要道道破，请教，请教。"都氏道："我闻死生由命，富贵在天，得马者未必为喜，失马者未必为忧。齐桓公多子，身薨六十二日而未敛，至尸虫达于户外；邓伯道无儿，后人千载传扬。岂桓公少子之过欤？抑邓氏无力娶妾而然欤？总之，天下绝人在垂亡，可以转祸为福。天既不佑，任多男亦必到老无成。若论娶妾，极是美事。但我辛勤劳苦，不易成家，一旦为他人受用，便于尊意若何？"

周智道："你聪明盖世，贤达过人，又来说懵懂话！员外娶了妾，便是院君的侍婢一样，诸般替就，凡事听从；倘生下儿女，就是院君生的一般。这是院君极受用的去处，怎倒说他来受用？嫂嫂没奈何，只看周智夫妻薄面，求你允了一声，使费银两，俱是小可捐赀。"都氏道："久闻员外富饶，更兼有子，只不要得道夸经纪，也不要无事起风波。目今世态恶薄，转眼难量。古人说：'养儿不可夸，直待做丧家。'倘员外像了齐桓公，尚且恭喜。若做了邓伯道，请留了这番议论，放在后边自用罢了。"

成珪在旁，真正魂不附体，只好目瞪口呆。初时巴不得周智来说，这回见妻子变了这脸，担下一把干系，巴不得周智闭口。不想周智倚着三杯酒罩了张脸，竟也不顾他，又说道："嫂嫂不要轻怪了人！你道内室们欺压丈夫，可是没罪犯的么？夫者妇之天，那阎罗老子料必不怕老婆。算你百年之后，也要遇着你家祖宗于地下，那时鬼哭神号，俱来埋怨着你，想了周老今日之言，可不悔之晚矣！嫂嫂三思而行，快快不可如此。"何氏只把丈夫拦阻，那里肯住？只得将些言语于中劝解。

都氏本不是个善菩萨，况且重大所关，如何教他缓款得一些？两下三言两句，眼见得为好成拙。说得那都氏起了一点厌贱之心，动了一把无明之火，对周智道："啊哟，周智，你不要忒过了分！你是我家五服里，还是五服外？人不识敬，鸟不罩弄。今日谁请你来做说客？我这里用你不着。苍蝇带鬼面，什么样大的脸皮！从来丈夫也十分怕我，不要失了体面去，恐不雅相！"

成珪见妻子发作，又恐周智见怪，按了胆道："院君，你也忒煞性躁，丈夫由你教训，外人可是冲撞得的？"都氏正在怒气头上，搔着这一痒处，便骂道："我晓得，总是你这老杀才的教头，什么抬举了我？狗子朝外叫，自己磨灭不够，还要寻个帮衬哩！"就把攒盒掀上两格，照面门一下，偏又是格煮的肴馔，连汤带汁的打将过去，把成珪拌做糟萝卜相似，洗抹不迭。

何氏见势头汹涌，将都氏一力劝到楼上赏玩，都氏只是余气未消。成珪见妻子上了楼去，便装出假硬门来，低声骂道："老不贤！老乞婆！"又向周智轻轻请罪几声。周智道："虽然如此，那里作得正经！只是老兄天竺进香，面门上挂了招牌回去，那葡萄架的谎那里去圆？"成珪道："惶愧！惶愧！"两人另斟热酒，换去残肴，慢慢又饮了一会。周智起身到船尾上出恭，成珪唤个小使问道："我适才假骂院君，院君听得些否？"小使未及回答，周智已在背后听见，便假憋了喉咙道："老杀才，骂倒骂得好，不要谎着！"那成珪不道是周智，便把手中一个酒盏扑的掉落地下，开了张口，闭也闭不拢来，回头见是周智，两人大笑一场。

不觉金乌西坠，玉兔东升，将次船泊岸来，一齐起身。成茂收起酒器什物，还了船钱。周智夫妻就在船里作别先回，成珪夫妇随后也回家中。众人接见了，惟独都氏气狠狠的进房安歇。众人睡一觉醒后，还只听得夫妻吵闹之声，想来成珪这番断没有昨晚的时运了。正是：

乐极生悲，热极生风。直教家庭之内。不容个未冠的安童；厨灶之中，那许放青年的侍婢？

要知后段文章，且听下回分解。

总评：

每于急语中，忽入以方言，酷肖杭人口吻。

都氏之妒，原不可以口舌诤。为周智者，只宜谏外行法，为成氏宗祧计，不触妒妇之怒，而能起懦夫之衰，其贤于口舌多矣。甚么要紧，一言不节，惹得泼老妒，骨骨者哝，毫无济于成珪之事，而身已见辱见疏。继后都氏法纲愈密，未必非周智一言开之也。故进谏不难，用谏得宜斯难。从古忠臣义士之见斥于谏，皆用之之道未之或尽耳。虽然，朋友之道，以周为正，犹胜如木马寒蝉，食人食而不忠人之事者。

第三回 王妈妈愁而复喜
成员外喜而复愁

引首《雉朝飞》李太白作

麦陇青青三月时，白雉朝飞挟两雌。锦衣绣翼何离褷，牧犊采薪感之悲。
春天和，白日暖，啄食饮泉勇气满，争雄斗死绣颈断。雉子班奏急弦管，倾
心美酒尽玉碗。枯杨枯杨尔生稊，我独七十而孤栖。弹弦写恨意不尽，瞑目
归黄泥。

评：

成珪未必无此叹。

却说成家夫妇，因烧香转来，怪了劝娶侧室的言语，进房闹了三个更次，成珪受
些家法也不可料。次早，总也不敢做声，梳洗一完，便换件道袍，去解库中看做交易，
稳道平安无事。及至日上三竿，时将已午，那都氏方才床上翻身，打点起来。众丫环
搬汤运水，应接不暇，还只听得吱吱喳喳呼大喝小。成珪闻得妻子离床，急忙来到房
里问候。都氏只不做声。成珪无可奉承，只得踏出了房门，唤个丫环朗声问道："红
蕖，院君起来，曾送茶未？"红蕖道："送茶多时了。"成珪道："快去整备点心与院君
吃，滋味好些。"红蕖道："理会得。"

成珪走了出房，早已午饭时分，众人见家主不来，谁好先吃？也是成珪体惜人情
处，见众人不吃，也不候了院君，自己就先吃了饭。还不见院君出房，没要紧，又踏
到房里问问。只见都氏已在那边洗面，一个丫环名唤绿萼，自小原在都氏身旁服事的。

此时绿萼正替都氏熏焙衣服。熏笼上边也不照管，一竟靠在窗棂上，看那檐边两个猫儿打雄。成珪不意中进房，手里捏柄小小春扇，见那绿萼看得入神，竟不管火上衣服，成珪却把手中扇子掉过头，把绿萼背上打了一下。绿萼正看得有趣，却也动心，猛可的吃这一下，回头一看，见是员外，满面通红，微微笑了一笑。成珪也不解意，只说道："衣服不管，管些甚么？"绿萼不做声。又笑了一笑。不提防被都氏瞧见，只道两下有些什么鼠窃狗偷，没有十分实迹，不好发作，心上早存了一个疙瘩。

不期红萼做了点心，一样置了两碗，送进房来，都氏取了一碗。红萼道："员外也用一碗。"成珪才吃得饭，如何又吃得？勉强吃了一个，便对红萼、绿萼道："我不吃，你二人拿去吃了。"两人见员外所赐，便分而食之。不知都氏又添了一个疙瘩，好生烦恼，便把手中的碗向地一掷，早已百花粉碎。成珪吃一吓，惟恐惹火烧身，只向房外一走。都氏自忖道："我想周智的言语，我也还认做无心之谈。谁想我那老杀才，早觑上了红萼、绿萼，眼见得昨日言语，是老贼通同造意，有心而发的。这也总不怕他，由你怪似鬼，吃了老娘洗脚水，不若趁这杓水，断他病根，岂不全美！"

随即梳妆已了，走至中堂，掇把交椅坐定，叫道："成茂那里？唤员外来。"成茂应声请到。成珪道："院君呼唤，不识有何见谕？"都氏道："昨日蒙你挈带烧香，被你一正一副教训得够了，我也尽知你的主意，只不要错走了路头！虽是偏房，也要门户相对。你若有我一分话说，你可街坊上寻个的当媒婆，我自有处。"成珪听得这一席话，竟把个文章做到天外去了。稳道是昨日荐书早应验也，今日叫寻媒婆，必有好意。便对成茂道："既蒙院君吩咐，你可晓得有好媒婆，寻一个来，不可误事。"成茂道："有便有个识熟的，颇也能事，小人就去唤来。"成珪暗喜道："这场喜事从天降下！"不觉手之舞之，足之蹈之，自也不知其所以然的乐。

话分两头。成茂出得门来，早已到了媒婆门首。那媒婆少不得定是姓王，不见戏文内，但是王婆，便有三分手段，况且这王婆，更又不同，总不出三姑之右，颇列在六婆之前，眼睛都会发抖，鼻子也会打诨。那时听得扣门之声，即便出来。怎生打扮？《临江仙》为证：

脚踏西湖船二只，髻笼一个乌升。真青衫子两开衿，时兴三不像，六幅水蓝裙。修面篦头原祖业，携云握雨专门。赚钱全仗嘴皮能，村郎赛潘岳，丑女胜昭君。

王婆见着成茂，便笑道："我道是谁，原来便是成叔叔。甚风儿吹得你到？稀奇，稀奇。"成茂唱了喏道："王妈妈，一向不见你，越后生了。"王婆道："叔叔不要说起媳妇不好，终朝淘尽我气，气得老了若干，不然，还后生哩！请坐下，待我烧茶你吃。"成茂道："妈妈，烧茶不如暖酒快。"王婆道："遭瘟的，今朝来见老娘，也不说些正经言语，莫不又要寻个货儿？"成茂道："这到不比前十年的兴了。只为我家院君要娶位二娘子，特着区区寻个酸虫。我在院君跟前把你一力举荐，还不知我的好处哩。"王婆道："小花嘴，又来吊谎！你家院君有名阎罗王的妹子、邓天君的女儿。若要他替丈夫娶妾，除非娘肚子里翻个筋斗，今世梦也梦不着哩！"成茂道："说也不信，正为昨日天竺进香，不知如何被周员外一劝，竟劝转了。"王婆道："有这等事！我道周员外向来是个会说话的。叔叔，既是这样，过午同去。"成茂道："不劳了，就此去罢。"

成茂先行，王婆随后，一径来到。王婆见成珪，道："员外，恭喜，恭喜！若早作成王婆，说位二娘子，如今公子也不知添几位了！定要历练老成，才寻这个门路。"成珪道："正是这等说，如今全要仗你。院君等候已久，快请进去。"王婆见都氏，道："院君呼唤老身，敢是要寻位二娘子，一发凑巧得紧，绝妙一门在此。"都氏道："妈妈吃了茶饭，慢与说知。"王婆道："院君不须说得，寻着老身包你停妥，进门便有儿子养，依头顺脑，拣也没处拣这一位好娘子，正是对付？"都氏道："这话从何说起？谁着你寻什么二娘子来？"王婆道："大叔这等讲，员外也这等讲。"

都氏道："不可听他！我闻得你手段好，会做买卖，有些货儿要你发脱。"王婆道："院君解库中有的是金银珠翠，正是老身本行，忒会发卖。"都氏道："不是这些，却是些有脚货。"王婆道："有脚的一发会卖，不拘金狮子、玉猫儿、西洋红、祖母绿、花心俏、簪掩鬓倒插都卖得。"都氏道："不是那些有脚货，是我的红蕖、绿萼。"王婆道："红旗、绿药，不会卖！不会卖！"都氏道："是你本行，怎倒推阻？"王婆道："我儿子又不充兵，丈夫不会行医，要这红旗、绿药做什么？"

都氏笑道："不是。我有两个丫环，名唤红蕖、绿萼。"王婆道："原来便是尊婢美名。请问院君，府上厨前灶后，那里不要两个人用？若是嫁他，何不留在家下，慢慢

配个对儿，却不用做副手？"都氏道："妈妈有所不知：两个丫头年纪大了，渐渐有些闻香臭气，我家老子又有些贼头狗脑，日后做出事来，叫我那里淘得许多闲气！"王婆道："既如此，客货主人卖，请出一看。"都氏唤两个丫环出来。但见遍身俱备素食果品名色，《西江月》为证：

> 脸似荔枝生就，眼如圆眼妆成。脚如山药带毛根，手像建州绿笋。头若
>
> 有须芋芳，耳如带壳风菱。口如吐蛛苤如唇，鼻涕还如海粉。

王婆见了，叫声苦，往外便走。都氏扯住道："为何去了？"王婆道："叫我看尊婢，如何唤个魑魅出来？吓死我也！"都氏道："这就唤名红蕖，这就唤名绿萼。"王婆道："原来就是二位，失敬了，得罪了。这二位姐姐请尊便，老身才敢安坐。"两个丫环走了进去。

王婆暗想道："世上有这等事，这样一对鬼样丫头，难道六十来岁的家主肯看上他？莫说是成员外，老身看了，也有三日吃不饭下，不亏早晨吃得生姜出来，险些吐个不止。活晦气！我道娶位二娘子，也嫌他几圆钱使用，便是卖丫环，也可打些后手，谁想撞着这对罕货！寻得有人受纳，也自好了，那想还好趁他钱钞？没奈何，过水田儿不瘦，替他出脱出脱也好。"乃问道："院君，尊婢已瞧见了，只要请价，好歹待老身去问主顾看。"都氏道："妈妈是晓得的，旧规一岁一两罢。"

王婆道："院君，近来世事不同，这价久不作了。比如人家做小，也有三、五分人物，手里来得、肚里识得、算得，便只十三、四岁，这样的寻着一个财主，也要索他一、二百聘金。我们做媒的，也有几分道路。比如一般做妾，人不出众，貌不超群，男家原说只要度种，生得儿子便罢，女家只要出脱，有得饭吃也休。这便是四十多岁，也索不得十来两银子。若是丫环们，总也不过如此。若院君照岁启钱，我王婆今年六十五岁了，倒还值了个半把元宝哩！院君只说个实价，省得老身盘门旋户，落得走破鞋帮。"

都氏道："我也只图松快，不论钱了，但凭你罢。"王婆道："这极使得。院君，君子不羞当面。若论钱财，原是小事，王婆自用，总多些，不比别家，只恐他人不肯出钱，那时王婆却不像了体面。依老身说，两个丫头，若到得两个肉猪价钱，劝你卖了，

省得淘气。你家员外原不是好主儿，适才见了老身，也要说些风话的呢。"都氏道："正谓如此，只今但凭，只要速些便好。"

王婆见依他说话，心下止不住快乐。辞了出门，刚又遇着成珪。成珪道："妈妈所事若何？"王婆道："竟替员外说了两个，明日就兑银子，后日便要过门。"连连说，连连走去了。原来王婆这两句囫囵话，一半不好回复得成珪的亲，一半是取笑的话头。成珪不解其意，正是拾得封皮，当了信读，却又喜道："我那院君好没来由，向日不发意念，便是我出门，也要稽查，拿个泥美人看着，也要见怪，今朝一发慈悲，便与我娶上两个！好院君，似此深恩，恐难补报！"这日快乐是不必说。

不觉一连过了三、五日，王婆尚未来回复，都氏又说："怎么不来了？好生悬望。"成珪又道："怎么不来了？好生挂念。"正说间，只见王婆带了一干人，一道烟的来了。成珪道："妈妈请进。"都氏道："妈妈请坐。所事怎么了？"王婆道："多蒙院君美意，老身去寻主儿，只落得家家不要，户户不纳。"都氏道："天下无弃物，为何人倒没人要的？"王婆道："院君是晓得的，王婆从来不会说谎。那人家问道：女子面庞如何？老身少不得把个素果摊儿，老实摆将出来，那人家连老身都不要了。"

都氏道："为何连你都不要了？"王婆道："不要我做媒，自然不要我了。幸喜另有一家，听见素果摊儿，倒便欣然欢喜道：'是丑便丑些，省得丈夫走来渔猎。'故此便把银子照数兑出。锭件有数，分毫不差。请院君收了，写张文契，今日便要过门。"都氏道："妈妈才说一个也没人要，为何如今两个都有人要了？"王婆道："院君不要长价，我就把个缘故讲与你听，当今之世，天道斜行，人人怕了老婆，个个欺了丈夫，娶了伶俐丫头，不为大事，倘被丈夫干碍，那时关系不小。故此宅上二位反是千家货物，内眷们偏是喜的。"

成珪连日春梦，只道替他说合两个爱宠。谁知王婆走来说出这班奇话！正是哑子吃黄连，苦在自肚里，敢怒不敢言，哭又哭不来，笑又笑不出，还不十分知道细底。只见都氏道："员外，今日事也做成，我且说与你知。前日船中你说要寻个妾，我想家下用费日倍一日，况兼年成荒歉，趁钱有限，养不许多人活，便是红蕖、绿萼，少不得要与他个出身头地。料你爱宠也不在他二人，我今已将二人央媒卖得银子在此。你可即忙写纸文契，快快递与王妈妈去。过十来年，少不得慢慢寻个好些的侍妾与你。"

成珪冷笑道："呵呵，原来如此！罢！罢！我平生不作皱眉事，世上应无切齿人。

总只这样一世顺你了。好笑，好笑！"取纸笔来，提起便写了一纸，递与王婆，一径离了家门，不知那里纳闷去了。这里交付过门，自不必说。都氏一心要脱手快，倒被王婆赚了个把银子，比卖齐整丫头到不相同。有诗为证：

> 丑婢厨中尚不容，还思纳宠继支宗；
> 王婆袖手收全利，赚杀区区疲软翁。

成珪逼口气，一径出门半个来月，家里杳无音信，都氏着人四下寻访，正是搜远不搜近。只往各处门户人家、科子家里，四处寻觅，那里有个消息？都氏料得定不寻死弄活，却也不甚着急，倒把襟怀放开了，口也不提。

谁知做家主的人，从来没人欢喜。自从成珪出门，家下倒觉公安婆乐。这也尤可。不想又遂了两家眷属的意念。你道是谁？一个却是成珪的女儿一姐、女婿冷祝。这冷祝祖业原是卖袋口的，传至冷祝，只吃一味呆老实，人上倒多买他的货，故此江干、湖墅，把这"冷祝布袋"叫出了名。杭人至今传说，却讹作"冷粥布袋"，说凡女婿，便是粥袋。这也不必辨他。但只说成家自己的女儿，既与冷家结亲，自然日常都该来往，彼此孝敬管顾，也是分内之事。如何到反忌着成珪？

看官们有所不知："原来都氏自小至老，从未破身生产，这女儿原是继养的，做人虽不五伶六俐，且会七嘴八舌，一味只晓得奉承阿谀母亲，却不会调停家里，常是搅口搅面，送暖偷寒，都氏欢喜他处，正在这段工夫。成珪男子汉，如何看得这样观音鬼、笑面虎过？自然不喜他的。一姐闻得父亲出去，正打在他拳窝里面，忙教丈夫冷祝办了几品荤素食物，便来探望母亲。冷祝随了妻子，也来亲热岳母。

再说那一家，却是成珪的内侄，都氏亲弟都丽所生。那都丽向年父死之后，便撇了祖业，却去攻书。不想功名迟钝，老大无成，做了个郎不郎，秀不秀，把父遗家业消费大半。未及中年，早已辞世，单单遗下这个儿子，唤名都飙。只因早年没有父亲教训，交结了半尴不尬的一班损友。每日好嫖好赌，又兼好摇好吃，把公祖家业耗得越发精一无二。成珪每每将些银两资助，再也扶持不起，总则上手就去嫖赌，由你千万也不够用，所以怪不得成珪不喜他上门。

独有姑娘都氏，不知怎的，这般内侄每常走到，便是心窝里的气，手掌里的珠，

爱得他宝贝一般。只为丈夫不喜他，每常暗暗赠与财物，任他百样浪费，一些也不为怪。"

都飙正在家中，闻得姑爹因气出门，便觉浑身燥痒，骨节轻狂，止不住的笑舞道："这番老头子出去，是我时运来也！"便寻几分银子，买些精致细巧时新吃食，寻个小厮挑了，摇摇摆摆来望姑娘。看他怎么模样？《临江仙》为证：

轻躁骨头无四两，文才颇没三分；长衫大袖浅鞋跟，赌行真老酒，妓馆假斯文。

插号不渐都白木，瞒人假冒青衿；他年书史悟儒身，给还依旧态，断送老童生。

都飙一见姑娘，纳头便拜，道："侄儿一向馆中读书，不得常来探望，日日悬念，好生记忆！不知姑爹近来淘你气否？侄儿特带些须之物，聊充孝敬。"都氏道："我的儿，你在馆中，姑娘日日望你，再不见你来！我又没什管顾你，反教把许多食物孝顺我，难得！难得！可怪我那老杀才，有了这样一个孝顺儿子，不会做爷，今朝又要娶妾，明日又要纳宠，好不磨得你姑娘头发也生了丫枝哩！前日怪我卖了丫头，憋气出门，颇无下落。冷家姐姐怕我独自，也来在此。"

都飙便拜见了冷姐夫与冷一姐，各人笑吟吟的，只寻成珪的破绽，将来当鹅酒送，竟把那都氏弄得风太监相似。吃的吃，用的用，竟像帮闲的篾片相争搭唾，比赛趋承，整日不出门的热闹，不能细述。女儿若送龙肝，侄儿便送凤髓；今朝女婿来做东道，明日弟妇又回筵席；明日女儿用了傀儡，后日侄儿就叫戏文，竟自朝朝寒食，夜夜元宵。两边只要院君快活，希图得些私爱。只恨都院君不曾生得卵袋，若曾生得，争也争不到口来呵！不呵，便舔也肯舔几口！你道为何这些儿女，既非亲身，越会这般孝顺？孝顺极是好事，为何说话的反把将来比贱？

看官们有所不知，假如人家子侄顺承祖业，或者开辟封疆，或者体心贴意，便好叫做孝顺。至于冷祝夫妻、都飙母子，一味不过利其所有，趋炎慕势，奴颜婢膝，昏夜乞怜，与那街坊上的花子何异？设使成家既无儿女，又没钱财，你道都家、冷家肯来这般孝顺否？俗话道得好："吃客用客。"又道："把他的头来研酱，落得吃了他的，

骗了他的。就将他的钱财买物送去与他，人情却是我得；这般孝顺，谁不会做？也是都院君自己爱了些虚奉承，不免受了鬼撮脚，欢喜了小便益，不必说大折本。总之，心性不明，识见短浅，认事不真，不无差误。直教他人儿女，费尽自己钱财，自己夫妻，受了他人闲气。下面便见。

总评：

　　冷处点缀，无不酷肖。

　　天下妇人，多爱义女，表侄，只是喜其假奉承尔。冷姐、都飙一段，大堪为妇人破迷，而天下之为冷姐、都飙者，当亦愧而改矣。孰谓此书仅为妒砭也哉！

第四回　思疗妒鸽鹩置膳
　　　　　欲除奸印信关防

引首《登栖霞山梦氏园》李太白

　　碧草已满地，柳与梅争春。谢公自有东山妓，金屏笑坐如花人。今日非昨日，明日还复来。白发对绿酒，强歌心已摧。君不见梁王池上月，昔照梁王樽酒中；梁王已去明月在，黄鹂愁醉啼春风。分明感激眼前事，莫惜醉卧桃园中。

评：

　　昔之梁王，已入青莲之咏；今之成珪，其谁吊那？黄鹂有不尽之愁，成氏多有馀之情。

　　却说成员外，因忍了妻子一口闲气出门，都氏没处寻访，终日与义女、侄儿说说笑笑，倒也不把丈夫放在心里。谁知成珪自那日出来，也不到门户人家，也不到庵观寺院，却在周智家住下。那时成家也有人来探问，却是成珪已经吩咐，只说不在，故此铁桶风声，水屑不漏。朝日与周智下棋饮酒，闲话白相，或者自己看些小说传奇，到也安乐，也竟不想回家。
　　一日，正是初秋天气，与周智多着了几局围棋，有些不耐烦，独自个踏出后花园中，见那败荷衰柳，不觉凄然；又见头顶上"飕飕"的一声，刚打一片梧桐叶来，那时一发伤感，未免长叹一声。又踏到那边，看见几盆黄菊，将已开发，成珪愁中作喜，借此为题，吟出一首绝句道：

万草皆零落，此花才吐芳；

可怜不结子，空自历风霜。

成珪吟毕，又听得天际"呀呀"之声，抬头一看，却是一行归雁，不觉掉泪道："我成珪真好苦也！你看禽鸟尚且知归，我男儿汉，到弄得有家难奔，有国难逃！自与老乞婆憋气出门，不觉一月有余。虽然离了火坑，终非长策。周君达待我虽厚，凉亭虽好，不是久恋之家；老乞婆纵然不好，那一家老小能不垂念？我想欲待回去，倘他性格到底不改，教我今番怎么过得日子？且待周君达来商议再处。"

周智正备了些酒食，来与成珪赏桂。成珪道："愚兄出门一月有奇，不免思归，正待请你作别。"周智道："兄来一月，知己中无甚相款，今欲回归，谅非责弟之慢。但举世无不争之家，若因小愤而遽去之，固非理也，故弟于彼时原不当留兄；所以留之者，为少避尊嫂烈烈之雄威耳。今兄出门一月，谅嫂嫂之性，亦应消减几分。兄若回归，料来安妥；弟亦不敢作妇女态以留兄，兄亦毋以弟为逐客以罪弟。"成珪道："说那里话！全仗贤弟斡全，岂止一端受惠？但我那老不贤，如得老弟所言，旧性消些才妙；倘是愈加，如何度日？正要谋之于弟，不识有以教我否？"周智想道："我思战、守、降三策，并出下谋，独有鸽鹕一法，未经行验。倘试之有灵，实为王道之济，且用力少而成功多，不亦可乎？"成珪道："快快见教，是何等的妙药？可要几百换哩？"

周智道："弟于《大荒经》中，曾见一句道：东海有鸟，名为鸽鹕，食之可以疗妒。后来梁武帝因郗后之妒，命渔人遍搜而广捕之，以食郗后，数餐之后，后性顿减大半。兄今欲归，盍行此法，聊小试之，倘有应验，即当举之于世，以救天下之惧内者，岂不大有阴骘哉？"成珪道："既有这等妙方，贤弟为何久秘自私？早说也好！"即辞了何氏院君，邀同周智一径归来。众主管、家僮俱来迎接，道："员外一向却在那里，一些也没下落？"周智道："员外自往武当进香，故此去这一程。"众人惊喜相半，不在话下。

都氏见了丈夫，自知没理，把个笑脸迎着道："员外耍那里去，老夫老妻说也不说一声，怪不得旁人道你不好。"成珪道："我往武当进香求子，与你计议，料必不许，与你说些什么？"都氏道："武当进香，有何指实？"成珪答应不来，周智忙向袖里胡乱摸出条字纸儿道："员外素手清香，并不带香货，单只适才递这签票儿与我看，说若要生子，除是娶妾。故此，又恐老嫂见怪，区区不摸出来。除此并无别物。"都氏道："神圣那里管得许多闲事！求签总不灵的。快叫院子，安排酒馔与老员外洗尘，老周若不弃嫌，用一杯去。"周智道："小可颇不敢辞，即当相扰。"三人尽醉而散。冷祝夫妻与都飙见成珪已回，安身不牢，各骗院君许多货物，一齐散了。

成珪在家，心下只有郁郁不乐，每常想起鸽鹏方子，又不知何处好买。一日，偶然在解库中，见那主管们内中好顽耍的，与一个专捉鸟儿的张小猫斗黄头、调画眉，赌钱赌气，也非一日的人了。成珪见着阿猫，便自打心上来，问道："小猫，我见你弄鸟行中不止一日，你尽识得百鸟名字否？"张小猫道："员外，一发小觑了阿猫！莫说百鸟名字，便是性格都也晓得哩！"成珪道："你且略道几件如何？"张小猫不慌不忙，把那百鸟性格一一读道：

禽赋

窃观鸟性，灵蠢各殊，慈乌有反哺之恩，巨喙有警夜之智。啄木画印而求飧，鸠鸟步罡而自肆。莺善斗，鹏善搏。鹦鹉能言，摩背则哑；鸲鸼解语，别舌则鸣。鹊巢背太步，故处危树而不倾；燕窠伏戊已，虽寄高梁而不落。清歌效法于文鸾，妙舞肖形于素鹤。鸳班鹭序，鸠拙鸥闲。枭鸱不孝，即乌（仒鸟）友悌。杜宇啼必北向，鹧鸪飞必南翔。鹤书符，溪鸟敕水，鸢翔风，商舞雨，霜鸟蜇霜，鹤藕露，所技既殊；鹤交影，青鸟交睛，鹊感音，益鸟相眂，鹤交声，鸳交颈，所交各异。鸽鹏有疗妒之施，乾鹊有知来之术。鹰扬鼓勇于武夫，鹤泪助幽于道侣。雁过南楼，佳人心裂，鹊喧北牖，愁士眉舒。鸡寒上距，鸭寒上喙。变将生，子母呼应；雏既生，母子呼应。霄鹏司夜，行鹇司画。雄翼掩左，雌翼掩右。物食长啄，谷食短味。傅则利嘴，鸣则引吭。毛协四时，色合五方，羽物变化，转于时命。是则寻常之管窥，未尽羽族之万一，而其性灵所钟，聊拟议其大略云。

成珪道："猫兄果然有些意思，亏你记得许多。老夫不问别的，专问你适才读的鸽鹏，不知何等物件？"张小猫道："这有何难，另日捉几个送与员外，便知端的。"成珪道："若得如此，重重谢你。千万早得几日方妙。"阿猫应了出门，众人也不知员外要

他何用。

次日侵早，张小猫手中提了三五个来寻成珪员外。成珪道："我道怎么鸟儿，原来就是黄莺儿！"张小猫道："员外，这鸟儿名色颇多，不止呼为黄莺，又名黄鹂，又名春鸟。唐玄宗曾呼为金衣公子，梁武帝曾封为金陵郡公。在《山海经》则曰：'鹖鹕疗得一味好妒。'"成珪忙把小猫的口掩住道："不必说了。只问你，这几只要多少钱？"小猫道"既是员外用得，任凭赏赐。"成珪到也不好轻他，吩咐主管称一两银子递与阿猫。千欢万喜，领谢而去。

此时成珪拿了鸟儿来到厨下，叮嘱成茂的妻子，烹煮得香香辣辣。等待午膳时分，成珪亲自拿了，送与都氏道："连日见院君茶饭顿减，敢是身体不快？拙夫买得一品爽口时物，特与院君下饭。你且请用一箸。"都氏道："与你做了四十多年夫妇，曾不见一些体心，今日为何这等发意？不要辜你美情，待我吃些看。"都氏吃道："这肉到也可口，是甚么物件？"成珪道："只为院君无肴，特到湖上买的油葫芦儿。院君若是中意，拙夫明日再去买来。"都氏道："这些野味，我也常常吃过，不似这品，倒也可人。"成珪见他吃得欢喜，心中十分爽快。

不料欢喜成仇，算人处反算了自己。也是成珪命里驳杂，该受老婆折磨，巧巧那晚都氏刚受了些风寒，肚子搅肠刮胃的，痛得一佛不出世，二佛不升天，到了三更，只是不止。都氏再不怨着自己感冒，只道有人暗算着我，不是咒诅，定是下毒，正叫做肚痛怨灶君，吃跌怨泥神。猛然想着道："哦，是了，我道老杀才向来不肯体心贴意，昨日劈空买些甚么鸟儿我吃，其中决有缘故！"就在床上倾天倒地的喊将起来。成珪不知就里，惊得魂不附体，忙问道："院君，耐烦些便好，为何这等焦躁？"都氏抬起头不做声，竟把丈夫的臂膊拽到口中，尽力咬上一口，只是不放。成珪摸头不着，只叫得苦。

都氏咬得力乏，放了口道："老杀才，你好狠也！要恋闲花野草，何消把毒药害我？这回遂你意了，好快乐哩！"成珪道："院君，这话从何说起？你自肚痛，或者因受了风寒，或者发了痧子，连忙请医生，待他切脉用药，自然痊可。怎说是我将毒药害你？"都氏道："还要嘴硬！你千朝百日，并未体心若此，我道昨日为何劈空假慈悲，将甚么鸟儿我吃，自又不吃，今日巧巧肚痛，不是毒药是甚么？"成珪发起惧来，莫得对答，自说道："鹖鹕鸟终不然吃了会肚痛的？"不期早被都氏听得，道："缘来昨日说是油葫芦，今日又是甚么'猖根'了！"成珪慌了，只得求道："院君不必造次的苦苦怨着我，你只遍访吃鸧鹠若能害人肚痛，拙夫情愿受责。"

言未绝，外厢传报医生来了，成珪忙去迎入房中。看了两手脉息，医生道："别无他恙，只吃一味风寒中于脾胃二经，更兼生冷搏激，以是腹中绞痛；不愈则变为直中阴经的寒厥症。候小子把温胃散寒之剂投入，自当痊愈。不妨，不妨。"都氏道："先生差矣！老身并无受寒，只因我那毒心的老贼，把甚么鸧鹠鸟儿赚我吃了，故此药出这般病来。"医生道："院君不可错怪了老员外。据脉看来，尊恙受寒无疑，况那鸧鹠鸟，即黄莺也，《本草》上说：'性平，味甘，无毒，能补五脏之偏，又能疗妒。'这不过是员外要院君不妒之意，那疼痛实与院君无干。"

都氏听得这话，愈加发怒，只因医生坐在面前，不好发挥。医生撮了一剂药，连夜吃下，果然应验，未五鼓疼痛已住。不觉呼呼的睡到次日巳牌时分，觉来身体康健，便趁个不曾梳洗，走到外厢，把成珪一把髭须揪到厅上跪着，问道："老杀才，你道那鸧鹠不是害人之物，教我遍访，如今先生说虽不害人，专能疗妒，终不然我是妒妇么？我今也不赖，拼做妒妇，与你弄个出场，只要一不做，二不休！且跪着，待我慢慢敲断这几茎老牛骨。"

成珪道："拙夫实不晓得甚么可以疗妒，不过一味孝敬，谁知医生乱出这句话来，院君便轻信了！可怜老夫受刑不起，万望院君慈悲这一次，今后决不敢再买鸧鹠，也决再不敢提个'妒'字儿起了！以后若犯，任凭院君打死罢！"都氏道："老花嘴，你道这番医得我不妒，任凭你去寻花问柳，好快活哩！我今也查不得许多去向，限不得许多时刻，只把一个甚么法儿，早上给了，晚间要缴，若你依得，总也万事全休；若说半个'不'字，今日休指望活了狗命！"成珪连连叩头道："院君有甚么条例，甚么方法，是件都依，只求院君饶打。"都氏道："既是肯依，明日听候发落。起去！"

成珪应声谢恩，立起身，向外便走，急了些，一个昏花，直从板壁边擦去，不料一个小小钉头，把裙子钩住。成珪只道又是妻子拽住，回身不迭，连忙低头跪下道："院君，一应条律，拙夫已许下俱依，为何又拽转来？还有甚么分付？"说完，不见答应，抬头一看，方知院君已是进去，回头见板壁上钩着半条裙幅，方知被钉取笑，于是立起身，口中呸几呸，唾几个唾沫，走出外去。

都氏要寻个法儿奈何夫主，一时思索不出，暗自想道："我待只不容他出门，又恐旁人议论；若是着个小使踪迹，又恐监守不严，反能卖法；若竟将他下身小衣，早晨尽行缝住，认着针线手迹，又教他这一日怎生大小便得？"东思西算，只是不妥。忽然间悟出一个主意道："妙得紧！妙得紧！成茂哪里？快与我唤个刻图书印的先生来！"

成茂领命，也不知叫他何用，一口气径奔到鼓楼前，接着那专刻印儿的徐铁笔到家，报知都氏。都氏请进相见毕，问道："老身闻得先生大名，特请见教。不审先生专刻那一家的图章？"徐铁笔道："小子祖传镌刻，所习不止一家。莫论周、秦、汉晋、唐、宋、齐、梁，四夷八蛮文字，处处晓得，但不知院君要刻何等字号？"都氏道："据先生所说，历朝印谱，老身一字也用他不着，惟独老身这篇印谱，想是先生倒也未经看过。如今总不必拟古，只随时刻些甚么花、草、鱼、虫之类罢了。"徐铁笔道："院君的印谱，小子虽是不曾看过，若说施于何所，小子定须有个刻法，如不说明，恐失款识，难为识者比。请院君从实见谕，以便计议。"都氏道："不过暗记而已，不拘式样，只不要有字。"徐铁笔只得提起刀，飕飕的刻成一方印，与都氏一瞧，十分称意。怎见得？

　　长短无过一寸，方圆只可三分。不镌玉篆与金文，赛过降魔法印。上刻
　　并头两朵，荷花出水亭亭。不施图画并关津，与那假请客用的没认。

都氏将钱送与徐铁笔去了。次日清早，便对成珪道："今朝好日，我老娘要开印了。言过是件俱依，这回略梗我令，先请一百竹片！"成珪道："院君又来取笑！好好的又惊吓我！"都氏道："谁来取笑？昨日说得俱依，今日却又忘了？"成珪道："不敢有忘，但凭施设。"都氏左手捏匣印色，右手提个印儿道："我也不打你，我也不骂你，只从今日为始，每日起床，请你令尊出来，头上给一颗印，到晚要原封缴还。日间任你各处闲走，只要印儿无损。如有些儿擦落，以吏胥洗补重大文书论，杖一百，律徒三年；全失者，以铺兵失去紧急公文，及旗牌官失去所赍虎符论，随所失之轻重治罪，轻则边远充军，重则辕门枭示；若曾于所在地方有司，呈明致失之由，罪亦减等。若不遵明旨，擅自私刻者，以假刻符玺论，罪诛不赦！"成珪道："院君出得题目，便是难做，倘裤裆里擦去些，难道也打一百？"都氏道："这也凭你遮护，亏那考武生封臂的，怎么过了日子？"

成珪不敢回对，只得把那尘柄少少取出。都氏道："怕什么羞哩！"把只嫩松的手儿，竟向裤里和根拽将出来。成珪又笑又怕，不觉老骚性发，那话儿已自勃然大举。都氏也不管三七廿一，竟向龟头上打一颗印子。成珪惟恐擦坏，只得另寻个绢帕儿包裹上截，方敢行动。

都氏以此法既行，以为得计，竟也不像旧时提防，任他游走。这日晚上归来缴印，灯光之下，免不得法令之初，将印儿一比，不知怎地小了一半。都氏放下脸道："老杀才，恁般欺我，开封发市，便雕了假印来！"成珪道："院君严命，谁敢玩法？屈死我也！"都氏道："我只不管。原说过的，擦坏计责一百，假刻死罪不赦。言犹在耳，决不宽宥，死罪可恕，活罪难饶，今日让个初犯，减等也该二百竹片。"

成珪再三苦苦哀求，只得受了一百下，次早仍复关领收缴，已是半个来月，俱无异说。不想那日晚间，又该缴印，不觉印子又大了若干，都氏又变了脸道："老杀才，又讨死也！前番私刻，小了一晕，已吃下一百竹片，想是打得少了，今日又去私雕，你看又大了一晕，该得何罪？"成珪实是不曾雕刻，前番已是屈打一顿，十分痛苦，今番又说要打，你道岂不惊骇？那件家伙，早缩做蜒蜎虫一般。成珪对着自己尘柄叹息道："只为你身上，不知累我受下多少苦也！"言未已，只见龟头印儿已如旧了。都氏正要打，成珪道："院君不要造次，只求复试一番，再打未迟。"都氏仔细又是一看，果然一毫不差，这晚活活饶了一顿毒打。

看官们，你道印儿大小原有分寸，成珪既不私刻，为何能大能小，赚出许多唇舌？原来那日成珪初领印儿，与院君夺手夺脚，未免说些趣话，骚兴一动，老做老也会举了起来，硬时印去，到晚软时来缴，怪不得小了一晕，这顿打也免不过的，后来这日印时却是软的，到晚也因此高兴，硬了头皮去缴，岂不又大了一晕，若不是仍旧惊软，这场打可又不是难逃也！

不知这法儿，毕竟行得通否，且听下回分解。

总评：

印龟一段，令人口笑而不能合。或谓教主又添妒妇一法门矣。余曰：不然，是正为限时刻者行方便耳。

中国禁书文库

名家藏禁书

引首《画山水歌》吴融作

　　良工善得丹青理，辄向茅茨画山水；地角移来方寸间，天涯写在笔锋里。日不落兮月长生，云片片兮水冷冷；经年蝴蝶飞不去，累岁桃花结不成。一块石，数株松，远又淡，近又浓；不出门庭三五步，观尽江山千万重。

评：

　　良工善画，吴生善赞，二君的确敌手。究竟只成得一纸画片，酷似此回。

　　却说都氏自置印儿之后，将近半年，早给晚缴，丝毫无弊，皆赖此物之力。但成珪带了这点缄束，岂不气闷？正像哑子吃黄连，苦在自肚里，人前说不出来。终日纳闷而已。不拘远近，懒去游玩，每日在周智家中消遣。

　　这日因天气炎热，周员外特备了个小小攒盒，又带些酒肴之类，邀同成珪，就在自己后花园中树荫之下，石桌儿上纳凉。适值小池内荷花盛开，两人对酌，谈天说地，叙了好一会工夫，颇颇欢畅。正说到荷花初种之由，成珪不知怎地不乐起来，答应俱也懒了。周智那里介意，乘着酒兴，狂歌谑笑，无所不至，将个酒杯桠着成珪，抵死要吃，又要猜枚，又要行令，高兴异常。

　　成珪就是泥塑木雕相似，只不吃酒，也不揽猜枚，也不兜行令，只把些败兴话说。周智见他扫兴，便睁着醉眼道："老兄怪我么？"成珪道："为何怪你？"周智道："既不见怪，为何酒又不饮，话又不说，目瞪口呆，沉吟不语？敢是有甚忧虑之事？"成珪

道："咳！贤弟若说个'忧'字，我上无兄，下无弟，活是单丁，死成绝户，极是可忧的，倒还不在心上，只是那闲烦闲恼，终日不曾离身，因此郁郁不乐，岂是怪着贤弟？"周智道："我也想兄定不怪我。但兄既不为子孙忧，极是个达人了，何苦到堕在闲是闲非里边？即嫂嫂有些严紧，也都不当急切。对此清凉景界，低唱浅斟，况又池荷盛开，堤柳高荫，比了那巴巴急急，此时在日心里挑驼生理，汗血横流，我与兄已是天上人了。何苦不知快乐，反自愁烦！"

成珪道："据弟所说，极是有理，但不知我见了荷花，反添一番新恨，总也不好诉与你听。"周智道："弟兄至此，手足不如，还有什么对我说不得的！不妨事，你且说来。"成珪道："不瞒你说，总只是我家的老不贤，近来做事愈出愈奇，说来真个叫你笑个绝倒。前番因你湖中苦劝娶妾，他次日便唤媒婆。我稳道这回人情应也，不想那老乞婆道我有意于家下两个丫鬟。老弟，这魑魅魍魉，别人不见，你须见过的，你道区区可是动火的么？叫个媒婆登时逼写了文契，竟自贱贱的卖去。这到也罢。其后我出了门，承你把鸪鹕方子传授，只望医好病根，做个安乐人家。不期命运不利，被他知了消息，死认我有外情，不许出门。还犹是可，把个什么印儿，打在龟头上，早给晚缴，略有损坏，吵闹不休！"

周智道："古来悍妇也多，不似令正，实是出类拔萃！打印龟头，真也罕闻！请问上边刻何文字？"成珪道："正为上边刻的是朵并头莲花！"周智拍掌大笑道："怪不得睹物伤情，只是不肯饮酒！咳！贤兄，你也忒煞疲软。街前屋后，怕老婆的也不少，谁似你毫不违拗，要高便高，要下便下？我想起来，还该振作一番，把那夫纲略整一整，也不枉做个男儿汉了！凭般畏刀避剑，实难！实难！"成珪道："我岂不知夫纲该整？但是见着他，不知怎地，好似羊见虎，鼠见猫的一般，立时酥软。即使老弟见他？只索没了主意。"周智道："我若有了这般妻子，便有这般手段，早早对付他，自然安妥了。"成珪道："老弟既有好计，传我一个，还好摆布得转么？"周智道："传便传你，只怕教的曲儿唱不会哩！"

成珪再三求道："成事在天，谋事在人，好歹做一番看。老弟不要吝教。"周智道："若得遂计，还不为晚。你但依我做去，我只作不知，走来于中处事，那时包得搁起印儿，还要娶房妾与你哩。"成珪大喜道："若得遂你金口，我便拜杀了你！"周智附耳道："只需这般这般。管取万全千稳。"成珪拍案大笑道："真妙！真妙！不枉周智之名

锦帐春风

也!"便放开酒量,大吃一回。临别,周智道:"本当留兄洗了澡去,恐误老兄公事,不敢强了。所事在心。"成珪作别回家,当晚无话。

次日清晨,又该关领印子。都氏道:"这时候还不过来领印,推些什么?"成珪说话间,假流出两行珠泪道:"如今不必劳院君费心了,夜来得着一梦,甚是不祥;更兼院君防范愈紧,又不肯与我娶妾,我想人生在世,都也枉然,几欲寻个自尽,想了父母遗体,不忍自己残虐,不若削去几茎白发,做个云游和尚,那时好的徒子法孙收他几个,也完了这点子嗣念头。何苦急急遑遑在家下费你清心,烦你终日防备!自今日以后,永别你去,择日披剃,再不进你房了!"

都氏起初还道是假,看那涕泪交加,稳信是真,便问道:"夜来得个什么梦?且说与我听着。"成珪止住泪痕道:"咳,不要说起,到底是空!三更之后,朦胧睡去,到座高岗去处,远远见云端里一位金甲天神。那时我仔细一看,认得是韦驮天尊。他便把手中所执那把八万四千斤重的降魔金杵,指着一株桃树上两个瓜大的桃子道:'赐与你去。'我便倒身拜谢,千方百计,再也采不下来。又没梯子,又无钩竿,正在没摆布处,回头不见了韦驮,忽见一个少年女子对我道:'员外要取此桃。何不立在奴头上,便可妥手而得了。'我就依言立在他肩上,随手取下一双香喷喷鲜红的好桃子。正在展玩之间,只见院君从脑背后扑的一下劈手夺去,我却依旧剩了一双空手,因而惊醒。故此我道万物皆空,终久有个了局。想了这梦,倍觉确然。何不早向佛门博个来生福分,有何不可?"

都氏道:"这梦据我想来,到也不为不利。但你出家虽系好事,日后不尴不尬,岂不后悔?何不就在家中吃些短素,念些经卷,叫做在家出家,有何不好?"成珪道:"使不得,使不得。多有在家出家的人,初时信心向道,百般信佛,立誓断了荤酒,分了净床,看经念佛,无所不至;后来看看淡去,只觉不好悔得,心中好生难过。那净床本是暗昧的事,便破戒了,却也没人晓得。惟那除荤一事,不好平空开得,又难对他人说知,只得干干的熬过日子;偏偏那煮火腿的气味,炒鸡、鸭的馨香,一阵阵直打那鼻子尽头处,一直钻将出来,少顷,他人吃时,自却眼睁睁地瞧着,喉咙里便似有十五只蛐虫越儿爬的一般,好生七上八落,只得把涎唾□□的咽了几口。后来实是熬不过了,假装起病来,思量开荤,不好直头吃了鱼肉,假意道白鲞是东海石首,摩尼亦曾食之;鸡、鸭、蛋是未见天日之物,不识不知,亦可食之,牛乳曾得如来留下一句道：'无乳不成斋。'亦可食之。殊不知三物俱有性灵，何独吃素人可以均啖，甚而渐把团鱼、狗肉依先一齐吃了。于上那些说话，岂不是个贪嘴引子，不信毁却前功；且阎罗王知了消息，惹祸不浅。原来，阎罗王怪的是这一件，故此，和尚、道士明明吃了荤酒，阎王再不怪他，越与他寿命延长，无灾无祸；是那俗家吃素的，心中略把念头动了一动，便要落在阿鼻地狱里去。你不见向来吃素的人，把荤一开之后，那阎罗老子肯与他活了几个年头？故此那在家出家的说话，拙夫是断断不为的！况又受你缄束，不许娶妾，在家何益？只是做了和尚，到得大家安乐！我今立志已坚，不劳劝了。"

都氏见丈夫一心一口真要出家，自己劝他不转，免不得也发了宇宙洪的念头，胸中早有几个小鹿儿忐忑的撞个不住，暗想道："这回不钦依我，料想那马虎山是用不去了，激出事却怎么处？别人不妥，须得那周老柴根来，方济得事。"随即唤成茂道："你可快去对周员外道我有请，立候，立候！"

成茂不多时到了周宅门首，对周智道及来意。周智明知必来相求，早早穿着停当，见着成茂来接，假作忙道："正欲出门，拜客要紧，那得工夫来见院君？明后朝罢。你先回去。"成茂道："奉院君命，千万要屈员外拨冗走这一遭。"周智假蹙着两眉道："怎么好？偏是忙中！也罢，先到你家去来。"即同成茂来到成家。

成茂先进通报，将周员外拨冗等情况说上一遍。都氏即忙把个笑脸堆就，迎接周智，深深万福，道："叔叔贵冗，偏又来累及你！一向不到我家，可是怪我们？"周智道："日前到也不忙。并也不怪你们，只被那两个旧相交的姐妹，可奈他日日来接。若来时，又恐怕带了你家员外去，又累尊嫂淘气，故此疏失，疏失。今日相招，不知何所见教？"都氏道："我家那老柴根，快活不过，没事生烦恼，道昨夜得着一梦，今日要剃发出家。我想料不是个结局事体，故此接你劝他一劝。"

周智摇手道："不管，不管。他也有了年纪，有些难说话的；况且我又淘不得气，劝不转时，未免招怪。倘是他再说院君些短处，我又免不得要劈中，那时院君不听犹可，岂不又怪了老周？"都氏说道："不是老叔劝他，别人一发说他不转。倘他有些莽撞，老叔只念着交往之情，也要耐了；若是说我处，决不怪着老叔便了。"周智道："要说得过，才去劝；说不过，只是不管。"都氏道："君子一言，快马加鞭。不怪老叔是了，定要着个死字不成？"周智道："既如此，待我见他。"

周智来到后厅，只见成珪正在那里呜呜地哭。周智道："贤兄，何必如此！你赤手空拳，做成偌大家计，虽然无子，尚还可图。正该撑持门户，创立家风，才是男子汉的事业，为何思量亲近那一班秃头狗彘，有什么好处？"成珪道："向承贤弟看顾，今后我出去了，一发要你遮庇。只此一事，千万留情。"周智道："兄真要出家，也是留你不住，但把你去意说与我听，若果有理，只索任从你去。"成珪道："不瞒贤弟说，萧何制律，说凡人四十无子，便许娶妾。我今年已六十，院君尚且不容，纵有精力，料也没个生子的家伙；家下既已不许，外边闲花野草，或者天可怜见，度得一个种儿也不可料。我家院君又时刻防备，甚至不堪言处，那些生子接续香火的念头，已索然了。况且夜来得梦，明明是个空局，何不早向空门，博得个'和尚无儿孝子多'，到也完了桩事。"

周智道："这些闲话，说来只觉在院君面前作娇，不知事的，又道你诈小老婆的面孔。只把那梦说来，待我详个凶吉，好便留你，不好便凭你。不要太絮烦了，就像祖宗这碗羹饭独你要吃的！"

成珪把前边那梦一一说完。周智顿足大叫道："还好，还好！我道你这人面门上不带孤相，心地中不行歹事，决非无子之人。院君恭喜，你员外还有两个儿子，真是天赐哩！你们不可把这梦详差了。"成珪道："院君已近六旬，终不然还生得两个儿子？"周智道："非也。若嫂嫂不怪我说，就把这梦详与你听，嫂嫂若依了梦中说话，员外也不必出家，自然各人有一种好处；嫂嫂若不肯依，出家倒也合理。老兄，你那梦极是做得有些美处。金甲神赐与二桃，有子之象也。你正计采取，立在女子头上，一采二枚，岂不识'立'在'女'上是个'妾'字么？有妾自然生子，生子自然叫院君是娘，后来做官做吏，五花冠诰封赠父母，怕那小老婆受了封去？自然院君受的，不是只当替院君养儿子？嫂嫂劈手夺去，正是绝妙机关，为何反认做甚么空局？"

成珪道："依你这般讲来，我倒竟该娶妾哩？"都氏道："像了春时，谁不做些梦。恁般有准，没这许多。"成珪道："院君只不信梦，我也只出家罢。"便将一股剪刀把鬈子就剪。周智急忙夺住道："老兄，为何这等性急！正要做事业，倒剪去了头发，明日那有个打和尚的娘子来与你做妾？"又对都氏道："嫂嫂适才讲过的，依老周说，做你着，开个恩，看祖宗面上，好歹替他讨了一个。以后再若要出家，在我身上。"

都氏初时不肯，见丈夫执意要剪头发，又因周智跟前应允过了，不好推脱，只得想了一会，不知怎地定下一个歪计策，便欣然允道："周老叔，不是老身向来不肯娶妾，只因年成荒歉，家下进少出多，一个人来，便有若干事体；况他年纪已老，故此捱过这日子。如今既蒙叔叔这般美言，况兼得这般一个好梦，何苦我不与他娶妾？但有心做事，不可贪贱，也要由我拣择，看得像个有福做娘的才好。"周智道："难得嫂嫂金诺！这打听人物，极是容易。"

又对成珪道："阿兄，今日嫂嫂既允，你再不可差了念头，想着出什么家！"成珪道："院君虽然允诺，我心终是想着空门。既是阿弟劝阻，只得依命。"周智瞧着成珪，两人暗暗的笑。都氏见事已说妥，亲到厨下备办酒肴与周、成二人吃，自却另桌陪饮，彼此都各遂意。正是：

酒入欢肠，必然尽醉。

再说周智归家，已是大醉，见了妻子，笑个不止，妻子问也不应，只是笑道："异事！异事！你说铁打的人，也会听说么？"何氏道："铁人如何晓得听话？"周智道："成家院君，心肠煞过了生铁，成老头子被他弄得七颠八倒，再也不敢说起个'妾'字。昨日被我设下十面埋伏、踢天弄井之计，今日那都氏满口应允，指日娶妾。你道铁也会化了么？"何氏道："只怕又是鹅子石塞床脚，不稳些哩。"周智道："忒稳，稳如磐石。"何氏道："既如此，何不明日就把我妹子家下那个家生女儿，说了与他？"周智道："正合吾意！天字第一号的姻缘，明日便去对那院君说。"当晚无话。

次早，周智便到成家，见都氏，道："昨日蒙嫂嫂美意，只因贪杯，一发大醉。"都氏道："敢是替我老子快活醉的？"周智道："这还犹可，今日还要取扰，一发要快活哩！自古道：'成不成，呷三瓶。'小可寻得绝妙一门亲事，今日特来作伐。"都氏道："是那一家？"周智道："说来又是嫂嫂识熟的，便是房下的阿妹家，那一个家生女儿，今年却才一十六岁，人物出众，且是标致，做得一手针指，识得几个字眼，况兼财礼不要多少，又兼彼此亲中，一发好得紧。"

成珪在旁插嘴道："贤弟说的一定绝妙，院君就允了这门罢。"都氏道："你莫心焦，我自有处。"对周智道："叔叔所说，固是十分停妥，但我还要卜一卜凶吉，另日还要相一相好歹，然后行事，庶后无悔。如今且慢道个'成'字。"周智道："这自然，任凭求卜，姻缘事非偶然，过日再讨回覆罢。"随即辞归。不题。

再说成家讨小风声一出，正是三脚虾蟆无处觅，两脚婆娘有万千。那些张媒、李妁、王婆、赵妈，终日竟不盘门，接得长也似多。都氏只是拣精剔肥，东推西阻，媒婆说得丑些，又落得好推；媒婆赞得好些，他又正怪的是好；或是那女子少年暴长，又说是短寿命的，不好；或是那家女子不甚长成，又说是个宿积，到老无成，又不好；小户人家，又说是小架子出身，如何晓得大家体统？或是大家女儿，又说是吃大锅饭的儿女，不知民间疾苦，那晓得撑持家事？赚得那些媒婆，真个是脚后跟毛也没了，尚兀自春梦不醒；赚得那成员外心里好似十五个吊桶打水，七上八落。听得说的亲事，就像黄子吃狗肉，块块好的，只怪院君只顾拣选，并不曾允着一门。心下忖道："我家院君忒煞用情，在前不肯娶妾，便是两个鬼样丫头都卖去了，今番大发慈悲，不值得这般拣择，不知要娶怎么样标致的与我？以我论之，便将就养得儿女也罢了。"想一会，笑一会，转味着君达的好计，不知日后将甚么杀羊茶饭酬谢得他。

不觉过了三、五、六日，忽然冰窖的冷了，不见说起。成珪心下老大焦躁起来，悄悄对个小厮道："你可去周员外家说，前日议的亲事，为何不来讨回覆？你道员外若闲，可来一叙。"小厮领命，径到周家，对周智说了来意。周智道："不是不来。那日见院君口气不妥，故此不敢来讨回覆。既是员外见招，少停便来。你先去着。"

小厮回家，复了主人，成珪即到解库前，眼巴巴地望着周君达，再也不见到来。抬头望处，只见远远的周智已来了。成珪连忙跳出柜台，便叫道："周兄自在性子，快步走儿！"那人只是不应。有诗为证：

不为春情恼寸肠，只缘小子尚无娘。

巴巴望眼眯鹢处，对着旁人手浪扬。

原来来的不是周智，却是街坊做豆腐的吴老儿。那老吴正杀得个肉猪，赊与屠户，未有银子，这日把件豆绿棉绸袄子穿了，摇摇摆摆走去讨银，打从成珪解库前经过。服色虽与周智不同，面庞略略相似。成珪正是望得急切之际，朗声大叫，心中还道："怎不应我？"及至近前，好生没趣。又望了半响，真正的周员外才到。

成珪一见，就是活拾一颗夜明珠似的，连忙问道："你说次日就讨回复，如何一程不来？教人好生着急，我家院君东来不成，西来不就，或者贤弟所说定须难却，且与我鼎言一声，足见厚情。"周智道："本当替你去说，可奈尊嫂那日口中不肯兜揽，倘是去说，又讨他一顿抢白，反觉不雅，故此不敢斗胆。"成珪道："老弟豪爽之人，妇女之流，那里怕得许多？好歹与我说一番，斡旋了这桩美事，也不辜你前日那条妙计。难道定要愚兄下跪！"周智连忙扶起，笑道："老兄为何怎般着急？小弟不过戏言之耳。"

周智来见都氏。唱喏未了，都氏便问道："老叔今日下顾，有何见教？"周智道："呀！嫂嫂，正事你都忘了！前日说的亲事，特来讨个回覆。如妥，好待他家趁早备办妆奁。"都氏道："此事……此事我已着人打听，都说十分贤慧，十分俊雅，只是土地庙前那贾瞎儿起下一课，说是有些不利，故此老身还要慢慢商议。"周智道："嫂嫂既已探听得人物出众，何必又去问卜？岂不闻太公伐纣，不信蓍卜；武王出师，不泥日主，既人事已决，何天命难违？况娶妾细事，不系兴亡，巫瞽胡言，多因茫昧，老嫂不必深信，且宜尽乎人谋。"都氏道："叔叔差矣，若卜筮无灵，伏羲氏何须八卦？人谋可据，诸葛亮岂止三分？亦当尽于天理，杂以人情，自然国治家齐，于事方有利益，岂可草草妄动乎？"周智道："既是不允，但凭上裁。"都氏随口道："也不是我故却，只因水沟头姓王的媒婆，说了一门在此，倒也求卜得起，故此拂了尊谕，实非假意作难，胶柱鼓瑟。"周智道："嫂嫂已订佳婚，何不早说？小可就此告退。"都氏也不相留。

成珪立在前厅，听了半个时辰炮声。等得周智出来，问道："老弟，所事如何？"周智道："不济，不济。"成珪吃惊道："为何？"周智把占卜的话说了一遍，道："莫说老兄怕他，我也只索眼睛看了鼻头，舌尖抵定牙齿，半句也回不迭。"成珪道："如何，你今朝才知他手段么？又不允，怎处？"周智道："不必心慌。嫂嫂还有一句说话，道已有一门，甚是求卜得起。"成珪才得放心。连周智也不知这家的亲事，果然七伶八俐，亦能赛过西施否？还是半二不三，也堪比得南威么？直教骆驼骨头卖了象牙银子，填仓货物赚了顶号的价钱。下回便见。

总评：

　　种种丑态，件件画出。

一友人极好说梦话，或言梦纯阳祖师，或言梦孔子圣人，或言对朱夫子，或言见苏东坡，娓娓言之，烦聒令人欲聩。余戏云："余昨梦柳盗跖谈日炙人心一段公案。"友惊曰："兄何作此恶梦？"余曰："好者都是兄做去了，叫我那得不作此恶梦？"彼犹不觉，一日，又对余道："昨见太史公，接谈一夜，大快余心。"余问："何状？"彼曰："如我一样胡子。"余曰："然则兄自梦兄耳，太史公已受腐刑，须从何有？"众大噱。而斯友之梦，梦亦遂惊觉。成珪言梦，颇似此友，若令都氏少一转念，周郎之计不为太史公之须者几希。虽然，都氏固愚妒妇人，尔乃世有为妇人愚者又将何如？

第六回　脱滞货石田长价
嗟薄命玉杵计穷

引首《三五七言》李太白

秋风清，秋月明。落叶聚还散，寒鸦栖复凉。相思相见知何日，此时此夜难为情。

评：

早知道相见难为情思也，不若当时不见高。

却说众媒婆因成宅觅妾，纷纷的都来说合，都氏总也不理。独那卖丫头的王婆，与都氏最为知己，也寻几门来说。都氏因是王婆知心，便将实话对王婆道："妈妈所说，总然俱可成得，但是我家用不得那一号货。"便附了王婆的耳边道："只须这般，这般，我家才可用得，"岂不知回复许多的意况儿。

王婆是个走千家踏万户，极是点头知尾的，早已识破机关，便假蹙个眉尖道："哦，原来如此！院君一发凑巧，正有一门极是对绺。不该这样讲，只是财礼要得多些。"都氏道："这是一家货，除了老娘，谁还要他？财礼少些便好。"王婆道："院君有所不知，世上如院君者颇多，恨不得学院君主意的也不少。那等货，正是千家日用之物哩。比如杂货行中把货物囤了一年半载，一朝有个售主，自然要长几分利息。况且他家虽是小户，倒也是个有体面的，几个儿女都已完配，只有这小女儿，有些不阳不阴，故此姻缘迟钝，误了青春。如今老身去说与员外作妾，料必不肯，须要我多费些嘴沫，院君也吝不得银子，才可成就。若是彼此坚执，院君莫怪老身不管。但杭城

只此一铺，第二店都没了。"都氏道："既如此，财礼也任凭吩咐。只不知姓甚名谁？"王婆道："他家离此不远，便是那熊阴阳的女儿，今年三十来岁，尚未适人。院君，你莫怪他年纪大了，闺门其实严紧，真是过火道地货哩。"都氏道："不要取笑。趁早去说，候你回复。"

成珪闻得这回有些机括，便喜欢道："想院君日前在周君达前说的，像就是这家。"连忙整备酒食，与王婆自筛自饮。吃得个酩酩酊酊，脚下写出"之"字，口中七颠八倒出门。

次日来到熊家。那熊先生正要出外烧纸，看见王婆到来，即忙作揖道："难得妈妈下顾，里面请坐。"王婆进内，见熊妈妈，一面的笑道："多谢熊老娘日常照顾，不曾过来孝顺得，如今特来替三姑娘作伐。"熊妈妈道："难得美意。只是小女身上事怎么好……"王婆道："老娘，这事我岂不知？正是妙在这里。"就悄悄地将成家院君正要寻这家货的根由，说上一遍。熊妈妈道："他虽主意如此，我心怎过得去？只怕使不得。"

王婆劝道："老娘又来说腐话了，事当机会，不可错过。他家自己着迷，于你甚事！况且令爱已大，半阴不阳的，养老在家，终非结局，不如将计就计，落得赚他几个银子，人又落得出身。过门之后，食用穿戴不消忧得，强似埋没在爹娘身旁。"熊妈妈道："妈妈说的极是。但老子不知就里，待我与他计议，明日再回复你。"王婆千欢万喜正待起身，那熊三姑听见替他议亲，也不知丈夫是怎地好受用的，他有些欢喜，即忙寻几个陈年茶果，点了一杯浓茶，笑吟吟地拽住王婆吃。王婆道："好个姑娘，正该这样，明日嫁出去，抢葱拨菜，终久行得出，有人敬重。"熊妈妈道："些小之事，小女都理会得。只那家话，宁可说个停妥，不要误事才好。"王婆道："这决不累你淘气。"说完出门。

熊阴阳已回，便问妻子道："闻得王婆来说亲事，量他也知道女儿病痛，谁家这等晦气，肯来受纳？"熊妈妈道："一发竟是前世生就这段歪揣姻缘，正是'不必文章中天下，只愿文章中试官。'那成员外要娶妾，他的院君正要这一等货。我想女儿在家，终非了局，不若趁这运道，胡乱嫁去，落得赚块银子，强似你烧了半世的夜纸哩。"

熊阴阳原是个贪利之徒，便喜道："这倒绝妙！但他家既要这一等货，我家是个独行，怕不长他价钱？明日王婆到来，讨他一二百金财礼，少也不要嫁他。"二人计议已定。

次日王婆早到，说起所事，熊阴阳道："妈妈，我小女虽是丑陋，不比与人作媳。今成员外既要作妾，财礼银两，必须浓重。妈妈做事惯的，不须区区细说，全仗，全仗。"王婆道："阿爹说的虽是有理，但为妾的也有几等：有的隔山调远，一嫁去父母不能会面，这也有多些财礼；或是大宅人家，将女儿嫁与本乡土财主，或者又是出身微贱的，这便莫说做小，就是做媳妇，也明要索他几两聘金。如今成员外是你左近邻里，况且古旧人家，开个解库，谁不羡慕？将你令爱配他，正是门当户对。依老身说，好歹一百两雪花银子，择日便要成亲。"熊阴阳道："不够，不够！别家女儿，养到十五、六岁便嫁，我女儿今年三十来岁，岂不一个赛了两个？况且物卖当时，正是用得着，凭我嚼。如今不要说多，依妈妈加一倍罢。你的媒钱，情愿送个全礼。"王婆道："他若肯出，王婆并不相阻，必不打后手；他若不肯，到这步也索由他，王婆也没得小伙添些。既如此，待我再去议看。"

王婆飞风一径来见都氏道："院君所托，老身其实不好推得。可奈那家猪亲狗眷，一发狠得紧，一口气定要二百两财礼。我也不好作主，特来达上院君。"

都氏道："多少减些便好，如何要得许多？"成珪插嘴道："前日许多来说，院君只是不允，为何偏要赎着这贴贵药？"都氏道："别家却求卜不起，只这家姻缘上卦，子孙持世，故此决要成的。"成珪道："既是院君中意，也论不得财礼，依了他罢。"王婆欢喜道："还是员外做大事的。明朝挑个日子，做亲行聘的不止一家，员外可就整备停妥，下了聘罢。"成珪道："院君意下如何？"都氏道："便是来日。就把吉期也择了去，省得又是一次。"

成珪即将通书一看，其时正是八月初旬，成珪便以近就近，拣个十五之日，对妻子道："中秋乃明月团圆之日，倒又飞细好个日主，院君以为何如？"都氏道："既好是了，何必问我。"

次日，即着成茂、成华赍了财礼，送至熊家。熊老见果有二百之银，真是天脱下的欢喜，即备酒食款待来使，并及王婆，又送各人赐赏钱物。三人去后，熊老夫妻将许多银两搬到房中，笑道："老娘，我和你生下完全的儿女，到都被他讨了债去，谁想临后添出这个滞货，倒还了债。虽他家百色俱有，我家也要些少备办。明日就去买绸绢，唤裁缝，定木器，打首饰才是。"妈妈道："这些总是旧套，杭州城里省会之处，早晨要了银子，晚上讨得齐备。只是一件，我家女儿其实是个雌太监，他纵娶去，终久用不着的。天理人心，得他若干银子，你我心下岂安？就是女儿，也要在他家过日子，成何体统？不若依我见识，譬如少得三五十金财礼，花些银子，着讨一个能事些的丫鬟，做个从嫁，使他或者替得半分力，也不枉了一番唇舌。"

熊阴阳道："使不得，使不得。他家院君只因专门吃醋，所以用得我家这等滞货，你又寻个帮手与他，岂不枉了院君这番心计？"妈妈道："你虽不是个读书的人，在九流中也是衣冠世胄，岂不晓得继绝世、举废国是君子所行之事么？那院君执了偏见，把丈夫恁般愚弄，难道不违条律的？只今炎炎之势，凭他尽意做去，恐日后举眼无亲，那时追悔，噬脐之不及矣。在他，这等行得；在你我，如何昧得这点寸心！"熊阴阳道："非我不肯，倘是讨个送去，反惹得许多闲气。"妈妈道："这必不妨，只说我女儿不甚唧口留，特地与他伏侍的。成院君若把我女儿的丫鬟作贱，我不怕他，自有说话。你只依我做去，管取不妨。"熊阴阳只得应允，记在肚中。

不过几日，适有一个姓李门眷，叫做李春，来寻老熊。熊阴阳问道："足下有何见教？"李春道："小可不为别事，常见先生善于赞襄，特欲一浼。我这有个使女要货，若先生有令亲友处用得，小子急于要脱。"熊阴阳问道："尊婢几多年纪？要得身价若干？"李春道："今年一十五岁，凡百做事，都也来得，其价须是三十两方妙。"熊阴阳道："既如此，待小弟到宅一看，庶便亲友处去说。"

李春即引老熊回家，请到堂中坐下。叫道："翠苔那里？有客在此，点茶来。"翠苔应道："可唤苍头来捧。"李春道："苍头不在，你就捧出不妨。"翠苔只得捧出。但见红生两颊，羞涩不胜。《临江仙》为证：

　　小巧腰肢刚半捏，依然含蕊梅花。蓬松两鬓暗堆鸦，虽非金屋艳，不愧谢庭娃。婉媚却无轻薄态，见人羞涩偏加。持觞侑酒不须夸，尽堪供洒扫，不会事铅华。

李春赚出翠苔，早被老熊瞧见。老熊十分入目，便问道："尊婢实是要货么？"李春道："岂敢谬言。"熊阴阳道："不瞒老丈说，小女将欲于归，正要寻个从嫁。偶蒙见教，实合鄙意。但价太高，还求让些才妙。"李春道："既是先生自用，便让去了三两罢。"熊阴阳回来，说与妻子知道。妈妈大喜，忙整酒席，请李春成交。又央间壁的詹直口做了中见。李春将银子收足，便立文契，至晚就送翠苔过门。妈妈见了，甚为得意。

不一日，合用妆奁，俱已齐备。不觉早是中秋节届。那晚成家备了花舆彩幔，来迎亲事。王婆就充喜娘，熊妈妈做了送亲，一同过门。那成家一般也动了诸亲百眷、四邻八舍，送人情，斗分子，虽然娶妾，倒也四司六局，一毫不苟。傧人赞礼，拜了天地、祖宗、亲戚、邻里，少不得肆筵设席。都氏却陪来亲饮酒，一发殷勤相劝，彼此酬答。熊妈妈道："多蒙院君错爱，小女三生有幸，但只从幼娇养，不谙世务，凡事望院君海涵，只看老身薄面。"都氏道："蒙妈妈不弃，俯就丝萝，实切寒门之幸。况令爱硕德可嘉，闺风颇紧。在拙夫，惟后庭之足盼；在老身，喜前愿之已酬。妈妈不必垂念，老身当以亲妹相待。"

熊妈妈道："院君说个'妹'字，使老身置身无地。但以女视之，老身不胜感激。诚恐小女愚懦，不能操持洒扫，特购一婢，唤名翠苔，乞院君慨然收养，为小女一臂之力。"都氏道："舍下颇有婢仆，何必妈妈费心？既蒙俯赐，权当遵命。但不知多少年纪了，倒未闻王妈妈道来。"王婆道："这是熊老爹自的主意，原不干王婆之事。"熊妈妈道："此事原未及与王妈妈说知。只恐小女没用，特地寻个伏侍，怕年幼的不会替手脚，反能拖累，故此讨个历练些的，已是十五岁了，院君若恐淘气，小女自能管顾，必不费院君清心。"

都氏早有不悦之意，欲待回复，见熊妈妈又不是个善菩萨，只得勉强允下，心中霹空添上一番烦恼；又见熊妈妈说小女自能管顾，心内略略宽放一分，只得陪了终席。

熊妈妈辞归，众亲戚俱散，止剩得家亲数人与几个邻家少年子弟，都吃做醉醺醺的，要送二位新人回房。有的携了酒，有的掇个攒匾，齐齐拥到房中，说的说，笑的笑，敬酒的敬酒，逊菜的逊菜。又有那溜口少年们，和着罗罗连，打起莲花落，把成员外非赞非嘲，半真半假，又不像歌，又不像曲，打趣道：

员外尊庚六十年，（罗罗连）

今朝娶妾忒迟延。（罗罗连罗哩连）

恭此身尽数苏牙雪，（罗罗连连流罗）

罗天大多应软似绵。（罗罗连连流罗哩连罗）

这回纳宠赛神仙，（罗罗连）

是南极星辰归洞天。（罗罗连罗哩连）

斑衣轮着老莱子，（罗罗连连流罗）

打拐儿公公撑一肩。（罗罗连连流罗哩连罗）

也不要忒心欢，（罗罗连）

只恐老迈风的夫人滴溜酸。（罗罗连连流罗）

昨宵才倒葡萄架，（罗罗连连流罗）

只怕明日生姜又晒干。（罗罗连连流罗哩连罗）

成员外今朝若动手，（罗罗连罗哩连）

养个贤郎中状元。（哩连罗连哩罗连罗罗连）

　　成珪被这些嘲了一回。有的道："我们今夜直吵他到天明，不许这老头子动手。"有的道："天下人间，方便第一。成员外与你甚么冤仇，定要苦苦腾泛他？今日不动弹，少不得有来日，落得与他费嘴，不如成就他罢。"那些少年道："说得有理，我们明日绝早来闹房罢。"

　　一齐散后，成珪就把门儿关上，不觉欲火大动，原来自从应许以来，两个月不近女色，不必说精力完固，一心地准备厮杀。便把被窝儿熏做香喷喷的，乜了张脸，走到熊氏身旁道："二娘子，今日可不辛苦了！安置罢。"熊氏不敢做声。成珪道："被儿俱已熏焕，我与你解衣何如？"

　　熊氏把手一推，低头朝壁坐了，竟不来理，成珪又筛了一杯茶，双手递与熊氏道："二娘子，用一杯茶儿，这是真正雨前采的。"熊氏不好推却，接来饮了半盏，成珪把自己衣帽脱下，只把灯儿一口吹灭，便将熊氏一把搂住，连连亲了几个肥嘴，道："我的心肝，亏你这般下得，何不早成就些！"熊氏抵死掩着那一搭儿田地。成珪没心绪将带儿细解，只必必剥剥重重拽断，熊氏只得上床，也不知员外火龙火马的干出甚么事来。有《黄莺儿》为证：

　　大将逞威风，夺城池，苦战攻。三军冲击前不动。飞云梯没功，襄阳炮杠轰，可奈正阳门紧闭，毫无缝。计何从？走塘的探得，止有一缕小沟道。

成珪把桄杆般的尘柄向生门边探一探，一些也不见入头，暗忖道："终久要数含花女儿，年纪虽大，毕竟生来紧括。这一料药头，断断省不过了。"便把唾津儿抹了一把在龟头上，又去溜溜，看道："这回定尽根的舒畅也！"便着力一拄，却直打丹田上溜去。连忙带转马头略下些，又是一拄，却直滑到尾骶骨边，几乎错进了后宰门去。只得着意款款的从中道进发，一竟像火筒粗的麻索穿钱，一些也上不得串，又想到："未破瓜的女子，我也受用些过，并不似这般周密，难道天地间破格生这一具鼓紧的家伙与我受用？"只得又抹上许多涎唾，四围攻击一通，连那熊氏又不觉痛，又不觉痒，不知甚么体段，只索承受着他。

成珪又努力一拄，一个滑蹋，几乎把头皮都被席子擦破，连忙收设转来。不料老人家力量，只中那尘柄里，免不得呕吐出来，把熊氏浇了一肚子，熊氏只道："老人家又不睡熟，为何早把尿都撒出来，"把手忙向头边摸出个帕儿拭净。成珪还认自己力量不济，临阵退回，并不知别样缘故，便把颈儿勾定，脚儿挽住，呼呼睡去。

少顷，醒来道："娘子，适才一度，未及升堂入室，如今全要仗你帮衬着，必须直捣黄龙，才见今宵欢庆。"熊氏没奈何，只得听从，成珪又费药料，抹了龟身，再三又搠一番，一发没个进步，止不住躁烦起来，道："我也并不曾见这般家伙！或者开锁似的，敢是另有一种弄法的？待我仔细摸一摸看。"把手径向那杜家村下、咎道钩边用心一探，但见：

漠漠平芜，悠悠岐路。纵不能叶比（艹孜）菽，也未及形同蛤蚌。说是太监，当日未经阉割去；若言处女，今番何是紧关来？没阴门，难称女子；乏YANG物，不是男儿。杠教人"敲断玉钗银烛冷"，只落得"十谒朱门九不开"。

成珪下手处，便叹口气道："是了，天绝我也！命蹇的颇多，不似成珪这般出格！千难万难，不知陪了几多下情，看了几多面皮，奇不奇，巧不巧，刚又娶着一实女儿！"

看官，你道那实女儿不阴不阳，是何缘故？却原来是先天所中的病根，旧说行经后，一日受胎为男，二日为女，至七日各以双单分男女，又以夫妇之精血盈虚卜所中，倘其交媾之时遇着天清月朗，时日吉利，父母精血和平，水火相济，那十月满足之后，生下男女，自然目秀眉清，聪明标致，痘毒不侵，诸病不染。倘交媾时犯了朔望月日，或不忌月蚀日蚀，或风雨晦暝之时，年灾月煞之夕，恣意取乐，妄行不避，那时受的娠孕，生下之时，或者缺唇，或者少指，甚至驼背跛足，眼瞎耳聋，非止一件及其既犯天地凶恶之辰，又遇着男女精虚血冷之候，那子宫里本当生个男儿，却如铸造铜人的一般，铜汁少了些。若又遇那一处隔塞，便铸造不就，做了件废物，却像孩子生将下来没了前面那条家伙，时俗便把做女儿相待，无以命名便强名说是个实女儿。

那实女儿原是天下第一种废物，没人要的。也是成珪的晦气，天杀的王婆说来，中了都氏的意，都氏以为得计，也不管了成门宗嗣，害得那成珪心下岂不索然？

彼时尚未五鼓，成珪便把衣服穿了，坐在房中，哭不得，笑不得，思量道："我院君千求万卜，要与我寻个好的，此事料不是院君主意，定是王婆，故将废人赚我财物。明日只是告他，必须判还财礼，治他个花言哄诱之罪，打他三、五十毛板，才出得我这口恶气！"踌躇了一会儿，又想道："我又差了，我将他弄了一个更次，不能入头，还自不知道这个就理。王婆做媒，不过传言送语，通和彼此说话，难道教他探探看不成？若到官司，休说没得判还财礼，我还有个不审之罪。罢了！罢了！总之我也无子，要这许多银子也没用，只当送了熊先生；这妮子譬如我供僧供道，只索养他在家，若还娘家，被他人问及所以，反觉不雅。日常我只不进他房罢。也不必与院君告舌，量他不肯重娶一个与我。正是：命里不该金紫贵，终须林下作闲人！"叹之不已。

一头走出房门，都氏处问候已了，才走出厅，只见那些少年们，已在外边兴张作势，道："员外起得恁早，可是卖弄手段，看头晕哩！人参汤、补肾丸可用得否？"那里得知成珪肚子里苦趣！成珪也只得假风流，虚插趣，道："不像你们后生家，汤泡饭哩！俗话道得好：'人老性不老，一夜直要错到晓。'昨日你们许我暖房东道，不要相赖。"

少年道："你只养精蓄锐，准备厮杀便了，我们必不相赖。"少顷吃完暖房酒，天色已暮，成珪竟投书房中歇宿，都氏早已心照，落得相劝道："新人房中有规矩，一个月不许独宿。今朝正该二娘子房里歇宿，莫要使旁人道我不贤。"成珪道："虽是这等说，事有几等，不比结发夫妻。况且老人家昨宵一度，足了春情，何必定拘古板？难得院君美意，只容我书房睡罢。"都氏再不相强。成珪独自纳闷，是不必说。

次日乃是三朝之期，熊阴阳备了盒礼，央王妈妈引了翠苔，一同上门探望。王婆教翠苔先拜见了院君，然后再拜见员外，又见熊二娘子。拜见已毕，只见冷清清的，院君却像那面壁九载的达摩禅师降凡，衔着双铜铃般的眼睛，低头声也不做。那员外却像九天庙中泥塑的邓天真君，骨都张嘴，气轰轰地坐着，口也不开。

王婆暗猜道："今当三朝之日，也该设筵备席谢媒会亲才是，为何到似冰一般冷？成员外心中不乐，固然怪他不得，老院君也该与我份体面，怎怪得汉高祖平定了六国，反把淮阴王负了？"

又想了一会，道："哦，是了，是了，院君决是见了这翠苔姐有几分颜色，故此不乐起来。也罢，我也赚过他几两银子，今朝这个独桌，权且让还他些，不要被这两个落梅风的一齐上，老娘倒吃个乌鼻，着甚要紧。"便拽开脚步，一道烟的走开，不在话下。

自从这日，翠苔紧紧伴着熊二娘子歇宿，都氏在丈夫跟前连那不可空房的好看话也不说了。也不知都氏毕竟肯容着翠苔在家否，且听下回分解。

总评：

娶实女为妾，大是奇计，胜假梦者数倍。古云：小人无才，不能做小人。
吾谓：妒妇无才，亦乌能为妒妇。

第七回　落圈套片刻风光　露机关一场拷打

引首《谯楼声鼓记》祝允明作

　　居卧龙街之黄土曲北，鼓出郡谯，声自西南来，腾腾沉沉，莫知其所在。呜呼！鸣霜叫月，浮空摩远，敲寒击热，察公做私，若哀者，若怨者，若烦冤者，若木然寡情者，徒能煎人肺肠，枯人毛发，催名而逐利，吊寒人，惋孤娥，戚戚焉天涯之薄宦，岭海之放臣，岩窦之枯禅，沙塞之穷戍，江湖之游女，以至茕茕背灯之泣，畸幽玩剑之慷，壮侠抚肉之叹，迫于悲鸦、苦犬、愁蛩、困蚓，且号鸣不能已。呜呼！鼓声之凄感极矣！

评：

　　欢娱嫌夜短，寂寞恨更长。使成珪读此记，则必曰："果然！果然！"

　　却说成员外自娶熊氏之后，朝朝纳闷，夜夜耽愁，决不道是妻子用的心术，一惟怨命而已。熊氏在家，到得都氏欢心，又有翠苔伏侍，比在娘家更觉快乐。独都氏虽然遂了心愿，却又增上一段新愁；不虑别的，单单虑着翠苔这个妮子，十五六岁，且又长成，颇也袅娜，比了红蕖、绿萼，天渊之隔。虽然只在熊氏房中。免不得早晚有些破绽，倘被老儿渔猎去了，不枉费下这番心术？等要捻他出去，可奈这妮子伏侍殷勤，好生恭敬，并没懈脱去处，不好动他；将欲卖掉，看熊氏母子，又不是个好惹的主顾，只想着过几时寻个头代嫁送了罢。

　　不期都氏算计着翠苔，那成珪却又想着翠苔。莫怪他自从去年八月十五日娶妾，

只指望团圆，所以拣个团圆日子，谁知撞着这片石田！总是象为之耕，鸟为之耘，也不能一些美满。自此一个不乐，竟不亲近外色，也不进都氏房中，只在帐房里歇宿。此时正是暮春天气，成员外居家无事，好生困倦，欲与周君达同至西湖上走走，偏又身子不爽；要去旧相与的门户人家聚聚，怎奈妻子仍旧印了旧规。左右没处思量，不觉喟然长叹一声。你道是何意思？有诗为证：

赵国城坚不可攻，乌江渡口叹途穷；
踏翻鹊渡三千仞，扫尽巫山十二峰。
龟首无端常挂印，雁门何处问归踪；
几回闷杀张君瑞，况直暮春天气慵。

成珪叹这一声，不意翠苔在侧。那丫头到底乖觉，便近前道："员外独坐无聊，有何郁闷？有茶在此，可用一杯。"便双手捧了一杯浓茶献来。成珪接了，暗想道："这妮子却也乖觉，见我情绪不快，便会宽慰敬茶。想他春情已露，这没人去处，怎生放得他过？"成珪向来有些不老成的气味，此时忍不住磨牙撩嘴，便戏下一副老脸的笑道："小妮子思量丈夫哩。"翠苔红了张脸，答道："员外到想丈夫哩。"成珪道："我们男子家，要这丈夫何用？"翠苔道："员外不想丈夫，娶了我家二娘子，比了丈夫也不甚差远。"成珪笑道："小花嘴，你难道不得二娘子一肩力？"便把翠苔一把搂定，道："趁这书斋僻静，你且替替力去。"忙把裤儿来拽。翠苔力挣不脱，诈道："院君来也。"成珪正是急溜里，听得这三个字，却正是：

顶门中走去了三魂，脑背后飞出了七魄。

一双手尽已苏软。正回头看时，却被翠苔脱网而走。成珪见他去了，方知是诈，心下一则以喜，一则以惧，想道："往常我虽在家，到也不去关心。谁想这个妮子恁般有趣，只做这几时，一发长成得好了。怎么用些手脚收得到手，岂不强如娶妾？待与院君明言，不惟不稳，只恐反增防范，不如设个计策，先入咸关，然后号令诸侯，未为晚也，不多几日，就是周家院君寿诞，只须如此，如此，自然停妥。"

巴巴望过几个日头，早是三月初旬，都氏正在堂前，吩咐成茂唤裁缝，来点几匹时样纱罗做夏衣。成珪踏向跟前，躬身禀道："院君可记得否，周家院君却是本月十五寿诞。院君合去贺寿，备办些什么仪礼，乞早见谕，免致临期有误。"都氏道："我正记得起，本该去遭，只吃这几日身子不快，懒于应酬，只你去罢。"成珪道："岂有此理？男人，男人去贺，女人，女人去贺，况且周宅向系通家，那有院君不去之理？"都氏道："若去，熊二娘子也该同去，只恐没人跟随，带了翠苔同去。"成珪道："院君有所不知，翠苔年已长大，俗话说得好：'私盐包子，恐到别人家。'人头混杂，没甚好勾当做出来。院君若虑没人伏侍，拙夫少不得相随，凡百事体，俱是拙夫料理，管得院君不致没有伏侍。"都氏本不实心要翠苔去，只恐丈夫在家，有些不忠厚处，故出此言。听得丈夫肯陪同去，即已允了不带翠苔。成珪十分之喜。

次日照常备了荤素礼仪，唤了轿子，同熊二娘子夫妻三人，预于十四日来到周宅贺寿。但见：

> 宾客盈门，笙歌聒耳。庆贺的有远近亲邻，拜寿的是老幼妇女。阶下成流，把盏麻姑祝寿酒，堂前缭绕，添香童子拥炉烟。诸仙捧瑶岛蟠桃，满堂挂琳宫犀轴。庖人色色珍馐妙，戏子般般杂剧新。

周院君见成宅夫妻到来，即率女媳等一齐迎接，彼此叙礼。周智邀成珪侧厅坐下。各亲戚俱庆贺了当。少时，戏酌已备，成珪即占了男客首席，都氏亦占了女客首席，熊氏次席。将次戏搬半本，成珪忽地里得了一疾，甚是危急，便蹙紧了两道眉头对周智道："小弟一时有恙，甚不耐烦，可唤我荆妻出来。说我要返舍也。"周智见这势头甚狠，认道是真，即忙着丫头报与都氏。

成珪见妻子到来，只不抬头，却像东施效颦相似，紧蹙着眉窝，双手捧着肚子，只叫疼痛。都氏也认真道："这里金鼓喧天，不便安息，可打轿先回，若不愈，我便来也。"成珪道："院君难得出门，勿以拙夫贱恙，累你忙忙往返。倘少刻略略疼止，我便着人来说，院君就不必回来，便过明日罢。"

成珪哄过妻子，一回，就到房里去睡，叫道："翠苔那里？我今日有病，可来伏侍我。"翠苔到得房中，成珪假意呼茶喝水的道："我夜间不时要茶水吃，少不得要人陪

伴。翠苔在此，去不得了。"竟把房门关上，便欲动手。又恐房外有人知觉，或被翠苔仍前逃去，只得说了许多披挂话儿，自己才睡，却教翠苔睡在脚后。翠苔终是小女孩家，虽然伶俐，毕竟睡魔要紧，上床不多时，早已困熟了。

成珪倒头在枕上，那里合得眼拢？巴巴的等得夜深人静，轻轻钻到翠苔头边，偷把手儿浑身一摸，其实有趣；肌肤便如油一般滑腻腻的，RU头就像新剥出的鸡头肉儿，尖松松、软嘶嘶的；口儿却像立夏前樱桃相似，红春春、香喷喷的。再摸着下边，那一桩道地货，真正壮鼓鼓、暖通通绵团儿相似的。不摸着这件，也罢，摸着这件，早引动了那条饿卵，他虽没有眼睛，且是会有鼻孔，不知怎生人未动心，他先嗅着了滋味，就便透灵的相似，先是桅杆样竖起了。

成珪也不推醒翠苔，只把双藕芽般的腿儿擘开，龟头上用些不费本钱的随身药料，便向那一线儿桃花缝里，慢慢放进。翠苔还未苏醒，成珪又进少许，翠苔梦儿里觉有些疼痛，惊醒道："甚么臭虫、蚤虱，怎般狠咬？"将手一摸，只见擂酱锤样一条，已在阴门外横冲直蓦，知是员外，便不敢高声，道："那一个这般没正经？"成珪道："今夜便替力一次，料再没院君来也。"翠苔道："员外肚痛，倘是又辛苦了，院君知道不当耍处。饶我吧！"只求脱身。成珪只是紧紧抱住，再三甜言哄诱。

翠苔已觉情动，只是曾未着这道儿，心下十分惧怯，着力挣不脱身，只得把手紧紧掩住那物。成珪不觉唾津湿透，翠苔已掩不住，假脱手已被放进半截。口中嘤嘤之声，只是求饶，连叫："莫动！"成珪仍复放入。翠苔却像蚕蛾儿相似，在身底下忍不住疼，只是乱扭；谁知越扭越深，已到尽根去处。成珪微微CHOU动，翠苔只是讨饶，喘吁吁的抖个不止。成珪正是兴浓之际，那里怜惜得许多，那时便有许多光景出来。成珪紧紧搂将拢来，两个人恨不得胶拢做一块肉球儿才好，上拄下，下抵上，一往一来，总也分不得回合。

只这一阵大杀，少不得各各纳款收兵，正待用着陈妈妈的时候，成珪摸着阴门湿搭搭的，知是那家话了，便向袖里摸出一条白绫绸汗巾，轻轻拭净，两人说些情言趣语，交相搂抱而睡。

成珪既遂此愿，十分欢喜。不提防院君从门外"呀"的推入房门，一把将成珪擘胸揪住，照面就打，道："老杀才，我道你一时那得病来，原来为着这个歪辣骨，这般哄我！了账不得，先打二百，慢慢讲理！"就将手中竹篦向精屁上刮的一下，成珪倾天叫道:"院君饶我罢!"翠苔正是共枕儿睡着,听得这一句,却也惊醒道:"员外为何如此?"成珪道:"不好了!院君来也!"翠苔道:"员外不是做梦?这房里蚊子也飞不一个进来,那得院君来到?"成珪道:"难道果然是梦?只被院君臀上一下,隐隐还有些疼哩。"翠苔道:"员外适才假肚疼,赚我做下这番勾当,如今又假臀痛了!"成珪道:"如今也要再做番勾当。"翠苔没奈何,只得又承受着。成珪重鸣金鼓,再整旗枪,摆开阵势,又战一回。

早是金鸡报晓,玉兔西沉。忽记得,"日昨不曾着人复得妻子,倘他只道我病,随即归来,却不误了今晚这场美事。"于是连忙起来,吩咐成茂回复院君,说员外身体已健,院君不必归家。倘周宅相留,即多赘几日不妨。成茂领命去了。不题。

成珪自稳道:"这回去说,一定相信,况他家连日有戏,正好消遣,少也定有三五日不回。这段因缘,中吾计也!"因此也不把房中手脚动静收拾,只办着云雨勾当。

再说都氏在周家,正是昨夜宿醒犹未醒,今朝画阁又排筵。其日是寿诞正日,焉得不设筵席?闹嚷嚷正是忙的时候,只见成茂早来,备说员外病痊等因。都氏、何氏一齐欢喜道:"谢天谢地!正没个人探望,且喜你来,方解我们挂念。"即忙吩咐快备束帖相请,成茂道:"宅上人忙,小人带个帖子去罢。"

成茂领帖归家,对成珪道:"院君闻得员外病愈,不胜之喜,正欲着人来请,小人见他家人忙,便将束帖带回。周员外多多致意,决要员外赴席。"成珪发放成茂去了。自想道:"今日之酌,不是不去之理。但我千年黄河,几时上清这一清?若不去,又恐周家相怪,还是小事,倘院君见疑,口面不小。但得在家温存一日,再整鸾俦,重偕伉俪才妙。若去时,少不得水淹蓝桥,怎免得火烧祆庙!没奈何,只去领个意思罢!"便走入房里面无人处,对翠苔道:"姐姐,我去周家赴酌,你在家好好将养身体,我未晚便回来也。"翠苔道:"员外早早归来,免至酒醉后露出机关。千万保重。"

成珪插趣一番,竟到周宅。见着妻子,便躬身唱喏道:"院君夜来且喜康泰,只是拙夫有失祗候,望乞恕罪。"都氏道:"你本该在此听候使令,恕你病中,也不怪你,且去坐席着。"成珪撑持过去,便向男客队里坐下。有的是谈天的张撮空、说地的李捣鬼。

不一刻,早又戏场演动,旧套不过搬些全福百顺、三元四喜之类。未及半本,成珪总也满头浇栗子,一个也不入耳,心心念念的只是要回去。思量无计可辞,又见天色已晚，心下似小鹿儿般撞、螃蟹儿样爬。思量妻子前算来瞒他不过，再难把病容来装，倘或言语中识出，反为不美，纵使院君肯放，周君达不知就里，决要相留，必多累赘。正是三十六着，走为上着，只是逃之夭夭，一溜而回。

忽然席中不见了坐首席的成员外，众人各处喧喧嚷嚷的寻觅。知是逃席，再三又接，只是不来，到也罢了。都氏听得自己丈夫逃席，即便关心，忙问周智道："拙夫何往？"周智道："正是不知怎地去了。着人去请，道是酒醉睡了。"都氏道："今日我见他有头没脑，不曾吃得几杯酒食，为何便醉？敢是家下做出来也？快打轿，老身急欲回去。"何氏道："院君有何事故，忽然便要回府？敢是愚夫妇有甚相慢去处？恐在忙中，多失检点，不可当真见怪。"周智也来相留，都氏执意不允，吩咐熊二娘次日回来，自己一轿先回。

众主管迎接不迭，正是迅雷不及掩耳。成珪正袖了些果饼之类，把与翠苔吃了，挨得日晡天晚，刚打点说三句，干一回，蓦然听得院君来到，乍道是真，还疑是假，忙中出堂探头一望，见果然是真虎丘来到。吃这一吓，真也不小，只得按着胆，假装副笑脸，上前迎接道："院君为何就归来也？"都氏道："正来问你，为何便归来也？"成珪道："不瞒院君说，老年之人，况且病后不经酒力，那里和那些生家赌赛得过？恐说知，必来挽留，只得不告而回。连院君也不说得，莫罪，莫罪。但只一味怕醉之故，并无别事。"都氏道："谁道你有别事来？只说你醉倒，为何也还清醒？"成珪道："非是拙夫不醉，见了院君，纵醉，也不醉了。"都氏道："我也知你是未饮心先醉耳。"成珪道："院君又来取笑！老人家那得有这段心情？连日厌烦，早些安置罢。"

成珪见妻子言三语四，句句怕人，惟恐露出消息。没奈何，只得赔着笑脸，假意温存，乔装风月，只想赚过了这刻恶时辰，平安无事。谁想都院君性格多疑，极爱洁净，席铺中自己一日不在上边安歇，就道有些尘垢，定要重重抖过。这日少不得也要翻床倒席，抖这一回。不期成员外命里驳杂，翠苔棒光儿现，巧巧的翻至第二层褥子底下，滴溜溜抖出一条物件来，都氏甚是涉疑。有《桂枝香》一曲以摹之：

鲛绡尺素，点瑕非故，又不是桃叶随波，好一似梨花含露，这痕儿出奇，痕儿出奇，敢是珠楼咳唾，还是蒉坡血污？谩踌躇，好似竹上湘妃染，这的是枝头杜宇污。

都氏拾起一看，原来是条白绉汗巾，上边许多迹札。又到灯下一瞧，认得是真，估得是实，便厉声高叫道："罢了！罢了！做下来也！"成珪不知头路，只道是甚么风波，忽见妻子手中赤条条提着个汗巾儿，咬牙切齿骂道："老杀才，我也没设处你，且跪着，只问你，这是为何如此的？"成珪道："这是昨夜发嗽不已，咳出痰涎，不曾备得接痰家伙，便吐在汗巾之上。谁知痰中裹血，红白相间，早上见了，方吃一惊。正要对院君说知，因匆忙之际，未及奉告。"都氏夹脸掴的一个巴掌道："老花嘴，别处弄得虚脾，鲁班前休想调了月斧。昨日夹痰吐血，今朝好得怎快？分明与翠苔贱婢干下不法之事！好好招承，免些刑法；若不招，休怪老娘手段滑辣！"

成珪目瞪口呆，只得跪着。原来这条汗巾，是昨夜与翠苔干事，拭在上边的腥红一点。这原是真正含花女儿的证据。那时高兴之际，事毕后各自收兵，便把来放在床头，那里记得收拾？况且还道妻子少也有十多个日子住，不料便回，偏又捉着这个火种头，的确是真赃实犯。你道太岁头上，动了这一块土，可是了账得的？成珪跪在埃心，只是自己埋怨千不合、万不合，那有此物不收拾过的？如今捉贼见赃，那里去赖！不敢做声，只自磕头如捣蒜。

都氏气狠狠骂道："老贼！再要怎地防范你来？你道没有儿女，都是我不肯娶妾，如今依你主意，费了二百余金，娶妾与你，你如今生得儿女在何处？枉枉害了一个女子，空挂一名，替你作妾，已是你分中罪孽了；便是这个小小丫头，也好饶得他过，与他做个完全妇人，你又去破坏他身子！自此罪孽，你后世可不变了山中鸧鸟、街上雌狗，是物就交，是雄便受！每常不好，只打一百，今番这般放肆，实实要打三百下！翠苔那贱婢，慢慢摆布他。"成珪道："院君在上，拙夫做事差错，今也不敢强辩。但我自身做事，理应独自承当，即与院君打死，心中其实无怨。只可怜翠苔，实出无辜，与彼何涉？倘院君要把翠苔摆布，宁可将拙夫再加一二百下，断断不可波及翠苔。万望院君垂怜。"都氏冷笑道："呵呵，此事原不干翠苔之事！你今与他解脱，甘为代打，也是你的本心。罢罢，你既怜他，我亦恕你，索性饶你打罪，只罚跪到四更鼓绝，方许就枕。"

都氏发放已了，自先睡下。成珪见妻子亲口应许不责翠苔，并又饶了三百竹片，正是望外之喜，只要跪得四个更次，何乐不为？竟向床前踏脚板上，俨然岳武穆坟前生铁铸的秦桧相似，直矗矗跪着，真正地暗数更筹。谁知都氏不须眉头一蹙，早已计在心头，所恨的正是翠苔，这不识起纤的，又来替他讨饶，岂不反增其恨？故此假意饶了打罪，特赚他跪到四更，料必辛苦上床，毕竟睡熟，好任凭自己施设他。

成珪跪在踏板上，巴巴地望得妻子已醒，便道："禀院君得知，四更绝也。"都氏道："几许时光，才一觉之眠，又早四更鼓绝？"成珪道："院君不信，只听便是。"都氏侧耳一听，果然咚咚的打了四更五点，道："既如此，去睡罢。"成珪老实跪了半夜，果然辛苦，正是头未上床，脚先睡着。一觉睡去，鼾鼾困个不醒，眼见得落了都氏套子。

都氏听得鸡声三唱，东方渐明，轻轻着了衣服，悄悄步出房门，踏到翠苔房门首，叫道："翠苔起来。"翠苔道："院君有何使令？"都氏道："我在后园灌花，可来衬副我。"翠苔道："此时尚早，露气正浓，少顷未为迟也。"都氏道："女孩子家，恁般懒惰，快快起来！"

都氏先行，翠苔随后。才到太湖石边，都氏早向假山石上坐定，手中幌出那条向来惯打丈夫的毛竹板子，恶狠狠地喝道："小贱人，买干鱼放生，兀自不知死活！还不跪着！你与老员外做得好事！"提起竹片劈头劈面打来。翠苔再三分辩不脱，见了那条汗巾儿，只得也哑口无言。都氏逞着威力，将他衣服层层剥下，自头至脚，约打有三四百下，不觉竹篦打断。复将翠苔头发分开，缚在太湖石上，自去攀下一枝粗大的桃条，复连花带叶，又抽上二、三百。还要去寻石头来打肚子，烧火烙来探阴门。只见翠苔渐渐两眼倒上，四肢不举，声气全无，苏苏的倒在地下。都氏见其如此，连忙叫："成茂快来！"只见成茂应声未到。都氏又连声相呼。

不知还是要他来寻石头，还是要他来烧火烙，且听下回分解。

总评：

　　成珪一梦，怕婆心了然见出；都氏两恕，好狡计冥然难知。二人大非对手，成珪焉得不惧？

第八回 再世昆仑玉全麟嗣 重生管鲍弦续鸾胶

引首《六歌》之一文天祥作

有妾有妾命如何?
大者手将玉蟾蜍,次者亲抱汗血驹。
晨妆靓服临西湖,英英落雁飘(王曼)琚。
风花飞坠鸟鸣呼,金茎沆瀣浮污渠。
天摧地裂龙凤殂,美人尘土何代无。
鸣呼五歌兮歌郁纡,为尔朔风立斯须。

评:

若无成茂、周智,吾恐老珪亦类天祥之歌矣,何蟾蜍、汗驹之有哉。

却说都氏无心中抖出个抵塞的汗巾儿来,正是捉得封皮当信读,摆布丈夫是不必说,却又悄悄地将翠苔赚到后花园中,一顿打死,急呼成茂来时,却教他把那叉口盛贮驮出,抛于江中。成茂推辞不开,只得将他驮出。都氏然后走进翠苔房内,将他衣服细器,俱收拾过,不题。

且说成珪跪到四更,方才就枕,一觉睡去,醒得来已是三竿日上,慌忙披衣而起。未及出房,只听得合家老小,沸沸扬扬地喧嚷。成珪不知就里,忙问都氏。都氏道:"你那心上人逃走了。又是我不曾难为半句哩,若还略有三言四语,又好说我磨他走的。"成珪道:"那一个心上人?"都氏道:"就是翠苔。"成珪道:"里外重门深锁,一

毫不见动静，怎么飞得出去？"

都氏道："料他一身难走，毕竟是有了外情，被人勾引而去，故此衣服之类，带得许多去，若一身怎生走得？"成珪道："要见从那里出路？"都氏道："大清早晨，一个后园门豁达大开，不是往后门去的？"成珪道："有之，有之。我家后门出去就是大街，常有行人来往，或者看上了个甚么油花子弟，跟他去了，也不可知。"随即一面着人去问熊先生消息，一面着主管写了许多招纸，开着失单，但是街头市面，随处贴到。也是成珪不舍翠苔之心，况又着了妻子的"马扁"，只被都氏冷笑得个嘴也歪了。有诗为证：

泼妇顽妻何地无，却嫌都氏性真都；

直将人命同纤芥，犹把婴孩视丈夫。

再说周智偶从街坊上经过，只见泥墙边、板壁上各处遍贴招子。抬头一看，但见写道：

立招子人成廷玉于某月日，走出丫鬟一个，唤名翠苔，年长十五岁。收得者等情。失单某项。

周智惊道："成兄家里年来一发多事！刚刚一个翠苔，我正说到亏院君肯容在家，谁知这个妮子自又逃走去了！咳！我想千家万户，最难治的是丫鬟、小使。宽待之，则纵而无礼，严待之，又怨而寡恩，甚而还有这班野鸭性子的，由你待得他好，便如供奉父母，也只留他不住。不信翠苔这个妮子也会逃走。成员外！成员外！我想你的命里，只有仆宫还好，想是那婢宫是到底不济了！不免探望一番，有何不可？"

却到成家见成珪。谈及此事，成珪十分不快，口中半吞半吐的，是怒非怒，是嗔非嗔。周智又猜不着其中深奥，不好动问。进内又见都氏，都氏道："老叔又是好哩，昨晚宅上归来，还不曾骂着丫头，打着小使，你那大哥今日没得埋怨；若是曾把翠苔骂几声，打几下，致使偷了衣服等项而逃，那时受尽他的咒骂哩！"周智道："久闻嫂嫂待人极其宽宏慈爱，只是那妮子没福。如今二位不要不乐，须知他自没福，不涉家长之过。我也本当相帮寻觅一番，只因连日劳碌，今日客还未散，故此不及效力，即返舍也。"周智归家，将此事说与妻子并熊二娘，二娘连声叹息，随即打轿回家，不在

话下。

再说成茂早晨领主母之命，把翠苔正欲驮出，忽然想得起来道："且住，院君虽然着我这般行事，他却出了招子，说他盗物逃走，我却青天白日的把他背着，倘被他人看破，免不得是我移尸。院君撇个干净，不肯认账，那时倒是区区谋财害命。"只这一想，不觉汗流两胁，心下到怯上来，只得仍旧驮进，藏在自己妻子房里。俟到黄昏时候，内外人都困静，成茂却去寻了一把铁锄，悄地把翠苔驮上，一径出门，来到一个旷僻去处，把袋口放下，道："翠苔姐，是你自己不合与员外有染，致有今日之祸。我若将你投在江中，岂不替鱼鳖做了一顿饱食？我今把你埋在这里，也与你做个乡土之鬼，千万到阎罗面前切不可连累区区，足感你的大德。明日晚间，待我备一陌纸钱过来奠你。"

说话之间，已掘成一个深深坑子。正欲葬下，只听得袋口里吁的一声，叹道："天那，好痛苦也！"成茂听得这一响，惊得个屁滚尿流的，飞也似跑，只恨肚子下爹娘不再生得几只脚添，连铁把都不要了，远远的才敢立定了脚，口中兀自齿牙儿对对厮打道："作怪，院君打死了你，却来惊吓着我！丢在那边，莫管他罢。"又想道："差也！今日黑了，少不得又有明日！今日不理，明日被人瞧见，岂不连累地方总甲？逐户挨查出来，我员外焉得无罪？况受人之托，必当终人之事，此事半二不三，如何使得？"

没奈何，按着胆埋过了去，心里念念有词："太上老君！阿弥陀佛！"也不知颠倒念了无数，到得口袋边。自觉一个头胀做斛子般大，忙忙掩土。只见里边又隐隐叫道："哥哥救命！"成茂听得这句，方才略胆大些，问道："你还是人，还是鬼？若是鬼休来吓我，我和你今日无冤，往日无仇。"里边又道："我是人，哥哥救我则个。"成茂道："你若是人，我决救你；若是鬼，也要自惜体面。"说不得了，打开来看是甚么。连忙将袋口解开，月明之下，仔细一看，原来果然是活的。

翠苔道："哥哥，不可害怕。我原不死，早晨只被院君打得剧了，所以假意装死，不敢做声。日间又藏在黑暗去处，惟恐有祸，也不敢做声。身上颇疼，肚中颇饥，到晚来一发难过。适间哥哥许多言语，我也句句听得，感谢哥哥本心，只疼痛彻骨，不能答应；闻得实欲埋下，只得挣这几句言语。"成茂喜道："谢天谢地！又是不曾把你抛下江去！早知不死，日间茶饭将些你吃也好，实是苦了你也！但只一件，院君已将你做了盗逃，四下招子贴满，倘我将你驮回，院君毕竟不乐，如何是好？"

翠苔道："奴家得罪院君，已被打得垂毙，尚欲弃尸江中。论此情彼此已绝，再若到他跟前，是以羝羊食虎，必无可生之，念奴原是熊家讨来，今哥哥但把奴家仍还熊家罢了。"成茂道："不济，不济。你女流之辈，但知其一，不知其二，老熊做阴阳生的人，一惟酒食是图而已。我倒将你送去，他明日到做鹅酒仍旧送还，不惟被他请功，又且不利于你我。我有一计在此：周员外与我家员外有莫逆之交，早晚每常撺掇娶妾，我将你驮至他家，只是实说因与员外有染，被院君知了消息，故此不容在家，乞他收养，料必不辞。"翠苔道："这都凭哥哥上裁。"

成茂放出老力，一口气驮上肩，竟来周家敲门。比及更深，众家人俱已睡熟，不肯起来。独有周智，终是当家之人，门外风吹草动，是件当心。听得打门之声，即忙提个灯笼出来，问道："那一个？夜半三更，大呼小叫。"刚开得门，只见成茂直统统的双膝跪在阶檐之下。周智忙扶不迭，问是何故。成茂道："一桩全恩全义之事，须赖员外斡旋。"周智道："甚么事故？若可做得，无不出力。不要哭哭啼啼的，有话便说。敢是员外逐你？"

成茂只是呜呜咽咽道："员外与家主向有管、鲍之交，小人方敢斗胆，倘员外不肯见怜，小人也只有死而已！念家主六旬无子，娶得熊氏二娘，熊二娘过门一载有余，并未见些分晓，想亦有病之女，料应无子之人。其娘家娶来从嫁翠苔，良有意也，今年一十五岁，容貌颇佳。我员外只因无子，欲速不达，于前晚因院君宅上烦酌，未免有染。不料被院君知了风息，将翠苔必欲置之死地。早晨打得垂毙，着小人驮去抛江，只说翠苔在逃，意欲杜其踪迹。谁知翠苔姐幸喜未死，小人何忍助纣为虐？况此女既与家主有私，在小人，即有诸姨名分，若不乘机驮出，料无生理。但今虽出虎狼之穴，而无收养之所，亦是徒然。想老员外宽宏之度，况与家主久交，必不难于收录。惟员外慨然见允，非小人之幸，实成氏之幸也！"

周智听了半晌，甚觉凄婉，故意假作难道："翠苔既为院君所逐，老拙处如何好收？况宅上遍出招子，说翠苔已经盗逃，正欲寻获，我今收之，是窝主也。倘你所言未实，其中另有委婉情曲，那时老拙一个清白人，到做个卑污事，再若七损八伤，一个女子，或有夜眠不测，我到替他做孝子！不管，不管，免劳下顾。"成茂道："呀！老员外，成茂力事家主有年，并无半点差谬，在员外亦必鉴之，岂有隐匿情踪，敢来欺瞒员外？即家主遍贴招纸，不过主母诡谋，家主不达其意，入其彀中，原非本心。

即知翠苔在于尊府，家主亦必不见罪于员外，不过暂托鹣枝而已。其汤药之需，小人自来理料。若或皇天不佑，翠苔命禄不长，其棺椁之仪，小人亦能承受，料只尺寸之水，何惧意外之波澜乎？恳员外金诺，足感厚德。"周智道："非我坚执不允，可奈世风嚣漓，缄口结舌，反多福祉；任侠怀义，每见摧残，因此老拙断断不管。"

成茂叹口气道："咳！罢了！罢了！世言：'酒肉弟兄千个有，急难之中半个无。'果实语也！员外既不肯收这女子，料他必作沟渠之鬼。小人不能全其性命，而毙家主之姨，是不义也。既受主母之托，而不能尽主母之命，是不忠也。不忠不义，徒活何为？不如触死阶前，也得员外做个证鉴！"

言毕，便向阶坡上乱撞。周智慌忙扯住道："贤侄，不须如此！老汉所言，俱是试尔之术，今已见真心，足见大义，汝但放心，我自有处。翠苔姐现在何处？快快扶来见我。"成茂转悲为喜，即向黑暗处将翠苔驮入。周智即唤何氏院君出来，说与原故。何院君好生怜悯，即忙备了酒食款待成茂，又将茶汤与翠苔吃，少刻又与桃仁汤、红花酒，缓缓饮下，已有几分苏醒之意。成茂千欢万喜，拜谢而回。

到得家中，已是二更时分。家下只说成茂寻觅翠苔为名，成茂归家，来见成珪，成珪问道："出去这一个日子，可曾有些下落否？"成茂道："人是在那边，只小人不曾见得来。"成珪道："好混话！敢是醉了！你为何头额上都有伤损？"成茂道："伤损的颇多，不止成茂一个。员外若非成茂，几乎也受伤了。"成珪道："一派醉话。去睡罢。"

成茂进内，又复都氏道："蒙院君所托，小人竟把翠苔抛入江中。不敢瞒院君说，翠苔其实不死。"都氏道："狗才，我着你淹死他，谁着你放话他？"

成茂道："院君岂不闻郑子产得鱼，着校人而放之，那校人烹而食之，却对子产说，始舍之圉圉焉，少则洋洋焉悠然而逝。这不是假放生，难道小人到敢真放死？"都氏道："那里学这一口胡才，也来厮混？你那额上破伤，为何而致？"成茂道："一发说不得。小人将翠苔驮至江口，正要抛下，只见一个寻巡江夜叉将翠苔一把拖去。小人连忙问他拖往何处，那夜叉说：'我家龙王老子正要纳宠，我看这个女子尽可充得后宫。待我拖他冒个头功。'小人说：'哎呀，不济！不济！诸事俱可，独有作妾不许，倘你家龙夫人，龙老娘也会吃醋，再把他来打死，那时又将来抛入海去，却不教翠苔做了个鬼里鬼？'小人立意不允，被那夜叉提起手中棍子照头一下，把翠苔夺去，故此打得这般狼狈。"都氏道："休得胡言乱语！厨下尽有些酒食吃些去，明日领赏。"成茂叩谢。不题。

再说周智夫妻，因翠苔原是从嫁之女，况为成员外所宠，一意另眼相看，就是亲女一样相待。初时身上未痊，与之延医请卜，汤药调养，无所不至。直到百日后，才得平复如初。周智每每见着成珪，再不说出这事，成珪那里晓得？

彼时五月初旬，正是端阳节届，成员外居家不乐，每常携取杖头百钱，同周智水边林下，常沽一醉，那日周智道："老兄，一年景况，无过龙舟最盛，况我西子湖中，景致甲于天下，其龙舟竞渡，妙不可言。盍当偕往一观，亦是一年雅兴。"成珪道："这极妙事，有何不可。"二人便携手出城，雇一只小舟，沽几壶美酒，买几品小色海味之类，两人对酌，一咏一觞。看那各埠龙舟，争前抢后，摇鼓摩旗，好豪兴也。《满庭芳》为证：

龙则一名，色分六种，青蓝黑白红黄。船随大小，龙有短和长。吹角鸣金擂鼓，恍疑是湖水腾骧。少年行花拳绣腿，尽是俊儿郎。往来波浪里，止争瞬息，何啻飞扬。尽夸花锦服，明艳旗枪。扮出历朝故事，夜叉鬼处处乔装。屈子恨，千秋共吊，万古竞传芳。

周、成二人坐在船中，看着那各埠龙舟，右冲左突，呐喊摇旗，水面上汤沸的相似，好不耀目。周智道："今日之游乐乎？"成珪愀然改容答道："乐固乐矣，犹有未尽。"周智道："何故？"成珪道："屈原旧恨，后人千载吊之，尚不能消其万一之愤。况有甚于此者，更谁为之吊乎？"言讫，不觉潸然泪下。周智道："兄又奇了，欢笑处，又想到那一些上边，悲戚起来？"成珪道："肚底之事，不好对你说得。"周智道："贤兄既不弃弟，有事说之何妨？倘有可解，即当效力。"成珪道："这事一则难说，二则莫可挽矣，说亦无益！"周智道："虽难回挽，说来亦不妨事。古人云：'夫妻面前莫说真，朋友面前莫说假。'总有十分干己，料弟不比他人。"

成珪道："咳！话到其间，也瞒不得老弟。千愁百虑，你道我有些什么闲事？所恨的不过是那不贤老乞婆，蒙你几番计策，他也没奈何。与我娶妾，谁知高来不成，低来不就，都是一片假意，那熊家亲事，却是个实女儿。"

周智拍船大惊道："有这等事？奇绝，奇绝！怪不得一年来，你家没半些醋气出来。"成珪道："这也何足为奇。还有那从嫁翠苔，十四、五岁，颇也长成可目。也是区区不合，因老乞婆在宅赴酌，我将翠苔没要紧掏摸了一次，谁知无心中遗下了些手脚，早被厌物瞧破。可怜见不知怎地，竟把这个妮子不明不白，不知置之何地？哄我说是逃走，赚我四下跟寻，广贴招子，只落得明明的着鬼！两日前被我知些消息，说是老乞婆将他活活打死，着人驮去抛在江里。我虽半信半疑，料来到有十分的确。可怜这个女子，只当我害了他！若还果餐鱼腹，岂不比屈原更苦十倍？"

周智道："老兄不知也罢，既知这段风声，何不下心跟究？"成珪道："打探不真，事难造次，惟恐打虎不倒，反为所伤。此事既涉老贱，若他聒絮，不当儿戏。虽然他做人可恶，我却不忍揭他罪犯出来，只是我命当孤，也索罢了。"周智道："老兄不忍嫂嫂坐罪，也是你一点孝敬之心。但翠苔何罪，你却害他至死？也不可亏心薄幸，忘了他这段恩情。"成珪道："正为难忘此情，每每放他不下，几欲做些功德超拔他，又苦难于行事，兀的不痛杀我也！"周智道："兄亦不必过哀。论死者不能复活，有心怜他，不必在忙。论弟虽非古人可比，而古人亦有赠姬赠妾者。兄既有意纳宠，料宅上必难再娶，弟家中新购得粗婢一人，庞儿颇与翠苔姐姐相似，另日即当赠兄为妾，就于舍下成婚，得便不时来歇宿几宵，却不安妥？"

成珪道："若得贤弟这般用情，愚兄粉身难报！即当纳上聘金，然后成礼。"周智道："岂有此理！既曰相赠，何必聘金？另日薄设小酌，奉请成亲。"成珪不胜之喜。二人欢饮而散。

周智归家，对何氏道："那成员外真是柔软之人，翠苔之事，竟被妻子瞒过，如今方才知觉，然又不敢究理，徒自眼泪汪汪，一心想着翠苔旧事，我想翠苔身子已健，正欲送他回去，想来不是良策，不若备一席酒，迎娶成员外，就于我家续亲。将翠苔表正作了妾，倘或后来有些好处，岂不是你我功德？"何氏道："我素有此意，何不速行？"

周智便与翠苔说知，翠苔十分感激。周智拣了日子，即着家僮将后厅耳房洒扫停妥，备下床帐之类，做了若干衣服首饰，唤厨子，雇乐人，专请成员外赴席。成珪对都氏道："今日周宅赴酌，说请一个京中客人。此人专意好吃夜酒，不到三更，决乎不散。我想陪客决要终席，恐夜深归家，门户启闭不便，不若就在周家歇了，明日回来。

今晚院君安寝，不须等候拙夫。"都氏道："歇也由你外边歇，明日早晨，只要缴印。"成珪道："这个自然。"

来到周家，早已灯烛辉煌，供着和合纸，专等成员外到来，一齐迎入，各各见礼。周智道："吉时已到，可请新人出来。"何院君将翠苔妆束齐整，罩上兜头红锦，出来拜过天地，烧化了和合纸马，请位年长的亲眷揭巾。成珪双睛不转地瞧着，道："不知揭出怎生的一副俏脸儿来？"

谁知才揭花巾，新人早已拜下，众人忍不住都笑起来。成珪一看，惊骇道："这不就是我家翠苔？"周智道："然也，小弟因兄思慕之诚，特从海底追转。"成珪惊喜相半，将周智扭住，定要问个详细。周智施长说短，仔细诉说一遍。众人无不喝彩周智夫妻的恩义、成茂的功劳。成珪倒身拜谢，随着翠苔拜认周智夫妻为父母。周智道："既已为兄之妾，即如嫂也，何得女子？以后大家不许叫翠苔姐，俱可唤三娘子。"何氏道："恐这一声三娘子，还赎不得那顿肥打来！"成珪道："若无二位美情，恐此生已难再会，三娘子安得复有今日？"各人就座饮酒，无不赞美此举。乐人奏动管弦，吹吹唱唱，直饮到月转花梢，相送成珪归房。

成珪此际之乐，不能细述。忽然记起一桩事体，道："快请周员外计议。"周智道："又有甚么急事？"成珪道："贤弟有所不知，近来老妻又行了龟头印记之法，甚是严紧，夜来倘有事体，少不得擦去原印，明日又来淘气。正是作福不如避罪，还只容我回去了罢。"周智道："岂有此理！你也忒受法度，尚宝司铸了铜铁官印，那不守法的尚且私刻，不曾见犯了几个出来，不信老婆的家法怎般钦遵！只说洗澡误失就是。"成珪道："难说，难说。我家院君最是尖酸，好生踢斛淋尖，这般话，怎生哄得他过？"周智道："你但尽意做去，包你不妨，只与我看过样子，明日照样雕个与你，怕他怎的。"

成珪依言，掩门而睡。那夜风光，比前更觉不同。正是二位新人，两般旧物，一个久旷之男，一个久怨之女，趁着酒兴，说不尽千般恩爱、万种香甜。虽是老阳少阴，一发逆来顺受，却似九里山前，遇了个十面埋伏的阵势，东攻西击，大战数回。

起得床，已是三竿日上。成珪先问周智道："所事曾备办否？"周智道："绝早已刻在此。"成珪接进房中，将印色照样打上一个，就把印儿递与三娘子道："这印儿幸喜今日在院君前抵搪得过，便是无价之宝也。你可收在妆盒里，下次好用。"翠苔道：

"谢天谢地，认不出来才好。"成珪道："怕不得许多，只索胡乱答应一番再处。今晚我又来也。"

于是辞了周智，漫步归来，见妻子道："昨宵疏失，多有得罪。那京中朋友委实可厌，饮酒完得，已是四更。"都氏道："不知这客还是南京还是北京？"成珪原是信口说谎，一时答应不迭，随口应道："正不知是那一京。"都氏道："好花嘴！南京、北京相去数千余里，语言人物，大不相类，怎么说不知是那一京？"成珪道："只被院君这一惊，已惊做动不得了，还分甚么南北？"都氏揪着丈夫耳朵道："又有蹊跷。快进房来，听我发落。"

不知这一进去，主何吉凶？下回分解。

总评：

　　妒妇打死丫头，余亲见者一，耳闻者二，但未见有如成茂、周智其人耳。岂第未见，亦且未闻。呜呼！吾安得使秉礼者崇祠二公于程婴、公孙之庙也哉。

第九回 都院君勃然嗔假印
胡主事混沌索真赃

引首《太行路》白居易作

太行之路能摧车，若比君心是坦途；巫峡之水能覆舟，若比君心是安流。君心好恶苦不长，好生毛发恶生疮。与君结发未五载，岂期牛女为参商。古称色衰相背弃，当时美人犹怨悔。何况如今鸾镜中，妾颜未改君心改。为君熏衣裳，君闻兰麝不馨香。为君盛容饰，君看珠翠无颜色。行路难，难重陈，人生莫作妇人身，百年苦乐由他人。行路难，难于山，险于水，不独人间夫与妻，近代君臣皆如此。君不见，左纳言，右纳史，朝承恩，暮赐死。行路难，不在山，不在水，只在人情反复间。

评：

美人名将，老景足悲。纵我不彼负，而彼尤多怨望之思，况负之者，当如何那？成珪略披逆鳞，便撄不测之祸；胡芦提，死心畏服，即罗意外之财，个中人可稍肆其志乎？欲坦太行之险，宜以此回为鉴。

却说成珪回家，因京中客名说不相对，早发了妻子一点疑心，定要查验龟头印记。没奈何，大着胆，只得随入房中，请出前件与妻子辨认。都氏一看，便惊讶道："你又来弄手脚了！"成珪假硬道："胡说！又来生情，终不然谁换了去！"都氏道："不要瞒我，只实说倒也无事，若推辞假赖，不要费了周折。"成珪道："推辞甚来？又不曾行房，又不曾洗澡，原货缴还，有何事故？"都氏道："只吃你嘴强，不要道老娘没眼孔，

只怕辨印生，没有我的眼力！且莫屈说了你，只把原印与你比一比看，你只看这一个，那一个往来差了一二分，难道可是瞒得过的？世上顽劣的丈夫颇有，有谁似你这老奸巨猾！我也没处跟究，只罚你跪在堂前，领了二百竹片罢。"

成珪命该栏杆官符星动，只如平日甘领一二十下，也自罢了，这日偏要分清理白，希图争个扯直，以为下次立规，口中嚷嚷之声，只不服输，百般屈强。谁知真赃实犯却在前件头上，这回恼动都氏性子，教他如何自肯甘休？莫怪都氏发怒，定要究个的实，便寻条纸儿，打个印子，递与丈夫看，道："你还是道我屈你，你只自看，差了多少？每常擦去，倒也还可恕饶，如今一竟私雕，教我怎生了得！尚且东拽西扯。不要慌，只还我个明白。"

成珪也口软了，又想出一个办法，道："院君不记得初设之时，也曾费口几次，只因软硬之间，搅出许多口舌。今院君嗔其改样，埂岂不又涉前事？乞院君细加详察，莫要造次。"都氏道："前番软硬，总还不出圈套，如今一发大相悬绝。我的印儿上边，原是朵并头金莲花，如今却是一朵双头牡丹花。终不然阳物会做画，即把花样都改变过了？"成珪自知没理。不敢再辩，只得蓦地跪下道："事已如此，万望院君饶这一次，今后断断不敢了！"都氏那肯放过一些，左手揪住耳朵，右手捻着胡须，拖到中堂，只要"才丁"，口中骂个不了。

周智虑着这着，恰好走来探望。远远听得吷吷之声，已知定是夫妻吵闹，便欲抽身回转。又想道："见闹不劝，非礼也。"一头走进，正值成珪跪着受责。成珪忽见周智到来，岂不惶愧？不觉满面通红，立起身往内便走，只指望妻子口中安静，胡乱掩饰过去，谁知已被周智瞧见。周智向都氏道："夜来员外在舍下饮酒，并无别事，不知为何又激恼了尊嫂？凡百事看在下薄面，将就些罢。"都氏正怪着周智是个教头，心下好生怀恨，又有这不在行的走来，多嘴劝这几句，惹得那都氏一片喊声的骂道："臭乌龟！老忘八！谁不晓得你诱人犯法，教唆行使假物！我自教训丈夫，谁着你来施长说短？快请出去！"

成珪想道："我与周君达虽是相知朋友，也要些儿体面，这些脚册手本，件件被他听去，日后如何做人？"只此一事，已是十分着恼，况兼昨夜枕儿边听翠苔说了拷打之苦，又是动气的了，复遇此时这番打骂，又且波及于人，岂不发作？便是泥塑的，原也忍不住了。便将后厅香桌儿上，气急败坏的拍着骂道："老不贤！老嚼蛆！我总也做人不成了，被你磨折不过，只索与你拼命！只教敲断老狗脊筋，才出得我这口恶气！拼被你打死了，抛在江里去！"

都氏听见，倾天的喊道："老杀才，学放屁！谁敢打断我的筋来？这胆略几时长的？便与你见个高低，赌个你死我活！"便虎一般赶来。成珪也不相让，揪住就打。周智那里敢劝。好一场厮打。便见：

一个气狠狠飞拳踢脚，一个猛纠纠揪头摸发。一个挺起胸脯，一个牙根咬嚼。一个辣姜巴打得乌花，一个魁果拳钉成疙瘩。一个似跨马王孙，一个似降魔恶刹。一个要片时雪尽心中愤，一个要半点不饶目下着。两下要定高低，那管旁人笑煞。

两人搅海翻天，只是打得高兴，周智在旁只叫"利害！"众小使谁敢相劝？日常间成珪尽是惧内，这日实是怒气，未免放出疾手。女人家终是力怯，那里厮打得过？眼见得受下亏苦。量来本力不加，难以取胜，只好呼宗拔祖的叫。恰好冤家聚头，门外一官抬过。

你道此人是谁？此人姓胡，名芦提，别号爱泉。原是汀洲人氏，年纪五六十岁，不曾中得进士，亏得家兄势力，选了个抽分之职。到任未久，不谙乡音，又且耳朵是五爪金的，故此凡事胡芦提过去，一味爱的是钱，与这名号一毫无忝。

这日正去城外抽分，打从成珪门首经过，远远道子摆来，皂隶甲首只叫莫嚷，众主管惟恐惹事，即忙报道："门前有官经过，望院君快些禁声。"都氏此时正是怒气三千丈的时候，那里怕甚么官府？便是当今皇帝老子到来，也不介意，倾天的屈，一声接一声叫将出来。众主管惊得个个面如土色，那里扯拽得住？

都氏死力奔出门外，却好官轿已抬过了，都氏抢上一步，紧紧把轿杠挽住，只是叫屈连天。胡抽分道："我这时不管，你到有司告理去。"都氏那里肯放？胡芦提发怒道："这妇人可恶，为些甚么屈事，来与本部饶舌？"衙役一齐帮衬道："老爷问你甚么冤屈，快说上来！"

都氏一时之气喊了出来，及至官儿问起情切，实是没得答应，就随口道："爷爷，私雕假印的。爷爷救命！"抽分道："怎么说？"门子道："私雕假印的。"胡抽分道：

中国禁书文库

锦帐春风

"私雕假印，这事也大了，倒要问一问去。妇人，那假印是谁擅用？"都氏道："丈夫成珪，通同积棍周智二人合谋用的。"胡芦提道："妻子首告丈夫定非虚谬，通同用假印，事亦有知，只问你那丈夫把假印，还是冒破那项钱粮，或是假捏牌曾经诈害甚么人过，还是私造公文，欺诳官长？只将的确罪犯补状上来，待本部这里也好处分。"

都氏又没有甚么指实，想来怎好儿戏过去，倒输个诳告之罪，只得又随口禀道："妇人仓卒之间，不及备办状词，只须口禀：丈夫与周智私造了一颗假印，打在子梗上边，希图走漏精水，以是瞒着妇人。妇人惟恐后嗣有乖，每以好言劝之。今日嗔怪良言，反肆毒打。望爷爷可怜。"胡芦提道："嗄！假印打在紫梗上边，希图走漏精税。税乃国家重务，紫梗亦本部之正税，终不然假冒本部关防，私偷税钞么？"都氏道："正是如此。"胡芦提道："可恶，可恶！怪得年来缺了钱粮额数，原来都是这干奴才作弊！叫皂甲快与我拿来！"

众役一齐下手，好似鹘鹰搏兔相似，把周、成二人一并儿拿到。胡芦提道："好光棍，你两个正是甚么情亏、啾济么？"二人道："小人正是成珪、周智。"胡芦提道："打！打！打！好打！济奴才，国家的重税，可是走漏得的？"二人辨白不迭，早被众皂隶拽倒，一五一十的吃打了二十精臀，胡芦提才教放起。又叫皂隶快向附近衙门借取夹棍。

二人抬身，已是打做昏晕，面面相觑，声也做不得，气得目瞪口呆。胡芦提道："我且问你，你把那紫梗钱粮也不知漏经多少，今日天假伊妻向吾首告，岂不皇家福大？你只实实招来，免些刑法，若是抵赖，夹起来不怕不招！"成珪道："爷爷审个详细便好。念成珪终年株守，开个小小典铺，并不曾贩卖甚么紫梗。"胡芦提道："正可恶！你通连书手专去早早摆布，还道不卖紫梗？周智，你怎么说？"周智道："老爷在上，小人不敢隐瞒，那成珪自因夫妻厮闹，小人不过解劝些须，不期见怪于此妇，就把小人连累。"

胡芦提道："你与他通同作弊，下与你连罪，倒与我连罪？"周智道："小人并不通同，小人自开绸绢铺子，晓得贩甚么紫梗？"胡芦提道："是了么，你因不从容，便替他掌筹算簿子，既已合谋用事，必须享用税钱，还说不贩紫梗？"叫皂隶："与我先把成珪夹起来。"

成珪辨不脱，被皂隶拽翻在地，就把夹棍套上，立逼要招假印事端。成珪道："爷

爷，小人既用假印，定有实迹可据，妻子出首，须有真赃，如今赃证俱无，亦难凭信，何得要小人招承？"胡芦提道："是你妻子首的，兀自抵赖？"成珪对都氏道："老泼贱！我买甚么紫梗，恁般害我？"都氏道："老贼，你要打断我筋，须夹断你腿！紫梗不贩，难道假印也赖得去？"胡芦提道："野奴狗，还不讲来！"

成珪忍着疼痛，只是不招。胡芦提道："既不招，也且慢着。且问那妇人，你既来首告，那假印却在何处？"都氏道："假印是丈夫所用，务必深藏奥匿，那里落得妇人之手？只求老爷严追，自然献出。"胡芦提道："假印罪名颇大，那奸棍自然隐匿过了，我也不加究治，只那紫梗却窝遁在何处？"都氏道："子梗原在裤子里。"胡芦提道："既在铺子里，叫皂隶快搜出来！"

也是成珪真真晦气，却好库中当得十来担紫草，皂隶一竟扛出，禀道："并无紫梗，只有紫草十余担。"胡芦提道："妇人，为何诳告丈夫？现今没有紫梗。"都氏道："妇人一时错说，实是紫草。"胡芦提道："这也有知，怪得这奴才抵赖。如今真赃已获。"叫皂隶："松了夹棍，待我拜客转来，晚堂另行审结。"

官儿一去，众人一齐攒拢，也有问的，也有笑的，总都是混混沌沌，不知为着甚么勾当，前街后巷纷纷谣讲。成珪扶到厅上，坐地叫屈，连天的骂道："老泼贱！你造言生事，全不惜一毫体面，今日我若说出缘故，岂不把你活活羞杀！我倒全你体面，你却越发撒泼，只赌口中会说，害我吃棒受拷！幸喜那官儿不究了假印事端，若问实来，岂不犯了死罪？晚堂追起紫草税课，如何是好？"都氏道："紫草税课，不过纳得几两银子；你那假印公案，端的不曾出气哩！"周智道："嫂嫂，员外违令，固宜惩治，小子无辜，枉吃官棒，可也不情。"都氏道："老周，你且不要叫声，你只湖中数语，虽万死不足以偿其恨。况这二十竹片，实由教唆上来。晚堂少不得又问起假印根蒂，只教松你一、二，便是老娘恩处。"

言未绝，外厢走进两个青衣公人，一个唤做田仲，一个叫名白七。都氏回避不迭。成珪道："二公何来？"二人道："小弟是胡爷人役，适因贵讼在于敝关，特来请教。"成珪道："失敬了，就是胡爷老牌，请坐，请坐。适才多蒙扶持，感激得紧。"便忍疼走入库房，称了那行杖的旧规，递与二人道："少刻晚堂，还要扶持。这里薄敬，原是适才讲过的。"又将一个小封递出，道："这是小东，不及奉陪。"田仲道："员外府上不敢计论，但是我们那水儿十分利害，好歹专会辩驳。适间小弟们担下若干于己，不

好说得，还求增些。"

成珪也不吝啬，又添上一个包儿，道："老牌，小弟虽是没要紧官司，你老爷尽是混账，晚堂又要讨审，东扯西拽，听三不听四，如何和他缠得清？"白七道："员外千金之躯，若听小弟愚见，管取没事。"成珪道："正要请教。"白七道："员外假印一事，在两小弟其实晓得无辜，那做官的人，捉得封皮当信读，那里顾你死活？晚上吃些浓血回来，一味只晓要钱，问起情由，管你横直落得苦，又吃了，事又不济。不若趁早通股线儿，递张息词罢。"成珪道："小弟巴不得息讼。若可具得息词，一凭上裁。"

周智道："你又来差了。斗殴官司，递得和息。这是没头事体，叫做浑场浊务，有些甚么清头？见你去递息讼，一发拿班做势，与他怎地开交？不若说出实情，大家吃打罢。"成珪道："阿弟说那里话来！这虽是我那老咬蛆不是，我若说出情由，不惟损却他的面皮，就是我面上也不好看。倘是要罚些钱粮，也说不得；若再要打，其实难熬。"周智道："阿兄上又怕官，下又惧内，又要惜脸皮，又怕拷打，叫我也难。"

田仲道："二位员外都不必慌，古人说得好：'天大官司，磨大银子。'成员外巨万家计，拚得用些银子，怕有何事做不出来？正是钱可通神，有钱使得鬼挑担。肯用小弟见识，真是十全。目今水儿不长进，只好的是此道，緣你贴骨疗疮的人情分上，枉自费了几名水手，只当得鬼门上占卦，就是敝衙门，也有为事的，费尽了周折，一毫也不济，空空的错走了路头。只是那个稳径，緣你杀了他的爷娘，也只当置之不理。"白七道："莫非就是老钱的话头么？"田仲道："着了。"成珪道："那个老钱？"田仲道："敝衙有个钱先生，名唤钱通，与水儿十分相得。由你大小事体，没他不说话，凡百过龙等样，一发情熟。员外既要事完，何不央求老钱？将些银子，叫做着肉筛，那时旧规到手，两下预先说明，然后具上息词，包得放心没事。难道两小弟，倒不于中效劳？"

周智道："莫非就是做上房的钱若舟么？"田仲道："员外，你怎也熟他？"周智道："怎么不晓得？钱若舟与我也非一日相处。前番偶因舍亲有些小事在于贵衙，小弟适与其事，作承他趁了一块银子，至今感念着我。目今既是他们当道，不打紧。"田仲道："如此一发着卦。两小弟就此告退，少刻衙门前再会。"

都氏挨着两个公人离家，便走出道："呵呵，老贼们，计较到好，只要寻着甚么钱通，着肉送些银子以为了事，终不然少得老娘落地，那时祸福总还出在老娘口里，由你踢天弄井，也须打断狗筋。"成珪道："院君，依你这等说来，真要和我钉对到底，难道你还恨气不消？"都氏道："我到本等恕得你过，只记你那些威风，却饶不过哩。"周智道："小子不合多管闲事，今已吃下官棒，于老嫂尽为得彩。尚且必要与员外钉对到底，恐做沟中翻载，反为不利。莫若趁这机会递张和息，落得大家安静，不要错过花头，后悔不迭。"都氏道："你们正是闲时不烧香，剧来抱佛足，总不济事！"只是不听。

再说何院君在家，忽见二子周文、周武飞也似跄进，道："娘，不好了！爹爹在成家门首，不知为着甚么事干，被个官儿当街打下二十板子，成伯伯还多一夹棍。"何氏道："有这等事！快扶我去，便知端的。"何氏也不乘轿，也不更衣，便随了周文、周武，两步那做一步，飞风来到成宅。连翠苔也还未知就里。

何氏见丈夫与成员外两个，都横眠直睡的叫苦叫屈。周智见妻子到来，反把个笑脸道："想你们也才得知我这几下，也还不为大害，不当得成伯伯家中一番小比较哩。"成珪道："拖累老弟吃打，又累院君、贤侄受惊，这都是老拙之罪也。但只晚堂一事，怎好又累贤弟一往？"何氏道："怎么晚堂还要去？"成珪道："适才北关经过，听了那没正经的老乞婆言语，原是混话，不曾审明，因说拜客转来，晚堂再问，我们料来这没甚么好处，将欲具张和息，不知老不贤尚且还道恨气未消，决乎不肯歇息，口口声声定要见个高低。我想人生在世，那个没有死日，我也拼得个死，决不再累贤弟吃打，好歹做这条老命发付他罢！"何氏道："员外说那里话来！还是具息的是。院君不过一时之气，是这等说，岂是实心？待我恳求院君，劝他意转，做个家里和息牌头，管得没事。"

周文弟兄见父亲受了无辜之棒，正是敢怒而不敢言，然而也巴不得事完放心，亦同母亲向都氏再三苦劝。都氏将丈夫和周员外日常做的勾当，从头告诉，也不知真正伤心，也不知假妆套子，不觉号天洒地、跌脚捶胸的哭道："他们这般，这般可恶，岂不恨入骨髓！难得遇着这位青天老爷，替我出得这口恶气，怎肯把这机会失过？既然是何院君相劝，老身岂不领教？少刻落地，只不伤着周员外罢。"何氏道："院君又来口饶笔不饶！若只不伤拙夫，是端的要与员外相持的了？妹子这番解劝，倒是因公致私，为己之谋的人了？只求院君念着老夫老妻的情分，不要把来做了仇家斯觑。古人说得好：'夫妻们船头上相骂，船艄上讲话。'四十多年恩爱，一旦自相蹂践，可是闹得断的么？"

都氏道："我的娘，你也有所不知，不是我害老贼，老贼自贻之祸，谁着他有了外情，便要暗算着我？我今正是先下手为强，难道倒做了后下手的为殃？"

周文道："伯母所说虽然不差，但官情如纸，黑里摹白，倘这不比前番，竟把伯母问输，倒也不必说得，若是伯母赢了，不过把伯伯打得几下板子，罚得几贯钱钞，料没有杀头大罪，这官去后，伯伯仍前旧性不改，却不枉费唇舌？不如今日暂且讲和，小侄倒有一长策献上。"都氏道："阿侄有何长策，你且说来，果可采择，即当依你行事。"周文道："伯伯不守戒律，伯母何必出头露脸，送与官打，被他燥皮，又要吃惊吃吓，衙门使费，何不家下自立例规，不遵就骂，不守就打，一五一十，自己'才丁'，岂不快爽？这是老妈官尽堪约束，寻甚么府县官，要他处分？"

都氏道："这倒不劳贤侄指教，别人家老妈官还只本等，惟本职自有关防印信，还有刑具法物、条例告示，那些儿不像官府？你那阿伯兀自不遵，教我如何不去寻着真官？"周武道："这样讲来，我想真正官府怎比得伯母威严？一发该和了。"何氏道："闲话休题，只求院君看我薄面，曲从这次，千万不可提起假印勾当，就是院君大恩。事完之后，任凭要怎么赔礼，妹子自备一席优觞，与院君释气如何？"都氏道："既蒙贤母子这等苦劝，老身不听也不是了。可惜便宜了老杀才！只要他自来伏罪，准他自办戏酌，然后干休。"何氏道："这个容易。我儿，快去对员外讲明，请来伏罪。"

周文忙出前厅，对成珪道："恭喜，恭喜，伯母已被我母子三人劝得个回心转意，只要伯伯一席戏酒赔话，衙门内外，任凭主张。如今先要进去赔个小心，要紧！"成珪道："这个如何使得？大丈夫岂肯伏礼于妇人乎？宁死不可！"周武道："伯伯又来假道学，这不过寻常家法，吾辈中长技而已，又何难哉？"成珪道："这实使不得！"周文道："兄弟，我和你何苦两下里做了难人。伯伯既是不肯，只索由他，和你回复了伯母就是。"

二人掇转身望内便走。成珪连忙叫道："贤侄转来，另有计议。"周文头也不回道："既然不肯，叫些甚么！"周武道："哥哥，且看他怎么计议，和你且转身听着。"成珪道："阿侄，怎地这般性急！要我伏礼犹可，如何又要搬戏？岂不一发昭彰？"周智道："街坊上人问，只说谢三郎神罢了。"

成珪只得随周文来见妻子。何院君早掇张椅子摆在中堂，将都氏揪番在上坐了。周智带过成珪，喝声："跪下！"成珪只得折腰对座，都氏做气狠狠的道："谁要你伏罪？自有戴乌纱帽的在那里！"成珪连连磕头道："院君也好气出了，拙夫一言相犯，已受二十竹片，一套夹棍，再或费些银子，不止半百余金。如今没奈何，只是做丈夫的不是了，凡事要老娘包容，只看你前丈夫面上，饶过些罢。"都氏道："老奴又来饶舌！谁是我前夫？"成珪道："区区后生时与你恩爱，每每蒙你怜惜，岂不要看你前夫之面？"何氏母子忍不住笑。都氏道："何院君，难得你贤母子吩咐，说叫他来伏礼，你只看他直身挺撞，还成个廷参礼，还是师生礼，还是宾客礼，还是夫妻礼？"成珪道："拙夫还是夫妻礼。"

都氏道："老杀才，到不要熟不知礼！你也做了一个男子，五形具足，一貌堂堂，颇知孔孟之书，必达周公之礼，岂不晓得时时变，局局新，色色更易，独这夫妻之礼，你偏注意行出这古板来。天那！兀的不气杀我也！"何氏道："院君不要发怒，既有新礼，便讲出来，员外不依，庭治未迟。"都氏道："我的亲娘，不是我不吩咐他过，向来已曾习熟，如今不知听了那一个教头，故意革去此礼，怎不叫我恨他？"周文道："小侄们其实不曾闻得这大礼，请伯母一示，亦使小侄们晓得，当书之于竹帛，以备后世制礼乐，补入简编，以成全经，岂不大有功于后世乎？"

都氏拽起喉咙，不慌不忙的，说出一段大道理来。真正乱坠天花，神惊鬼怕，便是金兀术，也须拜倒辕门；铁包拯，也应低头受屈。下回分解。

总评：

发科巧合处，令人每每绝倒。然成珪宁受责受罚，决不肯从实禀告，少出老泼之气，毋乃非人情乎？不知此正是怕婆本色，若能禀告，又不似此辈矣。

第十回　伏新礼优篪祸酿
弄虚脾继立事谐

引首《羽林行》王仲初作

　　长安恶少出名字，楼下劫商楼上醉。天明下直明光宫，散入五陵松柏中。百回杀人身合死，赦书尚有收成功。九衢一日消息定，乡吏籍中重改姓。出来依旧属羽林，立在殿前射飞禽。

评：

　　都飙尽有此等恶行，而以羽林仿之，似亦太誉。

　　却说周文闻得院君要讲夫妇之礼，即便敛容拱听，何氏、周武皆侍立于旁。都氏坐于中堂交椅上，不慌不忙的道："甚矣，此礼之废也久矣！自周公制礼，孔子定之，列国遵之。以至于炎汉，又有大小二戴，从而申明之。及后汉祚方终，六朝迭旺。"

　　至于李唐之世，此礼既衰，而妻道之纪纲扫地尽矣！幸而天道好还，气运不堕。后土降灵于宫中，昂宿落雌于世上，方有武皇后决起而首创之，挽数百年之颓，灭千古高鹜之纲纪，实百世之英娥也。至如沙吒利之妻、雌鸡镇上羊委之妇、兵部任环之夫人、洛中王导之内子，是皆能振其雌威、树其雌德，亦再世之吕后，中兴之羽翼也。以后时移事易，衣钵泛滥，传之者不啻恒河之沙，纯全者不过驾虎之狐而已。吾故虽能言之，亦多不足惩也，即历来男子，守礼者固自不少，越礼者，亦不著其姓名。如画眉之张敞，受寒之苟奉倩，听唆之秦桧，依判之曹圭，种种知礼之徒，总不能尽罗而枚举。今时之人，焉能知是礼也。列位不厌，聊当污耳。

三纲既立，五伦毕具。君臣父子，朋友昆弟。

惟夫与妻，其义最当。匪媒不得，三生所钟。

及时嫁娶，拟诸鸾凤。归妹愆期，鳏鱼是比。

日怨日旷，圣人忧之。孤阳不生，孤阴不成。

一阴一阳，斯为合道。寒修执柯，月老捡书。

偕尔匹配，宜其室家。乐为琴瑟，诗之《关雎》。

主苹主蘩，为箕为帚。中馈是持，巾帨是务。

辛于尔室，翊而以力。夫之贵贱，随遇而依。

屈指计之，惟妻最苦。维其夫子，最宜珍惜。

寒暄之奉，饥饱之节。冬温夏清，候其起居。

舒其抑郁，鼓其欢娱。抚膺捶背，摩腰拂肢。

晓当漱盥，捧盘进皂。夕当澡濯，揉滓涤垢。

足恭阿容，屈膝敛气。顺承呵责，引领鞭笞。

必敬必戒，毋违妻子。出处必陈，不贷诬诳。

凡诸婢仆，勿戏勿谑。安分守命，宗祧有定。

毋巫娶妾，自贻唇舌。当娶与否，事在妻决。

先妻而兴，后妻而寝。妻是则是，妻非则非。

凡诸行止，遵妻子示。违妻者殃，随妻者昌。

都氏说完礼数，对何氏道："贤妹，你道此理何如？"何氏母子齐声踊跃道："妙哉，礼也！千百世之后，当有传是礼者，必都院君所传欤！伯伯，还不长跪行个大礼？法令之初，经得再失礼的？"

成珪道："每常间院君有的条例，俱是时俗套礼，如今不知那里得这一篇奥理来？真个是：从来不识叔孙礼，今日方知妻子尊。既蒙列位相谕，敢不从命！"即向阶前倒身跪下，连叩几个大头道："妻子大人在上，恕拙夫而愚顽，不识时宜礼数，日常多有失礼，以致冒犯虎威，幸亏胡芦提老爷赐责，极是合理，复蒙妻子大人海涵，不加惩治，实出天恩。拙夫情愿低头伏礼，自责己罪，悔过愆尤，并治戏酒一席，少伸乞免之敬。万望院君不可番悔。"都氏道："你既自知无礼，已经伏罪，姑且暂恕。但官罪

可饶，家法难免，只罚跪到黄昏罢。"

成珪道："拙夫再说，又恐复触院君之怒，但衙门有事，往反不易，恐跪到黄昏，一发没了脚力。望院君今日暂恕，留在明日跪还，不知意下如何？"都氏只是不肯。何氏道："院君既已恕饶，何又罚其长跪？是何言欤？常言道：'救人须救彻。'还求一并饶了罢。"都氏方才首肯。成珪叩头相谢，忙备酒食与周智父子畅饮，正是黄连树下弹琴——苦中作乐。席间酒未数巡，外边报道北关拜客转去了。周、成二人忙放酒杯，带些钱钞，雇下轿子，同都氏三人，一径往北关进发。周家有周文、周武，成家有成华、成茂，又有几个亲邻，与同熊阴阳俱来探望。

却说胡芦提拜客转来，果然吃下一包老酒，真似稀泥烂醉，轿子上便自闭眼，到得衙门，早已睡熟。此时天色虽晚，还有晚关未放，衙门人役俱未散归。那成珪一事，三三两两，俱已知道，都说是一块肥肉，个个人思量吃他一口。老胡醉后，倒果然忘了，众人役却不肯歇，专等水儿醒来，便要禀牌拘换。却好周、成二人早在衙前伺候。众皂甲俱来相唤。周智即唤长子周文，暗暗分付几句说话。

不多时，周文携了钱通到来。周智忙拽钱通到个无人去处。一原二故，说不多言语，钱通俱已领略，遂着成珪兑银。钱通道："既是周员外用着小弟，小弟无不效力，但恐具息求和，反为不妥，不若再加些银子，待小弟索性进去说个溜亮，岂不放心！"成珪道："这极有理。"即忙添上银子，交与钱通渡进。正是：

> 官一担，吏一头；神得一，鬼得七。

钱通松落了一半，将一半用纸包好，传下梆，径进私衙门首。适值老胡才醒，问道："这个时候那个传梆？"管家道："禀爷，外边传梆，一则为晚关未放，一则钱书办要见。"胡芦提道："钱通要见，定主财爻发动。"连忙出来。瞧见钱通手里捧着白雪雪地两大锭银子，约有二三十两轻重、胡芦提笑道："若舟兄，此是何处得来好大锭足色银子？"钱通道："小人无以孝敬，特送与老爷买果子吃，聊当芹敬。"

胡芦提道："何必许多！请坐见教。"钱通道："老爷跟前，小人侍立已过分了，如何敢坐？"胡芦提道："这竟不必论得。岂不闻朋友有通财之义，你既与我通财，就是朋友一般了。脱洒些罢，有何见谕？"钱通道："小人有一至友，唤名成珪，自来忠厚，从来不作犯法之事，平生惟有惧内，最为出格。"胡芦提道："这又是我老爷的后身了。"钱通道："今早只因与妻子一言不合，遂至冲犯老爷执事，蒙老爷已连其友周智各责二十板。"

胡芦提道："就是早上那妻子道丈夫偷紫梗税的?"钱通道："正是此人。其妻向来泼悍，随口生情，老爷却被他欺诳，屈屈的打了周、成二人。"胡芦提慌忙摇手道："快禁声！快禁声！我若错打了人，奶奶极要见责，况且妇人官事，每每他要护局。似这般泼悍妇女，被奶奶效尤，了帐不得；便是你等各有妻小，若使得知，不为稳便。快快出去！我也不问了，免劳下顾。"钱通道："人犯已齐，老爷说过晚堂要审，何可置之不问? 不若受此孝敬，胡乱审鞫一番，少少罚些税课，只不要叫起那妇人，岂不两全其美?"胡芦提道："这也有理，本当不审，看这银子分上，倒要胡乱诣一诣。"钱通出来，悄悄的又另是一番鬼话回复。周、成二人不胜之喜。

少顷升堂，放关已毕，胡芦提叫带那沿街首税的成珪进来。皂隶连声传叫。

成珪一行人已跪在丹墀下，却也放心答应，只不知先叫谁人。胡芦提道："成珪跪上来。"成珪向前跪下。胡芦提道："你私漏国家税课，已非一朝，如今首人既真，赃物现在，可也招承数目，免我再动刑法。"成珪道："小人自来守法，并不干违条之事，只因妻子所诳，小人有口难明，老爷也不必动得刑法，小人甘自认罪罢了。"胡芦提道："罪是不必讲了，只问你已经卖过几多?"成珪道："只是铺中一十二挑，并不曾卖过半担。"胡芦提道："便是十二挑，也要以十赔百。叫该房照例科算上来。"书算手便把算盘一拨，禀道："覆爷，紫草一十二挑，倍算一百二十挑，每挑值价若干，共该正税若干，火耗若干，共计税耗银若干两正。"胡芦提便提起笔来，写道：

　　成珪私贩紫草，欺匿国家税课。其妻出首，情弊颇真。已往姑且不究，据现获一十二挑，倍罚税银若干两，仍将本货入官公用。周智罪在通同，理宜连坐，俱拟杖。都氏证夫之短，于理何堪? 姑念因公挟愤，不加惩治，逐出免供。周、成讨保，候完课之日，释放宁家。

成珪读完批语，道："不多银子，带得有在此间，把罪赎一并完纳了去。"吏书当堂收了前项银子，领了回收札子，又将些分与众书门皂甲。已毕，各各上轿而回，倒

也都放心欢喜。正是：

要恶做个媒人，要好打头官司。

来到成家晚饭毕，周智母子一齐辞归。翠三娘子忙来迎接入内。问及所以，周智不好说出印儿之事，只说成员外夫妻相闹，惊动官长，以致如此。翠三娘子再三酬谢，不在话下。

再说成员外于次日侵早，着成茂到团子巷叫了一班有名的戏子，就于家下办下齐整酒席，自来周宅，迎接周智一家赴酌，又到翠苔房中，说知备细，温存一遍。又着成华遍请来探望的亲友邻里，并熊阴阳俱来赴酌。早已酒席完备。成珪排列位次，先选女客：何院君首席，妻子都氏虽在次席，却是一个独桌，就着熊二娘子相陪。男客中就选了周员外首席，其邻里亲友、熊先生、周文、周武、都飙俱依次坐定。戏子首呈戏目，到席中团团送选，俱各不好擅专。

正推逊间，忽有两个邻里少年道：“近日寿筵吉席，可厌的俱演全福百顺、三元四喜。今朝既是闲酌，何不择本风趣些的看看。”周文弟兄与都飙一班儿俱说有理，就择三本拈个阄儿，神前撮着的就是。”少年道：“我有三本绝妙的在此：一本《狮吼》，是决要做的；一本《玉合》，也不可少；一本《疗妒羹》，是吴下人簇簇新编的戏文，难道不要拣入？”周智道：“你们后生家说话俱不切当。常言道：‘矮子前莫说矬话’。谁不知本宅老娘，有些油、盐、酱？这三戏俱犯本色，岂不惹祸？只依我在《荆》《刘》《蔡》《杀》中做了本罢。”

众后生道：“老伯有所不知，《疗妒羹》新出戏文，绝妙关接，况且极其闹热。就等老伯拣了两本，小侄们就共力保举这本。一总投入瓶中，知道捉着那本？”周智道：“既是好看，也不要拂了你们高兴，便拣在内罢。”众少年得这口风，便将药阄投入瓶中。成珪向神拜毕，用箸取出一个，却好正是《疗妒羹》。众少年一齐称快，以为得意。戏子便开场，逐出出做将来。有原本开场词一首，以见戏文之大意。词云：

〔菩萨蛮〕
乾坤偌大难容也，妇人之妒其微者。阿妇纵然骁，儿夫太软条。任他狮

子吼，我听还如狗。疗妒有奇方，无如不怕强。

〔沁园春〕

吏部夫人，因夫无嗣，日夕忧遑。遇小青风韵，邻家错嫁，苦遭奇妒，薄命堪伤。读曲新诗，偶遗书底，吏部偷看为断肠。轻舟傍，借西湖小宴，邂逅红妆。山庄卧病身亡，赖好友投丹竟起僵。反假称埋骨，乘机夜遁，绣帏重晤，故意潜藏。遣作游魂，画边虚赚，悄地拿奸笑一场。天怜念，喜双双玉树，果得成行。催娶妾，颜夫人的贤德可风；看还魂，乔小倩的伤心可哭；携活画，韩泰斗的侠气可交；掘空坟，杨不器的痴状可掬。

逡巡之间，戏已做散，席中男女，人人喝彩，个个赞称。惟有都氏一发合机，最相契的是苗大娘拿奸、制律等出，惟颜公杖妒、苗大娘见鬼、韩太斗伏剑、吓奸等出，微觉不然，便对何氏道："院君，这个甚么老颜、老韩，真也忒不好，有子无子，干你甚事，也来多嘴多舌！人家只吃有了这班亲友，常是搅出口面。"何氏道："正是。初时不好，后来生两个儿子，若没他二人，那里得来？论理也是好的。"都氏道："我只是怪的成茂那里。"成茂道："院君有何吩咐？"都氏道："快与我把那扮老颜和那扮韩太斗的，速速赶他出去，不可与他一些汤水吃！"成茂道："院君何意？"都氏道："甚么杖妒等事，我却恨他。"何氏道："院君又来差了。这是妆做的，与他何干？"都氏道："妆便妆的，实是可恶！"

成茂又恐院君激怒，只得走入戏房，对那扮外、扮小生的道："先生，你请回了罢，我家院君有些怪你。"二人道："怪我们甚的？"成茂道："院君怪的是颜老官、韩太斗，不怪足下，你只是去了罢，白银一钱，聊代酒饭。"二人落得少了找戏，欣然而去。其余戏子，又找了几出杂剧。酒客散回不题。

再说众客既散，独有内侄都飙系是至亲，却便宿在姑娘家下。这都飙自从父母死后，凡事纵性，嫖赌十全，结交着一班损友，终日顽耍。只因家业已尽，手内无钱，那些朋友都已散去，单单剩得个空身，只靠得姑娘过活，全亏了奉承而致。那都院君偏又不喜侄儿别的，刚只喜的是虚奉承，鬼撮脚，俗话说是撮松香，又名为捧粗腿，你喜者我亦喜之，你恶者我亦恶之，这便是都院君一生毛病。惟都飙竟做着了这个题目，直头在这上边下了摩揣工夫，怎教这试官不中了意？

那晚都白木正要寻些什么鬼话对姑娘说说，当个孝敬盒儿。思量无计，猛然省得道："是了，我姑娘所怪的是老周，可以奈何得着的是成老头子。只须如此，挑他一场口面，待我于中做个好人，岂不妙哉!"即便走入房中，假做气狠狠的见姑娘道："禀姑娘得知，侄儿要回去也。"都氏道："说那话! 莫不是谁冲激了你? 只须对我说知，这时更深夜静，怎么忽然要去?"都飙道："姑娘有所不知，侄儿不为别事，我好恨那老周。明日绝早，定要和他讲理。故此、决要回去，好寻几个帮手。"

都氏道："我儿怪他甚来?"都飙道："姑娘你一个明白人，却被这老奴轻薄，兀自不晓。姑夫整酒，本为姑娘赔话，一个上席却被老周夫妻占去，这也罢了，他又专主拣戏，已是可恶，巧巧的拣本《疗妒羹》，明明把姑娘比做苗大娘，教姑夫讨小老婆的样子，把你轻贱至此，我侄儿也做人不成，只是容我回去罢。"都氏道："我也肚里想过，总是我那老杀才不好，外人才敢相侮。我儿且不要气坏了身体，明日我自有个处置。"都飙假气一团，客房中睡下。

次早，众人未醒，成珪尚在梦中，只听得一片喊声，从内房中倾天叫出道："老奴才，好轻薄我也! 你径一路而来的打趣我，只问那一个老乌龟拣的戏?"海沸山摇的嚷得好不热闹。成珪一声惊醒，正是：

分开八片顶门骨，倾下一桶冰雪来。

连忙披衣不迭，向前跪下道："老院君息怒! 莫不是怪老夫有失新礼? 乞念昨日辛苦眠迟，今日不能早起，有失问候，乞饶初次。"都氏道："谁责你礼? 只问你，既请我赔话做戏，为何偏做本《疗妒羹》? 明明的众人前羞辱我，你好作怪哩!"成珪道："每常别事，院君怪得有理，今番实是院君错怪也。拙夫既忝东翁，亦无自拣之理; 他人择戏，好歹岂敢参越，干我甚事!"都氏道："戏文虽当客人拣了，为何首席送了老周? 只问你，此酒为何而设?"

成珪道："首席自然先邻后亲，叙齿而坐。周君达年纪颇长，况我累他吃打，这首席自然该送他坐。"都氏道："何不先送与我? 我不受，再送与他也未为迟，这也罢了，你只还我那拣戏的龟子，万事全休。"成珪道："拣戏料必是首席所主，定是周君达。院君没奈何，免究了罢。"都氏道："我又不会吃人，不过说理。你只唤那龟子到来，说个明白，他若不来，我也不了。"

成珪没奈何，只得梳洗了，来见周智，说与缘由。周智道："不出吾之所料，我道被那些误了事。也不难，我早已思索在此，只凭着三寸舌根，好歹去走一遭，管取不妨。"成珪暗暗祝道："说得停妥，谢天谢地！"

二人来到成家，周智向都氏唱喏道："夜来多扰，正欲致谢，忽蒙见招，即当趋命。不知尊嫂何所分付？"都氏道："老身向来泼悍，谁不知之？昨日尊意拣本新戏相嘲，轻薄尤甚，特请老叔到来说个道理，说得过，只索罢了；若说得没理，莫怪吃个没趣去。"

周智从容答道："嫂嫂，你真是日月虽明，那照得覆盆之下。昨日之戏，神道拣出，极是有趣得紧的，安得说个'没趣'二字？成员外不守家法，就比做褚大郎；嫂嫂治家严肃，处事有条，大得相夫之体，却便比做杨夫人。以夫人而比嫂嫂，既非小比，以苗氏之风流杖比嫂嫂之新礼。岂是相讥？况即此可使成员外知有当时为夫之体，而不妄效后世之顽夫，日夕恭敬于嫂嫂。此所谓羽翼《六经》，是大有功于嫂嫂之新礼也，何谓没趣？"都氏道："然则杖妒、见鬼等事，岂不打骂我？"周智道："这岂是打骂嫂嫂，不过要嫂嫂学取杨夫人，无子而有子，一家骨肉团圆的意思，有甚得罪去处？"

都氏道："依你们说来，单道我缺陷处，是个没子。自古说得好：'受人恩处亲骨肉。'但能以恩义结人，何虑无子？今日戏文之意既已说明，只索罢了。如今闲话休题，趁周员外在此，做个主盟，不怕我员外不肯，我和你也了却一条后嗣的肚肠，省得身死之后，卧在床上挺尸。员外，我对你说，看你也有了年纪，娶了熊宅娘子一年多，并无消息，料也生不出了。回头并无枝叶，我亦并无别人，止有侄儿都飙，颇为孝顺，只因父母死后，没人管顾，以致家业凋零。不若立为己子，使彼有父母卵翼，我有儿子承欢，岂不两全其妙！"成珪道："今日蒙院君说起，拙夫日常间也不止想过一次，只虑脂膏有限，不够贤侄阔用，恐难从命。"都氏道："我意已决，谁敢再说半个'不'字！"

成珪鞠躬道："但凭上裁。"周智只不做声。都氏道："周员外何独无言？"周智道："宅上家事耳，区区外人何敢妄议？况嫂嫂尊意已决，不敢再行参越。"都氏道："你既不管，只吃酒罢。却好侄儿已在此间，快备香花灯烛。"一面着人就请何院君母

子到来，一面着人遍请街坊邻里，唤厨子整酒，随与都飙说知。

都飙惟恐露出挑唆本相，故意睡在床中。听得姑娘说出这段因由，真个赛过赵匡胤陈桥兵变、黄袍加身的一般，径从兜率天顶上，疾地里忒下这顶平天冠，罩在头上，岂不快活！即忙梳洗，来到堂前拜见众客。都氏道："我儿，你可拜姑爹为父，拜我为母，你即改姓为成，换口厮唤。凡事从我家教，日后承我家业。"

都飙即便下拜道："蒙爹娘恩义，以成飙为己子，自当永承膝下之欢，望示庭前之训。"成珪道："贤侄，你今为我子，我做爷的，原系经纪中人，也没甚么学诗学礼的话语奉告，只愿你远小人而近君子，去奢侈而务勤俭。当知我这爷的钱钞，不比你都门宅中，来得容易，可以去得容易，要知我逐分厘，俱在省俭中积攒得来。你读书人，不须细说，只莫负姑娘此举。"都飙道："既受爹爹教育，岂敢再越规箴？前番旧事，朝天门张算命原说是我运限不利，该当破败。以后若再去嫖赌等，孩儿就额角上生个火盆大的发背……"都氏忙抚道："儿，爹爹好话，你不要便罚誓。周员外是你爹至友，手足一般，可拜作叔父。倘我百年之后，全仗看顾。"

周智断断决不肯受，连酒也不吃，竟自去了。何氏虽来领酢，亦不受拜。成珪也不来劝，一惟快快而已。都氏又唤众主管相见毕，随请众客就筵。成珪送位，都飙把盏，男女客侣各各尽欢。

从此两月清宁，并无异议。正叫做暴好六十日，自然上和下睦，夫唱妇随。后来不知有甚变更，可也养得老，送得终否？且听下回分解。

总评：

黑心到有马儿骑。

世至今日，无一真人矣。君臣虚戈，父子梦幻，习为傀儡，有胸无心。独存真挚一脉，留于好人，姤妇腔子内其念兹在兹，朝计暮算，不至一网打尽不已。都氏其千年奸臣贼子样范乎？若石勒碑，磊磊落落，犹是疏枝大叶男儿，王莽恭谦，孟德析履，是则同也。若都飙者碌碌，因人成事，并奸姤也加不得，只好叫做钻粪蛆、蛀木虫。成老拱手听命，守府以待，不失为献帝之忠厚。周公软款调停，自是狄梁公一流人。都氏其武曌再世乎？敢以问之作者。

第十一回　都氏瓜分家财　成珪浪费继业

中国禁书文库

锦帐春风

引首《水龙吟》"咏杨花"苏东坡作

似花还似非花，也无人惜从教坠。抛家傍路，思量却是无情有思。萦损柔肠，困酣娇眼，欲开还闭。梦随风万里寻郎去处，又还被莺呼起。不恨此花飞尽，恨西园、落红难缀。晓来雨过，遗踪何在？一池萍碎。春色三分，二分尘土，一分流水。细看来不是杨花，点点是离人泪。

评：

　　杨花世态，春色三分，酷似成珪家业耳。成珪不暇自惜而坡公惜之。

却说成珪官事初时没人知觉，只半月间，街坊上人人晓得。女婿冷祝，外路贩叉口才回，闻得此事，归来对妻子道："丈人为官事，你知否？"冷一姐失惊道："是不知。"冷祝道："呵呵，你在家下，倒不晓得？"冷一姐道："既知，快快说与我听。"冷祝道："我只闻得丈人贩了笋干，那知他的详细。"冷一姐道："老厌倒也舔他，但不知干涉娘否？虽然不是亲生，也要尽个虚花体面。快去探望一声，也见我们挂念。"冷祝道："甚么紧急公文，过十来朝，空些去未迟。"冷一姐骂道："这蛆钻骨头的，别事舔你慢帐，娘家有事，还不快去献个殷勤。"

冷祝见妻子发怒，只得收点了行李，换上一领簇簇新浆洗的道袍，带些土仪之物，摇摇摆摆，来到成家门首，放下包裹，到厅高声通名道："女婿冷祝奉老婆命特来探望，丈人、丈母可还在么？"都氏忙应道："冷婿家亲，进内就是，何必扬声？"冷祝拜

揖道："丈母有所不知，当年也蒙吩咐过，其后因而斗胆，直造房内，正遇丈母放溺，小婿一揖拜下，丈母回礼不迭。那日你女儿在旁，甚是怪我，是上晚归来，把我打下四、五个耳瓜子。故此今后再不敢进内了。"

都氏道："大凡礼貌，贵乎适中。"冷祝道："适中小事，今后丈母只是不要放溺便好，小婿闻丈人为事，特备土仪数色，与丈母解闷。"都氏道："你在外路方归，反把礼物送我，生受你了。利息可好么？"冷祝道："全亏丈人、丈母保佑，利息加倍。只一件可恨处……"都氏道："恨着何事？"冷祝道："不瞒丈母说，小婿在江湖上不止一日，目今却被一个客伙嘲坏。虽是讥讽之谈，一发竟把小婿的毛病说尽，甚为有理，故此记得在此。"念与你听：

> 买袋卖袋又买袋，袋本安闲人作怪；
>
> 无端出去又回归，为甚买来又去卖。
>
> 逐个铜钱上贯穿，成锭纹银都夹坏；
>
> 仔细思量解语难，笑煞区区冷布袋。

都氏道："依他这样讲来，却教你不要做了买卖。为人不去经营，则与豚犬何异？自古说：勤俭生富贵，富贵越要勤俭哩。"冷祝道："女婿尽爱富贵，只出外经商，风霜劳顿，其实难受。若得凤凰山变了□银子，与小婿日凿数分，随分用度，才是快活。"都氏道："又来说呆话了！人生坐食，山也会空。你既厌客途，何不揞守田园，也倒安逸。待我与你丈人说知，将些肥田美地分拨与你，就遂你的意了。"冷祝笑道："若得丈母如此，女婿来世情愿变株毛竹。"都氏道："要他何用？"冷祝道："小婿无可相报，只除做了毛竹，将来削块板子，为丈母增点威仪，教训岳父。"都氏道："一向不见你讲笑了。书房中见过丈人，一同用饭。"

冷祝径至书厅，来寻岳父。原来成珪早已知道女婿到来，最是可厌。即将帐子垂下，假做睡着。冷祝遍寻不见，连马桶也去掀开看看。一寻寻到帐子内，见了丈人，便高声叫道："寻着了！寻着了！"成珪道："那个这等喊叫？"冷祝道："小婿特来探望，周围不见，原来睡熟在此。敢问丈人，可是害甚么病症？"成珪道："多谢你挂念，且喜没病。"冷祝道："我道丈人不像害病的。闻得岳父官司大胜，只打得二十竹片。

不知与谁家涉讼？女儿挂念，着我问个详细。"

成珪道："因与你丈母相闹，告到官司。只是做男人的认分亏罢了，倒也不为大害。"冷祝道："原来与丈母相持！系是风流官事，便打几下，要是疼都不疼的。"成珪道："怎见得？"冷祝道："小婿闻得丈母家法，好歹罚跪半日，然后行杖，动以百计，加之揪耳拔须，詈呵辱骂，总也不止一端；及至挨得打数满足，还要从容谢打，次日行动如常，不致半毫有损。如今官棒名虽利害，其实家法反凶；况未常先跪半刻，又不曾辱骂一句，不过打得二十余下，何啻天渊！因此得知丈人这番，想来必不妨事。"

成珪正是厌烦去处，都氏早将酒食送进，随唤都飙陪饮。冷祝问道："舅舅宅上颇远，为何一唤就来？一发竟没客气。"都飙道："小弟就在后园看书。"冷祝道："原来如此，怪得恁速。"都氏道："你还不知，舅舅因我与你丈人厮闹，已立他为子。因你不在家，连你妻子都也不接来。"冷祝道："这样讲来，目今的舅舅，倒是个没底的人物了。"都飙道："怎见得？"冷祝道："马桶打去了底，不是改甑了？可贺！可贺！"说话之间，酒食俱已罄尽。

冷祝起身要归，都氏吩咐道："目下淘你丈人的气，弄得骨瘦如柴，面皮黄落。我做娘的好不记怀女儿，他做女儿的，全不念我。今晚回去，千万与他说知，着他明日就来望我一望。"冷祝道："丈母说那里话！女儿在家，莫说丈母，就是丈母家一只老狗，他也每常动问，安得不念母亲？明日就着他来。"

冷祝到家，门已关上，冷祝拾块砖石，把门敲着，高叫一姐道："丈夫回来，也不教他床上接风，这时把门闭了，臭花娘，莫不恋着汉子？"一姐正是备些肴馔，等待丈夫回来同着，见他傍晚不至，料在娘家取扰，每常不醉不归，因而独自吃完，收过残物，背着盏灯儿坐下等候。听得打门之声，即忙开门放入，问道："为何大呼小喝的？骂那一个？"冷祝趁着酒兴，胡言乱语的也不回复，竟把妻子搂住，就要亲嘴。冷一姐道："休得发狂，且将娘家事体说与我听。"冷祝摇头道："不说，不说，真真不说，你这些雌儿们时新作怪，各各效尤，似你母亲辣豁更甚。我若说来，你便一学而就，区区臀上实是打不起！"

一姐便把丈夫耳朵一把揪住，道："小猴子，说不说？"冷祝甘忍着疼，毕竟不说，口中只是"汪汪"的叫道："啊哟，你的爹便打他几下，干我鸟事？你的娘怪煞你也。"一姐即忙放手，问道："母亲怎生怪我？"冷祝道："丈母怪你不去望他。日日淘

了丈人的气，没处去说，故此将都家舅舅，表正做了儿子，家财田产，一并与他。你我空自眼热，只落得没分。"

一姐听得这家话，就是钉钉牢眼睛，冰冻僵鼻子的相似，半晌声也不做了，暗想道："老儿向来怪着我们，老娘须是爱我，虽然七伶八俐，常也落了我虚哄套子，每每沾染他些。目下便疏淡得个把来月，怎便抛撇了我？别事尤可，若继了都白木在家，我们真是皮外卵子，决乎水屑不漏，可不枉了向年趋奉！且不要慌，明早待我去看个动静，再作道理。"即唤丈夫安置。那冷祝原是浑帐的人，那里把此事放在心上？况兼出外月余，免不得欲火已动，这接风筵宴，不须说得。

次日，冷一姐一轿来到爹妈跟前。只道这番不比前了，谁知都氏一发相爱，女儿相唤未毕，便一把拖入里边，说张道李，冷疼热痛。一姐见娘热簌簌的，也便放出那播云弄雨的唇舌来。母子二人，真是《杀狗记》中柳龙庆对着胡子篆谈心，两人说得津津有味。一姐问父亲乞打之由，都氏又好似薛仁贵月下叹功、关云长单刀赴会的相似，直把自己雌威一五一十说得天花乱坠。一姐称羡道："怪得你女婿不肯对我讲，道孩儿学了母亲手段，便要教训他。我想孩儿吃他一百年饭，怎学得我娘半些？爹爹也该是这样比较他才好。只周家老贼，再打他一顿方快。"

都氏道："我老娘也有此意，可惜何院君与两个儿子再三求告，戏席赔话，故此轻放过他。"一姐道："这也罢了，儿又闻得爹娘继了都家弟弟，女儿十分喜欢。为何娘不与我说知？敢是怪着女儿？"都氏道："我的儿，我为何怪你？只因官事匆忙，第二日走马成事。你爹那里心肯？不过惧着母亲，勉强应允。故此各样不管，星星是我料理，一时失记，不曾接得你，娘也并无他意。我儿，你不要因我有了儿子，你便冷落了我，日后事体，你但放心，老儿那里？"

成珪即忙答应道："女儿到来，务必要买些甚么食物。老娘要的，吩咐就是。"都氏道："女儿不是别人，家下所有，尽可吃得。你且坐下，听我说来。"成珪臀尖略略掭椅而坐。

都氏道："老儿，今日唤你，并无别说，只因你我年老，回头并无亲人，刚只一子一女。虽非自生，常言道：'孝顺的便是骨肉。'如今诸凡事业，少不得俱是儿子所有，那做女儿的，岂不落空？论来手掌也是肉，手背也是肉，该把家事对股平分，但是子女有别，也须三与其一。你可将所有产业一一派出，也不必接得老周，这般费酒费食，只须你我均匀分析，趁早交与他们，完却一生之事，你的意下如何?"

成珪沉吟半晌，答道："我既无子，所有产业，自然该付他人。但我年纪虽老，尚还未死，倘经分析，柄归他手，他若得产之后，事产兴隆，便夸自己力量所致，倒也还好，如或因有外来之产，漫不经心，不无颓败，那时供给不敷，彼此不乐，在我，责他不孝；在他，怪我不慈。上下乖违，彼此交怨，正是勒马临崖，收缰恨晚。偏又不死不健，拍手无尘，做个寿则多辱，老厌、老废成何体统? 古人云：'宁可一日无钱，不可一日无权。'老娘要分析虽是，只恐以后着为先着，难免旁观之诮，只待我死之后，任凭老娘主张；若或一日还活，这事实难从命。"

都氏道："老儿差矣。你既知少不得是他人之物，何不早做个人情，也得儿女们欢喜，又免他的争忿，有何不妙? 假如你若先死，人便欺我女流，便有许多议论，还留我老娘有些主意；若我先死，你便内无主掌之妇，外有欺瞒之人，弄得你没绪没头。管南失北。一遇拂意，不久泉下，那时五虎攒羊，做了个没主丧家。只图抢物争财，谁来管你尸首? 只怕早晨一死，晚上家业已尽，刚剩你臭败尸骸，人人掩鼻吐唾。不若依我先识，趁着康健，均分派搭，致他两下无异，岂不是十全之策?"

成珪道："就依老娘指教，把产业编作一册，除祭葬外，阄做三股，仍是老朽执掌，待我一死，就与他们收管。"都氏道："只系多事，要晓得忙了一世，把这当家担子交与他们，一则可使他操持筹算，我和你又可眼见他们力量，又可于中调度他们；二则也讨得一日快活饭吃。也说道做儿女时，供养了父母，今日也做日父母，受受儿女供养，不枉人生一世，草生一秋。若依你，至死方歇，又何异于田坂里耕牛，驿路上驴马，到老奔驰! 何苦，何苦! 依我说，好好去取了一应文契账目到来，再也不必迟延了。"

成珪撑持不脱，叹了口气，忍不住两泪交流而出。来至帐房，把这许多文契账目，一一检点，不觉放声大哭道："我成珪若得个小小孩子，决不到有今日! 便有远房子侄，也不付与他姓。天呵! 可怜成珪一世辛苦，今日老不贤逼勒，轻与他人。罢! 罢! 罢! 我成珪该有结果，定须不做乞食饿殍，若或暮年该苦，只索由天!"把泪痕拭净，掇出一箱子纸札，一一抄誊名目，分文也不瞒落。原来凡百买卖挪借，俱系都氏经手，以是难于作弊。

不多时，三股派明。都氏一面着人去唤冷布袋，一面馆中唤出都飙。成珪道："今

日唤尔等来，并无他事，只为我两人年老，所有产业，免不得付与尔等，母亲恐防日后争执，今日特地派明，分与汝等，归身用度。但此产入手，便系己物，或守或变，我亦难管，也只要晓得区区得来时，须不似你二人今日的容易，便我死也瞑目了。你二人各执分单一纸，以为照证。"成珪写道：

　　立分单人：成珪。

　　今因未及生子，膝下无人，老妻甚是着急，只得将产业派作三股，以二付与内侄都飙收掌，计开于后。

　　田若干亩，地若干亩，屋若干所，山若干亩，池若干口，解库二所，首饰器皿未派。

　　右分单付继男成飙收执

　　　　　　　　　　　　　　　　　　　　　　　　年　月　日押

　　成珪照式写下二纸，朗声读与妻子听过。都氏道："有心如此，一发将文契交付他们收管。"成珪道："罢！罢！有心做双空手，要这文契何用？"便双手递与妻子。都氏先理一宗，并分单一纸，递与冷祝道："女婿，这都是丈人、丈母血汗得来，千万不可因而奢移，以辜我意。"冷祝道："小婿极是省俭的，只冷粥呷碗，也会过了日子。"冷一姐错听，只道丈夫要呷碗的是酒，便发怒道："贪嘴猢狲，刚刚有了产业，便要呷酒，过了今日，若不说明，后来怎生了得？若要吃酒，只不许得产！"

　　冷祝慌了手脚，那里分辩得出？亏了都氏，将女婿言语曲为解明，一姐方才息怒，还要说个明白。都氏道："我儿不必作吵，你不过要他守法的意思，我有处置在此。女婿过来，听我传授，你可知丈人致富之由么？"冷祝道："一来时运好，二来力量好罢了，有甚难晓？"

　　都氏道："非也。丈人致富，皆由畏我得来。故孔子曰：君子有三畏。你道那三畏？少年畏父母，中年畏老婆，晚年畏儿子。人能全此三畏，自然国富家饶，岂不成了君子？假如年少时能畏父母，自然学问精进，不堕荒淫，这是一畏好了；中年能畏妻子，自然恪守家法，不致浪荡，这是二畏好了；老年能畏儿子，务必胜我一分，自当让他一着，这是第三畏好了。你的丈人，少年没了父母，老年没有儿子，故此前后

两畏，不曾行得，只自遵行得中年一件，便做成偌大家计。可见圣人之言，一字千金，不可轻易读过。贤婿，你今莫学别人，也不必全得三畏，只学你丈人这一畏也就好了。你们初进之人，苦无直引，只把我新礼讲解一明，自能达其奥矣，你丈人遵行已久，讽诵颇熟，今日你若情愿得产，必须遵我新礼，免我女儿淘气，若不肯依，休想产业。"

冷祝恳求道："不要说新礼，便是新新礼也依了。"都氏道："既肯依，且对你妻子跪下。老儿可念与他听。"冷祝即忙掇把椅子，请妻子坐了，自己竟跪下。成珪站在旁边，将新礼朗诵一遍，细细又讲解了一番。

冷祝点头受记已毕，然后拜谢丈人丈母。一姐也拜谢爹娘。都氏吩咐道："我儿，治家当以勤俭为主，待夫宜以严肃为先。冷婿既受我礼，决不教你淘气，若有不遵，再与你竹片一条，打他几下，自然会好。必须修整妻纲，不可废我遗烈。"一姐唯唯受命，收取文契，夫妻二人即日归家。不在话下。

都氏又理了一宗文契，并一纸分单，交与都飙，道："我儿，这是你的，好好收下。"都飙道："爹娘既将文契交于孩儿，儿量本事，亦不下于祝姐夫，为何姐夫便得归身收息，孩儿只又执纸空契，请问爹娘，是何意思？"都氏道："我儿有所不知，你爹爹说得有理，你读书人，当精心向学，若一涉世务，便心无二用，如何济得事来？故此爹爹着你专心于学，这些撑家勾当，我爹娘在一日，替你管一日，你只放心，必无他意。"

都飙见姑娘吩咐，便也不敢强辩，只得将文契落袖，暗想道："我姑娘一个聪明人，又被老子瞒过，老子本意原不肯实心与我，假以分心之说，哄过姑娘，意欲做个执票不如管业。我想如今馆中，总是赴名读书，常是接取娼妓到来，也要银子用度。常言道：'素富贵行乎富贵。'难道如今的都相公倒肯省缩悭吝不成？老龟子勒定产业，其实是条好计，谁知我又是个再世的张良，偏不堕他计中。文书票押已落袖里，只须寻个主儿，行起'土四贝'（按：土四贝组合即卖字）的勾当，何虑手头乏钞哉！"计议已定，便作欢颜，将爹妈倒身拜谢。

即日归馆。不数日，便把上项那条计策行出。果然手头充足，即便尽心浪用，百奢并举。正是偷腥猫儿，旧性不改。这一向手内无钱，竟把旧时一班朋友都疏失了，如今囊内有物，安得不想故人？随即带了十来锭银子，独自个摇摇摆摆的去访旧友。

行不多时，已到一条小小巷内，就把一间黑避虮的房子叩响，问一声："可在家么？"早有一人应声而出。怎生模样？但见：

满脸堆来是笑，浑身妆就是俏；

出言甜似铺糖，作事利如张钓。

计穷墙上蜗牛，得志山中虎豹；

每从背后看来，但见肩窝过脑。

那人不是别个，正是那嫖赌行中，有名做领袖的张煊，绰号"热帮闲"的便是。张煊见是都飙到来，倒也不甚快乐。瞧见都飙身面上衣冠楚楚，竟不似上年光景，量来有些汁水，便将欢喜鬼面连忙抹下，带笑连躬兜袍大喏道："小弟久失请教，不知大官人到来，有失迎候，得罪，得罪！一向可得彩否？"都飙道："小弟自从别后，把贱姓都改了。"张煊道："大官人尊姓一向好的，如今又加之一改，更觉温和，更觉慷慨，有趣得紧。"都飙道："不是这姓。"便把出继根由细说一遍。

张煊道："原来如此。"叫小使："快快杀猪宰牛，与成大官人庆贺。"都飙道："这倒不敢扰兄，小弟带银在此。"张煊道："岂有此理，日常只是扰兄，今日到舍下，难道又扰兄？也罢，恭敬不如从命了。"双手接下银子，递与小使道："你将这银与小易牙，买些食物，说都大官人在此，就要接他同酌，还要他来安排哩。转身一发唤赛绵驹一同到来，陪大官人吃酒。"小使应声出门。

都飙默然无语，张煊欲待寻些笑谈说说，见都飙不乐，不敢多言，便问道："我看大兄遵颜，像是有些不乐，敢是为何？"都飙叹口气道："嗳，一言难尽。目下牢狱之灾，实是受用不过！"张煊惊道："甚么官事？"都飙道："也不为官事，也不为私事，恨只恨我家晚老子，请下一个先生，十分不知趣向，苦苦叫人读甚么书，每每的我对他讲道：'先生；你教书的只要馆谷罢了。'他却一毫不懂。张兄，瞒不得你，算来阿弟这人，要读些甚么书，写些甚么字？日日被他聒絮不过，烦恼得紧。故此今日特来兄处消遣，消遣。"

张煊道："怪得大官人不乐，这样不知趣的油嘴先生，一个戏法，直撮他九霄云外去哩，不是趋承大官人，说你眼儿带秀心中巧，不读诗书也做官，读甚书！不记得

《论语》上说：'何必读书，然后为学。'这先生可是不读到这句的？不要睬他，不要睬他。"都飙道："张兄，你说的一个法儿，直弄他九霄云外，请问计将安出？"张煊道："大官人，你聪明人，不须细说，只须在令尊前，今日说他不讲书，明日嫌他不教字，后日说他不作文章，令尊决乎着恼，去见先生。那先生见你父亲到馆告舌，决定又加严紧，大官人仍前又是这等葬埋他，令尊决乎不信。大官人只捡海篇上难字、独脚虎的酒令、没对副的课联，终日撮些，将他盘问，他一时间自然还不出来，你便对令尊讲道：'先生字也不识，教孩儿读些甚么书籍？'只骗得令尊见信，他生意中人，自然把先生怠慢，那腐货自道一景，见东家相慢，管教不日辞去。只当拔去了眼中钉，岂不是好？"

都飙道："大兄所说极妙。但我老子又要另请，终久不是了局，如何是好？"张煊道："不难，别的先生还有肤面刚骨，假意要下请书，先讲束修，与你令尊，算来无缘。不若小弟一个朋友，与我极其相知，现是府学中生员。只因功名蹭蹬，连走十七八次科场，也不曾入得一次；便是岁考，累年定在四等。做人极其有趣，坐馆更是所长，不惟不论束修，只要寻得一年豆腐饭吃，就肯坐下。敬东翁如敬君王，待学生如待父母，随你舒畅，再不拘束。小弟若荐得这一个敝友到来，管取大官人开爽。"都飙道："若得他来便好。倘是不屑教诲，如何处之？"张煊道："大官人又来说笑！目今先生多如学生，钻得一个小小乡馆，也便是苍蝇见血，一哄都来，有的把成关酒半年前就摆，有的荐馆钱两月前就送，尚且轮不到手；况今大官人府上肥馆，争也争不到手，有个不来？"都飙喜道："千万要老兄在心。"

说话之间，酒肴已备，小易牙辈，总是向年赌友，不妨列坐。门外又有一人进来，但见：

　　扭捏身躯，温柔性格，声名已匹高唐，技艺不惭郢氏。木易草化真妙手，故人小撇是专门。

来者就是善于音律的赛绵驹。四人见毕，各各坐下。都飙道："今日蒙张大兄厚意，我等各宜痛饮，推辞者先罚一大觥。"张煊筛杯热酒，递与都飙道："借花献佛，就求大兄行个令，约束众人，如何？"都飙接过酒来，一气饮下，道："列位贤兄，小

弟只取个如法罢，酒底只把自己绰号，串一偶语，不合式的，罚两大觥。小弟道起：

　　都白木，都白木，肚里原无半点墨，半点墨。可是行尸，应同走肉。从来嫖赌行中熟，不惜黄金贱珠玉，贱珠玉。有日囊空，齐人妆束。"

　　小易牙等一齐道："好！"第二杯就该轮着赛绵驹。赛绵驹掇起酒杯，骨嘟饮下，想了一会，扯出一套道：

　　"赛绵驹，赛绵驹，肚里原无半句书，半句书。阳关三叠，一曲骊珠。后庭花果万千枝，皮场庙里多精致，多精致。赖有屯田，问津可据。"

　　都飙道："这也罢了，只是出口太迟，也要罚一杯。"绵驹道："酒是去不得了，情愿唱只曲儿当数。"都飙道："这也使得，便准折些也罢。"赛小唱道：

　　"论人生，男共女，匹阴阳，前对前，如何后宰门将来串？分开两片银盆股，抹上三分玉唾涎，尽力也筛将满，那里管三疼四痛，一谜价万喜千欢。"

　　赛绵驹唱毕，斟酒送与小易牙。小易牙道："我也拼得罚酒，只把脚册乱道与你们听：

　　'小易牙，小易牙，身伴原无一技佳，一技佳。不惟煮水，且会烹茶。鱼头肉卤味堪夸，鹅汤鸭汁先尝着，先尝着。宾客余残，区区饱嚼。'"

　　都飙道："倒也通得。如今过令。"小易牙将酒送与张煊。张煊道："小弟道出家门，岂不有类簸片？到今日方才恨杀当年取绰号那天杀的。也说不得，也要勉强完个故事。"把酒饮干道：

　　"热帮闲，热帮闲，手内原无半个钱，半个钱。全凭一嘴，赚尽人间。说

无说有撮空拳，踢天弄井专行骗，专行骗。铁甲面皮，何愁缺欠。"

都飙道："偏独大兄说得不好，要罚三大杯。"张煊道："为何小弟该罚？"都飙道："你的本事，难道只会'马扁（骗合为骗字）'？还有那嫖赌二字，将欲瞒谁？"张煊道："嫖赌虽是在行些儿，却也难于名状，故此倒不说了。"都飙道："为何倒不以为名？"张煊道："大官人岂不晓得，孔夫子也道：博学而无所成名，又不道：大智若愚，大巧若拙，大功不赏，大名不扬。只因小弟嫖赌最惯，加之目下功夫大熟，故此难于名状，只索罚酒了。"都飙道："好花嘴，一向不见，越发会说天了。嫖赌行中，除了区区，数一数二，数到三、五百上，也还轮不着一个热帮闲影儿，今日一竟夸口到这田地，也忒煞油嘴！"张煊更加假意逞能，都飙只是不服。

两人正聒絮间，赛绵驹道："何必斗口，今日小弟在此，做个见证，大官人何不先将赌的手段，施展出来，把老张直头打下戏台，看他有何面目再见江东父老？"张煊道："我何惧哉！"都飙道："他身边没有现管，不与他赌。"张煊道："只你大官人有银？不敢欺说，如今的热帮闲，不是当年的人了！"小易牙道："又来卖嘴！不过老婆面上得了一、二百两银子，直恁的数黑论黄？若有现物，拿来看看。"张煊就拿出四、五锭真纹银子——都是预先吩咐小易牙挪借来的，又有许多低假金银首饰酒器，摆上一桌。赛绵驹伸舌道："果然话不虚传，热帮闲真发迹也！既如此，待我掌管筹码，现银打发，就此交锋。"

小易牙随即收过酒席，铺下绒单，搬出法物。都飙就将十两银子打下筹码。张煊道："有心见驾，十千勾得几掷？"都飙道："今日不带银子，岂可空手赊筹？"赛绵驹道："大官人又来见浅，却不道口响是钱。小弟放筹，料想大官人不亏小弟，赊筹又何妨哉？"连忙又送过三十千筹码。张煊也打五、六十千。小易牙道："我也来买十来千，做个搭盆耍子。"

四人周围坐下，放开骰子，呼红喝六，叫喊连天。张煊假卖破绽，挫些眼色，不多儿注，将自己筹码尽行输在都飙面前；兼之小易牙又输，竟把个都飙面前，堆做山高的筹码。都飙满心欢喜，极口夸强。张煊手中一筹也无，还要讨掷。都飙道："好个博学无所成名的相识筹都没有，还要来掷？"张煊道："胜负兵家常事，那里怕得许多？热帮闲要是这等输去，少也还有二十多场好赌，结末还有个妻子底装，拼得输了，与

中国禁书文库 锦帐春风

九六七

你贴个枕头相送。"便又将些假物押筹。赛、小故意憎嫌道："那里值得许多？你赢不必说，多分又是大官人赢了，我掌筹要兑出雪花样的银子来，不当耍处。"张煊道："又来嚼舌！放顺溜些，该有三十千买，只打二十千罢。"

有了筹码，复手又掷。都飙还道是前番爽快，那知张煊换了肚肠，放出辣手，起落之间，眼挫里换下一付药色。也不知是甚么大小面，夹板、吊角、钻铅、灌水之类，加之钳红坐绿，在张煊那一些儿不会？在都飙又那一件儿不吃？更兼赛绵驹代开筹码，若见张煊赢了，假意要强捉个头，张煊趁手一夺，赛小便趁手灌下一把大筹，算来就是无数。俗话叫做灌水。只这起骰、灌水二法，也说不尽其中新旧奥妙，从来也不知断送了多少真真豪杰。那怕你这个都飙？眼见得输做干干净净，小易牙又将些美言粉饰道："这一通不过酒头快，大官人不要惧他，只多打些筹码，叫做肚饱稍宽，他就是好马，也须跑乏。"都飙不肯伏输，真个似金弹子打灰堆——去一个，没一个，出一注，输一注。

稍管已完，立起身道："今日倦怠，兴致不高，以致暂蹶霜啼，明日多带些银子，定与你见个高低。"张煊收起筹来会银，赛绵驹代为挑起，都飙只得将些金簪、金戒子、剔牙之类做个色头，辞归。

张煊三人即将赢的现银，一十余两分讫，再定下许多诡计，准备次日临场。后来都飙果不出三人之范，只一个来月，兼嫖带赌，产业卖去十分之三。街坊上人人晓得，只瞒过成珪夫妇不知。真个风卷残云，雪消春水，早动了家下一人之心，另又生出一段文字。

且听下回分解。

总评：

描写处种种逼肖。

第十二回　石佛庵波斯回首　普度院地藏延宝

引首《战国策》"冯谖为孟尝营窟"

冯谖为孟尝取责于薛。曰："责毕，何市而反？"田文曰："视吾家所寡者。"谖之薛，召诸当责者悉来，乃矫命以责诸民焚其券，民称万岁。归以语文，文不悦。后文遭谪，就国于薛，民迎遮首。文曰："冯先生为市义，今日见之矣。"谖曰："臣闻兔有三窟，仅得免死耳，今日一窟，当更营其二。"当为相数十斗而无祸者，谖之力也。

评：

孟尝食客三千，微冯谖谁营三窟？都婆尊盈十百，无熊氏安返三魂？遇之不遇，不遇之遇，大率如是。

却说都飙用热帮闲计策，镇日在父亲跟前，把先生憎长嫌短，果然那成员外耳软，不审来由，便把旧师辞去。正欲另延一位，适有张煊拜谒，不叙别事，单把杭城先生比高较下，褒贬一番，然后说到自己身上，道："闻得宅上要请西席，小子特来晋谒。因有个相知朋友……"怎的，怎的赞上一通。成老原不在行，听见说是府学朋友，一定好的，况兼修仪出口又轻，礼貌说来又好，一说便允。

另日请至家间，果然如张煊所说，莫怪他腹中不济，原来也是个光棍出身。滥冒青衿名色，实是积年"马扁"。姓裘名屹，表字文盖。

都飙自从这个裘屹先生，莫说学业渐进，且是师生相得。却嫌家下烦杂，便移馆在西湖庄上，每日嫖赌等情，那件没有？亏得裴先生荐头，又添上一个新友，姓詹名直口，独有变卖行中，一发即溜，都飙凡有缺乏，即便谋之于詹，无不应手。此最为得力之益友也。原来这詹直口，就是上年替熊阴阳讨翠苔做中的，故此与熊阴阳最熟，别人前尽是隐瞒，惟老熊处每每露出些消息。

一日，老熊闻得女儿有病，便来探望，见过院君，竟进女儿寝室。熊二娘见父亲到来，便迎接道："不知爹爹到来，有失迎候。母亲可好么？"熊老道："母亲虑你不健，特着我来探你。可健了否？"熊二娘道："论儿身中，颇无不快，但不知因甚每每不乐。"熊老道："儿在此间，不愁你无衣食，忧他则甚？"熊二娘道："爹爹有所不知，只吃我家员外，把大娘忒尊奉过了限。上年依大娘说，承继都家大官回来，已不是了；目下又听了大娘法令，把产业尽数分开，与冷布袋一股，都大官二股，其余剩得些须，俱非实产。我想大事已去，再难挽回，日后不测，如何是好？"

熊老道："是了，是了。我道成员外也还未穷，怎么将产业托着内侄变卖，原来分了与他！"二娘道："有这等事？我道此人虽不务实，或者父亲死后不能保守，原来目今变卖，如何勾他消费？爹爹，你那里听来？"熊老道："就是隔壁那詹直口，与一个做闲汉的热帮闲，又有甚么小易牙、赛绵驹、裴屹秀才，一班儿朝朝饮酒，夜夜宿娼，把银子土块相似，只怕那些产业，卖得七打八哩！难道员外、院君，一毫也不晓得？"二娘道："那里晓得！当时管事的是成茂，此人忠心忠义，收租讨账，一毫不苟。自从逃走了翠苔，老院君不知怎的倒怪了成茂，另用了成华。这人向来油滑，必是通同作弊。成华既肯隐瞒，两老何从而知？"

熊老叹息道："唉！成员外辛苦一世，争来与他恁般撒漫，也不是个长策。我和他既在亲中，又是好友，与他说知才是。"二娘道："爹爹。你若去说，也不为功；不说也不为过。女儿想来不说也罢。"熊老道："我儿，说与不说，俱系小事，你只盘盘泪下，敢是何意？"二娘道："女儿既与成员外一家，自然休戚相关，何忍见着恁般事体？况员外、院君待我极好，他两人朝不保暮，设有不虞，凡百尽归他手，这样一个浪子，谅来保得几时家业？望他膳养，多是不稳，后来日子正长，想起怎不垂泪！"熊老道："凡事还有老父在此，你也不必过忧。"

二娘道："论爹爹处，自然可以栖身，女儿想来不是终身之策。儿有一算，思之极熟，但只可惜没个好的去处。"熊老道："我儿，要寻甚么好处？终不然想改嫁？"二娘

道："非也。儿念身生于世，形体不全，命运薄劣，究竟都是前生罪孽，以致今生如是；今生若再错过，来生又当何如？不若及早回头，剃发为尼，博得清静度日，上可以报答养育之恩，下可以完就衣食之虑。只怕世间庵观俱是酒肉法门、贪淫家法，倘是名教不正，不惟玷辱家门，抑且有违清课。怎生访得一所真诚庵观便好。"熊老道："我儿此言极是。你既无夫妇之念，又没子女之累，出家一说，极为相宜。待我与成员外再行计议。"

熊老与二娘来到堂前，成珪留住待饭。熊老对成珪道："小女适间与在下说，多蒙员外、院君相爱，情逾骨肉，在下十分感激。但他孩儿们立了一个小见，教在下也难主持，不识员外、院君尊意肯否？"成珪道："令爱有何吩咐？"都氏道："二娘有语，只与我说就是，何必对令尊讲。"熊老道："不是小女有甚不足，他单道自己命中薄劣，八字偃蹇，目今蒙员外、院君荫庇，只恐后事难卜，故此有志披缁，无情傅粉，将欲剃发为尼，寻个修行去路。一可以忏已往之愆尤，兼佑员外、院君之福祉。在下颇然其说，但不知二位意下如何？"

成珪道："嗄，原来有此善念！我想起来，他虽无所出，亦应老死香闺。嗳，我年已老，多分管他不完，反为不便，既有此心，亦是好事，不知院君意下如何？"都氏道："二娘子虽是无儿，与老身极其相得，向在家中，情同姐妹，得他在家，老身也有个陪伴。他今举了此意，决是难留，我实割舍不得！只待老身过世后，任你出家，也未为迟。"二娘道："多蒙院君相留，妾固不当违命；但道念一生，惟恨皈依日晚，在家混俗，不无尘事所关。切忆身为废人而不回心向道，惟恐当来之世，望此废形而不可得，那时悔之晚矣。惟员外、院君发慈悲心，行方便事，舍此微躯，周其衣食，使妾得日向佛前忏悔，祈保员外、院君多福多寿，妾之愿也。乞二位裁之。"

都氏挥泪道："这样讲来，二娘子你真舍得我去？也罢，你意已决，岂敢相强，其后供养所需，俱是老身措办。"成珪道："你只管僧帽、鞋衣罢了，道粮之费，我就听起水田十亩与他，生别膳养，死为殡殓，也见你我情分。"都氏道："这才是理。"二娘子再三感谢。

成珪问道："二娘，还要在那里出家？"二娘道："正要员外与老父眼同觅一好处才妙。"成珪道："和尚家，我到时常相处几个；那尼姑们，只院君不放进门，我却一处也不晓得。闻有几座尼庵，说道里边有若干女众，不论老少，不计其数，从幼含花女儿出家的都有。不知怎的，不拘在山在市，都把个门儿镇日里紧紧关闭，日日又有道粮，并不出门抄化，我想这班都是真正好尼姑庵了。"

熊老道："员外，你真是个老实人，岂不晓得古人说：'僧敲月下门'，正为那关的，所以要去敲。里边专一吃荤吃酒，千奇百怪，胜似男人，无所不为，无所不做。还养得好光头滑脑梓童帝君相似的小官，把来剃了头发，扮做尼姑，又把那壮年和尚放在夹壁弄里。有人来时，只做念佛看经，没人来时，一味饮酒取乐。甚至假修佛会，广延在城在郭缙绅、士庶之夫人、小姐及人家闺女、孤孀到于庵内，修斋念佛，不许男客往来。有那等不信的小伙子、恶少年要去看妇女、乱法会，又有那等开眼孔，假慈悲的举人、进士、乡宦们，有血沥沥的护法告示当门遍挂，你道谁敢再来多嘴？那些妇女们挨到黄昏夜静，以为女众庵中不妨宿下，其家中父亲、丈夫也不介意。谁知上得床时，便放出那一班饿鬼相似的秃驴来，各人造化，不论老小，受用一个。那粉孩儿样的假尼姑，日间已就陪着一位夫人、小姐，晚来伴寝，是不必说。其内妇人之中，有些贞烈性的，也只插翅难飞，没奈何，吃这一番亏苦，已是打个闷将，下次决不再来，惟恐玷了声名，到底不敢在丈夫跟前说出，那为丈夫的也到底再悟不透。及至那等好淫的妇人，或是久旷的孤孀，自从吃着这般滋味，已后竟把尼庵认为乐地，遭遭念佛，日日来歇，与和尚们弄出妊孕，倒对丈夫说是佛力浩大，保佑我出喜了。你道那班为父、为夫的，若能知些风声，岂不活活羞杀？故此在下说，极可恶是那关门的尼姑哩。"

都氏道："熊老伯为何晓得许多委曲；难道果有这们事体？"熊老道："这些事，是我们明理的方才晓得，那仕途赃坏与那民间俗子，谁知这段缘故！"成珪道："仕途上那班狗男女等，他这样才叫做男盗女娼。但是那为尼的，舍己之田而肯使耘人之田，恐亦无此不妒之尼？"熊老道："员外执见甚腐。他做佛会，一月不过十次，其余日子，俱是尼姑独占。况且那等来从帐的妇人，吃着这般美味，回家罄其所有将来布施，正叫做酒池肉林、色渊财薮，岂不是普利道场、无遮大会？"

成公成婆不觉大笑，熊二娘合掌道："阿弥陀佛，孩儿未有片香及于佛门，爹爹恁般谤佛，皆是儿之罪也。"熊老脸红道："这是因话说话，有甚罪果？"成珪道："闲事休题。老丈洞察其中之利弊，必能悉知其中之真伪。趁早定夺一处，以便择日行事。"熊老道："若要假至诚的，倒也颇有；若要真诚去处，其实罕有。只闻西湖南山有一所小小茅庵，不多几众尼僧，自耕自食，不善扳缘，奉侍一尊古佛，却是石头凿成，因此叫做石佛庵。庵里住持法名妙音，此尼年过六旬，颇有德行。只怕山路崎岖，来往不便。我儿可也中意否？”二娘道：“儿所嫌者，正是近城市的去处。那深山僻坞，正好修行、念佛的妙境。只待员外去看一遭，便知端的。”

熊阴阳归家，说与妻子知道，熊妈妈亦不相阻。次日，熊老邀同成珪，竟去石佛庵随喜。行走之间，已是本庵门首。但见：

> 石径逶迤，溪流曲折。老木牙树，鸣几般古怪幽禽；峻峰巅，结无数绵缠藤葛。不闻鸡犬，惟余隐隐钟声；未见茅篱，只有微微烟火。白云云逮笼禅宇，紫竹阴森护梵官。

二人抄转竹篱，又渡过一条独木板桥，来到庵前。见一个粗丑老尼出来汲水，二人打个问讯道：“妙音师父在家么？”老尼答道：“家师礼忏方完，正是止静时候。善人方丈请坐，待小尼通报，以便相迎。”熊老道：“你只对妙音师父说，就是城中做阴阳生的熊老爹，见他有话。”老尼道：“我道有些面善，原来就是熊先生。多时不见，便不认得了。此位员外上姓？”熊老道：“便是我家前街开解库的成员外，你难道也不晓得？”

老尼道：“哦，是了，我记得十来年前，跟随家师同化月米，正来到你们前街一所解库里募化，想就是这位员外，将些钱米出来，只见一位长长大大的院君，虎也似的骂将出来，把这员外拖翻进去。惊得我师徒走也不迭，正不知甚么缘故。敢问员外，可是令堂太夫人么？”成珪道：“惶愧！便是我家老妻。常是如此，那里作得正经！”老尼道：“怪得恁般后生，我道这院君那得偌大儿子。二位坐下，待我唤师父来。”

妙音闻知，即忙出迎，叫备茶饭。二人把所事从头说了一遍，妙音不胜之喜，更闻有田赔堂，岂不中意？满面堆笑道：“怪得夜来梦见一位金色身的罗汉降临，原来应在宅上。我倒不知熊先生的姑娘嫁与成员外，弟子许久不入城来，不曾奉贺；如今既要出家，实是美事。佛罗佛，他本是个娇美女姑，又嫁作富家娘子，怎挨得我这里黄齑淡饭？”熊老道：“小女极不在此的。”成珪道：“师太不必记挂，凡百小菜之类，在下不时送来。况且这位二娘与我家老伴儿甚是相得，若一来时，只老妻送的小食，也

够众位食用。"

妙音道："如此甚好。员外曾择日否？"成珪道："尚未。"妙音道："我有本历日在此，就请熊先生择个日子，待弟子好备斋供。"熊老择道："明日算来做不迭，后日又是丁日，彭祖忌丁不剃头，看来只有初八日上好，又差是个绝日。"成珪道："绝日不好，另看个罢。"妙音道："不妨，所喜的是这绝日。我等出家人不比俗家做事；况净头之意，正要意绝、心绝、情绝、欲绝，才是出家本色，买也买不个四离四绝的日子，正妙得紧。"成珪道："这也有理。的于这日，我等齐齐送来。"

妙音请二人斋饭毕，二人别归，已有半晚半景。正行间，只听得背后簌簌的响，熊老道："山深路僻，甚么走响？"成珪连忙回头一看，原来便是成华。熊老问道："你可来迎接么？"成华道："迎接到不早上来了，饿死我也。"成珪道："为何早上到来，在此受饿？"成华骨嘟张嘴道："老员外做人诚实些，也免得院君相疑，又免得我们缉捕。偏我晦气，轮着今日远差，饭也没处买吃。"成珪道："院君一发这般心细。"熊老道："今日倒怪不得，倘是有像我说的那等师姑，免不得你要偷摸，这缉捕必不可少，只难为了成华大官。幸喜适才收得几个烧饼在此，权且送你充饥。

说话之间，已到家下。成华先进，覆了院君，只当消了一张牌票。都氏闻得尼姑个个老丑，心下十分放落，道："既如此，日后来往，不必虑了。"随即别设酒席，款待老熊。不在话下。

不数日，初八已至，都氏接了熊老夫妻、周家父子，自己与何院君、熊二娘子一干女眷，轿子先行。成华挑了素食果品，成茂挑了僧鞋、衣帽，并二娘随行什物，众男客一齐来到石佛庵中。妙音便将香烛、佛像、花供、纸马铺设停当，等得一行人到，即便敲钟打鼓。众人拜佛毕，走过一班村村俏俏的尼姑，俱来问讯，茶罢，一齐念动观音经、药师忏，真言咒语，就请熊二娘参佛。

二娘随着妙音，遍拜如来、文殊、诸天罗汉、弥勒准提、金刚韦驮，伽蓝等神，已毕，成珪将请妙音登座，着熊氏合掌顶礼，以求受记。都氏送上香信礼物，老熊送上剃头金刀。妙音即将三皈五戒，逐一讲完，便取名道："本庵法名，向以'色即是空'四字为则，如前岁收的几个小徒，乃'色'字头，故有色玉、色昙、色块、色胆、色精等辈；次年该'即'字贯首，故有即溜、即头、即进、即出等辈；旧年轮该'是'字打头，有了是心、是物、是作、是受四人；今年该'空'字取名，已有了两个师兄，叫做空幢、空准，你便取做空趣罢。趣者，趋也。我和你出家人正该游心于淡泊，移志于空虚，乃是人道正途，故此取个'空趣'二字。列位员外、院君以为何如？"周、成、熊三老都称赞道："好。"

妙音即将剪刀剪下长发，递与熊老，熊老呜呜咽咽的接了头发。二娘早已剃做乍光光的模样，穿上法衣，霎时变做一个尼姑。妙音又教空趣参了三宝圣贤，又拜谢各位眷属，吃完斋筵等情，日已西坠，一行人各返家门，不在话下。

只空趣独留佛舍，妙音师好生温存教谕，宛款传授，不一月内，空趣师经卷竟识，禅理大通。熊先生不时来望，都院君日日送斋。只一个空趣到庵，庵中兴旺大半，远近僧家谁不觊觎？内中也有游花僧人，只道成员外的小老婆出家，不知怎生丰彩，往往走来摩揣，又从人头讨着了个实打实的风声，都不来了。况空趣原厌世情，连家中往来一应谢绝，只做自己实在功夫。看看过了三四个月，胸中朗然开悟，豁达洞彻，遇事即明，无机不解，每每合眼参禅，俱是法音天鼓，一竟的头头是道，步步生莲。

一日课诵之暇，向禅床上踟趺而坐。未一炷香，早见一个胖大野僧到来。生得古怪，《蝶恋花》为证：

　　　　细眼长眉只是笑，阔口方颐，耳大双环套。胖矮横身三尺料，斗来大肚深深窍。一粒大念珠颗粒少，布囊并不盛钱钞。醉态酩酊颠又倒，满腔乐事无烦恼。

空趣见这僧人来得较近，忙欲起身来迎。只见那僧甚没体统，倚着副醉醺醺的面孔，直到床前。也不忌些体面，嘻开张阔嘴，把酒气直喷出来。空趣躲避不迭，早被那僧一把搂住，道："你也忒煞没答撒也，撇我许久，还不念着我哩！"空趣是个女众，一时慌做一团，那里争斗得脱？那僧又伸只手向空趣裆里摸入，空趣抵死掩住。那僧道："你还不识这里边妙趣哩，足见你没答撒也！"说了又笑，笑了又说。空趣忍不住无名之火，高声大骂道："这无知野僧，何来兽秃，辄敢如此没礼！"连声的叫唤，隔壁尼姑一个也不到来。空趣暗想道："我道这庵实是好去处了，原来也有此等淫僧，走来乱戒！众尼都不敢应，可是师父卖奸么？"那僧只是狂笑，便把手中念珠舞动，歌道：

"波斯那，波斯那，此时不归奈尔何？灵山久离事蹉跎，好将尘土濯清波。忍不住也笑呵呵，忍不住笑呵呵。"

念毕，忽然不见。空趣悟道："此僧临去数言，大觉不俗，谅非寻常等辈，可速赶他转来。"遂纵身一跑，不觉在房门上"蹬"地磕上一头，昏晕于地。房外众尼听得，大惊小怪，只道有贼，连忙掌灯进房。只见空趣昏倒于地。救了一个更次方得醒，口中还说："可惜！"

众尼不知就里，再三叫问，方回复道："我做梦，还是非梦？不是你们叫转，又免我做半夜的大梦。"众尼摸不头着，只把空趣仍扛上床坐了，问其备细。空趣把梦中所见细说一遍。众尼道："这岂不是弥勒尊者现相？"空趣连声叫："像！"忙出山门，把本庵弥勒一看，空趣拍手道："是了，是了。你这老骚精，你倚在清中笑我浊汉，只问你坐在此间何干？我今日已不被你笑了也！"

妙音忙问道："贤徒莫非痴了？"空趣道："师父，我的痴既非一朝，今日脱然已愈，只是你的痴何日为了？我也顾不得你们，早早别你去也。"妙音道："你要何处去？"空趣道："师父，你岂不知世俗谈禅，也会答你个'原从何处来'五字么？弟子不是戏言，若非弥勒道兄指引，几堕轮回矣。一生幻梦，今日始觉本来面目，却与弥勒尊者相等，乃如来之高弟，别号波斯达那尊者，职居罗汉之位，号有尊者之称。不合于往昔因中，共临人王法会，瞥见尘世风光，动了思凡之念。如来怜我若到尘凡，必以垂成之果，堕落膻秽；如不遂此歹念，恐道心因兹而日蛊。故送我转转轮殿前，不付宰官之职，不全男女之形，使完璞不琢，全体不沦。幸已转入佛门，了明心性，岂可久于人世哉？今日回首西归，颇无牵挂之事。只一件未完之局，尚累于心，待到冥司跟前讨个信罢？烦师父与我香汤沐浴则个。"

妙音一面着人通报成家，一面备汤与空趣。洗浴毕，遍辞诸佛圣像，别了妙音众尼，即命取纸笔来，先将前弥勒偈语，先写出了，然后自留一偈云：

当年一念误，已入轮回簿。幸蒙佛祖最相怜，生我非男复非妇。咦！假饶长就好皮囊，今朝几失西来路。

写毕，便将袈裟穿了，跏坐禅床，自此闭目，再不开口。众尼见他忽然会动笔写字，十分惊骇。

正喧嚷间，成、熊二家俱到。空趣默默不语，众人问亦不答。妙音将写的偈语出来，众人无不称异。妙音道："空趣师原系波斯达那尊者，我等俱宜列拜，不可仍作亲属目之。"

众人依言，一齐拜下。只听得仙乐铿锵，仪伏罗列，回头看时，只见空趣已坐云端之上，与众人拱手作别，随着一班幢幡宝盖，冉冉而去。众人极目瞻望，半晌渐渐不见，再看禅床之上，早已瞑目而逝。

熊老夫妻忍不住的啼哭，成珪、都氏俱亦盘盘泪下。妙音劝道："令爱已回首西归，大道就矣。古人说：'一子出家，九族升天。'今一人成佛，岂不彼此受益！正该庆贺，不必悲伤，只是念佛相送极好。"众人齐声念佛，众尼齐声诵经。妙音设下斋筵，祭奠一番，然后将自己的龛子，盛置了当，率众徒弟抬到山后，平坦去处，放起一把三昧之火，念动真言咒语，敲动铮铃鼓钹相送。烧炼已毕，即将骨殖拾起，欲置普同塔内。成珪道："空趣师既成正果，不当混入流品，老朽当独建一塔以贮之。"另日建塔，不在话下。那时事完归来，邻居街坊无不称异。

再说波斯达那尊者，自从离却皮囊，随着一行乐从，不往天堂而去，亦不往西土而行，一径打从冥府进发。腾腾冉冉，不则一时，行过了几多渺茫去处，才入鬼门关来。一路自有那无数鬼王迎接，至如枉死城、刀山狱、黑暗狱、孽镜台、抽肠所、拔舌厅、油锅局、变相局，种种有司去处，俱有值日鬼卒、承行判官，俱来参迎。看看来到一个殿庭左侧，只见雕栏画栋，屋脊刺天。波斯正待开口相问，却有持幡童子，向前报道："禀上尊者，此间已是森罗殿了。请尊者升阶。"

阶下鬼卒远见幡幢到来，即忙报于十王。十王便齐齐下阶出迎。且将十王圣号书后：

　　　一殿初江大王　　二殿秦广大王
　　　三殿宋帝大王　　四殿五关大王
　　　五殿阎罗大王　　六殿变成大王
　　　七殿泰山府君　　八殿平等大王
　　　九殿都市大王　　十殿转轮大王

波斯升殿，逊十王在上，便行弟子之礼，十王断不肯受，波斯道："非是释弟足恭，实缘尘相未脱，想在世不无暗中之错、不知之愆，虽圣人且不能免，况释弟生而愚昧，晚谙戒律，岂能秋毫无犯乎？倘有过恶，乞十位殿下明以教我，庶使省心修德，少忏万一，然后于转轮大王处，觅取本来面目，以图西归。那时便僭个客礼，未为迟也。"十王道："本当即备銮舆相送，但所示极是，尽可以风化鬼律。快着各部曹官，即将波斯达那尊者，在世罪案，立时呈明，以便施行。"

少顷，走过一伙狰狰狞狞的部曹到来，逐一禀道："殿下食，禄判官谨覆：查得波斯在世，饮食不忌，其未出家时，往往啖荤茹酒。姑念非其有意求谋，不过随缘饮食，按律无罪。出家数月，食行颇优。启上慈王，理宜旌奖。"又一员禀道："殿下，司衣判官谨禀：查得波斯在世，颇无织作之劳，每衣绮罗之服，但能安其所分，不系强求，按律无罪。然其佩服爱惜，深知蚕妇之苦。启上慈王，理宜旌奖。"

又一员禀道："殿下司酒色财气判官谨禀：查得波斯在世，既无困酒之愆，且乏沉色之孽，无财而不贪财，遇气而不竞气，四般无着，德行可风。启上慈王，理宜旌奖。"又一员禀道："殿下司生命判官谨禀：查得波斯在世，闺阁终身，未尝手刃一生、亲殄一物，虽行住坐卧之际，致损昆虫蚤虱之属，亦是举世同情，难于据律，姑念无心，合行赦免。"

十王道："吾师终是佛力浩大，且喜诸孽半些不染。请到转轮殿中，携取旧相，以便西归。"波斯道："释弟见各位曹官可称英才具足，怎不见嗣部吏典？岂冥司亦缺此例耶？"十王道："吾师是何言也！敝役以吾师未经生育，料无此孽，故不前耳，岂有缺之之理乎？"波斯道："殿前既有，不识可一见否？"十王应诺，即唤嗣部判官过来谒见。

波斯问道："释弟请尔无他，只缘生前一件未了之事，欲托足下一查：不识阳世成珪，其妻都氏，此二人者，尔嗣录中，可有子女分否？"那官即将手中簿子查上一遍，覆道："启上尊者，成珪命犯妒星，妻宫最多酸意，都氏命惟孤宿，子宫极是辛艰。此二人者，法当绝嗣。"

波斯垂泪道："释弟之所以问尊官者，正以成氏无嗣故耳！弟子未问时尚在妄想，今见簿中注定，如何是好！"不觉抚膺痛哭，意在十王来问，便可进言，谁知十王一毫不理，那判官也竟公然去了。波斯见计不就，只得把判官一把拖住道："足下以慈悲法力，为祭祀司主，倘有释弟薄面，为彼添取一笔，延此垂危之系，慰弟报补之心，不识尊者肯否？"那曹官把双铜铃似的豹眼一竖，道："佛家弟子，怎的不知法纪！"不答而去。

班中又突出一员判官道："转轮王案前司礼判官，谨启十位大王案下：佛门戒律，惟以割情；冥府宪章，首严私谒。波斯历世既满，理宜返驾西归，本曹自应措办乐从。奈彼俗思尚浓，私干不惮，既违佛祖之模，又乱冥君之典，若非罗汉，罪极不宥。倘欲复其旧体，送之西归，不惟有悖佛王，抑且多乖冥律。以臣度之，窃为不可。"波斯听这一席话，吓得遍体麻战，声声讨饶。

十王正犹豫间，忽有鬼卒报道："地藏金旨，专请波斯尊者一叙，立候，立候。"波斯道："正欲往谒，又辱宠招，就此暂别。"众王即差鬼童四名护送，竟往地狱城边进发。

不多时，远远见所殿宇，上有金书朱匾，题着三个大字道"普度院"。鬼使先进通报。少时，一位院主出来迎接。但见：

　　头带一顶五佛朱冠，手执一杆九环锡杖。左有道明法师，左有大辨长者。
　　阶前善听恒随，座右冥灯常点。只因曾发洪慈愿，直到而今未返西。

这位便是幽冥教主、慈悲地藏王菩萨，见波斯到来，即便下阶相迎。波斯上殿，执弟子之礼参见。地藏再三不受，问道："尊者尘行既满，合应更体西归，为何犹歹带凡胎，以迟归斾？"波斯道："弟子以愚蒙之质，逾越法规。多蒙佛祖见怜，幸得不沉欲海，虽皈尼舍，尚没爱河。不亏弥勒道兄引示，何能得拜慈颜？"地藏笑道："尊者但知弥勒引示，不知老衲之意也。你道弥勒那人一味好饮米汁，而以嬉笑为事，能把尊者在心否？其来引示，正愚意也。昨闻法驾已至，料应不日西归，特屈法音少叙数日，以谈西域近事，尘世讹风，不识有可言否？"

波斯谢毕，道："西方近事，尚在未知，只有尘世讹谈，大小凡有五节，甚为疑惑，正欲向教主一决，幸蒙垂问，敢不悉陈？可笑有等愚妇老妪、痴尼蠢释，每说目连尊者，当年开狱之后，放出鬼魂亿万。其后教主又着目连转世，化为黄巢作乱，杀人八百万，血流三千里。此是疑之一也。又道教主之目终年是闭，直至每年七月内，

若逢大月，三十日开得一目，若是月小，终年不开。以为七月大，孽鬼少，教主忍见；七月小，孽鬼多，教主怪他，故不肯开眼一看。教主只此时已开了半目，难道终年闭目的？地藏可是另有一位么？这是疑之二也。

又道人家已故宗祖，俱系地府狱中，至每年七月十五日，人间僧舍，尽做盂兰佛会，冥主将那鬼魂，不论新旧、已发觉、未发觉、已结证、未结证，于十三日一齐放出，至十七日一齐收回，至使其子孙有接祖送祖之风。我想宗祖有魂，应在子孙家中，其子孙顺时致祭，颇为近理，而其接送之说，请问何处送接来，何处送去？设或仍归狱中，四方岂无亿兆万数，其司狱鬼吏何许神明，能不逃失一个？若有此事，教主定知。此疑之三也。

又有一等无稽之徒，自言冥司判官，能知地府事迹、人之寿夭，皆我掌握所司，遇有不起之疾，问之能为斡旋，只要烧些金银纸锭，即能起死回生，然后受谢。甚至管辖不一，有司财判官，可以致人之富；司禄判官，可以致人之贵；司子判官，可以续人之嗣。事验之后，议谢真银若干。凡世愚民，往往奉之如父，敬之如神，所祈之事，验否相半。我想人间滑吏，尚不敢直以公务泄漏，岂冥司法纪怎的森严，而用阳人为吏，已出不解；复使擅泄机关，又且因之觅利，言称梦中将来送与阎罗天子。

我想阎罗用这一班过龙的滑吏，搜索至于阳间，他在阴府一发不知怎的贪赃？教主参于十殿之列，亦必知其情伪，必能革除，今而视为公行。此亦疑之四也。又见阳间神像，塑出冥司形象，凡着判官，都是落腮胡子，小鬼俱是蓝靛身躯，勾人便是无常，兵健定是猛汉，无常身着孝衣，长过丈二，牛头真是牛形，马面果是马相。我今及至地府，并不见牛马面貌，亦没有无常形迹，鬼判俱与阳世吏书相等。此亦疑之五也。请教主剖之。"

地藏呵呵地笑道："我道阳间定多奇异笑府，今果然矣。且逐段解于尊者听来：当年目莲救母放鬼之事，原不谬传，乃是冥帝好生之变局耳。罪魂多积，狱讼繁兴，不论已结未结，俱是重大孽鬼。阎罗体大慈之心，尽欲赦免，使之革故鼎新，奈其罪孽深重，不可平白放去，故此假手于彼，虚称误放。地狱一清，天界、冥司，无不欢咏。实慈悲好生之本意也。在狱孽鬼，尚欲释之，岂有无罪平民，使化为黄巢而杀之耶？虽至愚，亦易明也。不过治极生乱，天降灾横，假此凶酷，以毒兆民，正天地盈亏，春生秋杀之义也。若言杀命抵命，黄巢几多性命？

若言放鬼、杀鬼，何似不放此鬼？必是何物书生，舞弄笔头，妄捏杂剧，借立墙壁，以欺愚昧者。何难见哉！闭目一事，亦是愚僧诓语。吾以普度之心，欲四大部洲之内，阎浮世界之中，人人为善，个个作佛，竟生西土，不入地府。以至一十八层地狱之鬼，三五十般受刑之魂，皆欲其回心向佛，以生西方。吾故谆谆念念，历遍地府，期复前愿，恨不能替得此等鬼魂，受完苦恼，皈心向道，以靖斯狱，尽化为九品莲台，少遂吾愿耳。今者去少来多，已是十分着意，再有何等傲肠，不屑开眼一视？若言不忍之心，而故眯其目，又何能故忍此心，使我不见不闻，使彼受疼受痛？

闭目之说，本系戏语，愚人执以为真，固不足怪；特恨以七月大小为开闭之验，则诓抑甚矣。尊者将此二段作笑谱看可也。祖宗祭祀，是子孙报本之心；地狱放收，亦教主劝善之戒。岂人无善恶，一例置之狱中。宁罪乏重轻，而概久于泉下耶？成神成佛，托生受苦，总是四散居多，而其子孙又安知其祖先之存与否也？假令有生有死，生者不久于世，死者世代在狱，则此地狱将统三界而成，尚难容其万一，何十八层而足也？但孝子只顺时而祭，毋以无地狱，故而竟亡其祖先，亦毋以有地狱，故而过虑其祖先，随乡逐流，如是已而。若判官之事，冥中岂乏鬼之董狐？即孔门之弟，历代之英，俱来为王为宰，岂乏美才，而用区区村蠢之辈、田野之夫，以承生死之重务耶？不过哺啜之徒，鼓唇掉舌，为衣食计，妄言祸福，尽不晓冥府真情，似亦劝人一法。故吾冥王，虽在熟知，亦未加祸，若言斯人真是判官，即于觅利可知也已。人间神像，自上古设俑以来，妍媸已判，但地狱变形，乃吴道子幻中拈出，以警世人作孽故。谁知酷吏肖此苛刑，以毒黎庶，一味贿赂，岂非突睛竖发之鬼吏耶？要知道子作画，原从阳世临摹，但借阳世丑态，以为地狱榜样。

且如阳世吏书，狠索银钱，不顾贫民生死，即与塑的鬼判何异？皂甲苛求分例，一味喝五吆三，造言生事，面是背非，有钱则满面春风，无钱则面青眼突，实牛马而襟裾，又与塑的牛头马面何异？只可惜多与一副人形耳。冥府勾人，原有旧役一名，唤为磷仵。此人生相长大，世人不识，呼为无常，殊不知无常者，辞语也，岂有是人姓无而名常者乎！刚又无常，而即克勾人者乎？不过言人生于世，如隙中之驹，石中之火，梦中之身，光景极短，故曰无常。若磷仵可唤无常，何独土地不可名为'有短'哉？地府固无此等胥役。总之作善事则地狱亦人间，作恶孽则人间是地狱，何疑惑之有！"

波斯躬身作礼道："善哉，善哉，非教主之智慧，其孰能破此迷阵耶？信乎诸孽皆由自致而然。譬如弟子以罗汉身，一念妄动，遂有千般苦恼，随即汰浊淘污，尤歹带俗缘尘虑。适蒙十殿王官，考我生平，颇无罪案，却缘解脱未纯，不合对嗣部判官，倩查夫家后胤，曹官回言无嗣，其方恳彼用情，那官怫然不允。早动了转轮部下一员官典，劾某以私冥府，上违佛训，下乱冥规，未容西返。切思夫家二老，待某恩遇颇隆，而求嗣之衷，殷殷可悯，愧无尺寸相酬，将欲以途次之便，为彼赞襄，少酬万一。奚料不得报恩，反蒙黜逐。弟子不复本相，特此故耳。"

地藏道："原来尊者因此之故。转轮何得如此胶执？明日我去见他，即当给还本相。这事极易，尊者宽怀。"波斯道："弟子又何亟于西域？转轮不给本相，部曹不肯添丁，只也由他罢了，我须拚个不归，仍还阳世，托为成氏之子，完此初心，他日再返沙门，未为迟也。何烦乔吏胥之褒贬乎？"地藏道："尊者不必使气，你既一心已定，好歹明日调停。且到后院薄斋，少叙，少叙。"

总评：

论尼姑偷汉并世俗可疑处，析理精极，不但可醒俗迷，亦为佛门护法多多矣！

第十三回 产佳儿湖中贺喜 训劣子堂上殴亲

引首《殴父行》《禅真后史》

> 邻家女儿花如容，枝狂朵乱干春风；
> 日高五丈睡方觉，饮到月明杯未空。
> 娇羞不作闺中妩，悍戾扬扬气如虎；
> 绿窗难嫁诚自怨，如何反尔仇其父。
> 唾骂终朝燕语多，老拳时向鸡肋摩；
> 蹒跚哀乞唤邻母，邻母不应拍手呵。
> 声威徒切邻人齿，劝未敢前谁敢指；
> 养焉不敬果已非，况可凌轹至于此。
> 君不见缇萦请赎甘自刑，又不见杨香搤虎脱父生；
> 休哉二女岂乐死，夫乃天性情难撄。
> 亲恩罔极人人在，嗟奴独无三年爱；
> 妇德能全丑亦妍，何用临鸾画新黛。
> 今朝推却虐父心，他日弑夫谁能禁；
> 枭残狐媚本同性，纵然涂抹终兽禽。
> 恻闻不觉心胆落，番笑雷公眼诚错；
> 何时再请上方刀，逐此妖魂走沙漠。

评：

报因施德，误自爱生，都飙之谓欤？院君之谓欤？成珪得子，可作规鉴。

却说波斯达那尊者，因怒气间，便要与转轮王做个钉对，亏得地藏一力劝留。次日对波斯道："昨日尊者所谕，虽系知恩报恩、继绝举废之善念，但尊者前度思凡，实为已甚，今者其可再乎？倘此一去，所谓日远日疏，能不堕落轮回？那时再欲返本还原，较之今日，更不易也。尊者请熟思之。"波斯道："久违戒律，岂不知愧？但成氏之念一生，万劫亦难泯灭。惟教主智虑宏深，为弟子怎生设一长策，要使恩行两优，方是十全之策。"地藏道："且分付侍从行童，快备法驾，同至转轮殿去。"

少时法驾俱备，二人连辔行来，早到转轮殿右。卒吏入报，殿主出迎，三人分宾坐定。转轮王道："昨有小吏出言欠当，致犯尊者台颜，乞念法纪攸关，恕其狂妄之罪。"地藏道："此固殿下所司，不妨尊肯直道，但其中事有委婉，非刀笔吏可以概拟者。老衲此来，有个主意，包你两下喜欢。"

转轮躬身道："此事实非下官故掯，乃法纪所干，不得不然耳。况事在卞成大王，下官亦难自主。教主若有见谕，谨当一一听命。"地藏道："非也。老衲岂比射利之徒，而于大王前行刺乎？即波斯尊者所干之事，原系不可之局，又安得相怪？今波斯尊者有誓云：不继成氏箕裘，誓不往生极乐。故其西归之心亦淡然也，直欲舍己法躯，为成氏子。吾论此事，虽佛祖亦莫之禁，量大王必不阻也。但老衲又有一虑：波斯师全身降凡，惟恐堕落，只将三魂之内指出一魂，托生成家，其二魂乞大王复其旧相，暂留地府，与老衲盘桓数年，协力救济，以补思凡之孽。待得阳世那魂转来，然后纠合三魂，以图西返，岂不公私两尽？既可了成氏之俗缘，又不累佛门之规戒，狱中济渡，功不浅鲜，岂不美哉？"转轮应允。

波斯大喜，即时同到变成殿前，卞成王即将本来面目呈上。波斯合眼间复了本相，又来致谢地藏。地藏道："恭喜，恭喜！有心如此，一发烦二位大王，将成珪妻、妾宫中、儿女分内一查。"二王随即分付。曹官禀道："成珪夫妻无子，注已斩然。幸其婢宫不绝，已有将产之孕，虽系男胎，其实生而不育。今波斯尊者既欲为彼续祀，何不就投此胎，以继其寿算，增其福祉，为成氏光，有何不可？"波斯道："幸有此便，事不宜缓。"

于是辞了二王，回到普度院中。入定之际，指出一魂，随着一行人役，先觅本坊社令，再寻本家祖宗，一同来到一个去处，虽是临安旧径，其实未径走过，原来却是周智家中。那临盆将产的，也不是别的，却原来便是当年花园里打不杀的翠苔姐姐。

那翠苔自再配成珪，表正作为外妾，人便唤了三娘子；又有那不怯气的，就口叫他翠三娘子，从此叫得熟溜，永远叫出。不期这翠三娘子，只那一晚后，便不行了经次，但觉神情困倦，饮食不思；看看作寒作热，加以呕吐频频。何氏看来，只道他心下不乐，染此春病。又过几时，转觉眉低眼懒，步缓身粗。那时何院君才有些疑道："翠三娘，你可也自知得是甚么病症，觉来何处有些疼痛么？"翠苔道："身上颇无病症，只不知甚么酥懒，一味少力。想是命薄，只该受苦倒好。"何氏道："不要说这话。你那经次可准么？"

翠苔道："像五、六个月不来了，不要成个血蛊才好！"何氏道："那晚成员外来后，可还行否？"翠苔道："那晚员外来，正值月事才绝，羞答答的。不瞒院君说，员外有些不老实，被他灌下一肚热腾腾的便溺，以后员外也不来了，月水也不来了，直到如今，受下这病。敢问院君，这可是伤内么？"何氏笑道："痴妮子，这事儿也不晓得！且喜是孕了！"翠苔道："院君又来说笑！难道员外与都院君做了一世夫妻，不能有孕，与我宿得一晚，便肯坐喜？"何氏道："此事那里这般论得。待我请位医师，讨几剂安胎药你吃。"

再说周智闻得妻子说翠三娘子已有了三五个月妊孕，不胜之喜，欲对成珪说知。那时正是成珪分家之后，气闷在怀，多日不到周智家来，周智亦为看不得都飙形状，也不往成家来。自从石佛庵送了熊二娘剃发之后，两人竟不相会，直至空趣回首，两人才在石佛庵重会。那时成珪因熊二娘出家未几，供膳无多，即便回首，心下好生怜恼，恸哭甚哀。周智解劝间，忽然记得翠三娘之事，暗想道："这是第一种消愁解闷的夺命丹，为何许久不与他服下？"便对成珪道："老哥，空趣师往生极乐国土，何必恁般烦恼。且与你山顶上高峰去处游赏一回如何？"成珪尤未走动，周智拖番便走。

来到一个无人去处，周智道："阿兄，你真是个见机而作的人！"成珪道："怎见得？"周智道："忧人之忧，你亦忧其忧；乐人之乐，你亦乐其乐。老院君与熊师父颇相恩爱，你亦假作悲酸，岂不是见机而作？"成珪道："老弟，你也取笑我？"周智道："不笑你别的，只笑你一味只晓得个老浑家，并不知有他人。翠三娘子为你这老骚，被院君打做十生九死，幸在我家，你也再不来望他一望？这也罢了。昨日还闻得老妻说，

翠姐姐自知那晚被你放了热腾腾一股的溺在肚底，害他便八、九个月茶饭不甘，月事都不行了，肚中结成一块斗大疙瘩，时常耿来耿去，好不恨杀你哩！”

成珪笑道：“若得有这一日，便与他怪也甘心。想那晚有些意思，难道果然有了妊孕？”周智道：“既知有孕，有你这样做老子的，修也不去修一工儿？”成珪道：“老弟不要说笑，若有此事，实实对我说知。”周智然后当真说了一遍。成珪不胜之喜道：“老弟，此事只可你知我知，千万不可对他人说知。倘走漏了消息，不惟娘母难存，且又儿女莫保。若亏天地，抚养到得三、五岁，便不妨事。今日我就来看一看。”周智道：“看便看，只不要又擦去了印儿，带累老周淘气。”

成珪一归，颇没工夫，一连挨过数日，并无空便出门。这日心中忽然突出一条鬼话，对妻子道：“拙夫前日许了空趣师父的骨塔，今日要往砖瓦铺买办物料，禀过院君，乞求告假一日。”都氏道：“砖瓦铺近边颇有，不必自己去得，即着成华去遭也罢。”成珪道：“院君有所不知，此砖不比家下打墙砌灶，那造塔的，须要花砖细瓦，成华如何理会？必须自去才妥。”都氏道：“便放你去，只小恭仔细些。”

成珪急至砖铺，事完，即忙来到周家，向何院君十分致谢，便进翠苔房中。那翠苔和衣睡在床上，成珪揭开罗帐，只见蓬松绿鬓，浅淡红妆，凝朦胧之凤眼，攒葱茜之蛾眉。成珪此际兴不可遏，又难将此事复行，只得捧住香容，把个白皑皑的胡嘴嗽着道：“心肝，怎的昼眠在此？”翠苔惊醒，不知是谁，猛然摸睛叫道：“那一个敢到此间，这等无状！”成珪道：“心肝，莫怪，便是老夫。”翠苔道：“原来员外到来。今日甚风儿吹得到此？敢是那一条肚肠记得起哩！”

成珪道：“不是老夫不记挂你，可奈自从那日回去，挨头有事。况兼老泼贱多心，验出假印事端，害我费财吃苦，几乎荡产倾命，再有何等心情走来看你？昨者因你熊氏娘子回首，亏得周员外把何院君之言，说与我听，方知你身不健，今日特来看你，可喜是有孕了么？”翠苔道：“自从怀孕，终日酥软。只因前日闻得我熊氏娘子没了，一个苦痛，今日转加狼狈。唉，娘呵，自恨丢你出门，不能伏侍得你，想你夜来看我，多应要我同去。唉！总是这多愁多病的苦命，到随了你去，也省却耽烦耽恼也！”成珪道：“乖，你梦中见着二娘，乃是记心之梦，料无不祥之事，怎说这些言语？你做的怎样梦儿？”

翠苔道：“三更之后，梦我二娘，见他虽是旧日庞儿，大非昔年光景。不知怎生竟有一班官寮，随拥来到此处，我却不胜惊喜。那班人役俱在外厢，只有二娘直入房内。正欲叩问几句，不期二娘子投我怀中，忽然不见。但觉一身冷汗，谯楼上已四鼓矣。自从离床，只觉腰痛肚疼，几回撑架不牢，只得和衣睡在此间。敢是不祥么？"成珪道："自那晚算今九个多月，已当分娩。熊二娘坐化成佛，若得肯来投胎，定然有些好处，不妨，不妨。"

问答之间，翠苕连声"肚痛"，阵阵腰酸，忙对何院君说知："快接稳婆到来！"不多时，"哇哇"的产下一个孩子，生得眉清目秀，耳大身长。成珪不胜之喜，即借周智银两送与稳婆，分付不可使人得知，悄悄整酒，不在话下。

转眼间满月到来，周智对成珪道："老兄，侄儿满月已到，少不得做汤饼会。你却不可故意缩在家中，省钱与儿子。"成珪道："岂有此理！我正要具一小酌，酬你美情。惟恐家下整酒，要露消息。我有个计策在此：后日西陵五圣赛会，每次赴酌，老妻再不见阻，不若冒此名色，另具楼船，有屈院君并二位贤郎、二位令媳，一同游玩一番，岂不妙哉？"周智道："绝好！"

那日成珪备办已定，侵晨，一班男女轿马，齐出涌金门上船。其时却是三月初旬，暮春时候，艳阳天气，说不尽绿暗红稀，山明水秀。古诗赞这西湖，只消四句包括得妙：

湖光潋滟晴光好，山色空濛雨亦奇；
欲把西湖比西子，淡妆浓抹总相宜。

成珪定席后，就着翠三娘从头拜谢一番，然后自与周智父子相拜。酒未数巡，成珪抱着孩儿，对周智道："弟得此子，若非贤弟三件大功，总也到底绝嗣。今贤弟之功，已著其二，而其一还是后局。弟忝爱，尚期玉成，倘不相弃，庶使前功不坠，后事无虞，弟在九泉，亦当瞑目。"周智道："兄试言之。"成珪道："记得那年进香转来，何院君亦与其席，亏得你比长捉短，说这一番，其时虽不即听，亦减他无数不肯娶妾的防牌。后来又因妙计，假倩圆梦，巧言端详，然后才肯发心，讨那熊家娘子，才带得这翠姐过来，庶使小儿有母。这是贤弟第一件功劳了。再者鲛鮹事犯，翠姐几作泉下之人，虽有成茂之忠，不亏贤弟抚养，安能全活其命？又亏你委宛斡旋，使弟得子。这不是第二件莫大之功了！那第三件，其劳更多，故此一月来，未敢自与小儿取名，特求贤弟看我薄面，

就今日收此儿为子，替他取个名字。倘我早晚不保，庶几不致漂泊。"

周智道："兄又何拘此俗套？你子即是我子，何待继为螟蛉，然后才肯管顾？你我春秋仿佛，俱在暮年，若言孰后孰先，委实莫测。兄在，兄可卵翼；兄没，弟当坐视乎？托孤一节，只须托诸心，不必托以言。弟心自如金石矣。兄竟莫虑，只吃酒，自去取名罢。"成珪道："贤弟，你推却么？"何氏道："我量拙夫之见，实非推却，只为那等专受遗嘱的人，后来都不能践言，以致贻笑千古。故此说到不须嘱咐，只要有心，必能效用。"周智道："继姓我家，亦是主意，我便与你取个名字。"

即将孩儿抱在手中，那儿甚是喜笑。周智颇也快乐，亦笑道："儿，你娘生你之时，曾梦空趣师入怀。我想空趣端坐而逝，了明来去之由，必证菩提之果，当是吉梦；况空趣本姓熊，又合着周字上一段故事：当初周文王昼寝，忽梦飞熊入帐，文王欲大猎于西郊，命太史卜其所得。太史奏曰：'非熊非黑，得之可以王天下。'于是载吕望而归，尊之为尚父，名之为太公，拜为国师，乃克商而有天下。今吾儿既继吾姓，当即名周梦熊，一则不忘先人之念，二则以征他日之荣。老兄以为何如？"成珪躬身道："贤弟真是妙人，取名都有来历。拿大杯来，待我敬三杯。"周智也不辞，便掀髯大饮。周文弟兄成珪俱各痛饮。

女客不善饮酒，只推窗四面观看。远见一只顶号大船，撑得较近，内中甚是富丽。但见：

> 香雾氤氲，乐音缭绕。筵前五鼎三牲，座石侍七青八紫。吴歌楚舞，果然响遏行云；赵女燕姬，真个影摇流水。金钗女，有沉鱼落雁之容；朱履客，尽大吠鸡鸣之辈。

这船里一行男女，拥着一个少年弟子，任他喧呼叫骂，百般狼藉，颇无忌惮之意。成珪道："来船像是甚么宦族豪门、王孙公子，尽他呼呼喝喝，惹事撩非，把船远了他罢。"周智道："老兄，你大小事只知一味畏缩。抛金洒银公子，我不惹他，他须惹我不着。圣人云：'三人行，必有我师焉，择其善者而从之，其不善者而改之。'若我二子学好，正该撑近前去，看他行为，使之因而惩过。有甚近他不得？"成珪道："只是远他些罢。"连叫把我船撑开。

可奈那船偏要逼拢。原来那船内几个饿眼油花，见成珪船内有些女眷，便动了他一点磨睛之念，故此紧紧逼来。那少年虽不知是成家之船，却认得当舱立的乃是何院君，像也过意不去，便也缩入舱内。即周、成二人，也未知这少年是谁。其余那些觅骗，那里知这就里，钉双穷眼，只顾觑看。

成珪心下焦躁，忍不住发话道："可恶那只船内，恁般狂妄，也不管良家女眷，辄敢如此放肆观看！"周智道："撑船的，你可认得么？"那舟子道："员外。你们不要管他，只吃酒罢。这人虽不是甚么王孙公子，其实是个泼赖，莫说他罢。"周智定要根究，舟子低声道："我们也从未识这个小伙子，知他日日带着这班光棍，同来作炒，少也挟三四个粉头，说是姓都，一味撒野。倚着家中开个解库，撒漫使钱，狐假虎威，乔妆大头鬼子，因此上人唤他做'都天王'，又唤做'都白木'。说有一个甚么晚老子，巴得他死了，大大有一块家私得哩。"

周、成二人面面相觑。仔细一看，果见就是继子都飙，与同热帮闲、小易牙、盛子都等辈。成珪十分着恼。周智忙教把船摇开，自悔不迭。当晚各自归家，翠三娘仍到周宅，不题。

成珪到家，都氏亦不相问，却也欢言笑语的相待。倒是成珪面上，只觉阵阵不乐。都氏再三盘问，成珪嘴唇儿原也忍不住了，只得放胆说出道："咳，老娘，老娘，只恐半年之后，你我老骨头也没得拆哩！"都氏道："何故？"成珪道："预先禀过老娘，莫怪拙夫说的有些干涉尊处。只说你那公子大人，你道读得好书，读得好书！"都氏道："难道飙儿又把几句书来骄傲人么？"成珪道："唉！他有些什么书骄傲人！可怜老娘帮助，三更不睡，四更不眠，嚼菜根，呷冷水，挣得些儿家计，只指望儿孙受用；替他请先生，供茶饭，只道他在学中怎生用功，怎生苦读。"

把双脚顿着道："谁想这个天杀的狗才，好受用哩！"都氏道："我道为谁，原来又是这个不争气、贴面花的儿子。不知怎么不好，你就破口骂他？却不道'打狗看主面'，又不道'爱冰盘，不击鼠'。虽是我侄儿不好，他浪费了你几多钱财？没了你几多产业？"成珪道："院君不必发怒，若说拙夫自冲撞了贤郎，委实区区没礼；若说贤郎不费钱财、不卖产业，这也难说个'无'字。拙夫若不今日自经目击，倒也还未深信，只此一见，好利害也！"

都氏道："怎生利害？你且说来。"成珪道："今日湖中遇只大船，内有四五个娼妓，

五六个帮闲，吹弹歌舞，无所不至。内中拥有一位洒银公子，初时没人认得，问着船家，那船家道：'员外，你们替他吃惊，他却日日在此快活。今日娼妓还叫做少的哩！'我又问他姓名，那船家低声对我说：'员外，这个甚是泼赖，倚着那班光棍势力，一发会寻闹头，故此我湖上起他个绰号，叫做'都天王'。腹中尽是无物，故又叫他做'都白木'。彼时拙夫方且打上心来，注目一看，原来就是令郎！院君你道日日饮酒宿娼，可是要银子的么？"都氏道："想他小小年纪，那得会嫖会赌？决是你怪他，故生这段情辞。"

成珪道："拙夫须未死，贤郎须还在，尚可对质，不必我辨。若说令郎不会相与着那一班朋友，便是泥菩萨。也会不老实了！"都氏道："他又有甚么朋友？"成珪道："说将来只怕连老夫也要慕他：你若要嫖，有那热帮闲张煊，能知科鸨之妍媸，善识娼家之事迹，扛帮撒漫，第一在行；你若要吃，有那小易牙，能调五味，善制馨香，炮龙炙凤，色色争奇，煮酒烹茶，般般出色；你若要小官，有那盛子都，工颦研笑，作势妆乔，一发绝妙；你若要吹箫唱曲，有那赛绵驹，唱得阳春之调，歌得白苧之辞，弹丝击管，无不擅长，更能卖得一味好豚，又比子都出色。你若要那三挦四，买卖交易，怎如得詹直口能施妙计？你若要问柳寻花，论今究古，怎如得观音鬼王炉会发新科，你若要猜枚掷骰，买快铺牌，这一班中人人都晓，个个专门。在前只说这伙是国家顽民，那知如今到做了我家的鱼蠹！贤郎得此帮闲，汉祖所谓羽翼成矣，何愁大事不济乎！老娘不信，只请儿子到来，质对便是。"都氏道："若有此事，看我自有手段教训，不必你来相帮。成华那里？快到馆中接取大爷到来！"

成华即忙来到馆中。馆童文彬回覆不在。成华焦躁道："今日两老发心，查理书课，偏偏又是不在，如何处置？"文彬道："阿叔何必大惊小怪，相公那日不出门？文彬那日不说谎？你只照依文彬，也对他人说是相公拜客去了，有何不可？"成华道："小猴子，这话又可是我跟前，若成茂到来，千万不可这样说。"文彬应诺。

成华归家，回话道："启上院君，小人去接大爷，适值拜客未返，不在馆中。一回就来也。"成珪道："现在西湖里挟妓征歌，拜甚么客！"都氏道："也莫多般议论，可速唤文彬到来，便知端的。"成华不敢停留，忙唤文彬来到。都氏问道："大爷日日出去，做甚勾当？实实说来，免你的打；若有隐瞒，活活敲死！"文彬道："我侬弗话。"都氏道："怎不说？"文彬道："大爷原教我弗要话，方才成华阿叔又告我弗要对别人话，我侬也只是弗话罢。"都氏道："狗才，不怕我，倒怕他们！只教你吃些辣滑。"

忙将四个笔管，将文彬手指拶起。文彬忍不住疼痛，只得尽心肝将都飙的事迹，好比正月半放烟火相似，逐个放个完全。都氏听了，哑口无言。不觉脸红头胀，珠泪迸流。倒把文彬先打一顿，吩咐成华道："那禽兽一回，即便扭来见我。只限今晚要人，在你身上取覆。若没他来，明日不须见我之面！"

成华带了文彬回到馆中，只见都飙却好归来。一手搂着盛子都的肩，一手拽着裘屹的衣服，醉哼哼的走来。成华接着，便把接回之言说知。都飙且不在意，只与子都亲嘴。成华再三又催，都飙道："今日要我归家，可是老狗头要朝王，还是老猪精要断命？"成华道："今日员外西陵赴会，想是瞧破大爷船中勾当。倒是回家面折一番的好。"都飙道："狗才，我须不嫖他大男大女，不奸他亲姐、晚妹，干他甚事！总不是老畜生超灵，我也决不回去。"

成华道："大爷若不回去，院君反要见疑，何不竟去说个明白。凭着大爷这腔高才捷口，必能返曲为直。若或稍有拂意，即便挥霍一番，使他们也知你手段，下次必不敢再稽查。如今不去，只说情知理亏，惧事退缩，这岂是善后之法？小人主意不差，大爷请自三思。"都飙问裘屹道："喂，老裘，我去的是么？"裘屹道："尊管说得有理，还是去的是。"

都飙便着文彬，拿了灯笼，一路行来，已到都氏跟前。都氏正等得性发，一见侄儿到来，将欲卖个手段，发挥一场，便开口道："读得好书！读得好书！只问你，学堂可开在湖心亭？日日携娟挟妓，又可是女窗友？只与他人塞我的嘴，还是那一行的银子？你只好好跪着，说与我听。"

都飙也不厮唤，也不拜揖，睁一双白眼，对都氏道："且慢，妆出这副脸孔，晌午吃晚饭——早些哩！"都氏道："狗才，这样无礼！口中怎么说？"都飙道："你且不要做梦，我须不比你老子，要跪便跪，要打便好打的！你今狠头狠脑敢待怎么？"都氏便向前拖番道："仔么、仔么，我娘跟前，须不比你旧时父母，看你改不改？偏要你跪！"

都飙更不相让，借势儿一推，把都氏骨碌一直丢在门背后去了，半晌做声不出。都飙倚势跳舞道："老泼贱、老花娘，不识高低，不知轻重。抬举你做个继娘，也不过想你些家计，到如今不够我半年受用，已是十完八、九，有甚么希奇，有甚么看觑着我？还做这等怪，妆这张脸，学人做作，且道是做娘的虎威！"又把都氏的脸上一抹道："不识羞的老狗一般，自有丫孔，不会生个教训，强把别人儿女恣这老牙！你有家

计，值不得 JIBA 哩！"都氏在地，连说："罢了！罢了！"

成珪听知都飙口出不逊之语，十分发怒，回头看见妻子滚番在地，一发激恼，道："好黑心狗才，姑娘要你为子，再要怎生为你？如今反把他打做这般光景，是何道理？"都飙道："老贼！休得来护！看你搭床漏荐，少不得还是我做主哩！"成珪道："今日我还未死，拚与你说个明白，你去嫖赌，娘来训你，我又不管，如何便破口骂我？"都飙道："打你待何如！"便夹嘴一拳。

成珪正待抵手，怎比得都飙手快，早被一把胡须，揪一个牵牛而过堂下，你这不曾动得一动，他那里已挥下十七、八拳，且是打得落花流水，俨然正月十五，擂一套闹元宵！都氏爬得起来，要来救驾，又被都飙脚尖到处，番筋斗又是一交，连忙扒得起来，已是动弹不得，只好叫屈连天的哭。

众主管道："今日夫妻二人何为，又是这等打闹？又不要官司结煞。"探头一看，见是都飙撒泼。众人一齐拥进，拖开都飙，扶起成老员外。成珪坐在椅上，且把湖中之事告诉众人，气得个说也说不成句。都氏拽又拽不牢，打又打不着，气不过，只在地上遍滚，头发都弄散了。都飙反自跳来跳去的骂。众主管劝道："大官人，你读书人，涵养些才是，天下无不是的父母。"都飙道："谁是我的父母？谁是他的儿子？他两个不过街前乞丐，倚着几分臭钱，示入悲天院。看我都相公，那时发魁、发解之日，正是两老狗讨饭叫街之时！趁今未遇，须把我都相公认着！"成珪道："不识羞的狗贼，我认得都相公，不是绰号都白木的么？明日县前索与你认个仔细，不要错过了眼色！"

都氏寻得一条棍子，悄悄背后赶来，早被都飙瞧见，就手捉把交椅挡住。成珪也提起面杖来助，三人打做一团，只听其声哗剥，连枪带棍，好一个大围剿的阵势。

众人解劝不开，只好袖手旁观。都飙量来四手难敌，却也尽知得胜，便卖个破绽，闪出围场，带脚飞也似走。夫妻二人正欲赶上，又被众人拽住。忙唤成华道："禽兽此去，料必惧罪，决要脱逃，你可快去尾他，不可走了消息，明日进状，必须出气。"

且听下回分解。

总评：

都飙打成、都二老处，令人爽乐之极，观者切勿作殴亲论，惟作报应观可也。

第十四回　告忤逆枉赔自己钞
　　　　　买生员落得用他财

引首《行路难》高达夫作

　　君不见富家翁，旧时贫贱谁比数；

　　一朝金多结豪贵，百事胜人健如虎。

　　子孙成行满眼前，妻能弹歌妾能舞；

　　自矜一身忽如此，却笑傍人独愁苦。

　　东林少年安所如，出门穷巷出无车；

　　有财不肯学干谒，何用年年空读书。

评：

　　试读齐人一章，举世之妻妾皆欲愧死。是诗与都小观之，又当何如？

　　却说成珪夫妻二人与都飙厮打，正有一分得胜去处，怎知都飙即溜；放开脚步，一道烟往馆中走了。都氏忙唤成华守着书馆，夫妻二人，气了一夜。

　　次早，接周智来细诉此事，周智只是劝解。都氏道："瞒得他人，须瞒不得周员外。老身再要怎生向他？实望他承立香火，继续宗支，谁知天杀的狗才，反把我恁般毒打！今日特地接你计较，定要摆布得他个一佛不出世、二佛不升天，才出我这口气哩！"周智道："唉，院君，你们没个儿女惯了，略有些拂意处，便觉许多烦恼，不知如今有儿女的，谁不被儿女打骂些！院君饶他初次，只念自己骨肉，好歹罢了，又不被他人打去。古人云：'若要好，大做小。'凡事只把没儿子的肚肠，譬如过日子罢。"

都氏道："周员外，连你也说囫囵话！要立个正经主意才好。"周智道："老周也不是没主意的人，但只会拙守於机先，不能巧挽於事后，今令郎略肆雄威，二位便觉不忿，要知初继时，老夫默然不语，已早见他心上戈矛，但二位自不识耳。今若要他学好不难，院君有的钱钞，再做三、五百金与他洒浪，洒浪，包有半年孝顺，决不又打。此是老夫拙策。"

都氏越发动气，便将桌上碗盏推番，滚地乱叫道："天杀的狗才，我几曾被人说了半句矬话的，倒被他贴了面花，做了哑巴子，气死我也！"周围滚个不了，那里劝解得住。成珪慌了手脚，一面埋怨周智，一面劝道："我的亲亲娘，自己忍耐才是敌手，何苦先气坏了，反输与他！"都氏哭道："你若不替我断送这狗才，我在九泉先寻着你！"周智道："老嫂不必恁般动恼，既是真心割舍，包你出气。"成珪道："不要又说冷话，好歹和你府前去来。"

话分两头。再说都飙跑到馆中，裘屹迎着道："大官人，可得胜否？"都飙道："亏你妙策，果然被我一味假狠，打得他两老乞丐，雪消春水，流星赶月，真正爆脾，快叫文彬暖酒，吃个得胜筵席。"裘屹道："老弟，胜到胜了，且未欢喜。适见成华说来踪迹着你，明日决有口舌，不可不虑。"都飙道："有知，有知。适间我出几句话，老杀才道：'明日府前认你。'既着成华到来，我笑老奴又着鬼也。成华那里？"成华道："院君十分动气，明日要告官司，恐你走了，特着我来尾着。想大官人何不早作计策，稍若迟延，便落他的手里，不为体面。"都飙道："不难，只须如此，如此。你道如何？"裘屹道："还是老弟有才，妙得紧，妙得紧！"

都飙即着盛子都，悄唤了张煊到馆。挨到三更时分，等得文彬睡熟，将房中一应什物，尽行搬到张煊家里。张煊瞧见都飙囊箧肥饶，便暗想道："阿飙囊中甚是有钞，还说扬州有所解库，他若在我家躲避，倒把这块肥肉带挈小易牙、赛绵驹、詹直口那班分了脂膏。不若使个调虎离山计策，做个独吃自窝，有何不可？"

便悄悄拽裘屹说了几句，又对都飙道："大官人，小弟不是不留你在舍，只恐走了消息，反为不妙。我倒想得一个虬髯泛海之计，献与官人。闻得大官人在尊亲跟前，曾出志口之语，二老十分笑你，你今出门，若比在家不济，却不被他笑着？我今主意，只教大官人多怀宝钞，远离家门，正好问柳寻花，又好观山览水，以官人的大才，调来到个甚么小去处，拼用几百银子，取功名等拾芥耳。那时二亲性气已过，见你衣锦

归家，岂不阖门钦羡？便是苏秦的父母，也须到十里长亭远来接你，这不是全身远害、夺利争名之捷径么？"都飙道："倘我远出，被他将家计花散怎好？"

裴屹道："老呆，除非他自己生得儿子；若不亲生，总是折草，他人动不得一茎。我正想你身上功名，非外边难寻手脚，不若趁此机会，图个出身，真是妙算。"都飙道："既如此，走往那一方好？"张煊道："若论大官人爱的，无过是繁华去处，除了苏、杭，只有扬州最妙。古人有云：'腰缠十万贯，骑鹤上扬州。'何不竟往扬州？待小弟也好一陪。"

盛子都道："既要游学，何不往宁、绍去？人言宁、绍文胜之邦，极是作的大嫩。若容小弟相陪，也不枉了一市生意。"裴屹道："你二人说的不过各适其适，於大官人何补於事？不若往嘉、湖去妙。嘉、湖是文秀之邦，人多和气，功名之事，再不相嫌。可怪的是宁、绍，自己遍处钻考狠攻，他人冒籍，就像的名占了他的一般，越是不通的，偏会狠打，故此极去不得的，无过宁、绍。况嘉、湖小弟最熟，故此方敢划越。"都飙道："二位说的俱妙，总也难于概领尊教。我有一个酌量在此：途中财用不足，须往扬州取给，先依张兄；身上功名，须仗熟溜头路，次当依了老裴；只盛一哥所示，只待事完之后，同去游玩一番。"盛子都道："若等事完才去，小弟一发过火大嫩了。"四人计议已妥，更不知会詹、赛、小易三人，成华挑上行李，一径离了本里，打从扬州进发。不题。

再说成珪同周智来到府前，寻着一个有名讼师冯是虚，此人一肚子萧曹刀笔。成珪将那事细说一遍，道："逆贼恁般无礼，本该依房下主意，断送了他；但他原是我螟蛉之子，初继时，老夫本心不欲，因是内侄，所以最钟爱於敝房。也是纵容太过，以致忤逆无惮。敝房既失所望，怪不得定要置他死地。我想自既无子，料他人儿女贴不肉上，何苦尽情治他，又免得旁人说老夫作贱晚子；况他姑侄至亲，倘日后亲近拢来，只我姑父作恶，着甚要紧。只为房下恶气不消，定要经官告理，老夫不好拦阻，只得来寻足下。向知足下状词甚有开闭，如今也要你把几句活脱话儿，骗得两个差人出来，把他惊吓一番，也便罢了。"

冯是虚道："爹娘告忤逆的，一日不止十来多起。谁不要尽情处治？所以这路状子写得尽是熟溜。惟老丈反要王道说话，倒要小子费心。请把纸送了。"成珪道："备在此间，请先收下。"冯是虚讨添数足，然后提笔道："成老丈，不是小子爱钞，其实这

张状子他人做不来的。那些后辈们，不知世务，一味只晓狠话，做些关门状子，收放不得。惟小子弄惯了这管笔头，才知里边缘故，叫做得人钱财，与人消灾，只顾骗准，值些甚么？我量员外心病，虽然不欲加害于他，也像不甚喜他在家的模样。若要撑开船头，只宜仍做内侄告理，免使日后想你家产，竟说他嫖赌为生，殴辱尊长，这的是可轻可重，可真可假，你道如何？"周、成二人齐声道好。冯是虚道："原来你员外便多送小子几分，也不枉用。听我道来：

> 告状人成珪，本府本县人氏，行年六十四岁。告为盗财杀命事。兽恶内侄都飙，蓬飘无赖，寄食我家，不务四民之业，惟将嫖赌为生。今月日，目闲珪外出，撬窃膳老本银三百两。虑控图谋害杜迹，乘机晚归，挺戈毒杀，夫妻碎颅，几毙。幸邻友周智救证。盗财杀命，伦理攸关，若不剪除，后祸巨测，哀哀上告。

二人收下状子，适值知府马公，开门放告，成珪跪向阶前，将状投下，知府看毕，批个准子，便发该房写张牌面，即差快手二名，却是高升、陈敬。二人领了牌票，先同成珪来到酒肆坐下，吃了一套酒色，少不得又送些银子，把所事俱已说明。四人到家，正待书馆里拘人，只见文彬哭哭啼啼的来道："特来禀老员外得知，夜里馆中着贼，偷得精光，连大官人和裴相公都不见，想是都偷去了。"成珪道："是了，是了，这狗才想已知风，故此预先走过。成华在么？"文彬道："连成华阿叔也不见了。"

成珪大怒道："罢了！罢了！成华原是狗才心腹，我院君用人不当，如今怎的是好！"两个公人面面相觑，高升道："如今不要冷看，此处无鱼，且别处下钩。员外定知他向日行藏。趁早另行寻访。"成珪道："日昨我见张煊在坐，必在他家窝遁，烦二位悄地到彼一看。"

高升来到热帮闲门前，只见板门紧闭。高升捶了一会，内有妇人答道："丈夫前日就出门了，不晓甚么都大都小。"高升吃个没趣，回见成珪道："员外，昨日不是见鬼？他浑家说丈夫前日就出门了。"

成珪道："那有此话！明明的湖中饮酒，那得不是？便说我是老眼昏花，阁船人须是眼亮。"周智道："都小既走，自然必与热帮闲同行。前日之言，总是调谎，何必信

他。如今且去回覆府尊，另告张广捕缉获，暂完此局。然后将远近财产查理明白，免被他冒支租息。"成珪道："得他远遣他方，是我万幸。何必捕他？"

高升暗想道："一团兴致，只望刮些银子，谁知正犯逃去，乐师灯化作鬼火，这怎么处？"便与陈敬打个耳擦。陈敬便生情道："员外，不是这等做事。你要教训儿子，只把我家老父来做揎头，自己训他不落，衙门中替你累纸累笔；自家处明，把衙门丢番上壁。古人说：'官差吏差，来人来差。'大小须是一张牌面，抵办养家活口。你家把儿子藏过，我须不会回官。"成珪道："我正恼恨，所以告他，岂有又藏过之理？老兄意下不过说人虽走了，差使钱是要的。老拙又不脱白，只要烦你回到官府，自然加倍奉上。"高升道："成员外老在行，不必两小弟开口的。就此回话便了。"都氏一心要告缉获，成珪只得又央冯是虚做张回呈，府尊标准，不在话下。

后人单笑都氏不敬其夫，致有忤逆之子，亦自贻之戚也。有诗一首以讽之：

伯道当年强自欢，自欢无子兴悠然；

假饶植梓浑如兽，不若吞桑学做蚕。

枭母自甘餐老骨，鸡肋何苦受空拳；

萤窗试听空阶雨，施报因依点滴间。

再说都飙同裘屹、张煊、盛子都、成华五人一路来到扬州，竟把解库顶调，带着一注银子，依裘屹主意转到嘉兴，讨所店房住下。等得学道按临，都飙即冒了秀水籍贯，倚着钱神有灵，县、府、道三处名儿高挂，早做了黉门中士子。入学谒圣之后，即在下处设酒，致谢用事等人，又将银子谢了裘屹。裘屹背地将银分与张煊，张煊亦将后手回钱分与裘屹，是不必说。其后各人备酒相贺。轮该张煊，张煊道："每日饮酒，不过游山看戏，都属俗套，今日小弟寻个门户人家，乐乐如何？"都飙道："日来正为考事匆忙，不及寻花问柳，心火旺极，正好去遭。但不知那一家有好粉头？"张煊道："大相公只带着张煊走，总是两京十道。那一处烟花队里不熟？只随我去，包你趁心。"

都飙不胜之喜，随张煊来到个去处。有《南乡子》为证：

小径隔红尘，寂寂湘帘昼掩门。歌笑声来香雾里，氤氲，酷似当年旧避秦。朱紫满檐楹，一滴秋波溜杀人。风漾柳丝丝万缕，牵情，燕子楼头日日春。

来此是一所有名妓馆，陈妈妈家里。原来陈妈妈早年在杭城接客，素与张煊识熟，便道："呀！张大官，今日甚风儿吹得你来？恭喜，恭喜，四位尊客请进拜茶。"都飙道："热帮闲名不虚传也。"

四人坐下，陈婆动问来历，张煊答道："此位相公，就是我杭城都绢的令孙，目今入泮在此。日昨因谒圣，朋友中闻你令爱大名，特来拜访，快请相见。"陈婆道："不知都相公来到，一发多有得罪。只恐小女粗丑，不敢唐突潘郎。既蒙呼唤，当令拜贺。女儿，有客在此，快出来相见！"内应道："我向说决不接客，甚么相见不相见！"陈婆道："我儿，这不比俗客，正像你日常所说才貌兼全的都相公在此。"内又道："既如此，你可进来，备些答赉之礼。"张煊道："妈妈，令爱怎么说？"

陈婆答道："一言难尽！瞒你不得。老身自从杭州到此，便有几个粉头，都四散赎身去了，单单生得这个女儿，指望靠他过这下半世。谁知这个丫头极是作怪，虽然晓得些琴棋书画，好歹说不是知音不与弹；便有几分颜色，又说什么肯把文鸾配野鸳？以此蹉跎过了日子，定要拣个有才貌的才肯嫁他。张兄，你道我这门户人家，那个王孙公子肯来讨他？以此老身好生清淡哩！"都飙道："如此说，想令爱必嫌小生是野鸳了？"

陈婆连覆道："岂有此理。大相公不听得小女说，要老身进去备些答赉之礼，然后出来？"都飙道："小生也不及送得赉仪，如何就敢相请？造次间不及全备，先有白金二锭，聊作聘敬。"陈婆笑道："老身不意中失言，倒蒙大相公厚赐。本当不受，恐辜大惠，暂领在此。待我妆扮女儿出来。"

盛子都按捺不住，先向门里窥觑。都飙骂道："小猴子，姐姐受了我聘，须是我的婊子，谁许你来窥探！"子都道："大官人便吃寡醋，却不道先有吴山，后有十庙。"张煊道："盛一哥定要妻、妾纲纪，须把《男后记》熟读才妙。"裴屹道："也只须把令姑婆都院君作则也够了。"子都道："岂不是乞其余不足又顾而之他？"都飙道："又不道所恶於前，毋以先后。"四人笑话间，陈妈妈引出女儿来。果然一貌如花，《南乡子》

为证：

顾盼可倾城，一笑千金百媚生。蝉作鬓鬓鸦作髻，乌云映着庞儿玉琢成。

不是薛灵芸，恍然当年杨太真。若得琵琶横背上，昭君不道而今有后身。

与四人相见毕，分宾主坐下，都飙竟把一双眼睛看得个神都出了，便问道："小娘子如此恭容，且擅诸技，岂非尘世之天仙乎？借问尊字？"答道："奴家唤做青萍。"都飙道："妙得紧！姐姐自甘清淡，真个是清贫。"裴屹道："水萍之萍，不是贫穷之贫。"青萍道："然也。"都飙道："原来就是船也，怪得在萍水里相逢的。"

裴屹、青萍忍不住一笑，连都飙也未解意。张煊随即帮衬道："大相公饱学人，故意发此科诨。"都飙道："老裴，今日若没张兄指引，那得到此境界？谁知我姻缘竟落於此！少刻妈妈到来，好歹在你身上，要你做个撮合山，事成后，重重谢你。"张煊道："也不要忘了我原媒的功绩。"盛子都道："论梅根还是我栽得早哩。"陈婆捧茶出来，接应道："三位莫争，还是我的化头好哩！"

众人笑吟吟的吃茶才完，早见酒肴已备，四人坐下。不及一巡，都飙频对裴屹灼眼，要他言及姻事。裴屹一味大嚼，那里记得？都飙忍耐不住，发话道："老裴，你也只管吃酒吃食，适才与你说的一些不理，要你做甚么！"裴屹道："只被嗄饭香甜，几回咽下肚去，再过一刻不提，将欲从肛门里出了。"陈婆道："都相公与裴相公不知有甚机密事体，这等关会？"裴屹道："老妈妈，都相公不为别事，只因要求令爱亲事，今晚就要成亲。"

陈婆暗想道："适间这套言语，是我门户人家的旧规套子，不过是入门好看，谁知狗呆认为真话，连老张都不做声了。不免弄乔到底，赚他一块，有何不可？"便对裴屹道："裴相公在上，既蒙都相公俯爱，颇遂小女之志，是三生之幸也；即老身晚年，亦有可托，又何乐而不从？但老身虽落烟花，小女实是完璞，有心皈正，必要永偕白首才妙。日前曾有几位乡宦客商，将千数聘金要求梳拢，老身只恐不终，所又不肯受聘。今都相公既要成亲，今晚恐难从命。"

都飙悄地对裴屹道："若说今晚不肯同衾，这火发烧死我也。老裴，快与我求恳！"裴屹道："老呆，这不过启钱口气，你若今晚有钱，便是街前的花子，也就与他睡哩。"

都飙道："这有何难。"忙唤成华到馆，取了二百银子，交与裘屹。裘屹借个托盘，做一盘送与陈婆，道："妈妈，这是都官人的聘礼，先请放下，日后之事，竟不须妈妈过虑。你的陪嫁，不必别物，只求今晚成就了他，便是你的大惠。"

陈婆接了银子，那脸上的笑，就是大风吹在江心里，起了重重之浪，卷一层，又是一层的，道："事虽如此，只觉太仓促些。也罢，总则许了你，是你的妻子了，今晚任你行为，只不可把小女看做妓馆家风，这等容易上手。"忙叫长官买些纸马，青萍换件吉服，二人拜完天地，便入洞房。

张煊与盛子都同回下处安歇。裘屹问道："老张，今日是你东道？不意中成就了都小一桩美事。正该开怀畅饮才是，为何见你颜面上不甚欢乐，是何意也？"张煊道："讲不得，讲不得。我张煊从来不曾干错事情，今日走差了路也。"

不知却是为何，且听下回分解。

总评：

> 从来乱臣贼子，多被手下劝成其恶。都飙当日若无成华，其恶或犹未极。
> 所以用小人更不可不慎。

第十五回 画行乐假山掩侍女 涉疑心暗鬼现真形

引首《圆觉经》（文殊章）

一切如来，本起因地，皆依圆照，清静觉相，永断无明，方成佛道。云何无明？善男子，一切众生，从无始来，种种颠倒。犹如迷人，四方易处，妄认四大，为自身相，六尘缘影，为自心相，譬彼病目，见空中华，及第二月。善男子，空实无华，病者妄执，由妄执故，非唯惑此；虚空自性，亦复迷彼。实华生处，由此妄有，转轮生死，故名无明，善男子，此无明者，非实有体，如梦中人，梦时非无，及至于醒，了无所得。如众空华，灭于虚空，不可说言，有定灭处。何以故，无生处故。一切众生，于无生中，妄见生灭。是故说名，转轮生死。

评：

都氏若能受持此经妙旨，妒根应早寂灭，何得复生妄见？惜乎，无人为宣之也！虽然，天下何事非空中华，试问能不执，以为实者几何？人即有自云永断无明者，亦大抵梦中说梦尔。则此妙义，又不第宜为一都氏宣之也。金刚偈曰："一切有为，法，如梦幻泡影，如露亦如电，应作如是观。"请问谁敢受我当头一棒？

却说张煊因帮都飙去嫖，回来恨自己做错了事，裴屹忙忙地问道："这是为些甚么缘故？你且说与我听。"只见张煊气忿忿道："罢了，罢了。也不要埋怨着你，只是我

自己不是了！本等条直，请他吃杯酒也罢，甚么去寻姐妹？便姐妹也罢了，偏又寻这个光棍老狗，把个窎过一千遭的丫头，充做含花梳栊。今日若不是我作东，我也说破他了。只因这点东翁之分，不好阻他两下高兴，故此只不做声。谁知你又着他的鬼，替他说合，如今成了这事，却怎么好？"

裴屹道："他自嫖，你我落得帮闲，干我甚事，倒来愁他！"张煊道："你那里知道里边缘故！你我此来，难道是为着哺啜而来？实只望得他些银两，如今着了这路大魔，岂不立见空乏？你我将置身于何他？"裴屹顿足道："正是！说得有理！只吃你忒奉承他过了火，不难，我有计策在此：你可晓得《绣儒记》内，乐道德劝嫖之意乎？道德本是个花面小人、帮闲等辈，初时哄他去嫖，后来怎生又去苦劝？也不过是怕他弄干囊橐，难于倚仗，故此发出那段议论来劝。明日早间，少不得你我要去扶头。待我先去，就做了乐道德，你却后来，只把这一句言语挑动他；若还不听，然后放出那落得盗的手段来，岂不美哉！"张煊道："有理，有理。"

三人巴得天明，即忙梳洗。裴屹先到陈婆门首。陈婆道："都相公尚未起床，裴相公来得恁早。"裴屹道："特将些少银两，欲求妈妈备酌，与我阿徒扶头。"陈婆欣然接银进内，唤道："裴相公请见。"都飙道："老裴来得太早，有甚计议？"裴屹道："有一正事，趁妈妈、姐姐不在，特地奉劝：此间他乡外府，非比邻近街坊，况你争名夺利，更非小可。纵使问柳寻花，不过暂时消遣，倘若着意迷留，为害不浅。假如古来败国亡家，那有不因恋色坏事？贤弟昨宵所事，原是张兄赞成，我也不好见阻，虽已事成，犹当速速撒下才好。岂不闻妈妈爱钞，今日有钱，足下是相公；明日无财，只怕做了咎喜员外哩！贤弟是聪明人，不须区区细说，望你早早离却此处还好。"都飙道："老裴自坐馆以来，从没这番说话，莫不是子都教头？"

裴屹道："子都更不比老张，更要你好。"张煊闯入道："裴兄，为何说我的背？"裴屹道："岂敢说你？只因劝大官人戒嫖，话中委实埋怨老兄几句。"张煊道："既与大官人戒嫖，小弟何敢辞责？但大官人自有绳墨，兼有正事在迩，决不沉溺于此。"都飙道："考事已完，还有什么正事？"张煊道："连你们都忘了进这学为何，原说一则光辉门闾，二则在成员外前争气。趁此时新进生员，不回家下祭祖拜亲，更待何日？古人云：'富贵不归故乡，如着锦衣夜行耳。'过了这几日，却不冷淡？"裴屹道："是有理，连我也忘了。记得我当年马上游行，何等辉赫！至今无事存想一回，几多趣味。"

都飙道："怎忍撇了萍姐去！"裘屹道："贤弟十分不舍，去了再来得的。"

都飙再三游衍，只耽搁得半个月日，却也费坏一块银子。苦被劝戒不过，只得辞了青萍，竟返临安旧路。不一日，已到北新关上。都飙先着热帮闲顾下马匹，又着盛子都唤了乐人，裘屹买绢，做下彩色旗帐，上写"一色杏花红，十里状元归。"去马如飞。

那日侵早，自从武林门内，直迎到忠清里、菜市桥、积善坊、官巷口，凡是旧时交往去处，无不迎遍。来到成员外门首，邻人俱道："怎么到了家中，又不下马？"那知都飙正要自逞施为，那肯还认成珪为父？原来预先分付乐从人等，若到成家门首，越要大吹大擂，另有赏物。那些人夫，岂不效力，真正齐整也。但见：

　　　　鼓乐喧天，笙歌动地。彩旗对对新鲜，夫役人人伶俐。白马罩红缨，却像赛神妆故事；乌巾笼白木，浑如演戏扮憨哥。不识认，人前美是俏书生；颇晓得，背后指称精扯淡。总令通体肉麻，难免周身汗下。

那日就借张煊家住下。次日，小易牙、赛绵驹、詹直口、王炉等一齐来贺。都飙拜谒已完，就浼小易牙摆副荷席、宰副猪羊，送至自己坟上祭祖。管坟的李敬山贺道："恭喜大官人入泮。怎不见令姑夫成员外来？闻得去岁大官人入继成宅，为何不相亲爱？"都飙道："敬山，你那里晓得，我都氏门中生出我这样一位大相公来，也是风水相生，祖宗有幸。那没福分的秃尾成珪，如何招得我起？去岁与他一言不合，我便离了他家，他不知怎的笑我没用。谁知我也自能置身于九霄，不致看他嘴脸，才是男儿所为，岂不是祖宗着力？今日特来致祭。也还小可今秋中了举人，来春中了进士，那时的李敬山，也大大有个好处哩。"李敬山道："原来大官人不在成宅了，怪得佳城上树木郁茂，颜色光彩，却应在大官人发贵之兆！"

都飙道："敬山，你是善堪舆的，只看我这坟上，也不为十分大好，如何竟发个秀才？岂不是人杰地灵！"敬山道："圣人的言语，自然不差。祭品已列，请陈奠。"都飙拜毕，化了纸钱，即将三牲一副送与敬山，又与三钱银子，辞归不题。

都飙归来，大排筵宴，广接亲邻，惟有成珪夫妇置之不闻。却说成珪，终是个软弱的老儿胸襟，不曾复得都飙的仇恨，然此心也渐渐解释；况有翠苔处可以消遣，虽

不敢擅动了龟头印记，也好肤面谈笑；更兼儿子长大，心事已足，竟把都飘置之度外。

惟都氏为这侄儿，也不知费了多少心绪，只望他一团孝顺，谁知这个兽禽，一竟负心至此，岂不大失所望。都氏虽不埋怨，自心尽是难过，每遇出言，自是缩口，正是哑子吃黄连，总苦只好自己晓得。因此日日不乐，倒像染了些儿老病光景，时常发寒发热，心痛头疼。这也不在话下。

一日，成员外来到周智家里。周智一见便道："来得正好，正要着人来请。凑巧，凑巧。"成珪道："有何勾当？"周智道："一件没要紧的事，倒也要的。前日敝亲家荐个画师到来，姓金名全，表字千里。说他传真手段，十中到有十一断像。小弟不好推却，只得延请在家。画得十来多日，虽是费些银子，且喜一幅三代图，果然画得簇像。今日画完，故此治酌酬他，正要接你相陪，所以说来得却好。"

成珪来到后厅，只见金千里将些果子引梦熊顽耍。金千里即忙施礼。通陈未完，梦熊将父亲一把拽住要抱，成珪抱了梦熊，金千里问道："尊夫人不在此处，为何令郎肯在此间？"成珪把翠苔之事正说间，周智将真容展开与成珪看。成珪正要称赞，被梦熊将髭须揪住道："爹爹，我也要！爹爹，我也要！"成珪道："儿，你要些甚？"梦熊道："我见大哥哥请金先生画张人儿，红红绿绿好要子，又画个叔叔，又画个婶婶，我们又不画，我又没得要子。"成珪道："儿，这是佛佛菩萨，与你要不得的。"梦熊道："我要佛佛！我要菩萨！"哭个不了，连酒也不得吃。无可奈何，金千里道："官官不要哭，我也画一张与你。"便寻张纸，胡乱画个人像，抹些红绿，把与梦熊，才得住口。

适值周钟进来，道："小顽皮，又诈些甚？"梦熊道："不希罕！只你们有爹娘画，我也有个爹爹画在这里。"众人不以为念，惟成珪口中不说，心下一则以喜，一则以苦，道："我既有了孩儿，一般也学人要画，只为老乞婆心狠，却养在他人家里！"喉间止不住的酸咽。将欲要接金全回家，也画一幅，又恐妻子不允，不敢擅自出口；本待不说，又恐明日去了，难得此便，踌躇未决。

看看酒阑，正欲起身，成茂已来相接。成珪作别出门，周智相送。成珪笑道："适间看画，熊儿也要一张，你道这丑驴如何与他缠得清！"周智道："你也原忒吝啬，如许年纪，也该有个庞儿。"成珪道："连老弟也不知这段就里，岂不晓得我是夫人做主的？我待请他，倘是院君不肯，成何体面！好歹累你留他一日，明日必须定夺。"周智道："若要画，莫说一日，便十日也留在此。"

成珪归家。次早问安之后，欲将此事说起，可奈托胆不过，却又不敢造次出口。正是足未进而趑趄，口将言而嗫嚅。都氏道："每日问安毕即便走开，今日恋恋于此，敢又有甚么话讲？"成珪躬身道："并无别说，只因昨日过周家，见个姓金的画工，一发十足手段，画的真容，俨然厮像。"都氏道："像便像了，干你甚事？"成珪轻答道："我也……"

都氏道："甚么我也？说了半句，又衔半句。"成珪道："我也欲得请他来画一幅，不知院君肯否？"都氏笑道："呵呵，这事颇无干系，要画自画，也来对我饶舌。"成珪道："既蒙相许，岂敢独画？毕竟要求院君同列一幅，庶几像个老夫老妻。"都氏道："甚么老夫老妻，又没个尾巴赶苍蝇，徒然留副末代面皮在世，只好与小儿们戏耍、妇人们褙补衬纸，夹鞋样哩！"成珪道："院君，不是这等说。你我若有子孙，不画倒也罢了；既没子孙，要些银子何用？落得费用些，留个形像，传在世间，使那等暴发人家，没祖宗供养的，拾去朝夕礼拜，岂不强似承继儿子？"都氏道："这些小事，随你则个。"成珪得了这句，好似受了将令一般，一径赍了请帖，来见周智，道："幸而老妻竟肯，特来相请。"金千里既受请帖，便辞了周家，来到成宅。

成珪随即备席洗尘，送下开手礼物，次日买了纸札颜料，请金千里后厅住下。金千里次日将颜色调和停妥，便请成老夫妻照样。成员外深衣幅巾，都院君艳妆时服，二人一排坐下。金千里看得仔细，提起笔来，把稿子一挥而就，便送与成珪道："粗具草稿，乞员外一观，可相似否？"成珪赞道："未施脂粉，便已俨然，画就时不知怎的厮像。院君请观一观。"都氏接来一看，沉吟道："画倒果然画得好，但只一件，先生你又错了。"金千里道："并无差错，便有些小未完处，原是稿子，尚未画就。"都氏道："非也。未完之处，俱是些小关目；今错的，是座次，却是千古规则，不可草草混过。"

金千里道："院君又讲笑了，男左女右，古人通礼，安得错了座次？"都氏道："先生终是古执君子，岂不闻事因世变，昔是今非。孔明求木牛流马之式，曾拜其妻；韩蕲得金山。一鼓之功，私谢其妇。总之，内助有功，应列夫君之左，岂可以区区旧例为法？先生莫管不合式，好歹替我另画罢。"千里道："员外意下若何？"成珪道："老妻说得有理，敢不遵依？"金千里道："女左男右，所差虽然不多，但恐后人见了，不知院君有勤劳之功，应列员外之左，倒说小生画的失了款式。我今有个愚见，画做行乐式样，员外走在前面，正是右首，院君随在后面，正是左首。又不失款，且不失座次，岂不两全其妙？"都氏应允。

金千里另将幅绢，再整霜毫，重施脂粉，一挥又就，更觉相像，都氏不胜之喜。金千里道："容已写就，只须布置颜色。不劳吩咐，二位请便。"成珪夫妇去后，金千里把五彩一一描摹，侧边画株乔松，松伴畔立块怪石，石下生几朵奇花，花外绕一派流水，水中飞一对翠羽鸟儿。身旁又立个随行的侍女，花颜玉貌，不费钱财的标致，一发画得可爱。

不上十来日，画得七八分的光景周智却来探望，瞧着画儿，便吃惊问道："这侍女是谁着足下画的？"金千里道："小弟信笔布置的。"

周智道："可惜，可惜，这幅用不着也。"金千里忙问缘故，周智答道："高山流水，凭你画些，独这侍女，说也说不得的。举世妇人妒的颇有，独独这位老娘，是个出类拔萃的醋海。你不知当年成员外和小弟到湖上游玩，成公不意中，买得一个泥塑的美人回家，只被院君打了三日三夜不得清洁。如今见此美女，你道可肯容否？先生，幸而未及他见，若是见了，莫说润笔钱不送，还要大大与你个没趣哩！"

金千里道："原来恁般狠醋！怪得日前画幅坐相，嫌是男左女右，大肆不乐，立地另改。小弟因无此理，只得画了行乐式样，少不得要些帮衬，旧规立个侍女，谁知又要见怪。不难，待我添些须鬓，改做小厮如何？"周智道："不妥，不妥。那院君便是八十的老男，立在丈夫身旁，他也要起疑的。"金千里道："有计了，何不竟把浓浓石青将这女儿抹煞，一发画做假山，岂不妙么？"周智道："有理，有理。"金千里随将青笔把侍女抹过，画一块峥峥怪石，更又好看。

另日工完，送与成珪。夫妇二人十分中意，治酒相谢，随即付与裱褙匠。不数日，裱完送来。成珪对妻子道："画既裱成，付之尘箱何用？想日后没人供养，如今总则有的空厅，何不打扫一间，备副香供，自己侍奉自己，如何？"都氏道："正合我意。"吩咐成茂，即将后园花厅扫洒洁净，置办黑漆香几一张、古铜炉台、花瓶一副、交椅立台等事，备设停当，将画挂在居中。成茂妻子日日添香换水，洒扫收刷。都氏每常独自来到厅里，闲玩片时，对画儿看一回，说一回，以为常事。

一日空闲，都氏又来到厅前散步，坐于假山石上，成茂妻子送杯茶来吃了。又坐

半晌，想起初时，空手与丈夫创业之苦，今日如此受用，也不枉然，只恨没个儿女，是我一生不及人处。再想到都飙身上，怎生看待他，怎生孝顺我？不觉心上一灰，便把眉头深锁，起身竟走。

不觉红日西沉，天色已暮，少不得打从厅前经过。忽听得耳边厢"嗖"的一响，只道是个鼠儿跳出，仔细看时，并无鼠迹，暗想道："分明画儿边响动，终不然真容作怪？"便倚着香儿，把画儿仔细观看。忽然旁边石青画的假山背后，隐隐似有一个女子面貌，看又无，不看又有。原来这画挂过薰蒸，颜色渐退，浓淡中露出旧时画的侍女形迹。都氏不知此故，早怀了一块鬼胎，记起当年曾在这园内假山背后打死翠苔一节。虽然翠苔未死，都氏其实未知，正是日间干下亏心事，半夜敲门，那得不吃惊？一阵怪风起，遍身毛孔皆竖。回身便欲走入，不知脚下被甚么藤蔓绊住的相似，一步也挪移不动。忍不住回头看时，忽见一物，甚是骇人，但见：

黑洞洞拥出一团惨雾，乱昏昏披着万朵愁云。雪白面庞，锁两条乌溜溜眉尖；朱红口嘴，喷几缕碧澄澄磷火。遍体伤痕尚紫，旧时声息尤娇，句句道："捉你阴司去！偿吾阳寿来！"

都氏知是翠苔魂到，急忙要走，两脚却像没了骨头的，撑立不起，只得尽力大叫，指望叫个人来搭救。偏梦魇一般，用力大叫，越叫不响，只得哀求恳拜，无所不至。刚要下跪，却被那鬼一把头发拖去，周身乱打。都氏抵敌不过，只叫："饶命！"

适值成茂妻子掌盏灯来，接吃晚膳，正没寻处，忽见主母一手挽着交椅档儿，紧紧揪住自己头发，一手捏个空拳，挽转背上乱打，也不分青红皂白，在地骨骨碌碌乱滚。成茂妻不知就里，只道主母有甚气恼，连忙解劝，都氏盯着眼睛，掇起椅子，照头就打，口中白沫横流，只叫："有鬼"，成茂妻方知是病，即尽力抱住，揪在椅上坐了，问道："院君为何这等？"

都氏牙关紧咬，挣道："翠……翠……翠……"成茂妻道："院君，翠些甚么？"都氏道："……翠苔。"成茂妻道："翠苔久已逃走，院君想他做甚？"都氏也不回覆，只把头点几点，眼睛已闭，小便直流，成茂妻心慌无措，高声叫道："不好了！你们快来，院君死了！"

成珪听见这句，忙来看时，惊做魂不附体。问其起根，只闻说"翠苔"二字。成珪道："是了，且莫根究，快觅姜汤来灌。"成茂妻立时办到。灌将下去，渐渐苏醒。成珪再三叫问，都氏只像呆的相似，瞪着一双眼睛，骨碌碌的闲看。成珪随即求神拜佛，接医生，起易卦，连夜酌献，那里肯愈半些。一连半个来月，茶也不思，饭也不用，日也不安，夜也不睡，口中只叫"有鬼"，并不肯说鬼是何人。又道周身毒打不过，千夫人、万奶奶的，一日讨饶到晚，总之心内还明，再不把翠苔事迹说出。

成珪虽也有些领略，又不敢问起此事，落得把银钱费用。那时病久人虚，耳反清亮，远远听见鼓乐之声，甚是聒噪，问丈夫道："这鼓乐是迎甚么过?"成珪出来一看，原来迎秀才过，坐马的正是都飙，见他昂昂而过，眼梢也不把姑娘门前看一眼。成珪暗想道："怪得许多产业，去收税时，俱说与他买了，原来卖这一桩银子，买个秀才做着! 他也不认我做爹，我也不少你为子。这几时院君病重，没个心绪与你较量; 过几时，少不得这秀才也还结果在我手里! 院君病中，若说与他得知，岂不加其气恼? 不如调个谎，暂时瞒过，待病痊后，说与未迟。"于是撮句谎话，回覆已了。

不期成茂妻子，一则不知就里，二则嘴尖舌快，竟把"都大叔进学迎过，不到我家"的话一一说完。都氏虽在病中，自恨身子不健，不能报此仇恨，正是虎瘦雄心在，人穷志气高，冤家结到头来，怎肯轻轻放过? 免不得倾天震地官司，出死入生干系，下回便见。

总评:

    盗财买名，千古丑行，况盗我财而炫我乎? 非彰其荣，是彰其辱也。此固世之通病，白本蹈之，亦不足怪。第恨其所需皆继产，而所负独继亲。总之继子辜恩，天下不独一都飙而已。故主人拈此一段，正为无子人绝断子之想耳。若冷祝布袋，尤宜黜之。

第十六回 妒气触怒于天庭 凤孽报施乎地府

引首《饮中八仙歌》杜子美作

知章骑马似乘船，眼花落井水底眠。

汝阳三斗始朝天，道逢曲车口流涎。

恨不移封向酒泉，左相日兴费万钱。

饮如长鲸吸百川，衔杯乐圣称避贤。

宗之潇洒美少年，举觞白眼望青天。

皎如玉树临风前，苏晋长斋绣佛前。

醉中往往爱逃禅，李白一斗诗百篇。

长安市上酒家眠，天子呼来不上船。

自称臣是酒中仙，张旭三杯草圣传。

脱帽露顶王公前，挥毫落纸如云烟。

焦遂五斗方卓然，高谈雄辩惊四筵。

评：

天神地祇，为妒气所触，各有八仙蒙酒之态。

却说都院君自从见鬼，染下心虚病症，凡有一毫响动，便叫"有鬼"。那时听得鼓乐喧天，成茂妻不知世务，竟把都飙进学一事说了。原来都氏这病，半因都飙气成，今又进学施为，不来探望，已是十分恼恨；更兼丈夫又不从实说知，一发转添抑郁，暗想道："咳！我尚未死，他便如此瞒我！明欺卧病在床，不能动弹！"便欲挣扎起来，发些言语。未曾抬头，早已晕倒，翠苔魂灵又是照头打来。

千思万想，委实发泄不出，只得叹口气道："罢了！罢了！谁知与他做了一世冤对，毕竟管顾不了。自今一死之后，他决乎另寻了妻房，把我撇在脑后，只可惜挣下许多财产首饰，竟付与他人享用，不若尽行取出，一火焚过，倒也放心。"便唤丈夫吩咐道："可将我一应衣衫首饰，尽行收拾出来。"成珪道："院君，搬出何用？你的儿子又不来，女儿又不至，将欲分剖与谁？"都氏两泪交流，回覆不出，喉间"咽"的一响，那点怨恨念头，直从顶门里飞将出去，悠悠荡荡，竟也不知直到那一方去了。

成珪慌了手脚，忙将汤水来灌，牙关已是紧闭，身上尽已冰冷，只有口眼不闭，心头未寒，不像真正死的。因此不敢殡殓，一连两昼夜，动也未动。成珪欲将翠苔、梦熊接回，周智道："不可。吾闻坚执之人，此心至死不变。院君与三娘子生时不睦，死后岂肯相容？况梦熊千金之躯，以今忙忙之际，家下六神不安，归来设有不虞，复将谁咎？索性事完之后，唤归未迟。"成珪以此放下念头，不题。

且说都氏这点灵光，结就一块怨愤之气，随风驾雾，渺渺茫茫的，直透上九霄天外，变作一片乌云，直逼兜率天顶。那日正是太白星在于西天门巡视，忽见这道怪云从下方直冲起来，仔细一看，知是牛女分野之地所生，暗想道："此云来得跷蹊，必主下方有何怪异。"看看逼近帝座，不奏恐有罪累，于是忙整朝衣，来到太微玉清宫中。适值玉帝临朝，众臣顶礼毕，张天师道："众官有事，就此宣奏，无事退班。"太白出班，山呼拜舞道："巡视西天门臣，李长庚谨启陛下：适见中方世界，女牛分野之地，有黑气一道，上冲天顶，将逼帝座，不知主何妖恶？谨奏陛下，乞审其详。"玉帝传旨道："快宣文昌星，代朕看来，果系是何妖孽，的确奏闻。"

文昌得旨，即忙骑上白骡，天聋前导，地哑后随，朱衣掌科甲之案，魁星携点额之笔，驾起祥云，霎时已到西天门外。站在高阜去处，睁目一看，便已识出其中之故。转身回奏道："臣蒙玉旨，来到西天门外，果见黑气一团，甚是凶勇。初时不知何怪，以臣愚见推之，黑色属阴，而气则生于暴戾，以阴人而有暴戾之气，其人必多泼悍。占之，当是妒妇气也。虽无大害，而下方男子受其荼毒者，亦不浅鲜，因宜急剿，以苏群黎。"玉帝道："妇人妒性，何代无之？故朕设官之意，特封介子推之妹于太原，为妒女神，至今崇立庙貌，受享血食，亦专为收摄天下之妒气而然也。今其不守乃职，

而使妒妇逞其施为，主妒官罪当何如？快着功曹，宣取介妹到来。"

功曹得旨，跨上云骢，一瞬间引了介妹奏道："介妹现在朝门，不敢擅入。"玉帝道："召来见朕。"介妹舞蹈山呼，拜伏在地。玉帝问道："朕设官之意，各有所司，封卿统驭妒妇。今者妒气犯于朕座，卿有何说？"介妹道："臣蒙圣恩，谬寄妒司之职，匪不兢兢业业，以圣德宣化女流。可奈世妇人顽，酿成积弊，欺夫者视为故套，柔顺者反曰无能；且彼夫婿每每乐从，不诉于臣，臣亦无人责理。况臣受天之命，而任臣者，陛下也；及其奉臣之教而应化者，人主也。奈唐之武后，过臣之庙，妄听书生之见，将臣莫之略顾，臣既不敢加诛。后人以为无灵，又安可复行教化，宣威于妇女哉？以是雌风日甚。即臣之职，将为他人所有，臣亦无以自辩，谨候黜逐而已。"

玉帝道："闻卿所言，甚觉恳切悲楚，是能守职而力不足者。今当赦尔无罪，急去收此恶气，复司旧职。"介妹道："臣之力薄，止可疗些小之妖魔。今其气能干于天庭。必系积妒大敌。臣不才，难以独任，乞宣张道陵同往，倩彼法力广大，庶可保全无咎。"玉帝准奏。

张道陵辞道："臣既食天之禄，理宜不避汤火。但降别妖、斩别怪，是臣专门，而疗妒一事，实难承旨。忆臣居家之时，山后有登天之梯、步云之履，而能朝近龙颜，暮亲妻室者，赖有此也。不期亦被泼悍之妻，怪臣来往难稽，私将二宝打破，致臣不能如前之便，臣亦莫之敢禁。若奉明旨，能不丧师？谨以实衷上辞以闻。"玉帝笑道："卿既不去，复荐何人？"天师道："他人柔善，俱不可去，独有雷部之中邓天君最猛，若得他去，便可奏功。"玉帝准奏。

邓天君得旨，便把两扇肉翅，连飞带鼗，笑吟吟地道："今日玉旨宣俺，必又有甚么乱臣贼子，作成老邓燥脾也。左右，快与俺发起雷来。"众雷神拥着邓爷，来到玉帝前跪下。玉帝道："中界有一妒妇，逞其暴戾之气，上干天威。朕赫斯怒，卿宜即往击之。"邓天君得旨，暗想道："邓老子从来只会打狠人，打恶人，那妒妇只系女流，柔柔懦懦的，教我怎生一锤打得下去？况且浑家霍闪娘又要护局，如何处之？"只得回奏道："臣蒙差遣，不敢有违。但臣瞻视之力，全仗妻子霍闪娘前导。今彼另有下情，急欲一奏。"玉帝道："宣来见朕。"

霍闪婆把手中电光放下，拜舞奏道："臣妾闻天帝好生，恒以慈悲为念。微臣执役，亦以方便为门，乱臣贼子，固宜疾除；怨女悍夫，尤当体察。妇人戾气冲天，必

锦帐春风

是受夫凌逼，陛下即行诛戮，似听一面情词。臣非曲护女流，谨以公言上奏。夫虽为妇之天，妇亦是夫之地，地无天未至暴露，天无地必于欹倾。既称并体之交，岂有尊卑之别？况男儿出外，妄接妄交，女流居内，惟贞惟一男儿出外，恣其脍炙之先尝，女流居内，咽其糟糠而未饱；男儿惟色欲之自娱，女流有胎产之艰险。计其忧乐，男不过什一，女何啻百千？今陛下遣臣遽诛是妇，不惟失天帝好生之初心，将必扫尽天下之阴气，而使孤阳不生，乾坤倒置，复为混蒙之世界矣！臣不辞万死，谨奏上闻。"玉帝默然不语。正在两难之际，班中突出一位仙官，但见：

　　不着绯袍不带冠，长髯伟貌自翩翩；

　　歪梳云髻双垂耳，斜挂霞衣半露肩。

　　常带笑容缘口阔，脱离烦恼为心闲；

　　蟠桃会上曾相见，却是琼林赤脚仙。

　　尔时赤脚大仙轻挥麈尾，呵呵的出班奏道："陛下顾欲以无上之至尊，而为社令执役乎？"超仙入道："陛下之事也；摄魄勾魂，冥司之事耳。陛下遑遑然必欲为彼祛除，得无以天堂改为地狱哉？"玉帝敛容躬身道："若非大仙玄诲，朕亦几乎盲聩矣。快着功曹，传向冥王得知，着彼勘明奏覆。"即刻退朝。

　　再说十殿王官，闻知天使到来，即摆香案，迎入殿内。开读毕，天使仍跨云骢飞空而去。十王即着值日判官写下牌面。原该是一殿楚江大王行事。楚江提起朱笔，把牌批了日期，限押读道：

　　一为钦遵明旨事：

　　奉玉旨诏示，中界女牛分野，有妒气上干帝座，理合祛除等因，为此仰役查访的确，系何悍妇，即时绑解来司，以凭审奏。毋违。

　　右牌仰无常磷仵

　　　　　　　　皇宋　年　月　日　押　限至　日销

　　磷仵领下牌票，即同诸鬼使等驾阵阴云，一齐来到女牛分野之域，望着黑气，已是临安地面。寻了当坊土地社令，问道："此处黑气所出之家，不知姓甚名谁？我等奉玉旨来拿这人，烦该方社令指示，以便捉拿。"土地将手中拄杖指道："那家姓成名珪，吁气的就是其妻都氏。"

众鬼卒得了实信，一齐来到成珪家里。原奉玉旨头行，那家堂圣众、门丞户尉，那一个敢来拦阻？竟拥到都氏床前，不由分诉，竟把臂膊粗细的铁索，照头一套，拽了就跑。钢叉护送，铁鞭频打，前拖后赶，那许少停！成珪守了数日，忽见断气，即忙举哀，三日后殡殓，不须细说。

都氏随众人，渺渺茫茫，行走间，脚下颇酸，口中大渴，欲要暂停，那里能够？四围又没人家，那得茶水入口？只好两泪交流，千言哀告。磷仵只是乱打乱喝，一些也不松放。内中一个鬼卒道："这是玉帝钦犯，不比本主执行，倒要温存他些才好。倘是途中辛苦，弄得个半二不三，倒要自己抵罪。"磷仵道："前面就是孟阿奶门首，送这妇人讨杯茶吃去。"都氏听得不胜之喜。

磷仵带到厅前，只见一位白头妈妈，笑吟吟的掇杯浓茶出来。都氏连忙拜受，一气饮下，眼见得如醉如痴，竟把生平之事一一说出道：

"妇人本姓都，四德三从一例无。作事多勤俭，管家颇善图。二八花颜多美貌，嫁得成珪柔顺夫。从来不识为妻礼，打骂儿郎性格粗。莫言抓破脸，几度拔残须。表情巴掌原裁竹，示辱鞭鞘不似蒲。灯台作笞杖，马盖代流徒。不由亲蠢婢，那许近痴奴？出门应受三叭戒，入户还凭百忍书。欲行尤踯躅，欲语尚咨诅。恐惹香期宁忍饿，钻谋侧室假游湖。归来尽把丫头卖，空费佐钗。恐渠有外色，龟首用印图。娶来实女为伊妾，那管家门后嗣无。侍婢藏春意，忙书绝命符。只因假印私情露，官棒临街非不辜。新增多礼法，条律颇如炉。正遂些儿愿，悠然赴冥都。一生积聚他人得，枕伴从今忘却奴。满腔郁塞气，飘渺上云衢。既干天神怒，何辞冥帝诛。自甘永作轮回堕，引领刀山斩寸肤。"

原来地府中，若个个要用刑法取供，一日阎罗也是难做，亏杀最妙是这盏孟婆汤。俗话：孟婆汤，又非酒醴又非浆，好人吃了醺醺醉，恶人吃了乱颠狂。怪不得都氏正

渴之际，只这一碗饮下，也不用夹棍拶子，竟把一生事迹兜底道出。孟婆婆一一录完，做下一纸供状，发放磷忤，带送十殿案下。

那时楚江大王见磷忤将女犯带到，即在森罗殿中摆列公座，击起会众鼓。少时十王俱到，依次坐下。皂隶排衙，书门叩头，然后取上原牌，并孟婆婆处供状，各各观看。

都氏跪在埃心，举目无亲，身不由己，心下才悔道："原来那些王侯鬼判，口口声声，只恨我欺夫罪大，到今日教我怎生悔得！"十王之中，看了供状，也有掀髯大笑的，也有拍案大叫的，也有睁目恨骂的，独有五殿阎罗天子开口道："夫乃妇之天，汝既为人妇，理应善事其夫。自既无子，亦当以宗祀为重，曲与周全，娶置婢妾，以候天命之万一。如何不惟不虑后嗣，且把丈夫欺压至此！是怎么说？"

都氏道："大王息怒，容奴细禀：念欺夫原非妇人本心，其来自有所渐。妇人适夫，原有尊敬之意；丈夫娶妇，每多宠爱之心。宠爱既久，恭敬已阑，乘其可侮之隙，试开打骂之端。打骂既久，视为故套，片言之触，奴岂肯容？些事之挫，奴安能已？此则糟糠中豢就之沉疴也。今而稍觉富饶，原系奴家协力，便欲娶妾，佯言求子，实是弃奴。奴念积蓄苦辛，一旦为他人享用，即如我田彼种，我马彼骑。试使大王当之，或肯与否？"

邓都拍案大怒道："好长舌！好利口！怪得悍戾之气，直能上干天顶，只问你，娶妻不要帮助营家，要娶妻子何用？今得富饶，便道全仗尔之帮助，应受尔之制伏；若或贫窘，尔复谓夫无能，越发恣情欺侮。总之，苏秦之妻、买臣之妇，俱是尔辈一流，吾不能细诛历代之妖妻，只把你煎熬，做个样子。"叫鬼卒："与我拽下，剥去衣裤，先打八十板！"鬼卒一声喊处，把都氏剥做赤条条的，一五一十，打得鲜血迸流。都氏好生痛苦，几番晕去复苏。

鬼卒报打完，邓都叫日记判官，吩咐道："且把都氏种种他样罪恶，暂且放过一边，只将他日逐打骂丈夫等事，细算明白，开册上来。"判官应诺，即时搬出一担多陈年帐簿放在当殿，又唤一个算手一个书手，只把欺夫一项，登时开算明白，钉成一册送上。邓都读道：

日记判官某人，今将犯妇都氏，在生于某年月日，欺夫案牍开算于后：

一算得大小骂詈抵触、强辩花言、虚捏调谎，共计一百万九千六百七十八句半。

一轻重拳篦棍杖、鞭拍踢打，共计七十万八千五百九十三下零。

一零星诬陷凌制，大小计五百七十四件。

邓都问判官道："打骂之说，吾已悉知。但其下数内，亦如钱粮账目零半，何也？"判官道："启大王，冥司日记之例，原以出口朗詈朗骂者算为一句；其形之于面庞，未发于口角者，算为半句。今积数之，该有半零。即打亦以出手下拍者，不论轻重，每拍算为一下，其形于势，未经拍下者，算为半下，今积数之，亦有半零。但诸色平交人等，止于以一复一，惟臣之于君，子之于父母，弟子之于师长，媳妇之于舅姑，妻妾之于夫主，每骂一句，法当倍打一下，每打一下，法当倍剐一刀。"邓都道："既如此，可就把该倍数目科清上来。"判官又把算子一拨，开道：

一算得骂若干句，该倍打若干下，作百次打。

一算得打若干下，该倍剐若干刀，作十次剐。

一零星等事，不敢擅定刑法，惟王上裁。

邓都道："怎么叫做零星等事？"判官禀道："即如揪耳、拔须、顶台、罚跪、抓肤、揸脸、摘腮、咬鼻等事，总而谓之零星。如陷夫枉受官棒，谓之诬陷，如焚香防刻、打印关防，谓之凌制。凡此种种，既无定律，以是不敢擅拟。"邓都道："原来这恶妇，一竟竭尽人间苛法以制其夫，我何惜竭尽地狱苛刑以粉其骨！"叫鬼卒："笞剐两条，且剩来日后销算。只将零碎一项，尽把地狱所有种种极刑，一一与那恶妇受用些！"

众鬼卒各有所司，一声喝处，两旁齐齐的摩拳擦掌。都氏无言，只得承受。可怜娇养佳人，竟作死囚形景。但见：

熟铜夹棍揹麻绳，夹碎金莲小脚跟；

浑铁拶横春笋指，断骨零皮鲜血淋。

紧紧脑箍加额上，时作包头狭一棱；

两眼睛珠齐突出，百般剧话便招承。

金钩扎出澜斑舌，两乳尖头坠石瓶；

烧得铁靴红似火，穿来因有绣鞋名。

熬就沸油千百石，锡龙缠体灌其身；

另烧小小金刚钻，直插横锥透骨疼。

两旁牙齿齐敲落，指甲将钳拔落根；

高称两手周围打，又名龙女拜观音。

上悬足胫下坠石，别号姜公钓渭滨；

四足平牵背负石，蜘蛛织网捉苍蝇。

绑在柱旁齐力锯，肉浆骨屑落纷纷；

四肢细细将来锉，撩上刀头直透心。

更有恶蛇争啖食，满天飞舞尽饥鹰；

少时锅内油花沸，一叉推入火光生。

骨酥肉化惟余发，竹器撩来复又蒸；

烧尽五毛并百骨，蛊盆落处百虫侵。

韬肠剐腹寻常事，尚有当年炮烙刑；

谩言笞杖徒流绞，暂系深深十八层。

俗话说："阎罗王的工夫，原是空的。"果然十殿冥司，人人不忙，既不饮食，又不烦恼，直看都氏受这数日刑法，竟不起身。孽风过处，都氏又复了原体。十王吩咐第一十八层阿鼻地狱鬼卒带去收管。不题。

十王计议定罪，俱各相逊，不肯擅自动笔。邓都道："我等不须谦逊，何不竟把本犯罪款，分为十题，各阄一事，即撰判语一首，同复玉音，有何不可？"十王依议，即使分阄。

一殿楚江大王，阄得焚香限时事：

一勘得都氏，乃成珪之发妻也，生而暴戾，矫诈凤成，不日妇道当闲，

惟谓妻纲宜整。欺夫压主，模范百端。而乃以博山之器，妄焚龙脑以作规；遐岛之香，僭拟鸡筹而限刻。使其夫足才出户，便生如箭之归心；身未入门，先祖受篦之老臂。诸凡制肘，些事络头，不容寸步之悠游，几斩满门之血食。尤为不遂，吁气触天，不正典刑，律法何预！

二殿秦广大王，阅得湖中诋触事：

一勘得都氏，六旬无子，犹然虎据其夫，不容娶妾，罪已盈矣；复嗔劝勉之言，大肆喷唾之悍，甚至盘中之馔，俱为饰面之脂；席下之珍，尽作染衣之色。丈夫之供虐宜矣，他人之受欺何哉？西湖水仙，奏牍非谬，掌嘴犹辜，拔舌斯快。

三殿宋帝大王，阅得尽卖奴婢事：

一勘得都氏，因湖中之劝，妒意转狷，乃尽货其伏役之婢，使卢仝兴叹，苦无赤脚丫环；居易拥愁，为乏纤腰歌妓。然卖婢之情固轻，而绝嗣之法实重。当劓其鼻，以彰无奴。

四殿五关大王，阅得食啗臂事：

一勘得都氏，妒心已甚，暴戾极深。其夫有燃眉之忧，而伤梁武之希疗妒也。岂氏鹊性善猜，猩灵知往，察夫所志，愈炽毒肠。顾乃肆其爪牙，张其威武。拟鳄鱼之吞，不惧韩公之牒；效贪狼之噬，岂防猎者之诛。夫甘折臂，氏已快心。曲肱之枕既难，锉骨之刑未免。罪逾郗后，报等樊嫛。

五殿邓都大王，阅得设印龟头事：

一勘得都氏，制夫多术，超出群妪。浪藁雀文，妄施龟首，其毒算亦已

甚矣！尔且以关防多密，使夫君必正立执绥。吾独恨造思刻深，着鬼卒须严加鞭拷。罪与假印同科，报以畜生偕类。

六殿变成大王，阅得伪娶实女事：

一勘得都氏，老淫忘耻，惟识独槽，不日后嗣所关，惟以前桩是务。强从劝勉，伪纳石田。纵使后稷再生，虞王复世，亦无以施其耕耨之力。嫌夫空费钱财，枉耽岁月，已遂袖手之观，更得旁观之乐，尔计谐矣，吾怒剧焉！当剜其五脏，磔其百骸，为有心术者之鉴戒云。

七殿泰山府君，阅得毒打翠苔事：

一勘得都氏，因夫有旁掠之嫌，即将侍婢翠苔立时打死，尚使成茂驮抛江中。其忍心昧理，不亦甚乎？若夫贾女之香，当罪韩生之窃玉；羌胡之适，岂干蔡琰之投桃？即文君私奔，亦无鸱鸮之罪；而戚氏蒙恩，竟罹人彘之惨耶？翠苔虽未至死，都氏毒意已彰。合行枭示，以警世风。

八殿平等大王，阅得诬夫受拷事：

一勘得都氏，以鼠雀之愤，而肆虺蝎之毒，力工长舌，巧弄虚脾，致盲吏得以徇情，而懦夫因之破胆，陷于狼狈，波及无辜。自谓鹦鹉能言，将拟丹山之凤矣；不知蜘蛛虽巧，能知冥府之网哉？当年真快意，今日莫心焦，试历刀山之美景，再尝苦海之良宵。

九殿都市大王，阅得伪设礼数事：

一勘得都氏，枭顽绝俗，猿悍出尘，是宇宙间一炉魁也。且欲祖述前俦，垂传后世，妄效周公之制礼，辙同萧相之兴条。私创百言，僭窃无悍。废弛

举世之妻纲，大乱人寰之法纪。非设礼，是越礼也；而制律，实犯律焉，宜防矫作之端，用蹈镝锋之锐。

十殿转轮大王，阄得画争座事：

　　一勘得都氏，悉忘女体，自谓至尊。藐夫若三尺之童；视己如九重之帝。恶条盈贯，难以具陈。即画图细事，必专左僭于夫；而昭穆大纲，直欲肇更于汝。汝之初心，既巍然矣；吾之妙用，不惬尔乎？宜变为牯牛，使肥大其体，为兽中之壮长云。

十道判语，齐齐写出，众鬼判击节称颂，两廊各殿、牛头马面都道："磨折得有趣，判断得无私。即便过街老鼠被擒，人人称快；咬人恶犬遭诛，家家受惠。"
也不知这虔婆，还出得地狱否？且听下回分解。
总评：

　　《易》曰："恶不积，不足以灭身。"其都氏之谓乎？吾，于其尽受冥府极刑，不能不击节称决也。观此回者，愿传语世间妒妇，幸毋视以为假，恐至真时，追悔莫及矣！

第十七回 波斯阅招救难
都氏带罪受经

引首《夷门歌》王摩诘

七雄雄雌犹未分，攻城杀将何纷纷；

秦兵益围邯郸急，魏王不救平原君。

公子为嬴停驷马，执辔逾恭意愈下；

亥为屠肆鼓刀人，嬴乃夷门抱关者。

非但慷慨献良谋，意气兼将身命酬；

向风刭头送公子，七十老翁何所求。

评：

案牍纷红，颇类战攻之冗；恩情酬报，实胜嬴、亥之传。

却说都氏受下诸般刑法，暂系阿鼻狱中，十王做成招语，将欲回覆玉旨，不能尽述。

再说波斯达那尊者，从至地狱，已指一魂托生成家，其余二魂仍在普度院中。终日与地藏菩萨讲经论道，协济狱中孽鬼。却见在狱诸鬼痛楚伶仃，好生不忍。

一日，对地藏道："弟子得蒙提挈，宣扬救拔之典，每见诸大孽鬼罪极深重，永世难离地狱，愚实不忍。不知有何见识，可以平地尽化为莲台，以释彼莫赦之魂魄否？"地藏道："尊者之言，正是老衲之本意，无奈世人自投罗网，去一来十。虽积狱中，久久尤可解脱。惟世之妒妇，各王俱所深怪。故凡妒妇入狱，不论轻重罪犯，决不行赦，

即天人阿修罗亦不垂悯。以是狱中日复一日，年复一年，只见增来，不见减去，反是大患去处。"

波斯道："想必妒妇公案，必是执行官苛求刻画，做成铁笔招眼，使无可松之处，以致如此么？"地藏道："非也。此事虽属十王拟罪，其供招俱系孟婆经手，故凡案卷，皆存孟婆处执掌，亦是慈王松放女流之微意，奈彼罪犯真当，叫孟婆亦难护局。"波斯道："既如此，弟子就造孟婆，借他案卷一观，倘有可松之处，方便一二，有何不可？"地藏允诺，即差两个童子，引着波斯尊者，来到孟婆公署。

孟婆婆欣然出迎。叙礼毕，问及来意，波斯就把借观之事说知。孟婆道："尊者有意于此，本当罄历代之事以备一观；奈俱经查盘，封入刑曹库内，一时不便发出。近有新来数桩，俱已审结，尊者不嫌，请先一览。"孟婆唤女侍送将出来。波斯读道：

一起绝后事　祖宗告

　　审得范氏，青楼之贱妓也，以笼络之术，而适富商祝希汤。盖以四旬之妇，而匹三十之男，婚制固已舛矣。既而老妇事夫，焉能有嗣？正宜任夫另逑侧室，乃复悭然，逞独据之悍。希汤不敢抗违，甘作无男之鬼；范氏肆情凌虐，俨然自立为尊。堂堂者堵已被羁拦，冥冥中奚容漏网？依律变猴，仍为丐者，斩尾牵弄。希汤自行不端，致为妻侮，亦变雄犬，使交媾时，甘为雌者舔阴。

一起轻捐丧制事　记曹首

　　审得刘氏，夫丧未几，恸哭颇哀。其兄王真，恐致过痛，示以其夫狎宠之图，氏竟卒然罢戚，尽废丧仪。虽云堕落术中，胡乃罢漓益甚，心坚金石者固如是乎？况夫已故，何必再酸？今日如是，他时可知。当系阿鼻之中，候变山中之鹿。兄王真，陷人不义，律所当诛，姑念爱妹之衰，但减阳寿一纪。

又一起不死不了事　自告

审得汪氏，因夫五旬无子，不便却亲族劝勉之言，虽许娶妾，终非愿也。既将荐枕，曰："必自吾室而达。"彼曰："吾弗忍也。必自吾床而达。"彼复曰："吾弗忍也，必自吾身而达。"彼又曰："吾终莫之忍也。"乃自缢。噫，此贤妇之为乎？抑妒妇之为乎？总之斯情难弃，即均派又何如；些事不舒，乃捐生而若是，树祸匪轻，遗体犹重，谩稽视其夫君，已见蔑然其父母。宜就黑暗之狱，以惩浅窄之衷，仍变狸猫，彻宵咆吼。

一起活弑夫命事被害夫燕然告

　　审得屠氏，窥夫将有远行，谓必恋他乡花草。乃醉以仪狄之狂药，挥其郢氏之锐斤，诱至阴门，断其阳物。独不曰夫无前件，即在舍总是徒然；况复捐生，与离家又何分别？彝伦螯丧，祭祀斩然，虽云愚妇之庸谋，实系妒婆之毒算，罪恶既盈，天人共愤，戮诛不足以快心。阴谴务期而啖肉，锉作尘末，贬为醋虫。夫燕然肉具既无，情可悯，转世为富贵阉宦，慰其无聊之思。

一起虎餐四命，斩绝后裔事。贾克同乳母婴儿连名告

　　审得郭氏，残酷之巨悍也，其吕氏之后身乎？乳母代看他儿，惟求儿喜为荣；亲父抚弄己子，岂虑妇嫌甚密。衅端既兆，祸隙由生。直以列缺之鞭，等蒲樗而博戏；胥公之拍，同檀板以消闲。彼妹者子，宛其死矣。是孽也，已属弥天；而氏也，奚容再犯！一门寂寂，四命嗷嗷，纵令万剐其躯，未泄半分之恨，永世变牛，人民均啖，二乳母、二婴孩，皆终非命，亦系前愆。其夫贾克，岂不知瓜李之侧，当防整纳之嫌；而可以荆棘之丛，逞其爱儿之癖？虽无问鼎之意，实系种祸之礁。前罪姑饶，后尤莫贷，绝门不足为惩，转回亦是难免。

　　按：贾克妻郭氏，生子甫一岁，而倩乳母抚之。克与儿调笑，是乳母所抱时也。郭疑，乃杖杀乳母；儿觅母，郭复怒杀己子，后又生一子，亦如前

调笑，郭又杀其母，儿因无乳而卒，竟绝后。

一起希图媒孽事　记曹首

　　审得王真，患病经年，赖媳颜氏，躬事汤药，实再世之赵姬也。真病稍愈，每赞乃媳之贤。其妻习氏，以禽兽之襟怀，妄拟夫、媳之有奸。乃衣夫之衣，冠夫之冠，饰以风月之言，润以温存之色，往探诸媳曰："当此美景良宵，能不念往日之绸缪乎？"颜氏洁比璠玙，心坚金石。一旦觑舅行之若此，乃愕然而损舅之庞，归诉父家，从容而缢。呜呼！管蔡流言，未免自身之祸；伏波遭陷，能掩身后之名哉？故颜氏之缢也，流芳百世，尤当证佛果而生天；习氏之正典刑也，遗臭万年，且永落轮回而堕地，何自蹈于狂悖耶？当以千钧之石，压于本犯之右臂，历万劫而不赦，使后人见之，曰：女旁有石，妒字之谓欤？

一起忤旨欺夫事　记曹首

　　审得柳氏，虎据帏房，鲸吞侧室，以上赐之二姝，且施毒膏而秃其发，吼声闻于九重。上以宽宏，赐鸩而诫。氏且遽然忤旨，宁受鸩而不屈。噫！其五伦者其若是乎？罚鞑不加惩治，冥王岂肯徇私？夫任环羊柔，怯敌龟缩不伸，毫无男子之纲，大失人臣之体，贬为粪蛆，为甘污者所戒。

　　按：唐兵部尚书任环，太宗赐二艳妃。妻柳氏，以毒膏烂其发，秃尽。太宗赐金瓶云："饮之立死。不妒不须饮。"柳氏拜敕曰："与其多嬖，诚不如死，乞饮尽。"太宗谓环曰："人不畏死，卿其奈何？"二女令别宅安置。

一起陷夫膻秽事　记曹首

　　审得王导，弄璋未卜，广备小星，苦遭发妻曹氏，总非与众乐乐者也，咆哮［口舌］喉，不日无之。徒使佳人避狄，同孟母之三迁；夫子去掌列生之六辔。短辕不进，长塵无功，一宵之爱可赊，九锡之诮难受。陷夫膻秽，咎可谁归？罚为荒岭之孤，猿以警绣帏之独皂。

按：王导妻曹氏甚妒，导惮之，乃密置众妾于别馆。曹氏知而将往。导恐被辱，遽命驾，犹恨不进，乃自以所执塵尾柄驱其牛。司徒蔡谟闻之，戏导曰："朝廷欲加公九锡。"导逊谢。谟曰："不闻他物，惟有短辕犊车、长柄塵尾。"导大惭。都人以为笑谈。

一起风流未尽事　小青告

审得冯二、苟氏，一系村鄙贱夫，一系嚣顽蠢妇。以蕞尔之铜臭，得糟餐溺饮于人世者幸矣。乃妄想青娥，浪挥白镪，娶小青于广陵，陷为侧室。当想福分无多，日夕烧香拜礼，少忏平生之侥幸，尤恨迟耳，岂得反肆驴肝，轻锻凤鬐，使接舆有德衰之叹，明妃无返汉之期！苟氏因之，得以大张妒檄，广树雌莛，揉碎娇花之瓣，削残方竹之棱，焚诗毁像，凌烁百般，彼袅袅者已灰飞矣，吾昭昭者能烟灭哉？首以苟氏，去其"艹"而傍"犭"，从以冯二，增其"虑"而减"丷"。小青天命不辰，有才无偶，既列散仙，勿生怨望。

一起咒咀诬害事　关帝移文

审得俞氏，五旬无嗣，发白尚淫，不以夫妾为合律之娶，而曰："我爱岂他人可分？"视庄氏等眼中之屑，昼夜欺凌；祷神前若浸润之，谮夫妾并毙。关帝鞫得其情，乃烛咒咀之悍，铸思极毒，陷害最深，不尽抽肠拔舌之条，难泄枉言诞妄之罪。其夫尤弘远、妾庄氏，被诬既死，日久难于返魂，当以未终之寿，准来世之算云。

一起上干天帝事　奉旨

勘得妒妇都氏云云，招稿凡十道，俱系本犯罪繇。（具见前回，不及备录。）

波斯尊者看着前十段审语，叹道："原来罪正情当，怎么怪得阎罗刑法？"又看到后十段判语，大惊道："原来都院君亦在其内，果然受此果报！偏又奉旨捉拿，必难松放。想我当年曾受他许多恩爱，从无一毫酬答，他今罹此苦恼，正宜为他解分。"

连忙将各案交还孟婆，一气来到普度院，见地藏道："弟子今日又患下一桩孽病也。往昔都大娘子，原系妒婆领袖，弟子谅他亦难脱此苦厄，岂期今已果然。但不知为何又奉玉旨捉拿，判语俱已做就，只待覆旨处决？我想此妇待夫虽薄，待弟子极其隆重，迄今落难，安忍不救？惟虑绵力无多，不能提拔，反重其罪。倘教主肯看薄面，发菩提心，行方便事，为弟子救此孽魂，何幸如之！"

地藏道："此是区区分内之事，何劳相求？奈众妇行诸恶事于闺阁之中，人君之所不闻，官吏之所莫治，实系人人漏网，个个脱钩。今当阳寿终时来此地府，自然该与一一填还，方可为人世报应。使不肖者亦可寒心颤胆，少佐治化之所不及，正是圣人爱人的去处。若竟以一味慈悲，将有罪者即便放去，那等恶人，岂不更加僭妄？是反重其罪也。故如来不革地狱之严刑，正为不肖者所累耳。今尊者眷属，罪既确然，即使受些苦楚，不为无辜。若要老衲向阎罗前讨个方便，不惟地狱中无此规格，即玉旨亦难挽矣。"

波斯见地藏推阻，便流泪道："人生于世，谁不有犯罪之处？可怜做了女身，又多了一桩妒罪。原来佛祖更不垂怜，冥王又且深恨，直把弱质娇娃，尝遍严刑毒打，永沉狱底，不能再得人身，好可怜也！咳，我那都院君呵，只因你娶我到家，又增你数条罪款，兀的不是我害你也！"言毕，不觉号啕大哭。

地藏慈心一举，也觉悲咽起来，道："原来尊者怎般多情。不是我不肯效力，只因其中有个缘故：如此间众犯之中，亦有诸凡不孝不悌、不忠不信、无礼无义、妄行不端、生男育女，种种罪果，俱蒙阿难尊者将各项梵语、真言、经文、书卷，设为忏悔之科，演作瑜伽之教，使其眷属或遇亡魂三朝、七七、百日、周年，为之宣佛教，忏悔愆尤，以是俱能解脱。惟此妒妇，实系法重情轻，阿难原未列入诸忏之内，是以不蒙佛力之遮庇。吾亦每阅其招，不无痛恨，每原其情，亦觉可怜。今尊者且不须啼哭，

好歹待我入定之际，往西天极乐国土顶礼佛祖，道此妒婆之苦，以求超拔之经，使后之妇女，免此苦恼。也要看如来肯否若何，再作计议。"波斯回嗔作喜，合掌道："阿弥陀佛，若得教主如此用情，不惟一都氏沐其恩也。"

地藏就向禅床上，合眼跏趺而坐。少时，一道灵光，从泥丸宫而出，竟往西天进发，已到极乐国土。诸大罗刹及诸比丘、比丘尼、优婆塞、优婆夷、善男子、善女人，又与众诸天阿修罗、五百罗汉、三千诸佛俱相见毕。只见两旁那些鹦鹉、孔雀共鸣等鸟，俱若欢忭之状，也各相唤一声。地藏转入大殿，适值如来就坐设法，地藏合掌恭敬道："弟子幽冥教主、慈悲地藏王菩萨，顶礼我佛如来莲座下。"

如来答拜道："教主在冥府之中，道行虽隆，不能尽为超拔，犹未当证位菩提，今日到来，何以教我？"地藏道："弟子始发洪愿，原期度尽众生，以四部洲统为西土，方证菩提。但诸孽鬼已蒙阿难尊者，设科演教，屡屡俱获超生；惟尘世妒妇，屡撄重罪，渐积狱中，多于太仓之粟。而永远不能解脱者，皆因我佛视彼情轻，似无大罪，故未与彼设立经忏。试思此项孽魂，沉于狱中，如石之坠海，永劫不睹天日。乞如来发大慈悲，为彼另设忏法，非弟子之幸，实众女魂之幸也，乞怜而允之。"

如来道："吾自设教以来，以大智慧力，设下经卷，何啻十万余言。即唐之三藏，奉人主之旨，来求吾经，吾亦不吝，付彼数百余卷。亦可谓括尽天地间之事业也，何得复缺此项？"地藏道："蒙如来所赐三藏之经，皆因世人福薄，彼于半途中，已为白龟所沉，存者不过百中之一。此举世之共知也。若法教中有是经典，弟子何敢诳渎？"如来道："教主有此善念，我当会集诸大弟子，即日登坛，演成妙义，令韦驮尊天，赍呈玉帝，然后发至地府。尔当遍授人间，使彼妇女之流，或在生，或已死，讽诵百千万卷，以免是厄。即其子，即其夫，不忍其母、妻子受苦，但能延请僧伽，代诵百卷，亦可免其母、妻地狱之苦。尔且先回，吾当即兴斯举。"地藏依旨，回到地府，安慰波斯尊者，整备接旨，不在话下。

那如来果然与众弟子演成一册经卷，名为《妙法怕婆尊经》，内中单说妻子不可凌轹丈夫之事，并将报应一一录于其内。当时地府治妒，原无定刑，故此阎王得以徇情用法，如目今诸妒罪，考俱有条律，原来从这《怕婆经》里得来，十王谁敢不遵？闲话休题。

再说如来经卷既成，正欲差人赍呈玉帝会议，忽有一位星官到来。那星官怎生打扮？但见：

> 赤羽攒成甲胄，丹砂嵌就兜鍪。面如薰枣足如钩，饮啄频伸长 [月豆]。
> 日府金乌是友，山梁雌雉为俦。身膺五德猛纠纠，二十八星中昂宿。

原来这便是二十八宿中第一十八位昂日鸡星官，连飞带煮、短啸长啼的来到佛前，躬身跪下，不敢仰视，只是磕头。如来道："尔是何方将佐，有何得罪天庭，得无欲求解释么？"昂星道："弟子乃西方昂宿。因有家丑，不忍外扬，已见怒于天庭，无由释免，特恳佛力浩大，欲求一救。"如来道："既要救解，何不将备细说与我听？"

昂宿几番不好出口，见如来再三催促，只得红着两脸答道："弟子有妻平氏，向来泼悍，已见载于《周书》矣。不期于十数年前，因与弟子不谐，便背我逃落下方，投作人间之妇，是为都氏是也。只因旧性不改，又造下嫉妒之罪，甚至上干天威。我王大怒，转敕邓都，捕捉治罪，今已入于地府，谅来正是受刑时候，我想劣妻在天之时，虽只看待弟子嚣薄，其背夫逃走，已属可恨；但念一夜夫妻，尚有百年恩爱，何况与弟子伉俪不止一朝。今而落薄，安忍坐视？若向玉帝前上言，又恐贻笑于朋党，复又取责于天曹。特来求我佛爷方便，谅不相却。"如来道："怪得幽冥教主来说，狱中妒魂最多，原来尔妻亦在其内。我已撰下一卷《怕婆尊经》，正要着人送呈玉帝会议，却好尔来，可即带去，呈过玉帝，便贲入地府，尔妻必蒙提拔也。"

昂宿不胜之喜，即赍了《怕婆经》，辞了如来，早至兜率天顶，朝见玉帝，以所赍经卷呈上，并将佛意一通送与玉帝。帝命文曲星官展开封面，读其略曰：

> 流行教化，虽以纪律为先；抚育黎民，宜以慈悲为本。狱中诸鬼，俱可超生；世上妒婆，永沦苦海。据地藏辞称等因，实为可悯。特以一贯之道，演作三乘之义，名曰《怕婆尊经》，使造孽终生，得因兹而解脱，云云。

玉帝问道："原来是法王以经典示朕，为何着尔赍来？"昂宿星道："臣不敢隐讳。前者妒气上冲，原系臣妻平氏思凡，背臣逃落人间，托为都氏。其性仍悍不改，以致冒渎天庭，已蒙发下地府究治。臣甚不忍，特恳如来解释。适值如来演成此经，正欲

上呈陛下，因便着臣赍来，并非钻刺等弊。"玉帝笑道："你这扁毛畜生，只因你是个怕婆星，以致如来作此《怕婆经》。人间怕婆的总也是你扁毛一类。且站开。"昂宿退班。

又一员上前拜舞道："地府修文郎臣颜渊，奉阎罗命，有短章一通，谨奏陛下。"文曲星宣其略曰：

> 怀忠怀义，每成佛而成仙；行恶行凶，必受刑而受罪。犯妇都氏，蓦如猬集，复将妒气，妄触太清。谨细录其罪由，并公拟其施报。缘其阳寿未终，尚未付之畜类，谨将判语十道上奏。候裁。

玉帝看毕，道："也是他生来造化，讨得如来分上。只可惜太便宜他。"便举笔批道：

> 都氏罪繇，擢发莫数。适如来有怕婆之经，而着昂宿赍来，似欲为本犯告赦耳。既其阳寿未终，当使赍经还阳，广宣妙义，将功赎罪。完日仍归昂宿为妻。钦此。

昂宿如此消息，不胜之喜。颜修文得了批回，即日拜辞帝阙，来到地府，将玉帝批旨送与十王。十王见如来奏疏，内有地藏辞称等因，即差鬼卒迎接地藏。地藏与波斯一同来到，见如来经卷并玉皇批旨，二人不胜之喜。十王亦不知这段缘故，正叫做天上落的手段。十王即唤司狱判官取出都氏。都氏浑身打烂。这番只道又该此卯，大大吃了一吓。

带到殿前，波斯不好相认，都氏也不认得。其余十王，各怒骂道："这恶妇，原来就是昂日星官的妻子！若无教主慈悲，代求经典，这恶妇何时出得狱门？但恐今日轻轻放回，妒性仍旧不改。"叫鬼卒："可将恶妇脊梁上那条妒筋抽出，免他贻祸人间。"波斯又慌对地藏道："有心玉帝都饶了，免他抽筋罢。"地藏道："与其还阳而复妒，只当仍置畜类中。这着亦不可少。"鬼卒一齐下手，从尾上把筋一抽，却像拽线傀儡相似，百骸俱动，都氏不胜痛苦。

地藏、波斯好生不忍，侧目而视。十王喝声叫醒，即时动弹起来，跪在阶前。邓都道："恶妇，今番还敢嫉妒么？"都氏道："爷爷把妇人妒筋抽出，如今连妇人也不知妒为何物了，岂敢有再妒之理？"邓都道："你若不妒，我当放汝还阳，广扬如来法宝，将功赎罪；若仍旧不改，那时休想再饶！"叫鬼判请过《怕婆尊经》，交与都氏，选两名精细鬼卒，押还阳世。

都氏闻言，十分欢喜，也不拜谢，起身竟走。未及出得鬼门关外，心下忽然记起一事，忙叫："鬼卒哥，还要转去，讨个信息。"鬼卒依言带转。阎王道："妇人为何又转来？"都氏道："妇人蒙各位大王释放之恩，另有一事，并求慈悲。"王问何事，都氏答道："妇人只因打死侍婢翠苔，以致频频索命，倒于台下。今虽蒙历遍诸刑，并不曾与翠苔魂儿面质一番，若到阳间，岂不仍来索命？特告大王，既肯垂怜，将妇人放得，何不一并将翠苔也还了魂，妇人甘心让他为妻，并不敢再行嫉妒。"十王相顾各笑道："抽筋之效一至此乎？"邓都道："既肯让他为妻，不可食言，我已预先放他还魂了。快走！"

都氏放心，同两个解子仍离鬼窟，渺渺茫茫，来到一个去处，隐隐闻得哭泣之声。都氏正待回头，却被两个鬼卒尽力一推。都氏和身跌下，不知到了甚么去处，四围更无亮光，一味黑天墨地。都氏摸一摸，但见团团俱有墙壁。少时渐觉气闷，心中慌道："阎王有心放我，难道又赚我落了黑暗地狱？想来不当要处。"只得将手中经卷放过一边，把双手脚擂鼓相似乱蹬乱踢。

原来那时正是七七之期，该当发引，却遇众亲友拜别祭奠之际，忽闻棺中发动，众人惊得个个走散，连成珪也惊呆了。周智猜道："列位不要慌，想必院君丢放不下，还魂转来，未可知也。"成珪道："岂有此理！虽然天色寒冷，经今四十九日，焉得不烂？"周智道："不然，大凡执性之人，不论为着酒色财气，死后俱作僵尸，便是十年也不腐烂。院君向来性格不凡，决也做了僵尸。老兄不信，你只打开来看。"成珪道："贤弟，你且饶了我的老命。现今都飙在此寻闹，口口声声要告夺家产，他若闻得开棺见尸一事，活了不必说，倘若不活，岂不受他刁诈！"

周智道："老兄，怕不得许多，内中响动，此时不救，更待何时？"飞身跄到厨下，夺了一把劈柴斧子，努力便把棺木来劈。成珪与周文、周武俱来拦阻，那当得周智手起斧落，把棺木砍碎一块；就将斧刃一撬，棺盖划然已起。才把棺盖揭开，都氏睁眼

喘息着道："闷杀我也！这是甚么所在？"

成珪初时不敢近前，见是果然活了，才来问道："你还真活、假活？"都氏道："我也原不曾死，便到阎罗跟前，一般也过日子，只差没有你们相陪。"成珪忙将都氏扶到床上坐了，声声感谢周智。送丧亲友与那抬柩吹手等人，喧喧嚷嚷，竟把做新文传说。成珪即将翠苔母子仍旧送到周家躲避，才敢问及地狱光景。都氏把自己受刑、吃打、抽筋等情俱不说出，只胡乱将那光景说些。言及临放之时，道："我又几乎忘了，我带得一件土仪到来，乃是阎罗老子亲手送与我的。想在棺材里，快与我寻来。"

成珪笑道："还魂也奇了，还有甚么相送！"半信不信，将棺中一看，果然见有一个黄布包袱。成珪连忙打开，只见是个绢面册页，上有一行字道：

此经名为《妙法怕婆尊经》。奉如来金旨、玉帝尊旨给付本犯，赍至阳间。如有善男子、善女人，或母或妻或己身，恐因嫉妒之罪而陷于地狱者，能延请僧尼讽诵百千万卷，既可解离苦恼。如在堂母、妻，亦可消除疾厄，益寿延年，无量功德。

成珪道："原来是卷《怕婆经》！经中说，若犯妒罪，诵此经即能解脱，又可消除疾厄。想来院君能还魂者，皆赖此经之力。明日当广延僧众，讽诵此经，保佑院君还花复旧。"都氏道："阎君原着我广行于世，将功折罪。可速唤雕刻匠刊板，普施人间。要紧！要紧！"成珪依言，次日即请南北两山僧众共二十四人，单单只念《怕婆尊经》。众长老从不曾见此经典，念至地府施报等品，无不称扬颂德，众女眷听的，无不寒心股栗。

果然都院君病体从此日逐减来，看看复旧，成珪十分快乐。劈空见都氏讨起翠苔姐来，不知放出怎生一番滑辣手段？且听下回分解。

总评：

> 释氏之教，真大矣哉！妒如都氏者，且得藉经还阳，况其他乎？虽然，此特初传经咒于世，不得不宽一人尔，世之妒妇，幸毋曰："有《怕婆经》咒，可以解禳，今且纵吾之妒也。"则可。

第十八回　翠苕重返家门
都氏阖堂拜谢

引首《菜根谈》洪应明作

　　谢豹覆面，犹自知愧；唐鼠易肠，犹自知悔，盖愧悔二字，乃吾人去恶迁善之门、起死回生之路也。人若无此念头，便是既死之寒灰，已枯之槁木矣，何生机之有！

评：

　　都氏可谓知愧、悔矣。

　　却说都氏自从还魂之后，家下广延僧众，讽诵《怕婆尊经》，果然病体消除，渐渐如旧，因此连日酬神还愿，请客饮酒。

　　一日酒散后，独周员外进内相谢，都氏留住道："老身有句话，问我拙夫，他却仍旧畏我，不肯实说，特留员外在此，问个端的。老身蒙开棺起死之恩，员外便是生我的父母一般，百事瞒你不得。前番不容老官娶妾，实是老身不是，我也自知其罪，就是娶的熊二娘子，委实是个实女儿，也是老身主意。从嫁翠苕，因与拙夫有染，实是老身在假山后亲手活活打死，复着成茂抛在江中。前月独看行乐图，忽见翠苕鬼魂，得下病症，及至地府受些刑法，也是不枉，只还不曾偿得翠苕之命。后蒙阎王放还，老身惟恐转来又被翠苕索命，不为长便，因此与阎王讨个的实道：'妇人既可还魂，妇人有个侍婢翠苕，求大王一并释放了他，同到阳世，情愿让为正妻。'那阎王老子道：'你只不可食言，他已还魂多时了。'我想阎王必不诳言，你们定须知道，若寻得翠苕

一〇三二

到来，也完了我这点怕鬼念头。不然，心中只是恍恍惚惚，时时似见他光景，此病终久不能痊愈。员外若肯用情，何不与我一个下落？”

成珪自忖道：“这话来得蹊跷，周君达不露本相才妙。”便声也不敢做，只光双眼瞧着周智。周智笑道：“院君既把他抛在江中，焉得又肯还魂？莫听阎老子调谎。”都氏又唤成茂根究，成茂那敢应允。

周智想道：“我量他这番还魂定然知些因果，或者改过自新也不可知。梦熊母子在我家中，终非长便，不及就此机会，说与缘故，到也使得。且待我探他虚实，再行计议。”便作色道：“院君是重生之人，已历地府世务，量来不须老朽细道。翠苔一事，原是老朽主行，如今院君要知其详，我也不惧虎威，说与你听：当年成茂驮出，老朽江口救回，赎药调理，原不曾死，但因院君怪他，所以不敢说知。其后另择门楣，嫁与个契友为妾，现今生下一个儿子，已五岁了，十分伶俐，且是好在那边。院君向来所见，只是疑心所使。若肯早把今日之言说出，待我携他一见，或者不着鬼也不见得。如今既要会他不难，只要你赔个不是，我便好去接他。”都氏道：“得他再会，莫说一个不是，便要我拜他一百拜，替他做丫头，也是甘心。只是可惜嫁了他人，若肯回赎，便费百金我也情愿。”周智道：“院君，你若果有真心，岂有不可赎回之理？只把银子兑来，明日我包得还你一个翠苔；只是你不要还思量打他就是了。”

谁知都氏果系真心，也不与周智分辩，一竟走到解库中，兑下百余银子递与周智，福上几福，道：“要叔叔替我赎他回来，千万！千万！”周智暗笑道：“我本打探之言，他便兑出银两，想他醋意果然没了，且待我收下再处。”便应道：“晓得了。”一溜风走回家，与何院君说知。何氏笑道：“难道果有此意？这样，是成伯伯老运到了！”连忙说与翠苔得知，翠苔半疑半信，也只得随周智施设。

次日，同何氏来到成家。未曾到门，都氏已先出来，殷勤迎接。及进内厅，何院君对都氏致意，万福方了，翠苔正欲上前对都氏下拜，只见都氏慌忙的一把挈起，声也不做，仔仔细细的看上一回，道：“我儿，你今日还是身子来，还是魂灵来？”翠苔道：“奴家那得魂灵来？”都氏道：“不要调谎，前番只被你魂儿日日下顾，打得我十生九死，好不利害！今日你怎么还是活的哩？”何氏道：“这原是院君该受磨折，自己色迷迷，疑中之鬼，翠姐姐怎来打你？”都氏道：“这样说来，你真个是翠苔姐了？你且坐下，待我拜你一百拜，你竟做妻，掌管家中事务，我愿做妾，理料厨灶事体罢了。”

翠苔笑道："只愿院君容奴在家，仍供斯役也尽彀了，怎敢说这样话？"

都氏却似风魔的相似，倒身只拜，也不由分辩，竟把身旁锁匙、账目，尽行交与翠苔。翠苔既不肯受，都氏又不肯歇，何氏又劝不住，三人搅个一团，不得清楚。翠苔再要推让，都氏哭道："何院君，你休拽我，我是阎王面前说过的，'若得姐姐还魂，情愿让为正妻。'这是决不食言的！想我当年，也不知甚么意思，得罪了姐姐，量你也不怪我。只是你自从离了我家，嫁与那一家去？教我好生放你不下！"翠苔道："奴家八字低微，在院君处，只好与老员外有些私情；及至再嫁，那人又与老员外无异，只没有院君般一个主母，以是奴家每常也好生放院君不下。"

成珪对妻子道："他还生得一个与我无二的儿子，院君还未见哩。"周智道："我正领在此间，要与院君讨果子吃哩。"便唤："梦熊快来！"只见梦熊先已妆扮齐整，及来到都氏跟前，朗声唤句："亲娘！"纳头便拜。但见：

俊秀自天成，粉脸朱唇骨格清。步履轩昂相度好聪明，释氏宣尼亲抱临。鹰隼出风尘，独步骅骝谁与争？笑语闲谈浑似父，而今，有子如斯堪称心。

都氏将梦熊抱在手中，心下十分钦羡，忽然放声大哭。众人不知为些什么，再三相劝，问其缘故。都氏拭泪呜咽道："老身也不哭无食无衣，也不哭少长少短，只因见这孩儿与我丈夫甚是厮像，以是忍不住的啼哭。"周智道："便像员外，哭他怎的？"都氏道："翠姐姐在我家中，我却有眼如盲，作贱了他，如今他倒生得这般一个俊秀儿子，我却至今没有。虽然此儿与老儿相像，我老儿怎生讨得这样一个？我想，就是连夜娶与老儿，也生不出这样长大的儿子了。总只是老身的不是，害了我丈夫也！害了成氏宗祖也！教我怎生的不苦杀也！"呜呜咽咽的，又哭个不住。

成珪道："那年院君不打死他，或者生得一个也不可期。今日虽然哭泣，已无及矣，不如且耐性罢。"都氏道："老官也不要埋怨我了，我自无尾，总不足惜，只可怜害你绝后。我若后遭死了，把我千万不可埋葬，只抛在荒郊之外，使鸦鹊食我五脏，狗彘食我骨肉，使街坊上人家妇女把我唾骂一声，说这是恶妇的榜样、末代的招牌，也把你出了一口气罢。"周智道："院君何必出此怨言，但能改了旧性，自责自悔，自然天神保佑，定须教你有后。倘若你果然实心爱此子，也非难事，儿母尚且赎得回来，儿子有甚求谋不至？只须再兑百金，做老周着与他爷老子说知，一发承继与院君为子，有何不妙？"

都氏又哭道："说起'承继'二字，真教我好苦也！如今方省得他人儿女，贴肉不牢。只那天杀的都飙，我再要怎生看待他？临去时反把我两老打上一顿。冷布袋夫妻，待他颇也不薄，岂不知我病中，足迹也不望我一望。承继一事，员外再休题了！"周智笑道："院君果然再不承继了，我也不管闲事。"就指着梦熊道："如今我便送他做了你的亲儿罢，你且自己收管，赎娘的银子一发送还你了。"都氏道："员外，他如何做得我的亲子？赎娘的银子不收，莫不是不准赎么？"

周智未及回报，只见成珪道："此子虽出翠苔腹中，实系拙夫亲手造下，岂不就是老娘亲子一般？翠苔原未曾嫁，又何须赎得？"都氏大喜道："我起初也猜着八、九分了，原来实是老官骨血，怪得面庞厮像。谢天谢地，老官有后代了！快把根由说与我一听。"何氏便上前，把成茂驼出等因，直说到生子之事，一一说上一遍。都氏道："原来世上有你们这一班好人，实是罕有！不亏瞒过我这老贼，怎有今日？想来只我是个花脸，其实惭愧。早知这样，我也没个面目还魂了。如今有个主意在此：多亏列位扶持，完我一家骨肉，容我一一拜谢，少伸衔结之报。"

掇把椅子，先请周智坐下，倒身拜道："都氏生而愚顽，不奉母仪，首蒙员外湖中开示之恩，老身反多冒渎，当受老身一拜；全活翠姐之命，使我熊儿有母，不绝成氏之祭祀，亦当受老身一拜；抚育熊儿，使我丈夫有子，当受一拜；蒙劝丈夫，不去削发为僧，使老身家中有托，当受一拜；老身与丈夫相殴之时，致累员外淘气，又当受老身一拜；结末破棺救命，不避罪名，再生之恩，更当受我一拜。即此六事，恩德如天，莫可补报。有赎翠姐这主银子，仍当送与员外，聊作湿草垂缰之报，乞员外笑而纳之。"周智道："员外、院君有子，于老朽亦万事足矣，何必报之以财帛。但却之不恭，当暂领院君之财，为院君做件好事尔。"

另日，周智尽将这项银两，付与刻板匠人，印造《怕婆经》数百卷，施舍于世。有偈为证：

稽首能悟真实法，离诸分别及戏论。

欲令世间出酸苦，无言说中言说者。

一切异道之所作，不能破于诸怕想。

彼难怕想金刚断，故我归心此法门。

诸句义中秘密义，世间智慧莫能测。

有能开喻我群生，彼菩萨中自敬礼。

喻如七宝施俗僧，诵经未必果受福。

又如谈说诸宣淫，只博人间嚣薄讥。

若能受持此经咒，福德胜彼千万倍。

不惟部洲莫讥者，即身酸疼必消除。

故我今为功德施，略述兹经中大义。

愿彼怕婆诸眷属，及酸魔中诸大魁。

闻我开说妙沙门，一切痴心俱灭没。

从今见闻与受持，照真明了心无碍，

无碍真心了明照，西方极乐怕婆国。

周员外刊经印布于世，后来得福，自不必说。

却说都氏又拽住何氏，拜道："多蒙院君赞襄之功，亦当受老身一拜。另有粗绢十端，聊充衣裹，少酬内助之劳。"何氏辞之不已，只得受了。都氏再拽丈夫拜道："吞声忍气，皆赖贤夫海量包容。多亏你不避干系，生儿于荆棘之中，使老妻有子，当受老身一拜。"成珪即忙跪下道："院君若拜，教拙夫行甚么礼？两免罢了。"都氏道："也没甚么相赠，只把向日家法缴过，也只当两免罢。"再拽翠苔道："还要拜你几拜，不亏你生得孩儿，教我那得现成做娘？"

翠苔道："这也不是奴家之功，若无成茂哥哥活命之恩，焉能得有今日？"都氏道："不是你提起，几乎又忘了。成茂快来！"都氏也拜道："若没你这重生的磨勒，再世的陈琳，那得个一家团圆？白银四十两，与你做本钱，连你身契一发收了，今后只管小官罢。"成茂将银拜而受之，身契断不敢收。众人再三劝说，然后收下。合家大小，俱有赏赐。成珪教梦熊拜了大母，都氏满心欢喜，忙向妆奁内寻出赤金镯子、拳大珍珠、首饰玉器，与梦熊穿戴。另设筵席，款待众人，吃得人人尽兴，个个满怀。正是：

酒落欢肠，谁不酩酊。

未及席散，主管报道："外边有客到来，说有紧急事体，特请员外接待。"正是青天白日，猛可里起阵乌云，又不知落下怎么一天雨来，且听下回分解。

总评：

天下惟至恶人，一变即能至善。所以卓老云："有气骨汉子，最易入道。"都氏一变即为顺德妇人，也只是一向有气骨尔，莫谓专藉抽筋之效也。一笑。

第十九回　都白木丑态可摹
　　　　　许知府政声堪谱

引首《结客少年场》迁王作

　　结客少年场，少年何所好？

　　不爱身居白玉堂，但愿手平衣冠盗。

　　朝携侪伴出都门，晚过易水何灏灏；

　　悲悲易水古风颓，行行江南更可哀。

　　风景江南何其美，人心江南强半死；

　　且约心知饮月明，起看吴钩发上指。

　　抽身不知何处去，须臾归提人须掷堂署；

　　笑指金樽尚未寒，垂斟琥珀月中语。

　　一饮数斗莫嫌多，明日相逢无定处；

　　回看宝剑闪如银，可惜今宵仅诛一个人。

评：

　　惜哉今宵止诛一个人，此都飙之所以得网漏乎？呜呼！吾安得若人者，与之尽平衣冠之盗也哉。

　　不说成员外饮酒间见的那人姓甚名谁。且说都白木自从秀州进学，归杭辉赫一回。也是运道彩凑，刚遇姑娘病重时候，成珪无暇告理，却被他全算而归。只因秀州有了这条钓肠的线索，住不数月，即回秀州，另赁所房屋，移至街坊，妆做良家行径。可奈妓馆家风，到底不知省俭，一般要朝朝寒食，夜夜元宵。自古道："家无生活计，不怕斗量金。"钱财想已用完，别无生发之计，刚剩得小使成华，又作了来兴勾当，将次清淡，不须细说。

那张煊向来帮着都白木的闲，手头甚是充足，口头也是肥腻，不合奉承过火，寻了个青萍与他，将自己饭碗打破，心下好生翻悔，几番要诱他回杭，并无机会。那日忽闻成家死了院君，讣书上挂出"哀子成梦熊泣血稽颡拜"，张煊便与众兄弟道："老成霹空那得有这儿子？"

那时詹直口应声道："这段缘故，除了区区，鬼也不晓得。"便将都氏娶熊二娘带过翠苔等事，说上一遍。张煊道："这样讲来，都白木倒没指望了？"赛绵驹道："有甚么底谱？若到前途，费些口舌，天下事谁料得来？"小易牙道："自从都大住落秀州，我们好生清淡。不若趁此机会，哄他上来，劝他打场热闹官司，大家活动如何？"张煊道："正合我意。只是没人下去通知。"盛子都道："小弟愿往，不须半个人陪。"张煊道："小猴子，你又想狗咬骨头，空咽涎唾。"子都道："大兄说那里话？自古道：朋友妻，不可嬉。况区区嫡真一个鲁男子，岂会做张珙勾当？便是他肯不顾，我也断不高攀。"张煊道："不必假道学，你且去遭。"

子都得差，好生快乐。刚搭识得个福州贩椒客人，赚得几两银子、一套衣服。次日买些盒礼，径往秀州。恰好都飙在家纳闷，正是无聊之际，见着盛子都到来，即忙迎接。子都见过青萍母子，然后把成宅之事一一说知。都飙拍掌大笑道："妙哉！妙哉！吉人天相，信不诬也。小弟这两日手头甚是乏钞，恰好遇着这个机会，岂不是天从人愿！怕甚么梦脓梦血，娘子，快打点归家，才是我和你安身去处哩！"青萍喜道："若得如此，也省逐日费心。"陈婆道："我说大官不是久贫之人，还是我见得到么。"都飙皱眉道："虽不久贫，只此时乏钱使用，明日就该起身，一些盘费也无，如何是好？"

子都便于袖口摸出条红绫汗巾，递与都飙道："小弟颇有，任兄用度。"都飙道："一发难得，足见厚情。"打开一看，约有十来多两，先拣几块碎银，自往市上买办接风酒食。青萍母子相陪。盛子都坐下，各人说些闲话。子都渐有轻狂态度，青萍也便厮诨。原来娼家性格到底轻薄，这几时见都飙身旁无钞，便有个再抱琵琶过别舟之意。瞧见盛子都身边有银，古人说："鸨儿爱钞"，不必说陈妈妈先插科了，况子都虽是老小官，庞儿终比都飙好些，却又应了"姐儿爱俏"一句。半晌间便有无数相怜相惜、相挑相逗之意，甚至子都挨近身旁，勾肩搭臂，青萍亦不相阻，陈婆故意走开，两人连连写了几个"吕"字，就把知心话说。正说到热闹去处，都飙已回，食品罗列，四人吃个不亦乐乎。

次日正待起程，青萍忽然患病，不能起床，原来是盛子都设下的缓兵之计，二人得便中一味干事，不须细说。一直挨过个把来月，子都做得尽心爽快，青萍的"病"已愈了，才议回杭之事。

四人来到杭城，竟投张煊家住下。众朋友齐来探望。都飙将所事说起。众人各逞己谋，有的要告，有的要打，纷纷不一。张煊道："列位不可乱言，自古道：'事未行，机先露，到底无成。'大官人若要事妥，必须经官；但经官必先起衅。何不先央亲友试说一番，倘然允诺，十分之喜；或者闭门不纳，再动干戈，未为迟也。众兄弟先露圭角，岂不为人所制？"都飙道："终是法家口气，讲得有理。"

即辞众人，来到周智家里。回覆不在，又转过熊阴阳家，定要老熊去说。熊阴阳推辞不脱，只得应允。来到成珪家里，恰好遇着宴客。熊老见有酒客，欲待不说，又被成老只管问其来意，只得竟把都飙事体说上一番。成珪也把妻子因而气死，幸喜还魂之事告诉一遍。熊阴阳见口风不允，也不吃酒，竟自归家。成珪将此事说与妻子并周智得知，计议告状。

次日熊老回覆都飙，都飙即浼裘屹写张状子，次日来到府前。成珪也欲进状，约同周智偕往。小使走了三番五次，周智只是不来。成珪等得性急，自己去唤，恰好半途相遇。

成珪道："向来只你燥健，为何也迟钝了？等得我好心焦。"周智道："非我来迟，只因脱出一桩小事，正要说与你听。原来成华逃走，果是都令侄唆去的。如今又把来卖在秀州一个傅乡宦家里，他道拘束不过，只得逃了回来。早间先到我家，诉出情由，思量仍旧服役，并说令侄买秀才之事，一发详悉。我想已去之人，不该复用；但今兴讼之际，正是用人之秋，若行苦肉计，用他作证，断送令侄前程，更觉容易。"成珪道："这倒一发凑巧。快唤他来！"周智带了成华来见院君。

成珪已将周智所言说与都氏，都氏也道有理。成华见主翁夫妇，只是叩头，俱推都飙之谋。都氏道："若论你情，本当不复收用，但你既来不收，是诛顺纵逆也。我今

适欲与禽兽相持出状告他，务要剥他衣巾。前马爷缉获牌内，原有你名，如今先把你送去，做个巴臂。若得事妥，将功折罪；若应允不得，也莫怪我不收。"成华哭道："小人自知没理，只道还有快活去处，谁知除却这里，一时难过。蒙院君、员外放舍狗命，不加惩治，小人即粉骨，亦难补报，区区官事，敢不尽心？"成珪道："既如此，同到府前，必须如此，如此，才是关节。"

于是把条绳，将成华缚了，来到府前，寻冯是虚。刚做得一纸状子，恰好都飙也在头门上，衣帽齐楚，踱来踱去。成华指道："员外，这手中拿白纸的，不是大官人？"成珪道："原来这禽兽先来告我！我却白裙系腰，蓬头跣足，他到衣冠齐楚，妆出生员行径。"

正是恩人相见，分外眼明；仇人相见，分外眼睁。抢上一步，放出老力，揪住就打，连声叫屈。成华正是怀恨之际，兼献入门之功，挥动大拳尽力奉承。热帮闲那班，一个个缩头吐舌，远远站开去了。都飙打得发极，也连声叫起屈来。

却好三声梆绝，知府许召升堂。衙门开处，皂隶正要排衙，那里呼喝得住？许知府喝声："拿来！"皂隶竟把一干人结进。跪在阶下，一个叫"殴辱生员"，一个道"盗财杀命"。知府道："官长跟前，有事且须告理，为何这等喊叫？"成珪道："爷爷，小人若无爷爷呼唤，几乎被他打死了！"都飙道："生员若非太宗师救命，也几乎死了！"

知府道："他是你甚么人？"都飙道："生员唤名成飙，这是父亲。"知府道："既是父亲，就不是殴辱生员了。"成珪道："小的那得有这儿子！原是内侄，盗了小的钱财，拐带小的义男，还要打死小的，是个的真强盗！"都飙道："父亲冒认他人之子，不容生员归家，希图谋害吞产。望太宗师作主。有下情一纸，伏乞台鉴。"知府取上读道：

具呈生员成飙，为斩继屠宗灭法凌儒事：

姑都氏，赘夫成珪，无嗣，从幼继飙为子。复有继女一姐，与飙俱若亲生。上年将产分析，飙得其二，姐得其一；姐产归婿收用，飙产父仍执掌，分单可证。祸因游学秀州，倏生异议，冒养他人之子，希图吝产，不容归家。切思自幼继立，理应得产，他姓之儿，奚容吞噬？叩天亲审，泾渭立分，旧情可续。原产可归。上告。

许知府道："那老子也可有状否？"成珪道："都飙原是小的内侄，当年寄食在家，盗去本银五百两，复将义男成华拐带，远遁无获，已蒙前任马爷，给赏广捕牌面。昨日已获成华，特送爷台，以求追究，不期正遇此贼，又被毒打。今有原牌并下情各一纸，伏乞爷爷重怜。"知府接牌看毕，又将呈词暗读道：

告状人成珪，为恳天追剿事：

内侄都飙，盗财拐仆远道，无获。已蒙前任马爷给牌广捕。今月日获仆成华，言称恶遁张煊家，势横难敌。叩天亲擒追剿，焚顶上告。

许知府看毕，问成珪道："他既是你侄儿，又经继立，你今无子，有产合应与他；即另继一子，再作次男也罢，如何反做贼情诬他？况他又是生员，岂是做贼的？"成珪道："呀！爷爷，从那里说起！妻虽无子，妾子今已五岁，那有从幼继立之说？"都飙道："太宗师在上，生员游学出外，又不十年五载，就是妾生，那得便有五岁？若说生员不曾继立，这分单只问是谁写的？"

知府看道："成珪，这纸分单，历历可据，难道不是你写的？"成珪道："小的有甚么分单？这正是他希图抵搪之物。爷爷只将分单上主分亲友邻里拘来，便知真伪。"知府将分单一看，于上并无与事名姓。知府道："是了，分单定有主分之人，岂有自主之理？明系无耻假捏，那盗财一事，眼见得真了。"叫皂隶："把成华拶起来。"都飙着力争辩，许知府一毫不理。

众皂隶就把成华动手。成华叩头道："爷爷，不须动得刑法，小人只是从直讲来。那年盗银一事，其实是大官人之谋，所盗六、七百两，亦俱是大相公经手用度。小人不过倚草附木之流，焉敢生此歹意？其后追索不还，反把家主'才丁'（才丁组合即'打'字）。这虽是讨银的不是，小人也并不曾帮打半下。那日主翁动气，便要经官告理，惟恐大官走了，便着小人随他。谁知又落了他的机彀，把小人拐落秀州，复卖于傅乡宦为奴，不期又被原主所获。只求爷爷原情。"

知府道："既盗许多银子，寄宅在那一家？"成华道："爷爷，若要大官人将半分三厘把与小人用，果然极是经纪；若说用与他人，且是溜索。假如借裘相公代考，买得一名秀才，就去了一半；与热帮闲同嫖，为青萍妓赎身，毛毛去了三百。刚剩得小人一身，尚且承继与了傅家，那得还有余剩？若要赔偿，只问大官便知端的。"

知府道："都飙，你这番也不必称得生员了。据成华之说，你只合称为庶之徒也。那买秀才一事，却怎么说？"都飙道："太宗师总莫理他，这是一片胡言，希图嫁祸之意。叩进一事，实是生员亲笔挣来，篇篇文字，句句从肺肝中流出，焉得作假？"成华道："呀，大官人，这事瞒得他人，瞒不得我。况与我同做的，现有店主人亲手过付，怎白赖得？"知府道："总也不必分辨。待我出一题目，当堂做得出来，生员也真，盗财也假；若做不出，二罪齐发，莫怪老许手辣。"

都飙大叫道："嗳呀，太宗师大人，别的还可，这断断使不得！生员今日之下，原为夺产而来，不为赴考而来，腹中止带得一副讼师肺肝，并不曾备得作文材料。若要面试，必须另日。"知府笑道："你今日腹中不带得文字，毕竟要怎么日期才有文字呢？"都飙道："太宗师若说我廿岁后生不会作文，也须知七旬老汉那能生子。不把他假子辩个明白，生员今世也不做文字。"许刺史道："这也不难。"叫皂隶："速唤那成珪的儿子来。"又差一名皂隶道："可向街坊上，另唤一个少年人生的儿子，与成珪子年齿相等者一名。"又差个皂隶："到书坊中速取印行《汉史》一册。"

不移时，三个皂隶齐到，那孩子便是府侧王豆腐的儿子，与梦熊一齐跪下。许知府问得二子年纪相等。将梦熊瞧着想道："此子面庞与父无二，可恶狂徒，强为排挤，若不把旧事引证，他也到底不服。"吩咐都飙道："王家孩儿，壮父所生，成梦熊老父所生，若有不真，必有可辨：把二孩站在阶前，俱去了衣服，此时初冬时候，看那一个畏寒，你只从实报来。"皂隶去了二小衣服，却是梦熊叫冷。都飙报道："启太宗师，假儿毕竟畏寒。"许知府又教将二子立日中，"看谁无影，你亦报来。"二小儿又立日中，不知怎么，梦熊独没影子。都飙报道："启太宗师，假儿果然连影子都是没的。"许知府道："着二子归家。"叫值堂吏："可将取来《汉史》内，寻名宦中有《丙吉传》，朗声读来。"那吏从头寻着，依本读道：

> 汉丙吉，为陈留尹。有富翁老年无子，娶邻女，一宿而死。后产一男。至长，其女曰："吾父娶一宿身亡，此子非父之子"。争财，数年不决。吉云：

"尝闻老翁儿无影，不耐寒。"其时秋暮，取同岁儿，共解衣试之。老翁儿独呼寒；日中，果然无影。遂直其事，郡人称神明焉。

许知府道："辨别真伪，一如前辈之法；无影、呼寒俱出尔曹之口，且众目共睹。成珪之真子无疑，犹不作文，更有何待？"叫书手："取副纸笔与他，就把'继绝世，举废国'二句为题。"

都飙听了丙吉一节，已是默然无语，又见题目到来，却似汤泡蜒蜎，看看缩拢，道："生员今日委实不带得文字肚肠，要试，定须另日。腹中绞痛得紧，旧病又发了，过不得！过不得！太宗师要作文小事，即不判还财产，也是小事，这性命是要紧的。"知府道："不妨，我有疗痛辣汤在此。"叫皂隶："选头号板子，与我采下，先打四十，明早上道，再行参处。"

都飙道："呀，生员岂可打得！"知府道："惟我老许，便破格打个生员，总与打马鞭驴何异？"叫该房："快做文书，申详学院，将一干人犯，明日就送道爷审究。成珪父子宁家，成华讨保，都飙发本府司狱司收监，明日听候解审。"许公退堂。成珪不胜之喜，将银谢了王豆腐，又请衙门中人役，各有酒食银两，不在话下。

归家说与都氏、翠苔，大家欢畅，俱说："亏了周员外，能用成华之功。"专候来日捷音。

且听下回分解。

总评：

  摹都飙假斯文，真堪绝倒。若除却许府君，未有不因秀才而另目视之者矣。噫！谁知今日秀才，多半都飙者哉！

第二十回 昧心天诛地灭 硕德名遂功成

引首《钗头凤》陆务观作

红酥手，黄藤酒，满城春色宫墙柳。东风恶，欢情薄，一怀愁绪，几年离索。错，错，错。春如旧，人空瘦，泪痕红氵邑绞绡透。桃花落，闲池阁，山盟虽在，锦书难托。莫，莫，莫。

评：

波斯重生成家一番，以释门论之，亦可谓"错错错"矣，然欲救"醋醋醋"，胡能不"错错错"也！少年未娶者，幸毋曰"莫莫莫"。

却说都飙刚刚将名儿改得在本府学中，思量辉赫邻里，谁知弄出这场口舌，撞着老许作对，申详送道，剥去衣巾，又吃一番拷打，拟成徒罪。裘屹等恐事累己，俱作高飞之策，成珪等宁家，不在话下，都飙本意，只思夺转产业，复有一番富贵，便众帮闲，亦有几时热闹，谁知反剥了衣巾，并吃了刑法。衙门使费，俱是张煊与盛子都发本，只想赢得官司，当做钩鱼之饵，谁知也落了空。盛子都原以此为买笑之意，到也罢了；那张煊不过一味为利，见这光景，那得不作吵闹？更兼三口坐番在家，朝来要饭，晚来要酒，一些也没想头，那里盘缠得过？便发话道："大官人，我这里所在窄小，终非久留去处；况年荒米贵，大官人也要体谅。"都飙道："张兄，我和你莫逆之交，小弟暂此落薄，便取扰半年三月，也不为过。不日起解，还要仗你周支，难道便要逐我出门？"

张煊道："哎哟，贤弟，这话竟来不得！当今之世，米贵如珠，薪贵如玉，父子不能相顾，夫妻不能相保。俗话道得好：朋友，朋友，只朋得个'有'。你若有时，我也断不如此。你今与我相似，教我也只没法。既要住过半年、三月，我自搬去，让了你罢。"

次日，张煊果然搬了，都飙拍手无尘，无计度日。可奈鸨母脸上生锋，青萍舌中吐剑，终朝聒絮，彻夜争持。都飙自忖道："有钱时人人敬仰，何等昂然；到今日，便只没了银子，为何连我自己也不敬自己了？咳，到如今，方知钱财入手非容易，总也悔不迭了。妻子聒絮尤为小可，只我资身无策，如何是好？况且起解在迩，衙门里又要使费，路途中又要盘缠，丈母、妻子靠谁赡养？总那些猪朋狗党，一个也休想扶持了，这却怎好！"眉头一蹙，计上心来，道："是了，是了，冷一姐家向来未经扰他，在前与我颇相怜惜，不免把些虚情赚他，将妻子寄得在他家下，再作区处。"

迤逦来到冷家，与冷祝夫妻相见后，叙了若干相怜言语。看看说到自己身上，道："咳，贤姐，你可晓得兄弟受下屈气来么？"一姐惊问道："我却不曾晓得，快说与我听。"都飙假流两泪道："不是兄弟不要争气，也只是姐姐该少得些产业。"就把自己进学、娶亲、告状、问罪、觅屋等事说上一遍。冷祝原是无能之人，只当得是春风过耳。冷一姐是个支离妇人，向人且是勤说，闻得成家有了儿子，便吃惊道："有这等事！我们只半年没个工夫探望，便脱出这等事体。他道寻了个甚么杂种回家，终不然家中余钞，竟没我们分了？又难为你吃场大亏，这的是兔死狐悲，物伤其类。你我一例之人，你输就是我输。不要忙，你既有了岳母、妻子，不须别处寻得房屋，我家颇空，不若搬做一家，慢慢摆布转来。我和你到底还是老姐老妹，终不然被杂种得了若干家产不成！"

都飙见中他诡计，不胜之喜，连夜与妻子说明，搬至冷家，三口儿住下。那冷一姐又指望谋夺来，大家有本有利。那日冷祝出外，都飙与一姐道："姐姐，我想起解在迩，此事不可再迟，想计策不难，只差有了个梦熊，又被许知府当堂验过，要想逐他，再也不能够了，怎么暗算得他，才是妥当？"一姐道："不难，我正有条妙计，千万不可走漏了消息，只好你知我知，便是布袋也不可使他知风。目下布袋生日，该接两老吃面，今他既有儿子，待我着布袋去接他，只说闻得添位舅舅，你要见他一面，千万要他同来用箸素面。那时若得他来，只须如此，如此。岂不落我术中？"都飙道："贤

姐姐，真好计策，正合兄弟之意。"

不数日，寿日已至。一姐唤丈夫吩咐一番。冷祝就到成家，将妻子之意一一达上。成珪因冷布袋半年不来探望，心中且是怪他。便发话道："院君死也不吊，病也不望，今日还有甚么丈人、丈母！"倒是都氏道："老官，他二人不来，我也正恨着他；今他既已再来，叫做一善能消百恶，恕了他罢。他接我们，本想不去，梦熊当是舅舅，一来也该去拜姐夫的寿，二来也与一姐看看，我有这样聪俊的儿子，免得想我财物，便与他去一遭。"

成珪从来那一件不依着妻子说？说那时即便装束梦熊，交与冷祝，一同来见姐姐，不期梦熊从来娇养，不惯行走，到得姐夫家里，身子已走得疲乏，茶也不要，水也不要。一姐与都飙俱来恭敬，把些时新果品、上好嗄饭堆在梦熊嘴边。梦熊蹙着眉头，只是不吃。少顷酒肴完备，众人团团坐起，吃酒吃面，独有冷祝，事在东翁，无暇坐虚，肚中走得空落，半日讨不得一个醉饱。一姐见梦熊诸色不吃，忙到厨下，整治了一盏香喷喷的鸡汁粉汤，递与梦熊道："好兄弟，接你来，姐姐不会做人，无物待你，你却一些不动，敢是身子不快？这碗粉汤是好吃的，你先吃了，姐姐另买果子你吃。"梦熊口中锁喉一般，一些也呷不下，正像供佛的，只是摆着。

一姐不曾把头回得一回，只见冷祝从外进来，道："肚里正饥，那个却好剩碗粉汤在此？"掇起就呷。一姐连翻夺下，已是吃了半碗，都飙、一姐面面相觑。冷祝竟不晓得，但觉一时腹痛难忍，一姐慌了手脚，忙叫延医救治，都飙未及出门，冷况乱颠乱跳，七窍流红，仆倒在地，忽然死了。有诗为证：

> 莫道机关刻且深，天公端不被人斟；
> 鸩藏未卜何人死，鹿失知为谁所擒。
> 稳教燃釜煎箕豆，奚料凭栏泣藁砧；
> 拭泪谩嗟妾薄命，朱弦从此离瑶琴。

原来这是冷一姐与都飙造下蛊毒之计，原不曾与布袋关会，且喜梦熊不该绝命，反算计了自己丈夫。成茂来接梦熊，看见冷祝尸首，大吃一惊，并也不知为甚死得恁速，竟抱梦熊回家。一姐哭中含怨，自悔莫道，把丈夫殡葬，不在话下。只那一片害人之心，愈加转切。家中没了丈夫，凡事挣持不来，兼之人口又多，一时摆布不散，免不得也清淡了。都飙游手好闲，资身无策，亏了新相与的一个朋友，每日倒有几分进益。

那人是谁？却是临安府中一个有名的窃盗，唤做"我来也"。这我来也飞得檐，走得壁，穿得房，入得户，盗中之魁，贼中之顶。每每出行掏摸，再不怕人捉捕，也不扳害他人。每入人家卧内，物件到手，必于壁上题着"我来也"三字，以是捕曹都称他为神贼。都飙只因张煊一脉赌博，结下这个好友。目下窘迫之际，一发大为获利。那晚对一姐道："姐姐，我想老猪狗家，千方难以算计。我恰寻得一个好友，善为穿窬，不若情他神术，黣夜前去偷他一手，岂不为美？"

一姐道："偷一手，不过没他几多钱钞。既能进得内室，何不再带青锋一柄，把那小杂种或是老畜生将来杀了，怕那钱钞那里去！"都飙道："好姐姐，毕竟是有见识！趁着今晚黑暗之夜，待我邀了"我来也"，同走一遭。你只在家整备接取物件，耳听佳音。"

二人计议已了，看看傍晚，一姐做饭与都飙二人吃了，带了杀人家伙，一程来到成珪家里。我来也道："小弟每欲算计一家，必要三、五日前，看其出入门路，以是百无一错，今此来是大兄见招，急促里不曾看得门路，须要大兄前导才好。"都飙道："这不难。他家是我出身去处，门路极熟。前边栅门牢固，且有猛犬，难于撬掘；后边墙内厨房，厨房内又有重重墙壁，也难穿挖；只有左边空园，园中就是花圃，只须挖得一重墙洞，进了花圃，入内就易。你只跟我进到内房，自然你熟溜了。"

我来也依言，把火草照着，一如所说，果然直达内房。挖撬房门，乃是我来也的熟技，不须都飙费心，都飙只举钢刀，整备杀人手段。谁知成珪命中不该受伤。那夜偏偏的翻来覆去睡卧不着，耳边猛可里听得撬门之声，连忙披衣道："不好了！有贼！有贼！快拿灯来。"都氏、翠苔、梦熊俱是一房睡着，各各惊醒。正待开门观看，梦熊将父亲一把拽住道："爷娘不可出去！此时半夜三更，我劳彼逸，设有不虞，如何是好？只须唤成茂等起来，看其动静，然后出去，庶免无失。"

成珪依言，忙声叫唤。都飙与我来也回身不迭，望外正寻花园旧路，谁知成华、成茂正在园侧安宿，二人听得呼唤，连忙拿把钢叉到来。我来也终是老作家手段，见有人来，就闪过一边，已从墙穴内钻出。都飙却是新出后辈，那里会得躲闪？早被成

茂拦头一下，打倒在地，一把头发揪住道："拿着贼了，快拿灯来！"众人齐来看，道："呀，原来就是都大官！为何做这勾当？手中还有白雪雪一把大刀！"成珪道："有这等事？放不得了，寻索来缚去送官。"都氏道："不肖狗才，做这丧心之事！黑夜持刀，敢待杀谁？快与我一顿打死，也当除了一害。"

夫妻二人一齐动手。梦熊向前，把都飙和身搂住，道："爹妈若打哥哥，宁可打了孩儿。"成珪颇爱儿子，便住手道："他是你甚么哥哥，你要这等遮护？"梦熊跪禀道："爹妈有所不知，哥哥此来，纵非合礼，爹爹须看母亲面上；母亲亦宜想舅舅一脉。今彼不过为利而来，求之不得，反又受了鞭笞，岂不复深其怨？手中白刃，不过自卫之物。岂不闻孔子曰：'以德报怨。'依孩儿之见，望爹爹赠他银子，慰其来意，纵有毒心，亦当瓦解。"

都飙只是磕头，总也不敢做声。都氏那里肯依？成珪道："孩儿说的，倒也有理。老娘，譬如被他偷去，便依孩儿说罢。"成茂解去了绑。成珪即将十两银子递与都飙道："今日依你兄弟解劝，免你送官究治，又与你十两银子，已后务要学好，断断不可如此。成茂开了后门，放他去罢。"

都飙抱头鼠窜，正走间，只听得耳边厢大喝一声道："狗贼，那里走！"都飙惊得魂飞魄丧，连忙双膝跪下。抬头一看，原来就是我来也，都飙道："吓死我也！怎生这等恶取笑！"我来也道："正待收你为徒，原来如此胆小，怎生干得事？我这行脉中，第一要的是胆，假如我喝一声，你也覆我一声；我若叫你是贼，你便道我屈冤平民为盗，反要扭我到官，这才是贼做大。为何慌忙跪下？这不明明认是贼了！"都飙道："只被一吓，胆已几碎，那得有此宛转？另日把《梁上君传》细细讲究，全要仗你开示哩。"我来也道："怎生脱身出来？"都飙道："莫说起，羞死我也！向来要杀梦熊，今日若非他，怎得这条性命？反又与我十两银子。这样看来，岂不羞杀！"我来也道："侥幸，侥幸，还只亏贼星兴旺。快去罢。"

不欺这席话，却被成茂尾在身后，细细听知，飞风回家，说与两老。夫妻二人倒惊做目瞪口呆，道："真亏了我孩儿也！若还造次出房，岂不受其荼毒！"后人叹梦熊少年老成，智鉴卓异，有诗赞曰：

少小儿童识鉴超，全亲布德辨猿枭；

灵心慧眼从天假，八十老翁徒寿高。

话分两头。再说那青萍姐向与盛子都有奸，自从搬至冷家，因有一姐碍眼，都飙又日日在家，故此一路竟动不得。虽子都时常往来，只好做衙门首的石狮子，两个眼睛厮看，再也走不拢来。这日因都飙有此一举，青萍便暗约盛子都道："今夜那天杀的出外勾当，亲哥千万来快活一宵。"子都等不到晚，早来到冷家，躲在青萍房里。冷一姐做饭与二人吃了出门，自拿盏灯进房，把门掩上。因要等候都飙，不把灯儿吹灭，和衣而睡，把耳听着大门。青萍见一姐进房安息，便轻轻的唤出盛子都道："亲亲情哥，那厌物已出去了，冷一姐又进房了，正好出来，与你摆开阵势厮杀一回。"

子都道："心肝的姐姐，我等是等不得了！可奈冷一姐房中灯光未灭，他在内房，我和你在外房，设或他开门出来，却不惊杀了我，损了你的体面？"青萍道："亲哥也说的是。我们在房外的，只将些粗重家伙，把他门儿叠煞，他若要出来时，先要叫我搬开，那时你又好早早躲避也。"子都道："讲得有理。"二人将些粗重木器都堆在一姐房外，然后将衣服脱做赤条条的，吹灭了灯，搂上床来，把那桅杆般 YANG 物，尽根插进，扇风箱的一般，抽上三、五百回，说不尽无尽情趣，免不得雾散云收。二人把被儿裹着，手儿挽着，脚儿勾着，嘴儿偎着，舌儿衔着，呼呼的正是睡去。

谁知冷一姐等了多时，也睡了去，灯儿不曾灭得，却被偷油老鼠带焰衔去，惹在帐子上边，沿着板壁，烧得满屋通红。一姐正在梦中。只觉热腾腾逼拢来，开目一看，叫声："有火！"连忙就走。正待开门，只见门外密密堆满，飞也飞不出去。喳喳的叫得青萍醒来，见是火起，衣服也穿不迭，那里还有工夫搬去门边家伙？二人自顾性命，忙奔出门，早见火焰冲天，眼见得冷一姐做了一堆灰烬。后人叹其贪而残忍，欲害人而两番害己，天理固不爽也。有诗为证：

　　若说天公近，世间何是多奸佞；
　　若说天公远，每见奸邪祸未免。
　　天公远近莫浪猜，报施祸福迟早来；
　　请看歹心冷一姐，谋害不成先自死。

都飙与我来也出得门来，忽见前边火起，欢喜道："穿窬不利，抢火必有所得。老兄趱行一步。"正行间，忽见二人手提长索照头一套，道："冷家失火，走了火头，你却走不得了。"都飙只叫得苦，并不知妻子走向何方，亦不知姐姐下落。等得火灭，解送各处衙门，又是一番拷打。随问出徒罪根由，加上逃徒之罪，又解极远、驿递充徒，即日起解不题。青萍母子竟归盛子都收养，此后事迹，不烦细道。

说那梦熊，真个聪明独步，伶俐过人，年纪才得七、八岁，即便满腹文章，开口成句，总之资质好了，有书无个不读，读的无个不记。人人说他罗汉转世，倒也不甚差池。九岁入泮，十四岁便中了孝廉科。周智将孙女美姐许配。

次年，成珪夫妇怕己年老，要与梦熊合姻，梦熊道："爹妈虽只年老，尚在古稀有奇，仿之吕望，正是功名发轫之际，请自宽心行乐，顺时加餐，不必把儿未姻之事，在于心曲，以费神思。儿向年有誓，若不金榜题名，断不洞房花烛，只待来岁大比，好歹须有定夺。目下爹爹要娶媳妇，断然不敢从命。"成珪没奈何，只得歇手。

次年，皇都大比，成梦熊来到科场，却是探囊取物相似，中了一名二甲进士。部中观政已满，除授福州别驾。梦熊上疏道："臣乃弱齿书生，谬叨提拔。奈二亲年迈，大德未酬，福州之任，不敢承旨"等情奏闻。那时宋朝自从南渡以来，家国偏安，仅云小康，正是修文偃武之际，重的极是文人。宋官家见成梦熊奏章，问及年齿，不胜之喜道："这书生恁般年纪，便做这般文字。既是二亲在堂，有何大恩未报，且着细细再奏上来，待朕定夺。"

成梦熊闻旨，即将父母年纪、并周智劝父娶妾、曲全宗祀等情奏上。宋皇帝览表大喜，道："民家发妻无子，多缘不能娶妾，以致宗祀斩然。无力者固已委之天命，即有力者，亦多为妒悍所阻，不能继其后裔。朕虽怜之，亦未经垂谕于黎庶。今成生之嫡母，亦似前妒而后贤者，匪周智之曲旋，而成氏之胤几绝，岂非莫大之德！成梦熊以二亲年老，大德未酬，不肯赴任，其志行可嘉。即着该部官，先将白银五十两、彩缎二十端以赐处士周智，仍给冠带职衔，以风友道。成梦熊留京擢用，仍赐白金百两，为养亲之资，仍赐金莲宝炬，给假三月，待完姻后受职。"梦熊得旨，不胜之喜，谢恩已毕。

次日，周智受礼部儒士之职，成珪夫妇受了钦赐银两。不日官报推梦熊为京兆尹，择日完姻，说不尽无穷荣耀。

荏苒间假期已满，到任理事。且喜民安物阜，四境恬然。不数月，周氏有了喜事，却早生下一个公子，取名兰孙。次年又生一个，就唤桂孙。其年梦熊二十二岁，任期已满，成珪夫妇俱受了封拜。吏部考选，正报推升，都氏忽然身故。梦熊丁忧治丧。不半年，成珪又死。梦熊守孝，极尽哀痛、迫切之诚，准准守了六年丧制。正待起复，周智又死，梦熊因有义父之称，亦服三年之丧。后又十余年，翠二夫人、何氏院君俱已过世。

梦熊看得二子俱已长成，长子已入黉门，次子更加敏慧，便对周氏夫人道："拙夫原是僧人转世，走来继续成氏后嗣。今我父母已葬，儿子已长，烦你撑立家庭。我却要出家去也。"周氏拦挡不住，只得任从披剃，在于报恩寺焚修。有司官俱来相送。其后二十余年，一毫不与尘土交接。

一日，忽然吩咐道："今日西归，与我快备香汤沐浴。"浴罢端坐禅床。香公请得夫人、公子到来，已是回首了，空中仙乐铿锵，天花飞坠，满城之人无不看见。长老送入龛子，烧炼等事，不在话下。

那梦熊和尚原是熊二娘转世；那熊二娘又是波斯达那尊者化身，那日来到地府，十殿阎王俱来迎接。即时复了本来面目，仍做了波斯那尊者。几幢仪仗前导，地藏、十王俱来远送。波斯道："贫僧多蒙地藏教主，并十殿慈王相爱。此情深铭刻于五内矣。但先父成公、嫡母都氏夫人、生母李氏夫人，料还俱在地府，不识容一别否？"十王道："尊者有所不知：先尊成珪原系天上金童，只因觑觎玉女，以致降谪尘凡。复因昂宿之妻，与夫偶尔有鼠雀之嫌，便逃下人间，氤氲使者便戏笔配与先尊，即令堂都氏是也；李氏夫人原系玉女化身，实是玉帝遣来完汝父之凤念者。故辞世后，俱已还天，何得尚在地狱？"波斯道："既如此，更万幸也！"

于是辞了十王，跨上法驾。正待望西进发，只见一人手中提着个血淋淋的骷髅头，扳住车轮，高叫："救命！"波斯道："是何冤鬼？报上名来。"答道："小人就是都飚。自从那夜蒙不送官，反赐银两之恩，其后日夕感念。不期盛子都因我外府当徒，占了我的妻子，怕我后来有话，请人将我中途杀了，特来诉与冥王。又苦不蒙拘审，置我枉死城中，衣食无措，痛苦异常。今日闻得尊者西归，知尊者原系生前表弟，倘蒙见惜，幸赐鼎言。"波斯道："原来有这等异事，待我再见十王。"

十王禀道："谋杀都飚，原系青萍之意。盛子都占人妻子，更又代人杀夫，虽都飚

命中夙犯，亦青萍、子都不赦罪愆，所谓男盗女娼，正是三人显报。少不得阳寿终时，自有定夺，不烦尊者垂问。"波斯对都飙道："既汝妻与奸夫俱阳寿未终，且不须性急，待后定不亏你，不必啼哭。"众鬼卒把都飙寄去。波斯挥泪而别。此亦慈悲之意也。

既到西天，参了佛祖，仍归本位，复证菩提。这也是波斯尊者，六十年前一点尘心浮动，到如今三生会上，两番变相托生。虽只是自己道行着魔，也还是成门的宗枝有救。不然，妒风飘渺，那得个宁静时光；血食沉沦，自能够久长岁月？从今后，但愿得打破了家家的醋瓮醋瓶，倾翻了户户的梅糟梅酱，连《怕婆经》也只当无字空文。这《醋葫芦》也只当青天说鬼，不妨妄听妄言，但愿相随相唱。

诗云：

> 惧内原多趣，实为酿祸门；
> 有儿失纲纪，无儿斩后昆。
> 尔身胡足惜，尔祖又何冤；
> 开辟有尔姓，历传在尔跟。

总评：

> 无德不酬，无怨不复，天道昭昭，焉可诬也。观都飙、冷姐结末一段，教主岂专为醋海说法？亦为天下小人忏悔多多矣。闲者希勿以小说而忽之，庶乎不失作者之本意。

阴阳斗

［清］不题撰人 撰

第一回　荡魔山戒刀成形
　　　　　隐朝歌贤士卖卜

看破红尘道，识得玄中妙。

人情似浮云，世态如光照。

玉兔正东升，金乌又西落。

一年春复秋，空教白头笑。

柳绿兼桃红，生死全难略。

叫你修来你不修，低头只等无常到。

　　话说三皇之世，北俱芦州净乐国国王之妻善胜夫人，怀胎十四个月，生下一位世子，乃是苍帝化身。后来长大成人，弃国修道，成了正果——在上天为玉枢掌教北尊天极，在中为荡魔无上上圣，在下为真武玄天上帝。曾在雪山修道，用戒刀剖腹洗肠，一时昏迷过去，把戒刀抛弃。及至仙人渡活时，忘收回戒刀。后至元玄洞修真，见戒刀已失，便将刀鞘留在元玄洞内，为镇洞之宝。这戒刀与刀鞘俱是苍帝赐与大帝的，乃是如意真宝，整受了一百余年的日精月华，才能变化成形。戒刀修成是阳体，刀鞘修成是阴体。那戒刀潜形于荡魔山中修真，刀鞘在元玄洞内养性。

　　又过数百余年，西池王母便诏刀鞘上天管理桃园，赐名桃花仙子。那戒刀未成正果，心怀不愤，遂在荡魔山兴妖作怪。有时吐焰与日月争光，有时无故兴云作雨，致干天怒，便差天兵天将下凡，把戒刀擒上金阙，在斩妖台上处斩。多蒙道教的鼻祖太上老君见他苦修了几千年，便在金阙讨下情面，带了他到兜率宫中，做一个看卦盒的童子。他便偷看《天罡正诀》，私自下凡。真灵不昧，竟投往商朝一家诸侯，姓周名卿，官拜上大夫之职，娶妻风氏夫人，年五十岁怀孕，梦见火光满室，耀人眼目。醒

来时就生了一位公子，起名周乾。生得面如锅底，两道剑眉，自幼便有神光。及长至七岁时，在花园内顽要，从天降下一位异人，赐他一部天书。因他素有凤根，将天书一览便一目了然，能知过去未来之事，请神召仙，驾雾腾云，皆一通晓。及至年长三十岁以上，周大夫夫妻相继而亡。周乾袭了父职，天下之人都呼他周公。在朝居官耿耿，百僚无有一位不敬服他的。周乾见商王无道，屡上谏言商王不纳，自己心中闷闷不乐。〔这日〕朝罢独坐府中，心中暗想："我既不能匡君于正，又不能舍身为国，如同俗人一般，不如趁此告职隐退，在朝歌寻一幽僻之处栖身方为上策。"主意已定，是晚在灯下修了一道告退的本章。五鼓上朝，出班见驾，将本章呈上。商王见是辞朝告退的本章，正厌他直谏烦人，今见他告职去任，正对心意，就准了他的本章。

周乾谢恩辞驾，回府吩咐家臣钱彭剪收拾细软之物，把府门锁了，带领家眷赴朝歌而来。在朝歌寻了一所僻静清雅的房屋住下，觉得逍遥自在，无拘无束。有诗为证：

人道为官举世奇，我知隐姓有天机。

云山相伴无惊恐，不似劳心日夜时。

周公清闲无事，这日坐在书房暗想："终日无聊，不如在此开一卜肆，引导世人。作一个讲先天的班头，剖八卦的领袖，有何不可？虽不能为国为民，以可开导愚民，留名万载。"便唤过老家臣钱彭剪。这钱彭剪是个诚实无欺之人，跟随周公在此隐居，情愿汲水种蔬，一心无二。闻听周公呼唤，忙至书房声诺道："公爷呼唤小人有何事故？"周公道："本爵自弃职隐居于此，原是不能为国为民，以承祖宗之遗训，意欲另开生面，作个立异的奇人。欲在此处作一事业，汝可将前门左侧之偏房三间拦断，在外洒扫洁净，陈设一张座头，急速去办理方好。"彭剪闻言笑道："公爷，我彭剪从来未曾见过公卿大夫作起肆业买卖来了。"周公笑道："本爵不是作买卖肆业，今欲开一卜肆，指点愚人，使彼等不敢为匪作亏的意思。本爵又恐人多，搅扰繁杂。这卜肆欲立一个规矩：每卦要卦资纹银一两，你在门前伺候。若有人问卜，先交银与你，然后你将他带进来见我，方可占卜。每日只占十课，多则不占。若是有人前来占卜，须要先给你纹银三分，以为传禀酬谢之资。你看如何？"彭剪闻言并不答语，在旁站立，低头暗笑。周公见此光景。问道："彭剪，你因何一言不答，立而不动？"彭剪笑道："非

是小人不答言，我想公爷乃是一人之下，万人之上的人，何苦作起这下流之事来？"有失贵体这是一则；二则恐落一个惑众之谣；三则恐占卦之人遥观因循，不敢登门问卜。况且卦资太重，何必虚设此一番的举动？"周公说道："你不晓得本爵之意，详演先天，何为失体？劝解愚人，何为惑众？只恐卦儿不灵，若果灵应，只怕踏破门槛呢。你不必犹疑，快去行事。"

彭剪被催促无奈，只得去雇匠人来动工修理，改造房间。那消几日的工夫，皆已修理齐整。将匠人打发去后，便来回复道："公爷，卜肆修完。但则一样，公爷的卦资要纹银一两，如卦灵呢，自然是要的；如不灵，岂不被众人揶笑公爷设计骗财的法子？"周公笑道："卦如不灵，本爵愿赔回纹银十倍。"彭剪闻言说："小人得纹银三分，就得赔回三钱，休要捉弄小人。公爷赔的起，小人赔不起。"周公闻言笑道："你不知本爵的阴阳八卦通神，判断吉凶休咎无差也。罢，你的本爵代赔就是了。"彭剪谢了公爷。周公吩咐彭剪取了一片大竹板来，提笔写了"卦理通神"四个字，左边写一行小字云："预定生死吉凶"，右边写一行小字云："卦资纹银一两、传命代步纹银三分。"又取一块大竹板上写道："若有问卜者，清晨到此，指点吉凶。每日限占十卦，过午不占。如不灵应，倒罚纹银十两三钱。"写完命彭剪在大门外立住了招牌，坐在门外等候卜卦的人。

这一举动就哄动了朝歌城里关外，众百姓你言我语，街谈巷论，一个传十个，十个传百个，纷纷议论，俱说："奇事！奇事！从未见过一位公爷把若大的前程弃舍，来作占卦的营生。不知灵与不灵，卦资竟要一两纹银。"〔只因〕卦资太高，众人俱各袖手旁观，并不过问。

那周公衣裳穿得齐整，终日坐在卜肆中间，连一个从者亦不用，只焚一炉好香，独在座位上静坐，默默无言。彭剪自然是独坐在大门之内，一连坐了两三日，并无一个人来占卦，只是门前围着无数的人，乱讲闲观。内中有一个土豪心中暗想："这位公爷真会顽耍，我也会取笑，我何不舍着一两三分银子试一试他的卦灵与不灵？"主意已定，因周公是有爵位的人，谁敢同他对坐闲谈，故此不待人说，先将一两三分银子递与彭剪。彭剪接银在手，心中暗笑道："有趣，有趣，今日可发利市了。"转身走入，遂将一两银子放在周公面前，禀明了周公。周公吩咐："将问卜的人领进来。"彭剪遵命，将那土豪领进房来。

阴阳斗

周公吩咐："问卜之人，休要行礼。所问何事，不可说出，你只在一旁站立，心中暗暗至诚祝赞便了。"土豪闻言，站在一旁，暗中祝告。周公拿起卦筒摇了几摇，倒出三个金钱。一连六次，定了六爻卦象。周公看了一遍，说道："你的心事本爵已明白了。只因你的家丁妻子貌美，你要拆散他夫妻恩爱，令你家丁另娶，你的家丁不允，你想要将你家丁致死，是也不是？本爵查看此卦，只怕你害人不死，先害死自己的性命。"土豪听周公道出他的私心，直唬的目瞪口呆，面如土色，忙忙双膝跪倒在地，口尊："公爷，小人果有此事。求公爷指一条明路，小人好去趋吉避凶。"周公闻言点了一点头，说道："你既有悔心，自有生路。若不遇本爵，你明日决死无生。"言罢取过一张纸，写了几行字，递与土豪。土豪接过一看……

　　未知周公写的什么言语？怎生指点明路，救得土豪性命？且看下回分解。

第二回 通神卜判断无差 验先天死生有数

潜身潜姓不潜名，但愿茅庵避俗尘。

深锁柴扉耕笔墨，无边佳景月照林。

话表周公判毕，将纸递与土豪。土豪接过一看，上写道：

欺心想夺青春妇，怎知早已机关露。

明日三更欢会时，两个尸骸分四处。

土豪看罢一愣。周公说道："你的家丁已经盗你的财帛，贿买旁人助他之力。明日你与他妻承欢续旧之时，必然捉奸双双，杀死你二命。你今求本爵救你，你必须与他妻远离，绝灭色心，改为善念。上天自然佑你，逢凶化吉。本爵给你个应验，你今晚三更时候出门，东走三十里，见有一盏灯挂在门前，你叫门进去，必然对头见面。你可请他到家饮酒，有人开解，自然开交无事了。"土豪闻言，忙叩头拜谢，站起身形，转身走出大门。口内连说："好灵卦，好灵卦，未等我说占何事，卦中先就算出来了。"言罢，徉徜而去。

众人闻言，皆目瞪口呆。人丛中有一军汉上前说："我亦舍着一两三分银，占问占问我的吉凶有牵连否？"彭剪接银，领军汉已至桌案前禀明。

军汉站立一旁，周公起了一卦，提笔判了几句言词，递与军汉。军汉接过来一看，上写道：

得人十吊钱，妄想去捉奸。

无义财休取，恐怕惹情牵。

　　周公遂问军汉道："你可是昨日有人助你钱十吊，明日要你三更去替他捉奸，事成后再谢你钱十吊。你可是问这件事么？"军汉闻言，唬得只是叩头。口内说："公爷真是个活神仙，小人实为此事而来。"周公笑道："你休妄想这宗财。你帮那人捉奸，若捉住奸夫，他的恨已消，哪肯再谢你十吊钱？倘若你捉不住奸夫，他岂肯白送给你钱使用？孤今指条明路给你走，你只管去与那人相会，你将我这卦帖拿出来与他们看，自然有人送与你青钱十吊。从此后休生妄想，方可免遭凶祸。"军士叩头道："多谢公爷指教小人，小人从此断不敢心生妄想。"叩别出来，不肯对人说知其事，只言："真灵，真灵，真赛神仙！神也仙也！列位不信，只管进去试试何如？"忙忙离了卜市而去。

　　谁知土豪与军汉皆遵周公之言，及至会面，两人走的是一条路，其让军汉捉奸的就是土豪的家人。当夜会面，俱觉大惊大喜，深信周公断卦如神。土豪遂将众人邀回家中，军汉相帮，替他二人开解，又拿出周公的判帖与众人看，方将这冤解释开。土豪又送军汉青钱十吊。

　　只因这两件事传遍朝歌城里关外，从此凡有疑难大事的人，都来求周公占算一卦，每日求占卦的人拥挤不开，真是断一卦准一卦。判四卦应两双。每日算完十卦，竟把门关闭，哪管外面有人求卦。这彭剪风雨不阻，得三钱银子，喜得眉开眼笑，不亦乐乎。自己又无儿无女，只是只身一人。每日一早周公就卜完十卦，彭剪把招牌收放妥当，即往对过街坊酒店内吃酒，必须将三钱银子花费已净方回府，若吃用不完，就将余银施与那些贫穷之人。日来月往，半载有余，这且不表。

　　且言这朝歌城里有一石寡妇，丈夫早年死了，只有一子，名唤石宗辅。因家道贫寒，积蓄了几两银子，命儿子去到孟津贸易，赚钱好扢口度日。母子商议妥当，收拾行囊，临行约定三个月之内就回家。谁知一去半载，并无音信。石婆子终日思儿想子，每日倚门盼望，日复一日，并无些影儿，便去求神问卜，终是虚文。心中太已烦闷，愁思万状。一日在自己门首站立，听得来往人等传说周公在栖云里卖卜，灵应非凡，只是卦资太高，非有一两三分白银算不了卦。你传我说，就打动了石婆子的心事，心中暗想："我何不亦去问问卜方好？手中又无一两三分银子，不如向邻舍借贷亦可。"遂向邻舍借了银两。次日起了个黑，早梳洗已毕，用乌绫帕罩了头，用了些点心，倒扣了街门，携带银两便往周公卜市而来。

来到卜市，正是天亮时候。正遇彭剪开门出来，挂招牌、洒扫门前地。石婆子认的彭剪，便叫声："彭老爷，公爷此时出来否？"彭剪闻言，抬头一看，认的是同里邻居石婆子。便问道："老嫂，你黑早到此必定有事，要卜卦么？"石婆子闻言，垂泪道："正是。只因我儿石宗辅出外贸易，临行时原说约定三个月回家，至今半载并无音信。老身放心不下，无奈借贷邻舍的白银一两零三分，起个早前来求公爷卜一卦，看看我儿在外安然否？老身也免得时常牵肠挂肚。"一行说着，一行把银子递给彭剪。彭剪接银说道："老嫂自管放心，吉人自有天相。令郎在外大约无险，或因生意趁心，事未办结，帐目未清，耽搁日期亦未可知？儿行千里母担忧，此是人之常情。你为母的放心不下，要卜一卦，我就带你进去。"

石婆子跟随彭剪一同走进院宇。抬头一看，内堂上设摆一张桌子，桌上放着文房四宝、卦筒、香炉等类，中间坐着一位公爷，生得气象与人迥异，好威仪，但见：

　　头戴三梁冠，八宝攒身；穿着皂罗袍，上绣蟒龙。面如锅底黑又亮，目
　　如朗星起毫光。端坐上面排八卦，亚赛灵仙一位神。

石婆子见周公仪表非俗，不由的双膝跪下。周公在座上，见从外进来个年老妇人，面带忧容，进屋跪在当中地上，自己一怔，心中不悦，暗说："不好。我适才卜了一卦，阴煞太旺，正欲吩咐彭剪今日不准妇人前来问卦，恐不利于己。未等吩咐，不期头一个就带进一个妇人来跪在下面。"周公说："你且起来。"遂问彭剪道："素日有卜卦的，皆是先禀我知。今日未禀明就带人进来卜卦，是何道理？"彭剪禀道："这是石杜之妻贾氏，其丈夫在日与彭剪有一面之交。今日他来问他的儿子归期，故此未曾先禀。"石婆子含泪说道："老身只因小儿石宗辅在外贸易半载未回，老身只有此子倚靠，放心不下，一时盼子情切，未遵往例。自知有错，恳求公爷海宥怜恤。"周公闻言点头道："也罢，待孤与你卜一卦，看看你儿何日回家。"遂取卦筒晃了几晃，起成一卦，按生克制化推算了一回，瞧着石婆子叹气道："孤若不明言，你岂不白白盼望？孤算你

儿石宗辅今夜三更就要命近无常了。"石婆子闻言唬了一惊。忙问道："公爷再占算占算，我儿动身是未动身？如何算他今夜必死哩。"周公言道："孤的卦按着先天的阴阳，后天的八卦，分厘毫末也错不了，何况关系你儿的性命？你儿起身是起身了，你母子若要见面，除非梦里团圆罢。"石婆子哭着问道："我儿是得何病？今夜却死在何方？"周公说："孤占算你儿今夜三更在破窑之内生生压死。"石婆子见周公说的话如眼见的一般，心中倍加凄惨，不住叩头，"只求公爷搭救我儿的性命，恩德不浅。"周公无奈，说道："且将你儿生辰八字报来，孤与你儿查一查流年。"石婆子忙将石宗辅的八字说来："是二十四岁，十二月十八日丑时生的。"周公听完把八卦盒收讫，将石宗辅的八字排开。推算已毕，"咳"了一声说道："丧门当头，白虎守命，就是神仙也难闯此关，命内一点救星亦无。石婆子，你不用想念他了。"这正是：

阎王注定半夜死，谁能留人到五更。

石婆子听周公说出石宗辅无有救星，放声大哭，凄凄惨惨出了卜市，竟回家中而去。

不知他儿的生死存亡，且看下回分解。

第三回 触天怒柔物降生
明道术佳人决断

中国禁书文库

阴阳斗

> 绿水青山锁翠微，红尘不染静中非。
>
> 从今参透名利害，翻身跳出是非堆。

话说三十三天兜率宫太上老君正在蒲团上盘膝，闭目养静，忽然水火童禀报道："看守卦盒的童子不知偷往何处去了，至今未回。"老君闻禀运动神光，掐指寻纹，已知其故。点头道："好孽障，竟不思养静修真，成其正界，妄动凡思，自寻苦恼。"站起身形出离兜率宫，来至金阙，启奏昊天上帝。上帝闻奏，命桃园仙子下凡，将卦盒童子诱归其位。仙子领了玉旨，一点灵光下降，投在朝歌城内。见任太公有素德，便投往太公处为女，今已长成十六岁。生的面似桃花，身如弱柳，说不尽的标致。有诗为证：

> 樱桃为口玉为牙，独占人间解语花。
>
> 夙世有缘方种此，仙姬岂易到凡家。

这任太太怀孕满月，夜交三更，梦见满天彩云，从云中降下一位仙子，手持一枝烂灿桃花，递与院君，院君接过在鼻上一嗅而醒。未出三口，就坐蓐生下一女，就取名桃花。

老夫妻自得桃花女，真是爱之如掌上明珠一般。

这一日任太公夫妻二人正在堂楼闲坐，忽听见街坊隔邻哭惨切，心中诧异。任太公忙忙走出大门一看，见是隔壁的街邻石寡妇泪流满面，大放悲声，口中一五一十诉说不清。又见邻居围绕相劝，心中纳闷。走至近前说道："老嫂何故悲伤？且到寒舍去坐坐。有何心事对我学说学说，或者我可以开解一二也未可定。"遂即让进家中。众街邻见任太公让石婆子他家去，便一哄而散。

任太公引石婆子进了大门，任太太便迎接出来，同进中堂坐下。任太太问道："老嫂，你与何人口角，受了何人的委屈？"石婆子闻言拭泪道："我这若大年纪，焉与邻人口角？所为小儿今夜三更必死，我叶落归秋，终久倚靠何人？"言罢又哭。任太公夫妻二人闻言惊问道："想是你的令郎有凶信到来？为何今夜三更死呢？"石婆子连连摇手道："未也，未也。只因小儿出外贸易，原约定不过三个月就回家乡，如今整整去了半年有余，并不见音信。老身放心不下，今早起了一卦，卦象甚凶——今夜三更必被破窑压死。你二位老夫妇想一想，我焉能不伤心？"任太公闻言，不觉大笑道："我只当有凶信回家，原来是起卦起的不利。老嫂何苦这等的过于悲伤？那起卦的人他不是一个活神仙，如何知道这样的真切？"石婆子回答："若是别人所言我也不信，原是周公爷占的，他判断阴阳有准，祸福无差，断事无移。我也曾苦苦哀求，求公爷搭救我儿不死，周公爷向我说难以搭救，除非是去向阎王案前求情，只怕还不能生呢！"任太公闻言，怔了一回说道："我风闻这位公爷断卦如神，据他说来，只怕果然无有救星了。公爷既知令郎压死在破窑中，老嫂何不问公爷一个明白，是在何处的破窑中有这一步大难，再急速着人连夜赶到那里，找着你的令郎扯住了他，不令他进破窑，可就脱过这劫数了。"任太太闻言说道："你年老老的太糊涂了，世事都不懂的了。周公爷又不是活神仙，他不过按卦理推详，如何定得在何处？在何窑内遇难？派人去救这是妄言，如何救的了？"石婆子闻听任太太这一番言语，不由的更觉伤心起来，忍不住大放悲声。任太公夫妻二人见石婆子如此悲伤，又想到他只有一个儿子依靠，家道又贫寒，倘或死了，叫他这一把老骨头倚靠何人？又触动自己无儿之苦，想到此步田地，不由的也就哭起来了。

且言桃花小姐自从五岁时在门外同丫鬟玩耍，遇着一个化斋的道士，送给他三卷天书、一丸丹药。回到房中服下丹药，清气上升，浊气下降，灵慧献出，天书上的字皆都认的，字字无错讹。每夜梦中，那化斋的道士前来教他参解，正正教了数月，得了仙术，参透机关，那道士梦中可就不来了。桃花女乃是桃花仙子，根基非浅，不消一年，将三卷天书读的通熟，任太公夫妇亦不知晓。长到十六岁，轻易不见人，素日爱的是桃花。任太公就在后园种了数百株桃树，与他朝夕赏玩。桃花小姐每日只在桃园中修理桃树，有时亦做些针黹。今日早饭毕，收拾了一回活计，正欲到桃花园内去消遣，忽听得中堂上悲哭之声甚惨，自己一怔，心中暗想："今日堂上悲哭是何缘故？"遂即款动金莲来至中堂观看。见父母陪着隔壁石婆子啼哭不止，心中诧异，近前道了万福。石婆子见是小姐出来，便止住悲声，说道："小姐，你轻易不见人，这几年未见面竟出息的越显娇娆了。"任太公夫妇见女儿出来，也将泪痕擦干，道："女儿，那边坐下。"桃花小姐坐下问道："爹娘何故同石大娘在此痛哭？"任太太忙接口道："女儿有所不知，只因石大娘的令郎在外贸易，一去半年不回，石大娘往周国公那里起卦，占一占几时回归乡家。孰料公爷推详阴阳卦理，决定今夜三更必死在破窑，并无一些解救，你石大娘所以哀痛生悲。你父亲同为娘的在此劝解他，反倒打动我们无儿的苦处，故此下泪。"桃花小姐闻言，叹了一口气道："原来为此。父母不可过伤，有儿无儿皆是命理定数，有孩儿在膝下承欢，爹娘休要多虑。"言罢复又劝慰石婆子道："石大娘不必苦切，石哥哥若是该死，哭也哭他不活。再说那周国公也未必有这妙算神明。也罢，你老且将石哥哥生辰八字说来，待奴家与他占算占算，看他命中果是如何？是该死，是不该死？有救无救？"任太公夫妇接言说道："我儿你休要捉弄石大娘，你几时又会起课、占卦哩。"桃花小姐道："爹娘不知，女儿是新学的。石大娘只管告诉奴，听奴给占算占算，有何妨碍？"石婆子闻说所言近理，也是盼儿的心切，遂将石宗辅的生辰八字诉说一遍。桃花小姐即伸出尖尖生玉指，掐指寻纹算了一算，生死存亡、祸福休咎俱已明白了然矣。不住的点头赞叹说道："好一个周国公，占算的一些不错，怪不得朝歌城里关外人人敬服他，果然今夜三更定被破窑压死。此乃白虎当头，丧门守命，土星压命，年头、月令俱已不利，决死无移（疑）。按方向推来，只在城南十五里之遥，有一座破窑，明日去向那里寻找，就有他的尸骸了。"石婆子一听这话，又大哭起来了。任太公陪笑劝道："老嫂，你休要听他小小年纪的混话，就信以为实，既知方向，老汉这里差个家人去就救得令郎回家，有何不可？何用这般作难。只是我女儿的话是难以信的，大约无准。"桃花小姐笑道："人力岂能回天？爹娘与石大娘不信我言也罢，今日时刻若交申初，便有一场大雨，如若无风雨，便是女儿乱说虚词，如有风雨，大娘呀，咱娘儿俩再作商议，小侄女教你老一个法儿，自能解救石哥哥回家。"言毕立起身来辞别，走出房门，竟奔桃园去了。

任太公听了女儿这般言讲。说道："你老姐妹俩看一看，这样天时气晴明，火伞高张，岂是有雨的样儿？老嫂你也不必遇伤，岂可因小女适才所言无稽谰语，焉能可信？再说令郎若果死了，就是哭也无益，也不能哭活了他。若依老汉之言，老嫂且宽心回家，待老汉明早派人前去打听消息，可就知道实信了。"石婆子无奈之何，只得告辞回家。

回到家中，独自一人坐在屋内，闷闷无聊，前思后想，心乱如麻。正然胡思乱想，忽然天交申初之时，只见天气大变。霎时之间雨大风狂，犹如搬倒天河的一般，雷电交加不止。石婆子见此天道，大吃一惊，暗暗称奇，"果然至申时下此倾盆大雨。看将起来，桃花小姐的阴阳八卦甚是有准。还说有法可救我儿回家不死，我何不去哀求于他？或者得其有救我儿的方法也未可知。"想罢即刻立起身形，冒着大雨出了街门，来至任太公的大门以外，把门扣开进去。正见任太公向任太太坐在堂上谈及女儿卦下有准，不晓得他怎生学习的有此神术？正言间忽见石婆子冒雨而来，早已知他为着他儿子之故而来。

但不知求救得他儿子性命如何？且看下回分解。

第四回 石婆子求救孤儿 任佳人教施异术

愁人夜独伤，灭烛卧兰房。

只恐多情月，旋来照忱床。

　　话表任太公夫妻二人正然议论女儿卦爻有准，不晓何时学的？忽见石婆子走进中堂，连忙站起迎接。只见石婆子整了整衣裳，双膝跪在中堂，口中尊道："员外、安人，救一救老身的小儿性命，感恩无涯！不然连老身的性命也活不久了。"眼含泪痛哭起来了。任太公夫妻二人慌忙将石婆子扶起说道："老嫂，且免悲伤。你是看见下了这场大雨，将女儿之言信以为实，此不过是女儿误打误撞之言，何必信以为真？且请起来罢。"石婆子站起说道："员外、安人休要这等讲，小姐若是乱言妄语，哪有这等的准则应验当时？只求你们老夫妇二人快将小姐请出来，若已迟延，只恐不能救我儿的性命了。"言罢泪流满面。

　　任太公只得命使女将桃花小姐唤出前堂。石婆子见了桃花小姐便道："小姐，可怜老身，救一救小儿一命罢！"说着又跪在埃尘。任太太上前一把扶起，遂即道："使不得，使不得，他这小小年纪，如何受你的这一跪？"遂向桃花女说道："我的儿，你果有方法救一救你石哥哥性命？"桃花小姐便让爹娘并石婆子一齐坐下，口尊："石大娘，我有一方法可救的石哥哥一命。只有一件，不可在外面传说出奴的名字，切忌说我出方法救了你的儿子。别人知道犹可，只恐周国公他知道。倘若他知道，岂肯与奴善罢干休？一定来找奴的晦气，两下必然结成冤仇。岂不是大娘你恩将仇报，辜负奴的好意？"石婆子闻言，口尊："小姐，你且放心。老身岂是那忘恩负义之人？断断不敢在外说出小姐的名姓来。"桃花女闻言，点头说道："既然如此，大娘你且暂听奴说。若

按八卦推算，你的令郎定死无生；奴却有一种仙法，能起死回生，破他的阴阳八卦。若不仗法力，万万救不了石哥哥的性命。"石婆子闻言悦，口呼："小姐，不知怎样救法？快对老身说明。所用何物，我去办理。"桃花小姐说着："大娘，你将土地星君的纸祈请一张，火德星君纸祈请一张，供在你的房内。燃上二枝蜡烛，供上一碗净水，一个鸡子，放在桌子底下。要反扣一个筛箕，底下须要点着一盏灯，名曰添寿灯，千万仔细留神，灯不可被风吹灭。倘若灯灭，你的令郎非死无活，就不能救了。今夜风雨仍作，大娘呀，你可将你令郎素日穿过的一件旧衣折理，用一面镜子压在上面，旁边放一碗水，候至雨止，人拿你令郎素日穿过的旧鞋一只，在你大门域用旧鞋拍一下，叫你令郎名字一句，忙回房中。一个更鼓叫一遍，若叫过三更，你老人家只管放心去睡，明日清晨保你令郎回家，母子相见。"正是：

佳人妙法无人晓，赖得先天依秘传。

石婆子静听桃花女说完，一一领命，便忙忙辞别任太公夫妇，回家料理而去。此时风雨未止。任大公夫妇见女儿说出无数的方法来，心中仍是半信半疑，不大准信，一同问道："娇儿呀，你适才说出这些方法可救石宗辅，凡人之生死是上上天注定，先造死后造生，那石宗辅造就今夜三更命尽在城南破窑中，你怎么又教他母亲哭半夜，明早就能回家，使他母子见面？此话有些不准，是谎诞支离，无稽之言。"桃花小姐见父母根问，又不敢先言明，惟恐泄漏天机，即推说道："此刻未便明言，待来日再告诉爹娘知之。"任太公夫妇见女儿如此说，也不再问。桃花小姐言毕，辞别父母，自回桃园去了。

再说石宗辅自从去年九月出外贸易，原说三个月回家，岂知在外合上一个贩布的伙友，往孟津去贩布，所向风月，归期错过。幸喜得利三倍，延迟至二月尽。心知母亲在家必然悬望，自己思想回家，便辞了伙伴，收拾行囊，归心似箭，星夜奔朝歌大路而来。在路上饥餐渴饮，带月披星，恨不能一步奔到家中，与母见面。走了数日，这日正是三月十五日，石宗辅出了旅店，在路上算了算路程，离家不过还有一百五、六十里，心中想道："我今日紧一紧步，赶进城去方妙。"一面思想，一面放开大步急走，在路上行走，无心观览景物。走到天交申时，忽然乌云四起，凉风透骨，下起大雨来了。石宗辅不由得心中着忙，暗暗叫苦。暗想："离家还有几十里路，下起大雨，如何赶的进城？"上淋下滑不能急走，累的浑身是汗。起先雨地行走方可，后又一阵狂风打面而来，一时骤雨如电，倾盆的一般倒将下来。石宗辅知道前无村店，后无人家，正是荒郊无处避雨。虽然有雨具遮盖，怎奈风狂雨大，不能遮护遍体。无奈只得冒雨往前急走。又兼风雨之气闭住人的气，在雨地喘不出气来，真是步步艰难。一行走着，用目望四下观看，心想着寻一处避雨的所在，暂且避一避雨。忽见前边有一座破窑，紧走几步，来至破窑前。一看见窑虽破损不堪，还可将就避雨，便将行李放下，脱下湿衣，拧了一拧雨水。因无处晾，只得仍披在身上，坐在就地，不由的叹气咳声，连气恨怨道："我心中越急，惟恐赶不进城里去，偏偏老天爷不作美，又下起这般的大雨来。堪堪天色昏暗，雨仍然不止，眼见得今日是赶不进城里去的了，也只好在此破窑中孤孤零零坐他一夜，等天明再进城罢。"自己又回思道："难道说一定非要今日进城不可？况且许久的日期都过了，只这一夜就过不得？"想来想去，心中觉得安宁，身上觉着乏倦，便将身靠在壁，合着眼养精神。按下慢提。

再表石婆子依桃花女之言，心中如领旨意的一般，冒着雨自去买了两张星君的纸斩，回至家中。家内现有生鸡，取过一只，堪堪天色昏黑。不久雨就渐渐止了，心中又有几分心安，暗想："桃花女的话有验，我儿自然有了盼望了。"又一刻的工夫，果然天色晴了，便惊骇道："桃花小姐真是神人也！休要小看于他，大约这个时候是我哭子之时候了！"即便大哭起来，越哭越恸、越伤悲，直哭至初更方才住声。手拿石宗辅当初所穿过的旧鞋一只，走到大门外，在上坎中央就拍了一下，呼唤一声："石宗辅我的儿！你快回家来罢！你想煞老娘了！快快的回来，以免老娘倚闾之望。"看到此，有曲歌为证：

一更里，月儿低，寡妇房中哭啼啼。叫声孩儿石宗辅，儿呀心肝你在哪里？只说出外做买卖，割舍冤家把娘离，娘在家掐着指头将儿来盼，谁知腊尽儿未回归。如今是，三月半，你叫为娘甚是着急。二更里，月儿高，寡妇房中哭嚎啕。叫声孩儿石宗辅：儿命因何不保好？别的死法还犹可，决不该死在荒郊破瓦窑。你身造下什么罪，造定离乡在外抛。自从周公算你死，娘心好似攮千刀。我儿今夜若有差迟处，撇下娘半边人儿没下稍。三更里，月

正中，寡妇房中哭悲痛。叫声我儿石宗辅：不知因何惹着灾星？如今遵依任小姐的法儿来摆布，但不知方法儿灵不灵？果然我儿有命若得回家转，娘便满斗烧香谢神明。

石婆子遵依桃花女的教法言词，哭一回，叫一句。一直哭叫到四更时分，石婆子方住了哭叫之声，走进房内去了。按下不表。

且言石宗辅独自一人在破窑中，时有一更天，风雨已止，就渐渐晴了。自己实在寂寞无聊，莫若赶路前行。主意一定，背负行李出了破窑，往前行走。大约走了二十余里路程，忽然天变，雨又下起太大，自己着急。心中暗想："此处离家已近，还有十五里地。有心冒雨赶路，回想一则雨暴，二则就赶至城下，城门早已关闭，到那时进退两难，如何是好？且不如奔到前面有一破窑避雨，天明再进城回家，有何不可？"想罢奔至破窑避雨，身体乏困，合眼睡去，鼻息如雷，呼呼酣睡。

今夜危壁将塌，不知他性命如何？且看下回分解。

第五回　传解法孝子离灾
依妙术慈母会子

白云犹是汉宫秋，烽火魂消百尺楼。

将军战马今何在，野草闲花遍地愁。

话表石宗辅在破窑中避雨，将行李放在窑中地上，自己靠壁而坐。天交初鼓之时，身体已乏倦，眼朦胧，刚要睡着，忽听得窑外有人叫了一声："石宗辅，我的儿！快回来罢！想煞娘了。"心中大吃一惊，忙睁眼一看，还是自身坐在破窑中，并无别人。再听时，杳无音声。心中暗想："好奇怪！方才明明是我老母的声音叫了我一句，难道说我是心头惦念，糊里糊涂错听不成？"向窑外探头一看，雨已止了，便走出窑外。抬头一看，见满天明星浩月，地上草湿如油。意欲仍想赶路，自知前途并无栖身之处，只可天明再走亦不迟，仍就走进窑中坐下。心中狐疑道："莫不是我疑心生暗鬼，莫不是我在外这些个月未回家，悬念家中我的老母心切？我梦魂颠倒，大约这一声是我的魂不守舍。魂送风之音相似也未可知。况且此处离家十余里，我母就是盼儿的心切，叫我一声，我如何听的见？"左思右想，热血捧心，朦朦胧胧又睡着了。睡梦之中，忽然又听见大叫一声："石宗辅我的儿！快回家来！"石宗辅从梦中惊醒，心中一怔，暗说："好奇怪，难道又是错听了不成？"一翻身爬起来，叫了一声"娘呀"，不由的流下泪来。呆呆的想了一回，忽然冷笑道："可知我心中糊涂，我是在睡梦中听我母亲呼唤，我的母岂能深夜踏着泥泞之地，来在荒郊呼唤与我？这是哪里说起。但则我独自一人在此荒凉之所，有何人知我在此受此孤伶？娘呀！连你老人家也是不知孩儿被雨阻在此处，胡思乱想已混去睡魔，睡又睡不着，心内又挂念老母，心中急燥，只可坐等五更，候至天明，方可入城回家见母。我且坐着不睡，再听一听还有人叫我的名字的没

有?"打定主意，抖擞精神静坐，见当空月光皎皎。刚坐至三更的时候，目又倦了。忽然耳傍听的真真切切一声叫道："石宗辅我的儿！快回家来罢！想煞娘了！"石宗辅不由的大哭起来。遂应道："母亲呀，孩儿在这里。"心中又惊又喜："果然是我母亲声音，来在郊外呼唤我。"遂即站起身形，忙忙奔出破窑来迎母亲。

刚出了破窑，忽听脑后响声犹如天崩地塌一般，将石宗辅唬的"嗳哟"一声，魂飞胆裂，身不由己，跌在泥地。定了半晌神，回头一看，见这破窑已倒塌，自己嗟叹一番。再言这间破窑因日久年深，今又遇这场破块的大雨，是湿透了四面墙壁，如何堆的住？实是前生造定石宗辅今夜该在这破窑压死，偏偏就有一个桃花女教给石寡妇这个解法，以致石宗辅才脱了此劫难。是桃花女的道法通神，幸赖石宗辅是一孝子，才有这一段因果。

闲言少叙。且说石宗辅这一阵如雷轰顶，又如木雕泥塑的一样。定了定神，思念了一声："救苦救难太乙天尊。"心中回思，反痛哭起来："在此荒郊睡梦，就有像我老母的声音呼唤我，这也是鬼使神差，我就跑出窑来。若走迟一步，岂不压死在里面？不知何年月日才拖出我的尸首来？母亲在家如何知道？那就活活的盼望煞我的老母，岂不是因我一命，又害一命？况且是谁收殓他老的老身呢？"正然思想，忽听风送城上的更鼓之声，已是柝打四下。石宗辅幡然省悟，又笑道："我真是呆人。我今得皇天庇佑，脱了这场灾难，真算是万幸中之万幸。我候至天晓奔进城，至家中与我的老母相见，岂不是一件意外，想不到的大喜欢事？"于是思前想后，破悲为喜，坐在路旁一块石头上。忽又听见朝歌城内隐隐的更锣鱼更五下，心中欢悦："再等一时天就亮了。但则是我的行李被破窑压在里面，此时不能扒出。幸喜二十两白银是未离身，尚在身畔。今夜守着颓窑也是无益，不如我且奔到城下，在那里等至天明城开，我好进城回家见母，方是正理。"主意一定，站起身形，穿好了衣服，迈开大步行走如飞，直奔朝歌城而来。只落的只身得命，两手空空。忙忙赶到城门之下，立候不大的工夫，天将亮，只听城上一声炮响，"吱啌啌"，城门开放。石宗辅两步当一步踏进城来，两足如飞奔至自家门首，用手叩打门环，口呼："老母开门。"只听屋里一声答应。原来是石婆子是夜至四更虽然就枕，哪能睡的着？惟恐周公之言是真，桃花女之言是假，翻来覆去直至五更，残月已落。刚然合眼昄昑，耳畔忽听敲门之声甚紧，忽又惊醒，从梦中答应。心知是儿子有命回家来了，心中大悦，一翻身爬起。飞奔到院中问道："击户者是石宗辅我儿回来了么?"石宗辅在门外答应:"老母,快开门。"石婆子说道:"我的儿,你可盼望煞为娘的了!"一面说,一面忙忙开门。

母子见面竟如重生再遇一般,这番欢喜无尽,悲从喜生,又是伤感难尽,母子皆眼含痛泪。石婆子双手抱住石宗辅,揽在怀内放声大哭。哭够多时,止住悲声。石婆子含泪问道:"石宗辅我的儿,你果然得了命回家?还是为娘的在梦中与你相会呢?"石宗辅听他娘说出的话有些古怪,含泪说道:"孩儿真是死中逃生,两世为人,方得命回家。老娘同孩儿且到堂房,待孩儿慢慢的告禀。"石婆子闻言,携着石宗辅的手来至堂中,一同落坐。

石宗辅便将在外贸易怎样回家,路上如何遇雨,在破窑避雨,至什么时候"听见母亲呼唤我三次,我即忙出破窑来看时,哪知破窑忽然倒塌,险些将孩儿压死在窑内。如今行李还压在破窑之内,幸喜银子未离身畔。"的话,滔滔说了一遍。石婆子闻言,母子又痛哭起来。石婆子停住了悲声。说道:"我儿且免悲声,咱母子先去叩谢救你命的大恩人去。"石宗辅问道:"孩儿同老母去叩谢哪个?为何救孩儿的性命?孩儿心中纳闷,请母亲道其详。"石婆子就将"盼儿不归,到周公处问卜,周公言道此卦不吉,说你昨夜三更必死在破窑之内,并无救星。为娘回家因此大哭,隔壁邻居任太公之女桃花小姐教了娘一个破解之法,如此如此,才救了你的性命。你看那桌子上不是摆着纸炕,这不是鸡子、筛儿,那不是灯儿、衫儿、镜儿、鞋儿呢。"石宗辅听了娘这一遍言语,与他在破窑之事恰合,这才如梦方醒。说道:"依母亲这等说来,实在亏了任小姐救了孩儿一命。咱母子岂可空手登门叩谢,岂不怕街邻谈论咱母子太悭吝,不成事体?孩儿身畔现有二十两银子,费上二三两银子买一头羊,买一坛酒,送将过去,也算是咱母子的一点至诚之心。"石婆子闻儿所言,猛然想起一事,说道:"我儿买羊买酒方存一点恭敬之心,道是正理,用不着自家银子。那周公起卦,卦资是一两零三分银子,若卦断不应验,一倍赔还十倍。不如咱母子一同先到周公卦市去讨银子,回来再去买办羊酒,岂不是两便?只是任小姐嘱咐过我,在外万不可题出他的名姓,现今去向周公要银子,周公若问起缘由,你如何回答他?"石宗辅答道:"母亲放心。他若问我,儿只说我自己平平安安回来的就是了。难道说他就知任小姐救的我不成吗?"母子二人商议已定,遂用了早餐,将门倒扣,不大工夫母子一同来至卜市。

此时周公已算完十卦,只有彭剪一人在门首收拾招牌。石婆子便叫了一声:"彭老爷，在那里干什么了？"彭剪闻听人叫，回头一看，见是石婆子。便道："老嫂，又做什么来了？"一言未尽，忽见石宗辅站立在石婆子身后，吃了一惊。问道："我的老贤侄，你是人还是鬼？今天日子不好，你前来是要谁的命？"石宗辅满脸陪笑，口尊："彭老爷一向可好？才别半载，竟和小侄说起玩耍话来，烦你老进去通禀一声，就说昨日所占的卦未应验，我母子前来讨还卦资来了。"彭剪听了这话心下已明，走至近前，笑问道："老贤侄，你不是鬼呀！昨日半夜三更有何动静？怎么安然无事你就回来了？我家公爷卦无虚卜，你母子今日必是因卦未应验，来此要倒赔银吗？"石婆子总是有年纪的人，知道彭剪之言是歹话，忙接言说道："彭老爷，我们是个穷人，怎敢向公爷要倒赔银呢？昨日的卦资是在邻居借的，只求将原卦资赏还足矣，老身好还邻居，则感公爷恩德。"

不知彭剪怎样答对，且看下回分解。

第六回

还卦资母子酬恩
疑筮术主仆推详

术高更遇翻天手，斗智还逢意外谋。

莫道我行先一着，须防硬敌占头筹。

话说彭剪闻听石婆子之言，明知他母子前来索讨十倍卦资，反用好话央求。随即冷笑一声道："有趣！有趣！我家公爷素日夸口，今日讲不得响嘴了！你母子在此候等，我进去回复。"转身进内回禀公爷："公爷，所断石宗辅今夜三更死在破窑，现在他母子在外厢讨十倍卦资来了。小人也曾说过给人家占卦须要小心判断才是，公爷言道：'百不失一'，今日竟有讨十倍卦资的来了！"周公在座上闻彭剪之言，便喝道："你疯了么？口中乱讲些什么话？"彭剪笑道："讲什么？人家索讨十倍卦银来了。"周公闻言怒道："胡说，有谁来要赔还银子？"彭剪回道："公爷不消发怒，要赔银子的人现在门外。"不等周公吩咐，竟出去将石婆子母子二人领进来了。

周公在座上看的明白，真是石寡妇，他身旁立着一个汉子，大约是他儿子。心中暗惊道："孤家昨日算他儿子三更时候压死在破窑之内，如何得命回来？今日来讨赔银。赔银倒是小事，只是孤的阴阳无错，如何今日不应验？其中必有缘故。"开言问道："石寡妇，你身旁站立的是你什么人？到此有何事？"石婆子见问，口呼："公爷，这是老身之子石宗辅，昨日夜间并没有死，今早晨才回家。老身带他来特给公爷来叩头。"石宗辅为人生的伶俐，听他母亲这般说法，便忙跪下，向上叩头。复又站起身形，仍是立在一旁，这一个头只磕的周公乌脸反变了茄色，不由得含羞带愧，就将卦桌上堆着十分起卦的银子一总推开。言道："石婆子，孤不撒赖，你将此十分银子拿去。"石宗辅将十小包银子领收，周公复问："石宗辅，道你夜间可是在城南破窑内存

身歇下的么？是何人传授你的解救法保全性命？你可从实讲来。"石宗辅见周公盘诘甚紧，便道："夜间小民奔家心胜，中途赶不上镇店，就宿在破窑内。只因半夜腹内朝凉，一时疼痛，要想出恭，刚刚出了破窑门口，那间破窑就倒塌了。故此未曾压在窑内，此是实言，不敢虚说。"周公道："不然，孤昨日算的申时下雨，至酉时止，三更时候方天晴。又算你独自一人在窑中丧命，并无救星，焉能出窑大便？此言本爵不信。"彭剪见周公赔还了石婆子的银子，仍然辩驳此事，即冷笑道："公爷卦是灵的，今反吃了亏。石宗辅实得肚腹疼痛，竟是肚中屎儿救了他的性命。银子已经给了他，令他母子去罢。只管问他则甚？"周公一闻此言，就仿佛挨一顿嘴巴子的一般，满面含羞，低头不语。石婆子知趣，忙同子告别出来，彭剪亦随即跟出来。

石宗辅问道："招牌上写的是十两零三钱，为何只有十两呢？"彭剪闻言顿足道："三钱是头在我身上，我赔还就是了。"石婆子忙接言道："彭老爷休同孩子一般见识，我们只望得回本银就足矣。公爷言而有信，反赔十倍，是十分足矣，勿容彭老爷受累赔还。"彭剪哪里肯听，说道："贤侄之言虽系出于无心，我想来甚是有理。公爷既赔还十倍，我若不赔十倍，于理不合。"遂向囊中取出十个小包递与石宗辅。石宗辅老着脸儿接将过来，石婆子过意不去，又说了些好话，安慰一番，母子便欢欢喜喜的去了。

彭剪满腹是气，呆了一回，这才转身走进内堂，一语不发。周公方才被彭剪说了几句打趣的话，心中不悦。见彭剪走进，想要发放他几句，又想道："本爵若嗔戒他几句，岂不被旁人嗤笑我卜卦不应验，拿家人来消气？"自己便忍气吞声，说道："彭剪，你去把大门招牌收了，从今以后，本爵不卖卜了。"彭爵见周公有了怒气，便不敢违拗，遂将招牌收起藏下。正是：

凭君汲尽三江水，难洗今朝满面羞。

当时石家母子得了十两零三钱银子，满心欢喜，遂即在街市买了羊酒回家。母子二人换上新衣，一同走至任家，给任太公老夫妇叩谢。任太公见他礼物甚重，再三推辞；石家母子哪里肯依，非收下不可。任太公见他来意实诚，只得收下，吩咐家人备了一桌酒筵，与他母子接风，二则压惊。吃了半日酒，方出席告辞，临行任太公老夫妇又是再三嘱咐：且忌在外说出是他女儿设法救的。这且按下不表。

再说周公自从被石家母子讨赔卦资，心中甚实不悦，便将卜市闭了。一连几日不与人卜卦，闷坐书房。心中暗想："本爵的阴阳八卦判断无差，我算石宗辅必死无疑，竟然不灵！"复又寻思：卦爻判的一些亦不错，心中愈加狐疑。忽然猛省，反自笑道："我好呆呀！我何不卜一卦，就可知道内里情由，何用如此胡思乱想？"忙取卦盒摇了几摇，起了一卦。细细推算，见卦乃是纯阴之象，太阴临值持世。心中惊道："昨日本爵自占一卦，是不利阴人。今日又占得纯阴之卦，难道说有什么阴人破我的阴阳八卦。左右推详一些不错，怎么算不出这阴人名姓？"心中焦燥起来。哪知桃花女传授石婆子的法，自己将八字早已按住，故而周公推算不出他的名姓来。所以周公掐来算去、算去掐来，再也推详不出，心中暗恨道："本爵若访出这个人的姓名来，不制死此人，誓不为人。"恨恨的把卦盒丢在一旁，气了一回，无计可施，无可奈何，只得罢了。自此之后终日闷坐，连饮食亦少进。左右的人皆知周公性子不好，就不敢上前劝他。

有话则长，无话则短。转眼之间已是七月初旬。周公在花亭上独坐，彭剪进来见周公闷闷不乐，心知是为石宗辅之事，含笑上前口呼："公爷，想石宗辅他若不出破窑大便，岂不压死在破窑内？或者他在路上想必行了些阴骘好事，自古道：'一点阴功可增十年寿。'必定有吉神暗中救护他，也未可知。公爷何不自卜一卦？自然也就明白了。"周公闻言即道："本爵何尝不自卜来？按卦象内明明现出有一个阴人救脱他的灾难，破了孤的八卦，就是推算不出这个阴人的名姓？"彭剪接言道："这朝歌城内莫说是阴人，就是那顶天立地奇男子也未必破得了公爷的神明八卦。况且算了几千卦，无一不灵应。纵使这一卦不验，有何妨碍？如今卜市的人俱在门首，天天等候卜卦，小人日日答应得口干舌燥，他们仍不散去，恳求不已。更言远方特意前来不得占卜，不胜忿忿而去，在我十分悔意不及。公爷占卜原是指点愚人的迷津，今日因为这点小事便悔了初心，岂不被他人耻笑？背地谈论？奈何，奈何？"周公听了这番言语，低头想了一想。说道："你这一夕话虽然说的有理，终然算是胡想，看起来这卦无灵。本爵推算石宗辅必死窑内，终然未死，又算破本爵八卦的阴人姓名也未推算出，似乎八卦有些不验，唯恐误了众人的大事。你既劝孤重开卦市，待孤再卜一卦，应验了再开卜市也不迟晚。不可不小心。"彭剪闻言便笑道："公爷自卜，不如代彭剪卜上一卦，看我后来结果收缘、吉凶如何？"周公闻言，微哂道："彭剪，你与本爵相处多年，一生勤俭，性情忠诚朴厚，收缘必有善果。也罢，今日本爵赏你一卦，你且亲自焚香，祝告

阴阳斗

先圣，取卦盒来，待本爵与你占卜一卦，看是如何，以定你的吉凶休咎。"彭剪闻言大悦，连忙净手焚起片香，将卦盒递给周公。周公接过卦盒，在香烟上熏了一熏，一连摇了六次，细细搜其卦象，登时周公脸上颜色更变，乌脸转了个淡黄色，浓眉起了两股紫气，嘿嘿半晌无言。

　　未知与彭剪卜得卦吉凶如何？且看下回分解。

第七回 试卜爻偶得凶信
特求救别有生机

只道周公八卦灵，桃花破法更奇人。

强中又有强中手，指破迷津救老彭。

话表周公与彭剪卜了一卦，只唬的周公呆呆的发怔，面色改变。半晌方喘出一口气来，两眼直视彭剪；不住的点头，大有叹惜之意。彭剪在旁看的明白，见周公给卜了一卦，半晌不言不语，竟有凄惨之形，心中吃惊不小。忙问道："公爷给彭剪所卜之卦，莫非此卦凶多吉少，何不说明？使彭剪防备，趋吉避凶才是。"周公闻言长叹一声，说道："本爵从来卜卦并无隐藏之言，必然直言判断。孤既与你推详卦理，岂有不说明之道理？你今所卜这一卦象，不但主凶，连你的性命也是不能保的。此乃天数使然，大限相迫，只在三日之内丑正三刻三分，就是你的归阴之期。先必头痛，然后吐血而死。你侍候本爵多年，可怜你为人一生忠厚朴诚，今时本爵竟似袖手旁观，无法救你。"不由的含泪点头赞叹。自古道：蝼蚁尚且贪生，何况人不惜命？彭剪一闻周公之言，直唬的魂飞天外，魄散九霄，面目更色，站在那里呆呆的发怔。半晌还过一口气，含泪问道："公爷所占此卦果然无讹吗？"周公见问说道："本爵焉能妄断欺你？再说你侍候本爵也是一辈子，本爵无一些好事待你。今与你白银十两，趁着你的大限未临，你且去到街市游逛游逛，不可忧愁。人活百岁终然也是一死，莫若你欢欢喜喜到酒肆多吃几杯酒，可以解一解愁肠，勿须忧虑。你的一切后事，自有本爵与你办理，你且放宽心罢。"言毕便令人去取白银十两，即交与彭剪。彭剪素知周公的神卦万无一失，今日见他如此，不由的心下发慌。双膝跪下，口呼："公爷，卦内既现出有此大难，求公爷救一救彭剪。"周公叹道："人之生死大数，本爵焉能救得你？你将银子拿

去，上外面散散心罢。"彭剪久知周公硬性，料知哀求也是无益，接过银子低着头，气闷闷走出大门来。

彭剪在一座大酒肆进去，拣了一方好座位坐下，令酒保打了两角好酒，切来几味上菜，独自一人自斟自饮。口中饮酒，心内暗想："今日我还是世界上一个生人，再过三日我就是阴间一个鬼魂了。好生没趣。"想到这里不觉落下几点泪来。酒保素日认识彭剪，见他落泪，便问道："彭老爷许久不来饮酒，今日前来饮酒，因何含悲？大约公爷不开卜市，想是你老人家无钱钞使用了？"彭剪见问即道："不是为此，我别有心事。"又连连吃了几杯。常言道：酒入愁肠容易醉。彭剪这两角酒还未吃完，已是大醉，给了酒钱，出了酒肆，不觉东倒西歪，撞回公爷府。走进自己房中，一翻身便和衣倒在床上，呼呼酣睡了一夜。

到了次早睡醒，想起死期在迩，又流起眼泪。慢慢坐起前思后想，自言："公爷之神卦是准的，不差分毫。人若有了死期，岂能逃脱？我倒不如今日再出府去游戏海乐，恨他不早告诉我几天，若早告诉我，我也好多快乐几天。"便换了衣裳，也不进内堂见公爷，扣了自己房门，又往街上而去。门公见彭剪这两日无精打彩，出入皆是低头不语，不知为着何故，又不好去问他，只在背地疑怪。

且言彭剪出了大门，又往酒肆去饮酒。一路上，暗想："公爷算石宗辅必死，他竟不死。今日公爷又算我必死，大约必死无移。真死假死，或者真死的若学石宗辅假死，也未可知。算他是死在破窑内，大便救了他的命，若不出恭，准被破窑压死。被压的可以得脱其死相，我是吐血而亡，怎样躲的过死？"想到此处，在路上落下泪来。正自悲恸，忽觉肩背上被拍一下，心中这一惊非小。暗说："不好，大约催命的鬼来了。"回头一看，原是石宗辅。

且言石宗辅路遇彭剪，见他在路上自叹自嗟，或低头，或仰天，若有不胜所思之状。遂赶上前在他背后肩上拍了一下，问道："彭老爷，你老在路上想什么了？这样两泪交流，奇奇怪怪所谓何事？"彭剪见问，含泪道："一言难尽，老贤侄你哪里去？"石宗辅回答："我是回家。"彭剪说："好，我与你同路。"二人便同着走路，说说讲讲。也是事由天定，彭剪心中暗想："前者他不死，公爷说其中必有缘故，或者他有解救之法，也未可知。况且我独自一人吃酒，也没有趣，不如沽两瓶酒、买些菜到他家中，我二人一同饮酒，借酒将我的事说明，求他解救。倘有解救之法，化凶为吉，亦未可定。"便走至市头立住脚说道:"老贤侄,自从你出外回家,并未曾与你接风。我今日补场,与你一同吃酒谈心。今日事情顺便,买些酒菜到你家,烦老嫂与我炙好,咱们借酒谈心,说一回话,你看何如?"石宗辅说:"勿庸彭老爷费钞,小侄代办。"彭剪拦道:"勿许。"便拿些银子买了些酒菜。石宗辅拦他不住,只得由他买了。

二人携着酒菜,不大工夫来到石家门首,石宗辅叫开了门,石婆子见是彭剪到来,便笑道:"彭老爷你可好哇,为何买这许多菜馔呢?"彭剪说道:"老嫂有所不知。我的公忙,老贤侄回家我未曾接风,今日闲暇。特意与贤侄借酒谈谈心事。"石婆子接菜自己下厨烧炒去了。

彭剪同石宗辅坐在堂房闲话。石宗辅闻彭剪所说的话是东一句,西一句,有头没尾,言语颠倒,心中动疑。暗想:"莫不是周公派他前来询听我未死的事情缘由来了不成?倒要谨慎提防。"不多时菜已炙熟,石婆子令石宗辅端进堂屋,彭剪又请石婆子一同就席而坐,彼此推让了一回方才落坐。彭剪提壶斟了一循,自己连饮了几杯酒,将菜食了数口,点了一点头,"咳"了一声不由的落下泪来。石婆子见此行景,心中诧异,即问道:"彭老爷,你有什么心事?何故饮酒堕泪?"彭剪只是摇头不语。石宗辅笑道:"彭老爷,今日饮酒乃是欢乐事,何故悲伤起来,其中必有缘故。请道其详,我母子可以排解排解。"彭剪咳声道:"你母子有所不知,我心头实有过不去的事,想起来不由的落泪。"石婆子问道:"彭老爷,你到底想起什么心事来了?如此悲切,何不告诉我们母子听听。"彭剪咳声道:"老嫂不要题起,我今日是阳间一个人,明日四更天就是阴间一个鬼了,再不能见你母子之面了。"说到此间,不由眼泪如梭漂落下来。石氏母子二人心中纳闷。连忙问道:"这话从何说起?"彭剪便将周公替他起了一卦,言说卦象大凶,今夜四更时分吐血而死的话诉说一遍,"我想周公的卦乃是万无失一,只恐怕大限一到,我命难保不休矣。在路上遇见老贤侄,想起他前日是死里逃生,必有什么妙法,恳求你母子教一教我。若得脱了此灾厄,真是我彭剪的活命恩人,重生父母一样。"

石宗辅先疑彭剪受了周公之命,前来探听桃花小姐破了他的八卦之事来了,因听他言讲卜卦,又言明日准死,见他哭的泪流千行,引动他母亲陪着直哭。想想自己,看看他人,由不得也伤起心来。说道:"周公爷占的卦实在灵应非常。前者夜间我在破窑中,若听不见我母呼唤我,焉能出窑,若听不见我母呼唤我,准准的被破窑压死在

里面。周公爷断你明日四更死，只怕必然应验。"彭剪闻言忙接口问道："老贤侄，你在破窑中，如何听得见老嫂呼唤你呢？"这一句话问的石宗辅哑口无言，两眼直视彭剪。彭剪见此光景，明知话里有因，怎肯错过机关，急忙立起身形，向着石婆子深深作了一揖，口呼："老嫂，可怜小弟，怜恤怜恤命尽之人，教我一个方法，救我的性命，没世不忘你老的再生之恩德。"石婆子还礼回答："老身哪有方法能救你的命？"彭剪见他坚意推却，即忙跪在石婆子面前，口呼："老嫂，自古道：救人一命，胜造七级浮屠。"便叩头如捣蒜的一般。石婆子忙吩咐石宗辅将彭剪搀扶起来，石婆子说："你想老身似庸愚之人，如何救的了人的性命，救我儿之命是别人给了一个方法，照法而行，我儿才得不死。此人再三再四嘱咐我，不要我传扬出他的名姓，恐怕你家公爷知道了，要与他斗气！故此老身母子不敢说出他的姓名。"彭剪闻言，猛然想起周公之言，口呼："老嫂，莫非是一位阴人教你的法，救了老贤侄么？"石婆子闻言大惊，不觉失色。

不知石氏母子肯说出桃花小姐否？且看下回分解。

第八回 石婆子道漏救机 桃花女泄传神咒

人活七十世间少，先除年少后除老。

中间光阴不多时，何必忧愁与烦恼。

话表石婆子见彭剪苦苦哀求，听他说救石宗辅之命乃是得阴人救脱灾厄，不由的心中骇然失色。忙问道："彭老爷如何知道救我儿命的是一位阴人呢？"彭剪回答："我如何知晓？因公爷曾卜了一卦，说是有一个阴人暗中破了他的八卦，但则算不出阴人的名姓。老嫂既知有这一位能人，何妨告诉与我知晓，我好去求他救一救我的残生性命。倘若我这余生得救，也是你老人家积下一件大阴功德行，我断断不去泄漏他的机谋，向外人言。"说罢又要跪将下去，石婆子连忙扯住。被彭剪再三再四的哀求，又想起从前因为儿子也是同他一样的苦衷，心中不由的发了恻隐之心。心中暗想："我自可说明任小姐，令他自去哀求去。任小姐救与不救，由他自便。我说一个含糊的话就是了。"想定主意，口呼："彭老爷，你要问这个人的名姓，我断然不能说出。我如今指引你一条明路，凭你的造化去奔他，但能得见此人，你的五行就有救了。"彭剪闻言大喜，问道："老嫂快快说来。"石婆子说道："我这隔壁邻居是任太公，你可认识他否？"彭剪言道："我不管认识，还是两代的故交。我先父在日与任太公甚是交好，就是我也常去探望他老。若到他家去，必然留我用饭，款待我犹如亲子侄的一般。他家里里外外、男男女女无一个不熟识我的。"石婆子闻言点头道："你既与任宅是世交，这就至妙不过了。或是今日，或是明早过去探望任太公老夫妇，你就题你的怎生灾厄事来，你若有造化生机，遇见那一位能人，定然能用法力解救你的性命。千万不可说你是我教过去求救的。"彭剪听了这话，低头想了又想。即问道："老嫂，你老人家所

言之话我有些糊涂。任员外家中人多，我哪得知谁是能人？去求哪一个救我？"石宗辅在旁跷嘴道："彭老爷，你好罗嗦，告诉你是个阴人，你就往阴人那里去问就是了。咱们且多饮几杯罢。"即连连斟酒，劝彭剪多吃数杯。彭剪因问着了头路确实，心中略为放下些，一连饮了数杯，即便告辞要去。石家母子又叮咛嘱咐不可说出是他母子教的，彭剪连连点头诺诺，忙回公爷府。

　　一日无话。到晚间睡在床上，再也睡不着，翻来复去，已至红日东升。忙起来梳洗，换了两件新鲜衣裳，竟往任太公家中而来。到了门首，向门公说明，门公向里传进。任太公闻报亲自出来相迎。笑道："贤侄，许久不到寒舍走走，今晨到来，真也算是喜事临门。你还拘着什么礼，何用人通传？这院中有何人躲避你的呢？请进来罢。"彭剪忙作揖答道："礼当如此，小侄虽是通家之好，然则不可逾分。"任太公携着彭剪的手走到后堂，向屋内说道："老安人彭贤侄来了。"原来任太太因无儿，又无三亲六眷，故此平素最疼爱彭剪是个近人。丫鬟忙忙进去通报，任太太已迎出房门，远远的笑道："今日风顺，将贤侄你吹来了。一向为何一月之久不来看看我老两口子来？"彭剪闻言陪笑说道："小侄近因事多繁碎，未曾来问安。婶母身体安好，今幸康健。桃花妹妹康泰否？"任太太回答："皆已平安。"任太公老夫妇将彭剪让进后楼，吩咐厨下备了酒饭，正遇桃花女早妆已毕，来至后楼与父母请安。恰遇彭剪，兄妹见面，二人见礼。任太太就命女儿肩侧下坐，使女递茶。任太太开言口呼："贤侄，时常老身向你叔叔妹妹谈及你自小在我家日多，在你家日少，自你长成，性情朴质忠厚，瞬息间我两老年已五十有余。"彭剪道："小侄向叨过爱，不异一脉之亲。无日不思前来请安。皆因公门事繁，从前事缓。"言毕即潸然泪下。任太公老夫妇疑他是为彼二老年迈悲感，忙解劝道："贤侄何须如此悲哀，世人未有不老之期。"彭剪言道："小侄见叔婶年纪高迈，小侄不能寿永，久侍左右，故而悲哀。"任太公老夫妇闻言，心觉酸痛，慰道："贤侄勿须说此不吉利之言，我二老虽然有了年纪，这老身体还健壮，尚可与贤侄聚首几年。"彭剪闻言含泪摇头言道："二老寿永必享大年，小侄寿促，从今日以后就不能见二老之面了。"言毕竟呜呜咽咽的哭将起来。任太公老夫妻惊问道："贤侄正在壮年，为何出此不利之言？"只见使女丫鬟用托盘搬上菜来，任太公便坐了座位，对桃花女说："女儿勿庸回避，你彭家哥哥不是外人，你幼时他时常领抱过你，今日同席用膳，亦无妨碍。"太公与彭剪对坐，任太太与桃花小姐横头，并肩坐下。太公斟了一杯酒，递与彭剪说："贤侄，且开怀畅饮几杯，抛去烦恼。"彭剪接酒道："今日小侄酒难下咽。今晨是侄儿望看叔婶妹妹以表我心，完我念头。辞一辞道，我死也瞑目。小侄还有甚么心饮酒！"任太公闻言，骇然问道："我看贤侄你一进门来面带忧色，所说之言皆是些断头话，说的我心中糊涂。你为着何事这样愁烦？"彭剪含泪道："今夜四更小侄就死了，因想叔婶待我一场，故而来辞你二老，从今后再不能见面了。"言罢大哭。任太公老夫妇齐道："此话从何说起？好好的人怎么一夜便死？"彭剪便将周公与他卜的卦说明。任太太说："原来因此。"任太公接言道："周公之卦未必全验。"桃花女在旁听的明白，心中按捺不住，即呼："彭家哥哥，小妹粗知卦理，你将八字说说，小妹与你推算推算。"任太公接言道："也好，我记的他的生辰八字。"忙忙将彭剪的八字说出，桃花女把左手玉指尖尖掐了一回，吃惊道："周公的八卦果然决断无差。"任太公老夫妇忙问道："女儿，周公之卦算的怎样？"小姐答道："果然算的一些也不错，今夜四更吐血而亡。"任太公夫妇垂泪问道："可有救否？"桃花女又掐了一回玉指说道："虽然有数，太费周折。"任太公夫妇齐道："费周折也无妨，你看父母之面，救一救你的彭家哥哥罢。"桃花小姐说道："此法落耳不传，彭家哥哥随我到后花园去说知。"立刻站起身形，同彭剪往桃园去了。任家与彭剪是通家叔侄，便不管他兄妹二人，老夫妇仍在后楼饮酒。

桃花女与彭剪来至桃园小亭中坐下。桃花女口呼："彭家哥哥，妹妹算定今夜七月十五日中元胜会，北斗星君是朝玉京之期，定该二更回驾，落在这本城三官庙宇之内，注人间的轮回。彭哥你速办好片香一束，净水七杯，斗灯七盏，你沐浴更衣，日落时摆设在三官庙大殿供桌上，你休胆慊，须要心虔秉祝，念大圣北斗元君宝号，不可住口。到了二更，你可伏在供桌下等候，妹妹再给你一个宝贝袋。"忙向锦匣中取出一个金击子递与彭剪："我教你一卷神光咒，将咒要你念熟。候星君下降，且忌害怕，你听到有一神叫到你的名字，你就从供桌下念咒，敲起金击子，出来向星君讨寿，星君必然准你讨寿。这金击子与这篇神咒是克制星君的，若敲念起来，星君必然心惊头痛，难以归位。大事已毕，你回府去安歇，管保你无凶无险。倘若周公追问你未死的缘由，只可推诿，切不可说出我来，至要，至要！你速去照此而行。"彭剪闻言喜之不尽，口呼："妹妹你是我的救命大恩人，待事毕再来叩谢你罢。"自己出了桃园，来至后楼。见了任太公老夫妇言说："小侄授了妹妹的法，不敢泄漏，侄儿就此告别办事，不敢久

停。"老夫妇齐道："既然如此，我们也不留你饮酒了。若果平安无事，明晨须要见我二老，以免我夫妇悬望。"彭剪连连应诺而退。是晚，彭剪净洗身体，遵依桃花小姐的吩咐，一一办完，摆设在三官庙大殿供桌上，嘱咐庙祝："此夜不许闲人进来，独自一人跪在殿中，念起北斗星君宝号，焚起片香。天交二更，忽听得一阵风声，正合时候。连忙躲在供桌底下，觉得一阵异香扑鼻，就听有人说话。言道："这是什么人的供献？就知吾神等下降，预先备下洁净清水。"随后寂然无声。迟有一刻，忽听下边叫起名姓来，一个一个听得真切。忽然叫道："彭剪"。堂上有人高声道："寿享五十，今夜四更吐血而亡。"彭剪听见这句话，只唬得魂魄悚然。

不知此夜彭剪生死如何，且看下回分解。

第九回　求搭救彭剪添寿
　　　　　愤破卦周乾生嗔

问余何事栖碧山，笑而不答心自闲。

桃花流水杳然去，别有天地非人间。

　　话表彭剪在供桌底下听见一神叫他名姓，又言"此夜四更应注吐血而亡"，只唬的大惊失色，口中急急念咒，手中急急敲着金击子。忽闻火德星君言道："是谁用法咒来克制吾等？"彭剪闻言，在供桌底下钻出头一看，见两旁坐着九位神圣，皆是奇形异状，凶恶骇人。把胆量抖起，急忙跪在当中，口中不住的念咒，不住手的敲金击子。则见第一位星君开言呼："彭剪快住了响器，口中勿须念咒。你今夜可是前来求寿么？可向第五位星君面前去求。"彭剪闻言，肘膝而行，向第五位面前而跪。只听第五位星君说道："吾等既受了他的供桌，彭剪素日为人忠厚朴诚，生平无恶过；又是桃园仙子教他求寿的。要破荡魔之数，吾神今将他的名字改了，与他增寿，方见得善有善报。"便呼："彭剪！吾神将你名字改过，从今以后改名叫彭祖，吾神赐你阳寿一百岁，左辅右弼星君赐你阳寿五十岁，每位星君各赐你一百岁，共赐你八百五十岁。每逢初三日、二十七日，须要斋戒沐浴，虔心礼斗，不可泄漏天机，以遭天谴。"彭剪叩头求道："小人乃是凡夫，既蒙上圣赐名添寿，但凡夫活这般大年纪，若无禄无子，反又受罪。恳求上圣赐些富贵，得养终身，方为佳妙。"众星君开言道："这亦说得是。"只见一位星君从怀中取出一粒丹药，令彭剪吞了，说道："此丹药能换骨脱胎，百病不生，好享那福禄寿三乐。"又见二位上圣各取出一本簿子，不晓神圣们在上面写了些什么，写毕化了一阵清风，踪迹不见，不知众圣哪里去了。此时彭剪觉得精神长了百倍，心中扬扬得意，满心欢喜。列公，彭祖在人间寿活八百多岁，娶了一十三妻，享大福寿之人

也。正是：

<blockquote>凡人未服金丹药，想活百岁也艰难。</blockquote>

彭剪听了听，时交四更。暗想："桃花妹妹令我事完之后仍回公爷府歇宿。我知他的意思，惟恐周公爷见我今夜未死，一夜未回府，心中定然生疑，定然追问水落石出。不如我遵依桃花妹妹之话，急速回府。"想罢便唤醒庙祝，给了一两银的香资，开了庙门，奔回府中。暗暗的叫开大门，入自己房中，倒身便睡。

这且言讲不着。且说公爷周乾是夜独自坐至五更，意想彭剪此时死了，忙取天罡剑唤醒小童，提挈灯火，亲自来至彭剪的房门。推开房门走到彭剪床前，只见彭剪四肢不动，仰面朝天，双睛微闭。周公只当彭剪已死。不由的连声叹气道："阎王注定三更死，谁能留你到五更。可怜你平生忠厚，今日竟成乌有。"忙把金冠摘下，将发际散开，仗剑步斗，口中念咒。想要拘住彭剪的三魂七魄，不容散乱，然后用法超脱他投生在一个好去处。

且言彭剪一觉睡醒，睁眼一看，见公爷披发仗剑，在那里步罡踏斗，咕噜咕噜念咒。一翻身爬起，站在房中。周公一见大吃一惊，仗剑厉声喝道："僵尸休得作祟，吾奉太上老君急急如律令敕。"彭剪见此光景，由不得笑将起来。问道："公爷，你老在院中作什么法了？"周公闻言，定了元神，问道："你是人还是起殃乍尸？"彭剪回答："小人未曾死，怎么是起殃呢？"周公闻言，便令小童提灯一照，周公细验一遍，连连说："奇怪！奇怪！"忙问道："谁教给你的良法，得命回生？快快说明。"彭剪回答："该死未死，再活几年，何故国公爷盼我死着这样大急，难道一定要我死方可遂心？"周公闻言心中不悦，沉音暗想："这奴才尚敢吱唔诓我，且哄他到书房里去，再细细审问，定要追出是何人教他的方法破本爵的八卦。"想罢唤彭剪："随我到书房里去说话。"彭剪不敢违拗，只得随着周公望书房来。心中暗想："必要问我未死的根由，我纵死，也不说出桃花妹妹的名字来。"

来到书房，周公放下天罡剑，理好了发髻上冠，当中坐下，命小童向外厢唤几个人进来。不大工夫，进来几个家人。周公吩咐："众家人，替本爵把彭剪捆绑起来。"众家人，不敢违背，只得动手忙取绳索，把彭剪捆将起来。彭剪喊道："彭剪无罪。"

周公旷视彭剪怒喝道："你欺瞒本爵，焉得无罪？你快快说出是何人设法救你便罢。若不说出实话，本爵就要活活处死你，休怨本爵无情！"彭剪见问，连忙跪下说道："彭剪是个愚人，有什么法力挽回不死？晚间躺在床上待死，孰料睡了一夜，又不知怎的不曾死。"周公不待说完，大喝一声："嗨！满口胡言，不打你，你也不说出真话。"吩咐左右："替本爵先打他一百皮鞭。"就有两个家人走去拿来两条皮鞭，走至彭剪的跟前，一齐动手，整整打了一百皮鞭，只打的彭剪哀哀求饶。原来为官家的皆云："公门岂能无私？"这些家人皆与彭剪合睦，谁肯狠心痛打，打这一百皮鞭也不过有二三十下之重，因此彭剪不甚吃重，连声呼道："公爷屈打彭剪了。怨自己阴阳无准，反怪别人，与别人何干？求公爷格外施恩。"周公大怒，喝道："你平日老诚，今日竟然撒谎撒谎诳本爵，还不打你？"吩咐左右："替本爵再加一条绳索，捆住他中截，把他吊在廊檐下。"众家人哪敢稍停，把彭剪吊起。此时彭剪身觉疼痛，因为桃花妹妹乃是救命恩人，昨日又谆谆嘱咐我不要说出他的名姓。只可忍着疼痛，一语不发。

周公走至阶下问道："你快快说出实话，不但不责治你，本爵还要重重赏你。本爵看你满面红光，反添了寿限，必遇奇人传授你换骨脱胎之法，你可细细说来！"彭剪闻言心中惊骇，暗道："好利害也！不但卜卦有准验，就是看相也有准验。我不如舍身受罪，勿论怎样盘诘，我也不吐实言。"主意一定，即将二目一合，闭口无言。周公见此光景，心中动怒，转身来至书房，取天罡剑在手，奔至彭剪面前，大喝一声："好彭剪，你隐瞒实话，就是欺主之罪，当时令你去见阎罗！"言罢恶狠狠举剑往欲砍。彭剪瞥见，只唬的魂不附体，急呼："公爷饶命，待我说就是了。"周公恨道："少若迟延，将你一剑分为两段。"彭剪忙说道："是石宗辅左邻任太公之女任桃花，教我昨晚三更至三官庙等候北斗星君下降，令我求寿，故此得活。"周公闻言，命众家人把彭剪放下吊来，一同来至中堂。

周公落坐，开言问道："彭剪，本爵问你，何故你不实说？因何隐瞒不说？"彭剪言道："桃花小姐再三嘱咐于我，不要我对公爷说知，惟恐公爷生嗔，怀恨于他。就是石宗辅也是他设法救活的。"周公闻言，不由的怒道："好阴人，破本爵的八卦可恨，不该令石姓母子前来羞辱本爵，孤于他誓不两立。"彭剪闻言，忙叩头道："公爷息怒，宽宏才是，若记桃花小姐之仇，明显是彭剪恩将仇报，连累他遭殃受害。恳求公爷可怜他父母单生他弱女一人，年纪幼小，上无兄下无弟之孤人。"周公问道："这阴人多

大年纪？"彭剪回答："年方一十六岁。"暗表桃花女与周公先后下凡，何以周公若大年纪？皆因天上一刻，人间数秋。周公下凡比桃花多了一二零，故此大了数十岁。

闲言少叙，书归正传。且说周公听彭剪说出真情实话，便赏彭剪十两银子调养伤痕。彭剪谢了赏，周公便吩咐彭剪道："不许你到任家去说破；你若是到任家说破，走漏风声，本爵知晓了，罪上加罪，敲折尔的腿。"彭剪诺诺连声，口称不敢，自回房中去了。

周公默然暗想："任家桃花女小小年纪，竟有这般法术，本爵有些不信。待本爵查查看，昨夜果是北斗下降否？"忙掐指循纹一看，果然昨夜三更子初一刻，北斗降于城东三官庙中，不由的大惊失色，暗道："任桃花果然术能通神，朝歌城内若有此女，本爵万不能居他之上。"左思右想，闷闷不乐，在花楼上走来走去。猛然想起一计，"本爵何不如此如此，将此女诓进我门，把他摆布死，方消我心头之恨。"想罢心中得意，忙唤家人许成吩咐道："本爵命你将官媒唤来，有话吩咐他。"许成领命而去，周公仍坐书房等候。

不知用何计策暗害桃花小姐，且看下回分解。

第十回　骗亲事欺瞒诈就
误中计强逼聘成

春城无处不飞花，寒食东风御柳斜。

日暮汉宫传蜡烛，轻烟散入武侯家。

话表周公命家丁许成去唤官媒，不多时将官媒蒋妈妈领进公爷府来。周公在书房闷坐，见家丁许成走进书房回明："将官媒领到，在外面伺候公爷之命。"周公见左右人多，吩咐："将官媒领进，尔等俱各退出。"众家丁遵命退出，蒋官媒走进书房，朝着公爷叩了一个头说："公爷安好。"周公微然一笑，问道："你可知道南城居住任家，他膝下所生一女名唤桃花，你素日认的他家否？如若识认，可见过这任桃花否？"蒋媒回答："南城任家小妇人认识，任宅家资数万，乃是良善人家。他家桃花小姐小妇人耳闻，未曾见过这任小姐之面，不敢妄言。大约任家小姐已有十六七岁了。"周公说："本爵已知任家之女相貌端庄，意欲聘他为媳。你若做成此事，本爵重重谢你。"蒋媒婆闻言，沉音暗想："我从来未听周公爷有少公爷，听此话有些古怪。"周公见蒋媒婆迟疑不语，心中不悦。问道："蒋媒为何不语？"蒋媒答道："非是小妇人不语，我想任太公乃是平民，他怎敢与公爷结亲？"周公催促道："你只管去说本爵要聘他女为媳，三日内就要成其好事，妆奁一概不要他家的。"蒋媒婆不待说完，接言道："此限一发难成了，哪有三日就要过门，日期太近，岂不是白令小妇人往返空跑？依我看来，公爷必有主见，不妨向小妇人说明好到哪里，随他如何？倘他有什么大翻悔处，自有公爷阻挡作主，料也无妨。"周公闻言，回嗔作喜道："你果然伶俐，本爵实有心惩治这任桃花小贱人，皆因他暗破本爵的八卦。"本爵对你说明："本爵并无公子，今不过凑成圈套诓他过门，本爵好治死他。因后三日是诸凶煞下降日期，到那日她一下轿，必

中国禁书文库

阴阳斗

一〇九

然命丧无常。此乃暗施法术，治他一死，与你媒人无干。你若做成此事，本爵谢你黄金百两，决不食言。"蒋媒婆道："原来如此，怪不得公爷生嗔。任桃花是一个闺中女子，为什么敢破国公爷的八卦？若能治死他，倒是人不知鬼不觉，小妇人情愿去走一遭，也须想一条妙计，骗得任太公允许方好。"周公听蒋媒婆一夕话，方投自己心怀，不由喜道："这事不难。待本爵先算一算看是如何？"连忙掐指循纹一算，心中先已明白。说道："诓亲之计有了。适才算得任太公不在家中，往庄上去了。方得明日巳时回家。本爵派许成同你前去，令许成在他门外等候，必须如此如此。他若依允便罢，他若不允亲事，你们就说本爵要经官告他女儿用妖术邪法破了孤的八卦，不怕他不允。"蒋媒婆闻言大喜道："此计大妙，小妇人明日就去。"周公赏了蒋媒婆的酒食，又先赏白银二十两，蒋媒婆欢天喜地，拜谢回家而去。

到了次日，蒋媒婆复到国公府，会合许成一同出府。二人在路上又商量一回，一直来至任家门首，已是巳时。只见任太公从那边而来，二人一见心中暗喜，佩服国公爷的卦儿真正灵应。任太公来到自家门首，甩镫离鞍，下了坐骑，家童手提包袱，把马牵进门内。任太公抬头看见蒋媒婆同着一个人在门前站立，便笑问道："蒋大娘为何不进我宅去坐坐，站在门首做什么？"蒋媒迎着笑说道："太公，你看我这筐里是什么？昨日是我的小女下茶的日子，一应主顺人家，我都要将这茶饼送些东西来与太公安人的。恰好正遇太公回家，可令小哥送进去罢。"说完便把那筐里东西交与员外的跟随小童。太公随说道："原来是令嫒有了出阁的日期，可喜可贺！且请进舍下奉茶。"

蒋媒连忙答应，同着太公并许成一齐来到大厅坐下。蒋媒忙向小童手中取回那筐子来递与任太公。遂说道："太公你且看看原不成个东西，不过尽些敬心而已。"任太公连称"不敢"，用手接过筐子来一看，上面盖着一块红绫，一对金花，便伸手拿起，顺手放在桌子上。筐子里放着十来个精致点心，蒋媒婆在旁凑趣道："太公你吃一个尝尝。"任太公一则从庄上来还未曾用过饭，此时腹中正在空饥；二则又见点心精巧，老人家多嘴馋，又见蒋媒婆在傍凑趣，不觉就拈起一个来放在口中。家童已携出茶来，任太公一面便让他二人饮茶，自己亦取茶一盏饮，慢慢的送着点心饼儿，遂吃遂说："好点心！真是清香满口。"蒋媒婆又装疯作狂的取过那一对金花，走上前与任太公戴上，口内笑说道："有趣！有趣！今日取个吉利，等老身明日寻一位好姨奶奶来，与太公生一位公子罢。"任太公只当他取笑。遂口中说道："只怕不能了。"许成忙取那一块

红绫披在任太公的身上，二人便一齐跪倒叩头，口中称贺道："恭喜太公，贺喜太公。"任太公见此情形，忙问："你二人如何这般取笑？"忙伸手来扶二人，二人站起身形，口呼："太公，我们二人实说了罢。这是周国公送来与员外的。国公爷有位公子，想要聘娶员外家的小姐为妻，今年也是十六岁，择定日期太速，惟恐员外不允。若依小妇人看起来，员外爷虽是乡宦，周国公乃是一家国，此婚正可相配，员外爷休怪莽撞。"任太公闻言，方晓这是诓亲之计。心中着恼，说道："婚姻大事非同小可也，须两家情愿，难道他倚仗国公之势欺压平民，我就害怕不敢阻婚，即许他婚姻不成？你等用圈套诓亲，并未从先说明，老汉偏偏不允这门亲事，看他把我怎样摆布？"蒋媒婆闻言含笑说道："太公不须着恼，这位就是他的家人，是协同我来的。小妇人也曾向国公爷说过，惟恐你老人家不允亲事，国公爷也曾说道：'不妨碍。若不允这门亲事，我定必经官告他用邪法妖术破我的阴阳八卦。'太公爷，你老思想思想，朝歌城内大小官员哪一位不与他交好？允了亲事是两全齐美，国公爷的威名亦辱不了太公爷的门风；如执拗不允，小妇人恐太公爷要吃亏，小姐献丑。太公爷你老再思再想。"任太公闻听这一夕话，默默无言，沉吟暗想："悔不该令女儿多管闲事，我如今若不依允亲事，他若告到当官，我有输无赢，定然吃亏。我又嘴馋，吃了他的喜饼，我的女儿也得抛头露面，上堂见官出丑。"回思再想："我的女儿今已长成，也得择婿相配，现今与国公之子匹配，也算荣耀，面上增光。"想到其间，遂向二人说道："周国公喜与老汉结亲，岂有不允从之理？终然贵贱不敌，而且这姑爷也未相过，迎娶日期又太速。"蒋媒婆闻言笑道："太公与国公结亲就算同体，况且他家来先就太公这公子是娇生贵养，自然貌美。只有日期太速些，周公爷也想到这里，向我们言地，若任亲家翁嫌日期太速，令我们代话，勿须制办妆奁，一概不用，公爷府内所用什物一概不缺，只要小姐一身至期过门就是了。"任太公闻言欢喜道："既然如此，还须老汉我到后院对我老妻说知，商量商量才是，我一人也难作主。"蒋媒婆笑道："夫为妻纲，太公允了亲事，自然老安人也允许，我们就此回复国公爷的喜信。"说："许管家大叔，太公这里应许了这们亲事。"此刻许成心中会意。说："蒋嫂子咱二人一同回复国公爷去罢。"言毕一俦走了。任太公独自一人呆呆的坐在厅堂上，想来想去心中觉着攀高结贵，畅然喜悦，哪晓得忘却内里的利害。笑盈盈来至内宅。

任太太见太公喜现于色，便立起身来问道："员外回来满面喜容，为何头上插着两

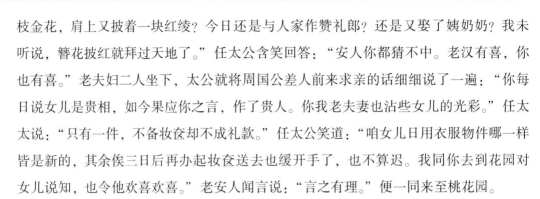

枝金花，肩上又披着一块红绫？今日还是与人家作赞礼郎？还是又娶了姨奶奶？我未听说，簪花披红就拜过天地了。"任太公含笑回答："安人你都猜不中。老汉有喜，你也有喜。"老夫妇二人坐下，太公就将周国公差人前来求亲的话细细说了一遍："你每日说女儿是贵相，如今果应你之言，作了贵人。你我老夫妻也沾些女儿的光彩。"任太太说："只有一件，不备妆奁却不成礼款。"任太公笑道："咱女儿日用衣服物件哪一样皆是新的，其余俟三日后再办起妆奁送去也缓开手了，也不算迟。我同你去到花园对女儿说知，也令他欢喜欢喜。"老安人闻言说："言之有理。"便一同来至桃花园。

见桃花女独自一人携着花罐在那厢浇那桃树，老夫妇齐说道："女儿何须自己浇树，令侍女浇溉可也。"桃花女抬头见爹娘走进桃园，连忙放下花罐迎接爹娘，一同上了花亭落坐。桃花女见太公簪花披红，便笑问道："今日爹娘有何喜事，簪花披红起来？"任安人便先接言道："我两老之喜俱是我儿你携带的。"遂将"周国公差人来求亲，你爹爹已许他十九日出门"的话说了一遍。桃花女未等说完，早已杏脸焦黄，"哎哟"一声，身不由己在椅上跌扑在地。

不知桃花女性命如何，看下回分解。

第十一回 恼婚姻需索聘物
请凶煞中毒施谋

未会牵牛意若何，须邀织女弄金梭。

年年乞与人间巧，不道人间巧更多。

话表桃花小姐一闻父母之言，将自己许了周家，明知周国公诓亲，不待父母说完，面如淡金，坐立不定，倒仆在地。正是：

娇花经雨低无力，弱柳临风舞不胜。

任太公老夫妇二人只唬的魂不附体，连忙一齐上前抱扶起。忙问道："我的娇儿，何故如此？"桃花女坐定，慢启朱唇说道："爹娘作事并不三思，落入圈套之中。这是周公之计谋，如今既中其计，少不得孩儿于他争斗。"老夫妇忙问："何以见得？"桃花女道："孩儿算的周公并无公子，夫人又是早亡，膝下只有十六岁之女。三日之中要娶孩儿过门，大约是为彭家哥哥之事所为。孩儿破了他的八卦，他羞恼变成怒，今日来求亲，想着暗用法术制孩儿于死地。从此孩儿要与父母永别，再无见面之期了。"任太公夫妇闻言，只唬的惊骇发怔。半晌说道："好端端的喜事，吾儿何出此不吉之言？"桃花女非是凡人，料事如见。闻父母心疑相问，忙掐指循纹一算，已明透洞理。向父母言道："十九日是诸凶神下降大败的日期，周公择此日娶亲，是要冲死孩儿。"太公闻言大怒道："周公如此可恶，用法相害，为父不要这条老命了，与他拚了罢！"言罢把头上的、身上的花红掳下来，揉的稀烂，抛在就地。桃花女见此光景，暗说："不好，我既奉玉旨下凡来破周公之法，料躲不过，不如稳住二老之心，免他着急。"遂说

道："爹娘放心，此乃天数，孩儿也不怕他。父母养孩儿一场，并无享孩儿膝下承欢，竟负却父母劬劳大恩。"任太公夫妇闻言含泪道："这样不利的凶日，如何依允的?"桃花小姐道："别人遇此凶日有害，女儿可能破解。别人之事尚能救脱，今日临到自己身上，难道反不会救解? 爹娘放心，女儿不怕，此去不过三日，儿便回来。只是须向周公给孩儿要几件东西，便依他的日期。"太公闻言反忧为喜，忙问道："向周公要什么东西，快快说来，为父的好令蒋媒婆去向周公处索取。"桃花女说："也不是奇难的物件，只要他二尺红绫，花轿上要绣八洞神仙之像，要用五色彩绸结成空的宝瓶一对，内贮五谷；熨斗一个。花轿一到他门前，急用檀香柏叶烧着，放在熨斗内，令他家人一名提着熨斗绕轿三匝，花轿方可进门。二门上要马鞍一个，方斗一个，新人下轿跨过马鞍，然后方可拜天地。再要他家自大门起直布彩毡到内堂，新人若一下轿脚不准沾地。还要他家的彭剪前来听候我们使唤。若周公有一件不允，父亲你可就说只可令他家公子亲来入赘，若不照此急备周全，那时再向他拚命毁婚也不迟晚。"任太公闻听一一记清，取过文房四宝逐一件件开写周全，皆遵着女儿所言之物件件无差开列明白。老夫妻二人又知女儿有回天的本领，不惧周公，定然无妨，便将忧愁抛去，又跟问桃花女道："女儿，你既然能破周公的法术，我二老夫妇也自然放下心来。待蒋媒婆来时，为爹娘的令他向周公要取这些东西，我儿若是抵不住周公的法术，即速说明，为父的好向他拚命赖婚。"桃花女说："爹娘勿须多虑，照单办理就是了。"任太公夫妇闻言，欢欢喜喜的走出后园。桃花女在桃园中打点破周公的法，这且不题。

再说蒋媒婆同许成回国公府见了周公，就将任太公许亲，十九日过门的话说了一遍。周公闻言大悦，赏了蒋媒婆银子，又赏许成十两白银。惟恐任太公夫妻反悔，吩咐蒋媒婆同许成登时备全聘礼、酒盒各物，又唤府中几个仆妇从人抬着聘礼跟随，竟到任太公家下礼物，牵羊担酒，纷纷嚷嚷来到任府。

任太公便令众人在外厅上待茶，女客让至内堂待茶，所来的礼物也不过目，一概令人抬入大厨房内去。蒋媒婆同着几个仆妇走进内房，朝上叩头贺喜，任太公责斥蒋媒婆道："我且问你，你为何办这等糊涂事? 你受人之托前来诓亲，我亦不能恼恨，就是不该择于十九日迎娶。周公爷是位明理之人，为何不查看明白，竟以纸棺材糊糊涂涂来瞒我，我如今也不追究这十九日的诸恶凶煞之期。你回去向周国公说明：这有红单一纸，上写的是届期上轿、下轿所用的东西，若少一件不给预备，莫怪老夫悔口退亲。我也不怕周国公去告当官，那时我情愿吃官司。"蒋媒婆忙接言安慰道："太公太太请息怒望安，若要什么东西就怕世上没有，如果世上有的，小妇人包管周公爷必办齐备，决不食言。"任太公说道："也不是世上没有的，这红单上开写明白，你将红单拿了去与公爷看，照单办理，不缺一件方可成婚。"蒋媒婆接单说道："我不识字，求太公念一念我听。"太公将红单念了一遍，蒋媒婆笑说："我只道天上少有，地下缺无，原来是这些东西。不难，不难，包在小妇人身上，不少一件。"太公说道："非是老夫罗嗦，皆因日期太凶，理当我须食言赖婚，略公爷乃是公侯贵人，大约不能吝啬，不办此举。"蒋媒婆"诺诺"连声，忙同众人拜别飞奔回府。

见了周公说道："任家好心灵，好像他们有耳报神一般，公爷的事他先知晓。"口内说着，把红单递给周公。"这是任太公所要之物，皆在上面写着了。"周公闻言接单一看，说道："不难，一一依他，你再到任家回复此信，就说本爵件件依允，临期令彭剪送过府去，且任他使唤就是了。"蒋媒婆领命，又往任太公府中送了回音。

原来周公的《天罡神书》只有占算之法，并无破解之术，故此周公将桃花女所要的东西皆看轻了，未放在心上。十八日黄昏时候，周公独自坐在书房之内，掐算那些凶神恶煞下降的方位，就知四绝、四灭星在东北，丧门、吊客在北，天罗、地网在东，黄幡、豹尾在南，病符、死符在西，心中大悦。暗想："群凶聚合，又与本爵这所宅房甚合方向，不用拘齐之力。若是别人，只用一二位凶煞，他的性命就难保；本爵想这桃花女必然有些本事，况且又要了许多东西，安知不是解法？倘被他弄了手段，逃脱此难，反显出他之能，本爵有何面目见人？不若再做个明枪易躲，暗箭难防，量这些凶神恶煞下降的方向他必算不出，本爵何不再拘二位凶神？就将丧门、吊客移在前面，将哭丧神移在正北，有何不可？桃花女这个阴人的花轿一过，勿论遇着那一位凶神恶煞，就把这个狗贱的性命结果了！他纵有法术，也令他顾此失彼，也顾不了许多。"主意已定，忙去沐浴更衣，取了《天罡神书》揣在怀中，手提天罡宝剑来到后花园中，吩咐小童们预备下桌子、香花、灯烛、黄纸、新笔、朱砂等物放在桌案之上，吩咐侍从人等俱各退出花园，不准在外窥看。自己将园门关闭。

候至天交三鼓，周公走至桌案之前，把头上金冠摘下，将发际披散开，把《天罡神书》从怀取出，照定上面符篆，用新笔填饱朱墨在黄纸上"唰唰唰"书了几道灵符，放下朱笔，右手提天罡剑，左手焚符，口中念咒，用天罡剑一指空中，起了一阵怪风。

风声已过，从空中落下一朵烟云，半云半雾，露出一位天将。怎见得：

头戴金盔生煞气，面如黑染竖浓眉，眼似鳌山灯两盏，一部胡须硬如针。

竹节钢鞭手内擎，上天敕旨封大帅，"黑煞"二字鬼神惊！

云摩响处，法身立在法桌之外，躬身问道："法官唤吾神哪边使用？"周公用剑遮面，口尊"上圣，无事不敢亵渎尊神。明日巳时乃桃花女出嫁之期，借仗神威在任太公家候桃花女上轿时，可用钢鞭将桃花女打死轿内，再请尊神归本位。""谨遵法旨。"黑煞神去讫。周公把第二道灵符焚化。从空中来了一位披头散发、身空重孝，右手提着黄磁罐、左手拿着哭丧棒，这位神专管人间丧事，乃是丧门正神。躬身问道："法官有何差遣？"周公遮了面门说："无事不敢亵渎，明日巳时桃花女的彩轿到门，上圣在大门守候，桃花女下轿时，仗尊神威灵将桃花女冲死，尊神再请回本位。"丧门神遵法谕，化一阵风去了。周公忙焚化第三道灵符，将吊客神请来在大门右首把守，须把桃花女冲死，方许回归本位，周公复又焚化第四道灵符。

未知请哪一位尊神，且看下回分解。

第十二回 明暗阱豫图解脱
知后事先泄玄机

闲口藏舌是英贤，能言还须省言先。

宁在人前说不会，莫与人前会不全。

话表周公把第四道灵符焚化，忽听空中风声大作。风定显露一位神祇，怎见得：

洁白银盔生杀气，素披甲上砌龙鳞。腰中系宝磨珍玉，战靴五彩起祥云。面如傅粉神眉竖，眼光四射惊骇人。法体金身高一丈，画戟方天手内擎。若问此尊神名字，威镇西方白虎神。

白虎神至法桌前问道："请问法官，有何差遣？"周公说道："无事不敢亵渎尊神。只因明日巳时迎娶桃花女过门，借仗尊神之威力，在洞房坐帐时把此女咬死，再回归本位。"白虎神领了法谕，腾空而去守吞地。周公请完四位正神，把《天罡神书》收起，理好了发，令人撤去供物法桌，回至房中。自思自言道："任桃花呀，本爵看你有回天的本事，也难脱此灾难！非是本爵心毒意歹，下此毒手暗害与你，也是你自取灾祸。"想罢听外厢已鱼更四跃，自己上床合衣而睡，一夜无话。

且言桃花女一心要与周公斗法，必然赌斗输赢，见一个高低上下，便把一切宝物收拾齐备。到了次日清晨梳洗已毕，忙到后园观看桃树，自觉心中不安，忙掐指循纹一算，便知内中情由。不由的心中暗笑："周公你小睹了我。你虽又添请四位凶神恶煞暗害与我，可惜你枉用心机，怎能够害的了奴家？"忙回转绣房，将收起过撼门的锦囊田打开，取出一枝小小的桃枝，拿至后园。口中念念有词，用气向桃枝上一吹。喝声：

"如意主好还愿。"勿见那只桃枝长将起来，竟似一枝七尺长的画戟。提在手中，把青丝发散发，反罩在粉面，右手擎戟，左手叠决，口中念咒，将画戟向天一指，喝声："红煞尊神速降。"

且言这桃花仙子的根基道法比周公高，仙子在瑶池修炼又久，天书又是昍真人所赐——昍真人乃是诸天神圣的领首，桃花女念的咒语皆是昍真人拘神之法令，故此不用烧符布斗。由戟望空中一指，一阵风过，从空落下一位尊神，金盔金甲，立在桃园，口尊："法师唤吾神有何使用？"桃花女见红煞大帅下界，口称："尊神，无事不敢劳动。今日因周乾卖卦泄漏天机，被小仙两次破解，尚不知省悟，痛改前非，以挽回天怒；反道生下万狠千毒之心，用诓亲计暗遣黑煞大帅守在门前，专候上轿之时要害小仙之性命。今不得已借仗尊神法力，在暗中保护小仙，上轿之时若见黑煞神钢鞭落下，求乞尊神用金鞭架住，待小仙上了彩舆出门之后，方许领黑煞帅一同复位。如违法令，按法书所贬。"桃花撒决红煞帅，遵法令随风而去。桃花女把青丝发梳好，向画戟上倒念真言，吹了一口法气，画戟还原，仍是一枝小小的桃株。又在桃树上撅了一枝嫩桃枝，又折了三枝柳树枝儿，一并携至绣房，亲自做了一张弓，三枝箭，放在一旁。又取出几根棉线，用手腕左十字，右十字，做了一个像筛箩的样儿，分经出纬的，用戒法戒好了，一齐收拾起来。看看天将巳时，忽听外边鼓乐喧天，铿锵之声振耳，大约周家娶亲的到门了。

忽见二老爹娘身穿着吉服慌慌张张走进绣房，同声叫道："孩儿呀，周家娶亲的彩舆已到门了。吾儿急速穿带吉服，上轿过门才是正理。"桃花女闻言不由的含泪口呼："爹娘呀，你二老空养孩儿一十六秋。今日女儿到周家，必然两不相容，有一场恶斗，生死存亡难以预料。为儿的有几句言词，二老爹娘须要在意。谨记！"任太公夫妇已痛哭起来，说道："我儿不必过忧，且放宽了心前去。大料周公并无歹意，若有歹意，周公的法术大约难敌我儿的法术，我儿且免悲伤。至三朝，我们老夫妇二人还要过门看你去哩。我儿有话只管讲明，不须隐讳，我二老夫妇焉有不依从你的？"桃花女闻言便说道：

无阴无阳不到头，莫道行善反无后。

无儿日后却有儿，大数来时白日飞！

双跨木云朝玉阙，子午甲戊是了期。

丝毫不爽天地数，桃园久已待孤椿。

方显人间行善乐！

　　此皆是任太公夫妇日后白日飞升，作仙桃园的上神，此是后来结局。闲言休表。且说桃花小姐言毕，向爹娘拜了四拜。说道："已时已到，孩儿也要收拾停当，就此告别。"任太公老夫妇闻言，上前携住桃花女痛哭不止。

　　正在难解难分之际，只听众使女一齐说："彭大爷来了。"任太公老夫妇闻言止住悲声，抬头观看，果然是彭剪走进桃园。彭剪口呼："叔、婶、贤恩妹可安否？小侄请安来了。"任太公便含怒说："彭剪你来此竟充是一好人呀！我女儿救你一命，谆谆嘱咐与你不可说破，你不听言，将事竟泄漏与周公，使周公记下仇恨，结下冤家，用诓亲之计欲害我女儿一死，竟候我女儿过门，必然制死我女。我女儿过门若无舛错便罢，若有舛错，我这条老命定与你合周公一并拚了，同你二人誓不两立！好一个负心人，你竟恩将仇报！"彭剪听到这里，只急的满面乍青乍红，拍胸跺足，"咳"了一声，说道："叔、婶，莫要着急气恼，小侄之心自有天知。小侄蒙恩妹相救，我怎肯说出实话？周公三番五次诘问，打了小侄数百皮鞭，现有伤痕作证，我仍不吐实言。周公冲冲大怒，恶狠狠仗剑杀我，是我一时无主意，心中胆慷，不得已方才实说。周公将我囚起，不准出门，小侄不得前来告禀。后来什么诓亲计，小侄一概不知……"未等说完，桃花女接言说："父母休埋怨彭家哥哥，此刻未有谈闲话的工夫。妹妹在此候你已久，有重大的事小妹托你办理。哥哥须要依我调度，才见你的心好歹。"彭剪说："妹妹只管放心吩咐我，我必尽心，赴汤蹈火愚兄在所不辞，一误我还再误吗？"桃花女闻言，忙取出弓箭一把交与彭剪，嘱咐道："你且收下带在身上，候我彩轿一进大门，你可如此如此这般行事。"彭剪连连点头遵命。桃花女又把线做成的筛箩，亦交与彭剪，密密的嘱咐了一回。彭剪接过，暗暗拿了出去放在彩轿内。

　　桃花女随身带齐各物，头戴八宝珠冠，身穿大红蟒袍，足下穿一双黄缎道鞋，不肯吸（沾）泥，就站在床上，束好了碧玉带。此时蒋媒婆走进中堂，忙忙递上去三尺红绫，一对宝瓶，瓶内盛满了五谷。桃花女命蒋媒婆把红绫盖在自己头上，一只手是一个宝瓶。心中暗想："蒋媒婆老匹妇心术不正，今番我不免用他作我的替身罢。非是

我心毒，是这老匹妇心毒在先。"心中想罢，开言口呼："蒋妈妈，我今过周府并无亲人陪伴，你老就是我的亲人一般，你老陪房过周府，随彩轿而行，你且不可离我左右。明日来我家，赏你白银二十两，决不食言。"蒋媒婆闻言心中欢喜。回答道："小姐，放宽了心，老身前来本是伺候小姐过门，轿前轿后并洞房内老身必然扶侍周道（到），这是我分内之事。如何又敢妄领太公小姐的赏赐？"任太公回答："只要你好好殷勤，小心扶持我女儿，过门后我必然赏你白银二十两，定不虚言。"桃花女便教父亲来抱他上轿。今日桃花女所用的人并那些物件原是为镇破那些凶神恶煞之作用，岂知后人大凡迎娶，俱照此式行事，竟成了风俗则例作为要事。闲言少叙。任太公便把桃花女抱将起来，含泪叫声："娇儿呀，你要老父抱你上轿，愿同你老父母一般大的年纪成人长大，夫妻百年合偕，子孙昌盛，福寿绵长，百无禁忌。"任太太跟随在后，一程送出，含泪哭泣。正是母女分别情不能己，况且膝下无儿，只生此女，今日分别，又未知吉凶如何，前思后想哭的如酒醉一般。彭剪见此景况，不由得也陪着痛哭。

任太公把桃花抱上了彩轿，桃花女方才坐稳。忽然一阵怪风向彩轿吹来，只见显露出一只钢鞭往下欲落。原来是周公请到的黑煞神在门前守候，见桃花女上了彩轿，忙举鞭往下落，只见左边伸出一条金鞭，把一只钢鞭架住，红煞神显露法体。这黑煞神见是红煞神架住他的钢鞭，不能打下去，不由得动怒生嗔，说道："吾神奉了周法官的天罡正法，前来打死桃花女，尊神何故用金鞭架住了吾神的钢鞭，救脱此女，令吾神不能覆他的法谕，是何道理？"

不知红煞神有何言回答，且看下回分解。

第十三回 邪斗正神圣无私
真赢假阴阳有准

兔走乌飞快又急，人生能有几多时。

看破兴衰浑似梦，参明成败一盘棋。

话表黑煞神红煞神用金鞭架住钢鞭，黑煞神说道："吾奉周法官的天罡正法，遣吾神打死任桃花。尊神何故用金鞭架隔来救任桃花，使吾神不能复他法旨？"红煞神口呼："黑煞大帅有所不知，吾神奉任桃花用旵真人的神咒拘来保护于他。他二人各显妙逞能，阴阳斗智，毕竟任桃花系上界桃园仙子降凡，出于正，是奉玉旨激恼周公，二仙争斗，从此返本还原而归位，免堕落苦海沉沦。他二仙归期在迩。你吾二神又何必听其私拘使唤，以伤天地之和气？"黑煞神听明内中缘由，回答道："尊神所论深合玄妙之旨，请各归本位。"登时二神各驾祥云，各归本位去了。

且言桃花小姐坐着彩舆出了大门，一路鼓乐喧天，笙簧载道，无数的家丁也有步行的，也有骑跨骏马的，前呼后拥，从街上而过。众百姓见是归田的周国公爷娶媳，花轿是用绫绸结成，绣刺十八洞天仙围绕周围，皆是红缎包裹，真乃光耀夺目，无不赞美，道："公家与民间迥别！"内中有知周公无嗣的，说道："周公爷续娶夫人自然奢华。"桃花女在彩轿中听得此言，心中恼恨周公，暗想道："我若不生殊周乾，焉能解今日之耻？"轿上有十八洞仙像，一路行来，众凶神恶煞不敢近前，所以桃花女安然无事。

彩轿一到周公门首，任家的人役就令蒋媒婆快请周公府内的人出来熏轿。蒋媒婆闻言不敢怠慢，进府达知熏轿之事。周公便问蒋媒婆道："你见桃花女上轿之时有什么响动？"蒋媒婆回答："小妇人在旁见他父母扶抱他上轿。一路前来，并未有什么响

动。"周公闻言大惊失色，暗想："真奇，这桃花女法力大约不小，连这黑煞大帅他也能躲过。料想这大门外这些凶神恐不中用，还亏将丧门、吊客请来暗暗在他左右，看这阴人还有什么手段法力来破解！"便对蒋媒婆说道："他既要本爵的人役门外熏轿，本爵自去有何妨碍？"吩咐左右："快给本爵在熨斗内焚起柏叶云香，待本爵去熏轿，好令阴人桃花女进门。"当时家人早已将各宗所用物件预备妥当，把熨斗递与周公。

周公接过熨斗走出府门，向着那彩轿绕着走了三匝。这周公不知柏叶、芸香是避邪之物，这些哭丧一众邪神在暗中闻见此等香味，皆站立不住，各自闪避去了。轿内桃花小姐听得周公亲自出来熏轿，心中暗暗嗤笑周乾："好一个呆呆的周乾，竟连柏叶、芸香能避诸邪也不晓得。观此便知他胸中的法术不足为虑了。"这桃花女所用取之物俱是破解凶神恶煞之手，这周乾哪里晓得此中妙法，破除凶神邪煞各物相冲相克之理。闲言少叙。且言周公熏完彩轿，走进大门，把熨斗各物丢在一旁，吩咐众多人等："俱各站开，待等新人上华堂下轿，你们众人再近前。"周公的意思，明知自己下了毒手，桃花女若一登华堂下轿，自有手段作用与众人看看，一则显一显自己的法术本领，二则以泄前日连连破我阴阳八卦之恨。想到这里心中大爽："桃花女必然死在轿中。"即刻吩咐家人许成传出话去，就说："公爷之命，时刻已到，把彩舆抬至华堂，令新人下轿。"许成不敢怠慢，遵命走至府门，向外说道："我奉公爷之命传言，时刻已到，急速新人进门，在华堂下轿。"言毕转身进去。再言彭剪受了桃花女的重托传法，听吩咐新人进门，彭剪急忙先行几步来至府门口，面朝府门取出桃弓柳箭，任叩搭弦，双手扯起向门内高声念道：

桃木弓柳木箭，射了左扇射右扇，

丧门吊客影无踪，一切凶神不见面。

彭剪念罢，前拳一撑，后手一松，照定府门正中一箭射去。丧门、吊客二位凶神最怕桃弓柳箭，未等弓弦响时二神就站立不稳，弓弦一响，二神即忙驾云，回归本位去了。故今后世若逢不吉年时，大门上皆挂桃弓柳箭，就是这个缘故。

当时周公只道桃花女不能退丧门吊客二凶神，必死在二凶神之手，即亲自出府熏轿，亦是借意暗查轿内的动静。周公哪知反入在桃花小姐的算中。周公亦是不放心，私自又出来在旁偷看形景，正遇彭剪又发第二枝箭。岂料这第二枝箭发出正遇周公向外偷查观看，这枝箭"嗖"的一声便向周公面门飞来。周公眼快，喊声"不好"将头一闪刚刚躲过，箭从耳边过去，心中大怒。喝道："何人胆大胡为，在此乱放冷箭，欲伤本爵！"猛抬头观看，见是彭剪手擎着一张小弓儿，迎府门而立，大喝道："好彭剪，竟敢放冷箭，暗伤本爵！"彭剪被周公所喝，大惊失色，忙把桃木弓丢下，答道："彭剪怎敢大胆射公爷？彭剪是奉任小姐之命用弓箭向门内左右射之，说公爷拘了什么丧门、吊客在大门左右把守，若彩轿一进门，要害他于死地，故令我在此先用弓矢射退二位凶星，他方好进门下轿。我是遵公爷派在任府使唤，这是我被任小姐所使，这事与彭剪无干。"周公闻言"哎哟"一声，捶胸顿足，连说："罢了，罢了。本爵一旦的胸心血气工夫白白枉用，谁知本爵家中之人反为他人所用，倒败了本爵的大事。你且走去罢。"周公言罢，转身进了内堂。坐下心中暗想："丧门、吊客二煞神虽被阴人所破，还有许多恶煞埋伏，暗害阴人一死，本爵再看他又有什么法术破解？"此话不言。

且说桃花女下了彩轿，蒋媒婆扶持着。上下内外堂房皆用红毡铺满，桃花女足下穿一双不吸（沾）地的黄缎鞋儿，在毡上缓缓而行。彭剪急忙在彩轿内到出线做的筛箩，见桃花小姐离二重门不远，急忙来至桃花女跟前，以双手抛起线做的筛箩罩在桃花女的头上，口中念道：

　　线做箩比就天罗网，大红毡压住拌脚绳，跨马鞍骑住星日，马羊见凡草
　　走无踪。

彭剪遵照桃花小姐所教，口中念着歌，来至二门口，把方斗里装的草抓出来，一把一把的向四处乱撒。桃花女趁此光景，忙忙纵步走到那马鞍边，一扬金莲跨过那马鞍去，忙忙取出身边宝瓶。瓶内所贮的五谷，将瓶口向下一倒，撒遍满地。正是：

　　凡人虽作等闲看，到了仙家自有灵。

桃花小姐将瓶内五谷撒着一程，走到了华堂之内。当时周府的众多使女仆妇皆知公爷用法力要治死任小姐，一出彩轿即要气绝身亡。众人见桃花小姐步入华堂安然无

事，大众一怔，就知任小姐的法术破了公爷的法力，方晓的任小姐法力高过公爷的法力。前日众多妇女闻听蒋媒婆所言：任小姐有沉鱼落雁之容，闭月羞花之貌，哪一个皆都来要看一看任小姐，将一座华堂密密围的不透风。见任小姐真是国色天姿，华堂上众多妇女围绕，阴气凝结太盛。众凶神恶煞被桃花女一路用法力制伏，不敢相侵触犯。又见桃花女闯过泛地方位，华堂上阴气太旺，众多的妇女身体有不洁净者俱多，又恐沾染了污秽之气不能归位，只得一齐驾云，各归本位去讫。

且言周公瞧见桃花女一连闯进三层门，直至华堂之上，安安稳稳，安然无事，就知将凶神恶煞退了，破了自己的法力。不由的三尸神暴跳，七窍内生烟。暗骂一声："好一个阴人桃花女，竟能破本爵的法术。量你有托天的本领，本爵与你结怨已深，誓不与阴人两立！"正然思索，只见蒋媒婆走进说道："任家的家人催请新郎出去交拜，这便如何是好?"周公闻言无计可施，急的搓手，忽然心生一计，唤过管家婆来，吩咐道："你向桃花女去说，就言公爷吩咐，今日不利新郎与新娘合卺坐帐。交拜见面，宜令公爷亲生的天香小姐代替交拜，权作新人入房坐帐。"管家婆遵命来至华堂，向桃花小姐按公爷所言一一说明。桃花小姐闻言，心中暗暗欢喜道："今日今时可有了替身，省了一番的作用。"便立等不动，将宝瓶交与蒋媒婆，暗在胸前锦囊中取出一面青铜镜子，收入袖内，两手高高拱着。

算计已订，忽听鼓乐喧天，扬扬盈耳。只见天香小姐走进华堂，两位佳人拱揖相让一番，然后交拜已毕；又有一班侍女拥护相随，进了后面洞房。天香小姐便与桃花小姐揭去盖面的红绫，定睛将桃花小姐一看，见桃花小姐生的不啻蕊宫仙女，月殿嫦娥，心中十分爱慕。暗暗叹惜："这位小姐生得千娇百媚的花容，今日要被我父亲治死，实实可怜。"这桃花女见天香小姐生得：

　　娥眉如月巧弯成，二目秋波亮若星。
　　八宝钗环添秀色，焉然一顾显娇情。

暗暗称赞："好一位美貌佳人，可怜今夜替我身死。"二位佳人暗中皆有怜惜之意。天香小姐开言，口尊："任家姐姐请上床，以应坐帐之典。"桃花女明知床帐内有白虎星官，不肯坐帐。不知如何回答，且看下回分解。

第十四回　桃花女以法破法
周国公图害被害

中国禁书文库

阴阳斗

不贪名利好清闲，泮奂优游自在仙。

脱略世计兼身计，总把人间当梦间。

话表前言。桃花小姐、天香小姐二位各有怜惜爱慕之意，总然桃花女乃是仙子降生，法门之女，心中明白过去未来之事，今夜出于不得已，要暗将天香小姐替位。当时自己哪里肯先坐床帐。即冷笑说道："小姐今夜为娇客，先请坐了上首，奴好奉陪附坐。"天香小姐道："姐姐是为长的，奴不过今夜权代哥哥相陪小姐，怎好有僭先坐之理？"桃花女笑道："既僭令足就算是新郎，自当先坐为事。"天香小姐心中明知父亲要暗害桃花女，又无救脱他的方法，是出于无奈，巴不得应酬完了此事早回闺阁，并不知道坐位方向的利害。又听桃花女说的有理，便道："如此说就依姐姐之命，小妹有僭先矣。"便先到上首床而坐。桃花女忙将绣帐往身上一遮，口中反念起催神咒，催动了白虎大帅。一阵狂风过去，现了原形。见床上坐着一个阴人，这位猛烈的凶星真乃利害，"呼"的一声，向天香小姐肩下咬了一口。正是：

倏忽娇花经骤雨，不期嫩蕊遇狂风。

天香小姐"哎哟"一声扑跌床下，口中流血，已直僵僵死去。众仆妇使女见此光景，这一惊非小，急忙忙上前扶起。见天香小姐面如金纸，口流鲜血而死。妇女们连连呼唤，不见小姐苏省，众妇女便大哭起来。就有人去飞报周公。

这周公在书房，忽听得洞房中大放悲声，只道桃花女着了手，任家随来之人举哀，

心中大喜，爽快之极。忽见本府仆妇惶惶张张来报说："小姐无故在洞房口吐鲜血，倒地身死。"周公不听此言则可，一闻此言，不觉如在高楼失足，扬子江翻舟，激伶伶打了一个寒颤，忙忙飞奔入内。进了洞房，双手抱起天香小姐放声痛哭道："我儿好端端的，今日何故竟死在这里。"哭个不了。桃花女闻言微微冷笑。口呼："周公你这话语自好哄那些个愚人，如何瞒得过我？是你昨夜晚请了来白虎凶星，咬死了你的女儿，所以流血而死。好端端一位小姐，竟被你自己使法害了性命，你还哭他作甚？"周公闻听桃花女之言，又羞又恼，心中又恨，止住悲声抬头观看桃花女。只见他：

> 遍体浑身着大红，天然媚态与仙同。
> 周公初见桃花女，几让娥眉古士风。

周公一见桃花女秋水为神玉为骨，不由的发怯。心中暗道："怪不得这阴人如此利害，相貌先已超群。"无奈何勉强陪着笑脸，呼一声："任小姐，这事你明本爵不明，未知可有仙法解救小女之命否？"桃花小姐冷笑道："周国公，你习学天罡诀未尝不是，如何会使不会破解？你不怨自己没手段，道术不精，只是怨旁人破你天罡八卦，一味的恨怨他人。今日既然求救于我，即救你家小姐，有何难处？快取河中的逆流水合柳枝，我当面略施小术，管令他立刻还阳复活，方教你心服口服。"你教怎样为逆流水？大海长潮小河退潮，小河长潮大海退潮，以大海为主讲，躬取小河长潮水为逆流水。周公听了桃花女之言，都是些堵嗓子的话，心里实不受用。因为盼望救活女儿为要，就不敢与桃花女分辩皂白，即刻吩咐家人急速去取逆流水并柳枝来。吹口之气时取到这两件东西，桃花女令人取了一床凉席铺在就地，将天香小姐抬在席上，仰面朝天放定，令众男妇不许喧哗。桃花女不慌不忙，慢慢的取过柳枝浸在逆流水中，用手把柳枝在水中左搅旋三旋，右搅旋三旋，左手掐诀，口中默念神咒。念毕，右手把柳枝醮着逆流水照定天香小姐脸上一洒，真乃仙家妙用，咒念三次，水洒三次，天香小姐的三魂七魄归体入窍，气转还阳，"哎哟"一声说："唬死奴也。"睁开杏眼四顾观看，见府中男女老幼立在房外，自己翻身坐起，坐在凉席上，只是呆呆的发怔。众家人、仆妇、使女俱各欢喜。说道："小姐死去还阳，真乃任小姐法力通神，实有起死回生之力。可羡！可羡！"周公只羞的面红过耳，无可奈何，只得上前拜谢桃花女救女儿之恩。

这天香小姐方知是任小姐救了自己的性命，心中感激任小姐大恩不尽，忙跪倒，拜谢桃花女活命之恩。自己也不回绣房，便陪着桃花女在新房内。这二位小姐猩猩惜猩猩，你爱我，我惜你，犹如一母同胞，二人又是同庚，十分缘合雅契。按下不表。

且言周公此时的羞愧甚是难当。回至书房独坐无言，暗中思想："所请的这些凶神恶煞不见动静，大略都被这阴人破了，反使白虎神将女儿咬死，反又求他将我女儿救活，可恨他自显其能，当着众家人、仆妇、使女羞辱本爵，并无一言一句的逊让。本爵原使的是诓亲之计，为的是将他治死，到今日他反倒平平安安坐在我府中。竟等三日后他要见新郎之面，哎呀，可拿什么与他？必须用一个死手将这阴人了决。一则除了本爵的羞愧，二则解本爵的心头之恨。"想罢取出天罡神书仔细详查，又得了桃花女的生辰八字，按着命宫细细捣算，得了一个黑犬镇压之法。又算了一算此法若用上，再无一点解救之法术，不觉哈哈大笑道："早若用这个镇压法，也省了许多的闷气。"遂将天罡神书收讫，忙走出外堂，命家人王傲拿铜钱一贯，立刻向正南方采买一只黑色的母犬，牵到后园听用，不可有误。家人王傲领命向正南采买，不多时将黑母犬买来交与园丁看守，一宿无话。

到了次日，周公吩咐彭剪道："你可到任太公家后园中有一棵蛀的桃树，拣那向阳正南方上的桃枝砍他大大一枝来，本爵有要紧用处。但则一件你将桃枝砍下之时，手拿桃枝转身就走，一路上且忌回头观看。你若回头观看，你的二目必瞎，那时莫怨本爵不说明白。"彭剪领命，"诺诺"连声退出，竟往任府而来。走进任府，向任太公说知，来到后面桃园，将向正南一颗高大桃树向南桃枝砍了一枝，直奔回国公府。周公见了桃枝心中大悦，站起身形，命彭剪拿着桃枝一同走进后园，将黑母犬牵出，便命人设摆香案，供上花果、香烛、朱砂、净砚。周公折了一小枝桃枝，蘸着朱砂将桃花女的生辰八字写在上面，用黄纸包好，命人系在黑母犬身上；又把桃枝握了一个圈儿，套在黑母犬身上，又拿桃枝蘸朱砂画了七道灵符，亲自上前将符粘在黑母犬身上的桃枝圈儿上。周公安放妥当，立刻手中掐诀口中念咒，咒语念了七遍，揭下灵符七道，用火焚化，把写八字的桃枝圈儿也都除下，共用火焚化，将黑母犬打死，命家中人将黑死母犬埋在后园正南方地下，把供桌等物倾下，便哈哈大笑道："阴人哪，今番本爵看你如何躲得过此难？"原来那颗桃枝是桃花小姐的本命，周公先砍了来就制住了桃花女的灵机。

且言彭剪自己在外偷眼暗暗观看，只见周公如此一番作用，心中就有些疑惑。又见周公冷笑说出些个利害之话，心中大惊。暗说："不好，这又是用什么法术暗中谋害我的恩妹任小姐了。我何不速速前去，将此事告诉恩妹，使他早作准备才是。"想罢直入内宅，彭剪是国公府老宰臣，穿房入舍无人拦阻，故此一直飞也似的奔至桃花女所住的新房。

且言桃花小姐自从救活天香小姐，这天香小姐心感桃花小姐的救命之恩，二人情投意合，相伴不离，谈谈论论，说说讲讲，至三更之后方各回房安睡。这日因在后楼早妆，单有任小姐一人独自坐在房中。想要设法还家，忽然一阵心惊肉颤，坐卧不安，连忙掐指循纹以算，心中大惊，暗道："不好了。周公砍了我的本命根，用黑犬压法制我，将我的生辰八字镇之。哎呀，纵有神仙手段难逃此厄，如何是好？"正在愁闷，忽见彭剪从外厢慌慌张张走进内宅，气喘吁吁，口呼："恩妹不好了，大祸已到，快作准备方好。"即将周公在后园作法要制恩妹一死，又将如何作法，如何命我砍桃枝一五一十细细说了一遍。桃花小姐闻言点了点头，口呼："哥哥休要着急，此事小妹我已算出，知道了周公所用乃是黑犬镇压法，乃是和魔毒之计法。但此回小妹料难逃脱此厄，大约小妹不能生在世上，望哥哥念小妹前番救你之情，今日须要搭救小妹之命，方见哥哥恩义分明。"彭剪闻言，自急的搓手顿足说道："愚兄若有法力，不等前来通知恩妹，愚兄在暗处就破解了，实实不能。恩妹若有用彭剪之处，虽赴汤蹈火，万死我也不辞。"桃花女闻听彭剪之言满心欢喜。说道："若如此，小妹有救无碍矣。"不知又用何法破解，且看下回分解。

第十五回 桃花三解天罡法 周乾再布压魔谋

闲来无事览残篇，多少英雄尽枉然。

生前徒用千般计，死后空留土一滩。

话表彭剪问其解救之法，桃花女言道："周公所用乃是压魔之法，就是大罗天仙也难脱逃此厄，必要三魂出窍，七魄飞空，决死无疑。但则彭家哥哥念小妹救你之情，今日答〔搭〕救小妹才是。"只急的彭剪顿足道："为兄若有法术救得你，我就不对恩妹你说，我就早早破了他的法，救了恩妹，何用报与恩妹你知？"桃花女说道："小妹不是要你破他的法，要你依我的言语而行，小妹就有了救星。"彭剪闻言，忙接言说道："恩妹，凡教给我的事皆记在心，不敢误事，你昨所嘱托的事那一宗一件皆未负恩妹所托。恩妹快快说来，我好去办理。"桃花女闻言满心欢喜，说道："你受周公之命到我家把向阳桃树砍了。那颗桃树是我的本命，今被你砍了，就如塞断水源一般，纵有飞腾变化也不中用，明日未刻就是小妹的死期。"彭剪闻言惊道："如此怎好？只恨我是一个愚人，不通玄术，砍了桃树害了恩妹的性命。我若通晓玄妙，周公将我处死，我也不去砍恩妹的桃树命根。"桃花女接言道："不必恼悔，过去之事不必题了。明日未时一定我死，小妹有一解法，非你出力方可复生。"彭剪说："自愿恩妹不死，为兄虽赴汤蹈火万死不辞。"桃花女说道："我死之后，周公必要即时将我入殓。待他举尸入殓时，切不可等我尸身入棺，他等将兜起尸身时，你可即早拿木杖三根，将大门掩上，朝着门闩上连敲三下，高叫一声'桃花女'，却用右足将大门踢开，那时自有妙法，我自然活转来。用此法时候早了不济事，迟了亦不济事，必须看他们将尸身兜起，举尸欲入棺方可作此法，千万不可误事，如误，小妹性命休矣。"彭剪闻言双眉紧蹙，

摇头说道："此事太难，恐怕误事。恩妹你想一想：这新房此去离府门太远，只怕我未曾跑到大门，他们将你尸身已入了殓，岂不是我误了大事？"桃花女道："兄长所言极是，是小妹忙中未曾细说明白。兄长你但看天交申时，你可便先出去在大门候等。若闻一阵香风过时，那就是兜起我的尸身的时候了，你便要照我的言语急急行事，并不误事。"彭剪点头道："如此说来，只要算的准，这有何难？惟恐没有这一阵香风，可别怨恨我误事。"桃花女回答："是必然有的，如无香风，不算你误事。"彭剪闻言心中尚觉半信半疑。复言道："若果有香见为信，恩妹且放宽了心，千斤担子在我身上担，管许不误大事。"言罢忙忙告别而出。

桃花女独在房中打点他死后防身的法宝，一件件都装在锦囊中，带在贴身衣裳内。收拾完毕，只见天香小姐早妆已毕，来至新房。步入屋内，二人见礼坐下，用完茶点，彼此闲谈。桃花女并不题他父亲用黑犬镇压法暗害己身之事，还似说说笑笑不以为然。直至天晚，天香小姐陪着桃花女用过晚饭，方回自己房中安歇去了。

桃花女独自一人坐在新房，这一夜何曾合眼？坐在牙床之上调气养神，直至次早下了牙床。梳洗已毕，也不戴钗环珠翠，挽了一个道髻，穿上一件水绿色的道衫儿，欢欢喜喜不露一些声色。

当日周公仍是放心不下，暗派家人前去探看动静。去不多时回报："任小姐并无动静，看他色相并无忧容之态。"周公闻报心中大悦，暗想："此番克去了他的本命根源，他自然昏暗。"挨到了晌午，步进后园又书了一道催煞符，步罡踏斗，口中念念有词，把催符用火焚化已毕。

且言桃花女同天香小姐在新房中闲话，忽然桃花女大叫一声："吾命休矣！"仆倒在地绝气而亡。天香小姐与仆妇丫鬟不知其故。一齐大惊失色，忙上前扶起。只见他气息全无，身软如绵，颜色如生。天香小姐见此光景，只吓得手足无措，便大哭起来："姐姐呀，适才好端端的一个人，为何顷刻之间无故身亡？可怜你青春年少，月貌花容，今忽长逝，怎不教人痛心？"便拊尸哀哀痛切，众多丫鬟仆妇也都哭个不了，只哭的天昏地暗。一片声音喧哗惊动了彭剪，忙忙跑进新房，心中惊道："果然好利害的法术。"刚交未时一丝一毫也不错，只见桃花小姐身卧地上，面色如生人一般，紧咬嘴唇，不由得大哭起来。哭了一回，猛然想起昨日所嘱之言，暗想："我在此哭也无益，快些出大门等候救他的性命为要，才是正事。"想罢停悲拭去泪痕，如飞似的奔出大门，等候依法行事。这且不题。

　　且言家人王徽报知周公："任小姐暴病而亡。"周公闻报心中大悦，便亲自踱进房来，只见桃花果然死在地上，便冷笑道："三寸气在千般用，一旦无常万事休。阴人哪，阴人，今日你还逃脱得本爵的手中否？这教作金风未动蝉先觉，暗算无常死不知。你也有今日。"哈哈大笑。天香小姐含泪口尊："爹爹，这任家姐姐虽然得罪爹爹，罪应该死，但念他救了孩儿一命之恩，且容恕他一二，望乞爹爹将他救活，他也知爹爹的法力高强，必口服心服为是。"周公笑道："你小小年纪如何晓得？此乃天数已定，谁能救他复生？"遂即吩咐众家人："任桃花死在未时三刻，殃煞太重，不宜久停。速速办他的后事，走马入殓；俟入殓之后，将灵柩停在大堂偏右那一间小房内，不许众妇女举哀，待入殓后方准去任家报信。"吩咐家人先把府门关闭，以防任家使女回家通信。岂料彭剪一番举动，先把大门关闭。

　　不多时一应入殓物件俱已办理妥当，放在外堂。周公又吩咐：不准与桃花女另换衣服，就令原衣入殓。即派四个有力量的使女去搭任桃花的尸身入殓。四个使女领命上前，搭尸好似蜻蜓撼石柱的一般，搭不起来。用尽平生之力，尸身哪动分毫？众人诧异，纷纷议论道：小小身材，如何有这等沉重？周公吩咐再添上四个人去搭，也是搭不起。周公大怒道："好阴人，生前作怪，死后还是成精。你们众妇女皆上前去搭。"众仆妇使女搭了半刻的工夫，再也搭不起来，只累的气喘吁吁，遍体生津。周公见此光景，便喝退使女仆妇，另召了三四十个身强力壮的家丁进内来搭桃花女的尸身。众家丁个个踱进内房即上前，搭头的搭头，搭腿的搭腿，搭胳膊、搭腰的，左右帮衬，七手八脚，乱哄哄忙个不住。一口同音说："起。"真也奇怪，尸身好似生成在地下扎住根的一般，休想搭起来。把一位周公只气的暴躁如雷，忙取天罡剑照定桃花女尸身的膊肩上一挥砍下，一声响亮，迸出火星，反把周公的虎口震的苏麻，手腕疼痛，喊一声："好结实的尸首!"一连照面浑身砍了几剑，纹丝未动，连身上衣服亦未有剑刺的痕迹，也未有破处。众家丁并仆妇、使女一齐惊异，皆言："此女是一位有道法的人，大约是修成不坏的身体。

　　周公正在盛怒之际，闻听众人纷纷羡他道行，犹如火上加油的一般，忿怒连呼："快携干柴来。"左右不敢迟延，急忙取来干柴，周公吩咐将柴堆在桃花女身上，要将引火之物来烧化他的尸身。家人王徽跪禀道："若用火焚他尸身，岂不连累府中之房

中国禁书文库

阴阳斗

一一三

舍？有碍……"周公怒道："本爵自有法力，岂能连累房舍？快替本爵纵火焚化他的尸首。"众家丁取来引火之物，把柴草用火点着。事也作怪，点了一刻的工夫也未点着，刚刚点着这边，那边又灭了。周公命家丁用油灌于柴上，但加上油竟似加上水的一般，柴草上的火反倒灭了，浓烟四起，把周公并众多男女熏的鼻涕眼泪往下落，眼也不敢睁，一哄跑出房来，站在天井过风。

周公道："你们且把柴草搬出，且慢用火，其中必有缘故，待本爵算一算内中有什么缘故。"忙掐指循纹仔细一算。叹道："原是本爵一时粗心，失于检点，这阴人临危用了重身之法护住他的尸身，恐怕死后被人损伤。本爵与你无甚仇恨，你若服软本爵不置你于死地。今你死后还如此厥烈，本爵请六丁神祇，看你怎能脱过？"言罢摘去金冠，披散发际，手仗天罡剑，口中念念有词，惊动了万位神祇降在周公府内，虽然白昼不显金身。周公忽闻得一阵香风便知神圣降至，喝退众家丁，仍派四个使女去搭桃花女的尸身，必然搭的起来。且言彭剪在大门等得久了心中急躁，狐疑起来："莫不成香风过去了我未闻见，误了恩妹托我的大事？"正在懊悔之间，忽然闻见一阵香风扑鼻吹来，心中大喜道："时候到了。"忙用三根木杖望大门上连敲了三下，高叫一声"桃花女！"

未知破得周公之法否？且看下回分解。

第十六回 困名疆阴阳斗智
识本来二圣还原

阴阳反复不寻常，相触日月色无光。

黎首瞻仰尽徬徨，大哉上帝离云乡。

手扶日月上天堂，安然偶立在帝旁。

杲杲皎皎尘华裳，熙和万类庆昑觥。

话表彭剪闻见一阵香风，即依桃花女吩咐之法，用三根木杖向大门连敲三下。高叫一声"桃花女"，忙把右脚一抬，向大门上一踢，"哗啷"一声把大门踢开。

此时正是里边把桃花女的尸身刚搭出房门，周公见搭出尸身甚是欢喜，在后面跟随，催促快些入殓。只因桃花女的魂魄被凶煞守住不能入窍，被彭剪一敲大门，把凶煞惊退，桃花女的魂魄得便扑入尸窍，灵魂归了本位。桃花女翻身坐起，六丁六甲众神祇见桃花仙子还阳，足踏祥光回天复位去了。

这些家丁、使女、仆妇见桃花小姐站起身形，只唬的一个个大惊小怪，东奔西逃。口内嚷道："不好了，炸了尸了。"乱成一块。桃花女圆睁杏眼见周公立在那厢，心中着恼。用手一指喝道："周乾，我与你并无杀父的冤仇，何忍下此毒手，势必要治死我，今日其奈我何？"周公闻言羞愧难当，羞恼变成怒，一挺手中天罡剑，直取桃花女。这桃花女口中忙念拘煞反制的神咒，退后一步，把两袖高扬，向周公一摔，长笑一声，凶煞反扑周公。周公是出其不意，纵有法力也来不及，"哎哟"一声，"当啷啷"天罡剑抛在地上，"咕咚"一声，跌倒在地。周公不知桃花女袖里的变化，被这回煞一冲反伤了自己的性命。这正是：

惹火自烧身，害人先害己。

可叹世上的人皆不想此理。当时周公扑倒在地，面紫唇青，口无一息之气。阖府众多家丁、使女、仆妇皆都着忙放声大哭。皆言："公爷被任桃花用邪法伤了性命。大众将他拿到闻太师府中去，好给公爷报仇偿命。"

此时天香小姐因父不准他讲情，自己哭得悲悲切切，回自己绣房去了。这时候桃花女听众人所言，微然冷笑曰："周乾害人不死反自损命，是他自取之祸，与人何由？我在此看你等怎样拿法？"正然分争，只见彭剪从外进来。且言彭剪在大门完了事奔进内宅，耳畔听得悲哭之声，心下惊疑，两步作一步跑至内堂。见众人乱纷纷不知嘈杂什么？只见桃花小姐站在那里冷笑，忙上前尊声："恩妹死而复生……"话未说完，众人将彭剪围住说道："公爷已被任桃花制死，还向他说什么好话？"彭剪骇然，忙问是否，众人用手一指："你来看。"彭剪回头一看，只见公爷身卧在地，上前用手一摸，口内无气，不由的放声大哭。众人劝道："既死不能复生，哭也无益，你作主出个主意才是。"彭剪闻言，停悲言道："公爷前日害人，今日又害人，先把自己女儿害了，还求被害之人救活了，他自不省悟，反轮到自己身上。只好还求原人搭救。"言罢双膝跪在桃花女的面前，口呼："恩妹看愚兄脸面，大发恻隐之心，救活我的恩上。众人皆感恩非浅。"桃花女闻言搀起彭剪口尊："兄长，不必如此。众人竟要拿我去见闻太师，即请闻太师到来，我也不怕。"彭剪曰："他等皆是愚人，看彭剪的薄面，救活我的恩上，感情不尽。"言罢又要跪下去。众人一齐跪下，口尊："任小姐，我等皆是愚人，恳求救活公爷，感恩万代。"

桃花女被众人哀求不过。暗想："周乾命不该绝，救活了他好引他归位，方显我的手段。"便微然一笑说："你等既不拿我，且看彭哥哥金面，救活了他罢。"遂向彭剪吩咐道："你还到大门照方才的法去作，未曾敲门你可先叫三句'戒刀'，他可就死而复生了。"彭剪问道："为何不叫公爷的名字，叫起戒刀来了？"桃花女说道："此乃天机，你如何知晓？急速依法办理。"彭剪并不再问，依法关上大门，照前法作用，叫了一声"戒刀"。那周公的魂魄省悟，一点灵魂入了自己身窍，一翻身坐在地上。睁开眼看见桃花女，正是：仇人相见分外眼红，忙站起身形拾起天罡剑，便大喝一声："好阴人，你敢用回煞法来伤本爵，本爵若不诛你，誓不为人。"挺手中剑直取桃花女。桃花女从锦囊中取出一把如意桃枝，见宝剑临身且近，用如意桃枝架开，大喝一声："好周乾，你不思报活命之恩，竟敢恃强相斗。"周乾并不答言，"嗖"又是一剑剁来，桃花女用如意桃枝架过，火速相迎，一阴一阳在大厅上相战。

彭剪见此光景说："不可争斗，有话慢讲。"手中又无器械，不敢上前拦阻相劝，便奔报天香小姐知道，把一位天香小姐唬的身体乱抖。彭剪又飞奔到任家去报信不题。

且言周公同桃花女从大厅斗到天井，酣斗不休。二人奋不服身一纵，身躯不经，不由的起在空中，脚驾祥云在半空中，你来我往战斗不休。

任太公、任太太一到周家，天香小姐出来相见，把前前后后的话说了一遍，不由的皆都放声痛哭。俱仰面朝天观看。见他二人拥着彩云在半空中苦争恶战，越斗越远，直上霄汉，渐渐的看不见了。这公爷府中哭儿叫父之声震耳，他二人全然不顾。任太公夫妇见女儿归了神位，亦无可奈何，天香小姐见父亲升了天界，自己无倚无靠，见任太公老夫妇哭的太恸，劝道："你二老夫妇不必过伤，小奴情愿拜在膝下为女。"言罢双膝跪倒，拜了四拜。任太公夫妇二人闻听此言，见天香小姐与女儿相貌一般，心中有怜惜之意，不觉大悦。任太太双手扶起天香小姐，认为义儿，一同回任府。天香小姐朝夕侍奉任老夫妇，膝下承欢。周公的家事就托彭剪料理。此事不在话下。

且言周公桃花女二人越斗越精神，各施法力，弄得风吼雷鸣。惊动了巡天御史，见他两个斗的很凶，已近北天门，忙去报与真武玄天上帝。帝睁慧眼观瞧，已知其事之来脉，即差龟蛇二将前去带他两个来见。

二将领了法旨，各向云中把他二人拦阻，大喝曰："休要争斗，吾奉上帝敕令召你二人去谒金阙。"二人听得上帝有旨来召，只得住手。随着龟蛇二将参谒上圣，倒身下跪，叩首服伏。

上帝言曰："你两个俱有根基道行，何故自相残害？周乾你乃是如意戒刀所化，在兜率宫为看守卦盒童子，不守清规，私自下凡泄漏天机，反累桃花仙子下凡，引你还原归位。桃花仙子乃是如意刀鞘，并无不守清规之处，你两个本性相同，休要另生他意！汝等今乃肉体飞升之期，每人各赐你金丹一粒，急命吞服。"周乾、桃花女二人不敢违背，各自将金丹吞讫。上帝又言："你二人今服了此丹，如有先生异志者，此丹在腹内不消三刻，总就是金刚不坏之体也要化成浓血。"

言毕一展七星旗将二人卷在旗内，带至武当山中为将——周、桃二位元帅。把神

光一迫，二位大帅各奔一边，左右手站立。上帝又将七星宝旗连展七展，望二位元帅吹了一口先天正气，二位元帅就将神光收了，一齐肉体归位。

是晚武当山的叶道士偶得一梦：梦见二位元帅托他寄送家书，惊醒上大殿一看，只见天将内又多二神，神光迫入，金光灿灿，心中骇然。见二神足下俱有书一封，不敢拆看，封皮上住址写的明白，遂即朝参了上帝并二位元帅金身，星夜下山奔至朝歌城内。寻到周府，把书信递与门上之人，并将梦警述说了一遍。门上人入报彭剪得知。彭剪接了来书，款待叶道士茶饭已毕，亲自同叶道士去报任太公、任太太及天香小姐得知。一同拆开书信，看明书信上写的是须要两姓合好的话，安慰之言，他二人为神之事。看毕俱各喜悦，曰："既然为神，仍有此灵异不泯。

斯时便一同叶道士来至武当山进香：先叩谒上帝，后拜二位大帅。但细看二帅金容，与生时面貌无二。交与叶道士黄金百两，以为奉祀二位元帅香油费用。然后下山回家。此事远近传扬，人人称异，街谈巷论。传至朝廷，文武百官皆来瞻仰，奉祀之诚，求应如响。后人有诗为证：

其一：

> 为人作事有天知，莫道前因有所欺。
> 善恶到来终有报，举头三尺是神祇。

其二：

> 万事安排总在天，机关用尽枉图然。
> 人心不足蛇吞象，存意当知学圣贤。
> 无药可医惟忘想，有钱难买成神仙。
> 刻薄世情今古叹，任他作恶我心坚。

蒋介石藏书

第二篇

风流和尚

［清］不题撰人 撰

第一回　邬可成继娶小桂姐

诗曰：

结下冤家必聚头，聚头谁不惹风流。

从来怨逐思中起，不染相思直甚仇。

俚言提过。话说江南镇江府城内，出了一个故事。这人姓邬名可成，是这一府的第一家财主。年方三十一岁，气相浑厚，体态丰俊。这年来，因元配张氏病故，那媒人前来与他议亲的，一个又一个，每日来往不断。真是世上人，眼皮子是薄的，凡家中有大闺女的，恐怕一时送不上门去。邬可成只与媒人说："须一个天姿国色的女子，方可成就，却不论家穷富，陪送多少。"媒人叩头去了。一路上想着，只有城外凤凰楼前，盖官人之女，姿色绝世，风雅不凡，堪作匹配。不免到他家一说，看是如何？

原来这盖官人，名叫盖明，祖居河南，彰德府人氏，因贸易至此，下户居了。家下虽不甚富，也颇有些过活。听得媒人与他提亲事，再三说道："邬官人若果续往，只管使的，若娶为妾，决不应承！"媒人道："委实要娶一位夫人，休得见乱。"盖明与妇人周氏商议妥当，可下允了。媒人告辞，出得门来，即时走到邬家，见了可成，将盖家亲事禀上。可成满心欢喜，择定日期，打点缎疋、钗环，聘金三百两，送到盖家。盖明厚办妆奁。堪堪到了吉期，周氏妇人将女儿齐齐正正，打扮得十分娇滴。这女儿因是八月十五生辰，取名桂姐，年方二九。是夜，又兼夜朦昧，衬得艳冶之态，就如那月里嫦娥一般。真正是：

明月照妆美裙钗，行来引佩下理台。

门外帘前懒款步，娇声融冶下台阶。

云鬟仿佛金钗堕，不肯抬起脸儿来。

是夜，漏下三更，忽听门外鼓乐齐鸣，邬可成拥拥挤挤，引着桂姐上了花轿，登时要过门去了。不免礼生唱礼，交拜天地，诸亲六眷，前来贺礼。酒筵一天至晚，方才散了。可成与新人除冠脱衣，把新人一看，正是：

诗曰：比花花解语，比玉玉生香。

可成与桂姐就枕，即捧过脸儿亲嘴，便自分其两股……尽情而弄。二人娇声低唤，十分兴趣。事完，及至鸡鸣，方才睡醒。阳台重赴，愈觉情浓，更曲尽一番恩爱。自此夫妻如鱼得水，欢乐极矣！

怎奈光阴似箭，不觉已经三年。这邬可成原来捐得是个知县，七品正印。这年三月间，有京报下来，分发浙江，候补县正堂。可成喜不自胜，请客来友，洒扫焚香，追封三代；把前妻埋葬，追封诰命夫人。又陈盖氏诰命。一面收拾车辆，去到浙江省城候缺。择日，带着妇人桂姐而去。一路晓行夜宿，来到浙江住下。可巧半年有余，就补到秀水县知县。可成因夫人盖氏不服水土，复将盖氏送回家去，另娶了一个妾房上任不提。

且说盖氏不服，好生闷倦，随向使女秋芳说道："闻听城外大兴寺，香火大会，十分热闹。明日去闲耍闲耍，也散散我这闷怀才好。"秋芳记在心中，次日，果然唤下轿子，与妇人说知。夫人即时打扮起来，与往日梳洗，更加十分俏丽。且听下回分解。

第二回　大兴寺和尚装道姑

说夫人打扮的比往日更加十分俏丽。正是：

> 使女会俯就，妆点素娆娇。
>
> 轻轻匀粉面，浅浅点绛唇。
>
> 花点疏星堕，螺痕淡月描。
>
> 影入菱花镜，另一种窈窕。

夫人钦动金莲，出了绣房上轿，一直来在大兴寺内。只见那寺委实可观，有诗为证：

诗曰：

> 钟鼓直耸在青霄，殿角金铃风送摇。
>
> 炉内氤氲虫瑞霭，三尊宝相紫金销。

又见那些烧香的女子来往不断，夫人朝了佛相拜了四拜，随往后殿，各处胜迹看了个遍。出得后门，在一所花园，只见百花密开，红白相称，粉绿相映，夸不尽的娇姿嫩色。有诗为证：

> 春光无处不飞悬，景色明媚又一天。
>
> 片片落红点水上，飘飘败絮舞风前。
>
> 海棠睡足迎春笑，垂柳随风弄翩翩。

衍泥乳燕飞故故，织柳新莺语关关。

年年怕见在开落，今岁又到落花天。

夫人吟毕，又见红日西堕，出的寺来，上轿回去。

却说这大兴寺中，有四五个和尚，掌教的名叫净海，见这夫人那一种风流美色，她在寺内各处游玩，早已饱看了一顿，惊得魂飞天外，恨不能一口把她吞到肚内。便随着轿子，竟至邬宅门首。见夫人走到院里，他用心打听，邬官人不在，家下只有几个奴仆相伴。回到寺中，一夜痴想，道："我往日偷上了许多妇女，从来没一个这般雅致佳人，怎生一条妙计，进他院去，再见一面，便也甘心。"想了一会，暗道："好计！好计！必须妆做尼姑模样，假以化灯油为名，竟入内房，如此如此，或可成就。"随往店中，买了一件青绢衫子，穿了一双尺口鞋儿。这净海本来生得乖巧清秀，年纪只二十多岁，打扮起来，真真像个小道姑一般，端端正正。走出门来，竟到邬家门前。管门的见是一个女僧，并不阻挡，他一步步走到内宅，只见那夫人在天井内，观看金鱼戏水。净海打一文星（问讯），叫声："奶奶万福。"夫人回拜，忙叫使女让他房中坐了。净海进了香房，上下一看，真个洞天福地。使女取茶与他用了，净海就将化灯油之事与夫人说了。这夫人心极慈善，便取二两白银上了布施。净海故意拉起长谈，说了些吃斋的、念佛的外套子话。直至过午，才要动身。只见西北角下狂风忽起，飞沙走石，四面而来。霎时间，天黑地暗，正是：

伸手不见拳，对面不见人。

夫人道："天已晚了，这风不曾住的，小师父，你就在此住了罢。明日再回庵去，有何不可？"

净海听得留他过宿，他喜从天降，随说道："怎好在此打搅夫人？"夫人道："这是人不留人，天留人，你若走出，迷糊了路，倘若被老和尚持里去，那时怎了？"净海故意面红道："奶奶取笑了。奶奶在家，藏的掩饰，再不能叫和尚背了去得。"二人又说笑了一会。只见夫人叫使女秋芳打点酒肴。须臾，点上灯烛，摆下晚饭，夫人与净海对面坐了，秋芳在旁斟酒。

第三回　留淫僧半夜图欢会

且说秋芳在旁斟酒，夫人说："你可将酒壶放在此，吃过了饭，临睡时进房来罢。"秋芳应了一声，竟出去了。夫人劝道："师父请一杯。"净海道："奶奶也请一杯。"夫人道："你这般青春标致，何不返俗，嫁个丈夫，以了终身？"净海道："奶奶，提丈夫二字，头脑也疼。倒是在这清净法门里快活。"夫人道："这是怎么说？有了丈夫，知疼知热，生男育女，以接宗枝，免得被人欺侮。"净海道："奶奶有所不知。嫁个丈夫，若是撞着知趣的，不用说朝欢暮乐，同衾共枕，是一生受用；倘若嫁着这村夫俗子，性气粗暴，浑身臭秽，动不动拳头、巴掌，那时上天无路，入地无门，岂不悔之晚矣！"夫人道："据你之言，立志修行，是不嫁的了。只怕你听不得雨洒寒窗，禁不得风吹冷被，那时还想丈夫哩！"净海道："奶奶，别人说不得硬话，若在我，极守得住。奶奶若不嫌絮烦，我告禀奶奶一番：我那庵中，住着一个寡女，是朝内出来的一个宫人。她在宫中时，那得个男人如此？因此内宫中，都受用着一件东西来，名唤'三十六宫都受春'，比男人之物加倍之趣。各宫人每每更番上下，夜夜轮流，妙不可当。他与我同床共住，到晚同眠，各各取乐。所以要那男人何用？小僧常到人家化缘，有那青年寡妇，我把他救急，他好生快活哩！"夫人笑道："难道你带来的？"净海道："奶奶，此女僧带得几件而来。我想常有相厚的寡居，偶然留歇，若是不曾带在身边，便扫了她的高兴，所以紧紧带定。"夫人道："无人在此，借我一看，怎生模样一件东西，能会作怪？"净海道："此物古怪，有两不可看：白天里不可看，灯火之下不可看。"夫人笑道："如此说，终不能入人之眼了。"净海亦笑道："贯能入人之眼。"夫人道："我说的是眼目之眼。"净海道："我晓得也！故意逗着作耍。"又道："今晚打搅着夫人，心下不安，可惜女僧是个贱质，不敢与夫人并体。若是奶奶不弃，略略一试，也可报答奶奶盛情。"夫人道："只不过取一时之乐，有甚贵贱。你既有美意，便试试果

是如何？不然还道你说的是谎。"

　　净海见她动心允了，忙斟酒，劝她多吃几杯。夫人说得高兴，不觉一时醉了，坐立不定，道："我先睡也，你就在我被中睡着罢。"净海应了一声，暗地里喜得无穷。他见夫人睡稳，方去解衣，脱得赤条条的，潜潜悄悄，拉起香被儿，将那阳物夹得紧紧的，朝着夫人，动也不动。那夫人被他说的心下痒极，只见净海不动，想道："莫非他是哄我？"随问道："师傅，睡着么？"净海道："我怎敢睡，我不曾问过夫人，不敢大胆。若还如此，要如男人一般行事，未免摸摸索索，方见有意兴。"夫人道："你照常例做着便是，何必这般拘束。"夫人把他一摸，不见一些动静，道："你将他藏在何处？"净海道："此物藏在我这里边，小小一物，极有人性的。若是高兴，便从里边照出，故与男子无二。"夫人笑道："委实奇怪。"净海遂拨弄一番，乘势上身。且听下回分解。

第四回　后花园月下待情郎

若恋多娇容貌，阴谋巧取欢娱。

诗曰：

上天不错半毫丝，害彼还应害自己。

柱着藏头露着尾，计然雪化还露尸。

冤冤相报岂因迟，且待时辰还未至。

　　且说夫人哪知真假，紧紧搂住，柳腰轻摆，凤眼乜斜，道："可惜你是妇人，若是男子，我便叫得你亲热。"净海道："何妨叫我认作男人。"夫人道："若你变做男人，我便留在房中，再不放你出去了。"净海道："老爷回来知道，恐是性命难逃。"夫人道："待得他回，还有三载。若得二年夜夜如此，便死也甘心。"净海见她如此心热，道："奶奶，你把此物摸摸，看还似生就么？"夫人急用手摸了一摸，……吃了一惊；随问道："这等你果是男子？子是何若之人，委实怎么乔妆到此？"净海急忙跪在床上，道："奶奶，恕小僧之罪，方敢直言。"夫人道："事已至此，有何罪？汝但实对我说，待我放心。"净海道："我乃大兴寺掌教和尚，名叫净海。昨日奶奶进寺游观，小僧见了，十分思慕，欲会无由，思想得这个念头，买了衣于暗处妆束而来。幸遇奶奶留宿，这也是姻缘了。"夫人叹了一口气，道："千金躯一旦失守，如今也顾不得许多了。"二人又做巫山之梦，弄至两个时辰，方才云收雨散。

　　正说话间，只听秋芳推门进房，来寻道姑，四围不见，吃了一惊，不敢做声，暗暗一头想着，一头困了。

且说他二人见秋芳推门，双双搂定睡了。直至五更，夫人催净海早早起来束妆。夫人叫秋芳道："事已至此，料难瞒你。切不可说与外人知道，我自另眼看你。"秋芳伏着床沿上回道："夫人不吩咐，也不敢坏夫人名节，何用夫人嘱咐？"这夫人一骨碌抽身起来，取了几样点心与净海充饥。净海道："足感夫人用心。"说罢，告辞而出。

夫人说："出门一路向北，看了后门，黄昏早来。"净海应了一声，恰是个女道姑模样。秋芳送出大门，一路竟至后花园，门外上有三个字的一面牌额，写着"四时春"，左右贴着珠红对联，上写：

园日涉以成佳趣，门虽设而常关闲。

他便记在心里，仍回到寺中，脱了衣服，与众僧道："你们好好看守寺院，我今晚一去，不知何时才回，且勿与别人泄漏。"说罢，设下酒肴，那些和尚大家痛饮一番。不觉金乌西堕，玉兔东升，约有初更，来至花园门首。将门一推，却是开的，竟进园中，只见露台上，夫人与秋芳迎着前来。进门后秋芳忙去锁门，又去取一酒肴，摆列桌上，夫人着秋芳坐在桌横饮酒。月下花前，十分有趣。从此朝藏夕出，只他三个人知，余外家人并不知道。这且不表。

再说这寺中，自净海去后，又属虚空掌教。素有戒行，开口便阿弥陀佛，闭门只是烧香诵经。哪知这都是和尚哄人。

一日，有个财主，携一艳妓水秀容来寺闲耍。那秀容是出色的名妓，娇姿绝伦。虚空久闻其名。那日走进，虚空不知，劈面一撞，秀容忽然便自一笑。虚空见他一笑，动情起来。且看下回分解。

中国禁书文库

风流和尚

一二三

第五回　贼虚空痴心嫖艳妓

且说虚空见秀容照他一笑，便自动心，想道："人家良妇，实是难图，红楼妓女，这有何难？"须臾，见秀容去了，他把眼远远送她，到夜来，好似没饭吃的饿鬼，鬼钱无一开到手。自此，无心念佛、烧香，一日一日，害起相思，非病非醉，不疼不痒。暗说："今夜换了道袍，包上幅巾，竟到她家一宿，有何不可？"堪堪日落黄昏，里房中取出五两银子，竟往水家而去。

这和尚该是凑巧姻缘，却好这一晚还不曾接过客。秀容见了，接进房来，坐下，问道："贵府何处，尊姓大名？"虚空道："本处人氏，小字虚空。"秀容道："尊字好相法儿（名）。"虚空笑道："小僧法门弟子，因慕芳姿，特来求宿。"秀容心下想道："我正要尝那和尚滋味，今造化。只恐妓铺往来人多，有人知道，连累师傅，必须议一净处，方好。"虚空道："且过今夜，明日再取。"连忙摸出五两银子，送与秀容。秀容说："为何赐这许多银子？"虚空道："正要相取，休得见怪。"须臾，灯下摆出酒肴，二人闭门对饮。和尚抱秀容于怀中，亲亲摸摸，十分高兴。吃得醉醉的，收拾脱衣就寝。那虚空见了妇人雪白仰在那里，恨不得一口水吞下去。便一把搂住，道："我的心肝！"便急忙脑的乱搠。

……

直到三更，方才完事。睡至五更，方才重赴，又弄到鸡鸣，方才罢手。这也按下不表。

再说大兴寺中，还有三个和尚：一个老年的名叫净心，两个年少的，一名绿林，一名红林。他三人谨慎守院。这一日，有一位妇人，姓经名花娘，丈夫经典，适从娘家回来，刚刚走到寺前，一声响处，那雨倾将下来。花娘一时无法躲避，连忙走入寺中，山门里凳上坐着。心下想到："欲待转回娘家，不得；欲回到夫家，路途尚远。"心下十分忧闷，如何是好？初时，还指望天晴再走，不想那雨到黑不住，平地水深三尺。花娘无计可使，便悄悄避在墙角之下，过了今夜，明日再走。竟自就地而卧。

须臾，只见两个和尚，在伞下挑着一个灯笼出来。道个万福，道："妾乃前村经典之妻，因往娘家而回，偶值大雨，进退不能，求借此间收留一夜，望两位师傅方便。"原来这两个和尚，一个青脸红花，叫做绿林；一个蓝脸红须，叫作红林，是一对贪花色的饱鬼。一时见了这个标致青年的妇人，如得珍宝，还肯放过了他？便假意道："原来是经官人令政，失敬了！那经官人与我二人十分相契的好友，不知尊嫂在此，多有得罪。如今既知道了，岂有放尊嫂回去之礼，至今安置在此的道理？况尊嫂必在此多受饥了，去到小僧小房吃点素饭、大饼、馒头，点心罢！"花娘说："多承二位大师父好意，盛情待我，妇回家去，见了我的丈夫，将从前从后一一说明他听。要知道了，必然感恩不尽，前来奉谢二位师父。二位师父莫送，请回罢。我只求在此权坐，不必费心了，我心中实在不安，劳驾，劳驾。"如欲听后来的话儿，且听下回分解。

中国禁书文库

风流和尚

第六回　经妇人避雨遭风波

中国禁书文库

名家藏禁书

七言律一首：

　　东风吹开的枝头，不与凡花闹风流。

　　风飘青色孤芳递，待月黄昏瘦影浮。

　　闲言少叙。且说花娘言道："只求在此权坐，不必费心。"绿林道："你看这地下水又过来了。"红林道："少顷水里如何安身？我好意接尊嫂房家一坐，不必推脱了。"绿林道："师兄拿了伞与灯光，我把娘子抱了进去罢。"言之未已，向前一把抱了就走了。花娘破口大骂道："我把你这些秃杂种，那个不是奶奶们养活的，反来欺侮奶奶。"绿林回道："所以是奶奶养活的，才要认认老家哩。"一直抱进一个净室，推门而入，已有一个老和尚，与两个妇人在那里顽耍。绿林叫道："师父，如今一家一个，省得到晚来你争我夺。"老和尚一看道："好个青年美貌山主！怎么好相面熟的一般？"想了一会，忽然想起，便道："小徒弟，休要动手，这原来是前村经典经官人之妻氏，娘家姓花，我的娘与她的娘是一个娘的孩子，我与她就是两姨姊妹。自幼我在家时，常在一处玩耍，这才是脱着腔在一堆的姊妹们哩！自从她娶了过门，我进了寺院，几年不曾见面了。"花娘听了，早知是姨兄，些须放心，随叫道："哥哥原来就在这寺里出家么？妹妹哪里知道？明日将小妹送回家去，认了门户，咱姨妹们常常来往便是。"老和尚道："这事我一个人作不了主的，今晚商议，明日再取罢了。"忙忙打点酒食，劝花娘去吃。那里吃得下去，两个妇人前来再三劝饮，没奈何才吃了几杯，两个妇人又道："妇身俱是人家儿女，也因撞着这两个贼秃光头，被他藏留此处，只如死了一般，含羞忍耻过了日子，再休想重逢父母，再见丈夫面了。就是他亲姐妹到此，他也不往外放。"见她们这般一说，也没奈何，想道："且看后来再图机会。"

　　且说绿林、红林见他二人是姨兄、姨妹，便不敢与老和尚争风，便搂了两个进房去睡。这老和尚没了对头，一时阳物劲的难受，便把花娘领进密室坐下，果然洁净清爽。正是：

几句弥陀清净地，数声鸟啼落花天。

　　须臾，摆下酒肴，般般稀世之珍。花娘无奈，只得同他对饮。是夜，老和尚搂抱花娘求欢，云雨起来，任他完事。后来三对儿，每日夜饮酒取乐。

　　过了几日，花娘的丈夫经典，不见妻子还家，往丈人门去接取。见了岳父母道："你女儿为何不出来见我？"花春夫妻道："去已八日了，怎生反来讨要妻子？"经典道："几时回去的？一定是你嫌我小生意的穷人，见你女儿有几分姿色，多因受人财礼别嫁了。"花春骂道："放屁！多因是你这小畜生穷了，把我女儿卖与别人去了，反来问我讨人来！"丈母道："你不要打死我的女儿，反来图赖。"便放声大哭起来了。两边邻舍听见，一齐都来了。问说起原故，都说道："实然回去了。"想此事必竟要涉讼的，遂一把扭到县中，叫起屈来了。太爷听见，叫将进来。花春把女婿情由一诉，太爷未决，花春邻舍上前，一口同音道："果是经典妻子回家去的。"经典回道："小的住得房屋只是数间小舍，就是回了家，岂无邻舍所知？望太爷唤小人邻人一问，便知明白。"未知如何，再听下回分解。

第七回 老和尚巧认花姨妹

诗曰：

> 每日贪杯又化娼，风流和尚岂寻常。
> 袈裟常被胭脂染，直裰时闻花粉香。

且说经典回道："望太爷唤小人邻舍一问，便知详细。"县官差人遂拘到经典邻舍，问道："你们知经典之妻几时回家的？"那四邻道："经典妻子因他岳母生日，夫妻同往娘家贺寿。过了几日，见经典早晚在家，日间街坊买卖，门是锁的，并不见他妻子回来。"花春道："太爷，他谋死妻子，自然买通邻居与他遮掩。"知县道："也难凭你一面之辞。但花春告的是人命，事情不小，把经典下狱，另日再审。"登时把经典扯到牢中，那两边邻舍与花春，在外不时听审。这经典是个生意人，一日不趁，一日无食，又无亲友送饭，实是可怜。幸喜手艺高强，不是结网巾，便是打鞋，易米度日。按下不提。

且说花娘每日侮于净室中坐着，外边声息不通，欲寻死来，又被两个妇人劝道："你既然到此，你我是一般人了。即便寻死，丈夫、父母也不知道，有冤难报。但是我和你在此，也是个缘分，且含忍守着，倘有个出头日子，也未可知。"花娘听了，道："多谢二位姐姐解劝。怎得忍辱偷生？像这等狠毒和尚，也算是无天理了。"妇人道："奴家姓江，行二，这位是郁大娘。我是五年前到此烧香，被和尚净心诱入净房，把药做的酒，放于花糕内，吃了几条，便醉将起来了。把我放在床上如此，及至醒来，已被淫污。几次求放，只是不依。那两个徒弟，那个嘴歪叫作绿林，那个眼邪的叫做红林。我来时都有妇人的，到后来病死了一个，便埋在后面竹园内。又有两人也死了，如此埋的。这郁大娘也是烧香，被绿林、红林推扯进来。上了路，便死也不放出去了。我们三人且含忍着，或者这些个秃东西恶贯满盈，自有天报应。"正是：

善报，恶报，迟报，速报，终须有报。

天知，地知，你知，我知，何谓无知。

按下三个妇人讲话，暂且不表。

且说绿林，一日正在前殿闲步，只见一个孤身妇人，手持香烛，走进山门中来。绿林仔细一看，那妇人年约有三十五六岁，一张半老脸儿，且是俏丽；衣衫雅淡，就如秋水一般，清趣之极。举着一双小脚，周周正正，扎着金线裤腿，丝线带儿，温温存存，走进殿来。朝佛烧香、点烛，拜了几拜，起来道："请问师父，闻后殿有尊观音圣像，却在何处？"这一问，便抓住绿林的痒处，便想道："我若是将这妇人领到那边，不用说，他二人又与我夺。"忙道："娘子，待小僧引道便是。"那妇人攸攸不觉，只当他是好心，一步步跟入了烟花柳巷的寨。进了七层门，到了一小房，果有圣相，田氏深深下拜。绿林回身把七层门都上了拴，走将进来。田氏道："多蒙师父指引，告辞了。"绿林说："小娘子，你里边请坐，把了待茶。"田氏说道："小妾没有会么布施，不敢在此打搅大师父。"绿林说："田善主既然来到此处，没有不到小房待茶之理。"田氏说道："没甚布施，决不敢在此打搅。"绿林拦住去路，那里肯放。田氏只得又入一房，极其精雅，桌上兰桂名香，床上梅花罗帐。绿林笑嘻嘻捧着一个点心盒儿摆下。且听下回分解。

第八回　田寡妇焚香上鬼计

诗曰：

　　　已作寺院客，如何转念嗟？
　　　来到有福地，不惯住僧家。

　　且说绿林和尚捧着一个点心盒儿，摆下了一杯香茶，连忙道："娘子，且请用点心罢。"田氏曰："我不曾带得香钱，怎好取扰。"绿林笑曰："大娘子不必太谦了，和尚家的茶酒，俱是十方施主家的，就是用些，也并非费了僧家一文钱的。请问大娘子贵姓？"田氏曰："奴家姓田，丈夫没了七八年了。守着一个儿子，到了十五六岁，指望他大来成家立业，不想上年又死了。剩下奴孤身无依，故特来求佛赐一个好结果。"绿林笑曰："看大娘子这般姿色，美貌青春，还怕没有人家来求娶你去了。"

　　田氏不答，面上通红起来。不期又吃了几条花糕下去，那热茶在肚子里一阵发作起来，登时就如吃醉了酒的一般，立脚不住，头晕眼黑起来了。说道："师父，你这是弄的件眩迷人的东西叫我吃了，为何头晕眼花起来了？"绿林道："想是娘子起得早了些，是以乏了。此处并无人来到，便在小床一睡，歇息歇息如何？"田氏想了道："我今上了你这秃葫芦的当了！"然而要走，身子跌将倒来，坐立不住，只得在桌上靠着。那秃驴把她抱了放在床上，田氏要走，被酒力所困，那里遮护得来？只半推半就儿，顺他做作。那秃贼帮他解开衣扣，褪下小衣，便恣意干将起来了。

　　诗曰：

　　　初时半推半就，次后越弄越骚。

起初心花蜂采，后来雨应枯苗。

　　且说那田氏被绿林把酒都弄醒了，道："师父，我多年不曾如此，今日遇着你这般有趣，怪不得妇人家要想和尚，你可常到我家走走。"绿林事完，放起田氏，道："你

既孤身无忧，何须回去，住在此处，日夜与你如此，又何须担惊受怕。到你家去？倘然被人看出，两下羞脸难藏，如何？"田氏曰："倘此间被人知道，也是如此。"绿林道："我另有外房，这间卧房是极净的幽室，人足迹是不到的所在。"田氏曰："这般也使得，待家去取了必用之物来，再与你如此便了。"绿林说："什么必用之物？"田氏道："梳妆之物。"绿林说道："这是现成的。"随手开了箱子，取出几副镜面、花粉、衣服，俱是妇人必用之物。掇出一个净桶，道："要嫁女儿，也有在此。"田氏见了一笑，把和尚秃头打了一扇子，道："看你这般用心，是个久惯偷妇人的贼秃。"绿林亦笑道："大娘子到也是个惯养汉的婆娘。"田氏道："放你的驴屁，你娘才养汉哩！"绿林说："既不惯养汉，为何方才将扇子打和尚？"二人调情有趣。到午上，列下酒肴，二人对吃对饮，亲嘴咂舌，不觉一时高兴，又干将起来。自此守着田氏，竟不去争那三个妇人了。

且说花娘与老和尚净心一处同宿，只因思家心切，一味小心从顺，以求放归，再不敢一毫倔强，以忤僧意。这净心见他如此，又是姨娘囡，固然切近三分，便常起放他之心，然恐事露，然而不敢。到上床之际，又苦苦向净心流泪。净心说："不是出家人心肠狠毒，恐一放你时，倘然说与人知，我们都死的了。"花娘说："若哥哥肯放小妹，我只说被人拐至他方，逃走还家的。若说出哥哥一字，小妹当肉在床、骨在地，以报哥哥。"净心见她立志真切，道："放你便放你，今夜把我弄个快活的，我做主放就是了。"且听下回分解。

第九回　弄巧趣释放花二娘

　　谩说僧家快乐，僧家安是强梁披？削发作光光，妆出恁般模样。上秃牵连下秃，下光赛过上光。秃光光，秃光光，才是两头和尚。

　　且说净心言道："今夜你弄我个快活，我便做主放你。"花娘听了，喜不自胜，便道："我一身被你淫污已久，不知弄尽多少情形，我还有甚么不愿意处？任凭师父所为便了。"净心道："春宫上写着有一故事，俗家若是做来，就叫倒浇烛，僧家叫骑木驴。我仰在这里，你上在我身上骑着，若弄得我的出，便见尔是真情。"花娘笑道："如此说，师父就是一个七岁口的葱白大叫驴。这驴物又是倒长着，我若骑上去，你可别大颠大跳的，将我跌将下来，再往别处咬群去。叫人家喂草驮的看见，一顿棍子，打伤了骨头。那时卖到家房里，一天上五斗麦子，三斗红粮，二斗小米，半夜里把碾子一卸下来，别说没有麸料，连青草不管你吃个饱，可就终无出头之日期了。"净心道："你哪里懂这些？我劲的慌了，快快上来吧！"花娘道："你先说骑木驴，我想这驴老了，多半是送到磨房头里的，师父你不要怪我。我越说闹，你才越的高兴哩！我再问一声：在家我与丈夫干事，他那阳物是个圆的，你这怎么却是方的哩？想来是人不一样人，木不一样木，阳物也不是一样的吗？不就是你化了四方施主的钱粮来，诸日酒山肉海，吃的熊攻了脑子了吗？你也闷杀我了。"净心道："你俱不曾猜着，我这原是父母遗体胎里带的。"花娘说："是了，是了。你父母遗留下你这异种，在市街上作贱人家良妇，污辱大家眷夫妇，准备着恶贯满盈，死无葬身之地。我劝你早早回头，痛改前非。今夜将我送出寺去，后来我自有好处到你，如不然，奴即死在九泉之下，我也必不与你干休。"

　　净心听了，惊得魂飞天外，魄散九霄，说道："大然大悟，道如此之言，真正是晨

钟暮鼓，唤回云海梦中人。小僧知过必改，决不食言。施主救我一条性命，小僧杀身难报。"说罢，正衣叩头流血。花娘道："不必此等。被那边两个秃驴知觉，难以脱身，就此快收，送出我去，奴必不忘你的好处。"抽身穿了衣服，取了梳具，梳洗完了。净心将花娘领着，一层层开了门户，一直来到山门以外，二人相别。净心回身，复又把门户重重闭上。来至净室，只见绿林、红林与那妇人轮流取乐，他也并不理睬，躲在一旁去了。

且说花娘出的寺来，迷迷糊糊，又兼天尚未明，黑洞洞留在原地，那里分得清东西南北，坐在地下，定醒了一会，方才认得前路，竟奔夫家，恨不能两步并了一步走，一时走入了家门，看见丈夫。恰好天已大亮，远远望见自己门户，把那胆子方才放下来了。走至近前，把门一看，却是锁的。事又凑巧，正在纳闷之际，有一个贴近邻人，姓王，名成美。此人性直，善成全人家的好事，就在县中当差。这日衙中有事，顶早起来，到县前公干。见了花娘，吃了一惊，道："花娘子，你在何处存身？害得你丈夫坐在军中，可晓得么？"且听下回分解。

第十回　赠金银私别女和尚

诗曰：

尚有金银赠，如何别女僧？

白日佛门弟，夜间化俗人。

且说花娘子听了公差之言，落下泪来，道："奴今要见丈夫，不知往哪一路去？"邻人曰："我今正要往县中，可同我去便了。"二人随路而行。一路上，花娘将绿、红二和尚之事一一说了。不多时已至县前，这且不表。

再说净海和尚在邬家与夫人偷情，朝藏夕出，并无一人知道。屈指光阴不觉已经二年。邬可成任满，不久就要回家。盖氏夫人听了这个消息，如冷水浇心的一般，忙与净海议曰："为官的早晚回来，咱二人就要永别矣！"说罢，纷纷泪下。正是：

安排此事传幽客，收拾春光急欲回。

春信顺人向问漏。假忙道姑人对猜。

净海与夫人哭的如醉如痴，说不尽的离别情腹。正在难舍之际，家人报道："老爷已到关上，次日就到家了。"夫人起的着忙，吩咐饮食佳肴，一面从箱中取了十余封银子，道："不期丈夫就到，我心口如失珍宝一般，有计也不能留你。可将此金银，你先回到僧房，再图后会便了。"净海哭将起来了，夫人亦流泪道："如今须照女姑打扮，即出园门，料无人见，就此拜别矣！"秋芳送他出去，闭上园门，方才回。正是：

世间好物不坚牢，彩云易散琉璃脆。

一时上上下下忙将起来，准备着家主回来。不多时果然到了。夫人道："迎至堂下相见。"个个欢欢喜喜，两边男女叩头。进房，除了冠带，夫人摆酒与丈夫接风。可成便向夫人问些家事。自古新婚不如久别，夫妻早早睡下，不用说极尽一番恩爱。

次日未明，邬可成起身来，梳洗拜客，上坟拜扫。家中又请着亲戚，做了几天戏文。一些奉承他的，送礼的，遂拜见，一连忙了十余日，方得安稳。正是：

人逢喜事精神爽，闷来愁肠困睡多。

按下邬家妇人不表。

再说花娘随着邻人，一行来至县中。邻人王成美把她领至牢中。经典一见，吃了一惊，道："你在哪里？害得我到此地位！"花娘将前事一一说了一遍，满狱里的犯人，无不痛恨和尚。登时，禁子上堂禀明，取出经典夫妇，当堂一问。花娘将如何归家、如何避雨、如何遇和尚，一一说明。县主大怒，即刻问："这寺中有几房僧人？"花娘答道："东西二房，西房是好的，实不知详细。"知县点齐四班人役，各执器械，即时上轿，竟到大兴寺而来。

刚到寺门，只见一个女道姑，年有二十多岁，在那边叩门。县主吩咐人等："与我拿将过来。"两边衙役的狠如完煤的，一声把一个女道姑架将起来，揪倒县主面前。县主道："你是那庵里女僧，来此何干？"正是：

为人不做愧心事，半夜打门心不惊。

这女僧原是净海和尚假妆，自邬家走出的，方才走到此处。一见县主问，吓的魂不附体，只见他干张口说不出来。县主早知他心里有病，吩咐把他道服除去。两旁答应一声，上前将他外衣扒下，露出来条条一男子体态，怀中还揣着几封银子。且听下回分解。

第十一回　邬可成水阁盘秋芳

诗曰：

记是男儿体，如何扮女人。

今夜图欢会，日久赴市曹。

且说县主见道姑露出男体，又揣着几封银子，大怒，问道："你是那里来的贼犯，假妆女僧？偷得谁家银子？实实招来！"净海一时隐瞒不住，就将起初到邬家，如何与夫人偷情，如何赠金，今日如何回寺，前前后后，说了一遍。县主叫人役领将下去。看了文，方回室写一封密书，着人送与邬家。邬可成拆开一看，心下明白，想道："此事不可泄漏，暗暗图这贱人便了。"

过了几日，可成见秋芳往花园内采花，叫她来到水阁以上，悄悄问道："你可实说，夫人床上，谁人睡来？若不直言，我却把你杀死。"说道从袖中取出一把尖刀来。秋芳魂不附体，说道："只有一女道姑前来化缘，因风大又兼天晚，留宿一夜，次早便去了。"可成道："道姑必是男人。"秋芳道："道姑那有男人之理？"可成道："他住在哪里？"秋芳说："住在大兴寺里。"此句答得不好了。可成想道："那有女僧在寺院之理？"收了小刀，道："随我来。"秋芳跟定，早已留心。恰好走至池边，可成上前，用力把她一推，秋芳急急向外去躲，刚刚扑在水面之上，大声叫将起来。夫人早已听见，前来看时，可成竟往花园去了。忙叫家人把秋芳捞将上来，唤至内室，问其情由。秋芳一一说明，夫人惊得面目改色，道："此事必泄漏矣！怎好？"正然议，只见可成欢欢喜喜的走来，一些也不在心间。夫人只是放不下胆来，可成置之不问。

又过几日，可成与夫人睡至二更时分，故意把夫人调得情热，云雨起来。可成道：

"我今夜酒少了些，觉得没兴，若此时得些酒吃，还有兴哩。"夫人道："叫一妇人酒榼取来便是。"可成道："此时他们已睡，哄着他只说要酒，大有不便，还须夫人一取可也。"这夫人自从听秋芳之言，恐丈夫谋害，时时留心。随道："既如此，我去取来。"把手净了，执着灯火，取过钥匙，竟往酒房而去。可成躬腰从随，其想着夫人填在酒榼里浸，浸死方解心头之恨。正是：

　　　　人叫人死死不了，天叫人死活不成。

　　只见夫人取一条大凳，走将上去，弯身而取。可成上前，才要动手，偏偏这凳儿搁得不稳，把夫人歪将下来。可成见事不成，忙问："夫人怎样了？我恐酒榼深大，怕取不来，特来相挪一挪。"夫人明知他来意不善，却无可言，复执灯火取了，方才回房。整其肴来，二人对饮不提。

　　再说县主在大兴寺前锁拿净海，来到东房，吩咐把房头细搜。拿出三个妇人、三个和尚、两个道人、三个行者。又着人到竹园内，掘出两个妇人尸首来。县主又叫到西房细搜，只见几个青年读书的秀才，俱是便服，道：老父母，东房淫污不堪，久恨于心，今蒙洞烛，神人共喜。这西房门生们在此攻习书史，实是清净法门。门生向时有俚言八句为记：

　　　　东房每夜拥红妆，西舍终霄上冷床。
　　　　左首不闻钟声响，右厢时打木鱼忙。
　　　　东厨酒肉腥膻气，此地花灯馥郁香。
　　　　一座山门分彼此，西边坐也善金刚。

第十二回　诛淫僧悉解众人恨

中国禁书文库

风流和尚

诗曰：

　善恶到天总有报，天理昭彰是直情。

且说县主看罢俚言，辞了西房，把左右转回衙，径上正堂。

且说邬可成见二计不成，遂求县中诲罪，求县主周全其事。县主冷笑道："你闺门不谨，理当去官；净海私奸妇，妇亦不该死罪。更有何说？"可成无言，羞燥（臊）而回。

县主问郁氏道："他怎生骗你到他房内？"郁氏曰："老爷，妇人到寺烧香，被绿林二和尚推扯到他房内奸了，再也不放出来。"花娘恐江氏、田氏说出净心老和尚情由，便道："老爷不须细问，都是这二秃行为，与这老和尚一些无干。妇人若不是老僧怜放，就死在寺中，也无人知道。"江氏、田氏会意，道："老爷，就是埋尸，也是绿林、江林二秃。"县公问明，着把净心老和尚释放还俗，把两个妇人尸首着地方买了棺木收敛。江氏、郁氏、田氏俱放回家。道士、行者各归原籍，把东房产业归西房收管，出银一百两，助修城池。发放经典。三个恶僧绑赴市曹斩首，号令大兴寺门首。正是：

　前世结下冤家债，今生难逃大数中。

　劝人莫起淫恶念，积些阴功留后成。

　如此秃僧恶贯满，一旦刀下把命倾。

　西院书生清净寓，从来金榜俱题名。

话说可成夫妇二人对饮，饮至四更，叙话嘻笑如常，二人俱成半醺，脱衣而睡。次日清晨，梳洗已毕，可成出门散心，猛然心生一计。回家如常，每日满面春风，岂不知笑里藏刀。

这日，七月初八，可成生辰之日，可成吩咐家人，治办酒果、菜疏之类，以备生辰会客。是日，亲戚、朋友俱至，送礼者无数，一日热闹，不必细讲。

猛然一宦家上任，与可成相识，路过可成村，在下车上船，行李太重不便，挑托可成寄放，乃只箱子。家人报与可成，可成道："就抬在房内去罢。"夫人不知是害，自（只）说是寄放的物件，并无在意。到晚间，亲朋俱散，可成与夫人重整筵席对饮，秋芳一旁斟酒。可成道："今日大喜之日，秋芳也饮两杯。"秋芳才吃三四杯酒，便觉头晕，躺在坑上睡着。可成与妇人把饮，脱衣就睡。可成假意未曾脱衣而卧，夫人半醉，登时睡熟。可成叫道："夫人，夫人。"一声不应，暗暗起身，摸着火种，点着硫黄，望箱内一插，随即出得房门，候着火起。原来箱子内装的是火药，一见火种，"轰"的一声响着，床帐、房屋登时俱红。可怜桂姐红粉佳人，秋芳嘴严的丫鬟，一齐火化成灰。后人有诗为证。

诗曰：

可成一计真可成，等的佳人睡朦胧。

绿帽一顶难除下，王八也会用火攻。

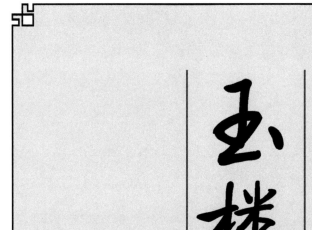

玉楼传情

（清）江南随园主人 撰

第一回　唐府开宴庆沾恩

诗曰：

> 天道夷且简，人道险而难。休咎相乘蹑，翻覆若波澜。奸雄无忌惮，淫欲恣奢繁。赏罚由颠倒，忠良任摧残。恢恢如漏网，识者暗中叹。以为上帝远，报应且何宽。一朝忽人势，瓦解无复全。始知原纵恶，厚毒以偿还。

这首五言古诗，说的是天道好还无往不复。凡奸邪害那忠良，虽阴谋假捏，暂时得计，究竟无不败露。忠良为奸邪所算，虽死亡困苦，几致沉冤，究竟无不昭雪。此固天理之必然，人事之不爽者也。即如前明嘉靖年绣戈袍这段故事，始则奸淫得志，忠良被删，后来奸佞诛锄，忠良获福，这不是老天做足局面吗？看官不必情急，待我慢慢的写来。

话说明朝嘉靖皇帝，原是帝支入承大统，好的是斋醮，喜的是清词，故当时有清词阁老、清词翰林之目。虽则如此，然却亏得几家文武，忠心为国，正直无私心，内而调和鼎鼐，外而宣威夷狄，所以也能够时和年丰，民康物阜，四夷宾贡，上下安和。

一日设朝，有那礼部缴进西番戈国遣使臣入贡表章，并一切贡品，在御前呈奏取旨。当下嘉靖皇翻览表章，交阅贡物。上贡而外，另有绣戈袍一件，却不知这绣戈袍是何被服。看官且听我说这戈国绣戈袍的来历。你道这戈国始于何时？原来，在夏后氏之世，有穷后羿灭了夏后太康，夺了夏后氏天下，羿臣寒浞又弑羿而篡其位，并夺其妻，生下二子，长的名浇，幼的名豷。寒浞封浇于过，封豷于戈。后来太康之子少康，命贤臣女艾谍浇、秀杼诱豷，遂灭过戈，复回夏后氏的天下。豷之子犯自宫中逃出，奔往西域，复立国家，仍其旧号。这就是戈国始封之祖了。若说这件绣戈袍，乃

是大禹当年治水八年于外，三过其门而不入，自冬历夏所著的一件天衣，遂为数千百年镇国之宝。今日戈国君臣因数年不来朝贡，恐怕天朝政讨，故于常贡外，又将此袍充贡。嘉靖皇阅贡表，阅到绣戈袍一件，不识是何器物，遂传旨取来，就有左右太监当殿将这件绣戈袍抖开，只见这件绣戈袍：

> 如宝如珍，针线转泯，有质有文，华虫作衬。既不是洋巾陆离误认，又不是布娘命名翻新。只见织去无痕，巧夺天丝的锦；看来甚新，典重涂山的觐。黻冕制自神人，空劳目印；丝贡厥远臣，反惹心恨。

却是一件不绸不缎的单袍，虽质朴无华，仍觉光彩夺目。既然充贡，定有异处，因遍未廷臣，莫能识者。天子不觉叹息道："些小物件，我在廷诸臣俱无能辨识，可见宰相须用读书人。"话犹未了，左班中闪出一位大臣，趋肯到御前跪下，奏道："微臣有本。"天子看这个大臣，却是华盖殿大学士左柱国、太子少师兼吏礼兵三部尚书，姓梁名柱，系广州府顺德县石乡人，年近古稀，四朝元老。天子问道："卿家有何表章？"少师奏道："这绣戈袍来自外国，我朝中群臣，焉能辩识其来历。陛下可宣戈国使臣进见，一问便知底细。"天子准奏，面谕礼部官，带领戈国使臣进见。礼部得旨，到午门外引进戈国使臣。那使臣跟随礼部官来到金阶前，少不得拜舞山呼，口称："戈国陪臣，职授定国将军乌云豹见驾，愿天朝大皇帝万岁万岁万万岁。"天子开言问道："你是戈国使臣，你国如何数年不来朝贡，这是何说？"使臣跪陈道："只因国内屡岁刀兵，连年饥馑，嗣君未定，且以有失朝贡。今春，国主嗣位，特遣下臣入贡，诚恐天朝以悛贡见责，故于当贡之外，另将绣戈袍一年充贡。这袍是屡朝镇国之宝，盛夏不暑，隆冬不寒，入火不濡，入水不焚。乃一件稀世奇珍。仰恳天恩，赦其从前不贡之罪，并求免后三年朝贡。下臣国主诚惶诚恐。"天子闻奏，不觉沉吟起来，你道为何？因这戈国一向恭顺，虽缺了数年朝贡，亦未遂兴师讨伐。今日补贡前罪，自是可赦。且他又将这件甚么宝贝袍子，求放免以后三年朝贡。若不许他，失了他从前臣服之心，有乖大国之体；若许他免贡，将受他袍子，又非在朝不贵异物之道；若不要这件袍子，竟许他免贡，又太便宜了他。所以有这一番踌躇。

梁少师在旁，测知天子之意，因启奏道："陛下，这戈国后三年朝贡，不可以不放

免，然又不可以徒放免。这件绣戈袍不可以不收，又不可以径收。"天子道："卿家有何高见？"少师奏道："依臣愚见，可收下这件袍子，放免他后三年朝贡，且当着使臣之面，将这件袍子赐与有功之臣，一来见我朝宽大之德，原不是因这件袍子起见，才免他数年朝贡，二来他说出这袍子如此甚么宝贝，天子却将之来赏了功臣，见得我主不宝异物，所宝惟贤之意，又显得我朝有宣力之臣。"天子听毕喜道："卿议甚当，就将这件袍子赐与卿家罢。"少师奏道："臣墓木就拱之人，又无汗马功劳，就是朝廷禄，已渐伴食，何克当此珍异之赐？陛下将袍别与功高之臣。"天子道："卿家系四朝元老，在朝群臣无出卿家之右者，卿家何辞？且卿家试说，廷臣中谁人功最高。"少师奏道："中极殿大学士户部尚书唐尚杰父子数人，屡著勤劳有功于国，克当此赐。"天子道："卿家将此袍让与唐卿家，卿家所举，谅是不差，可就传旨将此袍赐与唐卿家罢。"内臣传旨，只见大学士唐尚杰从班中闪出，走到御案前跪奏道："微臣无功有负皇恩，不敢领此珍赐。"天子道："朕意已定，唐卿家不必再推了。"唐尚书只得领袍，叩头谢恩。传旨下殿，宣谕戈国使臣，免其贡三年，礼部赐宴。使臣得旨，三呼谢恩。天子退朝，群臣散班。戈国使臣跟随礼部官退出午门回国去了。正是一人元良，万国以贞。

话说唐尚杰蒙此恩荣，心中欢喜，捧绣袍得意下殿，所有同僚，无不人人称爱，个人道喜。内中就有一家奸臣，心怀不忿。这奸臣是谁，这奸臣姓张，单名光，字德龙，官居工部侍郎，因清词得幸，人阁办事，恩加安乐卿，系一个谗谄面谀大奸大恶之臣。他今日在殿上，见唐尚书获此恩宠，好生不快。他爱的是这件宝袍，怨的是梁少师偏毗，恨的是唐尚书得宝。只为这件绣戈袍，后来就出无限祸端来。还且按下不表，先表唐尚杰尚书。他原系福建泉州府人氏，弘治年间状元及第，带三朝，间历中外，为人忠勤，自矢生有七子一女。长子名云龙，武探花出身，御寇，功封忠烈侯。次子云虎，武进士出身，御寇，功封勇烈侯。三子云彪，武进士出身，官负衣千户，御寇，功封威勇伯侯。四子云光，文进士进身，官授太常寺正卿。五子云豹，武状元出身，官封万户侯，镇守雁门关总帅之职。六子云俊，翰林出身，官拜都察院副都御史，恩选尚主。这六子都在朝供职，惟有七子云卿，弃文就武，中了武解元，在籍奉侍祖母和生母。当日尚书捧了赐袍回府，夫人王氏预备香案，三跪九叩迎接。随将这件绣戈袍摆在家庙堂上，焚香燃烛，告说祖先，以荣君赐。少不得大开东阁，延请五府六部，庆贺赐袍。这些同寅同年，都闻得唐尚书蒙珍袍之赐，正要到尚书会中，一

来道喜，二来鉴赏。今见来邀，自然陆续都到。但见私第堂当中设一张座榻，座榻上头用五彩装成座帐一张，又用彩绸结出恩荣二字，悬于账内。帐前放一张条桌，供一副古铜八宝香案，香案前铺着拜毡。这些文武同官到者，都先向香案前望着恩宠二字，三跪九叩，然后转身向尚书道喜，才慢慢走到座帐边，细将这件绣戈袍观玩。这件绣戈袍果是奇珍，远处观之，却又了无他异，且不见纤造之痕，又不见缝纫之迹。

那时正是五月夏炎天气，别处暑酷难堪，坐在堂中，转觉清风习习，一似仲秋气候。就是苍蝇，也没有一只飞过。文武众官，各各称羡，连这位安乐张光也自看得越发动火，心中惹恨，独不能一时抢了，方遂己意。以晚客散，收起珍袍，尚书步回后堂。与夫人王氏叙话，说道："圣恩高厚，报答维难。我与六子在朝供职，他们各人俱知矢值矢勤，以尽臣节，老夫倒也放心。惟有第七子云卿，他跟随祖母，远在自乡，诚恐他年少无知，倚着父兄的声势，欺压平民，有坏了我清白宦门的名誉。他去冬已举武解，老夫意欲差人唤他来京，一来可以求助功名，二来可以日夕教训，母亲处自有赵氏夫人七儿媳妇女儿金花作伴，谅不寂寞。夫人意下以为何如?"王氏夫人道："老爷所见甚是，妾亦正虑第七子好生事闯祸，唤来在京，免了牵挂。"尚书点头，随命丫环取出文房四宝，灯下将家书修成。

次早，尚书吩咐老家人唐安，赍书回家，召取云卿公子。那唐安奉命登程，晓行夜宿，非止一日。以到福建泉州，进了内城，来到唐府，就有那一班张升李禄赵福钱兴接着。唐安系尚书在京得用老家人，今日赍书回家，自然一直传进内堂。先见了老太太、赵氏，跪下叩头，又向杨氏夫人叩了头，将书递上。杨氏夫人接了书，送在老太太手中。老太太接书在手，问了唐安几句，唐安一一回答。唐安转身又见了云卿公子、金花小姐。公子、小姐问了父亲母亲的安，唐安回答。老太太将书递给孙儿，叫他开读。公子接书拆开，朗念一遍。书中上边写的是蒙恩赏赐绣戈袍，意欲唤七子来京，将此袍给他，叫他求取功名。下边是致嘱杨氏夫人，奉侍母亲，料理家事，教训女儿。老太太听罢来书，遂对杨氏夫人道："我览来书，是叫孙儿云卿上京去取功名，自是要事。"夫人答道："正是。媳妇正愁他在家惹是生非，怕闯出祸来，等他到京去，也有点拘束。媳妇一向也想打发他上京，只见年轻，路途惯，放心不下。如今老爷打发唐安回来，带他上京，甚是安当。"老太太转向对云卿道："你父亲叫你上京，你意下何如?"云卿答道："孙儿久有此心。如今爹爹又有书来唤，一定要早日去。"老太太道："既然如此，你可对你媳妇说知，捡点行李，过了中秋十五，十六日就动身罢。"公子领命，转到后房，对孺人说："父亲有书来，叫我上京求名。老太太吩咐十六日起程，家中母亲祖母，全托娘子侍奉，不可失了妇道。"孺人答道："省亲求名，敢为大事，家中一切，郎君放心。但系妾身中现有数月身孕，将来生来，或男或女，也要郎君留个名字，后来才可呼唤。"公子想了一想道："娘子他日所生，是男就叫高庆罢；若是生女，就任从娘子取名。"当夜晚景已过，次日中秋，后堂欢宴，少不得祖孙母子姑姨妻妹致嘱一番。正是：

他日风霜慈母梦，十年孤矢丈夫心。

未知嘱咐何言，且看下回分解。

第二回 刁将军闹中识恩子

诗曰：

从来休咎兆机缄，占梦还须仔细参。顺受若能求勇退，辞荣居辱免生诼。

却说唐老太太，因孙儿云卿上京，是日家宴饯行，合眷开怀畅饮。太太闻儿子幸沐朝廷特赐，心下十分欢喜。二来孙儿上京，正是鹏程万里，将来一门朱紫合佐帝皇，皆未可量。心头有此庆闹，不觉开量多饮几杯，酕然大醉，只得散席。归寝合眼，就得一梦。梦见身到唐氏祖坟，见坟头两旁所植松柏杉桧，俱极茂盛参天，叶叶拂云，数十株皆大能合抱，满山浓阴。

正在啧啧称羡，少顷却见天地忽变阴霾，霎时狂风骤雨，幸墓门高大，急向躲避。忽见风雨过处，继以雷电；山摇谷震，如在覆舟，此身几不能自主，好不惊怖。瞬息间，云收雨止，太阳当空。稍定移时，看那坟头大树，尽皆击倒，惟二株挺然，独一株折而复起。此时心下不胜凄惨，正在悲伤，随闻小婢帐外叫起："起来，用五更饭。"老太醒后，始知是梦。十分疑惧。细想祖坟树木，正系风水所关，如此伤毁，定必应在家门，莫不是将来或有变故，所以预有此凶报之梦。想起儿孙在朝为官，正属日后吉凶难以预卜。意欲将此梦说明，俾各人知有戒慎，但恐云卿登程，兆头不好，况又人生祸福皆由前定，即有群平之前，知亦难以力挽，只可尽人听天，将此一段奇梦搁起不提，只得于早膳后，云卿到膝下拜辞时，特地唤伊近前，叮咛说道："孙儿起程，路途中须要小心。所遇不关己事，切不可强去出头。到京更要谨慎，并对你父亲就知婆婆嘱咐：居官须认真供职，履盛思危，居高恐坠。就是尔兄弟们，亦要将我的说话，一一传说与他。紧记紧记！"

云卿领受，随即拜辞祖母并宅上一切人等，带领书童贵同家人唐安及亲随股役僮仆人辈，起程取路，晓行夜宿，少不免吃癞碗，睡死人床，不止一朝一夕。在湖广长沙地方枕近湘江一带，入北者必须过湖。适到江干，云卿即命贵同先往写船以为长行计。少顷，雇得一家船主姓崔名荣。贵同与他订明船银，回来禀明公子。然后一齐搬运行李什物下船不觉赤兔西沉。是晚，公子初涉长江，一望月明，弥天无际，影射波圆，拥流不定。南望巫峰，行风出没。少焉伏枕，由洪涛入耳潺潺不伏，难以熟睡，辗转反侧。未几，而水驿一更初报，即开船尾引项一吭，清亮入与更筹互和。细听始知为船尾鸡鸣。迨至闻转二更，船尾鸡鸣又复高叫二声。又试之三更四更五更，啼数无不与漏声多寡腔合，其清亮亦如前。云卿心焉异之。因他平日为人豪宕不羁，以故上至诗酒琴棋，无一不晓，下至呼庐喝雄，靡所不为。尤好学汉时诸王，东郊草戏，一闻此奇鸡，那得不诧异。留心试验，及隔夜所离，仍复旭是。早膳后，公子遂问崔荣："夜间船尾所鸣，可是生鸡么？"船主下礼对说："此鸡虽是生鸡，但比寻常生鸡有些不同处。"公子又问："异安在？"船主说："此鸡一更初度，则高叫一声，二更则高叫二声，以至四更五更啼数无不与更筹相合。且又清亮不凡。若遇大风大雨，这鸡必先期展翅飞鸣，预报数十声。以故行江渡海皆恃此以为推验，湾泊可避罡风骤雨，庶免覆舟。但有凶亡，两眼必先充泪。"

公子见其说出此鸡有许多灵异处，遂命取来交小生一看。果然见这鸡雄冠突起，眼彩光芒射目，且银嘴铁脚，毛色灿然，尾后五毛，且各分金木水火土五行，真可谓书称五德不愧。公子赞赏不已，直对崔荣说："我甚中意这宝鸡，愚意欲将三百两圆丝与你买此鸡，尊意愿否？"崔荣说："我船度风破浪，皆藉此鸡以趋吉避险，实人小等性命所依，本不欲卖，既属公子十分中意，便送与公子，保敢取值？"公子说："既蒙许送，我亦将此白银送与你，聊表我心。且诗有云：'投桃报李，乃礼之常。'岂必果论值与不值耶？"即命贵同开箱取出白银三百两，交与崔荣。崔见系尊者赐，不敢不受，只得领银而退。

看官你道这鸡缘何有此灵宝？公子何以不惜此重价以购此鸡。由不闻书云："鹤立鸡群。"鹤本有鹤群，鸡本有鸡群，鹤何以又立鸡群。因鹤性最驯，飞鸣宿食，只一公一母，决无乱的。倘若一只先死或被人捉了，所剩一只，再不与别鹤结夫妇。间或所剩系公，不能空房独守，遂飞向鸡中偶立。如人妇死未能即能即娶，聊去青楼嫖嫖，

以消欲火一样。况鸡性至淫,一感仙鹤数灵,生下雄群,便有五德之异。故《尔雅》所称,大者为连,小者为杰,以及善之鸡,皆系此种。船主不过一舵工水手,目上不睹《山海》《尔雅》,安知这鸡系鹤种由来?但见公子以中人之间相易,一时财动人心,自然割爱。并因大注几帛赏他,后来忠爱,皆由这起,开帆打浆,亦越加用力。

不一日,船到襄阳府地面,适逢湾泊所在。贵同等正要上去买些路菜,公子素闻此地好风光,正想上去游览一番,随命水手湾好船,明日开缆未迟,我要入城内走走。贵同跟随公子上岸,主仆进城,果见城楼金汤巩固,轨道康庄,渐渐进去,见蚁队蜂群,所说皆是同往鸡场斗鸡的话。公子在旁闻说,猛省起船中此宝鸡,有如此银嘴铁脚,谅是能斗,公子遂对贵同说:"尔可回去船尾取我宝鸡,并带白银三百两来。待我将此鸡与人家一斗,验他英勇如何?"贵同领命,公子候着。

不一时,贵同一切取了回来。公子入厂,适见厂主有一鸡号为五指无敌将军,心有群鸡与斗者,无不被其所毙,几无敢复来挑战的。鸡主恃胜扬言高叫曰:"如有再敢决雌雄,愿赌三百金。"众中只作璧上观,绝有应声的。公子见他欺敌太甚,即答言:"某愿赌。"主人说:"真否?"公子道:"安得不真?"主人又说:"既足下愿赌,须要互将三百金贮柜,然后放鸡,免至后悔。"公子大悦,命贵同取银交贮。两家开笼放鸡,只见将军鸡即伸长铁嘴,用莺歌点木析势抢公子宝鸡眼,谁知宝鸡总不迎敌,但退后将头一摆,摆开避过。那将军鸡越加乘势逼近,如前法抢去。公子这鸡索性将身一跳,跳过对面去了,如雌伏一般。如是者三,激得将军鸡跳上跳落,无计可施。厂主亦眼看六百两金几为囊中物。在旁贵同等亦自料宝鸡必败。谁知那无敌将军一时大势用尽,垂头苦丧。这宝鸡然后展开大鹏翼,似绝不费力一般轻轻低头,把铁嘴向将军鸡左眼一抢,鲜血淋漓。这将军鸡发性,用双脚一踢,谁知左目连眼珠都出,一时痛楚不堪,已跌倒在地,如被人家缚束一般。这宝鸡自然向前又连抢他数抢。可惜无敌将军呜呼哀哉,转轮去了。

旁观者无人不合声喝彩。那厂主忽然向公子大怒道:"我只将此鸡与尔试试胜负何如,理合既分了雌雄,你便该拦住,免伤我鸡性命,方能取银。"公子说:"你风头么?慢道打死不过一鸡,就英雄比武,定必一伤。俗云,有力在上无力在下。不怨自家这鸡无用,反来倒赖,世间岂有此理?分明你是想起了六百两鬼尾注。"厂主说:"莫道是六百两,就是六千两尚未能偿我鸡性命。"激得公子越加火起,说道:"莫不是你倚

着土霸欺压外客么？快快将六百两银子交出便罢，如若不然，好把狗名报上来，等我摆布下你，你始知利害。"厂主说："这还不识，老爷姓夏名光，系名流捐纳昭勇将军甘遮。"贵同在旁笑道："如此职衔，岂能唬中极殿大学士唐尚杰之子武解元耶？我家七公子唐云卿是也。"

说未了，那夏光周身如水淋一般。众中走出一人，哭宇虽庸，衣冠却甚楚楚。走到公子身边深深一礼，遂说道："久仰大名，今得相遇，三生有幸。"公子忙忙回礼："请问驾睛果系何人？何时得闻贱名？至蒙错爱如此。"其人对说："某系厂主义兄姓刁名纲字南楼，援例武界尉，先君曾为顺天府尹，因挂误犯罪，被张德龙总议发遣，蒙令尊大人保奏，得奉旨回家，闭门思过。未几忿疾，监临属圹时，嘱咐我等，尚书公之恩，凡我子孙，不可忘却云云。是以晚生常欲到盛省拜访，又恐足下托足云霄，难以见面。今在此得晤艺颜，实为天赐其便。"公子说："足见厚情。但小生转难当任过爱之极。"

厂主辣立在旁，如闻雷震耳。同楼说罢，急向公子施礼说道："公子勿怪，晚生实有眼不识泰山。前言唐突，幸看义兄之面，命盛仆败此六百两银子为是。"公子道："既系刁兄义弟，这银子小生决不取，但自后不论甚么人等，不可恃势凌烁，起人尾注。"南楼亦从旁观公子笑纳，公子那里肯受。推让数次，众人只得又涴公子取回三百。公子见说得有理，遂命贵同收回了三百两而罢。南楼又向公子说："此处离舍不远，幸祈移玉，少慰渴怀。"公子感其诚意，即便允诺，随命贵同随往，认识门口，先带回此鸡并银下楼，慢慢回来接我。贵同应命。南楼与公子携手，你言我答，不一时行到南门内石柱街，果见栋飞瓦，门额大书将军府三金字。正是：

　　春云有日终能会，人生何处不相逢。

未知南楼请公子到家如何，且看下回分解。

第三回　刘素娥多情被恼

诗曰：

最难测者是人心，沉复相龃别正淫；

多少痴迷从误处，无情反认不情深。

却说南楼既恳公子回到家，探坐分宾主，茶礼奉上。随命家疱办酒款待，不在话下。动问公子到敝处何干？公子将奉命上京的原由说了。

顷刻，盛馔摆开，相请入席，你酬我酢。公子说不尽的班荆恨晚，南楼说不尽月落相思。到兴闹时，两情如漆，酒亦觉少千钟。南楼有意结交公子，说道："弟有衷情上诉，未知纳否？"公子说："大丈夫知音既遇，有话何妨共白。况两世相好，吾二人何不可说之有？"南楼说："愚意实欲上扳公子，对为骨肉，未知弟属铜臭，有辱缙绅否？"公子说："朋友贵以义合，岂论势位么？"南楼说："既蒙公子不弃，请问贵庚多少？"公子道："弟已二十有六，足下何如？"南楼说："不佞已而立矣。"公子道："吾兄既长弟四岁，拜足下为兄便是。"南楼说："不佞原不敢当，但系既为兄弟，就此禀告天地，歃血为盟，方遂鄙意。"公子说："这个便得。"南楼又吩咐办三牲五礼，焚羔灌郁。跪下合禀道："某某处人氏某某与某某，愿学汉时的刘关张一般，且要效的桃园、禀告天地的话，皇上在上，是纠是鉴。"歃血毕，二人起来，分兄弟而立，各拜了八拜。自后不复用的客套，即以兄弟相呼，更加亲热十分。重复入席，移时杯盘狼籍。南楼入内，命家奴出见。看官勿道此是南楼疑戏，既属相好，便是通家，妻奴相见，原系古人盛德。

谁知南楼一妻一妾，正妻刘氏，顺天府尹刘俊的女儿，南楼父亲为京官时许定的。

但性极淫毒，并有西施之美，真个加一分则太长，减一分则太短，施朱则太赤，施粉则太白，羞花闭月，小名儿不愧叫素娥。有好事者作一古诗，以慕颜色。其词曰：

美女妖且闲，皓腕约金环。间上金爵钗。腰佩翠琅玕。明珠交玉体，珊瑚间木难。罗衣何飘飘，轻裾随风还。顾盼遗光彩，长啸气若兰，行徒用息驾，休者忘瞻餐。借问女安居？乃在墙南端。青楼临大路，高门结重关。容华耀朝日，谁不希令颜。

但性骄奢，好抛头露面。一见少年，便尔淫心立起。平日行为，南楼亦甚不满意。但伊时时倚着外家的势，南楼倒无可奈何。

且幸其不任生立，南楼有所藉口，遂立一妾，姓王名月娟，生一子，始数岁，为人端庄，静一守小星礼莫敢专房，所以素娥亦莫由摆布他。当时一齐出堂，与叔叔见礼一揖。月娟等还即入内，独有素娥似饥虎见嫩羊一般，恨不得一奢到口，脐下牝中早已淫水汩汩，沿腿直流，酥痒难当。但丈夫在旁，且属生客，不可造次，只得从众入内。意中又想，既有如此少年潘安，与丈夫结与兄弟，自是天长地久的来往，何忧不能勾引到手？但恐他一时便去，各别西东，无计可施耳。正是：

爱学朝云安排香饵钓金鳌。

原来这七公子既属与南楼结交，伊依旧出来相行楚见，本属通家大礼，安有别意，自然不晓得此淫妇心肠。南楼亦素性阔。略厘不察到这个，两人重吐肺腑，贵同亦随到，俟公子回船，且禀上舵工说衬风开帆之意，公子闻主即离座告别。南楼即接住公子说道："天涯知己，幸合萍踪，断无有乍会忽离之理。在此多屈数天，解缆未迟。传说补他船费，多多在愚兄身。"公子说："弟非为此，因省亲念切，是以多一日便似三秋。"南楼斯时斯际，那肯放手？公子被留，过意不去，只得先打发贵同回船，嘱说传语船家，多等几天，自然公补回费用便是。贵同领命回船。

亡何，上烛，两人谈心，夜以继日，刺刺不休。素娥从里边饱看，竟夜不厌。但见公子眉目不凡，身材奇伟，叶经茹史。转顾丈夫，还是左思相对如潘安一般，心中

中国禁书文库

玉楼传情

又忿又恨，转想起未嫁时，母亲闻刁家失势，南楼又复貌丑不扬，且不能读父书，每欲离婚，奈父亲挽拗，倘若斯时，严君从了，在同寮中择得这个公子配奴，终身岂不快乐？今日何必从旁叹恨？想到个里不觉两泪交流，转属无趣，倒不如归去罢。人家的物是取不得的，只是潜去睡了。南楼亦恐公子过损精神，即请公子安睡，随后归寝无话。隔日早膳后南楼引公子偏游家圃，到一静室，书画满壁满台，汉铜秦鼎，一炉好篆，中列瑶琴。公子道："吾兄亦居士中之靖节耶？"南楼道："内人所精。"公子闻南楼说出"所精"二字，他在路途指生荆棘，正引起技痒，便说："尊嫂既精，求吾兄命他在帷内一弹，弟自知指法高低了。"

南楼正欲演内人的能干，入内说知。那素娥正欲亲近公子，一口从命。旋于帘内焚起香，弹一套伯牙访友。谱毕，公子说道："我与尊夫兄弟初逢，本不应弹此，但与嫂嫂无与，似亦无妨。关于指法，真可谓潜鱼出听，六马仰鸣，女中师旷。我兄有妇如此，不特画中爱宠，抑且韵里高朋。"南楼说："吾弟善善从长，内人转恐受不起。"

语罢，两人大笑一回。帘内闻到那个话，意中谓公子十分受用自家，莫非是有情的人？公子又讲再弄个好意的听听。素娥假作推辞，且载求公子亦赐教。公子说："岂不闻孔圣云，必使反之，然后和之。尊嫂再弹，愚叔然后献丑便是。"素娥见他如此有意于己。何不凑此机会，学一学王孙，试看座客果系相如否？待他奏毕，遂在外恭声说道："嫂嫂岂别调么？"素娥答道："奴生平最好的是这个调，故常常弄的都系这个词，除外别无精粗的。"公子心正不邪，哪晓得他这个鬼话，答道："难怪。"即这粗的刁老，亦道是内人再弹的指法不合。公子故弹，他那晓得是凤求凰。但公子终嫌她带淫的腔调，意中倒有不合。语罢，即欲外出，又在帘外朦胧看见素娥微微含笑，眼界流情，且请公子赐教。公子终恐惹她的淫荡，越加推辞。适老仆到，请出堂用饭膳，南楼亦不敢强，他兄弟移玉出堂。正是：

　　盈盈一水间，默默不得语。

未知素蛾见公子退后何如，且看下回分解。

第四回　淫妇私奔托贱婢

诗曰：

由来不死是淫心，况复钟情误认深。

惟有却之能勇退，免交盗妇别人禽。

却说云卿本是伶俐的人，安有不识素娥那个淫佚的模样。心下原欲说知南楼，俾他有所提防。奈疏不间亲，虽属兄弟，终是萍水相逢，未知他的心腹如何，又无事迹可据。暂且搁过不提，日看后来作分处。是晚，南楼兴到，多饮几杯，竟去王氏房中。月娟接着，纤手轻扶，南楼相偎相搂，上得牙床。二人宽衣解带，又效于飞之乐。月娟体内热津密注，心魂俱飞，搂紧南楼腰臂，丢了又丢，竭尽平生之乐。云残雨止，二人揩试一回昏然睡去。

再说素娥因无人伴睡，愈觉被窝寂静，枕头孤零，好不悲伤。且日间有此一番卖，终是桃花有意随流水，怎奈东风无付却东流。越想越痒，欲火起来，遍体燥热难当，遂将小衣褪尽，变抚玉肌，愈发难耐，手至酥乳，狠摩一回。终觉摆弄自家无甚趣味，忽想小说多有载女子贪夜私奔的事，凑此良人不在房内，何不抽身直到公子房中，试学巫神自荐，幸遇襄王，亦未可知。急且穿回衣服，潜出房门，莲步忙忙。忽猛想到：倘或去到时，公子不允，扬声起来，刁老闻知，岂不是画虎不成反类狗？不可，不可。急转步回到床口坐下，皱着眉来。忽听得房中侍婢梦语，心内即生一计，思量道："岂不闻俗云十个男子九个肯，只怕女人心不稳。如今进去叫门时，假托诸婢取火。他若肯开门，便允了；他若不肯，我便走了。他亦真道是婢辈无礼，他不对丈夫说固好，即对他说，亦决不能转道是我。"主意已定，此际身不能自主，复抵公子房外，低低叫

门。公子问道："是鬼是贼？"素娥在外答道："主人内婢。"公子说："黉夜只身到来何事？"素娥说："取火种。"公子又问："甚么种？"素娥答："取火种。"公子见他说得不妥，怒道："举动夜入人家，非奸即盗，里边岂无火种？你如不速退，我便高叫起来，恐你性命难保。"

素娥见公子真是铁汉，难以遂意，转不若凑早转回，免至露出蟹爪。乘公子说出"性命"二字，遂假作哭泣状，哀求道："贱妾既蒙公子指教，即退便是。便恳求公子大开汤网，千褌海量汪涵，来日勿向主人说知免伤婢的性命，万代衔环相报。倘或公子不容，奴便即刻归房悬梁自缢，免得明早上出丑，死后留污。"公子闻他归房自缢，心想道："私奔亡耻，婢子无知，罪未至死。今闻责知愧，倒有个自新之念，日后因此改过成人，亦未可知。"在房内道："我明日不说亦得，但你退去，下次不可如此。"素娥在外说道："既蒙公子再生，宁不奉教。"冉冉而退。正是：

我有心反似你无心好，你无情不晓我多情恼。

却说素娥当下眼看一座武陵园化作望夫山，透了一口气，心内想道："今生不是并头莲，真是前世与他烧了断头香。且喜事虽未成，犹得假托他人，丑迹尚未败露。真个乘兴而来，败兴而返。"头又重，心又恼。香汗透前，皮毛尽彻。正值孤月斜阶，凉声在园，行近亭除，将到内室，鼠虫叫嗷，不觉五内虚空，寒邪直斩关而入。当下尚未知觉。一归床上，转辗不寐，忽觉毛皮壮热，头颅寒痛。

素蛾退后，公子想道："贱婢如此猖獗，可见南楼平日治家不严，理合说知，有所约束，后来免得坏事。但说出此婢，真有不便，人命所关，又当面允他勿说，待他改过。"为是起来与南楼相见。

日高三丈，内婢又出堂向南楼禀告："主妇有病未起。"南楼随到房中问候，就近展开被窝看他。但见双眼斜人，鼻息如线，额筋耸起，面似桃笺。以手摩按，说道："贤妻昨日弄琴，尚如此爽利，独眠一夜，遂如此惫倦不堪。真是人有霎时的祸福！妻呀，你见病体若何？可对愚夫说个明白？俾我知了深浅，医卜便是。"但见素娥两手直下垂被内，用口咬着被头，并无一声说出，眼睁睁用头擂几个绣枕，叹一口气，便闭了眼。吓得那呆夫恐他断气，伸手试他尚有口算息否。旋命侍婢急取姜汤来。素娥自觉身中病症，口苦心干，非可用姜救的。急开目说道："贤夫不必如此慌忙，我不过一时沉倦，歇歇便好。姜汤何用？"南楼说："既如此，药不宜轻服；少顷着人去请五廷桂先生到来看过，施治乃得。"素娥说："如此，足感贤夫情重。"

看官，你道南楼何故个个医者不请，偏要请王廷桂？缘王廷桂虽悬壶多年，但岐黄道中奥妙法律，总非透彻三昧，倒有几种能干，却又钗引得数十个金字扁额高悬门面，出入车马川流不息。恩系世俗，由来病家皆不是道中人，何知那个王叔和，那个是高阳生？一时有事，心便无主。将就近之先生，老老少少，一一写明纸上，着三姑六婆到庙堂上神案跪下，将那的先生逐个禀明，祈杯胜多，便谓神人张主，竟专请他，任伊施治，任伊要钱，纵有差失，再不怨的。廷桂一入行，便知有那个风气门路。他就挂招牌时即变卖祖业，留心结欢那的三姑六婆。那三姑六婆得他钱财，也结为伙伴一般。一受难家所托，祈卜请医的事，他连杯问亦不问，回去哄道："神前六校九校胜杯，皆许请王廷桂。"主家又不在旁看他，直信无疑，遂允请他。那三姑六婆，又先到馆中通个病体若何。乃到看处，并不在主家说起。先生手指下说个病情胜过住的家内一般，谁不敬服？所以得了那个秘诀，一时大行起来。又性最淫，往往与人家落私胎或种花，远近一班寡妇、戌妇、尼妇，即无病时，亦欲请先生、医医心病。即如素娥，平日身子就有不安，少得要他到来调调眼色。怎奈一向丈夫在旁，彼此有碍。今为想公子不遂，此兴无可消遣。一时闻得南楼往请那位先生，亦属意中人，何不等他到来，与他调戏一番。正是饥者易为食，望梅可以止渴，亦未可知。不觉素娥亦自家都催着老仆去请他。

廷桂见刁宅如此富贵，谢步大封，兼系主顾，又察知系着诊看夫人，且喜得近佳人，如得了将军令一般，移时即到刁宅。南楼随出接他入内，分主客坐下，献茶毕，廷桂开声问道："老爹，着小医生何事？"南楼道："看脉。"廷桂道："看那位？"南楼说："适贱房昨夜不知何故，睡了一晚，今放即病起来。故敢闻我张仲景到来施治。贤弟坐坐，我陪先生入内，看看贱房的脉症就来。"公子说："我兄自便。"那南楼遂同廷桂到妻子房首，垂帘诊视，先生眼见得玉手纤纤，麻姑方似，一边按下指法，一边心内想道："如此玉腕，得来枕枕，死便休罢。"但恐刁老问到脉症，只得又用个心神，覆按三部，但见地脉两尺浮数无力。左寸脉上出寸口且有一种懦怯郁结之状。此人必因丈夫有了偏房，复涉逆思，一时不遂，精神散耗，外邪乘虚而入，三候九讹，主意

已定，说声"诊罢。"南楼道："请先生出中堂处方便是。"廷桂犹欲在此调扰一番，奈刁老已请，同行一齐外来复坐，刁老道："贱房得何症？所见何脉？"廷桂道："两肾浮弦系属相火内煽，外寒复乘虚，直中阴经，心脉郁结，又上出寸口，皆主所求不遂，君火内焚，理合得头疼身热，五心烦闷，口苦腰痛等病。"南楼闻说，转入问过妻子，厘不差分。随出外对廷桂个揖说道："果属高明，求赐仙方。"廷桂开了六味补神丸，熟地细辛，羌活。随说道："此方在别位，必说病有外补，不宜用熟地，恐寒邪滞了不出。所以医伤寒的三百九十七法，并未用过补阴药。便尊夫人邪由虚入，苟非以熟地补托，邪反不得出，此系小生于古法外变用的，实足补仲景所未备。"南楼说："直可称长沙畏友。"廷桂又道："据症用方，固须如此。但烦转说知夫人，自家开心服药，乃得见效。"刁老答道："那个自然。"随送谢金，廷桂面辞而去。斯时云卿在旁，一一入耳，想道："尊嫂昨日尚能理琴，十分爽利，今朝遽尔病，此事有跷蹊。况他日间向我弹的是凤求凰，又弄出一番淫媚，夜里即有妇女到来私奔。虽说是婢辈，但日中诸婢在我面前全无一个露出破绽。适这先生又说出尊嫂这个病症，莫不道叩门的就是淫妇不成？罢罢，祖母曾吩咐人家事不可勉强出头。我再住此，恐惹起身，不得不理。不如三十六着便了。"恰好贵同又到，催请下船取路，恐碍进京日期。公子遂决意对南楼说："弟奉着严亲有召，必早日过庭方妥。聚首有期，何劳遽作小人如蜜之态。"说过定要起程。正是：

心猿已动随扬蹄，意马终悬莫系骢。

未知公子欲去，南楼如何分别，且看下回分解。

第五回　急就章桃僵李代

诗曰：

　　坏事由来是十方，邪淫医卜正须防。

　　世间多少无知汉，结契偏来引入房。

　　却说当下南楼见云卿去意已决，料难再强，答道："贤弟既承着父命，心猿已动，料难苦留。但贤弟再宁耐一两天，玫房稍愈一二，愚兄可能相送，斯时使任贤弟去了。"公子又见其十分诚恳，被留不过，只得再忍几天。

　　又说那素娥原为公子害病，除是公子与他勾当，亲了肉体，遂了心愿，方得病体痊愈。竟被公子不淫心反炽，即有王医在是，终是药不对病，服之无益。故廷桂虽一时心灵手敏，测中病源，而药饵何灵？终不能奏效，勉强服过。素娥越加沉重，梦语呢喃，唬得那房中婢仆好不害怕，一夜无眠。隔日，南楼入房问候，并说："公子决意欲去，难以再留。我妻又值有病，若是身好了一二分，我便送公子一二日，方才过，不若再请廷桂先生到来，再商个治法，以得早日安宁为是。"素娥闻丈夫说出那话，心中想着："公子不恤，此情何能便了？不得于此，宁不可复求于彼？何不将王先生当作公子一般，完了心愿，方能罢个兴致，况公子无情，恨不得数页纸钱彻送了他。一则正嫌其在此触恼，又恐他对南楼说明那夜的事情，一时察将起来，水落石出，终有不便。且欲再谋那先生，正要丈夫不在。"素娥一时变了卦，转有意廷桂起来。闻二人要去，正中其计，当下病已好得七八分。

　　是日，又值廷桂到来。再看他那风流的先生，越惹得淫心来，决意待丈夫去，再出个手段，遂过了愿，特自勉强支持，对南楼说个身子渐渐爽了。公子又住了两天，

似长年一般，行心箭急，又向刁南楼屡屡勤问："尊嫂病体可好么？"那日，南楼实对公子说："现已薄愈，但恐复作耳。"公子说："吉人自有天相。既如此小弟亦去得安乐，从此暂别便是。"南楼说："贤弟既心旌欲动，意马难留俟。愚兄命小人买路菜一两味，然后愚兄一齐下船，略送一二里，表愚兄寸表罢了。"公子说："既属尊嫂有病，不劳远送，还须在家料理为是。"南楼说："病体既属寻愈，即发作有王先生，去时嘱老仆多请几天便是。吾行更属何忧？"公子既专意脱身，未遑多辩。南楼临行，又入妻房问候一番。说道："我去送公子一程即便回来。"素娥说声："早去早归。"南楼说："是了。"即出来，与公子联裾下船，重加整顿。公子命舵工开船而去。即说素娥知丈夫已去，家中无人畏惧，遽欲与王廷桂干事，心又忽生一计。是晚，越加诈成沉重，呓语大作，唬得家人大小比前更觉慌起来。王氏见主人不在，主妇如此，明早只得打发家人请王先生调理。家人领命，不一时携同师爷到来。素娥叫诸婢故意问他："我闻你等说我加病，蒙贤妹又请先生到来看我。你待见我病究属何如？"诸婢遂实说："夫人昨夜一连说神说鬼。直到天明，唬得我等好不利害。夫人还不自知么？"夫人又假说："呀！我昨夜一闭眼时，便见房中小鬼大鬼数十个，向我索命。我方紧紧躲藏床后引避，那敢说出一声，俾各鬼知出我所在。"众婢听闻这个语，越加牙齿震震有声。众人况又想起，夫人从前因疑一婢与南楼有私，毒施毒打，此婢受刑不过，自缢而死。今夫人病体迷离，况又乍轻乍重，就系这婢阴报，亦未可知耶！看先生看脉如何，再作理会。且说王先生闻南楼不在家中，诸嫂先告病状。及至诊脉，虽病源未尽摆脱，然总与鬼症无涉。又见其言语清爽，不类魍魉，心中推测，实系可疑。左思右想，莫非夫人因丈夫宠爱二房，夜食不足，故尔如是？况明明脉症式合，一定无疑。何不凑南楼不在，试一打动他了，岂不是得财得色？有了这个意思，自然眉目不同。帘内人既属此道魁首，一见自然晓得。遂请先生当面赐方。廷桂又将旧方疏上，交与侍婢传送夫人，且说道："戏精通文墨，无书不览，君臣佐使，是必尽晓。改削改削！"素娥一看，原是旧方，将计就计，说道："六味方须肾家药？但业天士案中，每补肾有云：虽古名医皆用六味滋水，但肾虚须益精方可。熟地虽佳，究属无情草木，必另寻一血肉有情之物，始能入窍。"廷桂目不睹群书，反不晓得这个道理。便闻夫人说个有情血肉之物一句，淫情大露，料觉从此可施轻薄。索性说道："夫人果高明十倍，实欲用那件血肉有情的物，祈为指示，以便办上。"素娥急叫侍婢取上文房，执笔开了药味，命侍婢呈与师爷看过，并求代办赐用云云。那师爷亲手接着，既不是弓归地芍，又不是参苓草木。只见纸面上开列黄精一点，要出自大红肉，连皮去心，有须圆参的。廷桂道："黄精七略方中，虽常惯用，但书中俱说是一枚枚，未闻有一点点的。元参亦有，皆是黑色，非同洋参，乃有大红肉的。"素娥道："洋参即元参，论其体象则为元，论其施用则为洋。非元的参，安有洋？且医者意也，何必故靳不一救小妇性命？"廷桂忽悟出素娥这段私情，许诈成猛然想出的神气，道："有了，小生一时忘记身中原是带得，但请问夫人何时荐服？"众婢从在旁说："夫人病体日轻夜重，师爷有此妙品何不赐来，俾夫人凑此光服，以便药到春回，免至又如昨夜，令我等惊惧。"廷桂对说："虽则如此，人身如一小天地。夫人系肾家病，三更正水旺北方，乘势进药，乃得见效。非同疟疾，可先时截着。"诸婢无用，且系夫人师爷所说，那个敢拗。况又员外不在，各恐夫人夜间仍复颠倒，无主可靠，保不留住师爷在此作主治疗，免得举屋彷徨。况师爷惯熟宅内，又有老仆陪伴，应谅亦无妨。合声向主妇道："夫人，既属子放乃可服药，何不索性留师爷在此，屈驾一夜，着王安石伴师爷施药。待老爷回来，再作处理。"素娥喜从婢就计，说道："使得。但未晓师爷允请否？"廷桂承问答道："施药固须小生，乃晓烹法，奈老爷出外，未知回来怪医生过宿否？"诸婢说："老爷是直心人，临行时亦曾吩咐我等，要请师爷。况为着调理夫人，家中又有老仆可以作伴，回来还要多谢师爷，那有执怪的理！"廷桂心说："不料世间有如此便宜的，真乃无巧不成奇。"故作推让数次，乃允众请。心内又想着："夫人已明约三更行事，争夺必然老仆在旁，难以下手。便自己原有一种最灵的闷香，往常方便与人家偷情的，如何不取来应用，免负情人美意！"心计已定，领过茶果，随对刁宅家人说："小生尚有各宅未曾赴请的，等我趁早去匀，免俾人爱怨望，晚膳后回来便是。烦为代白夫人。"王安说："师爷幸勿失约，早些回去更妙。但我有事，恕不再请。"廷桂说个"使得"，遂转回寓所，藏了闷香，好待晚膳后进去施用，以图乐事。末儿，日落西山，柳梢斜桂，潜身再到刁府。王安等人中堂茶礼再奉。正是：

　　有意栽花花不发，无心插柳柳成荫。

　　未知廷桂在刁宅夜间何如，且看下回分解。

第六回　妒真淫得陇望蜀

诗曰：

　　枕席由来伏甲兵，况复防淫少戒惩。

　　独惜无知粗汉子，名言曾否服当膺。

　　却说素娥闻那位师爷回来，十分欢喜，背地重另施粉匀铅，心中且如汤碗上蚁一般，真个坐卧不着。那位先生心生一计，忽又对老仆说："你可入内禀上夫人，叫他先去略抖抖精神，到五更时候起来服药未迟。即我等，亦要息一会方可煎药。"老仆听说，即入内禀告夫人，随后出书房候师爷打睡。一时夫人得了先生消息，即便假寐。外内诸人，亦因夫人昨夜大惊小怪，未曾闭目，随见外边先生里边夫人皆睡，个个上床，不免困倦沉沉睡去。师爷听老仆有了鼻息，料他不醒，即起身取出香，向烛燃着，偷向老仆一熸去，连叫他数声，全无影响。廷桂胆大起来，潜身入内。且喜夫人房户迎风半掩，客灯明灭。潜步闪入，认向侍婢床前，用香渐渐熸去，侍婢即刻梦中若魇。廷桂始放下闷香，转身到夫人榻外。低声叫句："情娘请起服参。"夫人举目看见是廷桂，急起身说："现成的参带来未？"廷桂说："已在小生的腰际上。"素娥说："何不学毛遂脱颖自荐。"廷桂说："天下那有如此贱物，必须夫人真心往求他方得。"素娥一时欲火难禁，顾不得羞愧，直伸手过去一探，说道："真可能药堪对症，果然好大红肉心带须略破头皮寸许的元参。但未知个里黄精多少？"一边说，一边倒口过来，与先生角嘴。廷桂说："慢着，须妨王氏房中晓得，好时惊起。"素娥转问道："外边有一老仆相陪，情人缘何得到我房？"廷桂说："我已用过闷香，外边老仆，夫人房中侍仆，俱被我闷倒了。但二夫人处，难以入去施法，奈何？"夫人道："不妨，贱人的房门系外边有门鬼，刁老预便随时偷往的。昨送公子去，现放在我房箱内，等我取出，密地往开他的门鬼，潜身入去闷他何难。”先生说道："使得。"即跟住夫人潜去开了王氏的卧房门鬼，那廷桂取了闷香，交与夫人施法，耳边低声说道："如此如此。"夫人果然听过王氏有了鼻气，潜潜熄去，又大声叫过他不醒了。二人携手回到房中，谑浪一番上床，罗带徐解，绣衣尽褪，二人弄了近一个时辰，方才俱泄出一回，雨停云止，整衣而起。

四鼓将尽，廷桂只得告别出外，淫妇越加情热起来，舍不得，说道："既奉枕衾，是必前缘有定，退后幸勿忘，当为取便。"廷桂道："这个自然，慢慢商量出个计，以图永久便是。何必以一时暂别遽尔怆怀。"说罢，各归就被寝。

未几。鸡鸣报晓，日影穿窗，外厢王安昏迷中忽然跳醒，伸一下沉腰，揩一下倦眼，起来急向师爷床口问安请起，且说道："未晓夜来师爷曾施药否？"廷桂说："何曾。"安又道："莫不是师爷亦如仆一般好睡么？"廷桂说："非是。我实留心觅药，故亦连醒数次，也曾叫你数声。你鼻息越大起来，总总一样不应。一夜里边，亦并无一个人出来相请。小生自见只身不便进去，是以无由传药与夫人服食。你可即速入内，看看夫人何如，并有甚么吩咐，看脉不看脉，小生好回家去。待员外回时，再作商议。"老仆闻言，即抽身入内请安，且向夫人说声："望恕老仆昨夜忘了起来的罪。"素娥答："可是前夜我梦中颠倒，劳你等看守未能睡倒，故昨夜不觉分外好睡。连带我房中侍婢等皆系如此。这也难怪。"

老仆又述廷桂言语，求夫人定夺，以便上复师爷。素娥见丈夫尚未回来，且一夜欢娱，谍能餍饫，正想再图后会。乘势对老仆说："你可以出去禀复师爷，说夫人道昨夜既未蒙施法，夫人甚病根难脱，今夜千祈移玉回来，再作乃好。"斯时宅内大小晏起，皆奔来问候。闻素娥说要今夜再请先生回来施药，本系各人好睡所误，又为病症所关，那有坚持并疑他有别的原故。老仆领命，随出学潮，直对师父说明主妇再请之话。那廷桂是意中人，闻说岂不识到夫人那个意思，自然少作推辞，终究允诺。正是：

曾经沧海难为水，除却巫山不是云。

且说刁员船中相送公子，已过了一两日。公子好过意不去，屡屡欲另请扁舟请伊

回府。奈南楼越加苦别起来，一声疑乃，又到桂阳地面。那时公子决意催速南楼回家，这贵同等上岸买菜，见桂阳适当赛会地方，景致十分艳丽。回到船中，说知公子。南楼在旁闻说，他原是好闹的性子，就对公子说："此地既然赛会，你我二人何不上去看看？且就此盘聚三两天，愚兄回去便是。"公子说："只怕夫人怨望。"南楼说："倒也无妨。"公子被请不过，亦是少年人好动的，自然一齐上岸。果见十分华丽，标致异常，街街车果，巷巷楼箫，好个热闹。二人游玩一番，少不得觅个酒楼，兄弟上去就地把盏。行见一间酒店，招牌时夜间歇客，日间卖酒的。二人移步上楼，又见他上座两旁，大悬一八字短联，书道："腰有邀友，写纸且止。"

入席，酒过数巡，南楼下楼方便，耳闻有闹声，是索债的话。特静耳听去，一人道："老爹在此敝店月余，并未借出店钱，才问你。你又道明日就有。明日又说这个话。我想，天长地久，那时不有明日？我又央你将衣物去当了，少少结些钱过我，你道好的被贼劫了，自己还个举人身分，剩的袍子巾子还要出入穿起方合绅缙体面。这个话分明是不想结我的帐了。一时荷包空，有置无弃，顾甚么体面！若再不肯当些，我的本钱尽了，今餐连老爹都无吃的。"南楼听得清清楚楚。回席少顷，刚值那个讨债的酒家上菜，犹自怒容可掬。南楼心中好不怀疑，就向店人问道："你先与他讨债的，是何样人？"酒家道："客官再勿说起。你道世间有如此有品绅衾么？"南楼说："你可代我请他出来，劝他便是。"酒家说："不请他便罢，那人是不好惹的。他在我店中，凡有朋友来问候他的，他便开口说个借银二字。"南楼说："不妨烦你请来便是。"公子在旁闻说，转问南楼。述犹未了，只见那人满面黑云，愁颜在目举止却又端庄。近前施礼说道："生平未识荆州，有劳下顾。未晓赐教何来？"南楼说："请来席间坐坐，细说未迟。"那人心下十分疑惧，只管坐下。南楼道："适闻店家说个被劫，某生平怜是失路的人，故敢请问其详。"那人说："再勿说起，令人烦恼。"南楼乘着酒兴叫道："大丈夫事无不可对人言，何烦恼之有？"那人见他说得如此慷慨，答道："萍水相逢，既蒙下问，敢不实说？某本福建人，原为上京会试，行近双谷口一带，却被响马打劫了物件，杀家仆三人，仅弟走脱，初意欲禀官提贼，奈响马猖獗，朝廷向来惧他，料此官员何能究办。转欲回家再作道理，奈身边所剩银两无几。到此店住又想探听个同乡或同年，再行打算，乃可回乡。不料住已月余，全无佳联；多欠店银，大为失礼。"公子自认道："在下就系同乡，未晓足下高发何科？"那人说个"前科侥幸。"公子说：

"又是同年了，乞未榜名。"那人说："姓毛，名天海。驾上高姓尊名？"公子说："姓唐，名云卿。想你虽是同年，但文武分途，所以未经觌面。"毛天海又向刁老请问，公子又代表白。答罢，你敬我慕。南楼说："一朝天便，聚会英雄，岂非前定！毛举杯聊且开怀，大家痛饮一番。足下归计自有理会。"公子亦来相劝。毛天海闻说，那得不宽怀抱盏。酒罢，南楼旋叫酒家算数，解囊交足。又取了二十两圆定，交酒家说："你可将毛老爷物欠数一一算明，多除少补。自后不可怠慢他为是。"酒家见有了银，自然一时改颜相看，说个："小人从命。"毛天海见如此大义，对二位说："既蒙慷慨，何不再请到卧房再谈谈心。"二人领命同往，重开华筵。到投机处，南楼便对公子说："古人一见如故，白首常新。你与我已为骨肉，今又遇毛兄，岂不是数合桃园，正应我二人当日发誓之语。何不请他凑成盛事。"公子说："我倒有这个意思，但未晓同年允否？"南楼说："他既与吾弟既系同乡同年，双何靳此同拜！"

毛子见他二人如此情切，况且有了依靠，承命一声。重问年庚，天海又少公子二岁。如前歃血，南楼仍居长，云卿居次，又次有天海。三人就在店中联床剪烛。南楼说："毛贤弟回闽所费，待送了二弟，顺同到寒舍盘旋数天，愚兄相送。"云卿说："三弟初念，上京中途被贼，欲进不能，故勉强回家。我今奉命上京，可以同往，正系天赐他便。富贵须及时，倘鳌头有属，固为手足生光。二来得了志，奏明天子，亦可请兵捉贼，以报私仇，以除民害。岂可便回恢志？如恐家中闻个消息未真，可写一纸书寄去，免得怀惑便是。"南楼闻公子说出句句有理，只得说："三弟请便。"天海又喜得遂初心，正欲进京会试，主意不易。又过了一天，南楼又被两弟催速回家，只得忍泪而别。正是：

　　　　雁行只合天边去，萍水相逢又别离。

那日共结了店钱，一齐回到公子船中。公子旋命崔荣待觅一小舟，以便送南楼回府。临期重整别筵，酒酣耳热，天海赋一古诗以赠南楼。辞曰：

　　　　携手上河梁，徘徊蹙路侧。怅怅不得辞，行人留。名言长相思，安知非
日月。弦望自有时，弩崇明德，皓首以为期。

吟毕，书来交与刁南楼。公子移时亦有一笺献上，乃是七律一首，读来说道：

弟来兄去苦愁吟，赠别江头思不禁。纵效高枝垂苑北，难教飞絮落江南。
昔年旧谊谁能记？两世交情我独深。大义知君牛头并，只须严慎戒胸衾。

那南楼见二弟各有佳章，自己虽不甚精此道，但情至文生，亦旋赋一律，少以见志。吟出：

一别那堪人两别，杯盘狼藉泪重挥。鱼龙方喜朝能会，春树旋悲暮欲迷。
歌到离亭声断续，人分淮浦影东西。鹏程自愧同雌伏，此身终恨隔云坭。

那公子看南楼这诗，末一语微有些不善，心下思量，正恐其事那家人的事，日后或生出事来，竟向说道："古临别赠言，不可无语。弟有一句上禀，千祈谨记。"南楼说："有话请说，愚兄谨记便是。"公子道："吾兄大义干霄，正是一生好处。但待下未免太阔略，自后须要约束些，免俾他人欺负。"南楼一闻此话，想有原因，不觉酒面添红，意欲问个明白。又见诸人在旁，恐说出实来，反有不美。适值舟人双催督扬帆，只得说声："两贤弟前程万里，努力加鞭，倘有佳兆，勿弃鄙人为是。"两弟说："那有此理。后会有期，勿伤怀抱。回家保重为便。"正是：

多情岂谓春无脚，苦别方知月有声。

不一时，凡扬帆转，两地仁望不见。未知南楼去后如何，且看下回分解。

第七回　好医者逞说作燕诬

诗曰：

　　一时反意便无情，毒药谋夫事竟成。
　　真个妇人尽可杀，免教冤鬼哭盈城。

　　却说他三人一时对面，顷刻天涯好难舍割。奈事出不由，只得纷纷解缆，各办前程。那医生隔夜复随回刁府，仍旧带了闷香，进去上床，共情娇作乐。廷桂已气吁力少，勉强弄入，歪歪斜斜弄了一回，素娥迎凑不歇，直把阴精又丢，才眠倒于床，廷桂站立不稳，轰然而颓，将个素娥压个正着。二人歇了近一个时辰，素娥转醒，揽着廷桂说道："我初见情郎时，只道只可与尔聊作幻中夫妇，少消烦闷，谁想今日弄假成真，竟造到这个地位，宁非前缘注定。你我当各存终始，不可效相如的薄行，令王孙再赋白头。"廷桂道："那个自然。"素娥说："口说无凭须要上告穹苍，方表真意。"

　　说罢唤廷桂两家道个咒愿，就将手下金串赠与廷桂，且说道："只要两人他日遂个成双成对罢。"廷桂见了，喜不可言，叫句情娘道："你我真心，料无改变。奈娘子既本系罗敷，安能效得红拂，又况宅内婢仆多人，常碍耳目。小生如何长到？"素娥道："虽则可虑，但两家坚心，慢慢等个机会，张须遂意，随且行乐及时，勿负此良宵便了。"说着这些话语，二人又兴动，素娥启开双股单等那廷桂来战，廷桂纵身下床，捞起素娥转至屋中醉翁椅上。廷桂嬉笑，喘了半晌，方将素娥捞起，复于床上，揩抹干净，自又温存一番。廷桂忽然想起一事，道："明日刁老回来，教小生去罗帏孤枕，想起我娇美意，如何能捱此寒更。"素娥闻到此语转哭起来道："我与你卖日为活，终非长局。又恐禁不能久后思量，不如两合饮了药，阎王殿上唤他再世结为夫妻便罢。"

　　说毕，你怜我怕。廷桂转是个心计人，忽然想得一计，问道："娘子外家住在何

一一七五

处?"素娥道:"就在城中。"廷桂道:"如此,便有计。"素娥道:"计从何来?"廷桂说:"他日刁老来家,夫人若有了个机会,要叫小生和外应,便可回去外家。收病起来,着人托言到馆,请我来诊脉,先密地将心窝里的说话写了明明白白,背着人前急掷下,小生便可依书成事。你道个计谋可使得么?"素娥说:"果然高见,但情郎去后,切不可又忘了有我伤我的性命。"廷桂道个"不妨。"斟酌已定,只得出回外厢去睡。

及天鸡早叫,红日初升,宅内人等醒起来,又是昨夜好睡一般,有误了夫人服药的事,好不过意,只得又到夫人房中说个"原谅。"王氏亦随到,说道:"夫人既是两夜总未服药,如何是好?"素娥知夫料必就回,说道:"两夜虽未服药,身体歇了两夜,倒竟爽利起来,似此,不服亦得。可着人多送些谢金,任他回馆。待老爷归来,再作道谢。"王氏随命老仆王安送了师爷,依口说道:"夫人传命,请师爷暂回贵馆,日后有事,再请便是。"师爷答道:"老人家代白夫人,小生多谢。"

那日,南楼刚送别公子回去,说及妻子病症,素娥先开口含糊答了丈夫。南楼道:"既然痊愈,不服药便罢。"初归,少不得先去正主房中睡过,待他食饱然后能到二房处。此是家例,不在话下。南楼放夜到素娥房中,见他蜂腰无力,柳眉斜斜,别有一种春意酥腔。南楼亦谓是他平日淫心故态,少顷上床,南楼说及此去又遇毛天海共盟的事,日后自家虽不能上进,亦可赖他一班兄弟们光壮一番。素娥忽闻丈夫提起"云卿"二字,一惊起他的惧心来,意欲试试丈夫,遂问道:"唐公子到来,住了数天,既属手足真情,临行有言语嘱下贤夫否?"南楼也曾闻及公子说他待下太宽,一时触上心来,实欲告知妻子,俾内助可以从中协力,整顿家门。遂对素娥说:"我三人各咏诗歌,以当赠别。云卿分袂时,又说我治家不严,恐被人家耻笑。我想他所说未必无因,莫不是他倒住了数日,难道就有个不肖的事情被他看破不成?贤妻,你我正为家之主,闻了这个话,俟后必须端庄临下方好,不可有负公子的教训。"

素娥句句听来,明系公子的言说,为着那晚的事,莫不有他一五一十说知丈夫,丈夫故意道个哑谜试我不成?越想越像,心中十分畏惧,一夜总未能闭眼。南楼说罢,又为日间送别二位贤弟,未免劳动一番,又公子家禁不住水路波涛,适在扁舟,少不免乘风破浪,微受险恶,身子十分劳倦。对妻子说了这个话,不觉怀着关张反张见了周公,竟不复如往时,一上床虽系弱卒无用,满不得娘婆沟而涸而勉强从事,犹复再衰三竭,牵来务必成羊方罢。不料是夜睡去,今竟忘了公课。素娥辗思复枕,觉南楼自来一到,全不是这个疏懒的,今竟无心相向如此,真是听了那弟兄说话,就无情起来。况后来识破机关，凭了赃证，岂能容得我过？不如先下了手，一来祸事不忧再发，二来又可与情人长相会，免了两地相思，欢寻梦里，岂不两全其美！立定主意，日思夜想，哪个计较可以收拾得南楼的性命。南楼又对王氏说出唐公子的话，王氏意中素知夫人性最淫，家中可虑者独波。奈是他的主妇，若说来好似贱凌贵，自家要送小口夺宠一般，只得哑口。

　　日间止将宅内大小人等告诫一番，又触起素娥畏害，思入风云，只想学张良，那顾夫妻情分，凑着南楼命尽。忽然暗道："我常看书，大多毒人的药饵但未知何方最妙。情人既得闷香，想必更有毒人妙品，何不与人一酌，收了丈夫性命，与他造过一番世界便罢。"遂决定要造这个狠心祸根的事，日间就假言托去省亲。归到刘府上，见了母亲宅内人等，开口对母亲说："你儿近日得个气病，日中又被那刁老面目无情，二房王氏乘势刻薄，在此服药全不见效。故特地回家，别了那班人，以便静养服药，待身子稍安妥才回了。"母亲道："我知道你有了病，又身边有姜氏，自然受气。本欲着人接你回家抖抖精神，免得在此烦恼。今你自回，正合为娘的心事。但你在刁府上一几服何人的药？"素娥说："一向皆赖城外的王廷桂药丸药膏，身子是以不至十分狼藉。过日还求母亲着人代和请他到来，就此调治，未晓母亲允否？"母亲说："来日着人往请便是。"翌午，果见那廷桂器宇昂昂，衣冠楚楚，到来刘府看脉。刘素娥先时密地写就蝇小楷封定，随候廷桂对面，凑着旁人他顾，使个眼色，急将此书向廷桂手中掷去。廷桂挺循例疏了，方辞了夫人，归到寓所，密将此书拆看，其辞曰：

　　贱妾素娥敛衽百度，致书于芳卿廷桂情郎麾下；曩者两夕分离，三秋赋恨；银河对面，弱水难杭。未免有情，谁能遣此？然犹谓好事多磨，良辰不再。妾尚得以他年幽恨城中获追随于一死；前日长生殿里偿痴念于再生。自知郑恒先许，难挑园内之琴；蔡琰无归，聊解江边之佩。兴言及此，亦复开怀。不料至今变出非常，祸来不测；竟同猛虎跳墙，岂任泣鱼在釜；昨夜王氏房中，烧了闷香断头；反似那时贱妾房内，弄来丑态，真面俱呈，以故司徒之见旋惊，渔之罗方设。后值刁老回头，月娟肆口。句句闻来，将军曾开宝剑；层层洗脱，西江已竭金波。离恃一时，苏秦有舌，终恐他年项羽无颜。料亦野老寻羊，食内谅知公冶城门失火移祸终及池鱼。诚恐缘巾既送，终须白刃相加，射贼擒王，诈奸求党。情人纵不入笠，亦必招尔艾；既属亡鸡，

定来管斯猛鸷。嗟夫！莲花有葬，更可恨于红颜；唇齿亡寒，独致惜乎白面。况妾双侧闻：鸾胶未续，兰梦犹虚；萱草尚荣，雁行孤独。致此实怜伍尚无知，敢效庆童出首。速宜班猫作散，信石和凡；得以鱼羹荐去，刁首同施。伫见一举功成，庶几他时美备。相如既遇，不必奔去成都；李靖终逢，何用辞来越府？此实势无两立。奚用行贵三思？倘或楚囚，徒效阎皇殿上先候芳魂。如其鸡缚，未能隋帝床前早施毒手。千祈勿存免顾，致憾犬烹。伫候回音并求付药云云。

那廷桂看了这个话，真道是闷香无灵，南楼知悉，一时错足，性命可忧，自作自受。独念家中有七旬的寿母无人奉祀，难独罢手不成？好不怕惧。再复诵函一遍，自说道："此事虽关阴骘，但曹操有云：'宁可我负天下人，不可使天下人负我。'此时出于无奈。况他治家不严，倒有个可死的罪。一不做二不休，我就合药与他罢。"

隔日，又是素娥着人请到对面时，假道："小生有一服好药散送过，夫人病愈后慢慢受用。"素娥说个"多谢"，急向台上接了收好。廷桂去后，密地看来，散内写明，只可于食物内下药三分便得，不必用多。素娥会了意，藏过了，以便加家应用。适隔日有刁宅人来接他回家，南楼在他房中夜宵潜候，便假意与丈夫回餐，随下了散。南楼霎时腹痛起来说声："我取死矣！悔不问明贤弟的话，又不合向尔等说知。必定系尔等有狗党的事，今闻我的话恐防败露，先交我毒了。"素娥听丈夫说了此语，假意往救他，急用双手塞住丈夫的口。众在外往救不及，南楼一时语未了，呼呜哀哉，只合阎王殿上告诉他便了。素娥见丈夫已死，还要洗了身方好。女猛得一计，指着月娟说道："自入我门以来，丈夫并未与人有什么仇。今我才回，丈夫一到我房便中毒，想是你个贱人恨丈夫罢，图去反嫁，又欲移祸过我，先购毒物，知我回来，今夜老爷必到，潜毒了待他死在我房中得来祸我。似引狠毒，总不顾累我日后守寡的苦，还要休天方好，我誓不与你干休。"说罢，又大哭起来。吓得那王氏又悲又恼，正是：

　　　　一时黑白难分处，异日冤仇有报时。

未知刘氏赖得王氏毒夫如何，且看下回分解。

第八回　刘氏居然蚕食诸姬

诗曰：

　　用药还来用火攻，果然心计毒无穷。

　　老夫不悻冤沉处，险里逢生就个中。

　　却说王氏闻夫人说到这个话，心下十分惧怕，面上反有一种惊慌气色，令人可疑处。月娟说道："妾自来皆知实命不犹，小星自凛，那敢毒死良人反图再嫁，但未晓老爷因何被害，与贱妾无干。万望夫人细察方好。"说罢，跪在尸前大哭一场。只是自家心清腹净，转被主妇诬蔑。奈卑不敌尊难以抗拒，只暗祷亡夫灵魂藉庇便了。那刘氏知王氏不敢疑在自己身上，越装成十分难肯罢手一般。宅内人等，个个心里皆信得不是王氏，见主妇证实，他的不忍忠良受害，合口说道："老爷未晓何由中毒？今夫人据说系王氏所害，全无证据，恐他不服。不若慢生气了，聊且备办衣棺，收敛了老爷，然后查出赃证，理论未迟。"刘氏一闻那话，自家原是使铜银大声的活套，恨不得众人相劝，好作收科。遂乘势说道："本鸽则难容，奈他虽则毒夫，偏能用计，使得干净。现无赃据，只得依了众人的话，免至因理论反贱了老爷的尸骸。待日后寻出真据，始将他割头祭奠未迟。"随又取出白银五百两交与王安，往买丧葬各物回来应用。

　　可惜一个大义的将军，反受女兵杀却。须臾敛过尸首，夫人随对家众说："老爷分明受毒而死，你等知了，但王氏又无凭实。未知冤家果系何人，或外厢的亦未可知，你等日下出去不宜张扬，恐仇人闻了即远远躲避，老爷的冤就沉了。"家众答道："夫人果然高见，从命便是了。"

　　自后，再无一人敢将南楼枉死情形说出，即被旁人查察，亦只是含糊应答而已。

竟瞒过四亲六眷。淫妇又要将丈夫棺柩停于后园中，日后慢慢请师觅地埋葬。月娟被主妇诬捏，幸众人解脱，便道是个十分好彩，哪敢再去疑他，但心中倒有不能明白处。今闻夫人要将丈夫棺柩停在园中，何不带着儿子前园内看棺守丧，或丈夫的冤魂不熄。有个出眼处，立定主意，遂告过夫人，要前去园内。斯时王安在旁，听月娟说来，怜他孝义，动起自家的心里，又恐他母子孤寒无伴。王安亦对说："老仆自愿同往。"谁知素娥见丈夫已死，且幸瞒过众人，日后正可与廷桂长会。便老爷虽死，还有王氏与王安等碍目，尚嫌策未万全。心忧到这个，适闻月娟王安要往棺前守夜，触起毒心，又得一计。徐说道："足见孝心。我在外看守，你等前去罢。便夜业须要紧慎火烛。"王氏领命。

入夜，果到园中，密对王安说："老爷回家数日，别无再往他处，毒从何来？况老爷平日十分慈善，家内谅必有个怀恨的僮婢。无端被害，教人实属难明。"王安道："诸无可疑，独系老爷一死，夫人个个不疑，偏偏证实是你，内里无原故。况前日王师爷到来。两夜举宅好睡如魔，难独便造出事来不成？除此真个别无疑议拟。"王氏说："果系如此，实属令人不测了。我如今就在老爷面前祷告一番，或是阴未泯，求他托梦，说个明白与我等知便罢。"王安跟着王氏小主三人跪下哭告毕，主仆又推测一回，已近三鼓，止得枕苫而睡。又道刘氏见月娟已进了园中，心中第一恼着他主仆二人碍目，廷桂不便公然维鹊有巢；且又丈夫棺尚在，洗冤在录。正虑日后南楼的兄弟追究起来，少不得将尸要洗。一时斗胆，正欲将王氏三人烧死，并棺材焚却，总免后患。立定意念，果然从园外发起火来。

且喜火热连延，虽非东风借得，料亦炎偏昆岗，日后即有宋朝的包文丞，想亦审不出了。那火势一时惊动这少年枉死阳数未尽的阴魂来。南楼念着刘氏毒了自己，心犹未足，今又要烧棺并王氏三条命。棺不足惜，独平生止有此子，系刁门血食所关，况日后报仇正在三人身上，何忍任他同遭毒手。只得忽报梦与他知。悉将素娥如此设计，自己如此中计，今毒妇又如此发火要害你等，俱告王氏王安，你目下三人可即逃去不可轻死，免沉了我的冤，日后自有个报仇之处。紧记紧记！

语罢，用手拍一吓王氏的背："愚夫死矣，娘子可急醒来投生罢！"王氏王安一齐的了，跳醒起来，叫一声"老爷"，掩映见南楼冉冉入棺而没。转顾间，见外边有焰焰的火势，果系连廊绕栋而来，逼近棺所。王氏对王安说："如何是好？"一时阴灵相助，事穷计出。王安顾不得践踏主人棺材，抽身跳上天面，又取了一张凳子，扒开瓦面，且说："夫人，保着少主急上去。"逐用手将月娟扶上去了，然后一齐用力爬将进去。可幸小院墙头不高，轻身跳下，又是茸茸草际。王氏稍定，低声对王安说："先时你见老爷未？"安说出。二人所见一样。王氏说："既系夫君显灵，自当遵命，以便日后留芳百世。但不知目一何从去向？"王安答道："暂走再作理会。凑着夫人不知觉，乘夜奔了。"素娥在园外见火势浩荡，心中道是今蓍一矢可射三雕，怕你不死在我手里。须臾，各仆尽起，皆欲往救。夫人拦阻道："里面有二房与王安在此，老爷的棺木料且无防，何用你等进去帮助。况个个皆软弱不济事的，如何能扑绝此注定的天火？只可在外面开了火路，使火不能连丛出来延累便好，安可进去自送性命。"诸人被夫人如此劝止，那个不畏火的，只得袖手，竟无一人挺身入内。

及至天明，开了火路，素娥寻及丈夫的棺停顿处，见骨灰数团，腥臭触鼻异常。一时入目，即宅内无知无识的小奴老姬，亦不觉恸哭起来。素娥又假造个悲哀，叫句："夫啊，你如此枉死，复被未诛。真可谓福无重至，祸不单行，教妻子好不悲伤么？"再说再哭，一片假泪。随又命人入园，再寻月娟等尸首。回来答说："不见。"夫人道："一时火势太烈，想亦同化灰去了。三条性命虽则可惜，但老爷的棺皆系你班贱人在内，不谨慎火烛，以致焚化。真乃死有余辜，地上撞着老爷还要打他。罢，罢，你等明日可往街坊上，多请几个上等木匠泥水工回来，整复凉亭画阁，与你等谨闭清闺，肃静嫦居过日便了。"意中且喜老仆王氏三人烧死，从此无人识破毒夫的情弊；情人到来又无了避忌。只安排手段他日与廷桂成婚。遂蒙蒙聋聋将此事草草搁起，姑又设了个计较，着奸夫到来才了。正是：

　　　　勿将旧时意，还待眼前人。

　　未知招法如何，且看下回分解。

第九回　王奸婿旧郎作新郎

诗曰：

肆无忌惮是奸豪，强抢公然在世涂。

敢得押衙来义士，莫教红粉祸相遭。

却说素娥自用了火攻，意中道着守丧的王月娟母子王安三人必然灰烬了，自此宅内无人管束，无人碍目，就欲与廷桂造成一对，日夜放不开方遂他的意。奈廷桂合了药，交与情人，未晓事体造得如何。在外探听，虽闻南楼已死，究不敢造次进去与素娥聚话，只得等候个消息。一日，正在馆无聊，忽见夫人房中侍女到来说道："夫人旧病复发，再请师爷前去治疗。幸勿吝玉，令夫人望眼欲穿。"说罢，袖中呈上一札，下宁而去，廷桂又向静中展开雒诵，其略云：

贱妾刘氏素娥敛祍百拜致书于我情郎廷桂芳卿座右：曩时圆参辱赐，旧病全疗。今日君子不来，新愁辄起。回忆夜晨合欢，幸解相思于红豆；宁愿房中黑贼，暗窥情弊以诸知。以故牛子游归，竟被鼠妇非白。妾见事本黄连，毒宁没药，后蒙灵丹。见惠施去，顷刻将军立变僵蚕，行用使以木棺埋去。须臾寄奴，且能益智。随念守官恒碍，并须远志除根，可境两遂丹心双酬余欲特着红娘，聊书白纸，寄言之子。千祈熟地重游，寄语即奔，万望从容即到。庶几约从来复，无须怨隔水于牵牛；立命车前，更可结同心于豆叩。快看，免狮子化作并头莲。惟愿睹斯楮实，念彼女志贞。幸勿枳橘变性，徒虑莲玉苦心。现已花里预扫峰房，只待宿惟彩蝶。即使墙外尚余苍耳。安会有

意人。

那廷桂见了这个信息，又喜又惊。但事到如此，不得不造，只得依书成事，整顿衣冠望刁宅而去。今番刘氏直造天台，无禁无拘，再不似前此多方掩映，携着敝香始能与情娇面会干事。心内欢喜未了，旋到中堂，早见素娥在此伫候，柳腰款摆，莲步轻移，迎着廷桂道："孀妇为丈夫弃世，兼又家户不幸，复遭回禄，财破人亡。孤身料理，不免悲伤太过，有坏七情。今已旧病复作，想亦前时未蒙得师爷夜里亲煎独参汤赐服，故病根未除，一有所因，便尔复发。夜来实欲求师爷再施妙法，在此寒舍屈驾如何？"廷桂道："既因病体所关，不得不允。"又假意问起南楼身亡的事，吊慰一番。

夫人亦装成悲悲哭哭，与廷桂说短论长，不觉夕阳在树。夫人取出银子，命家人买菜回来弄好。须臾摆上，意欲与情郎同席。终是初交，婢仆在旁，虽非畏他阻止，但面皮上倒有些过意不去。素娥又特设在中席，教诸人在里面聚饮，自家然后出去外面赔着怀念人。你酬我酢，真个同席而食！须臾还要同枕而寝，无异夫妇。

一连数夜，初时，廷桂意中犹碍着僮仆，后渐嘲渐熟，司空见惯，事若寻常。自此，夫人又交银子赏给各人，竟买过一班反替他作个小红娘一般。廷桂因此得财得色，果遂了初愿。正是：

桃花院里留春住，巫峡峰前入梦频。

二人俨如伉俪，此中快乐，不说可知。但云卿天海只道南楼到了家。我二人正须趁早上京，兄显个武略，弟展个文才，玄管场中齐驱并驾，两占鳌头，那时方来回，大哥，棠棣同赓未迟。书声满载，行不一日，又是江南路面，正系后来我朝乾隆上皇屡下的地方。且喜湖中秋水一泓，打浆打尽是蓬莱少女，乘槎客皆为文苑仙翁。二人暗里个个称羡，适贵同等又要上岸买物，公子忽对天海说："我在家曾闻祖母说，他昔日从严君上京复命，到此游览一番。地坊人物，十分出色；西湖景致，老去未忘。你我今幸亲临，况风色不利，何不上去走走，以广耳目，方来解缆，尊意若何？"天海道："小弟从命。"须臾上岸，见名山胜壤，果堪跬步。

行近花林一带，瞥遇一狼公子，率健仆数十人，背负少妇，那喊声救命。末后又

一妪赶上，路中并无一人上前阻劝。云卿心想道："如此升平世界，光天化日，难旬是还的强抢人家妇女的事不成！"一时惹起性来，又忘了衣训。遂拉同天海赶上，忙问叫喊的老妇："你如此叫喊，为着何由？说我知了，与你作主罢。"方妇气喘喘说道："前面被抢的是贱妾玉女。昔日那公子见过颜色，要强买他回去作妾。女儿不允。到如今，公子特地率多人到来，不由分说，抢了负去。贱妇只赶上求贵客打救打救。"云卿听了说道："岂有此理！你急跟上来，与你取回便是。"老妇道："如此难得。"疾忙赶上。

云卿扬言叫道："前面抢妇的慢走，有话讲。"张豹回头，在后有人请住。自家恃着父兄的势，料无人敢与作对，即任他前来，谅亦无妨。便立住脚说道："前来的莫不是架梁么。"云卿行近答道："不是这个。但闻老妪说公子抢夺他的玉女，此属情理不堪，前来相劝，非不别故。望听鄙言，交还这少妇与他为是。"张豹说："尊驾听他一面的言，未知其详。因为那老干婆前时曾将此妇作按，揭过我的银子三百两起座房子，两年上本利总不交回。向他讨时，今日说要将妇卖了才有银子偿还，明日又说要将此女嫁了方才有银子偿还。总是推倘的。我适要立个偏房，他均属奉客的贱货，嫁了我就辱了他不成！来的，你试看我抢他是不是？"

老妪即向云卿辩说那公子的话是说谎的，一向老贱何曾接过他的银。云卿又对张豹说："不论借揭的有无，便伊的玉女既非情愿作妾，即强他无益。以公子如此身分，何忧天下更无美妇可奉箕帚，纵他母亲借过公子银子，求将这女子交回。小生待他还银！"张豹向云卿怒道："连你都好大口气！往往是一言两语，便要将银子来压我这个张尚书长公子武解元张豹么？小小贱婢，要抢便抢，要打便打，与他何干？莫道是银，就是金，家中还不知有几万万提。宁独希罕三百银子的？你快走罢，免得惹公子生气。"云卿道："你既道是张年叔的令公，便该受我的相劝，何必定要造这欺压穷民的事。"张豹听说出："年叔"二字，急问道："足下果系何人？"云卿说："弟系唐上杰七子云卿，似此同僚相好，万望公子作情为是。"

张豹始知遇了敌手，平日备悉云卿父子的势位，又念着自家原属关节的武解元，恐不从他所劝，一时闹起来，敌他不过，岂不转怒为喜，是反为不美。出于无奈，不惹暂且让他，日后再行计较便是。豹指着老妪说道："今日算你好造化，偏遇着我的世交年家。我且看唐世兄面上，饶你狗命罢。"随命家人将此少妇放下。云卿作揖道："足见张世兄大量，这个才是。"说罢，又着老妇上前忿而向豹下礼。张豹心下倒是十分怀恨，只得勉从，且说声："少陪"，忿去。

老妇见张豹已去，便携着女儿向云卿天海面前跪下，说道："幸得跺人解脱，母女重逢，皆出自大恩所赐，此间不是话所，寒舍不远，恳二位恩主增光，俾得少献茶汤，聊伸结草。"云卿答道："我等不是本处人氏，因为上京舟经贵处，略来游玩。适遇你等，故特为暂驻，如今正要扬帆，无能留恋。你母子既得重聚，请回便罢。如此小小事故，何劳说个恩字。"老妇见公子不肯下顾，又向天海求浼。天海感其诚意，劝公子道："今已近晚，料亦不能进楫。略去少坐，顺路回船，免负他母女的高谊为是。"云卿见天海欲去，只得首肯。正是：

　　　无端惹起相思债，有意酬来宿世恩。

　　未知公子兄弟二人所去若何，且看下回分解。

第十回　李素兰萍水谐鱼水

诗曰：

> 赤绳系足也难移，邂逅相逢合赋诗。
> 堪笑当年强暴客，无缘对面费相思。

却说天海二人被素兰母妇请求不过，只得允请。须臾即到，老妇异人，弟兄从下，茶果献上。那老妇又徐徐向二人说道："今日恩公到来，非比别位顾不得失礼，老贱有几句心腹欲白，未知贵人面前肯容直抗拒有劳洗耳否？"毛天海说："人各有怀，何话不可说？"那老妇敛袵告道："妾本林刘氏，出身乐户。丈夫去年弃世，所遣无几，只剩得五百两银子，买了这个孽障回来，指望有了钱树，一生衣食吃不尽的，不料他原系本处前知府李廷光大老爷的女。伊父亲居官清正，因挂误事又凑着催科不起，朝廷执责他，又无钱向部家打点。后被张德龙弹奏他的过，随议罚银三千赎罪。他一时宦囊太薄，辨缴不起，本省抚府曾英，承了张德龙部辩意旨，将他发监候缴。那时风流云散，个个求去。兴平日称官亲、称慕友，以及执鞭弭司阍送等，鹰饱查然，遂无一人为他策划解纷。况且丧妻房，自从困兹图圄，曙后一星。那孽障见孤身无靠，父在监牢，料难白手得出来，均为之一死。遂要缇萦的孝烈，立意将身卖典人家作婢妾，以图得些身价，或能救父。一时有这个风声，被棍徒胡彬等闻了，立下一个骗局，不惜重价买他，即转卖与我。后他父亲得了女儿被骗，身在牢笼，不能出来理明，越恼越恨，渐渐得了一个气病，死在桎梏。那孽障自入我门，知会哭泣，死死不肯接客。审问他，又道："身为缙绅裔，决不学捣头生活。报母有日，只愿匹配良家，妾不胜惜。"

"这等老贱是个慈心人，闻来酸鼻，怜他孝义，故不强他接客，奈张公子平日是穿花插柳的脚色，自见他一面，惹出个眼火来，便屡屡到来逼他。他见那公子父子不是忠良，哪里从他？遂使今弄出这个祸起。老身自后再不愿造这个生意，只望就此女送与公子为妾。一来以报大恩，二来有了下落，带老身亦得个归结，万代沾恩。并坟赐纳。"语罢，拉了素兰向公子跪下。公子急忙说："小生家中有了妻子，又安敢娶官家女为妾！况张公子闻知不服。请起，请起！"那老妇说："虽则如此，但日后理防仇人寻害。老贱那的话公子不允，决不起来了。"天海从旁听见，言言有理，句句多情。劝公子道："老人家如此深情，我兄暂且允肯为是。"那素兰意中甚公子不允，一闻天海相劝，此是终身大事，不宜当面错过，只得乘势露个真心感动恩人。带着羞愧，酡颜半掩，倩口随开，向天海说道："如此多谢叔叔作主，俾得母亲有倚，并奴家日后父仇可报，万代沾恩。"那时云卿闻素兰竟认天海为叔叔，由不是先有意于我么？又且颜色可动，惹起平日的风流性子来，倒有几分首肯。天海料有心要作成他二人这段俪缘，又向李氏道："谅小生说来，哥哥无有不从的话。便未晓佳人有嫌贰辱职否？"老妇道："我母女二人性命得离虎口，皆出自大德所赐。虽复粉身，犹不足以报。况一入侯门，福及鸡犬。由我作主，初嫁由父母，料贱女无不曲从之理。只求二位恩人肯容收纳便是。"云卿说："小生从命不难，第严命在身，且未经禀告，遽尔成婚，恐他日有个不孝的罪名。"老妇道："见贤郎孝德。但不成了夫妇的话无凭，张公日后必来侵害。"天海道："倒说得有理。虽则男冠必父命，但非嫡娶。贤兄今且作纳妾，不禀命似亦无妨。"云卿一时把不定性气，又被天海屡屡从中耸动，不觉顺口依他。大众取了皇历，恰好隔日系嫁娶日子，就约定洞房的故事。又忙一日，堪堪已至迎娶时辰。遂张灯结彩，鼓乐宣天，迎娶素兰入府，拜了花堂，饮过合卺酒，众侍婢拥新人送进洞房，悄然尽散。云卿解卸红鸾带，至床前拥住素兰，素兰不胜娇羞，挣扎不已，云卿亦不言语，轻解素兰绣衣，素兰推阻，云卿从后两臂箍住，软玉温香抱个满怀。素兰难拒，任其行事。云卿见他顺了，心中甚是欢喜，急剥尽衣裙，素兰花心承着玉露又丢了一回。满床狼籍，桃瓣数点，二人起身揩抹一回，交颈而睡。正是：

有缘千里终须合，无缘对面不相逢。

一时才子佳人风云际会，遇出非常，自然比聘定的夫妻更觉十分恩爱，不在话下。又道那张豹屡屡到逼娶李素兰为妾，见素兰不肯，强率家往抢，且到了手竟视为囊中之物。不料素兰前缘注定，偏遇着这个唐云卿，有勇知礼，朱紫一门。张豹正敢怒不敢言，见其十分免强罢手，冤从心下，反成了深仇。又着人前去打探，回说云卿竟与素兰成了婚。遂大怒道："大家不要，犹自可说。他不肯我逼素兰为妾，他反偷逼素兰为妾，分明是借我卖他人情。我出丑他受用，这个如此还了得。罢。罢，我不若凑着父亲有书前来叫我上京会试，月间且系父亲的母难，正在前去称觞，免失菽水承新美意，况闻父亲时时暗地与唐家父子作对，或见了父亲，乘着机会，仇尚可报，亦未要知。"主意已定，乘着个忿忿，火速进京。

不一日，去到衙门，见过了父母亲。一日，德龙说道："我儿在家有生事否？"张豹本欲将唐云卿搬弄是非，待父亲与他报仇。急乘父问，慌说道："儿我尚敢生事？记得在家，个日从东教场谢箭，见有一公子强抢了一少妇，那小妇人放声喊救。儿见有此大干法纪的事，上前理谕。那公子又说他系唐尚杰之子云卿。儿见他系我父亲的僚友，越加上前，以'何恃势凌人，大家须爱顾些，纳衿面子'等话好意开导他，人反说我阻他的勾当，日后上京，还要说知父兄，在天子面前送个小口，杀了我一家方遂他意思。语罢，又将父亲的名字痛骂一番。我素闻他父子势大，只得哑忍辞去。儿恐父亲动气，本不欲明告，又虑父亲不知他父子狠毒，一时不及掩耳，反受他的牢笼。"那个话张德龙不闻犹可，一时闻来，好不十分恼恨。且对儿子说："他既弄我，我须算他，为父誓不与那唐家父子干休。你等须仔细提防便是。"正是：

诉爱不行惟知者，子恶性难知是父身。

不知张德龙日后如何仇唐家父子，且看下回分解。

第十一回　嘉靖受惊还北阙

诗曰：

枭奸亦有赤心人，刀锯当前舍一身。

可惜愚中偏误用，翻为丛恶枉艰辛。

却说那张德龙一心恨他的绣袍赐，又闻着了儿子张豹的话，心下想道："何不往去试他个真假。"刚是他的寿诞，先日来到唐府，对尚杰说道："来日系小弟的母难，豚儿等执要称贺，少不得要请大人增增光。"尚杰道："有喜当贺。明早小弟到府祝寿便是。"张德龙又道："还要大人的绣戈袍借与小弟一穿，瑶池生以，勿却为幸。"奈尚杰素知那德龙系个奸佞，又与自己作对，遂假道："这个小事，弟本欲从命。奈一向家中母亲闻知此事，屡欲取回一看，以广见闻，弟承了命，先数日已将此袍命人带回福建了。可惜僚兄是来迟些，幸勿以此见怪。"张德友道："分明是大人怕小弟借了此袍便会起尾注不成。不信刚刚寄去，小弟便来，有如此凑巧。"尚杰道："当真。"

张德龙见他决意不借，只得含恨回家，心中反疑着那尚杰果是有意仇恨自己，越想越真。私心人偏多疑。一日，正见计无所出，又恐先受了尚杰的害，左思右想，好个坐卧不稳。谁想惊动到张府中那个谢勇，弄出翻天覆地的事故来。原来谢勇本是山陕人，有万夫不当之勇。初时在家，与人争些赌博，一时轻轻动起手来，便伤了那个人性命。后官司审，议他误杀，罪定军遣。适张德龙当年正系这省督府，一时会审各犯，忽看见谢勇的宇勇魁梧，况系凶犯，定必名称其人。自家常有些不良之心，要弑君杀上的举动，专意欲收一班死士以便行移。遂物地命差役带回衙中，密叫他堂问话。张德龙果见他有一种凶悍如占，恶来一流，立即出银子与他赎罪，又买嘱仇家一番，

一一九〇

就出幽图，旋充禁侍。谢勇一时感激，誓图后报。且又随到京堂，越隆委任，阳锅不辞，水火不避。

是日，勇见张德龙心中忧惧，动静气色，遂问道："近日仆见恩相坐卧不宁，莫非为着与那唐尚杰父子不睦，心中算他不倒，故不觉藏疑么？"张德龙道："你系我心腹之人，直说无妨。正是这个。"谢勇道："小人筹之实稳，收拾他何难。"张德龙闻到"何难"，不禁喜动颜色，急问道："计将安出？"谢勇请退了左右着量未迟。张德龙退出出众，忙赐谢勇坐下，说道："但有妙计可遂老夫的心，万两黄金酬答不惜。既有计，且密密说来，以开茅塞。"谢勇道："相公但急想不出，岂不闻天子定于某月某日往东岳求嗣么？如今待小人先到了双谷口躲下，待天子到时，一箭射去，倘或中了，那时恩主就在这里乘势取了大宝。不中，小人纵然一死，审讯时口口称是尚杰所使，岂不是保了我一人，可害他的九族，我恩主还不遂愿么？"张德龙说："这个计较倒毒，但为着我的事，伤了你的性命，本公心中不忍。"讵知那谢勇原系唐家前世的冤业，故意然立心，定要往干这个事。又自说道："小人回想在家里，曾犯了个死罪，若非恩公打救，安有今日？况一入候门，便有妻有子，待至今时方死，亦便宜太甚。况或恩主九重有分，倒未可知。小人有如此穿杨妙技，未必就干的不成！"德龙闻谢勇说出"能干"二字，心里倒有几分信他，遂说道："据心腹如此看来，事成亦未可定。但防你的妻子不由你前去，并日后倘有差池反来埋怨，老夫如何过意得去？"谢勇道："大丈夫捐躯报主，更得何恋妻儿，作老死崖柯计！况古英雄三箭定关心，固属易易。今出其不意，攻其不备，岂有不成功的理？我前去将此中原由对妻子说明，壮着他的胆量，他便不爱拦阻我了。至若倘有疏虞，小人的妻儿求恩相体恤，长教他在府中，不可任其出外，免日后恐有泄漏事风合是。"德龙道："朋友相交，尚可托妻子寄子，况恩情如吾二人么！向自相逢，便尔腹心相待，况今前去，又为着我的事，正该以德报德，那有不另眼相看你。若信不过，我使写人誓章交你存据，以便勇往向前罢。"

须臾，果然德龙书就一纸誓交与谢勇，又假意劝阻他一番。正是：请将不如激将。谢勇接了誓章，前来交与妻韩氏藏过，并分说安慰他一番。谁知韩氏原系德龙家婢，自少淫荡，曾为府中僮仆所私。德龙知他失了身，卖与人家不得的，遂将此贱货赐与勇为妻。以结心腹。谁知韩氏最憎勇不是个风流人，平日极非好惜丈夫的。况闻他为着办家爷事，无故再令他不去。后来高等勇辞了妻儿，即刻改装，潜到了双谷埋伏，

中国禁书文库

玉楼传情

以待弑君。看官，你道谢勇缘何有这个举动计？他因日前曾跟德龙上纲，侧闻嘉靖一日早朝，随对各臣道："前日曾命霍卿家代朕去山东东岳求嗣许下的斋本醮，一向未产皇儿，是以未能还愿。今沐皇天庇佑，正宫既喜弄璋，正合酬答鸿恩。且朕又欲亲牵牲制祭，效古帝王封山志岳的盛轨，止烦梁卿代劳监国，霍卿同往东岳，未知何否？"梁柱奏道："自古帝王深居简出。汉武好大喜功，相如封禅有书，以及上林诸赋，不过迎着人主的意。后儒犹以长君逢君讯之，何得谓之盛事？况往返道路，千里遥遥，保无有变出非常，有惊扈从。并凤不离巢，既欲宿愿酬还，独命霍大人伐带便是，何须圣驾？"嘉靖说："岂不闻尼父云：'吾不与祭如不祭。'这个诚心安可请人代表的理！朕意已定，无劳阻止。但梁卿家所奏亦是道理。但出个方法护驾仔细些，便去无虞了。"梁柱又奏道："既我主必定有往，但到东岳必须路由双谷口，这个地方正是贼人出没所在，最宜防慎。如今须命大将军陈安邦作御前保驾，大元帅霍韬部礼，又按兵马一千、猛将十名同往，陛下轮舆居中，除城郭村庄外，凡遇原始林麓一切荒阻，切不可安营驻架，如此方免变故。求主允奏。"嘉靖说："果然高见。准奏便是。"遂即传旨兵部，定军马，准来月某日祖道。谢勇在旁，早知王上往东岳的事故。因德龙要害唐尚杰，一时触起他的心目，所以有这场冤孽。后到了日期，嘉靖起程，一路望济南武宁等地方而来。果然见柳暗花明，一处有一处的风致。接赏不给。车内人心下好觉闹热，拥着旌旗，六军浩荡。一日，适到双谷山。嘉靖举目，见一带山重水复，忽然心惊肉跳起来。心内想道："这个正是元蒲旧蒲，怪不得少师当日恳恳说得如此要害，快催人马进发为是。"当下谁知谢勇先伏在此放射。

嘉靖想未了，忽耳内闻响箭一声射来，中的是头上玉冕。嘉靖喊一声，已倒在马下。那谢勇的穿杨技竟作博浪锤，他见不中，拿史弓欲再弯，即被安邦上前捉住，解到御前，请旨定夺。嘉靖早得众人扶起，惊定一回，指那犯对霍韬道："代朕审他罢。"霍韬就在御前审他道："你是何人？何故胆敢只身弑帝？"那人说道："小人姓谢，一向住顺天府内。屡屡被皇家勒办夫马，以至破业亡家，因此心中不服。今闻驾幸山东，故特地到来，埋伏弑帝，少泄心中之恨。此供是实，并无别故。"霍韬道："句句说来，总属谬妄，你既是平民，那有如此大志？况住在皇城，备办夫马由来已久，与外省西钱例规一般，此属内外公平，本不是难为的事。况皇城远近家家如是，保独尔一人怀恨，谅你为此大逆无道，祸延九族，岂易造来！必系受人所使。主谋的欲行篡乱乃有此举，实实吐出，免至动刑。"那人道："正系诛灭九族的事，安愿受人主使？不幸无能被捉，要杀便杀，何用盘问！"霍韬闻他所说糊涂，必是个刺客，遂道："不打不招，左右与我用刑。"喝一声，锦衣卫用御棍打他四十大棍，他仍不改前说。只得齐施五木，究个真情。各刑具次第用去。须臾，那人脚跟皆散，始说道："小人受刑不起，供实便是。"霍韬说："实供何在？快快说来。"那人道："姓谢名勇，系雁门关唐云豹家将。家父因父亲年老不欲远离左右，因皇上听一班奸臣所奏，偏调他往边亭为官，不得东京都快乐，父子兄弟时时聚首心下十分抱恨。又念着自己索得民心，故特命小人预先埋储存在此，候车驾前来射却昏君，他父子再立新王，把弄朝纲。小人平日实受过体恤的恩，一时感激，故代前来造出这个事。理合死口勿说，承受刑不起，又被大人识破，谅难瞒过，姑行实吐。"

那时嘉靖正在上座，听谢勇说来，大怒道："云豹父子满门忠孝，朕所深信。那有为此大逆无道的事？况他屡被朝廷大黄，镇守封疆。亦属武臣的本份事，安有怀恨如此？"霍韬道："我主明见。"嘉靖道："朕惊慌不乐，又见犯人所说跷蹊，正欲回宫发下部家审个确据，心中始安。莫若霍卿家代朕前往还愿便罢。"霍韬领命。主上又拨三百扈役跟他前去，随同辽安却等回京。正是：

　　　猎谏有书真爱主，刁首无灵只害贤。

未知嘉靖将谢勇带回京中何如，且看下回分解。

第十二回　张安乐奉旨剿家

诗曰：

　　保忠锄佞老臣心，审案调停爱护深。

　　惟有绸罗先密设，管教明允纳钧金。

　　却说皇上因刺客一惊，十分恐惧。当下心内想道："前去未知还有多少险阴的路途，倘再疏虞，如何是好？并那刺客又口口供大唐尚杰，一时良反难分，实觉事出意外，倒不如回到朝中，与各出臣商议个法子，审个明白，方能免心中疑惑。"遂意回轮，独命霍韬代朕前往东岳还了这愿罢。即未到京师，早有关口飞报，各官员陆续前来接驾回宫。嘉靖即升御座，传旨召梁柱张德龙入内议事。一时火速即到。礼见毕，梁柱奏道："我主缘何早回，且有一种惊慌气象？乞赐纶音。"嘉靖道："卿家果然高见不差，寡人不听少师指教，几害了性命。"梁柱一闻，忙奏道："所害何为？"嘉靖说："朕自起程，一到双谷口，即被贼人暗射一箭。可幸上赖皇天祖宗之灵，下托两班文武之福，射来不中。又得殿前将军陈安邦忠心为国，一见祸作，好奋不顾身而上。适贼又欲连发二矢，转被陈将军捉了。"张德龙奏道："吾主福与天齐，贼人故不能遂志。比如此贼今且何在？"嘉靖道："现已带回。更有一难明处。"梁柱奏道："比如那贼有说出主使未？"嘉靖道："正为着这个难明。"德龙问道："何难明之胆？"嘉靖说："他不说别个使的，偏说是我朝中唐尚杰父子。"德龙奏道："不宜信他。那唐尚杰一门忠孝，天下尽知。况我主又宠以人臣以极品，绣袍独赐。未必为此大逆的事，还要乔祥复审为是。"嘉靖道："虽则平日意他是个忠良，故特托以腹心手足，无奈刺客口从实是他，假此如何分辨？"张德龙奏道："我主命少师会同微臣前去一审便有个明白处。"

嘉靖道："朕正欲烦两位卿家前去审明。"两人奏道："微臣从命。"那少师一见皇上说刺客所言主使系唐尚杰，心下好不狐疑。但一时真假难分，又不可言不是他的，正要前去看个明白。今奉皇命，即廖同了张德龙各升了座，随命将犯人谢勇带到。张德龙一见犯人，大怒道："唐尚杰父子忠良，人人共信，那得擅开？莫不是你与他有仇么？"那犯人道："小人原受唐相爷父子所托，理不合供出他。但一时受刑不起，只得供实。此是小犯人负尚杰恩公了，该着万死。求大人速速开刀便了。"梁柱道："唐尚杰父子身受主恩，位极一品，正是人生极足之事，岂有再为此大逆的事！你必是受别人买嘱，移祸与他，快快说实，便有生路。"那犯人口供用复如是。梁柱道："左右与我用刑。"锦衣卫一齐动手，打得皮开骨碎，鲜血淋漓，死去复生。张德龙又喜又惧，恐他刑不起终有破绽，只得对少师说："据那犯死口难移，虽则你我背信得唐尚杰未必有此弑君之事，但他七八父子其中或有良不一，亦未可知。又况俗云知人知面不知心，天下人品尽多前后改节、首尾不符令人莫测者。今如此强用刑无益。不如凑他生供，奏复皇上，请旨定夺。大人意下如何？"梁柱道："虽则必须奏缴，但事属甚大。唐尚杰九族性命所关。身居大臣理合保忠锄佞，何得据一面之言，便此糊涂了局。少不得着俏家请唐尚杰到来，同商量个昭雪的方子乃好。"那张德龙被梁少师抢白他一番，心中又怒又惧。但他言得有理，只得说声："大人高见。"霎时传了那尚杰到来，一闻此事，真个魂不附体，眼白白似在梦中一般。梁柱对尚杰说："大人勿惧，此是闭门家里坐，祸从天上来，内中必有原故。与心一门有关的，须仔细上前对质便知。"尚杰道："犯官能合问他？"上前一看，那人全未认识，不觉大怒道："本阁与你无仇，保得乱诬本阁造反？皇天在上，看看方好。"那犯人道："明明恩公因皇上使了你的公子出守边庭，使你父子不相见面，二公子又欲要造天子，欺嘉靖皇是入继的，帮命小人如此行刺。小人本不欲供出，但不料受刑不起，恩相勿怪。"梁柱道："你明明是诬他的。你即一死，本部终要你说个明白。"那犯人说："难道有本人不开？反开别个？"又以头撞柱道："犯人供已说尽，刑又用尽。大人不信，任在人说那个说使便是那个了。"一时强词，触了梁柱大怒起来，又叫左右用刑。谢勇自觉痛苦不过终须一死，膝行到尚杰身边说声："小人今生见累于恩相，来生再报。实以一时受刑不起说了出来。"说罢，就撞石柱而死。梁柱一时见犯人已死，越加难以审辨，明知是假的，但事无奈，只得回

玉楼传情

旨，见了皇上，嘉靖问道："事体如何？可奏与孤知。"梁柱奏道："据臣愚见，此事尚杰想未必做得。但犯人口口咬他，如此如此死了，请我主酌夺。"嘉靖道："朕初心亦还说或不是他。但以此观来，那犯所说句句入理，难独真有本人不开，反开别人？况谁人不怕死，他至死不称，便是真了。"嘉靖说了，越想越怒，拍案道："唐尚杰，唐尚杰，你父子皆受皇恩，一家全食天禄。朕待你真个推心置腹，你反待朕如同仇敌，真个人面兽心。如此老奸，要来何用？张卿家，赐你宝剑一口，敕书一函，可前去他的府中，不论老少男女，捉往法场。候朕旨到，尽行开刀，并一切银两什物，剿回充库，不可有违！速速退班。"梁柱在旁，好不代他怕惧，意欲为脱卸，又苦无凭。难道白白丧了忠良不成？只得奏道："我皇还须仔细。唐尚杰未必有此事。"嘉靖道："连卿家你一时都蒙了，明明有证，尚说非他。难道朕自做出来的？不必多言，速退便罢。"梁柱见果系无据，欲保奏不能，只哑口而爱，眼看满门汗马，忽然化作断头。归到府中，好不烦闷，隔日，又同一班文武上朝保奏。嘉靖只说："既明有了子证，难独是要把个弑君之罪赦了不成？卿家等还要护佑他，我哩个承继的皇帝不要便了。"各大臣闻嘉靖说到这话，个个无言，只奏道："臣众非敢如此，但想一时我主受那刺客蒙骗，有失了国家的大柱石，反被外国耻笑。"嘉靖又道："朕岂不知？那唐尚杰父子皆系弓马出身，武夫纠纠，目不睹诗书，那识春秋大义？恐他任自家的血气，一时利欲熏心，故做出此弥天的罪过，亦未可知。况尔等平日个个自说高明，既说不是他，何以又无能审出个真的来，非则偏庇，二者必居一于此。"

梁柱又闻嘉靖说出这个话，实难以再辩，只得一众退班，心中叹道："再不信世间有如此无头的冤债。想人生祝福无常，倒不如急流勇退，以乐余年，完了终身气节为尚。"当下已萌了归田的志。少师正欲面奏皇上，乞骨骸归里，奈皇上为着行刺的事十分怒忿，难以开口。姑俟异日再谋挂冠，不在话下。却说德龙原为这个绣袍起见，一到唐府，便着左右留心此物。须臾搜出，德龙拿在手中，偏向唐尚杰面前戏他道："前日下官与大人相借此袍，大人偏要说寄回福建去了，如何今又在此，俾弟搜出拿在手中？弟真可谓须不得食，犹堪染指了。本大人鸿福的东西，下官原不当取走。但奉着主上，聊且献上朝廷，定不久终要赐还。勿怪。勿怪。"激得尚杰怒气冲冠，须发皆竖，无奈他奉着君命，莫可如何。且又听见德龙如此故意舞弄，心内想道："莫不是他因那日前来借袍不遂，怀恨在心，要豁自己，故有此祸不成？但无迹可据，说不得，总是前生孽，只得顺受而已。"正是：

　　　　百般三生业，一箭功成万骨枯。

　　未知德龙搜出这件绣袍如何缴旨，且看下回分解。

第十三回　张德龙深奸谋逼变

诗曰：

保忠锄佞有同心，痛哭陈书办自梁。

无奈网罗重陷处，管教廷内有分金。

却说张德龙奉旨去剿尚杰的家，并将这件绣袍并三百口眷属，回殿奏知皇上。嘉靖大悦，对德龙说："此事审决，并往剿家，皆系安乐公的功劳。今既追回那件绣袍，朕即转赐与卿家，以表元庸。便可即将奸臣并他人口，押去法场，一齐开恨，回来复旨罢。"那德龙一时心内正喜那绣袍终归于己，好不遂愿，又奉旨前去结果仇人，急出班谢恩领命。殿上走出湛甘泉、张天保，跪奏道："刀下留情。"嘉靖说："事既明白，急须正法，以免生事。如何卿等又要留情？"两臣奏道："以事揣来，或是云豹做来，亦未可定。况犯人所说，系云豹的手下人，或与尚杰无关。如我主着一有智有谋的能臣，并假降一度圣旨，说召豹回朝议事，看他动静若何？若系父子同谋弑君，他命谢勇到双谷口，后必令人打探着行刺的消息，事之成败无有不知之理。他既然知事败了，必惧谢勇供了。一见官员到时，必定疑皇上命人捉他。若乘势作反，方是行刺的事真了。主准奏。"

那张德龙恨不即时杀了唐尚杰方遂他的心事，今见甘泉等如此多方阴谏，正恐唐尚杰或时脱了身，岂不是反费了谢勇移祸的死功？只得出班弹奏道："湛大人所奏太疏了，倘或他若是乘势真反起来，刀下无情，岂不是反伤了前去观兵的官员性命？况云豹本是个枭勇的，那个官员愿往？"嘉靖道："张卿所极是。便湛卿所出又触起寡人的远虑。"张德龙奏道："远虑何来？微臣愿听。"嘉靖说道："唐尚杰罪犯天条，幸他居阁数家口眷亦皆在亦城，今已一网打尽。料他上天无路入地无门，势难走脱。但尚杰儿子云豹，现镇雁门关，兵豪将勇，朕正虑杀了尚杰个老奸，后来云豹闻知，料无不造反代父报仇的。如何是好？"张德龙奏道："我皇果然高见。不若我主暂将尚杰寄下天牢，凑着云豹或未能实知行刺败露，出其无备，命一朝廷能员假旨召他回京议大事。他若一时上当，特自送死，我主不烦一兵，不折一矢，故属他们乱贼合受显报的，若是知了，乘势作反，恳主上赐了兵符，任那前往的官员，遇库支钱粮火药，遇劳调兵点将，又先选择数百个数悍猛将辅佑而行，何忧不捉了云豹来京，一同治罪？"嘉靖说道："卿家果然忠心为国，高见不差。但未知那个愿往？"那陈安邦亦是个忠臣，原信是唐尚杰是冤枉的，正欲前去与云豹商量个计较，打救他满门，并恐奸仔荐个奸党前去，不明不白，故意坐成他作反一般，满加激怒皇上，岂不是冤上加冤，诬上加诬！孰不若自己前去随机处置，或者有个救法，亦未可知，主意已定，出班奏道："微臣愿往。"嘉靖说道："前蒙卿家救驾，正合进爵公侯，乃足奖努天下后世忘身事君的臣节。朕自回宫后，一味烦恼，是以未及酬你元庸。今又挺身愿往雁门关行走。朕文臣有个张卿家，武臣有个陈卿家，天下何忧不太平。但云豹十分枭勇，卿家前去，正须仔细，不可造次。功成回来，便赐良田十顷，权且进爵忠勇侯，袭荫三代。"随赐兵符宝剑，并嘉靖亲手书了假诏，附了陈安邦。传旨将唐尚杰一切人口暂且收入天牢，然后退班。

但那个陈安邦为人，张德龙平日亦知他与唐尚杰原是一党，今虽面应承皇上前去捉云豹，正俾他与云豹商量个计较昭雪，岂不是反便宜了。德龙父子归到家中，左思右想，忽得一计，说道："有了。"随唤心腹家将顾宁上堂。张德龙叫他到身跟，附耳低声教他："你可以即速前往雁门关，如此如此说，然后回来重赏。"顾宁领命，即日起程，露宿风餐，果然到了雁门关。缘顾宁有一血表莫是强，现在唐云豹关中为知总之。那日受了张德龙之计，他一到关便托言来探老表。兵相引他进了莫是强，两家说了一番戚谊辞别的话，未后莫是强问顾宁道："愚弟闻兄在张相爷处大见信任，交来仁路有由，心下常常替你喜欢。但未晓今不远千里而来为着何故。"顾宁说："正为着贤弟的事。"是强急问："弟有何事？求兄赐教。"顾宁道："请退了左右。"是强果然命老将暂巡。顾宁说道："你关中就有大祸，你还不知道么？"是强变色，问道："是甚么祸事？弟处总未闻，烦兄明示。"顾宁说："我因日前跟随张相爷上朝，适见皇上山东祭岳而回，说：'行到双谷口，却被奸人行刺，捉了犯人回京审判。'那刺客至死还说是

唐尚杰唐云豹父子使他的。天子大怒。我家老爷张德龙及二三大臣屡屡何奏，皇上不准，已将尚杰一家三百余口下了天牢。今又特命将军陈安邦统了大兵前来关中，假传圣旨召云豹回京，及一切党羽一同斩首，免其在外作乱。约十日外，陈将军即到关了。我知了这个凶信，主知母亲，母亲知你在云豹手下为官，正恐株连，有关性命。母亲念着外侄亲情，特着愚兄预早前来报知，叫你及时偷自脱身，不可在此受累。"莫是强说："既是如此，何不同你入主帅处报个明白，他亦感你的恩典。"顾宁说："此是朝廷机密事，是不宜走漏的。我不过为着兄弟之情，并承尔姑平之命，故前来报知，岂想他感恩的？况他就是个刀头之鬼，即说不说，亦何益于事？总系你知了，便顾你自己的前程为是。"说罢，却起身告别，莫是强留他，宁又说道："正恐陈将军就到，连我走不出。"莫是强道："即如此，弟难以强留，烦回去代白姑母，小侄从命便是。"

果然顾宁即走。那莫是强心内想道："再不意唐家人有此大祸。便表兄特地到来，未必说妄。他来意明明是教我先脱了身，但我系由云豹手下，藉他平日抬举，乃有千总之职。正是食人之禄，须忠人之事，届有同福不同祸的？况云豹父子是个忠臣，又爱士卒如子女，如个不敬服他？理合大帐禀明，但事体甚大，有宜乱道。又恐他全不知觉，竟入了奸臣圈脱。孰不先对唐吉少爷说知，才再作计较。"正是：

奸佞自能收死士，忠良亦有置腹人。

却说个唐吉系云豹之子，与母亲任氏、妹子金花跟随父亲在此关中。但唐吉虽系年仅舞象，而英武突过父兄，真不愧将门肖子。正值太平无事，日间止与那一班将士，就在此雁门以北正山禽野兽野人俗之所，或箭射云鹰，或手格猛虎，率为戏事。

一日，公子正来与莫是强约去找猎的事。一见唐吉，是强正触起他的心事，便专意对少爷说道："你家中有一天大的事情，你还有心去打猎？"唐吉说："我已禀明父亲，无甚的事。"莫是强道："不是这里，是京城令祖大人处。"唐吉说："祖父处近日亦未见着人来说有甚么事。"是强道："令祖处着人来不得了。"距得唐吉一惊，急道："有话请莫骑尉明说。"是强道："昨日我有表兄到来报道：天子往山东酬愿，到双谷口被人行刺。拿住审判，那人死口说少爷的祖父尊父主使的。天子大怒，将你满门收入天牢，今又特命将军陈安邦前来关中，捉你父子一齐斩首。那个话未必他无故说谎的！

卑职意欲入阁禀明师爷，又见事忒大，未知如何，故欲先与你斟酌过，才敢进去。"

　　说未了，唐吉魂不附体，失口一般，是强慢慢解救，始能开声，道："骑尉救我，如何是好？"是强道："可入禀大人，皇上如此昏庸，均之一死。说他尽起关内兵马，杀回朝中，与公公报仇。若将士，谅无不从。"唐吉说："骑尉所见虽高，但家父素性忠梗，即死亦决不为此造反的事。若先去说明，反被他拦阻不便。倒不如尔作紧紧辽望，远远见了兵马，先来密地通知。浼尔等帮助，先杀却了朝廷的命官，那时骑虎难下，然后逼了父亲，忧他不要作反。"唐吉说罢，那时在旁个个将士无不合口赞道："果然妙计。"正是：

　　　　少年喜事非为计，有勇无谋果是真。

　　未知公子的妙计造出何如，且看下回分解。

第十四回　唐云豹守节身终

诗曰：

果然张老是奸雄，激变多方设计工。

独有靖恭求自尽，冤仇虽惨见孤忠。

却说唐吉与莫是强议定，决定要背着父亲唐云豹，谋先杀了钦差，然后逼他造反。果然那云豹自己安乐，全不知觉外边。莫是强勤心望着钦差的来路。一日到未牌时，果然望去，南面来的尘头突起。虽马歇铃，士衔枚，而旌旆云扬，弥山遍野一般。士府指着叫莫是强看道："几的不成兵马来么？"是强立刻命一小校入内相请唐吉。正值唐吉在府中箭道上练习弓马，准备战杀，一闻莫千总有请，即出到望楼相见。是强指着道："那边来的必是陈将军，故特请少爷出来商议。"唐吉道："尔我勿通报大人，看他来意如何，再作道理。"果见来的兵马渐近，二十里外且歇住马足不前。久之望去，又见他兵士个个安营扎寨一般。唐吉说："他初到，又近黄昏，决然不敢进兵，必然远安营过了夜，明日始敢进来，我今日凑他军心未定，路途不熟，出其不意，前去劫了他一寨。中将愿从否？"莫是强道："小将愿从。"二人相约已定，即刻造反，持了利刃，预备了火牛两只。二更出城，一线月明，疏星朗灿。三更二人已到陈安邦的营，全无八门的样，又无长蛇的形。二人越加大胆，驱那火牛进去。又见军无甲，兵无刃，二人遂热了火绳，那火牛东推西荡，军士醒起，如村儿见了老虎一般，且又手无兵器，任他二人要割得割，要刺得刺。适那火牛又是生鼓，唐吉时时准备他打老虎的。陈将军的兵哪能敌他得过，且任其践踏，死了无数，一时惊动到安邦。安邦急扳剑在手，喝道："何处贼人，敢来劫天子使臣的驾！"唐吉说道："你等奸佞，在昏君面前诬捏我唐家作反，我唐吉少不得要剥了你皮方少少称意，尔还敢称兵前来捉我父子！"说罢，又向安邦刺去。安邦得无心恋战，不顾军士，急走而脱，那二人杀得他尸骸遍野，不见了安邦，且转回关中再作道理。正是：

　　　　无心偏受害，有力未能谋。

　　却说那二人回到关中，唐吉说道："我自幼随祖父在京，屡屡闻人说陈安邦有万夫不当之勇，谁知被我二人杀得他七零八落，竟不敢与我决个雌雄，落空而走，可见名不称实。天下人才，闻不如见。"是强道："此往必然惊动朝廷再起大兵前来，决无罢手的。如何是好？"唐吉道："我去劫营正欲他如此。待他起了兵回来，是上门寻打了，那时怕父亲不作反！"是强道："虽则如此，但关中将士虽个个有命，终恐不能敌得朝廷的多多益善。"唐吉道："均之一死，又何畏个多少。再起兵回来，我等破釜沉舟，与他决个背城借一。倘若能胜他，杀回朝中，拿住奸党，杀他雪恨。若我输了，此处从关后抄路去得云南。那处有个高山，叫做牛头山。这时逃去此处落草，招兵买马。祖宗有定，或能报仇，亦未可知。此实是出于无奈，不得不行。况今皇上如此昏庸，奸佞满布朝堂，我唐家且不免受害，何有别姓？以此观来，在此为官亦属无奈。你等尊意若休？"合说道："我等自入营以来，即受唐家福庇。今日有难，哪有不相助的理。暂且瞒过了主帅，待他真否再到，然后酌量。"唐吉道："全恃众位功力。"说罢各散。

　　谁知陈这被唐吉杀得七零八落，走到天明，止剩数十名急脚的手，十分忿恨，持了兵符印信，前去就近代州调兵，为复仇计。那代州有个衙门，第三边总镇。这镇守的元帅非他，系山东宁人，武状元出身，姓魏名应彪。一日升帐，兵丁通报，现有朝中大将军陈安邦望关中进发，已来近二十里外，应彪道："既系朝中陈大人到关，必有原由。你等排班跟我前去迎接。"不一时，果按安邦入关坐下。应彪先请过了圣安，复叙了寒暄派话。应彪说："大将军不在朝中，今狼狼藉藉，面带惊怒，下临敝境，所为何求？求大人明示。"陈安邦遂将为着尚杰的事，现奉主上的命往伊子云豹处探看虚实，不断他自家有事，自己私疑，正恐本藩提兵捉他回朝，出我不备，倒被他黑夜命儿子唐吉前来劫了营，兵已半折，今来欲借兵报仇的话，说与应彪知道，并将嘉靖御赐的兵符送与他验看，以便依旨付兵。应彪看过，说道："既如此，卑职遵谕便是，但

卑职前闻行刺的事，亦意唐尚杰未必有此痛逆。本欲上个奏章代他办白，以见我等保忠斥奸之道。奈身处边亭，又恐事上听闻不确，言来反不中窍。日前只得走个书信上去一二知己，劝他务必出力保奏。我与唐家虽非有素，独惜忠臣罹此弥天大罪。今闻大人说来，又是个肆无忌惮大大的奸恶。你道知人难不难？"二人痛恨尚杰父子一番，摆宴陪奉，越日，即点了关中三千马，交与陈安邦，再往雁门去了。正遇莫是强适从城楼上远远望见，浩浩荡荡，白羽若月，赤羽若日，弥山遍野，必系陈安邦再来执恨，较前时势子更觉十分英勇一般。是强遂对关中一班诸将道："我等这番休矣！他初来时，实未准备，是以一时受败。今又新添带甲，重整戈矛。他兵折了又有添兵。将损了又有新将，以雁门有限之众，敌朝廷日弥之师，蜂虿虽毒，蝼蚁料难制胜。还须入告元帅为是。诸将只得暂将前番事搁过，入阁陈安邦今番这个势子禀过元帅知道，看他如何，再作道理。"主意已定，诸将入见云豹道："元帅，不好了。"遂将唐尚杰被害的头尾说知。现朝廷恐元帅在外称兵回去报仇。因特命陈安邦统了雄兵前来关中，假旨召元帅回京，一齐正法。现逼关前十里许。一时唬得云豹浑身大汗，气死中央。夫人儿女出堂，与众将急救而醒，发性道："颜渊命短，伯牛病亡。此是说不得了。况君要臣死便死。即系父母兄弟一门俱毙，我一人何忍独自偷生！如有那个，此事若真，即非前来哄我，我亦必回京中，与父亲兄弟见了一面，死亦无恨。我日间方且怪父亲处我个信家到来，又且心惊肉跳。但我们祸一尔等从何知得？"是强又将老表来报的情由再说一遍。云豹说："大丈夫死亦死耳，吾何惧哉！"遂吩咐俟候。

少顷，果然云豹出关迎接，来的是大将军陈安邦。云豹传说入关相见，安邦遂与他并辔入关。看官，你道安邦既往代州调了兵回来预定厮杀，缘何今见云豹出迎，居然大胆进去？因安邦见前昨动营是唐吉不是云豹，心中或意云豹未知此事，亦未可定。况平日同居武弁，云豹本是个忠臣，安邦知之最稔。今到关前好意相迎，自家身居钦差，圣旨上又未说捉他定罪的话，哄得他回朝不烦一兵，一折一矢。纵然他有的不是，自有朝廷处分。岂不是两全其美！遂忘了那晚的畏惧，竟大步进去。云豹亦是个静细有志量的人，一见安邦，亦不把切身大祸先去问他，欲接了圣旨，观其来意如何，然后出声，只得二人草草客套，随即接了圣旨。三呼毕，云豹起来说道："据圣旨所说，是召卑职回京议事，并无别的。但我近日闻父亲在京被人诬反，现已一家收了天牢。这个圣旨，明知不是召我回京议事，还是取我脑袋的。我唐云豹岂是畏死的？独惜我父子小心克事，一时被诬，两班文武并无左右亲近为一言。将来小人道长，君子道消，无事而杀，士大夫可以去，恐不独为唐氏忧。"那个话竟动起陈安邦的吣心来，说道："大人既说到如此，真可谓社稷臣，我陈安邦亦非从食肉者。尊大人之事，也曾与梁少师、湛尚书、张郎中等，叩头流血苦谏圣上数次。奈昭雪苦于无由。凑着那个张德龙奸仔屡屡顶着，编能惑主。他奏道恐大人在外作乱，又恳圣上假降召旨，待你回去，一网打尽。在大人处，虽则眼看将军旋作断头，但以理推来，莫大量天命！为大人计，正要挺身前去，在君父面前说个明白，纵然一死，此亦见得大君子临难无苟免。何以我前几日来，大人反造这个事？"云豹说："将军来了数日么？下官总未知得，那有甚么事？"安邦道："勿遮瞒，卑职想，大人为着性命起见，一时差了。"云豹说："数日下官日夜只是观兵书，倒未有造得甚事。倘有差处，求将军明示。"正是：

既有朝奸频送口，必然边将且无头。

欲知将军说出如何，且看下回分解。

玉楼传情

第十五回　陈安国以公济私

诗曰：

　　由来躁莽是英年，不禀父兄动向前。

　　叛逆几于无办处，幸逢霍步为加鞭。

　　却说那云豹于唐吉杀劫的事，如在梦中。一闻陈安邦说出那个话，必须问个明白，心里方安。安邦答道："卑职因为奉王命来到关前，离二十里许，卑职见扈从大繁，恐蜂拥而入惊惧左右。又驻车时，适已傍晚，不见关中有人来相接，愚故就地安营歇宿，来日再着人通报大人，始敢拜见。"语至此，云豹插话道："此亦兵丁迂望偷闲故，令下官有失迎接。"安邦说："你我如此交情，这个有甚要紧？独系是谁三更时分，即有数人突入营盘杀起来。一少自称大人是他的令公。斯时卑职营全无准备，只得挺身走险。俾及天明，招集散卒，始知折了半。此系大人分明闻了尊君处这个消息。莫不是恐卑职带兵前来捉你，故令儿子到我营中先下手不成？"云豹道："下官决无此事，将军休得错怪。即来捉我，亦胯奉命，与你无涉，安敢暗祸。我想关内诸将亦受朝廷爵禄，岂有不知王法，勿敢擅劫朝廷大臣的营？小畜生亦未必有如此能干。大人慢着，待我捉那畜生出来，让人认他。他果曾造得是事，如此猖狂大逆，要来何用？杀却方遂下官的心愿。"说罢，即悻悻然转入内堂，去寻唐吉，安开口劝他不及。

　　谁知唐吉一闻安邦到来，已备办厮杀，早在座后平屏背，句句闻了。因父亲要杀他，又恐安邦虽所言如此，终是巧言蜜语，甜他父亲入京枭首，且父亲现已入来寻杀，料难容过。一不造，二不败，遂觑见父从左入，他便右出，抽出短刃，口不分说，一刀，那忠勇侯身口异处。即刻亡去，诸将入内禀白，云豹出来看见，一并气死在旁。

内面妻女一连众将救了数刻始能出声。欲再觅唐吉，唐吉已逃去了。云豹即速赶上，捉了回来，泣怒道："小畜生，好不分晓！家门不幸，却被奸人陷豁，嫁祸谋反。为父正欲面过君王，说个曲直。纵然朝廷不醒，见了众亲，纵然一死，亦心中不愧一个忠臣孝子。况陈将军本是个好人，到来正要与他商量个洗冤方法。你畜生死无知，胆敢杀他。朝中闻我等今番亲手杀了朝廷命官是真的，连前番行刺不是亲手亦不是假的了。畜生为父亲死原不足惜，可恨尔玷辱满门，反中了奸人计谋。罢，罢，今杀你亦无济仇事，如将你一齐带回京中，同受国法，以完此不臣不佼，之语便了。"唐吉跪在地下，亦哭道："孩儿一时错了，或杀或戒，听爹爹行便。"云豹遂叫左右："与我上了缚。"众将面面相觑，只是不肯动手。云豹只得亲手缚他。夫人对云豹道："这小畜生，谅必假认陈将军提兵来捉我等，故一时无知，遂密地前去劫他的营。今又见老爷要杀他，所以一时便性起来，造出这个。还要老爷恕他年少无知，想个计谋救他为是。"云豹说："畜生如此无法，擅杀朝官，与作反无异，便是本藩的对头，救他甚么。"夫人道："老爷太迂了！如今圣上听任奸臣，主要将唐家尽杀。现在公收了天牢，老爷正当提兵杀回京都打救满门为是。况陈安邦到来，虽则好言好语，安非佛口蛇心，骗我等回京就杀？为老爷计，既不欲造反，一心要见了父兄，纵死亦罢，岂不念满门诛灭？你我一生止此半点骨肉，理合将金花女儿送回夫家，打发那畜生走了，你我纵然一死，唐家香灯或不致绝了。如今老爷既要错，白地送了他的性命，圣上亦未必便信你真系个忠臣！望老爷三思为是。"云豹大怒道："到其间，尽节事大，生死事小，计甚么日后的香灯！据你说来，如此包庇，总是你平日失个教训，故纵成这的大逆的畜生，如此还你亦是可杀，若不哑口速退，岂不怕本藩的利剑么？"说了，顾不得女儿的事，只吩咐家将道："你等买个棺椁收拾了陈大人，今夜可小心看守着小畜生。明日本藩进京。"女儿亦跪下，哭恳父亲恕这哥哥一番。母女眼看得云豹总属不肯，到夜密地松了唐吉的缚，教他暂在近处躲避。到了明早，云豹不见了儿子。四时找寻。奈他藏得密，又众将不步说个内里出来，气得那云豹毛发皆竖，指着妻子说道："必是你个贱人谙他逃走。"语毕，竟出了白白的剑要杀她，被女儿与从将又屡屡阻住。怒起心头，想道：我一家自来忠孝，本无甚可处，今既遭此天厌，又被那畜生冤上加冤，祸上加祸，即见君王亦难辩白。罢，罢，总是前生业债，倒不如先寻个自尽，免得回朝受辱。早去

玉楼传情

阎王殿上诉个明白，先在此听候父兄便了。主意已定，遂把剑割上颈去。一时夫人女儿众将上前救他不及，早已身倒在地。

诅知唐吉就躲在是房中，闻报复回帐中，见父亲已死，大哭在地。众将道："既死不能复生，公子大难在身，徒哭无益，还须起来收拾了父尸，准备朝兵于临为上。"公子起来，与夫人哭拜道："今番老爷不在，还求诸老爷打救我们生命，万代沾恩。"诸将道："我等素蒙恩荫，哪有不忠心报主之理！便今番朝中说知，必说我们亦是个党同作乱，必然再命雄兵前来问罪，如何是好？"公子道："他兵来到，倘若随机就变退得他便罢。倘若是不能退得他，并不与战，紧闭关门与众将从关后抄路逃往云南牛头山，埋名落草，日后寻个报冤的日子便了。"并烦将军传说各兵丁，愿从者同往，不愿从者可就日逃去他处役生。兵役闻了，有的本是别省人氏，为着家小父母，不得不去，有的孤身从军，厘无挂虑，便不肯去。更有一班半天飞寄名额外的说道："你我大小皆系朝廷的官，今陈将军既死，圣上必说是我等鼠蝎一窝，再不肯赦出半个，即逃回家乡，日后或被官员拿住，或被旁人出首，终须误了性命，倒不如跟公子为上。"公子道："既如此，生生世世不忘大德。"果然陈安邦的跟随军士回朝，把初时被劫入关被杀的情由，奏与嘉靖知了。嘉靖大怒，对梁柱、湛甘泉、梁天保说："尚杰久怀异志，今幸天地不容，故尔败露。众卿家个人还苦口替他辩白，朕一时几为众言所误。今又杀了陈安邦，反迹尽露，更有何说？独惜白白送了陈卿家之命。朕誓不与他干休。但未知何人再愿往雁门关与安邦报仇。"说未了，见一人出班奏道："云豹杀我家兄，微臣愿往。"嘉靖说："陈安国，你为兄报仇，为国陈害，真个忠孝两全。朕今赐尔雄兵三万，前去提了云豹并一班叛党回来，那时封尔为友睦侯。待云豹诛后，权镇守雁门一带。但令兄如此英雄，犹被他杀了，卿家此去更须十分谨慎。勿负朕意。"陈安国谢了恩，奏道："微臣领命。"那前时保奏尚杰的大员被嘉靖抢白一番，又说安邦被云豹所杀，真个令人不测，此后在主上面前再不敢替他父子解脱，只得眼看那安国就日点兵奉旨起程。适霍韬从山东回朝复命，一路得知尚杰这个事情，正欲上本保奏，又闻王上因他有据，并杀了安邦，今正在命安国提兵前来拿捉。霍韬见难以舌挽，遂奏道："尚杰父子反情有据，难怪我王诛伐。但云豹有勇有谋，独安国一人前来，虽有三万雄兵，恐不能胜他半卷阴符。孰不若微臣同往，作个参谋，辅着安国，大展孙吴伟略，庶能

成功。千祈我主准奏。"嘉靖道："霍卿家前去，朕心自然更安。便必须即日称戈，寡人专候凯旋。回来迁官升爵，不可有违。退班。"正是：

三军防败无谋者，元帅须求有智人。

欲知霍韬作了参谋，同陈安国前去雁门关何如，且看下回分解。

第十六回　夫人献尸脱难

诗曰：

事来凑巧出天然，尸首移堪作变迁。

独惜安国同柱死，满怀冤恨鹊难填。

却说陈安国提兵征剿雁门，又得霍韬为个参谋，自谓兄仇必报。且又我主送行到二十里外，君臣分散。嘉靖吩咐安国道："卿家前去，若能成功，捉获关中人犯可交与霍卿带回。边疆不可一日无人，你就在雁门关镇守便是。"

安国领命，皇上加銮。安国摆成队伍，真是鱼甲炯聚，贝胄星罗。不一日，到了雁门关前十里。霍韬说："我军新到，不宜造次，待歇了一夜，卑职自有胜筹。"安国传令众军安营扎寨。翌日，惟独自行近关前探望。适见城楼上有一妇人，满身缟素，在此观敌。霍韬在下恭身道："在上莫非云豹大人的夫人么？"妇人道："正是。"霍韬说："你公公满门被害。陈安邦大人原是忠良的人，他昨日奉王命前来，正当求保奏，缘何将他杀了？"夫人忽然得一个计较，哄他说："大人一向与贱妇公公愚夫等在朝为官，想能信他原是忠孝的。无论一时受害，被人前来拿捉，亦是朝廷主意，与钦差无涉。即杀他，亦未必能了事。"霍韬再问道："然则陈大人何为而死？"夫人又妄答道："只因那关外近日有一伙强徒，亦是响马的流亚，往往假冒官员入村，或藉缉匪为名，遇客或假盘捐为号，打劫人家，十分凶悍。陈大人那日到来，时已近晚，又不即刻人关安歇，是以一时被那强徒算害。后夫君得闻，一时忙急，未及点齐军士，恃自己威负，只身往救，并被贼杀死，及诸将起齐军出城济，事已不入。诸贼见人众难以抵敌，随即扬去。众将上前，只夺得二尸回来。原欲上本奏明，奈夫君已死，军中无主；又

况满门被害，说来恐圣上不信，贱妇女流无知，是以迁延未奏。"霍韬道："夫人原来因丈夫已死，故披麻立孝。"谁知霍韬与夫人议论，安国早已催兵到了城下，将军本欲捉个生躬，奈一时藉圣上洪福，神威十倍起来，剑舞处云豹头颅在地他的余党尽为大军虏去。陈大人已奉旨入关镇地。臣是以回来奏知。嘉靖大喜道："奸人恣志，必须败亡，要将云豹的头颅在吏部门首示众，俾为官作业龟鉴。张卿家可往前天牢，取了唐尚杰的家口带到法场，候朕旨到开刀。不可违此。退班。"张德龙经这遂了心愿，即刻从天牢中调出唐尚杰满门三百余口。到了法场，俟候旨到开刀。那日，嘉靖正欲发旨，早惊动那先王正德太后闻知，急急统了十余个女侍上殿。嘉靖一见他来，好不安乐，但他系母亲，只得起身立侍，拱手道："国后出来，若不得家庭礼，于子道不安。但此座是大殿，若行起家法来，有失开国军师刘伯勋定的国法。国母有话，倒不如暂且回宫，待朕办完国事，自到母亲处领教便是。"国母道："果是我儿孝心，但恐上所办的事不是国事，还是陛下一人的事。况待陛下办了才来，哀家无命相见陛下。"嘉靖道："国母何故出此话？"国后道："哀命生不辰，止生得一女，陛下得了他的父皇天下，尚嫌他是个公主身分，年年费了陛下的俸钱，故特命张奸仔细押往法场。哀家母子性命相连，若待陛下命人杀他才回，为娘亦要寻个自尽，免得痛恨。岂不是黄泉之下始能相见？"嘉靖道："国母有所不知。因唐尚杰在双谷命人行刺寡人，云豹又杀了将军陈安邦，理合九族当诛，以正国法。是以命人前往捉他满门时，朕一时恼得心烦意乱忘记除出了御妹。此是朕失察处，求国后少怪。今即命黄门官取来公主回宫、与国后相见便是。"嘉靖遂降了急旨，命监斩官放回公主一人，余候旨正法。黄门往到法场，放出公主。公主上前哭拜公公说道："媳妇回宫，力求国后打救满门，望众人暂且开怀。"并吩咐监官须好意看，乃去。霎时回宫，见了国后，哀诉冤情，并求打救满门。国母携他到嘉靖面前谢个不杀之恩，国后又对嘉靖说："我道你为个天子，自应神灵首出，如今看来，像个愚民一般。"嘉靖问道："朕何愚来？"国母道："陛下果认是尚杰谋反？哀家即系女流，亦信是他人移害的。"嘉靖道："人心隔肚皮，母亲何深信之甚？"国母道："据说尚杰谋反，是想造皇帝的。他若真是有心，我想先王宫崩，他何不凑着此时国家仓卒，新君未立，兵权全在他手，一齐可得，岂待今日太平日久，始行此大背无道之事。况事未必成，即射了陛下，朝中尚有许多大臣亦未必就奉他为主？以此推来，总恬令人相信，还须大开法纲，忍耐几时，日后自有个明白处，铭俾后世说伊

是个龙逢，陛下是桀纣。"嘉靖道："母亲老蒙了。岂不闻人藏其心，不可测度，况有赃据，如此不杀，何以为训！朕不是不孝，此事亦决不能从命！求国母恕罪恕罪。"国后见嘉靖立志不肯，无可如何，只说："你杀唐家的人，与哀家何干。但恐日后恨杀错，不得江山恐有变乱的事。况尚杰的六子云俊虽官居石渠，实则职为附马。今蒙赦了公主，后日还学个青年守寡，或学个改嫁夫君？为兄的三十六宫，七十二苑，为妹的影只终身，陛下自问安否？"嘉靖说道："母亲念着贤妹的少年丧偶，朕今索性看国后之面，屈法赦免那个驸马云俊，更有何说？黄门官过来，可再去法场，取了云俊到来，诸人即速开刀。退班。"

　　国后、公主见嘉靖终是不允赦他满门，含泪而退。那黄门官又到法场，将圣谕传与监官。云俊含泪对父兄说："孩儿暂回，自然求恳国老同去圣上再说个明白，然后回来。"正是：

　　　　夫荣转是凭妻贵，父死犹当幸子生。

　　欲知云俊回朝如何与国后同奏，且看下回分解。

第十七回　三百口冤孽已完

诗曰：

可怜三百尽刀头，想是前生结下仇。

惟有王姬知大义，果然忠孝贯千秋。

却说那云俊入宫，先见了国后妻身，一齐急往前谢过恩，并申出求赦父兄的话。嘉靖道："你好个贪心不知侥幸，还敢又为满门代恳。据你父谋杀朕，命兄擅杀朕臣，理合片尾不留，朕听着国母言语，念着贤妹私情，一时几屈了祖宗的法，赦了你，你还不知厌足。如今犯官不宜住在京师了，你可过日收拾行程，前往云南安置。朕还每年赐二千两儿交与你受用，并吩咐所到大小官员不得待慢你便是。此后须安安静静过日子罢，不宜再动个妄念。"云俊奏道："罪官还求我主饶我前去祭了父亲，收拾了己骸，然后起程。此系乌鸟私情，区区微意，况我王以孝治天下。满门等虽死有余辜，但恳宏锡类，俾罪臣得以少尽人子之情，备棺收敛父兄。行见一人克谐，被及臣寮，九五降恩，泽渐枯骨，万代衔环。祈为准奏。"嘉靖道："篡君大罪，理合扬灰。且你如此奏来，亦属孝心可怜。朕不忍使人无以为孝，准奏便是。"驸马叩首谢恩。又到公主奏道："过日驸马落籍云南，臣妹亦要同往。"嘉靖道："我妹生长在滇，贵为公主，那可为军人妇。况属女流，宫虽纤窄，遥遥栈道如上青天，恐难跋涉，倒不如任驸马独往，贤妹就在宫中与皇妃等同享富贵，早晚亦可以服事太后，免得母女两地相思。贤妹即十分要往云南，待母后弃世未迟。"公主答道："奴家既承先王严命许配唐，即生死皆系唐家的人。昔日繁华，欣然同享，今一旦门衰祚泊，便尔弃之如遗。如在交游，尚且不忍；况分开结发，情何以堪！母后日夕扶持，自有陛下众位娘娘妃嫔，岂劳臣妹！此是事难两就，自当以在家从父、了家从夫的大义，恕不孝于膝下。"嘉靖道："此系朕以好言相劝，贤妹既不听，请从其便。待妹去时，朕再拨女嬲四名，侍御二名，同往服事公主便了。"公主驸马谢恩。果然日后夫妻告过了国母，双双望云南进发，不在话下。正是：

　　此生既是谐鱼水，之死还须诵衙诗。

　　那夫妻二人，先到法场尚杰面前跪下，将天子不步宽赦的话告诉一遍。又哭道："可怜我父子兄弟，要这个样子分离，教你孩儿好不悲伤。我反愿鬼门关上随着满门，免得在此凡尘抱恨。"语罢，不能仰视。尚杰道："死命也！我正要后世为忠被诬，须学我等如此顺受，独惜上累了八旬老母将来同受极刑。今日亦复不能再见一面，少尽人子私情。今得你死里从死，一来日后祖宗香灯仅留一线；二来倘云豹在外若能走脱，你见他时，必须说我临终吩咐有云：天下无不是之君王，纵若有刺泊处，臣子亦不宜抱恨。须念着旧时那个伍员，看他苦谏胡差，汨罗笑逝，刮目观兵，其忠爱处自属不磨，独以父仇切消恨鞭尸，忘却一日君臣之义。故虽生平节烈，纵里歌道载，而后人直以其毒执齐王一事，入不得宗臣庙里，俎豆千秋。正可日后密地访出仇恨，自行洗脱。若是藉名仇恨，乱动干戈，不独污了我唐家忠孝的名，亦且生民涂炭。我在九泉地下，亦断不饶他。即尔亦须牢牢谨记。"说罢，气如平时，随赋一诗，其词曰：

　　咨余冲且暗，抱责守微官，潜图密已构，成此祸福端。恢恢六合间，四海一何宽！天网布宏纲，投足不获安。松柏隆冬瘁，然后知岁寒。不涉太行险，谁知斯路难。真伪因事显，人情难豫观。生死有定分，慷慨复何叹。上负慈母恩，痛酷摧心肝。下顾所怜女，恻恻中心酸。二子弃若遗，念皆遘凶残。不惜一身死，惟此如循环。

　　咏毕，又到一班文武，有假意的，有真情的，有曾受恩的，皆来祭奠，说道："我等不能感悟朝廷，致使大人枉死，实无面目对见。但当此长别，特备酒礼前来饯行，求大人开怀勿怪。"尚杰道："虽有凤胆龙，亦下不得咽。但诸君须尽忠报国，切勿因我的事诽谤朝廷，反令犯官在地下不安。"祭罢，须臾，刽子手说声："请大人归天。"
杀得天黑地暗。可怜三百余口，顷刻化作无头之鬼，虽属命该，究竟被张德龙一点毒
心收了，正合阎王殿上诉他。云俊夫妻痛哭在地，少不得送了终，揩干眼泪，一一收
拾好尸骸，落籍云南而去。那监斩官张德龙并一切武员，斩讫上朝回旨。

　　嘉靖见杀了害己的贼臣，心下十分欢喜，奖赏了武员而去。又说道："张卿家果然
忠心办事，料事如神，有才有识，又且嫉恶若仇。古来鹰之逐君侧之情，不过是也。
可领唐尚杰田，职同平章事。"

　　且命赐宴酬功，是日君臣同席，德龙面上好不十分荣幸。酒过数巡，德龙又奏道：
"幸赖我王洪福，奸人不逐所谋，自取覆，此是天理昭昭处。然尚杰并雁门关的儿孙，
今虽伏诛，但臣素知他还有个第七个儿子，素性生事，武艺高强，去年且中了福建武
解元，满门不足虑，独此人见父兄败露受诛，决然后日为患，虽则我主堂堂天子，文
武得人，谅他这是一个扁毛的山伯，劳作不得甚害？独怕日后养成祸患，必定充埋山
东响马一班。那时乘势作乱，还须费朝廷粮饷，更恐一时外内骚动，前日违贡之戈国
又乘入媾，大失天朝体统。"嘉靖道："据卿家说出如此利害，使朕寝食不安。皆为着
此人。卿家还要想个计策，收拾了他，方免心腹之患。"德龙奏道："尚杰一向所有私
卖官爵，勒下僚的财宝，谅亦富过朝廷。前臣奉命去抄尚杰身边的贪囊，不满十万，
料他平日积，早贮顿在福建家里。去再抄了回来充库，亦可少佐我王赏赐。并要拿他
儿子，将此处家属尽杀为是。"嘉靖道："果然高见。"立命侍手取了文房四宝，执笔书
了一道圣旨，着福建泉州协同拿捉云卿。

　　随命钦差提兵三千，前去唐尚杰家中，协同本地文武官员，尽杀他尚杰眷属，抄
家后须缚解云卿，回京定罪，差缴官升。速速退班。"张德龙奉命送师祖道时，又重致
嘱了钦差无笋。正是：

　　　一朝瓦解无留步，十亩桑闲转乐天。

　　未知钦差前去捉云卿如何，且看下回分解。

第十八回　唐小姐喜事逢凶

诗曰：

祸不单行作孽深，命存孙媳老人心。

孰轻视重权生死，知此何期是女裙。

却说那德龙，只因一件小小绣戈袍，竟害了尚杰满门三百余口。恨犹未平，还欲捉他的儿子。两班文武，除霍韬与陈安国二人亲手放走唐吉的，那个晓得有等为唐家忧者，亦止知尚杰满门止剩云卿在家。一人忽闻张德龙又说王上命将前去福建拿捉云卿这个话，心里忙着道："唐尚杰今已满门尽死，止剩一人，正系先人血食所关。我等既得着君王难以保回他满门，宁不可密地打救他的儿子？"一时梁柱霍韬梁天保各大人，不约而同，人人星放打发了心腹的倌家跑去福建唐府上去报个凶信。那太太自得梦戒孙以后，心内有了一个影，即虫鸣鼠叫亦皆惊着一般。一日，正在意着孙儿在路途上未知事体安乐如何，并京中处屡月亦无一个平安信寄来，意中正是十分愁闷。适家人报道："李英华的长公子求见。"赵夫人闻说是姨甥，急传相见。人到堂中，彼此问候一番。李纶公子又说道："小生奉了母命前来问安，并约同七表兄一齐上京明年会试，何不请他出来相会？"夫人道："小儿云卿，前数月已奉你的姨父命去了。想日间已到京中，亦未可知。但贤甥处年来未晓荣娶否？"公子道："小生命中前定的妇未及亲近，已经弃世。现以爹爹不在家中，我为诵读，蹉跎至今，是以未遑再问蓝田种玉。"赵夫人说："你的表妹年亦及笄，自来每每一班官宦家前来聘他为婚。但所来的非亲家志趣与你的姨父不同，或脚下人不免袍气习，想来配合二字甚属难的。今我姨甥既亲上加亲，父哥又是忠孝一流，若不嫌表妹貌丑，许你为婚，你回家禀告双亲说

我的主意，应谅无不允。"公子道："小姨甥素知表妹咏雪才高，且又文武双全，只恐下配愚甥有误了终身大事。"金花在旁，闻母亲将己许配李公子，得如此才貌的丈夫，心中倒有十分欢喜。但闻公子回答母亲，虽则自幼兄妹见惯，说到这个，终觉怕羞，只得略略转下秋波，向着公子微露情怀而去。夫人答公子道："不必如此过谦。我今有个玉麒麟，系我传家的宝，与贤婿为凭。若到京中，见过令尊并烦到你的姨父处献上，便知小女许配的故。"公子接了麒麟，说道："既如此，受小婿一拜。"夫人又教他拜见婆婆。住了数日，公子辞行进京。赵夫人吩咐道："贤甥此去，必须着力取了鳌头，这时回来与小女洞房花烛，祈为保重。"公子说："小婿从命，就此告别。"正是：

　　　纵为的相国女婿，不强如状元及第。

　　公子已去，唐府上又有人到来求见，引入去，说是京中梁少师家的偾家投书。老太太问道："梁大人与孩儿同居京都，缘何有书何不寄到那处，反寄回此地？"偾家道："求老太太开书便知。"手函拆去，太太拿在手中读还未了，已跌在中央。家众上前急救回阳，大哭道："再不着我这条老命走不过，如何是好？"偾家道："老太太只管痛哭无济于事。家父致嘱：'书到之日即可打救各人逃生。倘若迟疑，走漏了消息，且救不出。'等话。求老太太依书成事，有宜迟缓。我便要回去，免令家爷悬望。"老太太道："我有三百两，送与为费用，回到府中，代老身多多拜阁老，如此体恤我唐家，来世必报。"偾家领命，说声"多谢"而去。孙夫人对婆婆说："据书中说，我唐家三百余口尽行杀了，还要前来捉我等回京治罪。我等妇流更何足惜，可忧云卿在路，倘不知防备，若万一中了奸人的手，那三百口冤情并祖宗的香火，日后无望。如何是好？"太太道："我因一向得了一个不祥的梦，自来惊恐。便惟不中唐家今日如此结局。云卿在路，除是神人打救方得安然。但这个是不由人造得。如今云卿的媳妇现在身怀六甲，未分男女，正系先继嗣所关。孙儿金花，昨日许配李公子，又是李姓的妇，他二人是不可死的，须救他作速逃生。剩了你我两个老命，抵死便了。"云卿媳妇道："满门尽节，我岂可独自偷生？"太太说："人固不可偷生，亦不枉死。你今为着祖宗的计，生反重于死，固当舍死而取生。"金花大小姐又哭道："既承婆婆母亲的命，与七嫂同走。但我生长深闺，未以跋涉，与七嫂悉属女流，一旦被人看破，反为不美，不如奴共婆

婆母亲同去见了父亲，免得在尘寰受苦。"婆婆道："你二人死且无益，即速共扮了男装，改名掉姓，取路上京。第一，中途遇着七兄，同往云南云俊兄处安身。倘若是十分无路，查拿得紧，我既李家的妇，那时顾不得羞，同着嫂嫂往去求他收留打救。想公子念着姨表及夫妻情分，并收留了七媳妇，亦未可知。"

说罢，大哭一场。日内，陆续又有京中倌家投书，所说与少师寄来的一样。婆婆恐一时钦差已到，插翼难飞，只向催孙妇孙媳速改了装，临行重新叮咛一番，两难舍割，终须舍割。八小姐跟着七嫂密地逃去。唐老太又吩咐家中大小男女，分散家财，各自逃生，所剩的恩义太重，无家可归，不愿独去，宁愿同死，悲悲哭哭。过了数日，果然有个陈钦差带了三千兵到了福建泉州地区同泉州知府翁孟达接了圣旨，只得点起壮役同往。官兵将唐府重重围却，钦差打进。太太喝道："堂堂相府，那个如此大胆打进来？"钦差道："你老贼好不分晓，儿子在京谋反事情败露，现已满门伏诛，今奉皇命到来，捉你孙儿云卿上京正法。快献出罢！如若不然，千刀万段。"太太说："七孙一向在父亲处。"钦差道："胡说！左右与我搜得来。"搜罢，左右回言没有。钦差指着太太怒道："是必你知了消息，教他走了。急献出凤冠霞帔受死罢。"太太献了，左右开刀。后又抄出些财物，钦差对知府说："家财如此寥寥，人口又属无几，定有人通知，教他预先着云卿并一切人等夹家财走了。不能捉获云卿，难以复命。求大老爷回衙，火速命贵差就近搜缉，或日子速，他们走未远，亦未可知。"知府道："大人吩咐，卑职从命。且请大人到公馆少住数天，或有以复命。"

钦差命将唐府封了，欣然适馆。谁知孟达本是个忠良，就在尚杰家乡为官，那有不知尚杰是个忠臣，此事系冤枉的。便奉着钦差命，不得不勉强塞责。发票时，暗里还叫元差假持了票，即见面亦不宜捉他回来，待钦差去后，且缴番票，不在话下。那钦差候了数日，并不见知府捉得唐家一个人，在此无益，心中想道："倒不如回奏圣上，再移交天下捉他乃是。"就日起程回京。正是：

忠佞由来分党，急危还有生机。

欲知钦差回京如何，且看下回分解。

中国禁书文库

玉楼传情

一三二九

第十九回　最昏君捉忠悬赏格

诗曰：

一叶偏能寄客身，美人情重奉慕中。
画中正合来佳宠，岂意形图觉已勤。

却说那钦差住了数日，见那泉州会捉不得云卿，逗留无益，恐天子悬望，孰不若回朝复了命，再作理会。不一日回到京中，见了主上，奏道："微臣奉旨前往尚杰家中，谁料他家里早知了这个消息，先放走了七子云卿，止杀得僮仆数人，并尚杰母亲妻子二人。想家财亦已先分散隔去，止抄得三万余银，并凤冠等件献上，求我主定夺。"嘉靖道："尚杰平日心怀不轨，位极人臣，自有结纳心腹，一时事发，先往告知。朕心内亦曾虑此。张卿家更有何妙策收拾他？"德龙出班奏道："云卿虽一时躲避，料他再不会丢天击地走来走去，必在此十三省中，今我主每省发角文书，绘画形图，交名督府，令他村村张挂，地地移交，令天下知他罪贯。出乎者获上赏，收藏者遭极刑。如此即数十个云卿，亦不忧捉不得。"嘉靖道："果然妙计。"遂命侍御取了文房四宝，写了诏诰，随即命德龙着人绘图，并发差赍往各省。德龙领旨回府，火急办理，以便班行。那张豹在旁得知此事，对父德龙说道："儿前时被云卿打丑，就在家乡，钦差说他不在闽中，莫非还在那处不成？莫若你儿回去，或能捉他，亦未可知。"德龙道："过月正是科场，我已与考试官会了关节，必定中。我儿为状元，岂可回家，失此机会。况事隔多时，未必还在。我儿不去罢了。"

张豹领命，谁知云卿自与素兰成婚后，正是邂逅奇逢。天涯知己难娱，日短温柔乡里，愿老吾乡，鱼水和谐，把一切富贵繁华功名事业都忘了一般。虽被诸人催遛进京，谁知他是命里不该枉死，兼又三百余口冤仇待他昭报，一时未免乐极防淫，酒毒色耽，偶然害病，毛天海只得时时上去素兰家中问候，并着贵同等请个名医调治。奈病属精虚，有形之血难填，更或药到功成，而所人又不足供其所出。以此病体反覆缠绵，先生亦说难期速效。毛天海见阻了取路的期，心中十分烦闷，但由于无奈，百计调痊。云卿亦计科场已近，再逗留数时定然疾赶不上，意欲勉强登程。素兰枕边又以功名事小，保身事大苦谏，不欲他连病驰驱而倦体恹恹。云卿亦自觉挨不得乘风拍浪。

一日，遂对天海说，"我本欲同一齐上京，各抢魁首，俾兄弟又是同科取佳话，不料在此耽病，势难进发。自是功名迟早有个定分，但恐贤弟在此扶持，终有误了你的前程。就不若贤弟先去，待我病愈始步后法。"天海哪里放心得过舍公子而去，无奈被云卿屡屡催逼，又命贵同已另寻定船只，只得领了云卿命并五百两银子，随吩咐素兰并贵同等须小心服事公子，倘病愈了，可催他入京进场云云，拜别二哥而去乘船。公子回舟中养病。天海已去，素兰日夕在此服侍。

一日，公子忽见船尾宝鸡飞鸣下泪，公子意中道："是病将来或有更加，孰不若取了一百两银子交与贵同，叫他上岸进城里找些人参回来服食，病体或得以调摄。"贵同领命，取路进桂阳城里，忽见多人踊跃在城门争看，贵同逼近一看，墙上悬挂一样，未知所云，即便从众人中立稳他脚，细读一遍，语未了，浑身冷汗，再读无讹。飞风路回船中，见了公子，气惴惴说道："不好了。"公子道："莫非失了银子回来么？"贵同道："不是。原来家中满门被害，今圣上还要拿捉公子回京治罪。城门上绘了形图，悬赏格，适进城看见，须防人家知觉我等在，岂不是误了性命！"公子含泪道："你可记得形图所说么？"贵同道："缘何不记得？待我慢慢诵来。"其词曰：

太子太保兵部侍郎监理三江等处地方兵领事务督府加三级纪录十次王抄白上谕，为悬赏捉犯在靖国难事。照得唐尚杰七子云卿，因父弑君不遂，反迹败露，部议合杀贼党满门以除国害。一时云卿闻风远扬。朕经命军机大臣陈将军提兵闽省，搜捉不获。但云卿系枭雄反贼，目无君上，阴谋不轨，恐其在外扇惑愚民，纠党为乱，故合行出示外，并绘云卿形图班行天下，不论文武军民人等，捉获解京立封万户侯，系云卿戚故，无知包庇，示到日止宜自行出首将功赎罪。倘仍胆敢收藏，一经查觉，或被人供出，窝主一同治罪，

决不宽贷。无违特未，钦此钦遵。

桂阳府城实粘

那贵同诵犹未了，公子已气死在舱。素兰急救灵数镒，醒来叹曰："枉我一堂忠孝，却被奸人诬捏，满门受害。我一人偷生何为？"语罢，欲跳下波涛。素兰贵同极力挽住，说道："公子不可如此。今日满门被害，独你一人在此耽病，不及于难，正系祖宗有幸，皇天有眼，留你日后报仇。公子还须念着这个意思，顾着自家性命为是。"公子道："虽则如此，但现有赏条捉我。正系一身尚且难保，何敢望到报仇二字？"素兰道："天地造化，小儿尽多不思议处，日后有个机会或能昭雪，亦未可知。今白白枉死，万世后唐家诛反二字倒实了。公子还要三思为是。"公子闻素兰说得有理，说道："贤娇说来，敢不铭腑！但朝廷既出了重赏，自有人来窥探此处。地属充烦，船内为家，风帆波泊，一望而知。如何是好？"贵同道："船上既不可藏身，公子前日既与南楼结为兄弟，今见公子遇难，自必手足相怜。况复候门似海，前去在此躲避。料无人觉。"公子说："使得。"对素兰道："你今暂回母亲处，日后倘有好处我自然复来。不必悲伤。"素兰道："两下坚心，皇上怜悯，夫妻可以再会，亦未可知。倘或鄙愿难知，有死而已。"说罢，含泪说声"保重"回去，以便公子向襄阳进发。正是：

夫妻本是同衾枕，大难临时各一方。

未知公子回去襄阳如何，且看下回分解。

第二十回 意中人化作仇敌

诗曰：

不图乐地是危机，手足情殷台所之。

岂意毒心来贼妇，谋人还有一名医。

却说云卿因恐住在船上倘或被人看见，岂不误了性命？今闻贵同劝他逃往南楼家内躲避，此是出于无奈，只得从宜。一时船到襄阳，以子待日已西归，携着贵同等，慌慌忙忙，遮遮掩掩复到刁府，里面奴婢闻人叩门，出来开了，见是旧日主人的义弟，只得请入，随即到了房中，禀知素娥。素娥出来，帘内相见，问云卿道："贤叔到来何事？"公子道："尊嫂有所不知。小生家门不幸，被人诬捏造反，满门诛戮。适我在桂阳耽病，未曾到京，仅以身免。今朝廷又出重赏要捉小生，故此四海无家，特携僮仆等到来暂时躲避，望尊嫂着尊夫八拜之情，打救为是。哥哥今在何处？快请来相见。"素娥道："那日愚夫送公子一回，却被月娟那贱人欲图反嫁，私着老仆王安布了毒药，一时谋杀你的哥哥，后竟与王安反嫁而去，剩我零丁。实望二位叔叔日后仕路扬眉，或待愚夫吐气，不料贤叔今又遭此天灾，教奴好不悲伤。"说罢，珠泪掉下如雨。云卿道："原来如此。真令我愁上加愁。哥哥的灵安座何处？"素娥道："在中堂。"公子说要祭奠，素娥命侍婢引进。公子哭拜一番。素娥命人安置了公子等，然后归寝。

原来王廷桂早在那间，闻人来到，先躲在素娥床上。及素娥归寝，廷桂得知此系云卿。廷桂对素娥道："他主仆多人在此，耳目有碍，你我不便。况他是个朝廷重犯，倘被人查知出窝藏者，必定有罪，那时岂不反累了夫人。"素娥说："似此如何是好？"廷桂说："既系朝廷出了赏格捉他，是必处处皆有移文悬挂。待我凑早先看过捉他的赏

一二三三

格所说何如。若是十分关系，孰不若你我先下了手捉他献到官处，免得现前受累，并日后免忧他或代南楼报仇。正是去了心腹的患，又受了朝廷重赏，一举二得，岂不甚便？"素娥道："情郎果然高见。少顷可凑着他们未醒起来，你可出去打听个明白。今夜三更你开定了门，立候你回来酌量。"果然到了五更，廷桂早起出门去了，素娥心内怒道："云卿到来，我上门反求，他竟不恤，累我一时欲火难禁，累我病弄出事来，逼着杀了亲夫。虽则我有智谋，又父兄如此势大，倒未必日后有事，究属心内有些不免，皆系此人之过。今他特自前来送死，报了我心中的恨。不若依了情郎的计，送他性命，免得有累罢。"主意已定。

到了三更，个个睡着，素娥出到门首，果见廷桂满面喜色，密地而回。二人到了床上，素娥说："你往查得那厮事体何如？"廷桂道："待你与我尽欢一场方告。"素娥怒道："何来的兴趣？急杀人也！"廷桂不依，执意要弄上一回，素娥无奈，只得顺了。两意绸缪，其乐无极，四肢缓散，轰然倒仆于床，昏昏而睡。

过了五更，廷桂着衣，又早出门而去。公子一连在刁府两日，见素娥不过孝妇的装色，又不是真意款留，况属个家妇，不便周旋，意欲舍此他适。但一时托足无门，心内自想，实无别处可以安身，只得强耐。正在一番愁闷，一番惊惧，到了饭后，公子闻人打门，是来刁宅的。诸婢开了门，忽见数百余人手持利刃，带头系的医生王廷桂，引着襄阳游击旧时跟过父亲的恭薛威，众兵蜂涌而入，指着公子道："捉他。"公子一时急不及防，被那兵丁拿住，并贵同等一齐上了锁。那薛威还对公子说道："下官曾跟令尊大人，此顶乌纱帽皆赖他抬举之力，理不应如此。但线人来下官处报到公子在这里，倘若下官不来，朝廷与上司闻知大有不便。为着前程，是以如此。休得见怪！"公子大怒道："你不说跟过先父犹可，既然沐过我唐家的恩，今日我们有难，你不思报便罢，反来捉我。如此忘恩背义之人，我云卿纵死在你手中，到地狱上断不饶你。"薛威又道："你内里人出首，下官然后来得。你不埋怨自己好眼睛，投得好主人，反来埋怨我。"公子又怒素娥道："我念与你丈夫八拜，故来投你，你不敢留我，便再往别处。今贪朝廷重赏，密地叫人报信旨来捉我；真是毒心妇，令人可恼。"素娥笑道："非是愚嫂无情，但家门衰薄，诚恐有累。"

句句说来，越激公子五内火起。又举目看贵同等，悲悲哭哭。一时发性将那链子扭断了，忙又抢得一利刃；手起刀落，那游击薛威的头颅在地。兵丁各举器械乱刺公子，不敢恋战，且战且走。公子却因有诸人累着，又被各兵丁转去各武营处通报，一时那官员闻知，火速闭了城门如铁桶一般，公子无路可走，追兵约四千有零，寡不敌众。公子又被那官员捉回，贵同等被乱军杀死。正是：

命里不辰皆坎陷，笼中无路奋飞鸣。

未知捉了公子何如，且看下回分解。

第二十一回　知府买犯解京

诗曰：

> 英雄受困莫如何，公道须史唱颂歌。
>
> 谁知不合刀头死，偏来千石沐恩过。

却说云卿被各兵丁捉回，襄阳总兵官看他年貌果与形图上所绘的相合，自家又欲将那个万户侯的重赏加在身上，立意要将廷桂唬退，说道："窝家出首，理合受赏。但你有本帅不报，反去报游击以至兵微将寡，损折士卒，反害游击的命，皆你之过。念出首有功，姑从宽恕。将来朝廷止知那薛威捕盗身亡，文明袭荫，再无重赏的理与你何涉。速退。"那王廷桂被唬，不敢置辩，只得抱头鼠窜而退。后那总兵居然将此功认在身上，自谓白手拾了一个万户侯。随把云卿割了发髻为据，写一角文书，差个兵头将人犯解去是府里寄监，以便审实，刻日解京领赏。这襄阳府知府系江西吉安府人，姓吴名瀚，前任巡抚恩张德龙前科，嘱买本省主考，要中他儿子张豹为解元。那时吴瀚正系个监临，见张豹技勇平常，马步京小，便不肯中他解元。幸得中式究在试差，故意中他。后德龙知了，恐吴瀚奏着，先寻个本省事件，白地奏上，要议他问斩。幸得此时梁柱尚杰一班在圣上面前保奏，只得降职，调任湖南襄阳府知府。心中正恼着那班奸仔，正感着那班忠臣。一见总兵移文解来是尚杰之子，心下好不十分哀怜。但碍着解差，只得吩咐来役道："回复大人，本府承办便是。"又将云卿略略讯过，暂且发签押监。那知府见他满门杀戮已尽，云卿又被捉将来，唐家的冤岂不是埋了？左思右想，自家前受张奸臣所害，犹得尚杰一臂之力，今凑着他危难，须要出个方法救他。

主意如此，但不知计将安出。

过了数日，适本府监内有一犯官姓林名桢，原系福建人，少年在家专好使性，又嗜博，常常急注伤人。公子曾与相识，爱其勇，赠银三百，劝入营。无何，桢职把总，后又调襄阳千总。因捉贼急功，一时动手打伤一个同列。同列伤重病亡。后来总兵执责削桢职，欲议充遣，暂寄监，候部复起解。谁知被打人的儿子系顺天人，充部办，闻总奏议不服，就在京告了部状。因此部文发落，着解桢到部再审。初，公子入监认识，说起旧日恩情，今日同被网罗，你怜我悯。公子犹幸难中遇着个知己，不料聚首未几，适他起解。告别一番，吴瀚即命数个差役将解去。旬日，解差回来，跪下禀告老爷说道："小的奉解林桢，到了山东却被响马抢了，只得回来领罪。"斯时，知府正在意中欲寻方法打救唐云卿，未得其便。左支右离，十分闷乱。见解差回衙禀说林桢被响马抢去，忽然触起他的计来，只得按下不道。随说道："你等解差不慎，却被强人抢了重犯，罪该万死！但响马由来猖獗，屡屡报犯拒兵，朝廷亦素所知，难以究办。但嗣后解到此处，必须小心提防，乃可。"解差说声"小人从命"，叩头谢恩而退。吴瀚自比得了打救公子方法。

一日，到总兵衙门说道："卑职一来恭喜大人指日拜户侯，一来有话商酌，还欲沾光一二。"总兵道："有话请说。"知府道："大人捉了云卿，朝廷自然叩拜大人为万户侯。但此处城池十分紧要，必须大人虎威镇慑。为着地方起见，此犯料难亲解。孰若卑职代大人走了此遭，那时藉着解犯有功，或朝廷喜欢，高升一二级，亦未可知。岂不是沾大人的光么？"总兵道："蒙太爷赐教。虽则此处地方紧要，本帅要在此镇守，顷刻难离。至云卿解一事，本帅自有本营的下属，待本帅打发数名游击千决等，过日来贵衙领此犯起解便是。那好又来劳动大老爷？"

吴瀚见他不允，只得回衙，再着个心腹家人前去与那总兵门上说道："小弟的老爷欲见个功劳，升回旧职。今见驾上元帅捉了朝廷重犯，正欲代元帅解回京都。那时圣上或念他解犯有功，廷升加级，亦未可知。断无空过的。所以前特地亲到你家大人处求他不允，今又着小弟来，求驾上转达大人，请他允肯。起解的费用皆在家老爷身上，并退银三千与大人上寿。现在银二百两，暂送上老人家受用。事成再有重谢。"那总兵的家人一闻个银字，笑道："又来多谢尊大老兄如此费心。驾上坐坐，用过点心。暂请回衙拜上大老爷，待小弟求了家老爷，自来复命。"吴瀚的家人回衙说知。过了数日，果见那总兵的家人到来，说道："倒有几分成事。但须添饭，大人方肯。"吴翰的家人问道："未知添多少？"那叫珍家人道："须双倍。后求他减实五千。"适总兵生日，吴瀚亲身送去，作个寿礼。总兵吩咐吴瀚道："今得大老爷代本帅回京，固属甚妙。但此去必由山东，须防响马贼盗抢截，如何是好？"知府道："大人不必忧虑。卑职多带民壮快头前往，打着元帅的旗号，谅此鼠窃技，止令三人欺两，抢截那班过路的客商。一见朝廷大员的威风，还敢正视？但求大人即刻写了本章，过日进发。卑职倘因此附驿邀个功名，廷升了官，日后还有个报答大人处。"总兵允应。

　　是日留饮吴瀚，散席回衙。果然隔日总兵解了本章过来。吴瀚是夜三更，着个腹门上前往内监调出云卿，入到穿堂跪下。吴瀚屏退外役，只剩一二个家人在旁。遂对云卿道："本府原系忠良，素朝中奸臣往往诬捏贤臣。尊大人的事，我岂不知是个假的。但我由巡抚降至五品，又复君门万里，即欲上本代你们表白，实料圣上不信，是以转望诸同寅。今你又被捉来，一解到京，决无生路。眼看三百冤魂终沉地狱，故本府左思右想，送了五千银与总兵元帅，托言买功，解你到京，实欲前去如此如此。望你满门地下有灵，倘遂中了吾计，异日你寻个方法报了仇，本府连那二千石不要亦觉甘心。故特调你出来说知。你道那个计使得么？"云卿叩首道："此计虽可，未能操得。但出于无奈，只得从天降福。即或命该一错，得大老爷如此苦救，再世定必结草衔环。"吴瀚道："除奸护正，乃事之本然。何足言报！"两人说罢，暂带回监。果然翌日点起老的少的差役十余人，并云卿一齐起程解京。正是：

　　　　生死原前定，解脱自有方。

　　未知吴瀚解公子前往何如，且看下回分解。

第二十二回　唐云卿山中称霸

诗曰：

千般百计救恩人，难得吴公志力勤。

堪笑一班贪劣子，任教生喜又生嗔。

却说那吴瀚起解云卿，走了二十余天，谅总兵耳目已远，遂对云卿说："响马贼抢了前解的官林桢。他原系福建人，你在监中识他否？"公子道："是犯人的好朋友，那得不识。"吴瀚道："既如此，中计亦未可知。"

又行了几日，正到双谷口，正是贼人出入所在。刚要过此抽身时，吴瀚忽然假说肚疼刺。从役道："前去患防贼劫。今大老爷又忽然害病，如何是好？"吴瀚道："尔等先解犯过了双谷口，寻着县里寄了监，就在此等着。我在此处歇住，待肚疼痊了就来。留下一人服侍便是。"众役道："须求大老爷就在此处发个帖子，着我等去各营多借兵丁，方可过双谷口。免至又以前日解林桢一样，误了大事。"吴瀚道："太平日久，安有能干的老将。若起了兵，才过双谷口，恐贼人反认是官员来捉他。他满山一齐涌下来，不特失了犯，连你等性命亦是难保。我计定是起解，已带定得一副鼓乐前来，你等俾那犯当头，个个持件乐器大吹大擂，装成娶妇一般。贼人纵然见了，道是个迎亲事件，又非比客商有甚么财帛，他必不下山的。倘若真来时，你等往的缩回，那时本府务必在本处借了兵剿他回去，决不累尔等。"众役道："此计亦属平平。且大老爷吩咐，小差从命。"果然推云卿在前，个个持了乐器在后。虽不按腔合拍，而切切嘈嘈，哗鸣入耳，顺风早吹到聚英堂上。那班贼人道："奇了，如此荒郊野岭，缘何有迎娶赛会的鼓锣？莫不是人家娶妇的迷了路到此不成！"那头目道："山中正少一押寨夫人，

他自投首。天赐不取，反受其累？喽罗，可即速同四大王下山，捉他上来。"

那四大王非他，即林桢。飞风下山，谁知来的不是新娘，原是个云卿故人。那在后的吹手远远见了贼来，旋即退去，剩了公子一人。林桢说道："再不意是恩人。喽罗急与他开了锁，同上山罢。"两人一路行，一路语。到了山堂，头目道："此位是谁？"林桢道："是四弟恩人。"遂将公子姓名事迹一一说明。头目道："原来与我等皆是个被害的。"公子又转问那班英雄，始知为首原系旧日襄阳左营光。二哥系右营刘英，因无钱孝敬那总兵，削职亡命在此落寨。三哥马如龙，系雁门关千总，因唐吉杀了陈安邦，他贪着俸禄未跟唐吉逃去，后自己不慎将唐吉杀安邦的真情说与安国知道，意不是关自己的事。不料安国执责起来，怪他是个叛党，本欲奏明朝廷，奈前日连自己亦上了霍韬的当，难以入奏，此欲寻个事件收拾如龙性命。如龙知察，故特地投到此处。林桢系抢的上山，各人见其好汉，尊他为第四。个个方廓，公子遂向马如龙问道："三哥既曾在雁门关中，想必知道小生家兄舍侄的事。乞示其详。"如龙便一一说出，公子始知唐吉逃往湖南牛头山去了。说罢，各人又道："公子英气盖世，我等又曾沐恩波。今日邂逅相逢，正天护佑得来。我等情愿拜公子为大王，日后招兵买马杀回朝廷，与满门报仇便是。"公子说："小生得蒙吴瀚大老爷设法打救，幸又遇着兄等，满门有幸，宁敢强赛压王、后到为王！"众人说："以公才能，固胜吾辈十倍。况为着报仇，势不得不为了大王，然后名正言顺，各人任所指麾。"公子见说得有理，推让不过，暂且允请。是日，宰杀牺牲，拜告天地，重列长次。止让公子为首，诸人以次而降。合寨畅饮，不在话下。又表那班解差，急急跑回，见了知府禀上。那知府道："总是你等不细，暂且回去再作理会。"火速回到襄阳，吴瀚说知那总兵知。总兵道："我有心抬举你，你反败了我一个万户侯。须要奏明圣上，看你如何解脱罢了？"吴瀚道："那犯是千总薛威捉来的，大人不过顺手执了。卑职又送过五千银子与大人受用。大人若不容情，必要奏明朝廷，卑职此时认是大人将此犯已卖出卑职。现有家人过交可据。又况解的是卑职，不是大人，明明不是大人的犯。这回反面起来，难独大人会奏，卑职不会奏么？"

气得那元帅哑口无言，又况文武不统属，无可奈何，只得待吴瀚回了衙，总兵又着前时讲银那个家人前往知府衙门，要勒他再送五千块作赏。那吴瀚宦囊甚涩，力办不出，进退两难。忽然想起一计，急着差声言要请王廷桂先生来看脉。少顷，廷桂到衙，先诊了脉。知府说道："恭喜先生，将来就不得闲与人家理命了。"廷桂恭身道："小医生何不闲之有？"知府道："阁得先生前月捉了朝廷重犯，交与总元帅解京。将来圣上得此犯，忆不是要将万户侯赏与先生，先生那时要上京引见领赏，缘何再能得闲与人理病？"廷桂遂将总兵夺了自家功劳的话说出。知府道："世间那有如此官长！先生何不去各衙门告他？"廷桂道："他是个元帅的身份，小医生有多大前程，敢与他作对？"知府道："虽贱不与贵敌，但得失甚重，孰能哑忍。况本省督府甚属廉明，你前去告了一状，又在本府处告了一状，本府上去督府衙门与你调停，包管你无事。"廷桂道："既蒙栽培，小医生退去，前往告状便是。但大老爷必须照顾相帮，免到小医生画虎类狗。"知府道："这个自然。"廷桂欣然而退。正是：

遭兵如欲退，必要祸东吴。

未知廷桂退去何如告状，且看下回分解。

第二十三回　薄命人军途遇盗

诗曰：

英雄不获护妻儿，任却难艰共别离。

怜去红颜多薄命，孤身到处祸相期。

却说王廷桂不忿不激，前日捉了云卿，那人万户侯视为囊中物，却被总兵夺了，心下十分怀恨。但畏他官高势大，莫可奈何。今被吴瀚惹起他的火，又许助他的势，竟回到刁府上将那人事道知素娥。素娥原欲情人得了官职，日后自己可以嫁他，不失外家的体面，便辣耸他道："得本府如此出头，怕甚么！元帅倘有险阻，我回家求老母入衙门与他说个情便是。"廷桂恨着这个万户侯，且恃着多人帮助，立定主意，翌日果然写了一状，拦舆递上督府。督府不理他，又向本府递了一状。本府收了，故意携了前去呈上总兵，令他知个利害。总兵一看，状中说道：

> 为夺功欺君气恩代理转奏：事缘生业医无异，因唐云卿与表兄刁南楼非亲非故，只于进京途中偶尔两相知名，后表兄南楼弃世，适前月重犯云犯投到，声言借宅躲避。寡妇刘氏自念夫家原系名流捐纳，父亲又属刘俊，现任顺天府尹，皆朝廷命官，理合为朝廷灭贼。奈青年孀妇难以出入公庭，故特着出生首，随即捉获云卿。本该将生等功劳入奏，方不负国恩。不料总兵大人欺氏孀寡，厌生医巫，竟将大功据为己有。似此明掠国恩，且无以为庶民，他日为朝廷捕盗，劝只得沥情。据实力叩合阶，求将生等出首捉获重犯云卿功劳入奏，庶得上领重赏沾首恩切赴。

那总兵是个纠纠，有什么见识。看罢面如土色。吴瀚乘势唬他说道："天子犯法与庶民同处。他状词句句有理，又明是顺天府尹大人刘俊长女出头，宁不怕他说知父亲奏明圣上？"总兵道："似此奈何？"吴瀚道："须与他和为贵。"总兵道："求大老爷与本帅调停为是。"吴瀚道："那个或能使是。卑职回去，传廷桂到衙，看他如何，然后回报。"吴瀚回到衙，果然传那廷桂到来，说道："云卿解到山东已被贼人抢了，这个万户侯总抛了你，今亦取不回的。倒有个法子，令你发注大财。"廷桂亦是个谋财陷命的人，一闻本府如此说，他道："愿大老爷指教。"吴瀚道："若是云卿尚在本府，亦可以出头勉强替你争回。奈抢去无据，朝廷又未曾得知，今若上奏反惹起祸来。但系要那总兵赔一千几百两银子与你抵偿，可以去得。你意下如何？"廷桂说："如此，亦得求大老爷作成便是。"廷桂退去。吴瀚三四往返足足唬回那总兵二千两银子交与王廷桂作抵，廷桂又转将一千送与本府。吴瀚恐他见疑，故不肯受。实自家用了六千银子，又费一番计，致心力口舌，救得那位七公子在山中，此后料无人可以捉他。

一日嘉靖正在想见行文在下多时，还无有能捉得云卿解来。遂与宠臣张德龙议论一番，然后退班。张豹问："父亲日退朝何晏？"德龙遂将圣上因日久不见拿着云卿之语，转述一番。那张豹说："儿被云卿打丑时，在吾家乡襄阳地面。难独他仍躲此里不成？儿今已幸中了新科状元，正合回家拜祖。或撞着他捉了，一来免得挂虑，二来执了那个万户侯，岂不是两成其美？"德龙道："如此看来，走走亦未尝无益。"果然上了本，告假回乡谒祖。张豹归到家中，拜了祖，心内想道："我今多带家丁前去素兰家下，云卿捉得与不捉得，还要捉了那个贱人回来，方遂我的旧愿。"果然前去吵闹一场，将素兰抢了回到书房。张豹立要逼他行事，素兰死志不辱，只得千啼万哭。谁知那张豹虽品性凶险，倒是个野心狼反敌不过床的胭脂虎。那时素兰放声苦叫起来，微微惊动到内里。张豹的妻审问侍婢，公子书房内缘何似有哭声，正欲出来观看。有人心腹的使婆先到报知张豹说道："夫人到查。"张豹一时忙起来，急着人带了素兰到一静所躲避。他仍恐勾盘查确，适室内有一大空柜，张豹遂将素兰推在里面，外加了封锁而去。

是日，又值满堂戚客到贺新贵。张豹少不得留饭，庆闹中多饮几杯。席散，其妻适又命侍婢请丈夫到房来宴，要图云雨的事。张豹一闻床头严命，那时心中记不着素兰。是夜，张豹不敢违夫人柳翠之命，急急到来，见柳翠早已赤精条条斜卧于牙床之上，张豹加刺身，尘柄鼓勇，情穴堪堪欲颓，刹时龟头张弓，牝中紧狭促急，遂阳精大泄，直冲花心。柳翠感一阵气来，冲得淫浪交叠盈满琼室，目慢耳热，身抖不绝，紧要之处，阴精亦至，迸丢为快。二人方才云散高唐，敬枕酣然。

适有鼠么一个姓谢名荣，浑名叫造蛇仔荣，为人十分鬼骨，生平能干，上落如飞猿，出入闪忽若电，人纵见了不能捉他，且又取物如探囊。一个姓李名锡，浑名双刀锡，善使双刀，有气力，能持二百斤瓦上行。二人一向为伴，虽古之嗜仙昆仑徒不过也，知张家连日留客饮喜酒，料夜来各人醉困。适李锡又因近日番摊不利，正欲往张家行窃。主意已定，遂纠合半党谢荣同去。三鼓已报，二人由瓦面落了天街。奈宅内铁门铁厅甚属坚固，料难进去，只得就在外面闲厅等处窃掠一番。转到一所私室，点着头颅有声，以手扪去，竟是一个大柜，又用手一抽，甚重。二人道是衣柜，既有封锁，是必其中好物件太多。孰若窃他回去，免得空出。二人低耳酌量已定，随开了大门，合力抬到家中，已近天明。扭开柜门，忽见二八丽妹，泪眼盈盈，别具一种娇妮动人处。二贼见其慌慌忙忙跳下来，即跪在地上哭道："求二位大哥饶命。"二贼道："你是甚么人，缘何在这里？"素兰遂将被害头尾说出，并求二人打救。二贼道："我等皆是个平民，何能救得你？况即送你回家，张公子因不见了你，必再到你母亲处寻你。这回被他拿回，第二次未必再有如此凑巧，被别个卖得你出。今既离张家，又适到这里，正是千古奇遇。倒不如就在我家里过日子，埋了名，不致受人害了性命便罢。"素兰说："大哥不要如此，奴是有丈夫的。"谢荣道："你既有丈夫，还受张家的害，这等男子要来何用？况我又未有妻儿，只老母弱弟三人度活，正要寻房家小服事老娘。你来得如此凑巧，又不是向你丈夫手里抢来的。他只道你尚在张家，那晓得竟在这里。我虽不是个食租依税的人，但现今如此糊涂世界，得两个钱便是有面子的，管其什名目。我这种生意，利钱固不是子分爱亏，即此之张家，虽房朝绅，究实只知窃位，冒缘谋害忠良，梁上还不失为君子，岂不反胜他为国家大大个奸贼。李贤弟，你有家小了，即将这女子让与我，你平日是无坛的老虎，谅亦无此胆量相受罢了。我今补回银三十两与你作抵，你不可食指妄动。前去赎回那个高衫，买把鹅毛扇薄草鞋穿起，日间回来饮杯喜酒便是。"李锡道："须要现鸡，有银便罢了。我原不似你是饥鬼。但色即是空空即是色，仔细些乃可。"荣道："愚兄自有分数。"说毕，随叫母亲取出一包银子出来，择了一锭足足三十两的，交与李锡说道："此银携去，不可原封与人找换，须

要细细开用方可。或待日子耐些使他更妙。"李锡道："如此晓得。"更去了。正是：

　　刚离火穴，又蹈冰研。

　　未知李锡去后谢荣何如，且看下回分解。

第二十四回　烈女子手刃诛奸

诗曰：

> 复仇雪恨非容易，况复能斯属女流。
> 谈笑不惊真异事，至今烈女传堪留。

却说那贼仔李锡已去，谢荣用过银子，备要素兰为婚，已露个不死不休的意思，素兰亦明知不免，欲寻个自尽。奈父仇未报，夫难随兴。想到那个时节，真个好不瞑目。但看势逼，勿要求个方法稍得甘心，方可一死。遂假意对谢荣说："我即愿从。此处张家我家耳目甚近，恐一时被他查出，岂不是惹起祸来，你我难以久聚。"谢荣说："既如此，若得娘子允肯，我与你迁往别处就是。"素兰道："远的更好。"谢荣果然收拾了细软携了满眷去别府。居住甫定，又向素兰求合。素兰托言月事方来，业有成说共谐，夫妻同衾共枕的日子自有天长地久，何用操夺乃尔？况君髯如戟，四十许岂尚未经人道么？谢荣闻说经句不便，不敢强为。且自如戟，语得他允肯，便何忧欢娱无日，不过姑忍耐片时了。

果然过数日始来求合。素兰道："市儿吞亦须一杯羹，清醒白白有何体统！"荣道："我一时心急，都忘了。如的去买个神福回来，拜过祖宗才合。"须臾，持了几味肴馔回家，烹饪毕，将来祭告了天地祖宗一番。谢荣还要学世俗交杯执盏的故事，更后直移回房中入席。素兰心生一计，遂手捧玉盏，与那谢荣绸缪，红袖添香，谢荣喜不自胜，早将素兰纤指捉住，仰首饮尽。又抚摩半晌，不忍释手，素兰略作羞态，把盏又敬，谢荣酒兴施狂，顺势搂素兰于膝上，素兰娇羞无力，半推半就，半臀即捱，柳腰全依，谢荣腰间那话儿硬若铁杆，早顶住素兰腿间凹处。素兰知其淫兴正狂，遂轻控其腰，紧勾颈儿，将盏酒香唇一沾，旋即递敬谢唇边，谢荣玉人在抱，魂魄难安，叱的一声，将酒儿饮尽。素兰又斟，谢荣不肯，素兰吸进口儿饱含，谢荣用口方才接了，温润入喉，香唇得陋，以亲芳泽，那话儿甚躁，顶得素兰颤颤，素兰嗔恼，施手一捻，谢荣魂飞半空，身在飘云，身翻将素兰强按椅上，急撩裙据，探手去抚那高高选选的牝儿，素兰假意推阻，勒其手转，道："你若饮个一醉方休，我方曲意承欢。"谢荣点首，素兰复起身殷勤把盏，谢荣老着脸儿，又将兰搂回怀中，一手抚其酥乳，一手翻卷裙裾，尽露白光光两条玉腿，又探手牝中半个指头，研濡渐渍，竟生些丽水滋溢，谢荣先尝秀色，已大半醉了，素兰又酒盏频递，皆一饮而空，约有半个时辰，谢荣头目森然，摆手不饮，素兰起身，将一条玉腿置于桌上，金莲斜劈，未着亵衣，隐隐及见腿根红白那处。复将一盏酒儿倾于腿上，令谢荣踞踞仰承，谢荣骨碌而起，蹲下扒着嫩嫩的腿儿喷喷乱舐，不曾一滴走落。转眼五杯又过，谢荣堪堪欲倒，素兰又展露牝户，斜刺里复倾一杯，谢荣跪地而接，舐饮之间，偷尝鼎脔，三寸舌儿于牝中伸伸缩缩，吁吁刺刺，若鹅鸭呷呷食之声，素兰强忍欲心，暗咬银牙，牝中含紧，复又连倾四杯，波涛淘淘，谢荣一通乱抢吃，一头顾那酒儿，一头顾那丰腻牝户，忙得不亦乐乎，又逾一刻，谢荣仆地，素兰牝中竟随之儿抖，暗骂一句，急急整好衣裙。素兰托言出厨取茶与他醒酒。少顷复入，又灌他数盏。荣已睡在桌上，素兰用力扶起，以手搭着他肩，问他要酒否。他已口内呢呢不成话柄。素兰斗胆，右手持了一刀，向他喉咙割下。他连时倒扑在地，素兰俯就双手压下刀去，荣喊一声死去。荣的母亲正睡在对面房中，隐约闻声，急到房首窥探。那时素兰性子已发，尽用平生胆力正欲冲出。适见母亲，顺势一刀当头劈去，他脑尽出，跌倒在地。遂逃出，渐近门首，阿㧐始入房内膛出，须臾叫喊。素兰虽离了屋，终恐难免，旋欲自刎，奈手已无力，刀且断不能入。走数步，阿㧐逼近。素兰身到处，适见一塘，骨突一声跳下去了。邻人闻阿㧐喊声，齐起。黎明众集捞尸。搜素兰身中，并无长物，只有一小包油纸，内封裹一书甚固。各人开读，始知素兰遇难首尾事，原系他于数日前密地将自家的所遇书就，以便殉节后鸣冤的。诵罢，贞烈动人，个个怜他有识有谋，真女中豪杰。一时引得远近来吊，道路如蚁络绎不绝，焚帛成丘，绵朝拜如仙人。阿㧐不敢复仇，只闭门哭兄母而已。

　　数日，众议聚金殓葬，顷刻千金。千夫歌诗，秀闺赠赙。又君殉以珠宝嘉赏与魂。

一时惊动到那张豹闻知，大恼。谢荣偷了素兰，虽则连他性命不保，难以究追，但查得阿㤾系他胞弟，还去将那夜人单再加满贯，捉了阿㤾代兄义发。此亦恶人无后处。倒是李锡无赃，幸得漏网。一闻此事，暗怜伙伴为色而亡。可适自家不要学他如此，又得这注大财，在家与妻子朝鱼晚肉，闭门受用。

一日，恐床上坐食易尽，心中正欲前去番摊馆看他是个凑合跳仰，或是运鸡笼。孰知下手处，竟然捞月沧江。须臾火汐毛尽，摇乎萧索，元夜方归。方欲珠还合浦，奈囊底皆空。况谢荣已死，即穿墙发箧，亦已无伴。正在无计得一注大钱前去再战，左思右想，踌躇莫措。忽记起素兰死时，各处男女所赠宝什物尽付棺中，约值不下千金。且灵柩不过停在某处，是从此荒凉所在，并无人履。我今前去密地开了他棺，取其财物回来，岂不是又有本了。遂纠党三四人，果然去到，正欲向棺材挖下。孰知素兰初时下水邻人即时捞起，且塘又浅，其实未曾被水淹死，不过一时惊恐过甚，暂失了魂，数日旋苏。入棺后，口虽不能言，心尚了了，十分烦闷。斯时似有人拍醒一般，上面棺材即闻霹雳一声即开了。素兰出一声大气，动起身来，众贼似见了生鬼一般，个人唬惧欲奔。素兰道："你等不必走，头上珠宝悉任取去。"贼人回头跪下道："娘女夫人，我等安敢如此？但着一时贪心，今幸娘子再生，勿扬出我众便沾恩活命。"素兰道："虽开棺罪大，但我非遇着尔等安得再睹天日！且携我去，卖与庵尼更可得值。"众贼道："娘子回去，见人勿说我等所为便是成幸，宁敢如此大胆将娘子去卖取值。"素兰道："此是我情愿的，与你等无涉。"一贼道："此去镇江，有一夫人孀居，最好心。我等带娘子前去如此如此，必见收留，岂不胜过卖力为尼？"素兰道："得众大哥如此救援，聊以答报。但凑着无人知觉，速速前往为是。"众贼遂携了素兰去到江崔夫人宅上，假说素兰从夫上京赴任，舟中倾覆，诸人尽溺，素兰幸得一板浮去不死，又遇回风打了近岸，我等看见，捞他回来。素知夫人处好好善事，故引他到来府上暂求收留，俾娘子得个安身，日后再作道理。大望夫人发个慈悲。夫人是个立心救济难人的，闻众人说出如此可怜，又见素兰婀娜动目，不觉俗下钗裙。夫人有意收留他，说道："老妇寡居，并无五尺，得那位娘子作伴少慰寂寞，甚属合意。但未知子有嫌寒舍落寞否？"素兰道："幸免鲸吞，又复安身，有地便是天堂。况得夫人不以口腹见累，即充仆人辈，亦复何嫌！"夫人大喜，并问名姓。素兰假说张名淑英，且说道："一家尽葬鱼腹，剩此孤身无家可去，止愿在此依倚终身。"夫人道："既如此有情，又复到来非偶，我今愿认你为女，共度寒暄，姐姐意下若何？"素兰见得了住脚，不至势头露面，又撞着那班冤家在此慢营冤窟，可以须臾不死，日后有缘中可夫妇重逢，宝钗再合，亦未可知。主意已定，对夫人说："蒙夫人既认为骨肉一般，请受孩儿一拜。"夫人欢喜回礼，后竟以母女相呼。夫人转要多谢众人打救淑英的功劳，随赏了银子十两，众人领受始去。

初是夫人寡居，家中诸务凡一切钱设，悉以一身操持，十分劳瘁。素兰入门后，事事待他理得妥妥当当，特分母忧。又能所以目，凡有措置，无不默中母心。会人亦越加爱惜。居无何，素兰又复挑琴博弈读史诗教夫人诸剧。闺中暇豫，辄复为之。夫人藉此消愁，自后反忘却孤孀之苦，竟视素兰如同己出。他在此甚属快乐，但一时想起丈夫的下落，未知吉凶若何，又未免暗中堕泪。一夕，新秋在树，寒气袭念，枕畔孤寒，辗转不寐。正是怀人的境，又忆起湘江船上倒昨罗帏春暖，今夜绣阁凄凉，好不伤怀。被底悲吟，聊撩一乎秋闺怨，少以见志。口占道是：

> 寒砧敲落月蟾光，愁锁鸳衾冷满床。
> 闺梦几回随白雁，奋飞无计度衡阳。

吟成，纱窗背晓。起来梳洗，去见母亲又要强颜欢笑以慰母心。及至漏水更长又复如是，未晓山中人，两路相思，同一口甘苦。正是：

> 志士嫌日短，愁妇厌更长。

正欲素兰丈夫还忆素兰否？且看下回分解。

第二十五回　庆聚会妻妹相逢

诗曰：

　　萍踪无定恰相逢，妻妹尤难到处同。

　　独有素心人永隔，何时共乐此山中。

却说那公子到了山中，一身虽可免人陷害，但一想起满门的酷孽，以及花朝月储备枕畔孤凄，未免忆着那素兰。南望湘江，离云一片，好不伤怀。一日出聚英堂，与众兄弟聚话。你说个百万军中取帅首如探囊，我说个万理提拴功标铜柱，听来说是韩信无双廉颇第二。云卿说道："众兄弟个个如此英雄，眼看我唐家的仇能报有日正是，武家得胜。但人生能干，终是说时易造时难，往往言过其实。及一时事到头来，反束手无措。"众人道："大哥言得有理。我等何不比个武艺，待大哥看过，以便日后可以从宜调用。"云卿道："人不在力，独贵能谋。你试看古业登坛拜将，悉是白面书生。可见徒恃血气，便干不成事的。"众人道："比如何为乃见得你等本领？"云卿道："我自信唐家被害以来，父子兄弟叔侄婆娘婶嫂下及妻妹已死，不能复生，无能得他前来。但今尚有二件事，各人前去办得来便是有能干的。"众人道："那二件？求哥哥说明，各人前去办来便是。"云卿道："第一件，马弟曾说我的侄儿逃去云南牛头山落草，但未知下落至今如何。马弟既系与他相识，正好改了装，持了我的手书前去通知消息，俾得两日后有个照应处。"如龙领命。云卿又道："第二件，我有一房家小仍在桂阳某地面，姓李名素兰。未适愚兄时，曾被张德龙之子张豹所害。今我既不在那里，那奸仔必然又摆布了，终恐有伤性命，且辱了我的面皮。二弟可前去密地携他前来，我已有书在此，交他一看便知。"

公子说犹未了，忽见山中一旗头气喘喘跪上堂来报道："请大王等下山退敌。"犯犯犯下弓矢出了山门，心中知他的利害，不敢亲身对敌，先就百步外恃着自己的连珠箭，平日在此山中打劫往来客端，即被他走过了山前，他远远赶上，一箭放去，无不应弦落马的。以故云卿未到，各人遵光为王，正因有这个本领。今又欲使个手段发下利市，一箭向那女子射去，却被那女子一手搂住，转以手代弓壁面掷回。不知李光再射，急不及接，且又右手拿着宝剑，只得用口衔住他的第二枝箭，又如前去射回。李光长技用尽，平日未曾逢此敌手，无计可施，只顾转身急走。幸是快些，那掷回的箭正中肥豚，铿然如春天打败鼓声。堂上见光又败回，起齐喽罗一齐持了利刃涌下山来。云卿奋能当先，一见了那个女子，口中不觉说道："奇了，来的岂不是我家八妹金花一般？"又见那女子答道："我正是金花，在上莫不是云卿七哥么？"公子道："正是。可快来相见。"二人两下刀剑，抱头大哭一回。金花道："七嫂在前面山里。"公子又急转过去，果见妻子面如土色，发蓬蓬，手抱一个月婴。一是相认，各有涕泪。公子说："贤妹可扶着七嫂上山，慢慢细谈。"八小姐果然收还金砖，放起林桢，又前来携着七嫂跟了云卿，与众等一齐回到聚英堂。公子问及家中祖母、母亲并一切家属，金花含泪开口说知家内如此被害，各大人如此通知，姑嫂承祖母如此逃走。他到山前，七嫂一时肚痛，正值临盆，幸产下一个男儿。自家因此持了血衣向山泉洗静，不料在此幸遇着哥哥。正系天赐兄妹父子夫妻重逢，犹属悲中乐事。七公子闻了道："今既彼此相逢，可以少此二种挂虑。但贤妹一向在家并无技勇，何以忽然如此十分高强？"金花道："我兄有所不知。我自与七嫂在家逃去，换姓改名，意欲到云南云豹兄处。一路前来，一日途中遇雨，寻得一座古庙躲避，幸蒙神人救援。先化成一个白发司祝，见我姑嫂进去，赐粥充饥。入夜檐头滴滴不绝，姑嫂正欲借此歇宿，那司祝又言庙中有鬼。我等出于无奈，只得壮着胆说声不怕。司祝托言回家睡卧，乘我二人就在庙前打睡。到了三更时候，我甫交睫，即见一神将叫我起来，带到正面神前跪下。上座的神说道：'我是五显华光大帝。可怜尔唐家受害，特欲传些武艺给你，俾得日后为国家出力，并替你唐家报仇，紧记。'又命神将剑舞一通，旋说道：'吾有三块金砖藏在石岩里，取了带往身旁。'点化毕，神将带回睡下。忽然惊醒，原是一梦。方对家嫂说个明白，倒有一阵神风吹开庙门，望去见一白衣鬼，你妹开拳出去，那鬼受了一剑。又到二个矮鬼，涌涌肿肿到来，被我一脚踢去，一踢成了一砖。未几天明，方悟神人所赐。姑嫂

中国禁书文库

玉楼传情

一三四一

叩头谢恩。藏好了神物，一路前来，不料遇着吾兄。"云卿道："如此道来，悉是神人默佑。日后大仇得报，须要前去重修庙宇，广答恩波。"即李光等在旁听闻八小姐的言说，亦个个开声向云卿恭贺，说道："大哥兄妹相逢，夫妻聚会，又值天降麟儿。尊嫂临盆，适是青松树下，何不将此位贤侄改名松青?"云卿道："这个使得。"众人又吩咐喽罗，摆宴与大王庆贺。酒至半酣，李光说道："正嫂既到，此后不须弟再接那位二夫人么?"云卿道："彼有彼的情，岂可留在此处受奸人凌辱。"李光道："明日愚弟起程便是。适这个话是虚的，但未知还有甚么吩咐?"云卿道："我有一只宝鸡，在崔荣船处，可一并访着他，取了此鸡回来，不可有违。"

翌日，李光与马如龙一齐改了装，受了书，两人一齐下山，分头而去。正是：

　　妻妹逢来同梦幻，弟兄辞去各英雄。

欲知李光马如龙所去何如，且看下回分解。

第二十六回　唐公子一喜一悲

诗曰：

得失存亡岂偶然，聚散无端别有天。

未合风云来会合，徒劳祖路强加鞭。

却说那二人承了大王的命，往去各办一事。今且先说马如龙，要往云南访探唐吉投书。一路掩饰，到了牛头山，果然见此山长枕四省四川桂州一带地方，屹然高耸，左右青龙白虎映带。且又两峰危立，中止一条隘路进去。正是一夫守隘，万夫莫当，崤函之险，莫过于斯。如龙将自家的窝场一比，真个万万不及。一路心中称羡，已逼进山人木寨。适有喽罗喝道："谁人如此大胆，独来窥探！幸你进来踏不着地雷。"如龙道："我是个中人，岂不识地雷，反踏将去待他响起来烧死么？可急传语大王，旧将马如龙奉着唐云卿的命，前来投书。"喽罗进去，忽见唐吉出来，接如龙进去。坐下呈上云卿的书，唐吉读过，始知云卿金花并七婶下落，告知母亲，心下好不欢喜。款留如龙住了二日，如龙要回去复命，恐大王悬望。唐吉只得回了一书，交他回去禀复七叔。如龙依旧取路回到山中，见了大王，将那牛头山的形势赞述一番，呈上唐吉的书。云卿道："据我所说，母子在此山中现有千余喽罗，又有一班莫是强、陈勇、张金榜、魏祖仁、吴信忠、邓廷彪、余虎士、张鹰英数十名大将，青芝押寨夫人。将来时至事起，正可合兵。弟此去头一功！吩咐喽罗摆宴，与四弟接风。"一时里边夫人与八小姐亦知了唐吉母子下落，个个开怀畅饮。云卿又道："愚弟一件事已遂了，但未知李光二弟所去何如，令人盼望。"酒未散，忽见李光白手回来。云卿请他入席，问伊所办的事前去何如。李光道："弟承了大哥的命，去到桂阳地面，寻着素兰家中，他的母亲说

道：大哥去后即被张豹捉去，又被鼠麼偷去，逼他为婚。素兰不肯，用个计较将贼人杀了，后又投塘而死，众人聚金殓葬去了。弟是以空手而回。又到崔荣船中问及那只宝鸡，他说竟被奸人骗去。"云卿哭道："那宝鸡犹是贱物，至情人被害身亡，使我日后难以见面，教愚兄好不悲哀。"各人齐劝。

是日，酒席终不能尽欢而散。谁知旧日那个夏光，因开鸡厂领教过公子的鸡，知是天下无敌，自家因为自来赌场花销，般般皆善，把那十余万的家私早早散完。又食出一个洋烟的大瘾，一日一夜，一两有多，始能止得喉咙的痒。他日夜无事，孤伴灯眠，旋犯鸦片烟筒为竹窍山人，且替他竹窍山人作了一传。其词曰：

> 山人性倜傥不羁，当从赤松子游，复其术，善辟穀、吐纳引导，以故少年侠邪，游轵挟与俱。闲为诸妓所惬然，傲逸无度，挥金如土。守财房每戒绝之，而窍固自若，体不盈尺，肌理滑泽，面点黑似鬼，颈际嵌色百宝。以火灼喙，不知痛痒。腰下有穴深寸许，塞以绵纸票，不知欲何为也，窍固胡产，奉胡教功，令访捕，然窍丰于贿，即公然出入衙署，与长吏相往还，卒无眚。生平不善谷麦，而喜水厄。久与居，鲜不为所化。窍当自言言曰：使吾得操尺寸柄，当令强悍者化为文弱，燥急者变为善柔，须天下皆温文尔雅无事，销兵寝甲而暴戾自靖，其恃所长有如此，旁通岐黄，止泄泻，起沉疴，所最长也。

看官，你道那传如此绝好，非真好此道，决不能道出只字。然为人既染了这种，即身家就是个五十万，日日用了一两二两，自然心忍渐渐进，产业渐渐退，不在话下。那夏光把大注家财都没了，止剩了一个捐纳昭勇将军，奈又换不得钱使的，遂人穷志短，比从前更加狡猾十倍。一日思起云卿公子的鸡果然能干，今又闻云卿被捉，此鸡必然还在崔荣船上，何不前去取了回来，与人家打打，不番富贵不可复图。主意已定，左查右访，果然知道崔荣的船尚在此处海面开摆。夏光忽然心生一计，托名请他的船往别处折鹌春。二家约定船线，夏光携了数人下了船，窥去此鸡还在。住了数日，设定圈套。夏光一日正在船中，将一个鹌春来把崔荣见。有一个齐齐整整的官男，到船中拜访昭勇将军。坐定，那人即开口，要将八百银子与他买个只鹌春，夏光要他一千两银子。崔荣等亦从一千两减至六百两银子，将那只鹁春卖与那人。议论一番，那人暂送过一百两银子与夏光作定，约定翌日银雀交易清讫而去。崔荣见那人去了，徐道："岂料世间多如此值钱鸟兽！就如我船尾的鸡，乘云卿到来已不惜三百两与我买了，今贵人的雀又值六百两银子，真个人不如鸟。"夏光道："我尚嫌价少贱卖了。"议论一番，那夏光开灯过了瘾。夜深皆寝。

明早崔荣出来开了船窗，见官桌上悉是花生壳，中央帽子一顶。崔荣史欲拈了此帽将桌上扫净，以免人客起来致嫌堆积不雅。又凑着位将军未进，竟举手向那桌面用展布轻轻扫去。适巾子又粘着，只得拈起那顶帽子。谁知昨日估价六百两的鹁春，从帽子里一声飞去了，唬得崔荣大惊失色。夏光从帐内闻飞了，起来说道："不好了，你放走了我六百两银子。"崔荣道："是小人一时不知，放了将军的雀。非故意者，求为原谅。"夏光道："世间凡事绵易容情，唯有钱银二字最是难的。这雀你昨日明明见到是人家约定六百两银子，如今拿出若干，当让与你买了便罢。"崔荣道："小人操舟为业，水泛为家，那有的重价赔与将军?"夏光大怒道："难独是我白白送了六百两银子与你么?"崔荣不敢造声。又见夏光来的一人起来劝道："船主一时不细，故失了将军六百两银子。此是大事，非同小可，谅将军处未必便休。但崔荣你赔来亦是易事。"崔荣说："小人前日虽受过云卿公子鸡银三百，但还些旧帐，又一向并无生理，使费尽了三百两，赔价岂是个易事?"那人道："你一时记不着了，但怕你不愿赔的，若是肯时便有。"说未罢，夏光又道："既是有，如何不赔?"崔荣狐疑道："小人若有可赔便赔了，断不敢图赖。但真系十分囊空，有不自明之理!"那人道："合将船尾的鸡送与将军爷爷，他或听我劝来，或肯与那作抵，亦未可定。何难之有?"崔荣答道："小人非不割爱。奈我前时已用过云卿银三百两，恐他日后到来收索，如何了得?"那人道："你真呆仔! 有目前不顾，顾甚么日后，还要将那个替法求爷爷为是。"崔荣终有难色。夏光对那人说："你替他说什么! 批拿他见官罢。"一手执着船主的胸前，要缠他上岸。早惊动船尾一班内眷，已将此鸡连笼献上，且说道："求爷爷看那位相公的面，暂收此鸡，饶他罢!"夏光犹忿忿不肯。众人又苦劝一番，那人始接了此鸡。夏光放了手道："总是我朋友耳软，便算你好造化罢。"遂怒怒骂骂，须臾打叠行李。崔荣只得眼睁睁任其携了宝鸡上岸去了。岂知夏光先设定此个骗局，此鹁春原不值数十个铜钱，他密地着人到来，假说出六百两银子，故意堆满各物，料得来早崔荣必扫台中计，遂强骗他的鸡，以便回去与人家斗斗，赢的钱财花散。不料果遂得他的意。骗了此鸡多时，李光才到，那能取得回山送上大王，只是便宜了夏光一番。正是：

田园立尽心偏险，矛盾不操盗始强。

夏光骗了此鸡回去何如，且看下回分解。

第二十七回　夏郎棍中偏遇棍

诗曰：

　　一山还有一山高，棍中个个出英豪。

　　岂知棍夹和棍中，转为他人作老奴。

　　却说那夏光骗了此鸡回家，持与人家一斗，果然所向无敌。数月间，旧业赎回，床上灯火不绝，早惹来一班北京南京，闻伊赢得一注大财，欲再娶一房侧室。无保，即有老翁觅他博戏，以五十两为注。夏光嫌他的少。公翁道："何妨！暂且则剧。过日小姐过了娉再来赌，三五百都有了。"夏光闻他所说，一一查究，知他有个女儿十分美貌，再醮盐商为妾，约定礼金五百两。夏光即时起了心，问道："令爱曾接了定否？"翁道："何不嫁与晚生？倘见过如果中意，我多送你一二百何如？"老翁道："更妙。"二人遂不复赌，竟携同到那老翁家中。见他女儿果甚美貌，夏光遂即交了二百两银子与老翁作定。又过了数日，寻了间洁净房子，娶了那女子回来。及入洞房，夏光仔细看了一回，真是个倾国倾城之貌，叹了一阵，方与他扯了些闲话，他自言姓胡，表字曼倩，先前曾嫁一大贾，夫死再醮。夏光被美色迷住，遂一把搂过，滚至床上，曼倩含羞带怯，浅笑吟吟，夏光愈发火动，腰间那话儿早已饥渴难捺，急扯裤儿不下，倒是曼倩探纤手解其裤带，卸掉裤儿，二人相禁不住，仆跌于床，云收雨散，一梦之间，金鸡唱绝。与他到了数月，夏光见一少年衣衫褴褛到来门口，自言胡彬，要见姐姐。仆人通报，夏光在旁，见那女人意欲着人出去，推他不愿相见。夏光道："即属令弟到来，亦是一场心事。岂可令他无味回去！"女子道："我夫有所不知，我的顽弟不理生业，嗜博，到来非赊便借，故不愿见他。"夏光道："切肉不离皮，须见他为是。"须臾

命人传入。胡氏且切责一番。胡彬道："父亲去了广西桂林埠内出官。今有书回来，着我到彼埠中造个枰手。意欲前去，但爹爹去后，我一向番摊不利，连家中所有一一干净了。今欲来向姐姐处挪借二三十两银子，赎回各行里，然后可以起程。"曼倩道："父亲虽系去了，但回来叫你的话，想未必真。总系番摊不利，要前来骗些银子回去花花散散便是。"胡彬誓神咒愿，以示真情。胡氏又只推道："无限。"夏光见过意不去，又代劝胡氏一番，且说道："待我送他三四十两好么？"胡氏道："不可。倘若你与他如此甚易，他便时时来寻了。况我的弟，安敢以外戚累君？我与他自有个法。"外面胡彬又再一恳求，曼倩道："银我实无的。但桂林之役果若是真的，为着你生意门路，待愚姐着人拈些首饰去当了二十两银子给你罢。你有了银子即可前去，不宜在家赌博。"胡彬道："那是自然。"须臾摆酒相待。胡彬认是个花散中人，夏光又取出一冈旧正工与他联床一番。夏光入内，见胡氏密地先将银二十两交与那随嫁帖身的使婆，又教他显持了一只金串去街坊空走一遭，回来藏过了金串，献出二十两银子与胡舅爷，假言当的回来了。胡彬收过。是日尽欢而散。过了数日，胡彬又来要见姐姐。夏光见他衣服齐整光鲜，与前来的模样终是不同了。曼倩闻知，出了中堂，与他相见，问他不去广西，到来何事。胡彬说道："如今我的姨丈遇了官司，着我与他调停，是以不能即去，且姨丈被官审断，罪他不轻，要罚五千银子抵罪。现须措办呈缴，奈一时囊空，今欲将某处四土六顷要卖六千银子。弟素知姐姐有银八九千，何不与他买了？一来有租收，二来我弟又得些中钱，岂不是一举两就？"胡氏道："你姐安得如此大财承受？"胡彬道："勿瞒我姐，未来夏府时，某大娘与你借去三千，某三娘与你借去四千，尚有许多零星，弟不及知的。置了田地，利虽微，较借与人家更稳些。"夏光闻舅爷说出有理，从旁劝道："无银便说不得，倘若有的，贤弟所说未尝不是。"曼倩闻将军说，始改口对胡彬道："我虽有，但恐一时立取不回。你须禀复姨丈姨母，求再等十余日始能交易。他若肯时，你回来说知，待我好及早措办。"胡彬去了，征返数次。夏光遂问胡氏道："现个措办足未？"胡氏道："止取回得一千。妾念已事良人，夫妇青春料无再变，即买业亦要写良人的名字。孰不若你今暂计办了六千的数买了，救他燃眉，日后爷爷倘要银用，妾收回各欠，尽交爷爷便是。"夏光道："那个使得。"数日取了五千两银子交胡氏收贮，以便同弟郎前去交易。胡氏又道："虽姨丈的事，妾已打听明白原是真的，但顽弟为人十分诡谲，若是居然携了银子前去，妾倒难以放心。不若爷明日与舍

弟前去姨丈处，丈量实了田亩，与他回来立数领银。成不成，银固在家，方为稳当。"胡氏道："爱娇造事倒是个十分主固。胞弟尚且不信，况信得别人！"胡氏道："如今世界不同，须防备更妙。"

夏光又赞他谨慎，竟安心与胡彬前去，过了一河，又行数里，到一村舍，就是姨丈家中。须臾见一老叟甚是诚朴，出来那里他入到中堂坐下，彼此领教一番。那老叟声言进去，取茶奉献。少定，胡彬道："姨丈进去太久，待我催他，好去量田交易。"又去了一会。夏光疑他两人何久不出，叫他数声，全无应声，只得探首入内。一见不是内眷，原是一个芜宇。大步进去，全无一个人影。后便有短墙可跳出的。夏光可不狐疑，只得转步回家，心内犹替道："胡氏虽属女流，倒是仔细，可幸听他说，未曾携银来。由此观之，胡彬果糊涂的。"一头行，一头说。回到家中一手推开大门，正欲进去对胡氏说个原由。谁知寻到房中，全不见曼倩。大声唤来，总无人应，连那跟来的使婆并那五千银子及家中一切抵钱的东西自全不见了，单乘各移不去的物件。夏光惊定，始知中了奸人的计。自家去骗人，又被人家骗去，真个一山还有一山高！说出来反被人耻笑，只得哑忍，密地访查便了。谁知那班光棍知他还有余资，心犹未了。那胡氏原系妓妇，认父认弟总是假的。夏光无可奈何。

过了数月，一日，忽见胡翁裘马甚都，到来要见女儿。夏光明知是个跳害，但有口难言，只得直斥骗子，又来骂了一番。胡翁到底占他的上风，枉道："你将我儿害命埋尸，要持了名帖到官司处理论。"唬得那夏光一身大汗，只得改脸，好言相奉，送银子三百两与他作偿。后添到六百两，翁始首肯，艰险刻索了银子而去。夏光好忿不过，被他暗骗了又强骗。止求无事，只得如此。奈夏光一时忙里又上了他当，交银时记不得着他写明个字据。被那老翁回去，欲仍示厌，竟在本处衙门以生死不明等故告他一状，官又批个"准拘讯严究"五字。早有个行走衙门的好朋友，一见了状榜即回说知夏光，着他打点。后请人用些银子去县里抄了那个状词回来，果然所说十分利害。人命重大，非同小可！

数日，即有差役前去，声言下次即要搜屋。夏光终恐不免完了家身须防性命。左思右想见自家曾习武艺，又有些宝鸡，何不前去暂投了响马？过了数年事寝时，然后回家。但得此鸡长在，何忧不再有富贵的日子。正是：

玉楼传情

报应若教大眼近，旧物终须反故人。

欲知夏光所去如何，且看下回分解。

第二十八回　唐大王喜逢旧物

诗曰：

复获珍禽有所因，何殊堂燕不嫌贫。

独怜风雨嗜鸣处，天涯犹有未归人。

却说夏光为了这种官司，只得安顿家小携了金银并那宝鸡如逃走一般，望济宁进发，心中实欲往投响马，为安身计。那夏光原不知这响马大王就系唐云卿，并这鸡该还旧主的定数。至唐云卿自到双谷口这九焰山称了孤道了寡，正要招兵买马，为了复仇计，遂与山中众等立了五条号令。第一条，各人无事，个个要出聚英堂练习弓马及进退坐作击刺等法外，即在山中走上走落，饮食后便不许休止。诸人不晓大王要善走的原故，无为晒为儿戏。但王令不得不遵。一班遂练成如猱升木一般。第二条，下山巡视，凡遇魁梧汉子，须要劝他入伙。第三条，往来如系逃难的所携，不许有犯秋毫。第四条，富商大贾所有财物，止取其半。第五条，所过若系朝廷命官及一切粮饱贡物，尽劫不饶。这五条号令早已大书特高悬堂上，俾众兄弟有所法守，自然这班喽罗个个奉行无异。

一日，正在山下巡缉，适夏光来到这里，喽罗喝他要买路钱。夏光道："你们就系九焰山大哥么？"喽罗道："失礼！莫不是你要问明，异日可去官门出首么？"夏光道："非也。我正要见你们大王，方肯献上买路钱。"喽罗知他来意，问道："驾上莫非亦要到山中过活不成？这种买卖不是十分有味的，除了风寒雨湿与反撞着敌手，劫来劫去，将所得会计分开每日一人亦不过值一钱几分了。"夏光道："如今光棍世

界，别的亦是艰难门路，据说所得便是好了。烦众位带我上山罢。"喽罗说道："慢着，凡要上山来者，须先任我等搜身，看有无利刃毒物，是否奸细，乃可引去。"夏光是真心来投的，遂任喽罗遍搜。喽罗见光囊中止有数十两黄金，身边并携了雄鸡一只。一喽罗戏说："闻之礼，凡贽，庶人执鹜、鹅、鸭也。也驾上反执鸡来见我大王，得毋鸡鸭皆为人家中常畜，彼此一体，故亦可执鸡么？"夏光道："再不意你有如此书囊，竟来做贼！"喽罗说："我不独有书囊，且善七篇七步以及辞赋诸般。因一般衡文使家取财不是取才，我忿着不能上进，故欲到这个地方三年五载剩得一千数百方回去考试了。"夏光说："何不在家教学？"喽罗道："你又蒙了。试想世间三家村冬烘馆有多少修金？总是轻酬重责便了。"夏光笑道："极是。但文人墨客尚且来比，怪不得我等破落户的亚官仔。"

两人一头行一头说，已到聚英堂坐上。喽罗先入禀告，大王始传夏光相见。夏光心内要看大王是谁，不知原是前日厂内相逢的门客，南楼义兄的恩主。急急跪下，并献上黄金十两说道："昔日既蒙大义汪涵，又蒙收纳，薄贤不腆，乞大王一体收纳。"云卿亦认得他是夏光，说道："既蒙故人光临敝寨，为幸万分，行此大礼反折了我的福，又何敢受此重币！"遂亲手扶他起来，又说道："今日看将军，如见吾兄南楼之面。比如将军到来何故？"夏光遂将被棍受诬的官司一一说知。云卿道："如此盲官黑帝满布朝纲，真个令吾等不得不到这里地方躲避，说起令人可恼。贤弟就在此安身罢！"遂令喽罗摆宴，与夏光接风。夏光已见大王是宝鸡旧主，谅难隐过，只得又徐徐献上。云卿见了旧宝，接在手中摩弄一番，大喜道："我日前命二弟往取不得，意悍牺化为黄雀。不料倒赖将军带来，又是个堂前的旧燕，未晓他还识旧主否？"须臾酒上，李光、马如龙、刘英、林桢皆入席相陪。酒至半酣，云卿说道："死者既是追恨无穷，有的如妻子如妹以及旧将旧友暂已聚首一堂，真堪自贺。独吾弟毛天海，自桂阳分袂到如今，参商两地，未晓他春风得意否？真令我不胜晦明风雨之感。"林桢道："江上鱼龙原共塍，天生我辈一般同。彼此有心，将见日后。自然杨柳一家，何有风不从虎之理？目下尤当畅饮，勿效儿女态为是。"云卿见其说得有理，是日尽欢而散，终不免竟时时怀着天海，或梦寐追寻，或诗歌遥念不等。

谁知毛天海自别了云卿，果然三场得意，先中了状元一载，那时即欲回去拜访二位哥哥。为料嘉靖因前枉杀唐尚杰，一时撄怒上天，祝融示敬，把乾清宫等地方竟遭一炬。这张德龙忌新科状元不早去拜他家门，心内十分可恼，又查知天海是个贫寒。自来凡修造皇上的地方并王河诸务，虽承办得清楚完稳便有功，若向库内所发的工料费银一秤头银水，以及物价低昂，无不要补贴的。

张德龙遂上了一本说道："毛天海是个新进，即属状元科，必大有干济。他又广受皇恩，正思图报，乞圣上命他督理修辑宫殿，试其才调以使将来大用。"德龙言来，嘉靖无不批准的。一见本章，果然命他修辑。是以一向被这个差务羁身，不能离京去寻哥子。尚幸果有经济，凡用砖瓦本料一一因宜合度，不特不须解囊，并皇上所发的银有剩呈回归库。嘉靖大喜，工竣升他为都察御史，随又点伊为两湖提督学政。意旨一下，天海心中大喜，正遂他欲往襄阳探南楼并一路访云卿下落的意思。即刻起程。多时，来了两湖官员齐接钦差大人进衙。毛天海一一落学行香放告讫，循例封门考试。

不一日，场事完竣，天海静里改了装来到襄阳城问刁南楼住址。有人说道："是公已亡。"有人说他回了乡。天海又使个小钱请街坊上的闲人引他到了刁家门首，天海独自叩门。内婢道是王廷桂回来，杯内余滴，碗上残菜，少不得厨中又有一番饴饮。急急开了门，谁知是一个白面书生，只得入内禀告夫人。素娥屏后窥看，生平未睹，开声问道："那位官人姓甚名谁？辱临何事？"天海说："小生姓毛名天海，正系夫人的小叔，特来拜访哥哥。"素娥答道："失敬，叔叔来迟了，再世始能见你哥哥。"天海道："我一路而来，亦略闻人说哥哥已死。但素知细嫂王氏有个儿子，正欲前来见他一面，以叙叔侄之情，不枉他父亲当日与我结拜的大义。"素娥道："勿要说起王氏。"天海道："难独他一连死了不成？"素娥道："他死了便好。"天海闻见此语离奇，急问道："死好何来？"素娥假哭起来，遂又假捏月娟如此毒死南楼，如此焚了棺材并携了儿子老仆逃去。天海不知，句句听来，肠里落珠，眼中出火，且答道："尊嫂既属发妻，尊公又居显官，斯时何不禀官究治，与丈夫报个冤仇？"素娥道："严君远宦，今衙门内止知看花闹酒，且又无据，难以确指，只得哑忍。惟望皇天报应他便了。"天海道："既属私逃，便属可疑，何云无据？"素娥道："虽则如此，但门内并无五尺，难以前去报告。"天海道："尊嫂所说亦是，待愚叔想个方法，然后回来与尊嫂商量出首便是。"遂起身告辞。素娥一闻南楼的兄弟到来，又惊起自家的事，口中虽说，心内原十分不

玉楼传情

合，勉强周旋，故一时忙问天海的前程。又恃着毒夫无据，外家势大，总不逃往别处躲避。

且说那天海回衙，心内想见，据素娥说，王氏毒死亲夫。虽不亲眼见的，但奈何在明明带了儿子与老仆逃去，事有可疑。但他又是一个懒懒慢慢一样，既属真情有摆手之理。据他说来，是似尚属未定。独可怜南楼枉死是真的。必须见了王氏，此事方有个定夺。但不知去向何处，平日亦未经面善。策划一番，难以措置，好不烦闷。适又值考虑日期，所考诸生刚是襄阳府属，少不得该县该府悉要到大人辕门俟候送册点名扃门后，始能回衙，此是常例。府尊吴瀚一见大人，忽然触起他的心来。过了数日无事，即发差臆去请襄阳知府到衙饮酒。吴瀚闻命，自念大人是个后辈，与己素无通过声气，且又名分悬殊，今特过署饮酒，难独为着府里所取案首或有不妥，故着去问话不成？但大人命，不得不去。

遂快轿到了，进去见过大人，禀道："大人有何教谕，特劳美意召宴？"天海说："非为别事，本学见烽日取士有劳太爷协办，凑着无事，故屈驾敝署，共佐清谈耳。"吴瀚道："又来多谢！"须臾入席。酒已将终，天海道："素闻太爷明察，不避权贵。本学有一案件，敢求代办。"吴瀚道："卑职自顾碌碌，但承大人命，恳为明示，回衙办覆便是。"天海道："此事说来终有可疑。"吴瀚道："何疑处？"天海道："本学未遇时，因经过贵府，与本处一个刁南楼定交，后本学以事去，一向未能觌面。今奉主隆恩，复游此地，辄怀旧而已。到南楼家中拜访，据他妻子所说，伊丈夫被二房王氏月娟毒死，又焚了棺，携了儿子逃去。本学与南楼既属五伦之中，怜他枉死，故求太爷着贵差密访王氏所在。倘若冤魂相缠，离去未远，或未可知。果能昭雪此冤，本学感恩不浅。"吴瀚道："王氏逃时还有别人否？"天海说道："我几忘了，同走老仆王安。"太爷道："俾如大人见刘氏穿孝否？"天海道："倒也似觉甚容止齐整一般。"吴瀚道："据大人所述，此事必是刘氏造的，反推归姜氏身上，逼他逃去，正未可知。"大人道："太爷何据知得？"吴瀚道："天下事总须断之以理。既系姜氏毒死丈夫，斯时无据中必有据。他是个家妇，又是官宦之女，那有不禀官究亦？又王氏既属逃走，必图再醮，尚安顾前夫的子？"天海道："英雄所见略同。求老太爷回衙出个方法觅出王氏，看其子母着落何如，便分黑白。所患逃去远方，无由质证耳。"吴瀚道："大人如此敦重友谊，即南楼在地下，亦必现个灵圣以便伸冤。倘有音信，卑职自来禀复便是。"天海道："得如此，吾亡友固然瞑目。即事明白了，本学回京且要奏明太爷的功。"吴瀚道："某平生办事倒不计圣上知不知，止求尽吾心了。"天海道个"难得"，送他上轿回衙。正是：

自古大冤无不报，从今已恶且难逃。

未知吴瀚回衙如何寻着王氏，王氏现在何处，且看下回分解。

第二十九回　廷桂靠贼反呈赃

诗曰：

世事离奇尽倒颠，宿冤刚曰出天然。

一朝天恨怜他处，自有真情在目前。

却说那王月娟携了这个小孩儿并老仆王安同往守丧，被刘氏用着火攻，幸南楼生虽系愚夫，死犹能为灵鬼，托梦教他逃走。又是凑着火势连绵，素娥真道他烧死了，专顾与廷桂日夜寻欢，并不追究王氏踪迹，所以他三人得保无虑，此是南楼不应绝嗣，皇天有眼处。他三人走出，暂且躲避，酌量个法子。王安本是有智慧的，遂对月娟说道："你我藏身不宜太近，亦不宜太远。太近恶被他的害，太远亦不知他的行为动静。投主人须要有势力的，日后或可以藉其扳援。"主仆酌量已定，值吴瀚太爷处有一妾产亡，遗下孤儿，正须觅乳。有一老妪怜他被苦，特用着数层手足荐伊人入衙中代乳。知府见系少年壮妇，十分中意，遂问他每年要多少工钱。王氏答道："工钱多少不敢领，只有一老爷，但求太老爷统赐收留。父本精疱厨买办，以及洒扫司门等务。但父女在引皆有饭食，均不取值。"适衙内正少一厨，吴瀚遂命伊职管。王安平日固是忠义的，又加着意办理，久之大为本府另眼。且令他掌库署中钱财，出入皆任他意处，官亦不多究办。

一日，王安待本府房中看卷，王氏在处不知，因有紧事直呼王安名。吴瀚一闻惊讶起来，怒王安道："据你二人来时说是父子，缘何女竟直呼父以名。如此看来，你二人非奸夫奸妇，则棍徒贼党。快快认来便罢，如不然，本府务必重办。"王安叩着流血，遂将真实事告诉太爷，且说："主仆二人来投，正望大老爷救恤。但为日未久，是

以未曾恳请。"吴瀚怜他二人各尽忠孝，愈安心乐意收留他们，在此如长随一般。

住不两年，适毛天海到襄阳，吴瀚被他请去，正是着代寻王氏的事故。吴瀚闻了那个话，回衙向王氏问道："你主人有个福建省姓毛的朋友，你认得他否？"安答道："本不相识。但主人是在桂阳路上与他结拜，他即上京求名了，并未常到过旧主家中。只闻自旧主回家所说，我等正望他高中，日后或念着手足的情，与我主报仇，亦未可定。"吴瀚将天海要寻他的话说与王安知道，并道明："天海现已到此为个学院，意欲带你等前往，又见皂白无凭，反受了下风。待我慢慢与你踏稳地步，方可进去见他。"王安叩首道："得老爷如此恩典，我主仆生生世世难忘了。但旧主死后，老仆已查确系主妇与那大夫王廷桂通奸，这个毒法，必是他二人贪图已久会造出来的。"吴瀚道："我想廷桂非因别的告状，又说是南楼表弟假加是否？"王安道："不过旧主人常常请他诊脉，实何曾有甚么瓜葛！"本府道："如此看来，两个必是有好了。你且退去，我自有处置。"王安退去。一日，吴瀚携了王廷桂前日告总兵的状，前去禀见学院大人。天海接他进内，问道："得无所托有了佳音么？"吴瀚道："倒有几分。但未得真赃耳。"遂将王廷桂本与南楼无故，素娥竟着伊出首捉唐云卿。如此观来，无亲认亲，孤男寡妇，必有奸情。天海看了此状，急道："既然捉了云卿，大老爷处后来如何发落？"吴瀚又将到了山东被响马抢去的话，诉说一遍。天海忍不着竟以手加额曰："此唐家之福也！"吴瀚道："云卿系朝廷重犯，今见大人如此喜戚相关，莫非故人么？"天海道："虽未识荆，但喜忠臣有后。"说罢又恐吴瀚再问，遂说道："王氏的下落，现在何处？"吴瀚道："现未嫁人，且住不远。况卑职见真赃未确，主妇又要将事件归他身上，恐大人一时鲁鱼未分，实是不敢取他来招祸。"天海道："王氏现在未嫁，守节保孤，便是个好人。况廷桂如此白地出首忠良，冒充姻娅，本学将来必要杀他。求大老爷回衙，着王氏前来，俾本学见犹子一面万幸。"吴瀚见学台遽此恨着廷桂，未知何因，回衙又向王安面前转述。王安禀明，本府始知天海、云卿、南楼当日原在新萱市内共结为兄弟。吴瀚遂引着他主仆母子去见学台。月娟又将素娥故害哭诉一番。天海留他三人暂住在衙内，慢慢想信计较与南楼伸冤，不在话下。

谁知那廷桂逢毒了南楼，将他的家私已得了一二，又且总兵又赔他银子二千，捐纳下典史。居然富翁。早有一班贼仔知他所来不义，屡屡劫他。又一夜窥往了刁府，贼纠党多人开了他医馆门，慢慢将家伙什物拆得清清楚楚。他恃本府曾与往来，又写

个叠劫的状子上去告了。吴瀚唤地保更练到来，勒伊捉贼，限三日交出。原来更练系贼，贼系更练。一时逼责得紧，更练自知走不过，只提捉了一个近处积匪，将几件不值钱的赃物诬在他身上，一齐解到府里，悉是书柜药箱等物。适值未及传王廷桂到，颁本府开了柜看是甚么书。顺手捡了一卷《素问》拿在手中，一揭去，篇里夹了二封书札。吴瀚展诵，谁知一是情书，一是着廷桂埋毒药书，皆素娥奉寄垢。吴瀚喜道："再不意赃中又有赃。"急将手书捡出藏过，然后发签着廷桂道："幸不负命，南楼的冤可立伸了。可叫王氏王安出来商量便是。"须臾主仆出堂。吴瀚袖中出了两封手书，说道："你二人看那个笔迹是否主妇的？"主仆再三审辨，果腕力依然，禀复道："果系主妇笔迹。"天海道："既得了真赃，事不宜迟。恐他知了消息，又有变卦。且凑着本学在此结案以便安乐。"吴瀚道："既如此，大人便代他们作个状子，到卑职处一递，卑职据着呈词，自然发签拿王廷桂到堂凭办便是。"

翌日，天海写了一状，着王氏去本府处递。且虑事有终变，况省内不独吴瀚的衙门，恐对头再去上司贪官处播弄，遂又扪下王安与南楼儿子并两纸情书，独令寡妇出头，以看事情如何，再作道理。果然递了状，本府收过，竟发差前去廷桂馆中，假称本府请他看脉。廷桂闻命，道是发财门路。且去官署必须齐整，遂穿起衣顶乘轿而去。到衙见了知府，礼毕，吴瀚假作请他诊脉。坐下按去，指法未周，廷桂见座侧闪出一妇人跪下道："冤家现在求大老爷即刻究力。"且手中拿着一状呈上。吴瀚接了，对廷桂道："本府适因病目，近日状卷不能久视。先生现捐了吏员，不日出身就要接着这个，何不先看看民情，代本府诵来，大众一听。"廷桂转眼看那妇人，她似刁求旧日王月娟一般，心中十分畏怯。适本府又着自家读他的状，诵去，句句道着自己与素娥的真情，难以卒读。只得了顶子，忙忙跪下道："此妇捏小医生，乞大老爷作主。"吴瀚笑说："本府意更有别个王廷桂，谁知就是你么？勾引人家妇，毒死亲夫，真好个捐纳的吏员。本府已知得明明白白，快快招认，免至动刑。"廷桂还说："并无此事。王氏不过与主寻不睦，故诬方妇累及小医生的。"知府道："个不打不招。"左右遂将廷桂打了四十。廷桂仍死口不认。再用夹棍，两足眼散似樵枯，唇际受了数百皮条，上下坟起血淋漓，数齿落。屡问屡不应。刑三上，须臾死去。知府命抬出大堂，以冷水泼面始苏。复带入，又问他招不招。廷桂说："冤枉难招。"吴瀚又虚喝用刑，且谕他道："你既平日与素娥绝无往来，何能彼此同谋出首云卿？且又非亲非故，状子上冒认他丈夫的表亲。孤男寡妇，非奸而何？你若如实招了，免至受刑。本府开了一线生路过你罢。"廷桂自知无言可办，心内想道："我即认了，亦属个奸情，未必便能杀头。"遂认与素娥相合，南楼未死业已多年，今复不能忘情，久久一往，并无别故。吴瀚假说道："素娥说你还有一服药散送与他，此又是何故？"廷桂诈朦胧答道："他一向服小医生的药饵，数年中药散记不着了。"吴瀚见其被刑已重，恐一时死了，反无生口相证，着差暂将两造人犯分押，待刘素娥前来看他如何，然后作法结案。知府又发了票去捉素娥，且暗中命女禁好好看待月娟。正是：

　　　　乐极竟应悲后苦，罪盈难免尊中仇。

　　欲知去捉素娥何如，且看下回分解。

第三十回　曾英受赃反旧案

诗曰：

　　三百而翁自古然，可怜方面尚贪钱。

　　他时受遣凄凉处，不及归田共着鞭。

　　却说府差去到刁府上，说道："我们大老爷请夫人到堂问话。那王廷桂医药先生现在三间伫候香舆，一齐赴会。"素娥闻本府相请有甚么好事，况又说情郎在了三间，凶多吉少，只得命了丫环取出二十两银子作茶资送与各差，说道："求列位官头回衙禀复大老爷，媳妇明日到堂叩见便是。"各差见他是女子，难以动手，又蒙送了银子，只是说道："须求夫人早到，勿累我等比押。"素娥说："这个自然。"府差叮咛而去。素娥火速着人前去使个钱财访查，回来果说被月娟控告，廷桂现在收监，素娥心中好不悲恐。

　　翌日，即有差人前来奉上了函，系廷桂手书。拆开，说着月娟如此告发，本府如此审问，自己如此招认，并说事到其间须防性命，望夫人顾不得羞，还要使个钱财，哀求尊堂大宪衙门求个人情反案为是。倘连夫人都困在圈里，那时便迟了。素娥后果回家欲恳母亲打救，终是害怕难说，惟有不食昼夜哭。母亲见他光景，问道："女儿因着何故如此？"素娥许久乃哭说："我死了，独舍不得母亲。"他母亦哭问道："到底为着何因？天大的事说出，老娘与你作主便是。"素娥被母亲数次逼说，遂忍着羞假道："日前丈夫被二房王氏毒了，还要毒埋我，见我不中他计，去嫁了，今复到本府处用着钱财贿官，捏造我毒死亲夫，还与医我的先生同奸。那廷桂受刑不起，屈打成招。昨官又有票来招我，我岂不是我就要死了，故特回家见过母亲一面，好去杀头了。"说罢大哭。他母亲哭道："可恨那太守芝麻的官职，敢受人家钱财诬大绅妇女么！他家有钱使，我岂独无的？我儿且开怀，待我上督府处求他反案，并收拾那贪官罢。"

说毕，果然携了银三万，去到武昌府大城里拜会了那位曾英大人，送上那银子，径然将特来求大人与女儿反案的情由禀上。曾英道："俗言官官相护，固是常情，可不必论。事之有无，总要看着同僚的同。况尊夫总制大员，安可俾女儿出丑？本府念着尊夫，夫人可回去打个禀来，我与你反了案并摆布那不晓事的知府罢。曾甘非要钱的，这个夫人还收回为是。"夫人道："得大人如此相为，这个区区殊为冒渎，求收下为是。事后女儿处还有重酬。"曾英原是个赃官污吏，那得不为银的，不过假作推辞。后夫人再三求之，自然受了。夫人回来，立刻呈上一禀，督府收了，即行文仰吴瀚立要将这件人犯案卷一齐解赴辕门本部堂，以凭亲讯严办，且察前审官有无偏兹情弊。吴瀚一见了曾英的文书，知是素娥恃着外家的势前去贿嘱了督宪，乃有这个扎论，只得再去学台处通知。天海闻了道："本学早知有今日，故留下王安在外，并暂且隐过那情书不出，正防上官调案去要沉了这个真据。但上司调案，下断难抗拒，目下须要即刻打发王安密地到京告了部状，待圣上命个钦差前来审断，方能收拾那班奸党了。"吴瀚道："妙计妙计，但须要火速为上。"学台当下再为了一状，吩咐王安到京如此如此。吴瀚眼看王安去了，然后放心回衙。又被督府文书前来催解那案卷，本府只得先调出月娟，吩咐道："想必仇家贿了府台，如今前来调停，你去到大人处，他叫你如此招来，你只管招了，免得动刑。不日自有打救处。"王氏哭泣叩头领命。吴瀚带齐犯卷进城去了大人，曾英拍案大怒道："好不识时务的知府，见了多少的钱，眼内便放了光，要将宦女良臣诬捏，独不顾顺天府尹刘大人的面子么？"吴瀚打躬禀道："卑职止知替主上办事，据着道理，知有甚么顺天府尹，知有甚么大人！"曾英道："好大前程的知府，待我审实王氏送过多少银子与你受用，才上个奏章。看你那时知有大否？退去！"本府退了。曾英随看过府卷，叫廷桂上前问道："你真否与素娥有奸？"廷桂道："犯人本是个捐纳吏员，素知国法，那敢引官家的妇女？曾英道："既非真情，如何在府处招认？"廷桂道："大人明见，苦打不得不招。"曾英道："这也难怪。本部堂如今上个本与你伸冤罢。月娟过来，比如吴玉爷受过你多少财帛？"王氏道："犯妇孤苦一身，那得有财帛！"曾英道："快快招了，以便本部堂入奏，免至动刑。"月娟本不欲招，只见督府一喝，堂下应声如雷，耸危心魂，早被一班刽子手打了数十下嘴，忍痛不禁，知府又曾吩咐，只得说声："招罢。"曾英又问："终归多少？"月娟道："听从大人所说便是。"曾英道："少极都要招认四五万。"月娟道："就是四五万。"须臾改了口供。曾英意正欲奏过本，将王氏正法，庶不负刘俊夫人的盛情。谁知那王安日夜星驰，数日间，曾英尚未拜本，他已早到京师。刚是朔望，王安打听着少师梁柱参神回府，即拦舆递了一状。梁柱收了，随命将王安循例发监，即将此状奏上圣主。嘉靖好唤他到御前，问道："卿家的女儿系素娥，子婿系刁南楼否？"刘俊道："正是。但陛下何由得知。"嘉靖遂将王安的状辞付与刘俊自看。刘俊接起看过，说道："再不意再在家造得这个好事，能不令微臣汗颜么？"须臾，曾英的本又到，值日英门官呈进。御览毕，嘉靖又问刘俊道："若非督府有本据，那犯人王安一面言。庶枉了卿家的女。"刘俊道："曾大人所奏何如？"圣上又将此本文与刘俊，且说道："卿家看来，试试猜着那个是非。"刘俊接了，再看过奏道："以臣愚见，终是曾大人说的非，王安说的是。"嘉靖失了一惊，道："何见云然？"刘俊道："王月娟虽属小星，原因家贫卖身葬父，王安系他旧仆，怜主人节忠易主，追随同王氏一齐。微臣在家时，闻之最悉。可知他二人平日是个忠义的。今南楼已死，王安何之不可？若非真情，并非念着旧恩，必且早投别处以谋生活，安肯遥遥万里替地下人伸冤？况前审官吴瀚为御史，时有冷面之称，为人不被权贵，自来或与曾英大人不睦，或曾大人受微臣贱房的嘱托，竟然为不屑女左袒，故有这番反案诬捏忠良的本章。此理甚明，不审自往。求主上勿被他蒙过。"嘉靖道："似如奈何？"刘俊道："我主必须有个忠梗有智略的大臣前去复审，方可结案。更要即刻发谕知府调回人犯监候，以防曾英见了部驳将王氏先行了毒手。"嘉靖允奏，果然先发谕吴瀚，札到凭文须立即驰往督府处，将人犯案卷取回，俟钦差到核实复奏。那人是刘俊老练周虑处。嘉靖又问梁柱道："廷臣那个可去复审？"少师道："刘俊如此公尔忘私，国尔忘家，此行就命他承办，以成他的不阿志节，免天下人不知者尺义他有容宽妻女罪过。求主加恩准奏。"嘉靖大悦道："少师真个因事处宜，因人器使，不愧宰臣气识。刘卿家肯往否？"刘俊奏道："肯往。但微臣的家事微臣独审，求主大度，虽信得微臣过，微臣反自信不过。还求我主全恩，命少师同前监审，以示无私。"嘉靖道："更着梁柱。"梁柱急下奏道："微臣亦愿往。但臣有二位事求我主允请。"嘉靖即着侍御扶他平身，说道："少师年迈功高，正合不名不拜盛典，方见我朝股肱心腹之爱。即有二十件事奏来，朕自允肯便是。何须如此？"梁柱又再叩头先领了恩，方奏道："第一件，臣去到湖广审得是非，不论那个，皆要行正，枉法不贷。"嘉靖道："正要如此。""第二件，"梁柱道："臣自壮年筮仕，历相数召，位极人臣，素荷朝廷大典，臣诚死不足以报。今又遇我主御极以来，言动计从，观古求歌拜，鱼水相得，不过如果。臣所以日夜忧动，知无不言，德无不学，每思报称于万一。奈年迈八旬，两足无力，心志旋虚，过目辄忘，又复多病少食。似此，难以代朝廷办事。臣实欲此行路回乡养病，倘或藉我主大福，向须臾不死，数年后万寿称觥，臣必回京岗陵上颂。"嘉靖道："少师虽属有年，而两眼光彩，料事多谋，正朕之手足，安忍少师一日不在左右？"梁柱道："虽感眷顾，臣非草木，岂孰无情？但年老的人，原朝不暮暮，况筋力就衰，任事无能，转有负国家重禄。此区区微意，愿得以亡骸还里，皆我王之赐。"主上见其坚意难留，只得道："少师回去，倘身稍健，自必再来少慰寡人饥渴为是。"少师谢恩从命，退班，各登行程，并将王安一齐递解回籍，以凭面讯。

翌日，天子赐少师黄金百两，丝缎千筒，人参十斤，御医二名。都门外摆宴，饯行送至三十里余。少师力恳车驾回宫，天子道："少师去了，朕少了一手。将见天下事内有响马，外有夷人，日后请谁与朕平服？"少师道："主上待臣下如此推心置腹，何忧廷臣无出微臣上者，只须择人授职耳。"说罢君臣皆有涕泪。少师口占一律志别，其词曰：

念主心诚未忍归，纶扉华发切瞻依。何期预告全终始，特许陈情到细微。
七字宠颁同列感，十行存问古人稀。引年自是优者硕，高蹈投簪事总非。

吟罢，又有一班文武送至五十里。梁柱一一辞过，且说道："此去未知何日重逢，但愿诸君锄奸保忠，努力君恩，勿污史册为是。"个个拜受回车，刘俊遂与少师一齐出京。正是：

朝廷升斗无多费，已困英雄到白头。

未知二大臣同去如何，且看下回分解。

第三十一回　刘俊公事而忘私

诗曰：

忠臣止合矢公忠，那有妻儿在眼中。

更得少师来共断，靖共尤喜一般同。

却说曾英上了一奏，素娥必意决然无累。独学部与知府自打发王安进京，未知事体若何，二人日夜挂望。一日，吴瀚正在衙中看卷。适号房呈上一部文，拆开读来，喜溢眉宇，急急报知天海。即刻上省叩见督府，呈上札谕，要将人犯卷牒领回。曾英闻见，始知此事钦差到审，必然反履。心内正想将月娟夺了水米，今又奉谕要将他交回，难以抗拒，只得怒道："本部堂现有事，数日后始传你来领回人犯便是。"吴瀚说："此乃君命，卑职止知奉照。不知大人有甚么事？"激得那曾英气忿忿，总不欲将月娟交与他。吴瀚见自己官卑难以结抗，又去请了天海同来索取。曾英道："大人不过是个试差，理甚么民情事！"天海道："本学身居兰台，职居言路，不独民情可理，即督府大人的事想亦奏得。倘若不将人犯交回，本学回衙即刻拜本。"曾英见抵赖不过，只得将人犯案卷一样交吴瀚带回，候钦差到审。素娥等闻了那个消息，好不惊慌。

不一日，钦差果然到了淮安地面，大小文武官员齐往接他进城，住下公馆。吴瀚即带齐人卷到叩候审。须臾，摆上公案。刘俊着差请曾英到来，见了礼，坐下。俊先问月娟道："素娥毒死亲夫，有何证据？"王氏始将旧日素娥着廷桂埋毒药散关请他再来这两封喜书呈上。刘俊接了一看，说道："果然不孝的笔迹。但曾大人处这分属何故昧了良心，要帮小女反案？"督府道："我实念着大人的面子，女儿如此不孝，恐被他人取笑。况又尊夫人到请，王氏又不将情书献出。"刘俊道："天子犯法，与民同恩，何况下官的出嫁女。国法难容，顾甚么的面子？左右，多带链子可去我家中捉他母女到来领罪。"须臾，将素娥母女带来。刘俊大怒道："贱人，在家不遵父训，出嫁又不过妇道。刁郎有何负于你？为勾引情人，遽害他性命。狼心未了，还要烧王氏三命。如此刻毒，幸为父不是那样人，不遂畜生的志愿。王安过来，你主仆三人可带他回去，将那淫妇切块祭我贤婿罢。"王安叩头道："我等有母子主仆之份，那敢如此？今日便得青天亦分了是非，便万代沾恩。志愿已遂，还求大人恕主母的罪。"刘俊道："果然你是个知恩明义的人。待我将那畜生并廷桂一齐取下首级，事完携去亲祭贤婿罢。"素娥与廷桂跪在地下，早已震成一团死肉一般，直不能措语。只见他母亲上前对刘俊道："老爷年逾半百，并无男儿，单得此女，日后正望他奉祀。今虽有过，还须饶他，待改过从新便是。"刘俊大怒道："如此看来，皆是你平日容纵为奸的过错。那个逆种，要来何用！左右，与我快将两个奸夫淫妇开刀！"左右领命，须臾献上头颅。刘俊又命藏过，以便往祭南楼。夫人见了大哭，要图赖丈夫，两人纠缠一番。怒得刘俊怒气冲冠，乱脚踢去，刚中下阴，又呜呼哀哉，与素娥等一齐打下地狱再受刑法去了。刘俊始念夫妻情分，命人殓葬。梁柱道："皆系昔夫人偏庇，以至会罪上加罪。还须请过圣旨，以便审他究属何因偏庇的罪。"须臾，摆上圣旨。吴瀚与督府一齐跪下。吴瀚又将督府苦打王氏成招，并不肯交回卷犯，幸得学院往讨乃肯放回的话禀告一遍。梁柱道："人犯故意不交，有抗君命，内里究欲何为？"曾英哑口无言。刘俊说："必系欲下毒手，不说自明。卑职亦曾虑及，故求主上先发这个谕。"梁柱道："此亦大人虑事周详，下官不及。比如曾大人如此曲意从人，究属如何受他母女相托？"刘俊道："唤我家人一问便知。"果然又叫了刘俊家中一班奴仆到来。刘俊问道："尔等那个当日从夫人去拜会督府？见他二人如何行为？如何说话？可直吐出来，有赏。"有几个跟夫人入衙的跪下禀道："当日夫人送了三万银子与大人，大人受了，应承害却月娟并知府太爷。"梁柱大怒道："得赃移祸，天理人命所关，罪不容诛。独可惜你方面大员，动无制准。本容易造个好官，标名竹帛，乃止知要钱为奢华计，今奢华何在？罢也，你且自说，当时何罪便是。"曾英叩头道："罪该万死，但求两大人打救便了。"刘俊戏他道："我与少师为人不如你的善使人情。倒是你先时欲顾我面子，我今番顾不得你了。据我所见，受赃害命理应腰斩。止幸事尚未成，赃款有据，必须削职充发木齐方合王法。"少师道："刘大人所议甚是公当。但吴玉爷暂且代曾英署理督府，我等上本保奏，自然我主

允肯，那时补实便是。月娟主仆不避险阻，从刀锯鼎钟中为主伸冤，真乃高风千古。暂且退去，亦待奏明，自有旌表。"吴瀚、王安、月娟等一一谢恩，钦差随后退堂。那旧督府少不得卸了事，以便日后起解充遣，不在话下。

那学院亦见吴瀚带着王安、月娟回来，将前项的首尾一一详说，我欢你喜。快乐一番。然后吴瀚回衙理清卷牍，以便过督府衙中接即署理。月娟亦要携着儿子谢过叔叔的恩，同义仆复回旧宅事主存孤，重整门户。稍定，刘俊即亲临告祭亡婿。月娟闻报，早携了儿子迎接。刘俊入宅坐定，即跪道："幸睹青天，宿冤立白，家门万幸，老爷到来，但不见了主妇，奴家心上转觉有些不安。"刘俊道："不孝的畜生，祸由自作，恨他何用？但老夫既亡了女儿，今认你作个翻生何如？"月娟道："固所甚愿，但贱人不敢。"刘俊道："你的义重如山，便是女中的杰出，分甚么贵贱！还须允从是望。"月娟道："既如此，请上受孩儿一拜。"从此改口爹女相称，毋须笔赘。说罢，刘俊命家人取出素娥的粉头，要祭贤婿。吴瀚大早闻这个事故，已适已会齐毛天海来到奠帛。王安接入，大家见过礼。须臾，摆开酒醴，对着南楼的神位，各人有各人情分，各人有各人的志节，悲悲哭哭，告祭一番。月娟亦携着小儿重穿孝服，代夫叩谢。是日，皆在刁府内素宴，酒罢乃散。正是：

报应须知天不错，祸福皆由自作来。

那刘俊住了数天，又到家中吩咐奴仆："须要守着田园，待我日后归来与你等安名逸。"随后又回到公馆，对少师说要回朝复命。少师遂将审断的事作了一本末，又道着求圣上用人须要先德后才，且不可偏听云云，交与刘大人带回代奏。且请御医回京自到粤。毛天海、吴瀚携着一班文武，并感恩的王安、月娟皆来，先送了刘俊返京，后送梁柱回乡。两位忠良明察的钦差，引动得满路香花灯烛，人人歌功，个个诵德。那刘俊因踢死了夫人，又未存子嗣，少不得就在京城立过一位如夫人，遂一连生下几个儿子。后来长的是刘晚，成中了状元；次的是刘大用，赐进士出身。皆是不肯偏私自己妻女的阴功所荫。那个曾英因着三万银子坏了一个大人前程，且要充遣。自来居官逸乐，何等繁华，今日何等落寞，恨回不得，亦是天地祸荫的报应，大都如是，毋须浪墨。且接下梁柱回乡优游林下的事故不题，且说及刘俊办清了那个差务，一路水驿山程，回到朝中复命。正是：

　　　　矢公报国忠臣念，怀义鸣冤烈女心。

　　欲知刘俊回朝如何，且看下回分解。

玉楼传情

第三十二回　刘钦差君臣遇合

诗曰：

大官大邑报忠良，天位由来共赞襄。

节烈上闻喜赏日，歌赓还继帝廷飓。

却说那刘俊回到朝中，先呈过少师的本，又口奏一番。嘉靖道："卿家有亲生的女儿与夫人不顾，反为他人吐气。是世所难能，而处之豫然，真乃千古罕有，能不令人敬服？"刘俊道："臣止知有国法，安知有妻儿！公审公断，此乃事之平常，何足当我主挂齿？"嘉靖道："虽则如此，但人情中往往因一个私字，势必遏倒一个公字。故理属本应事，终难得此，实平庸中神奇的圣贤绝行，岂易言几及么？看来卿家如此正直，况替朕办事，将来天下的事，尚安有半点私处。现梁柱已知老归田，此位终悬。朕封卿家为工部尚书，带理少师事。那顺天府尹待毛天海回京任理罢。"刘俊跪奏道："微臣无功，少师之职，另择功能为是。"主上道："朕意已决，不必辞了。"刘俊叩头谢恩。嘉靖又吩咐他前去会同各部修角文书，发去湖文，着吴瀚提实本省总督，不必来京引见。又赐良田二十顷给与王安、月娟，旌庐以表忠孝。

不一日，快差已到湖广。吴瀚接过部文，即赴了督府的任，旋发差前去传王安到来领谢皇恩。王安得沾朝廷重典，叩谢回家，一并旌庐的故事禀上，王氏一家庆闹不胜。适天海到府，王安接他入座。王氏垂帘见礼，问道："恩叔临有何赐教？"天海道："闻嫂处幸沐王恩，前来道喜。且现在差务已了，愚叔不日回京，故特为作别。但愚叔去后，须要重整门户，留心教养儿子，俾他日可以成立，庶不负各人与朝廷之恩，又始可与尊君吐气。待我回朝，有了实缺，始着人到取尔们前来同享太平便是。"王氏含泪道："尊谕金玉，贱妾岂不镂心。但恩叔青云得路，志遂生平，我等冤报立伸，皆无所恨，独唐二叔满门被戮表白无由，剩伊一身，今又未知去向。妾念及此，泪辄沾衾。恩叔此去，倘得稍有机会，务必代他洗冤为是。"天海道："尊嫂女流，尚知重义，我岂无心？天道好远，日后倘得个机会，我虽一死，亦要与他出力，方不负当日结拜愿学桃园的志。"月娟道："得叔叔如此用心，妾亦死且不朽。"说罢，两人叮咛一番，天海告别回衙，果然亦清了事务。正要起程回京，月娟衔已命王安携了少主前来候送义叔。满城官吏亦到，饯程设帐，流连歌诗，爱慕踊从，如前日送刘梁两大人时，离亭且远，天海辞过众人，只得两下分头，各各回去不在话下。

惟有毛天海前闻督府吴瀚曾说云卿被响马所捉，意中谅他无地安身，或暂且归服了贼党在此山中，亦未可知。为着手足念切，聊且行险，侥幸以期相遇，遂顾不得贼巢所在。到了山东，弃舟就陆，天海竟吩咐扈从人等望双谷口进发。差役禀道："前途双谷一带，无异古来梁山泊强徒割据，我等屡闻往来皆被劫抢，求大人迁道而行，从别个所在进京，勿致惊慌罢。"天海道："山林啸聚何处没有，总不过是个乌合，三五成群，止可欺着往来旅客，故被所害。我堂堂大员，谅他一闻车旗所届势，且匿迹远扬，宁敢出来唐突惹我回京请旨剿他么？诸人不必畏怯，打着钦差旗号慢慢进发便是。"各差役见是大人吩咐，不得不从，说声领命，竟望双谷口而来。天海见松路崎岖，羊肠沓乱，果是荒郊所在。又进在半里余，正值车旗斜道，山岸侧忽闪出一班喽罗当前截住，且说要买路钱。天海忽弃了乘舆前来说道："过此要路钱，原是本应。但尔等山中有个唐云卿否？"喽罗道："王咁瞭。"天海道："大王既是唐云卿，他是我的表亲，求你请他下山相见，大多宝贝送上。"喽罗道："既如此，与你通报便是。"去了未几，远远望见多人拥着一位少年果是云卿。二人见了，立地交头大哭一场。云卿道："再不意今日弟兄远有重逢。此处不是话所，请上山慢谈为是。"天海遂唤同一班扈从跟着云卿到了聚英堂坐下，云卿问道："贤弟相隔天涯，何由知愚兄所在？"天海遂将督学湖南要替南楼执冤，适闻知府听说解犯双谷的事故，意贤兄或在此安身等故，特取路由此。云卿亦将知府故意放他的原故讲明。且喜三弟高发，南楼冤报。况廷桂素娥前时出首，亦系自家的对头，正欲他日摆布他

玉楼传情

一番，方遂已志，不意他且为着别的早已伏诛，绝不费一分力竟然应征悉偿喜甚。说道："不意我与大哥的仇，皆赖贤弟代报，真不愧桃园的大义。"天海道："此亦天理昭昭处，弟不过从中奏效，何足居功？"云卿又命喽罗摆宴，且教李光等与天海相见。天海一见刘英，笑道："当日小生上京，路经贵山，适过尊驾，只身回头。不意今日又来相见。"刘英一闻，早认得天海系当时被自己杀了他的僮仆，抢了他的财物，今特说起，好过意不去。跪道："前日未曾相识，有犯大人。于今千祈勿怪！"天海急扶起他道："绿林豪杰专以打抢为生，诸仆被害想亦命里所该。多蒙列位护着本学的二哥，感恩不浅。安敢有怪！"众人道："足见大人的大量。"须臾入席，天海道："此去眼看大哥的冤情已雪，且喜那位贤侄将来成立，可以跨灶无难。但愚弟自遇主以来，君臣亦颇相得，一向辄欲寻个机会奏明二哥父兄的冤，奈影匿声沉，总无其便。未知何日得吾兄回去共乐晨昏？"说罢，天海泪下。云卿道："愚兄在此得众位相扶，亦不甚苦。今既得见贤弟一面，又知大哥藉弟伸冤，奸人正法，鄙愿已酬，望贤弟努力，云宵得便，寄一个平安来俾愚兄稍知境况幸甚，何必怆怀。"须臾席散。是夜，天海就在山中与云卿联床话旧，点烛通宵。

住了一日，天海告别，云卿送行。分别时，天海说道："小弟日后倘有个机会将二哥三百余口的冤情伸了，那时二哥必须与山中豪杰念着苍生，再由与朝廷戮力为是。"众人道："那个自然。但望大人留意便是。"云卿从中堕泪，匆匆作别，且按下不讲。

单说天海去后，日间云卿又命一班喽罗下山试看有无财物过往，取些回来充库。喽罗下山，刚见有长大汉子前来问道："此处是九焰山否？"喽罗说声："不差，莫非驾上又是到来入伙么？"那汉子说："你好不分晓。在下是个前辈老师了。"喽罗道："失敬了。前辈光临，有何指示？"那汉子说："要见宝山大王唐云卿。"喽罗道："比如前辈要见大王，实系借粮抑或借兵，先求明说，以便禀告。"那汉子说："烦为通传，砂山将莫是强有见便是。"须臾，喽罗报上，云卿出来接他入去。是强呈上书信，云卿读，原因前日公子曾命如龙往牛头山投书，唐吉知叔在此，今故着是强到来回书，并请公子前去便叔侄日夕得以相见，免至两地相思。书中且又说出牛头山十分险隘，现已子母招集数千兵马正在设法报仇，望尊叔早临裁度云云。云卿看了，一切已悉。款留是强数日，后回了一书，大略说是愚叔自然日后必来与嫂侄聚首，但目下各人携带，不忍远离，姑俊徐徐后到等故。是强接了书，少不得辞别，转回牛头山回复唐吉。这回云卿见犹子有了这个音信，越加着众等职积金银，以为合兵报仇的用。正是：

　　自来狡兔谋三窟，此去名山是一家。

　　未知唐云卿与唐吉如何合兵，且看下回分解。

第三十三回　曾赃官起解被贼杀

诗曰：

用力不如用计工，中军蒙去暑炎中。

此回独怕惊扬甚，转惹朝廷用力攻。

却说云卿自有了要到牛头山合兵这个念头，少不得粮草须多，人马须健旺，乃可同侄儿杀回京中代父报冤。一日，正命喽罗等下山看有无国饷到来。喽罗领命下山，半日无财物过往。未几，夕阳在树，墓影凄迷，独见几个元差同着一名犯人前来。喽罗虽知他不是个财星，但未尝无几件行李，亦聊且上前一搜。各差知是遇了强徒，个个走回，独乘那犯人。谁不知就系曾英，奉旨充发木齐，起解路过此双谷口。见喽罗要搜他衣物，英大怒道："鼠辈安敢无忌，你还不识旧任督抚曾某么？"喽罗说："我道是谁，原来就系毛大人所说欲框杀月娟的赃官了，我等投足绿林，大半皆由你这班污吏所逼。你不说犹可，你若说出，恨不得食了你肉，寝了你皮，方见甘心。尚靳此贪囊有污我等探取的贵手。"说罢，即欲开刀。曾英自愿献上行囊，乞全性命。一喽罗道："杀却何忧什物不到手么？"遂一刀向英颈头切去，身首两段。须臾，循山中旧日杀人的常例，将尸首焚却，取了他的发配行装回山禀告大王。大王知所杀是欲害王氏的督抚，大喜，奖赏喽罗一番。

翌日，复下山等候抢劫。见有二人到来，一老一少，甚属衣马丽都。喽罗迎着喝道："放下路钱方许过往。"那老人道："你是九焰山羽翼么？"喽罗说："正是。"老人道："既是九焰山人等，自应拜我为老师了。"喽罗说："据你说来，想是同道。但看你须发如此种健，高不满三尺，面无四两肉，只得一对眼精光光的。你力不足拿鸡，却系强徒，亦不过因人成事，何处为师之有？况我等逢兵杀兵，朝廷尚且不敢追究，天下那个不知双谷口为贼中之王。你即要到来入党，亦不应出此大言，要吓倒英雄，俾如有多大能干，请为自说。"那老人道："不说你亦不知，倘若说来，不独可为你等尊师。我且是个上入洞总非一切野鬼孤神，可敢望吾的肩背？俾如每日在此打劫，假使人不任你等索取，你便如何？"喽罗道："不服，即以白刃相加。"老人道："倘若人家宝剑更利，万人莫敌，这又如何？"喽罗道："这便莫可如何，任他过往，不敢拦阻了。"老人笑道："遇了勇夫便要罢手，可见天下英雄非止你辈，安知非更有足为你师者？"喽罗道："据说亦是在驾上，有何方法操必胜之权？"老人道："小弟自壮岁以来，踪迹遍天下，几遇财宝所在，任他是文人宦士、暴客武夫，一出了我的眼，务必要令他双手献上，如输饷一般，自家并不用持三寸铁，安乐自然，已做了大半世。你试想想较你等刀口取食，那人劳逸？"喽罗始顿然大悟，笑道："大惊小怪。说来真道驾上有甚么出奇本领，原来是一个光棍。但既有此上行本事，处处可以发财，又何必来到敝山僭市！"老人道："我今正来举荐你大王发财，快引我上山相见。"

说罢，两人跟随喽罗上山，先禀告大王，后传两人见。礼拜毕，赐坐。云卿动问老少名姓，被说出即骗夏光之胡叟与胡彬其人。云卿问他到来何事，胡叟说道："来月是安乐公张德龙拜寿，各府官员大半皆他门下，料然无人不有礼物进京与他封祝。仆已闻安徽府台崔文丙伊干儿，现在出了百万金银采置宝物为称觞礼。大王目下暂吩咐喽罗勿下山打劫，俾各人说道："双谷口近属平宁。"到了来月，东南一带要上京拜者，自然放胆从此处进发，再不迁道远行至多费时日夫马了。斯时大王多带人马下山，劫个精光，岂不是得此一注大财，反胜日中劫掠百次乎？"云卿道："此所谓将欲取之必先弃之，果然了。"即刻吩咐众人暂勿下山抢劫，习练步伐，以便异日听用。并命摆宴与胡叟胡彬二人下马。少顷，席上传令李光等出堂陪客。夏光从众出堂一见来客就系骗了自己银子数千，还要索性这个，遂抽刀相杀。胡叟二人亦认得夏光，奈狭路相逢，自投罗网，遇着冤家，势难遁走，只得一个拦着夏光，一个跪在大王面前，求他救命。云卿见如此，只得喝住夏光，说道："此座以我为正，诸人不论有大小事情，须要禀明，公是公非，有个处置。贤弟如此独行独断，合人不堪，还须住手讲明总是。"李光等亦以凡事须要在大王发落这等话相劝，夏光只得勉从，息了气，遂将胡叟如此献美人计，如此索人命，一一说明。胡翁亦谓夏光的财，原是用计强取崔荣宝鸡，自家闻

玉楼传情

他赢得许多不义之财，故设局骗他。他又是色徒，昏迷不醒，偏要入我圈套，并不是欺霸这个语禀复大王。云卿笑道："货悖而入，亦悖而出。棍来棍去，事属政党。况尽里爱宠受用一场，夏光且大有便宜处。不过所失的钱财为甚么冤敌，何得刃相加？我明日办了一桌菜，与你旧日广平翁婿作和罢。"夏光说："这个女子是妓妇，原不是他亲生的。"云卿大笑道："倘若是亲生的，恐未必与你！一言之合，就要退了。他人将大多钱财的女嫁你婢妾了，你还要怨自己见识不及为是。"说罢，连胡叟胡彬与座中诸人不觉哄堂，夏光反面红起来，不敢置辩而退。那说云卿想着将来劫贡，目下果然不许喽罗下山打劫。

各官员所有要与德龙祝寿的，正在着人打听双谷口近日平安否，以便取路进程。当下忽闻得单身双履所过毫末不失，且未见有一个强徒。一时官员个个心无忌惮，皆要顺着路途上京。况山东正系咽喉之地，南方一带欲往北京，势难舍此他图。一旦闻得贼人匿迹，那个不乐意前来。独徽州府台念着自家礼物值银几过十万，恐有变故，不则定了主意，挂牌着抚标手下军士尽去押送礼物，以免途中疏漏云云。他有这个扈从，终难下手，幸得胡叟先已说，大王命如龙下山打探明白，回山报知云卿。云卿聚集众人商议道："安徽府台有如此军马护送礼物，即过山前我等亦只是望梅而已，何能取他回来止渴？"胡叟道："大王道出一个渴字，我已有计了，包管十万贡礼唾手可得，不劳厮杀。"云卿道："计将安出？"胡叟遂附大王耳边说道："如此如此。"云卿道："果然高见。"

到了日期，安徽已尽起本部军马。即远近有奉进寿礼的，亦个个阿骧同行。将到九焰山前，胡叟胡彬早已在此等候，扮成卖茶的，一人提了一两大柜，柜面竖了一帘写道："上好白揽，解渴香茶"。正时招值大暑，山中一望蚕丛，并无饮马长窟。白日当天，安徽军马行到此处，汗流遍体，且觉气喘如雷，只得驻足不前，欲觅涧泉以解渴闷。忽见有人在此卖茶，军士个个上前欲买来一饮。这位府台的中军武状元方如虎，是最有勇有谋的，遂拦阻众军士道："荒郊野外正旧日响马出入之所，我等身受大人重托，独无怕茶中有蒙药么？"遂决意不任军士买饮，只可歇一息，以便舌泉自涌过路便是，如违者重责。军士只得苦忍，甚觉难堪。忽见有继进的二个说道："有茶卖么？我不怕药。"遂各解囊取了一文，分去买饮。胡叟、胡彬亦于每柜各取一碗分送二人立饮，二人一吸而尽。复索，茶主不肯，两人各伸手向框中自取一碗，说道："如此浓茶，宁不可再让一杯么？"说罢，又吸过半。胡叟胡彬皆说道："一文钱买不得两杯。"
遂一手抢还作势。叮咚一声泼还，那茶落柜去了。二人徐徐乃去。军士一时被那二人
引得流涎不过，个个说道："路上卖茶何处没有，难独人家饮得，我等饮不得？如此渴
闷不堪，宁受责了。"遂争去买饮。中军见别人犹饮，不去遏阻军士，连他亦要解渴一
番。顷刻，两桶茶尽。胡叟、胡彬担起茶桶回山，说道："军马现已中计，可带喽罗下
山代德龙受礼。"云卿大喜被坚执器，统率诸人前去劫贡。如虎远见来的是贼，意欲交
锋，奈蒙药一时发作，并诸军马皆如酒醉一般，手中无力，勉强撑持，被云卿等杀得
尸横遍野。幸如虎生平甚属有武艺，犹得奔回保存性命，遗下贡物。云卿只管教喽罗
取了回山，不复追杀。上到聚英堂，李光等始问胡叟、胡彬，如何方法能用药蒙他军
士。两人说出，始知初时来卖茶饮这二人，皆系山中喽罗，预吩咐他先饮引安徽军士
的。又初时桶中未尝有药，待引饮的喽罗饮了一碗，他再争第二碗，胡叟胡彬抢回，
于放还碗中的茶放下桶时，乘势乃下药，然后令安徽军士见人且已饮去无妨，遂个个
放心要饮，不知第一碗第二碗无药第三碗已有药了，如何不中计说出。云卿又赞他道：
"胡叟所为，真可为大盗不操矛盾者也。"竟封他九焰山军师。山中得了德龙祝寿的礼
物。正是：

仿如臣降当年事，独惜双锏废用时。

未知如虎回去何如，且看下回分解。

第三十四回　唐大王狡兔三窟

诗曰：

> 不知养晦暂韬光，果然惹出剑生寒。
>
> 幸存三窟堪逃去，差免挟歌学项王。

却说如虎被胡叟用药蒙却，不能扬威耀武守贡物，只得抛下任云卿所取，单人匹马走回安徽，将所遇禀告抚台，以便称兵讨贼。气得那抚台怒气冲天，遥骂道："云卿你身居重犯，只应埋名免死，尚敢公然劫贡，待本府奏明圣上，起兵前来剿灭，看你称强得成罢。"遂将唐云卿原在九焰山落草一向打劫各省解京无数钱粮，杀死无数往来商贾，恳皇上务必命猛将提数十万雄师前来剿他，以灭国贼，以除民害云云写了一本。又写一封密信呈上干父，却道："自己原办了十万银子礼物与义父上寿，不料行至双谷口，却被云卿抢了，并各官员亦皆失去无数附行称觞的币帛。书到之日，求义父在圣上面前补奏一本，务必称兵灭他为是。"命了管家，果然不一日将奏章与书信赍到德龙处。德龙知悉，即将干儿的本章面奏君王。嘉靖大怒道："朕一向行文天下悬赏要捉云卿，谁知他在这里做贼，怪得数年上总不能捉他回来。他今日如此猖獗，张卿家有何高明俾知命那员大将去剿凶？"德龙奏道："我儿有万夫不当之勇，求主上可与雄兵数万，着他前去双谷口，何忧不捉云卿回来治罪？"嘉靖道："可宣卿家儿子上殿见孤。"德龙领命须臾，取了张豹回殿，见驾出乎。嘉靖道："果然龙生虎子，想是寡人之胜。张豹过来，朕今着兵部发兵三万与你，可即速前去山东，将九焰山重重围住，捉了云卿回来，领受万户侯之赏。暂且封你为平东将军督师罢。"张豹谢恩退班。

隔了数日，候兵部点齐军马，张豹辞过父亲，浩浩荡荡向山东而下。朝中一班文武闻知此事，见主意出在主上，难以谏止。有的个替云卿怕惧，有的个怨他不养晦待时，反要出头露面，以速败亡。惹到毛天海惟有日夜拜褥天地，保他护救，免至忠臣无后而已。谁知张豹雄兵未到，一日早晨，云卿在九焰山中，忽见宝鸡对着自家展翼飞鸣，两眼泪流交交不已。云卿一惊，想这宝鸡如此哀鸣，料是预报将来必有祸事。左思右想，必定日前打劫安徽的贡物，败兵逃去，决然奏知朝廷，今番起兵马来，我等寡不敌众，将来必败，故这宝鸡缘有此报。但且事到头来，不得不勉强支持。遂出到聚英堂聚集一班兄弟商议。不一时，李光统了夏光、胡叟等众出来，请问大王有何事件咨访。云卿道："我想那日劫了安徽的贡，自来愚兄心惊肉跳。想是败兵逃回奏知朝廷，起兵前来厮杀。但我山中兵不满千，将不满百，如何能抵敌得过？"夏光急说道："此祸皆系胡叟那光棍前来累大王闯来的，须先杀却，免得后来他又演出许多斩身刀为是。"斯时胡叟在座，闻得这话甚是慌忙。可幸云卿说道："献计虽他，举行在我，安能独罪伊身上？"胡叟道："大王勿虑。可先打发个喽罗前去探听。倘朝廷真有兵来，我等同心协力，首尾相顾出些奇策。兵将虽微，背城借一，亦不可以一当百。但忧未见敌而军心先怯，或临阵而自相矛盾如夏将军的。"云卿道："据说不为无理。但彼此同在山中，自当手足相视。夏贤弟还须勿念旧恶，以至各伤性命，贤弟独不见三国时甘宁、凌统两人有杀父冤仇，后来皆事东吴，两人为着国家的事，忘仇为好，结为手足，当时共成霸业，后世传为美谈。你二人不过因此小小事故，何须这等怀念，反不免小器起来。"胡彬亦向夏光说道："昔日未经相知，故有如此。今在山中，便成兄弟。万望将军听大王吩咐为是。"夏光终个心里不服，但各人所劝，假作唯唯而退。云卿随命喽罗下山，打听朝廷有无兵到。去了数日，喽罗回说三万大兵不日即到。云卿闻报，见山中兵马谅难制胜，且又虑着夏光与胡叟不睦，遂密唤心腹林桢、马如龙二人到帐中，着他先带妻儿与这宝鸡改装下山，先逃往云南唐吉处。"我与子诸人在此迎敌，得胜便罢，倘若败北，我亦随后必到。"二将说道："此计甚高。我等去后，大王体势而行，切勿恋战，与八小姐前来为是。"云卿点头，二将如命下山取道云南而去。云卿日夜料理兵策，早为临敌计。

一日，山上望尘头大起，知是朝兵将到。胡叟已效孔明定无数车鼍，又多扎秆人背了旗令，满放山巅为疑兵之计。不多时，张豹已到山前，即催兵悬藤上山以抵贼巢，却被胡叟将石鼍滚下山来，悬藤军士个个头破额裂而回。张豹反命放炮，奈低处打高

一三七七

不应。他又是无谋无勇的，攻了数阵，总不能杀得一个贼儿，只有一面回去催粮，一面命将士立实营盘，将九焰山重重围住。云卿知他久守山中并无水路可通，且又粮草仅支月余，今朝兵纵不能上来，而满山在孤城被困一般，亦属可虑。又与胡叟酌量个计较。一时仓卒，且未有胜谋，只得力守。谁云夏光亦料山中将又必败，连自家的性命正属可忧，且又恼着云卿不听他言语，屡屡反要替胡叟、胡彬两人调护，何不密往朝兵营中引他到来杀却胡叟、云卿等，一来可以保全性命，二来可雪心恨。主意已定，一日假病，先寝不往执戈眺望，掩过众人耳目，偷自下山，投入豹营。朝兵执见主帅，豹喝道："那个贼子，敢前来营中窥探么？"夏光跪下道："小人特前来投降，回去作个内应，俾元帅早日成功。"豹道："不信，你必为贼人所买，骗本帅前去中计的。左右，开刀罢！"夏光说："且慢！等说明死亦甘心。"豹道："急说。"光道："小的本系捐纳将军，去年因进京加捐路经过，却被贼人劫我上山，逼小的入伙。小的一时领命，故暂且相从。今见虎威所临，正喜心仇有报，故特欲前来助一臂之力。"豹说："你若是说慌的？"光说："小的若非真心，万代沉沦。"豹闻他所说有理，喝退左右，赐坐说出姓名，且与奸臣有旧。豹又问光计将何如，光道："我回去明日发起火来，山中诸人为着救火，不暇准备。斯时元帅督本部直抵贼巢，何忧捉不得云卿？"豹说："此计使得。明日不可失约，成功奏知圣上，包你造官便是。但可早回，免俾贼人知觉。"光欣然领命回山，且喜无人知晓。到了翌午，就在自家鸦片床上发起火来。豹已在山下望见，马歇铃，士衔枚，绕崖而上。凑着山中诸人报知，云卿正欲救火，即见朝兵早到，起火的又是夏光房内，心中知是光为了内应。云卿早寻着他一刀杀却，始与妹子金花相联冲阵，顾不得诸人。胡叟、胡彬竟乱军所杀。幸得金花用着神物金砖保着七哥，俨然长坂大战，赵子龙背却阿斗冲围一般。未几，兄妹下了山，一路望云南逃走。须臾李光、刘英亦捷足幸免，始知大王当日教人善走的有用处。二人亦走到云南。暂且按下不讲。

　　却道云卿兄妹日行夜宿，过了许多路程始到牛头山。谁知唐吉取了七婶后，即日日与如此等在山中盼望。一日，忽见叔子姑娘已到，一开山门迎接，且禀知母亲、妹子一齐相见。久别初遇，先哭后起，共述所遭，刺刺不已。唐吉又命喽罗摆宴，与云卿压惊，住在牛头山中，不在话下。又道那个张豹，一见火起，才上山去，自谓今番必然捉得云卿。谁知却被他冲围走了。且喜安徽那贡礼尚存八九，不复追赶云卿，且放火烧山，随于死尸择一个年几与云卿相同的，豁了回京，欲奏知皇上领万户侯便了。正是：

得些好意须回首，骗得君王便罢休。

未知张豹回朝如何，且看下回分解。

第三十五回　张少主白日宣淫

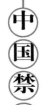

诗曰：

由来多败在污淫，中嬬贻羞未晓吟。

可是冤魂该白处，故管寡妇思难禁。

却说张豹回朝将假头奏上，血迹糊涂，圣上那里辨得真假。况已属宠臣，竟将万户侯之职赏他。豹谢过恩，回到府中。德龙亦道："张豹确实能干。"父子一时位冠臣寮，心宽意乐。张豹亦自此越加恣行无忌，日来止知恃势凌人。除饮酒外，背着妻子不在这里，止知将府中大婢奴日夜宣淫，那些粗蠢婢奴，亦淫贱非常，其中有春桃，夏莲，秋菊，冬梅四者有几分姿色，最淫，张豹一日竟置四人于一室，通令除光衣裳，玉肤早露，肢臀乱飞，俱都仰卧，立伺张豹来淫，张豹淫兴大举，纵乐心肠，解卸衣裤，傲然睃巡一周，刹那间五人做成一团肉泥，晕绝于床。过了片时，张豹开目，惟闻窗外有人驻足，逐拨开了众婢，起身至窗前，陡的开窗，不意真的惊走一人，花枝摇颤，凌波三寸。细觑那背影，乃是父宠姬，名唤碧香，张豹看着，淫心又起，顾不上甚么礼数，急去套裤儿，四婢尚睡，无人理会，张豹潜行，轻启门板，闪身而至，径奔那碧香住处。及至门首，方欲敲门，遂又止住，闻里面似有人交媾之声，力推而入，却原来门板并未拴着，床上斜卧一个美人，原来那碧香在张豹窗外饱看了一回，见被他觉了，遂急急而回，腿间早已咕唧水响，及至进屋，慌乱之间竟忘了栓门，奔到床上，急腿了衣裤，取出角先生塞进腿间急急插插，咿咿呀呀的叫，杀了三分火，正弄间，听房门响亮，见一人楞楞闯进，吃了一惊，角先生顺势滑进去了，只露一点点影儿，碧香大惊，又不敢动，禁若寒蝉，泥塑一般，张豹一见，嬉笑不止，老着脸

儿捱近，去抚蓬松松的乳儿，碧香羞甚，又不能挪腾，只得依他乱为。再低首急视，那角先生已遁去，碧香发急，口不能言，用眼求豹，张豹明白，遂探手去讨，滑溜粘滞，竟不上手，讨了几讨，竟无动静，张豹亦急，恨那角先生捷足先登，遂令碧香卧下，猛扣其臀，又令翻转，挤了小肚，方才露了个头儿，张豹令其腿大开，俯首开口去咬，啮得笃实，方才悠然而出，见其头上，隐隐有血迹，想是衾得太深，张豹甩手一丢，扒在碧香肚上，腰间那话儿早已挺然，碧香假意挣了几挣，腿儿蹬了几蹬，倒把个张豹的裤儿蹬掉，张豹大喜，扶住尘柄就衾，叱的一声，达于深广。碧香佳境亦至，花心着露，冷汗淋身，二人方才云收雨散，取了帕儿，揩抹干净，勾头交颈，情意绵绵，早将那张德龙忘到东洋大海里去了。从此张豹日日来偷欢。他亦顾不得中媾贻羞，聚尘愧行。所以府内起了一个浑名称豹为探洞公子，又叫造蜡窒犯，以至诸婢竟无半全完人。奈德龙亦是人容纵不义的行为，有时即明知他的恶迹亦置之而不问，惟有贱售诸婢便了。

一日豹正在书房晚膳，忽见故将谢勇妻子韩氏到来。看官，你道韩氏的丈夫谢勇，原为着德龙欲谋害尚杰，他感奸臣旧恩，一时奋个愚忠，后来竟以身徇了德龙的愿，止剩此孤男寡妇在此府中，为德龙正合另眼相看，荣华同享，以慰亡魂，以安孽种。奈德龙本是不仁不义奸臣，那有良心。不过欲用着这人，便以财帛买嘱，使人助他为虐，非必真有求济孤寒的善心，栽培后进的巨眼。一见谢勇已死，再不能每事为他出力，他儿子谢阿骥又是个软弱无知，母子二人在衙，德龙反嫌他坐食有损自家的贪囊，还须要叫阿骥外充僮仆，韩氏内佐针厨。且他极善烹饪，非他弄菜，德龙几不下箸。少不得同群逐队如老婢一般。

一日，韩氏正到公子房中进餐。这饿鬼张豹见他蛾眉淡扫，缟衣茹肤，虽粉黛不施，看来另有一种清妆动目。张豹料上心来。又见韩氏眉来眼去恰似有情一般。豹亦意他亡了丈夫多时，水性妇人寒衾冷枕，少年孀寡，不免欲火难禁，正易下手。遂立定这个淫念，待了再到撤席，试他番便知真假。食顷，韩氏到来，公子微笑问他道：“你吃了饭否？”韩氏道：“尚未。”豹道：“凑着现在此里无人，何不就陪我把盏。”韩氏道：“贱妇不敢。”豹说：“是我吩咐你的，何不敢之有？况世说日同食，夜同睡，双双对对，乃有兴致。今尊夫已死，我又妻子远离，正合两家相陪，各慰寂寞。”说罢，两手去拉他入席。韩氏果然欲火一动，会了豹意，答道：“虽蒙公子过爱，人非金石，

玉楼传情

岂竟无情！但须臾僮仆即到，终觉怀羞，倒不如两人谋个夜食罢。"张豹说："厌厌夜饮，可以通宵。果然此计更妙。"是夜，公子竟访问要韩氏出来在此房中阁上寝睡，以便夜间起来，五更弄菜早饭。且说明虽似男女不便，但韩氏有个十余岁的儿子相伴，各分又是主仆一般。除了德龙，那个敢非议拦阻他。更定韩氏果然抱衾出来书房阁上安息。二鼓，他陪着阿骥先去寝了。公子在下看书，到了三更，意欲上阁淫他，防他儿子醒来知觉，且先时所说亦属哑媒，倒不如出个计较引他下来，俾他自媒罢。遂将书席一推跌倒在地，自然有声。凑着酷暑，自己先赤身睡在胡床面天假寐，适阁上韩氏化蝶方回，忽闻下面如墙倒一般，跳醒来未知何故。且幸窗烛尚未见灭，竟携烛下阁观看，急急扶起此桌，拾回各物。不见了公子，知他牌去。正欲转回，轻轻用手弹去烛烬，扶着板梯，莲步层层印去。到了第三层，忽见那烛光映上墙际，蓦见一竿长有七八寸计，大可盈握，挺然特立。韩氏认去，既不是烛影，回头一望，谁知影从胡床上公子身中照出，意中要看明系属何物能如此有趣可观的。遂转身行近床前，见公子赤身熟睡。韩氏心中想道："他有这个魁梧伟具，怪不得诸婢一被所私，无不寻味。我平日丈夫的不过是个僵蚕一般的小体，弄起来尚且魂消天外。况他如此雄悍，定必有异样的趣致，何不偷偷地与他玩一玩以看何如。"忽又怕他醒来无味，方欲回去，移步进阁，踏上板梯，又依旧照出那个影子。韩氏终是过不去，只得又转回头，自家壮着胆道："怕甚么！他是个明明叫我来的，想不过公子忌着我的儿子，不敢躁进，故不觉睡了，我今赤体套上，谅必说我识意。"一头说，一头褪了裤，早已一身酥痒。不管生熟，跨马而上，公子又是乒乒乓乓一阵大弄，太翁椅闹个不休，约有半个时辰，二人丢在一处，歇了片刻，复又相偎相抱至床上，颠鸾倒凤，极尽绸缪，一直弄到东方渐白，雨散云收，韩氏方才上了阁楼，陪阿骥睡了。如是者数次。阿骥又是个聪明孩子，且系那奸臣天厌该败，凑着一夜醒来不见母亲同睡，阿骥总不造声，静静起身寻到阁口，侧耳听去，觉溜溜有声。旋又忽闻褒说，始知母亲与公子在作狗勾当。转悟出一向睡后不见了母亲，原系下阁如此。但念自己身为人子，难以捉奸，只得回床中。瞑睡时许，始见韩氏回来。暂且诈作不知，心内自想道："淫欲私奔，不守妇道，虽则母亲不成人，但父亲愿为公子泄恨身亡，理合报恩才是。今我在他府上，日中要执役，始得此两餐一宿，岂不是奴畜我？今公子又将自家母亲勾引，造成这禽兽的行径。是我的父亲施奋发与他，他反为我父亲的仇人。"越想越忿，肚中大怒："张豹不仁，我阿骥誓不与你干休！"正是：

　　　　人生最恨恩忘处，况复施来辱我为。

　　欲知后事如何，且看下回分解。

中国禁书文库

玉楼传情

第三十六回　谢阿骥是恩是仇

诗曰：

自古深仇必有报，止争迟早在须臾。

况复奸臣频作败，昭忠还籍众都喻。

却说那谢阿骥渐渐识了人性，心中早已痛及父亲谢勇为此不义的枉死，后又见张德龙遇已不善，便有几分离心解体。今又眼看母亲被张豹奸淫，愈加不服，实欲一刀杀他方遂自己的志愿。但碍着母亲难以下手，只得暗里提防。那韩氏竟流荡忘返，道着小儿子未必便晓得那个事情，只知偷汉，无忌着阿骥。后来岁月已深，阿骥忍不着，一日，微微讥阖母亲一番。那韩氏见那事情非同小可，且不好意思，反强颜不认，并将孩儿斥责。阿骥无奈，姑行缄舌，惟有心中越加憾恨便了。韩氏素性淫贱，原守不得清规，一旦孀寡多年，遇着这个房行中极有本领极有趣的张豹，一时情同胶漆，利刀难割，温柔乡里又弄出许多手段作致，引得张公子心迷意惑，当他心肝一般。自然金奶财帛珠玉锦绣任他所求。韩氏为着一个淫字，又为着一个贪字，止知有公子，反嫌自己儿子阻碍。一夜，索性密恳公子寻个计较遣阿骥外出，以便大家同衾共枕。张豹亦嫌两人夜来必要偷期一样，不便畅志。

一日，遂对谢阿骥说："你今长成，正当有为时候，终日在府中跟着母亲，有何发奋？我为你计，倒不如前去食粮，日后可以得官，亦未可知。现五城兵司寥大人与我甚厚，若写一封书送你过去，便有个好处。"谢阿骥恐是口蜜腹剑，微有却意。张豹一觉，又道："你若往时，我赐二百两银子与你造衣穿。"阿骥心中知公子无故未必有此作成，今又愿为自己谋度前程，并破囊相赠，必定为着母亲的故。若不从他的话，又防惹出他恨来，倒允肯罢。答道："得公子如此栽培，感恩不浅。"他张豹果不食言，阿骥亦欣然打叠行李，偷窃了日前亲父遗下德龙交与的誓章，领过银子并荐书，入了营。那位五城兵马司寥鹰扬，系趋炎附势的人，一见谢阿骥呈上荐书，自然留心体贴，就赐了一名马粮与他。

那韩氏见儿子去后，夜里不复上阁，便与张豹同床，竟至调笑达旦。从此无束无拘，日夜宣淫。一日，韩氏遂觉比前时暗来时快乐十倍，对张豹说道："这二百两银赏得他抵。"公子说："买日为活，亦非久计。倘若爱娇无子，我誓必立你为个偏房，同享富贵。"那韩氏自造了淫妇，竟然把羞耻丧尽。又闻公子许立他为偏房，越加无了人性，反欲阿骥死了以便日后与张豹谐老，同享富贵。一时有了这个念头，遂对公子说："天下事以乱始，必以乱终。他日柳败花残，少念着旧时意，得赐温饱便好。有多大福量，敢长在陶学士房里烹茶么？"张豹道："一夜欢娱百世恩果。况我生平是多情，惜花如命，岂肯学王魁薄行？独爱娇碍着儿子，势难相从，不得不令卿作画中爱宠，我作影里情郎。"韩氏道："虽则如此。但公子若有个真心，要图百年聚首，以妾观来，难属无难。"张豹说："爱娇计将安出？"韩氏道："凑着我儿不在，公子就在城中寻一个静所，我便离了府中前去住下。待阿骥回来，便说我走了路。他一个年少无知，那怕寻得我着。我便与公子暂且在此作乐。公子他时干一个远远外省的大员，那时一齐去了，阿骥如何得知？"二人果然定了计，寻个幽僻所在韩氏住下。张豹亦托言在各处赴宴，每夜必到。阿骥回到府中不见了母亲，张豹亦假说他逃走去了。阿骥心下十分疑惑，自去访寻，全无影迹。只得背了公子，静向府中各人讨个原故，又用些酒食与众等赔礼。谁知韩氏与张豹的事，府中除了德龙，无不熟悉。但畏着公子，故无人敢向阿骥饶舌。独有一仆姓徐名理，极是贪杯，领过阿骥的疑接，一日又被公子朴责，抱恨在心，遂将韩氏所在并公子往来的勤恳，说知阿骥。阿骥闻了那个消息，随后直到母亲处又苦谏一番。韩氏搪塞不从。入夜，公子到来，并将阿骥言语对他说。公子心中恼着。

翌日即要人往捉阿骥，回府治个不孝的罪。徐理在府早知这个声气，先去阿骥处告急。阿骥只得逃往别处。适一友人荐他户部尚书李英华府内充个长随。那李大人问

个来历，晓得是张德龙旧人，正要向他盘问那奸臣的行径，越加好意收留他。后知他并受张豹所寻十日，李大人问阿骥道："我一向闻唐尚杰系张德龙所害，你一向在他府中，颇晓得否？"阿骥道："那里不晓得。"英华道："请说其谋。"阿骥一时似悔及失言一般。英华察觉，对他说："倘若能说得真确，本部不惜千金相奉。"阿骥见一言已出，且张豹系自己的冤仇。竟一五一十将德龙如何要害唐杰，自己父亲如何前来移祸说知英华。英华又问道："此事比如有何凭据？"阿骥又将那德龙付下的誓章献上。英华着家人先赐他千金，随道："多选举义必自毙。今日始系天道好还，着你替唐家三百口冤出气。明日与你面圣，将此事奏明，你方补得前人的过，亦且主上必有高官赏给你。意下如何？"阿骥道："小人从命。"

到了翌日，英华果然携着谢骥要将此事奏明。嘉靖临朝，李英华凑着奸臣不在，出班奏道："臣访出前日双谷刺客谢勇，原系张德龙的家人，受德龙所命前去弑帝，要移害唐尚杰。"嘉靖道："事已明白结案，还说甚么！卿家又何由访出刺客系张卿家的人？"英华奏道："现有出首的谢勇儿子谢骥在午门外，我主传他到御前一问便知。"嘉靖道："倒有这事？"遂命黄门引他进来。须臾，阿骥跟上，三呼毕，又将父亲的旧事说了一回，并呈上德龙的誓章。嘉靖见上面写是：

> 立誓人张德龙，今命家将谢勇前去双谷口，成功富贵同享。倘有不测，日后勇孤儿寡妇务必十分周恤。如若反悔，皇天在上，是纠是殛。某年某月某日龙的笔。

嘉靖看了，浑身是汗，哑了半晌，遂徐徐道："真个知人则难，再不意世界中有如此冤枉事。众卿家，如何是好？"刘俊出班奏道："奸臣德龙职居太师，兼又兵握在手，非同小可。他既怀异志，家中死士如谢勇等，谅不一其人。今若公然就此事情罪他，均之一死，他决不肯罢休。且未知廷臣那个是他腹心？一时事起，势必从中作乱。一来险诈难防，有劳圣虑。二来兵甲扰乱，祸及苍生。孰若着李大人暂将谢阿骥藏过，此事搁起不提。慢慢召他到来便殿赐宴，宫中先藏了甲兵，待他到来然后下手。并约定时辰，臣又点齐将士在外接应提防，乃为全策。求主准奏。"嘉靖道："果然高见。

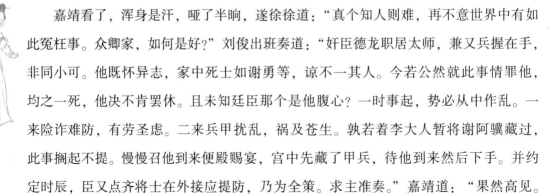

等朕退宫，想定一个日子写了密诏，命黄门赍至少帅府上。那时少师依诏成事，诛奸便是。退班。"果然李英华又携了谢阿骥回衙，静候皇上设法与唐尚杰报仇。正是：

报应止争迟与早。皇天宁忍善成淫。

欲知后事如何，且看下回分解。

第三十七回　陈安国受败回朝

诗曰：

知人则哲帝犹难，况复衰朝主已倨。

惟有法场三事责，犹堪补过浴维艰。

却说那刘俊当日要皇上求个万全方法，乃可将张德龙的事追究，原是个深谋远虑的识见。谁知那张德龙更有几分心计。他自居官内帘以后，早结纳了一个内监姓黎名太，每年受了德龙一个万银的大礼，凡主上目中看甚么书，食甚么物，行甚么事，说甚么话，何人奏本，何人见驾，一切通知，历本无心。德龙因此有个内应，所以主上的性情意念他早一一知悉。及殿中承问，应对自然，控告当旨。他有如此能干，不由嘉靖不宠爱他。那日李英华将谢勇的事奏时，黎太正在左右，备闻了这个原故。嘉靖退了朝，急跑往德龙府中将祸事偏告。黎太退去，那奸臣父子抱头大哭一回。张豹道："我父子遂如此便了不成？即死亦要出下气方好。"德龙急退了左右，说道："我闻戈国自送了这个绣袍过来，国中便水旱蝗虫，岁岁饥饿。且又宫里暑酷不堪，时见瘟疫，死亡无算。月前曾有本章到来，将个情节上诉，欲将别的宝贝换回这袍。昏君谓其反复无常，不允所请。戈国料必怀恨。今我父子何不凑着事未发作逃往戈国，将此袍归还，求他称兵入寇，杀却昏君。岂不甚善？"张豹道："事不宜迟。明日便可起程。"张德龙即密地将家中什物最珍的，及易携的，并那件绣袍点定，以便隔日出奔。

张豹见是谢骥首告，遂疑韩氏假意与自家欢嬉，故意教儿子出首不成，须要杀却方好。一时变了心肠。是夜，藏了利刃往韩氏处下手。谁知那阿骥明知张家事发，迟来主上就要杀他，自己犹念着母子情分，便立意要取韩氏别个去向。不料到母亲处草

草说了几句，张豹带了数人即到。阿骥手无寸铁，急不及避走不得被他一刀杀却。韩氏只以子恨他到此碍目，犹哭怨道："嫌他到此，更有别个法子，不令他来便了，何用害他性命？"公子竟不分说，喝左右下手。可惜那韩氏为着贪淫两字，倒是死得过了，独误了儿子的命。此亦谢勇恶人无后的报应，正老天善于借力处。

那张豹见他母子二人已死，封好了房子，回府与德龙瞒过众人，只带有能干有腹心家将数人，携了各物，凑早托言出了皇城，渡过沙漠，到了戈国，着家人进去通报。国主戈王闻是上国太师到，只得携着众臣倒屣迎进，问道："上国大臣辱赐下国有何事体？"德龙便纳头下跪，托言被奸臣所害，要来国中借兵杀回朝中报仇，并愿送回这件绣袍，以为赏活命的恩。戈主急扶他起来，答道："有话须慢慢商量，何须如此着急？"德龙说："戈主不允，老夫决不起来。"戈主道："从命便是。"德龙起来分君臣坐下，遂张豹献上各宝并绣戈袍。戈主大悦，随命左右取下，似甚相得。随命摆宴席上，说道："既蒙太师厚赠并赐回镇国的宝，待孤与各大臣议定，自然起兵与你报仇罢。"德龙又谢过恩，携了众等暂出公宫居住，以候戈国起兵。戈主见德龙退了，遂传命东宫太子虹印、公主鸾娜、军师元黄蜡、定国将军乌云豹、获国将军查拿龙上殿，遂将张德龙来意并送上各物与众等议可否。公主奏道："以王儿看来，张德龙如此主意背主，必是个不忠的臣子。虽说被人所害，一定谎说以瞒父王。父王若中他的计，一来受天朝怪责，二来小不敌大，弱不敌强，反累我天朝损兵折将。倒不如杀了他，将头颅献回。他的国王或念我国有功，不是还此袍，天未可定。"太子奏道："贤妹总是个妇人女子之见。我国得还那袍，免得饥荒疾病最是紧要的。若天朝贪此重宝取回它，不是当面错过。况我王已面允他报仇，堂堂国主安可失信于天下？况臣儿素闻大明帝柔懦偏听，臣下有一个唐尚杰父子忠良，不知为着何事竟将他满门诛戮？现在朝内无人，止知向下国求金求马，费尽我等几多悉索。正要凑此前去见个雌雄，待他莫谓下国无人动恣诛术，方合父王发奋有为的锐志。求父王允奏。"戈主道："果见我儿壮志，日后此座可保。"

歇了数日，张德龙又入内恳请戈主乞请，便立定章程发兵外，留下张德龙作质，命张豹引路。并吩咐东宫太子，调了五万精兵，同公主军师、定国获国两将军，即日祭旗兴师。一路抢掠，望中原进发。且立明旗号，托言为唐家报仇。岂知云豹当日镇守北关，保民若赤，去贼若仇。且又军法恢明，壮士毋得恃势凌遏愚民，附近一带绵

玉楼传情

仰之如父母。被害后，父老流泪，无人不替他怀恨。奈无权无勇，莫可如何。今见师中立着唐家的号，蠢然无知，竟有箪食迎师的，有逐队的。戈兵所到，绝无措阻，如冷手一般。名似正，势愈大，攻破了雁门，关中将士被戈兵杀得血流飘杵，尸骸京观。元帅陈安国可幸满身能干，匹马杀出重围，正欲回朝取救。

谁知朝中皇上一日正在要收拾那德龙父子，假意降了一个手敕，请他进宫谋议大事。黄门回来奏说："去到张府，全不见德龙父子出来接旨。问伊家人，亦说不知他去向。回来请旨定夺。"黄门奏上，嘉靖吃了一惊道："莫非他知了消息先逃走了不成？"急叫黄门宣刘俊、霍韬、李英华上殿商议。顷刻皆入。嘉靖遂将不见了张德龙的事体说与三大臣知悉，且着各大臣想他的原故。刘俊道："大凡奸臣必买嘱宫廷左右窥伺人主，料将这个消息传报他知，他必须惧罪远逃。"嘉靖道："莫非回湖广去了？"刘俊道："若逃回湖广，主上何难兴一旅的师擒回！谅奸雄未必如此浅呆。他见性命所关，非投往别国则委身贼人，断无面目江东再见。"语犹未了，黄门又奏："雁门关大元帅陈安国要见，现在午门候旨定夺。"嘉靖着他进见。安国山呼。嘉靖问道："卿家不在雁门关镇守，今单人匹马回来有何事故？"安国遂将"戈国太子打着要替唐家报仇旗号入寇，所以一到便降。又有张豹引道，现已攻破了雁门关。自家单人匹马打出重关，实欲回朝取救。且将丧师辱国，臣罪当诛，求我主赐兵恢复赎罪"等语奏上圣上。嘉靖又道："刘卿家果然料事如神。原来张德龙父子又通番去了。真乃罪上加罪，王奔一流，大负平日干城腹心的寄望，并使寡人自痛有眼无珠，所谓忠者不忠贤者不贤，枉居群臣之上。今日有何面目复见。天下雄关大破，朽骨苍生，是朕不识人的过，与陈卿家何涉？"霍韬奏道："我主能如此引过深自怨艾，正古来对上明君盛节，反躬一念便可导乱。为今之计，莫如再拨精兵与陈将军前去退敌。料此欺君罔上的贼天怒人怨，自古从无得志之理！"嘉靖凑奏。即发精兵十万，猛将百名，交与陈安国以便刻日起程前往雁门关，力图恢复，以抒国患。正是：

　　　盘根错节人分剐，击鼓鸣金士奋先。

欲知陈安国起兵如何，且看下回分解。

第三十八回　戈兵明主走东京

诗曰：

一时误用这奸臣，急出般般是祸根。

此日六军同驻处，地来天子亦蒙尘。

却说德龙通番，带了戈兵攻破雄关。嘉靖闻报，恨着平日信任错了这个奸臣，前时害了唐家，今又被他杀戮多少将士，累及多少人民，自觉为主上不识人的过，此日深自切责，素服减膳。此是嘉靖好处，所以后来不至失国，皆赖这个。随命顺天府尹暂且前去张府拿着奸臣的党羽，以免从中生事。府尹得旨，统齐御林内侍兵丁，到了张府，抄出家财数百万。履遗于庭，全铺于地，狼狼藉藉，独搜不出这件御赐绣戈袍。即人口亦属无几，想必家爷不在，亦随逸去不等。府尹只得暂且回奏，嘉靖越加愤恨，随去送师。安国统了精兵再去关前杀敌。相离二十里下寨，即见有关内数人到来，禀上安说道："我等初见戈兵旗号，错认为真是为着唐家出气的，所以一时倒戈相迎，并元帅手下千总韩琯亦归顺他。不料戈兵到关后酷毒地道，纵兵劫掠，百姓不堪，韩琯又受他侮慢，个个不服，意欲反关，奈戈兵势大，难以下手。今知元帅前来克复，韩琯守城，念着朝廷恼着番兵，故特命我等偷来营中报知元帅，约定今夜二更求元帅提兵前去劫营，我等与韩琯开关接应，何愁雁门不复？"安国见他说得有理，安得不信？孰知戈兵入关后出示安了民，正恐关中诸将为患，个个早杀了。后知安国提兵复来，故买着关内一班奸民前来安国营中献计。安国不知中了他计，果然命人黄昏造饭饱食。到了二鼓，兵士个个结束驮马衔枚，悄悄行近雁门关外。且喜月色微明，安国一时愤敌抒忠，扬臂当先为众士奋。举头一望，果见城楼上早有数人在上等候一般。安国通

了声，即见关门大开，纵马而入，随见那人将关门复闭，然后引路又不见韩珰在此。安国心中早有些惊异，奈兵士已进，只得半信半疑，上前行了半里许，尚未见贼营，知中了计。即将引路杀了，即唤兵士回头。路旁拥出一支番兵，将自己的军士截成两处，首尾不能相顾，只得各各逃生，被番兵杀的杀，捉的捉。犹幸陈安国路熟，急去南门抄路逃往云南，即那日唐吉筹定前去牛头山的羊肠峻岭。安国顾着性命，怕不得岭高插碧，只管衔甲弃鞍独行。渐进山去，犹易到了山顶，望下万仞悬崖，只得缩成一团滚滚而下，正系铤而走险，势穷力绌，马跳檀溪，随天降福。适安国果然不该阵亡，幸值山草丛茸，滚下山脚，急寻路径取道回朝，逃生了一命。共幸了兵士三千，猛将三十余名。所剩关外虽尚有带甲九万有期，但陈安国中计入了雁门关，自然豫早先点定人马在关外接济。诸将领命，提命俟候。将近四更，尚不见元帅回头，亦料是不吉，奈无何如，只得再候一会。须臾见关内骑步蚁阵四出。诸将见不是自己的人马，知元帅必然中了计，一时无主，竟反戈若鸟兽散。被戈兵乘势掩杀，矢石交加。幸是未及天明，戈兵不敢远追。诸将走至天明，招集败军，点过人马，又死了五万。有多少不得收拾余烬，回朝再作。这戈兵待至天明，见安国余兵拔寨远逃。太子虹印催兵，一路烧营拆屋，火光冲天，势如破竹，直逼潼关。关内百姓见番兵浩，只管逃生，携男带女，哭声震野，金银衣物各弃道旁。人人争去皇城避难，不绝如驿。有一个名士文弱不能携着妻女而逃，那妻女又惧贼到受辱，先投塘自尽。剩那名士零子履，跚慢前行，途中聊口占二律以志哀。

其一曰：

> 大泽哀鸿集，荒庐瘦犊奔。
> 流离今若此，保障昔谁论。
> 戌鼓连江浒，烽烟逼雁门。
> 城楼诸将帅，何日馘孙恩？

其二曰：

> 一炬怜焦土，昏烟覆断堤。

伤心凋白发，低首憾苍黎。

死义贞魂烈，同仇众志迷。

逃生何处是，愁听夕鸦啼。

　　吟罢哀感行道，成群结队飞入皇城。值安国的败军回朝告急，嘉靖即召诸大臣入议退兵的策。须臾皆入，湛甘泉奏道："目下贼势如此张扬，倘被他直逼皇城，那时势必挠动个个寒心，即有起，颇亦驱恐怯的军民勉强迎敌。凑此贼人未到，正须先遏其锋。孰不若一面命殿前大将军史忠，协同五城兵马司尽起六军，先去出战，一面火速行文近省，谕各督抚大臣调后前来勤王。求主允奏。"嘉靖果然面诏史忠即刻前去退兵，回来升官重赏。随命部家行文近省征兵。那史忠领着王命，凑此贼兵未到，果提了六军前去厮杀。遂出皇城，行了四十余里，军士报道："前面不远就是贼营。"史忠闻报，远望戈兵不过二三万的，以内讶道："远来孤军，缘何却能所向无敌？且今向晦，不便对垒，只得安营下寨，明早才战。"歇了一夜，虹印只得引兵退去。史忠乘势赶上，恰好太子到了救兵，只混杀一场。史忠的兵将却被鸢娜用着长砂当面撒来，孱弱的就在阵中而亡，强力的亦少不得脑破。即那元帅亦又被他害了，这双眸子幸得躲避得快，亦损了兵一万有余，急走回入紫金城奏知主上。慌得嘉靖坐卧不安。内苑妃嫔个个怨着王爷平日枉杀尚杰，又误信任德龙父子以致一时招乱起来。并城中有一班德龙的心腹旧将，知家爷引兵在外，正欲出去相投。奈城门紧闭，难以走往。一夜遂纠党数十人，在城内放起火来。外面戈兵见了，趱夜攻城愈紧，一时人心越加怆惶。嘉靖正在梦中惊醒，闻宫监报道城内起火，想是贼有了内应，慌得嘉靖手忙脚乱。正在计无所出，忽见霍韬、湛甘泉、张天保、李英华、刘俊、毛天海一班文臣入殿，请驾走避。主上无奈，只得勉从。宫女多有不及相从，一时哭声震地，銮舆行到宫门，又得史忠率了数千军前来护驾。君臣定了主意，欲往山东。即开了南门，并任百姓逃去投生。正是：

　　一朝烽火惊人处，仿佛明皇幸蜀时。

　　未知嘉靖所去如何，且看下回分解。

第三十九回　明兵屡败云俊还朝

诗曰：

岁寒松柏自标奇，过后忠贞合可思。

幸得无仇君父理，能令都哔再相望。

却说嘉靖君臣一时火起，知贼人有了内应，只得走避山东再作理会。当下德龙城内的余党见车驾走了，遂争去打开了城门，迎戈兵而入。德龙父子即要入宫搜劫御宝，淫逼妃嫔。幸得戈国太子、公主终畏明朝是个上国，要守着臣君的礼，出了标示，不论诸色人等，毋许乱进宫闱为乱，如违定斩不饶。德龙虽是个恣无忌惮的乱贼，奈现在求籍戈兵，且畏他兄妹英雄，不敢抗令。公主又命人入内安慰内苑一番，随发了一千军马把守宫门，不在话下。

那嘉靖渡了黄河，到山东住下，恰好安国逃回见驾。即行文各省调兵，附近路州一带以及河南三江军马，四面恢复皇城。夺鸾娜公主的神砂总是利害，难以取胜。兵马司寥扬鹰并外省襄阳总兵皆已阵亡，一连报败章本不下十余。一日，嘉靖览过，不觉哭着对刘俊等说道："你等虽系忠臣，奈是清词出身，想这般笔阵舌剑，正可太平无事横扫千军，雄屈四座。今日大敌当前，始知无用。"刘俊说："君辱臣死，臣等即非武弁，亦愿战死沙场，以报陛下。"嘉靖道："朕非要卿等出战，但一时忿着寡人平日专尚清词，太平日久，所至甲胄废弛，一时临渴掘井，个个无用耳。况朕今日流醮琐尾，正恃着卿等左右策谋，倘若一时轻敌枉死，剌了寡人，这大明天下必属奸臣之手。卿等还要自家以爱寡人为是。但朕无所恨，止恨枉杀了唐氏一家。倘若云豹尚在，决不至使朕如此狼藉。"霍韬急奏道："圣上既念着唐氏，何不下一诏，待臣前去云南召

回驸马云俊回来出敌，令那班无知百姓见了云俊，便知戈兵打着唐氏的旗号是个假冒，便可散他多数军马，以减其势，然后再往外省征募勤王，料这班奸臣不过暂时替天少行劫，断无如此不仁不义可以成功之理。求主允奏。"李英华等亦如此互奏。嘉靖道："虽则如此，终恐他怨着杀他满门，不肯复回辅朕。"霍韬道："忠臣孝子，那有仇君父之理？陛下若写了一本，臣凭此三寸不烂之舌前去，务必说他回来见驾方便。"嘉靖果然写了一本，行镰着寡人前日不应误听奸人言语，杀了爱卿满门，后乃知过，求驸马是个忠臣，料无复仇君上的理，故特着霍礼悦前来请驸马与公主回朝，以输国难这等话。书就交与霍韬，着他即日起程。

后来霍韬果然到了云南，寻着驸马寓所，教左右通报。云俊出迎，接了霍韬入堂坐下。俊说道："再不意罪臣今日再睹天朝贵使。"公主亦出堂问候母安圣驾一番。霍韬道："再不要说起。求驸马接过圣旨，方道其详。"公子夫妻只得接了圣旨。霍韬将德龙如此败露，今又引兵入寇，后直现在车驾山东以避其锋，还求公主驸马勿念圣上旧日的冤情，回去退敌为是。云俊一一闻了，又哀又喜，说道："三百被诬，今虽辨白，奈死者不可复生，何益于事？况臣自谪以来，满胸仇恨，失心狂乱业为废人。幸公主左右扶持，得以须臾无死，即强颜再出，亦徒取罪戾。止求大人去来协力匡王便是。"霍韬又说道："驸马有所不知，戈兵到来原假说为唐氏报仇，雁门一带个个争降，他兵是以能直抵皇城，皆因此故。驸马若令关外诸人一见，戈兵必冰消瓦解。止劳绥带、轻裘，便可作个斯文主帅。"驸马终是不允。霍韬又转顺公主劝驾。公主只得上前向驸马说道："急始求人，难怪忿恨。且我等若然不出，反遂了奸人假冒的志。况念着先王的基业并国母的难，回去为是。"驸马说："罪臣本不欲再履尘凡。但念着国母当日打救的恩，并贤妻千里相从的义，勉强一行便是。求霍大人先去奏知主上，我等自然随到。"霍韬临别又叮咛一番，然后先回奏知嘉靖。嘉靖闻奏大喜，揣云俊将到，御驾即先去郊迎。云卿率了公主并李光等见了圣上，好跪在道旁三呼。嘉靖亲手扶起，君臣兄妹皆有涕泪。慰劳一番，圣上即携着驸马同到御营。嘉靖又引慝一番后，乃将戈兵说起。随命摆宴与驸马御妹接驾。正是：

> 君臣复遇处，兄妹再逢时。

欲知后事如何，且看下回分解。

第四十回　叔侄奸敌一体征平

诗曰：

平苗此日辑干戈，关入从教学汉歌。

且喜罪人斯得处，恢恢天网自堪罗。

却说云俊回来朝见天子，引起一时感激，旧恨存消。刘俊等亦转述嘉靖时时念着驸马的父兄，不过前时被奸臣所误。云俊遂决意要为国家分忧。在过几时适外省调兵又到，正在候旨剿贼。驸马即请旨督师前去退敌，嘉靖暂封俊为剿寇天下大元帅。一时师旅重整，个个军士喜着云俊复用，皆愿奋首争先。渡过黄河，番将出阵打叫。云俊道："无知蛮子，被奸臣所弄，冒着本藩旗号前来入寇，该当何罪？"说罢，一时旧日归降的百将见来了云俊，始知戈兵假冒，遂即返回云俊营中无数。戈太子弹压，反被军中倒杀起来，一时乱了阵，大败一场。但恃公主，叫是不能全胜。

一日正忧愁，李光说道："戈兵如此猖獗，元帅必须写了一书，着我前去云南牛头山，请了贤弟贤妹贤侄一齐到来，始能成功了。"云俊道："你等不言，我几忘了。"遂写了一封手书交与李光、刘英。二人领命，不日到了牛头山，见了云卿。云卿自九焰山与他二人相散，且意他为乱军所杀，今日正喜旧将相逢，急问他来意。李光拿出云俊的手书。云卿叔侄犹不免恨着朝廷，不欲回去。唐吉的母亲说道："你哥哥系个文臣，料必圣上有个回心转意，他方再起。况今日奉着兄长的命，我等须回来看看奸臣如何结果，方遂心意。"七夫人、金花等亦上前相劝，又俾二将催速不过，叔侄只得点起军马，放火烧山，背道望黄河进发。不一日，云俊见了七弟率了婶嫂妹侄到来，如梦里相逢一般，哀极不能出一语，大哭失声。始各备所遇，一堂破涕为喜。云俊奏知

天子。盘旋数日，安顿了云豹云卿二位夫人。须臾，毛天海来到营中宣圣旨，上即封云卿为万户侯兼管陆军兵马大元帅，唐吉为福命侯平北将军，李光、刘英、林桢、莫是强、如龙皆封为总戎。天海读完圣旨，执着云卿的手哭道："前日张豹起兵，愚弟代褥天地，犯膝生疣。后奸臣又假将头颅献功，这时未分疑似，废寝食者数十日，不期此地复能相见。功成之日，你我须早回江湖同乐便了。"云卿道："愚兄从命。可回去代谢皇恩，凯旋之日，始来面圣。"天海欣然而退。云俊遂与云卿定了帏幄与戈兵决个雌雄，下了战书，到期各拔寨大起。云卿当面迎着虹印，金花迎着鸾娜，唐吉迎着乌云豹，李光迎着查拿龙，刘英迎着张豹。大锣大戟，各发神威。男的男斗，对对龙虎相缠。女的女斗，个个法斗叠山。怎奈鸾娜的神砂，原是人工依书自去炼成的，只可杀退得寻常军士，如何能敌得金花这华光大帝所赐的金砖。一时番兵抵敌不过，只得鸣金收兵回了营盘。虹印见唐氏一门皆出，如此英雄，又且前日归尚的兵卒皆散。

过了数日，潜将戈军弃了紫禁城，退出北口外。云俊见了戈幕犯鸟，遂长驱大进，复篡皇城，即到大内寻见国母请安一番。国母一见了云俊，如天下降一般，开起始知奉旨回朝剿贼，故母子得以复见。云俊一面在京师安定旧都，一面命人请圣驾回鉴。嘉靖见了云俊的奉章，说道："驸马真个唐时的郭汾阳，幸当时母后力争保他性命，留为今日保驾。倘若杀了他，朕今日安能复见先王宗庙？寄语国史，可书明朕过以为后世人主枉杀的戒。"公主奏道："陛下如能知过必改，天下自获太平。幸勿安乐时又忘却，危难便好。"说罢，催整六军与各大臣复流黄河。云俊率了北侄，早在城门迎接。嘉靖见了云卿、唐吉，又说道："朕有过勿记于怀。"云卿叔侄答道："天下无不是之君父，罪臣安敢怀恨，有背先佼遗训。"嘉靖道："果纯忠纯孝人也。"说罢，君臣一齐回殿。嘉靖与公主急趋母后处问安。大小诸嫔皆说戈兵紧守宫门，未曾有半个贼人擅进，是以幸得再见陛下。大家慰藉一番。

翌日上朝，又见云俊出班奏道："凑着贼人失势，求我主命舍弟等即速前去剿绝，以免后患。"嘉靖说："朕今始觉自来贤否倒置，如盲子一般，忝为人上，不足以处天下大事。此回存幸赖驸马一门，以后所有国家诸务、去留行止，不必容奏，为卿意裁便是。"云俊说："如此自专，臣实不敢。但望言听计从理是国家的福。"群臣议谕一番，云俊退朝。即命云卿、唐吉、金花再起雄兵追去灭贼。三人得令，望北口外进师。刚值戈兵尚在，追战一场。云卿阵中一见了这个冤仇张豹，如老虎见嫩羊一样，紧紧向他赶上。斯时怒起力发，一时从马上捉了张豹。收兵回来，叔侄兄妹大喜。仇人既得，好好上了枷锁，以便奏过圣上，始将他杀祭满门，不在话下。那德龙见儿子被捉，力恳虹印兄妹回兵取救。老奸处又做起许多令人可怜处，太子相看不忍，只得披挂上阵。战了数十合，又金花有如此神妙，不敢恋战，收兵百退，一面遣将回奏父王定夺。唐吉捉了虹印回来，欲命兵士开刀杀却。云卿喝住，说道："得了此人，自可不劳片甲，包管戈兵将德龙缚解回来。"遂上了刑具，命兵士好生看待。须臾，云卿行至后营，又忽见宝鸡高叫流泪。云卿道："莫非今夜番人前来劫营不成。"遂教军士准备，人不许离甲，马不许离鞍。谁知唐吉全不信事，况又是个粗豪使气少年，恃着自家本领，是夜转欲单人匹马前去劫寨，心中想道："阵上见鸾娜十分国色，况又是个女中战将，正合自家的匹配。今前去捉了回来，转求尊叔，何忧不愿作为主婚，以遂蓝田的志。如或不能，即撞着那仇人德龙，亦未可定。"立了主意，黄昏后背着诸人悄悄望戈营而去，斩寨闯入。适鸾娜正在此巡视，早认得是唐吉杀进，只得轻轻用了神砂将他打下。唐吉好似迷了一般，稍定了一会，却知自家缚着，反恨自投罗网，无可奈何。鸾娜使将士将他带到帐中。德龙闻了即刻出来，要将吉杀。鸾娜喝道："家兄现在彼处，正须将他换回。我捉来了，我自有个处置，与你何干？"那奸老定要不饶，游得鸾娜火起，一时反教军士将德龙缚下。唐吉见番女如此钟爱，性命定属无妨。

须臾，且见他喝退将士，只剩手下女军。鸾娜脱了军装，微微笑道："驻家欲放回公子，但心中有二事相请，未知纳否？"唐吉知他恩情，一时忘却仇敌，说道："既蒙不杀，万能皆肯相从。请说便是。"鸾娜道："第一件要将家兄放回，第二件要公子。"一时鸾娜说出"要公子"三字，反面红起来，说不完一句言语。唐吉见他如此，急问道："比如公主要公子甚么？"鸾娜畏羞，终是道不尽。唐吉故意再三根究，鸾娜忍耻说道："总是要公子便了。"有一个老女将在旁，忍不着替他答道："想必要公子为婚的。"唐吉说道："须忧令尊不允。"老女将答道："我国中自祖宗传下，皆是女自择婚，与父母无涉。成了亲，始行关白。"唐吉道："既如此，求公主拜上父王，亦须依我两件事：一要将张德龙捆缚献出，二要收兵回国，依旧朝贡，不得反背天朝。"公主说个"允从"，亲手与唐吉松了缚。唐吉即欲扬去。鸾娜道："有如此易事？坐坐方能去得。"吉只得忍耐。鸾娜又要与他对天道了誓，放下表记方免反悔。唐吉反被鸾娜引动不过，上前求合。干柴烈火，一燃便灼，两家会意。公主假说送公子回营，行至荒

玉楼传情

郊草地，唐吉见鸾娜面容娇好，娉娉婷婷。眉目传情，欲说还羞，遂引动春心，趁鸾娜远观闲云，虎扑而至，鸾娜未曾备防，猝然而被压倒于草地之上。唐吉死死覆住，鸾娜粉面红透，假意儿挣扎几番，唐吉欲火焚身，探手进至小衣，早将酥乳握住，刹时魂飞天外，魄散九霄，鸾娜牝中热浪翻滚，花心灼烫，阵酥阵麻，亦丢了身子。高唐云收，阳台雨散，二人整衣而起，唐吉见草地之上，殷红一片，鸾娜说道："一时仓卒，求君紧看落红，日后落房勿说番人兽行。"两人情热一番，各归营寨，恰已天明。云卿点军，刚刚不见唐吉，心中十分慌忙。转眼见他得意扬扬，跨马而回。七叔询其所往，唐吉隐过鸾娜成亲的事，说："将自家前去劫营被捉，幸得番女放回，自愿缚献奸臣，收兵回国，自后称臣，求侄儿回来恳请放回他兄。但侄儿蒙他不杀，他初来亦是冒着个唐家旗号，心中尚知有我等，一见家叔便早退三舍。兵法云：穷寇莫追。愚到以代他恳请定夺。"云卿说："若如此亦可，免得上费国饷，下劳将士，得他知罪便罢。"叔侄商议，候了好音便尔后旌奏捷。又凑着这戈王闻知太子被捉，火速到营，衔理怨德龙一番，转与女儿商个计较打救虹印。鸾娜又密恳父王，除非缚献德龙再行臣服，方能再得太子回国。戈王原是个禽犊之爱，这个计策那不允从，止反虑着天朝肯赦便了。鸾娜又胆助一番，再行网缚好了德龙。这回老奸如肉在砧板上一般，求死不得，在牢笼气得口喘喘，眼突突，不能做一语。解到云卿营中，番主又肉袒示罪，膝行而进，唐吉急急扶起。戈王又将那奸老到国假冒受奸臣所害，一时父子上他的当，今日主知罪过，求元帅代奏天朝，赦下属的罪，举国沾恩。云卿说道："我王好生，本帅代奏无不宽赦。但自后狼主切勿背恩为是。"戈主道咒。云卿又教左右放出虹印，俾他父子相见，皆感泣一番，重讲盟好。戈主放下德龙并德龙带回的绣戈袍，务求云卿叔侄与他转奏请赦。叮咛卑礼，父子携手而退。正是：

　　一朝干羽平苗日，两个仇家在槛时。

　　未知戈主退后，云卿叔侄如何，且看下回分解。

第四十一回　番女臣服赐联婚

诗曰：

　　祸淫福善理无讹，反笑奸人作孽多。

　　恩怨岂无酬志日，满门只觉沐恩波。

　　却说云卿自戈王退后，察知他为着儿子且又势将大败，是个真意归降，遂教诸军拔寨大起，凯旋奏绩。个个闻着回家，自然喜欢。扬威耀武。反旆而回。圣上一闻，早打发毛天海等前去迎师赏劳。不一日，云卿到了殿上，将戈主的事情奏闻，又带了德龙父子请旨发落。嘉靖命锦衣卫带他上殿，大怒道："你本一介出身，几句臭墨卷，遂已位极人臣，更有何耗欲未足？还要造下许多冤孽。你是个读书人，还不看过古来乱臣贼子除了东陵寿死，那个有善终的？唐吉过来，可将奸臣父子带回府上，等朕明日到来亲祭卿家的祖父满门，才将他杀祭便罢。"又将这件绣袍赐还唐吉。唐吉谢恩。刚值是戈主将臣赍到归降的奏章说着，知罪一番，未又道出意欲女儿匹配唐吉公子，且求大皇帝作个主婚。嘉靖吩咐来使道："你主前日如此无礼，理合杀灭不留。姑念献出奸臣，自知罪过，并朕念着唐卿家保奏，恩宽待赦，下次若有反心，决不饶。"使臣顿首谢恩，又将国主欲纳女事恳求不已。嘉靖向唐吉道："百年之事，自家中意乃问。此如戈主所请，卿家意下如何？"谁知唐吉早定了私盟，复闻圣上问及，正合己意。出班奏道："虽非俗类，但微臣阵中见他英勇，今允所请。那人日后亦可与王家出力的，与别个娇痴不同。"嘉靖已会了唐吉的意，对使臣说道："可归传语国王，选送女儿到宫，俾朕认他为了公主，始赐与唐公子为婚乃可。"唐吉又奏道："戈主为贡了绣袍过来，自后国家饥馑荐遭死之相继，我等要此不甚有用。臣意就欲将这袍赐回以作聘物，俾他国中安宁，庶见我主好生之德。万求准奏。"嘉靖说道："他前地亦屡来恳请，且出于无因。今卿家凑此割爱赏回，亦是个大恩处。"唐吉道："全赖我主栽培，使臣领命。"一众退班。

到了隔日，嘉靖命礼部备办般般祭物，早驾銮舆亲率诸臣幸临唐府躬行奠帛。云俊等重穿起孝服侍候。谢过了圣恩与各大人的吊慰，痛哭一番。嘉靖又命将德龙父子跪在发前，逐块切肉致奠一番，然后回宫。又命各臣将尚杰父子亡的入忠臣庙，上春秋御祭。一时京师百姓见主上如此认过，忠臣如此获报，无不歌功颂德，国乐太平，不在话下。

日间，戈王又将鸾娜送到了大殿。三呼已毕，赐坐，圣上又要封他为公主。鸾娜谢恩，重新行过父女的礼。嘉靖且教他进宫见过太后娘娘等，择了日期，早传知云卿，以便代伲主婚。云俊又将妹子金花先曾许聘李英华长子李纶的姻缘奏知圣上，先求作主完婚，乃敢为侄儿行醮。嘉靖即召李英华面问，始知伊子虽中了探花，多年至今守约未娶。圣上大加褒赏，并念着军功多出闺门，封金花为一品夫人，与公主等。又加封李纶为郡马，速日完婚。李纶得旨，正幸故剑终逢花烛之夕，喜不可言。云俊一门盛事，又与唐吉受室王姬下，媵妾如云，且较前时自家为驸马时更自辉煌十倍。朝中文武官员皆来奉贺，一连饮了喜酒十有余日。诸务已完，圣上又命户部代他重起唐府。云俊兄弟皆有奏本推辞，并乞归田，诏发不许。须臾工竣，又值皇上万寿，正喜外无敌国，外有明朋。君赋嘉宾，臣歌天保，一时元首明哉，股肱喜哉。值广东少师又来京师称觞，知了唐氏一门仇复。一日便殿赐宴，嘉靖对少师道："若非云俊等尚在，孤亦无命见老臣了。"少师亦奏道："臣昔日告老归田，为着那个奸佞当权，势不可遏。感着唐家的事，微臣正虑他馋言，不能自完臣节以见先帝于地下。今得天理循环，我王醒悟，臣回去死亦瞑目。但自此用人更须谨慎，庶免生灵涂炭。前车可鉴，后事有师。琐琐微言，主渎天听，求主允纳，臣不胜万幸。"嘉靖道："少师教训，朕行书诸座右，与汤盘武铭共相辉映。敢不留心，以至再蹈前辙？"是日，君臣尽欢而散。梁柱住在京师，又与旧日一班寮友并唐氏一门庆叙多时，然后辞圣回籍。嘉靖又有许多赐赏，慰劳元劳，不在话下。

又道唐吉想起当年误杀陈安邦，自来心里不安，遂将先事沥情面奏，自愿将自己的官爵求皇上追赠忠魂。嘉靖又命各臣犯出查故将军安邦有无后嗣。回奏查得安国现有一子十余岁，名唤继美。圣上即传旨召他到殿，说知唐吉的美意，赐他武状元及第出身，袭荫父职，且教他与唐氏一门结好。继美谢恩，随后云俊等又要请旨回乡，重谒祖墓，追荐家内亡魂。本上允奏。正是：

　　当年旧恨能伸矣，今日降恩得报焉。

　　未知云俊等回乡何如，且看下回分解。

第四十二回　李情人江中合璧

诗曰：

一番遇合一番新，忠报昭然次第陈。

燃券自来权祸福，故为奇怪出风尘。

却说云俊等上了回乡的本，须臾发落，御批准奏，随赏银子一万两以作回去斋醮费用。云俊遂暂接回妹子金花一家大小男女陆马江舟，要回籍省墓，且追祭昔日在家被害的婆婆、母亲以及宅内一切人等。自出京口外，一路文武及各关寨营讯到处相迎，奔奔逐逐，两月有余，始抵福建，取路泉州。太守翁孟达郊迎，请问圣安。云俊兄弟又谢昔日诵的恩。孟达始说起当日钦差去后，自己捐资买棺代收殓过，令婆以及满眷尸首现幸安顿得稳稳当当。云俊却求他指引灵柩。孟达亲示，兄弟叔侄姊姨又哭祭一场。即在旧宅专请高僧追荐亡魂，一来少报同极深恩，二来酬答同难诸人。一时各旧戚友、文武官员见他们首悬了一对说道："明知地府非亲在，聊向空间尽子情。"个个前来奠帛。

过了九昼连宵，云俊等随又礼葬过婆婆母亲诸人，即赏千金并多小礼物躬到太守衙内酬恩。太守被他盛意不过，只受些许礼物，原金奉璧留宴而去。诸务已毕，云卿向金花说道："想当年出亡，幸得神人显应，又赐宝物，始获高功，今正当前去躬行祭谒，重光庙宇为是。即我亦要到襄阳刁哥哥家下，看他孤儿寡妇如何，并去吴督府去谢恩。贤妹何不顺路一行？"金花说："愚妹久有此心，同去便了。"云卿又见七夫人说道："侧闻贤郎前说李贤妹被害，亦在襄阳。此去正当顺取他棺柩回来，并入祖墓，庶免他孤魂无主，饮恨重泉，我心方免。"七公子眼红说："足见夫人盛德，愚夫听命。"兄妹夫妻议量已定，即催夫马先答神恩。金花到了华光庙致祭一番，大饷牢。是夜，即在庙寝歇。初入梦即见神人说道："本帝不忍忠臣受屈，特赐你神物为国家出力。今功成就，太平无事，止合闺阁从容度活，神物正当奉赐。这宝原不是长留得人间的。"说罢一阵光芒，大帝已去。金花从梦中跳醒，一摸身边既不见了这块金砖，始知此物神人取还了。天明，即命司祝前来，随拨下了万两银子，命他火速重整庙宇。工竣，小姐后来又亲到参谒，不在话下。

又道云卿不日到了南楼家中，王安接入。王氏母子相见，两家各道遭际，少不得悲喜交集。云卿说："贤侄正当诵读时候，待愚叔回京时着家倌前来接你母子同到京中，一来可以请师教习，俾他日后左志青去，大展先人志气，二来朝夕得近刘大人、毛叔叔处，可以一家快乐，免至孤儿寡妇在彼挨严寒为是。"王氏说道："从命就是。"云卿又祭过南楼，叮咛王氏母子而去。遂买舟前往桂阳，寻亡妾所在。甫顾了舟解缆。一路水驿漫漫，江海如旧，人面难逢，一声疑乃，属想当年鸳鸯水面，饱睡沧浪，今此盈盈秋水，永隔兼葭，真个不胜伊人宛在之想。行近数程，忽一舟飘过，见一个女子仿佛素兰一般。云卿急出船头高叫道："海中水涨了。"即见那船女子亦说出云："试见矇舟未。"二语系两人当年夜睡舟中一欲寻事即说此，以看桂同等假寐否，盖床上隐谜，无人晓得。云卿一闻这女子所答，必系素兰无疑。即命船家反棹赶上，拍舟隔认。彼此知系情人，急过舟相会，抱头大哭。意外遭逢各述所遇。夫人在旁，始知女儿一向真迹。两人说罢，素兰又教公子拜见夫人。公子始知素兰得这夫人收留，今母子舟行探亲，路经此处，天赐相逢。夫人又知公子系忠孝存家英年当朝一口、有情有义的人，即以贤婿相称。公子大喜，同回夫人宅上拜识一番。公子在此逗留数日。临行又对母子说道："本潘回去，约定日期着人前来相接，幸勿吝玉，应得屈驾府中，以便报恩为是。"母子允诺。云卿又得到督府衙内通报，须臾吴瀚出接。云卿即三跪九叩，如拜谒君父一般，倒累得吴瀚扶接不暇，反过意不去。吴瀚说道："幸赐辱赐，便见高谊，何须如此大礼？"云卿答道："非遇大人，安有今日？"又献上礼物。吴公只适意而止，略受一二见志，余各辞谢。衙内款留数日。云卿见吴瀚有个长公子，与侄女青莲年几相对，遂决意与他为婚，以报大德，两人当面说合，然后回家禀上云豹夫人，择吉送上青莲过衙，庆闹一番。随命家人王氏母子、崔氏母女。男女出外相见，各喜团圆。云俊又路到翁太守与各戚属处告别。刻日祭江回京，个个前来送程。一路风光，复回北阙。兄弟叔侄面过群王，然后归府治事。云俊见翁太守是个忠良，后在嘉靖面

前保了为个御史。圣上允奏。果然翁公奉旨回京，又与各忠臣辅佐当朝。即刘俊、毛天海知王氏母子到京，亦亲来唐府相会。云卿感王安尚义，敬王氏自认他为个外舅，不必以仆役相看；且赐一个十分国色的家婢与安为妻。王氏从命，王安谢恩，居然受室。随请名师教训南楼儿子，后来高发。唐氏一门后嗣显赫，竟与国运相终。即一时忠良，亦皆食报无穷，名标史册。

看官，你道那个为忠谁不获报，为奸无不获罪，天理昭昭，报应如饷，千古不独一张德龙一唐尚杰为然也！可知为人在世，不论或男或女，或贵或贱，皆要向忠义上留心，决无不福禄绵绵，子孙昌盛。是传也，一以戒天下后世之为张德龙者，一以劝天下后世之为唐氏者。